PINCE-MI ET PINCE-MOI

RUTH RENDELL

Pince-mi et Pince-moi

ROMAN TRADUIT DE L'ANGLAIS PAR JOHAN-FRÉDÉRIK HEL GUEDJ

CALMANN-LÉVY

Titre original :

ADAM AND EVE AND PINCH ME

Hutchinson, Londres, 2001.

Pince-mi et Pince-moi est une marque déposée par Jean-Albert Azria.

© Kingsmarkham Enterprises Ltd, 2001.
© Calmann-Lévy, 2003, pour la traduction française.

1

C'était un fantôme, assis là, dans ce fauteuil, Minty le savait, car elle avait peur. S'il avait été le fruit de son imagination, elle n'aurait pas ressenti cette peur. Quand on s'imagine une chose, cette chose ne peut pas vous effrayer.

C'était le début de la soirée, mais comme on était en hiver, il faisait complètement nuit. Elle venait de rentrer du bureau, elle avait franchi la porte d'entrée et allumé la lumière. La porte du salon donnant sur la rue était ouverte, et le fantôme était assis sur une chaise au milieu de la pièce, dos à elle. Ce matin, avant de sortir, elle avait placé cette chaise à cet endroit pour monter dessus et changer une ampoule, et elle avait oublié de la remettre à sa place. Les deux mains plaquées sur la bouche pour étouffer son cri, elle s'approcha encore d'un pas. S'il se retourne, qu'est-ce que je fais? se demanda-t-elle. Dans les histoires, les fantômes sont gris comme les gens que l'on voit sur les vieilles télévisions en noir et blanc, ou translucides, mais ce fantôme-ci avait les cheveux courts et bruns, le cou mat, et une veste en cuir noir. Minty n'avait pas besoin de voir son visage pour reconnaître son défunt fiancé, Jock.

Supposons qu'il soit resté là pour l'empêcher

d'accéder à la pièce ? Il n'était pas totalement immobile. Sa tête remua un peu, puis sa jambe droite. Il recula les deux pieds, comme s'il s'apprêtait à se lever. Minty ferma les yeux très fort. Le silence était total. Dehors, dans la rue, un des gamins qui habitaient en face poussa un cri perçant qui la fit sursauter, et elle rouvrit les yeux. Le fantôme était parti. Elle alluma la lumière et tâta le dossier de la chaise. Il était chaud, et cela l'étonna. On s'imagine toujours que les fantômes sont froids. Elle remit le siège à sa place, contre la table. Si elle n'était plus placée au milieu de la pièce, peut-être s'abstiendrait-il de revenir.

Elle monta au premier, s'attendant presque à le retrouver là-haut. Il avait très bien pu lui passer devant et monter pendant qu'elle avait les yeux clos. Les fantômes n'aimaient guère la lumière, elle alluma donc toutes les lampes, rien que de bonnes ampoules de cent watts ; il n'était visible nulle part. Elle l'avait aimé, elle s'était considérée comme son épouse alors même qu'ils n'étaient pas mariés, mais elle n'avait aucune envie de subir la présence de son fantôme dans les parages. C'était perturbant.

Enfin, maintenant, quoi qu'il en soit, il était parti, et c'était le moment de faire une bonne toilette. L'une des choses que Jock avait appréciées chez elle, Minty en gardait la certitude, c'était son impeccable propreté. Naturellement, ce matin, avant de partir travailler à l'Immacue, elle avait pris un bain et s'était lavé les cheveux. Autrement, elle n'aurait jamais imaginé sortir de chez elle, mais depuis, huit heures s'étaient écoulées, elle avait dû ramasser toutes sortes de saletés dans Harrow Road à cause des gens qui entraient dans les boutiques, sans parler des vêtements qu'on lui apportait et qui avaient besoin d'un nettoyage.

C'était merveilleux de disposer d'une salle de bains rien que pour soi. Chaque fois qu'elle y entrait, elle récitait une petite prière d'action de grâces à Tantine, comme s'il s'agissait d'une sainte (une idée qui, du vivant de sa tante, avait rarement effleuré l'esprit de Minty), pour avoir rendu cela possible. *Chère Tantine, merci d'être morte et de m'avoir légué une salle de bains. Je te suis tellement reconnaissante, ça change absolument tout. Ta nièce qui t'aime pour toujours, Araminta.* Elle retira tous ses vêtements et les fourra dans la corbeille Aladin, qui avait un couvercle. Prendre plus d'un bain par jour, c'était coûteux. Dès qu'elle en aurait les moyens, elle se ferait installer une douche. Un jour, c'est sûr, mais cela ne se ferait pas aussi rapidement qu'elle l'avait souhaité. En attendant, debout devant le lavabo, les pieds posés sur le tapis de bain, elle se servit de la grosse éponge naturelle que Sonovia, sa voisine, lui avait offerte pour Noël.

Comme tout le reste dans la salle de bains, la brosse à ongles avait appartenu à Tantine. Elle était bleu turquoise, et son manche permettait de la tenir bien en main. Minty se brossa les ongles. Elle avait élevé cette simple mesure d'hygiène au rang d'un art. Il ne suffisait pas de se brosser le bout des doigts, il fallait insérer les brins sous le rebord de l'ongle, puis exécuter de rapides va-et-vient. Elle terminait par les pieds, en veillant à les savonner abondamment entre les orteils, avant de continuer avec la brosse. C'est Tantine qui l'avait remarqué : le savon était un produit qui tendait à disparaître des magasins. C'était une certitude : bientôt viendrait le temps où l'on ne pourrait plus trouver le moindre pain de savon digne de ce nom. Désormais, ce n'était plus que gels et savons liquides en flacon, de la poudre et des savonnettes, sans parler de ce savon qui n'en était pas, une espèce de meringue truffée de boutons de rose, de graines et de morceaux d'herbe. Minty n'en trouvait aucun à son goût. Elle continuait d'employer la saponine de la maison Wright qu'elle avait toujours utilisée.

Dans la salle de bains, elle se sentait en sécurité. En tout cas, on n'imaginait pas un fantôme dans une salle de bains, ce serait extrêmement déplacé. Et ses cheveux ? Fallait-il qu'elle les lave de nouveau ? Ils avaient l'air assez propres, ses cheveux indisciplinés et blonds qui rebiquaient en tous sens, comme à leur habitude. Mieux valait prendre ses précautions et les passer sous le robinet. Plus tard, elle sortait avec Sonovia et Laf, et elle n'avait pas envie de les froisser. Il n'y avait rien d'aussi déplaisant que d'avoir une masse de cheveux gras sous le nez. En fin de compte, elle les lava ; cela ne pouvait pas leur faire de mal.

Minty se sécha et laissa retomber dans la corbeille la serviette qu'elle venait d'utiliser. Elle n'utilisait jamais la même serviette deux fois de suite, et n'employait jamais de lait corporel ou de parfum. Du déodorant, oui, et pas seulement sous les bras, mais aussi sur la plante des pieds et au creux des paumes. Le lait corporel, cela ne servait qu'à encrasser la peau quand elle était propre, tout comme le maquillage. Qui plus est, elle n'avait pas les moyens de s'acheter toutes ces saletés. Elle était extrêmement fière de ce que jamais aucun bâton de rouge ne soit venu souiller ses lèvres, ni aucune brosse de mascara ses cils clairs. En temps normal, comme elle le faisait depuis le décès de Tantine, Minty aurait traversé nue l'étroit palier qui menait à sa chambre, comme elle l'aurait probablement fait si Jock, de son vivant, avait été seul à se trouver dans la maison. Avec un fantôme, c'était totalement différent, il était mort et, depuis la tombe, ne devait avoir aucune envie de regarder une femme nue. Elle sortit une serviette propre du placard, s'en enveloppa et ouvrit la porte avec précaution. Il n'y avait rien ni personne. Aucun fantôme n'aurait survécu dans une lumière aussi vive.

Minty enfila des sous-vêtements propres, un pantalon en coton propre et un pull propre. Aucun accessoire, aucun bijou. On ne savait jamais quels germes pouvaient abriter ces objets-là. Elle devait frapper à la porte de ses voisins à sept heures et demie. Le cinéma où ils se rendaient s'appelait l'Odeon, il se trouvait à Marble Arch, et le film commençait à huit heures et quart. D'abord, un petit quelque chose à manger, et peut-être aussi une tasse de thé.

Pourquoi était-il revenu de la sorte ? On disait que les fantômes revenaient quand ils devaient accomplir une tâche laissée inachevée. Eh bien, c'était son cas. Des fiançailles ne s'achèvent que si elles donnent lieu à un mariage. Elle n'avait pas même revu son corps, pas même été conviée à l'enterrement, et n'avait pas reçu non plus d'urne remplie de cendres comme celle qu'on lui avait remise après la crémation de Tantine. Tout ce qui lui restait, c'était cette lettre lui annonçant qu'il se trouvait à bord du train accidenté et qu'il avait été réduit en miettes. Et, de fait, elle avait tout juste commencé à surmonter la tragédie, elle avait cessé de pleurer, la vie avait repris le dessus, c'était encore ce qu'il y avait de mieux, paraît-il, et voilà ce fantôme qui réapparaissait et faisait resurgir tout cela. Peut-être n'était-il revenu que pour un dernier au revoir. Elle l'espérait.

La cuisine était immaculée. Elle sentait fort l'eau de Javel, une odeur qui lui plaisait. Si jamais elle avait porté un parfum, il aurait à peu près senti l'eau de Javel. Malgré sa toilette complète, elle se lava de nouveau les mains. Sur le plan alimentaire, elle était très difficile. La nourriture pouvait se révéler très salissante, vous faire des taches. La soupe, par exemple, les pâtes, et tous les jus de viande. Elle mangeait beaucoup de poulet froid, de jambon, de salade et de pain blanc – jamais de pain noir ni brun, à cause des saletés qu'on devait y ajouter pour obtenir cette couleur –, des œufs et du beurre doux. Chaque semaine, elle se ruinait en mouchoirs, en serviettes en papier, en essuie-tout, mais elle n'avait pas le choix. Sa machine à laver tournait quotidiennement à pleine charge, et encore, c'était sans alourdir le tambour avec ses serviettes en lin. Quand elle avait mangé, avant de ranger, elle nettoyait tout ce qui lui avait servi, et se lavait aussi les mains sous le robinet.

Quand elle sortirait, allait-elle laisser toutes ces lampes allumées ? Tantine aurait jugé que c'était du gâchis. Celles du premier, elle serait bien obligée. Elle n'allait pas remonter éteindre pour devoir ensuite redescendre avec toute cette obscurité derrière elle. Une fois dans le vestibule, elle décrocha son manteau de la patère et l'enfila. Le problème, avec les manteaux, c'est qu'on n'arrive jamais à les garder propres. Minty s'était débrouillée de son mieux en se cousant deux doublures en coton, à l'Immacue. Elle pouvait les laver, et comme ça, chaque fois qu'elle mettait ce manteau, elle y glissait une doublure propre. Le mieux, si elle voulait s'accorder un peu de tranquillité d'esprit, serait encore de ne pas penser à la saleté sur l'extérieur du manteau, mais pour y parvenir, c'était une vraie lutte, et elle n'y arrivait pas toujours.

Le salon situé côté rue était illuminé. Minty y entra, à peine, puis elle recula et, une fois dans le vestibule, sa main se posa sur le chambranle de la porte et actionna l'interrupteur d'un coup sec. À l'instant où elle exécuta ce geste, ses yeux se fermèrent d'eux-mêmes. Et maintenant, elle avait peur de les rouvrir, au cas où le spectre de Jock aurait tiré avantage de son aveuglement momentané pour reprendre place sur la chaise. Mais maintenant que cette chaise était calée contre la table, il n'y arriverait peut-être pas. Elle rouvrit les yeux. Pas de fantôme. Devait-elle en toucher un mot à Sonovia ? Minty n'arrivait pas à se décider.

Dans Syringa Road, les portes des maisons s'ouvraient sur de minuscules jardins rectangulaires. Celui de Minty était entièrement dallé, Tantine y avait veillé, mais dans celui des voisins il y avait de la terre, et des fleurs y poussaient, des masses de fleurs, en été. Par la fenêtre, Sonovia vit Minty approcher et lui faire signe de la main. Elle portait son nouveau tailleur-pantalon rouge et une longue écharpe bleu poudre, qu'elle appelait un pashmina. Son rouge à lèvres était assorti à son tailleur et ses cheveux, permanentés de frais, avaient exactement la même forme que le tricorne surmontant la chope rapportée par Tantine d'une excursion dans le Southend.

« Nous pensions prendre le bus, lui dit Sonovia. Laf est persuadé qu'on ne trouvera jamais de place pour se garer et que nous risquons la fourrière. Comme il est dans la police, il doit faire attention. »

Sonovia employait toujours la formule « il est dans la police », et jamais « il est agent de police ». Pour la voiture, Minty était déçue, mais elle n'en fit pas état. Se faire conduire dans la voiture de Jock, cela lui manquait, même si c'était un vieux véhicule, même s'il l'appelait son « tape-cul ». Laf sortit sur le perron et l'embrassa. Il s'appelait Lafcadio, mais, selon l'expression de Sonovia, c'était un prénom à coucher dehors et, du coup, tout le monde l'appelait Laf. Sonovia et lui n'avaient pas encore atteint la cinquantaine, mais ils s'étaient mariés à dix-huit ans et avaient quatre grands enfants, qui avaient maintenant quitté le domicile familial et avaient fondé leur propre foyer, ou fréquentaient encore l'université. Tantine répétait souvent que, à entendre Sonovia, personne n'avait jamais eu de fils médecin et de fille avocate, de deuxième fille à l'université et de cadette à la Guildhall School d'on ne savait quoi. Minty admettait qu'il y avait de quoi être fière, mais en même temps elle était incapable de comprendre réellement. Elle ne parvenait pas à se représenter tout le travail, toutes les études et tout le temps nécessaires pour en arriver là.

« J'ai vu un fantôme, annonça-t-elle. En rentrant du travail. Dans le salon côté rue, assis sur une chaise. C'était Jock. »

Ils n'avaient jamais rencontré Jock, mais ils savaient de qui elle parlait.

« Allons, Minty, ne sois pas si bête, lui dit Laf.

— Les fantômes, ma chèère, ça n'existe pas. »

Quand elle avait envie de montrer qu'elle était plus âgée et plus sage que vous, Sonovia prononçait toujours « ma chèère ».

« Absolument pas. »

Minty connaissait Sonovia et Laf depuis qu'ils étaient venus s'installer dans la maison voisine de la sienne, quand elle avait dix ans. Plus tard, un peu plus grande, elle avait fait du baby-sitting chez eux.

« C'était le fantôme de Jock, insista-t-elle. Et quand il est parti, j'ai tâté l'assise du siège, et elle était chaude. C'était bien lui.

— Je refuse d'écouter ça, fit Sonovia. »

Laf lui tapota l'épaule.

« Tu as eu une hallucination, hein ? C'est parce que tu n'étais pas au mieux de ta forme, ces derniers temps.

— Prends bien en considération les sages paroles du sergent Lafcadio Wilson, ma chèère. »

Sonovia jeta un coup d'œil dans le miroir, s'arrangea un peu les cheveux avant de poursuivre.

« Allons-y. Je ne veux pas louper le début du film. »

Ils marchèrent ensemble jusqu'à l'arrêt de bus, en face du grand mur du cimetière. Quand quelque chose la préoccupait, Minty ne posait jamais le pied sur les jointures entre les dalles, mais les enjambait, toujours.

« Comme une gamine, commenta Sonovia. Ma petite Corinne faisait la même chose. »

Minty ne releva pas. Elle continua d'enjamber les jointures. Rien n'aurait pu la convaincre d'y poser le pied. Derrière ce mur, il y avait des sépultures et des pierres tombales, de grands arbres noirs, le gazomètre, le canal. Elle aurait voulu que Tantine soit enterrée là, mais cela lui avait été refusé. Il ne restait plus de place, et Tantine avait été incinérée. Les pompes funèbres lui avaient écrit pour lui signaler que les cendres étaient prêtes, à sa disposition. Personne ne lui avait demandé ce qu'elle allait en faire. Elle avait emporté la petite urne de cendres dans le cimetière, et là, elle avait trouvé la plus belle des tombes, sa préférée, surmontée d'un ange qui tenait une espèce de vio-

15

lon cassé et qui, de l'autre main, se couvrait les yeux. Avec une vieille petite cuillère, elle avait creusé un trou dans la terre, où elle avait enseveli les cendres. Après quoi elle s'était sentie mieux vis-à-vis de Tantine, mais elle avait été incapable d'en faire autant avec Jock. Son ex-épouse ou sa vieille mère avaient dû récupérer ses cendres.

Sonovia parlait de sa Corinne, celle qui était avocate, et du propos que lui avait tenu quelqu'un que l'on appelait, pour une raison ou une autre, le chef de cabinet. Rien que des compliments et des louanges, bien sûr. Personne n'exprimait jamais le moindre commentaire désagréable au sujet des enfants de Sonovia, et d'ailleurs, il ne leur arrivait jamais rien de désagréable non plus. Minty songea à la mort de Jock, à bord de ce train, dans cet incendie, une mort violente, cause de son retour d'entre les morts.

« Tu es très silencieuse, lui fit remarquer Laf.

— Je pense au fantôme de Jock. »

Le bus numéro 18 arriva.

« Ce film, c'était un choix plutôt malheureux, admit Sonovia, étant donné les circonstances. »

Minty était de cet avis elle aussi. Le film s'intitulait *Sixième Sens*, et c'était l'histoire d'un pauvre petit garçon un peu fou qui voyait apparaître les fantômes de victimes de meurtre, après le meurtre. Sonovia ne trouvait pas le film si mauvais que ça, mais elle s'inquiétait des effets sur le jeune acteur qui tenait le rôle. Tout ce spectacle ne pouvait rien apporter de bon à un enfant, même si ce n'était que du cinéma. Ils se rendirent dans un pub de Harrow Road et Laf offrit à Minty un verre de vin blanc. S'il s'était agi du pub où elle avait rencontré Jock pour la première fois, elle n'aurait pu y rester, c'eût été trop pour elle. Ici, elle ne connaissait personne.

« Dis-moi, tu vas pouvoir rentrer chez toi toute seule ?

— Vas-y avec elle, Sonny. Allume toutes les lampes. »

Minty lui en sut gré. Elle n'aurait pas trop apprécié d'entrer chez elle sans personne pour l'accompagner. Bien entendu, demain, après-demain, et le surlendemain, il le faudrait. Elle était bien obligée d'habiter là. Devant sa maison de nouveau inondée de lumière, Sonovia lui donna un baiser, ce qu'elle ne faisait pas souvent, et la laissa dans ce grand vide lumineux. L'ennui, c'est qu'elle allait devoir éteindre derrière elle avant de se mettre au lit. Elle entra dans la cuisine, se lava les mains, ainsi que la trace laissée sur sa joue par le rouge à lèvres de Sonovia. Après avoir éteint la lumière de la cuisine derrière elle, elle emprunta le couloir, s'attendant à sentir la main de Jock sur sa nuque. Il avait cette habitude de lui poser la main sur la nuque et de lui relever la tête, avant de lui donner l'un de ses profonds baisers. Elle frémit, mais il ne se passa rien. Courageusement, elle éteignit dans le salon, se retourna, monta l'escalier, et sentit l'obscurité, très dense, qui se reformait dans son dos. Elle courut à l'étage aussi vite qu'elle put, jusque dans la salle de bains, sans fermer la porte, car elle savait que, si elle la fermait, elle n'oserait plus la rouvrir.

Elle se brossa les dents, se débarbouilla, se lava le cou et les mains, une fois encore, les aisselles, les pieds, et cet endroit, entre ses cuisses, si sacré aux yeux de Jock. Aucun autre homme n'y toucherait jamais, n'y pénétrerait jamais, c'était une promesse.

Avant de sortir de la salle de bains, elle toucha toutes les surfaces en bois, en en choisissant de trois couleurs différentes, le blanc des panneaux qui encadraient la baignoire, la cimaise rose, le manche jaune clair du lave-dos. Elle n'était pas certaine qu'un objet mobile puisse convenir, il fallait peut-être s'en tenir à un élément fixe du décor. Ce devait être trois surfaces différentes ou, mieux encore, sept, mais la salle de bains n'était pas de sept couleurs différentes. Elle avait oublié son verre d'eau, mais peu importait, on n'y pouvait rien, elle se débrouillerait sans. D'ailleurs, elle n'en buvait jamais beaucoup.

Assise sur le lit, elle dit une prière à sainte Tantine. *Chère Tantine, s'il te plaît, éloigne le fantôme de Jock. Ne le laisse pas revenir cette nuit. Je ne lui ai jamais rien fait pour qu'il me hante. Pour l'éternité, amen.* Elle éteignit la lumière, puis elle la ralluma. Dans l'obscurité, elle avait vu le visage de Jock devant elle, et elle avait beau savoir que ce n'était pas son spectre, mais une sorte de rêve ou de vision, cela lui causa une frayeur. Elle n'arrivait pas à bien dormir avec la lumière, mais sans, elle ne dormirait pas du tout. Elle s'enfouit le visage dans les draps, pour que cela ne fasse plus beaucoup de différence, que la chambre soit allumée ou non. Tantine entendait tout le temps des voix, elle les appelait « mes voix », et parfois elle avait des visions. Surtout quand elle avait été en contact avec un de ces médiums. Minty ne comprenait pas, et personne ne le lui avait jamais expliqué, pourquoi les médiums portaient ce nom, évocation d'un « entre deux », comme excluant le « mieux » et le « pire ». Edna, la sœur de Tantine, était justement médium, mais, de l'avis de Minty, résolument du côté du pire, et quand Edna était à la maison, ou quand elles allaient chez elle, elle avait tout le temps peur.

La perte de Jock avait été un choc, surtout qu'elle était survenue moins d'un an après celle de Tantine. Depuis lors, elle n'était plus la même, même si elle n'aurait pas su dire exactement en quoi elle avait changé. Un certain équilibre mental semblait s'être brisé en elle. Jock aurait dit, mais il l'aurait formulé d'une jolie manière, « Tu n'as jamais été si équilibrée que ça, Polo », et peut-être était-il dans le vrai.

À présent, elle ne se marierait plus. Enfin, elle avait sa maison, un métier, et de charmants voisins. Un jour peut-être, elle s'en remettrait, comme elle s'en était remise pour Tantine. Elle dormait correctement, du profond sommeil de celle qui ne rêve que les yeux ouverts. La baignoire était remplie d'une eau très chaude, à la limite du supportable. Ne laisse jamais le bain couler sans surveillance, c'était le conseil de Tantine. C'était arrivé à Edna, sa sœur, celle qui voyait des fantômes : elle était descendue ouvrir sa porte et, à peine avait-elle rentré son courrier et un colis qu'elle s'était retournée, et l'eau dégoulinait du plafond. Tantine avait quantité d'histoires à raconter sur sa sœur Edna et son autre sœur, Kathleen, surtout des aventures de jeunesse. Parfois, « ses » voix, c'étaient les leurs, et d'autres fois c'étaient celles de Dieu et du duc de Windsor.

L'eau était chaude et limpide, sans cette pollution des huiles pour le bain. Elle se laissa aller en arrière, plongea la tête sous la surface, se shampouina d'abord les cheveux avant de se savonner vigoureusement le corps. Jock la jugeait trop mince, il trouvait qu'elle avait besoin de se remplumer un peu, mais c'était dans sa nature, on ne pouvait rien y faire. Désormais, qu'elle ne soit pas très bien en chair, cela importait peu. Elle se rinça les cheveux, se mit à genoux et plaça la tête sous le robinet. Ses cheveux séchaient naturellement. Elle n'aimait pas les séchoirs, qui vous soufflaient de la poussière à la tête, même celui qu'il lui avait offert, dont la notice prétendait qu'il purifiait l'air en l'expulsant. Après s'être bien brossé les dents, elle se rinça la bouche, le palais, sous la langue, et autour de ses molaires. Un peu de déodorant, des sous-vêtements propres, un pantalon et un T-shirt à manches longues en coton, propres. Au supermarché du coin, ils en vendaient, ils les appelaient des anti-transpirants, un nom que Minty n'aimait pas du tout. Rien que de penser à la transpiration, elle en avait des frissons.

Son petit déjeuner se limitait à un toast et un peu de marmelade, accompagné d'une tasse de thé, avec beaucoup de lait et de sucre, point à la ligne. Minty enfourna dans la machine à laver deux serviettes de bain, deux parures de sous-vêtements, deux pantalons, deux T-shirts et la doublure du manteau, la régla et la mit en marche. Elle reviendrait à l'heure du déjeuner, et rangerait son linge dans la sécheuse, pour ensuite peut-être se rendre sur la tombe de Tantine. La matinée était grise, brumeuse, immobile. Il y avait la queue pour le bus numéro 18, et donc c'est à pied qu'elle se rendit au pressing situé après les Cinquième et Sixième Avenues, en enjambant les jointures des dalles. Minty avait grandi avec ces noms de rues, et pour sa part elle n'y trouvait rien de bizarre, mais cela faisait rire Jock. Il n'était installé dans le quartier que depuis quelques mois, et chaque fois qu'il voyait ce nom, Cinquième Avenue, il levait les yeux au ciel et riait de son rire sans timbre, en s'exclamant : « Cinquième Avenue ! Je n'arrive pas à y croire ! »

D'accord, ce n'était pas un très joli quartier, mais avec ses termes, « délabré », un « vrai bidonville », il y allait un peu fort. C'était « trop », pour employer encore une autre formule de Jock. Minty trouvait le quartier gris et morne, mais il lui était familier, c'était le décor de son existence depuis près de trente-huit ans, car elle était encore bébé quand Agnes l'avait confiée à Tantine « pour une heure au maximum », sans plus jamais revenir. Une rangée de boutiques courait de la Deuxième à la Première Avenue, sur Harrow Road. Deux d'entre elles avaient fermé, on avait bardé leurs vitrines de planches, ou alors elles avaient été vandalisées. Le Balti, un petit restaurant de plats à emporter, était encore là, ainsi qu'une boutique de mobilier de salle de bains, un fournisseur de matériaux de construction, un coiffeur unisexe et, au coin, l'Immacue. Heureusement que Minty avait apporté sa clef, car Josephine n'était pas encore arrivée.

Elle entra, remonta le store de la porte, fit coulisser les barres métalliques de la vitrine. La nuit, des gens vraiment bizarres rôdaient dans Harrow Road. Rien n'était vraiment à l'abri. Minty demeura un instant sans bouger, elle huma l'odeur de l'Immacue, un mélange de savon, de détergent, de linge propre, de liquides de nettoyage à sec et de détachant. Elle aurait aimé que le 39, Syringa Road sente pareil, mais elle n'en avait tout simplement pas les moyens. Cette odeur-là s'était développée grâce à des années de nettoyage dans un espace relativement restreint. Et respirer ça, c'était exactement l'opposé de ce qu'elle subissait quelquefois quand c'était à elle de trier les tas de vêtements apportés par les clients, qui, déplacés, soulevés et retournés, dégageaient une vilaine odeur de sueur rance et de taches de nourriture.

Neuf heures et demie pile. Elle retourna l'écriteau accroché à l'intérieur de la porte du côté OUVERT et se rendit dans la pièce du fond, où l'attendait le repassage. Immacue proposait un service de repassage de chemises, et son travail des jours de semaine, et du samedi également, consistait à repasser cinquante chemises avant l'heure du déjeuner. C'était surtout des femmes qui les lui apportaient et venaient les récupérer, et quelquefois Minty s'interrogeait sur ceux qui les portaient. Dans le quartier, la plupart des gens étaient pauvres : mères célibataires et retraités, garçons au chômage cherchant la bagarre. Mais beaucoup de yuppies qui travaillaient à la City avaient acheté des maisons dans les environs. Au regard des prix actuels, elles n'étaient pas chères et pas trop éloignées du West End, même si les parents de ces yuppies n'auraient jamais voulu entendre parler d'habiter dans un endroit pareil. Ce devaient être ces messieurs-là qui portaient ces chemises d'un blanc de neige, roses, ou à rayures bleues, pour se rendre à leur travail, au bureau ou à la banque, ces deux cents chemises immaculées recouvertes de Cellophane, toutes agrémentées d'un petit col et d'un nœud papillon en carton bien proprets.

À l'heure où Josephine la rejoignit, Minty en avait déjà repassé cinq. À son arrivée, le matin, elle venait faire un baiser à Minty, qui se soumettait à ce rituel, et même en tendant la joue, mais qui n'appréciait guère que Josephine l'embrasse, car elle mettait toujours un épais rouge à lèvres cireux, rouge foncé, et il s'en déposait inévitablement un peu sur la joue propre et pâle de Minty. Dès que Josephine repartait suspendre son manteau, elle allait à l'évier se nettoyer la joue, et puis les mains. Heureusement, à l'Immacue, il y avait tout le nécessaire, des torchons, des éponges et des brosses.

Les clients commençaient à arriver, mais c'était Josephine qui s'occupait d'eux. Minty ne passait pas de l'autre côté, à moins que l'un d'eux ne la demande expressément ou que Josephine ne l'appelle. Mais certains d'entre eux ignoraient encore ce qui était arrivé à Jock, et lui demandaient comment allait son fiancé, ou quand elle allait se marier, et elle était obligée de leur répondre : « Il est mort dans l'accident de train de Paddington. » Elle n'aimait pas que l'on compatisse. Cela la gênait, surtout maintenant qu'elle avait vu ce fantôme, hier soir. En un sens, annoncer qu'il était mort et accepter les propos aimables de ces gens lui paraissaient relever de la supercherie.

À onze heures, elles prenaient un café. Minty but le sien et se lava les mains. Josephine l'interrogea.

« Comment te sens-tu, mon chou ? Tu crois qu'tu commences à t'en remettre ? »

Minty se demandait si elle devait lui parler du spectre, mais décida de s'en abstenir. Un jour, une cliente avait raconté avoir vu sa mère en rêve, et le lendemain matin, un coup de téléphone lui apprenait qu'elle était morte. Elle était morte à l'heure précise du rêve. Josephine avait commenté assez impoliment : « Vous n'êtes pas sérieuse », et elle avait ri, d'un rire méprisant. Mieux valait donc ne rien dire.

« Faut bien que la vie continue, non ?

Josephine était d'accord.

«Tu as raison, c'est pas bon de ruminer les choses. »

C'était une grande femme ; la poitrine pleine, de longues jambes, de longs cheveux d'un blond éclatant, aussi longs que ceux d'une jeune fille de dix-huit ans, mais elle avait un cœur d'or. Enfin, c'est ce que tout le monde disait. Minty vivait dans la crainte qu'une paillette de son vernis à ongles rouge foncé ne s'écaille et ne tombe dans le café. Josephine avait un petit ami chinois, qui ne parlait pas un mot d'anglais et était cuisinier dans un restaurant de Harlesden, le Lotus du Dragon. Tous deux avaient fait la connaissance de Jock lorsqu'il était passé la chercher après le travail.

«C'était un type charmant, lui dit Josephine. Quand on y pense, la vie, quelle garce ! »

Minty aurait préféré ne pas aborder le sujet, surtout pas maintenant. Elle termina sa cinquantième chemise à une heure moins dix et rentra chez elle à une heure. Son déjeuner se composa d'œufs de poules élevées en plein air, brouillés, sur un toast de pain blanc. Elle se lava les mains avant de manger, et puis après, ainsi que le visage, et elle mit sa lessive dans le tambour du sèche-linge.

Le marchand de fleurs avait dressé son étalage devant les portes du cimetière. Ce n'était pas encore vraiment le printemps, on était toujours en février, mais il vendait des jonquilles et des tulipes, ainsi que des chrysanthèmes et des œillets, et ce durant tout l'hiver. Minty avait rempli d'eau une bouteille de Javel vide qu'elle avait apportée avec elle. Elle acheta six tulipes roses, six narcisses blancs, orange au centre.

«En souvenir de votre tantine, n'est-ce pas, ma petite dame ? »

Minty acquiesça, et ajouta qu'il était plaisant de voir des fleurs de printemps.

« Là, vous avez raison, fit le marchand de fleurs, et moi ce que je dis c'est que ça fait chaud au cœur de voir une gosse comme vous se souvenir de ses vieux. Il y a trop d'indifférence, de nos jours. »

À trente-sept ans, on n'est pas une « gosse », mais beaucoup de gens croyaient Minty plus jeune qu'elle n'était. Ils ne la regardaient pas d'assez près pour discerner les rides au coin de ses yeux ni les petits plis aux commissures de ses lèvres. Il y avait ce barman du Queen's Head, qui refusait de croire qu'elle ait plus de dix-sept ans. C'était à cause de sa peau blanche, légèrement brillante autour du nez, et de ses fins cheveux blonds, et parce qu'elle était aussi mince que tous ces mannequins qui faisaient la une des magazines. Minty paya l'homme et lui sourit, parce qu'il l'avait appelée une « gosse », avant d'entrer dans le cimetière, avec ses fleurs.

Ici, s'il n'y avait eu les tombes, on se serait cru à la campagne : rien que des arbres, des fourrés et de l'herbe. Mais, selon Jock, c'était un contresens. Les tombes étaient la raison d'être des arbres. Beaucoup de gens célèbres étaient enterrés là, mais elle ne connaissait pas leurs noms, cela ne l'intéressait pas. Là-bas, il y avait le canal et, au-delà, les usines à gaz. Le gazomètre se profilait au-dessus du cimetière comme un immense temple antique, à la mémoire des morts. Par ici, le lierre était la plante qui poussait le plus abondamment, il rampait sur les pierres et les dalles, sur les colonnes, s'entortillait autour des statues, insinuait ses vrilles dans les fissures et les fentes des sépultures. Certains de ces arbres avaient des feuilles brillantes et pointues, comme des copeaux de cuir, mais en hiver rares étaient ceux qui conservaient des feuilles. Leurs branches nues gémissaient et frissonnaient sous le vent, mais aujourd'hui elles restaient mollement en suspens, immobiles. L'endroit était tout le temps silencieux, comme si une barrière invisible se dressait au-dessus du mur, protégeant les lieux du bruit de la circulation.

La tombe de Tantine était située au bout de l'allée suivante, à l'angle d'une des allées principales. Naturellement, ce n'était pas vraiment sa sépulture, ce n'était que l'emplacement où Minty avait enseveli ses cendres. La tombe appartenait à Maisie Julia Chepstow, épouse bien-aimée de John Chepstow, qui avait quitté cette vie le 15 décembre 1897, à l'âge de cinquante-trois ans, et reposait dans les bras de Jésus. Quand elle avait amené Jock ici, elle lui avait raconté que c'était la grand-mère de Tantine, et il en avait été impressionné. Après tout, ç'aurait pu être vrai. Tantine avait bien dû avoir deux grands-mères, comme tout le monde, comme elle-même. Elle allait faire graver le nom de Tantine sur la pierre tombale, lui avait-elle expliqué. Jock lui avait répondu que la tombe était émouvante et magnifique, et l'ange de pierre avait dû coûter une fortune, même à l'époque.

Minty débarrassa le pot en terre de ses tiges mortes et les emballa dans le papier qui avait enveloppé les tulipes et les narcisses. Elle versa dans le vase l'eau de sa bouteille de Javel. Quand elle se tourna vers les fleurs, elle vit le fantôme de Jock arriver par l'allée principale, dans sa direction. Il portait un jean, un pull bleu foncé et son blouson en cuir, mais il ne possédait pas la consistance qu'il avait eue la veille. Elle voyait à travers lui.

Elle s'adressa à lui avec courage, mais elle arrivait à peine à articuler.

« Qu'est-ce que tu veux, Jock ? Pourquoi tu es revenu ? »

Il ne dit rien. Quand il fut à environ deux mètres d'elle, il s'évanouit. Il disparut comme une ombre quand le soleil se cache. Minty aurait aimé pouvoir toucher du bois, ou peut-être se signer, mais elle ne savait par où commencer. Elle était toute tremblante. Elle s'agenouilla sur la tombe de Tantine et pria. *Chère Tantine, éloigne-le. Là où tu es, si tu le vois, dis-lui que je ne veux pas qu'il vienne par ici. Comme toujours et pour toujours, ta nièce qui t'aime, Araminta.*

Deux personnes s'approchèrent dans l'allée, dont une femme portant un petit bouquet d'œillets. Elles lui souhaitèrent un « bon après-midi », comme jamais ne vous le souhaiterait un passant croisé dans la rue. Minty, agenouillée, se releva et leur rendit leur salut. Elle ramassa son paquet de tiges et sa bouteille d'eau de Javel vide, qu'elle jeta dans une poubelle. Il s'était mis à pleuvoir. Jock disait en général : ne t'en fais pas pour ça, ce n'est que de l'eau. Vraiment ? On ne savait pas quelles saletés cette eau-là ramassait en descendant du ciel.

2

De son vrai nom, Tantine s'appelait Winifred Knox. Elle avait deux sœurs et un frère, et ils habitaient tous au 39, Syringa Road, avec leurs parents. Arthur avait été le premier à s'en aller. Il s'était marié, après quoi seules les sœurs étaient restées à la maison. Elles étaient beaucoup plus âgées que Tantine, qui était arrivée sur le tard : le bébé de la famille. Kathleen s'était mariée, ensuite Edna en avait fait autant, puis leur père était mort. Tantine était restée seule avec sa mère ; pour gagner sa vie, elle faisait le ménage dans des bureaux. Ses fiançailles avec Bert avaient duré des années et des années, mais elle ne pouvait pas l'épouser tant que grand-maman restait là, dépendante de sa fille, dans une chaise roulante, tant qu'elle avait besoin qu'on s'occupe de tout à sa place.

Grand-maman était morte la veille du quarantième anniversaire de Tantine. Bert et elle avaient attendu un laps de temps décent avant de se marier. Mais cela n'avait pas marché, leur mariage avait tourné au cauchemar.

« Je ne savais pas à quoi je devais m'attendre, lui avait expliqué Tantine. Je suppose que j'avais mené une vie protégée, je ne savais rien des hommes. C'était un cauchemar.

— Qu'est-ce qu'il a fait ? lui avait demandé Minty.

— Cela ne te regarde pas, une petite innocente comme toi. Au bout d'une quinzaine de jours, j'ai mis un terme à ce mariage. Une bonne chose que j'aie gardé cette maison. Si j'ai eu des regrets, c'est de ne pas avoir eu de petits à moi, mais ensuite, tu es arrivée comme un coup de tonnerre. »

Le tonnerre, c'était Minty, et le coup, c'était sa mère. Elle s'appelait Agnes, et elle avait été la meilleure amie de Tantine à l'école, même si elles ne s'étaient pas beaucoup vues depuis lors. Quand Agnes était apparue avec un bébé, personne ne s'en était étonné, elle l'avait cherché, en sortant avec n'importe qui. Il n'avait jamais été question du père de l'enfant et, pour le peu qu'on en savait, on aurait pu croire à une immaculée conception. C'était au début des années soixante, les gens étaient loin d'être aussi stricts que du temps de la jeunesse de Tantine, mais ils prenaient quand même Agnes de haut, et puis ils estimaient qu'un bébé, c'était un poids mort. Agnes l'amenait parfois à Syringa Road, et les deux femmes faisaient le tour de Queen's Park en poussant le landau.

En cet après-midi de mai, Minty avait alors six mois, il n'était pas question de promenade au parc. Agnes avait demandé si elle pouvait laisser Minty avec Tantine, juste une heure, le temps d'aller rendre une visite à sa maman, à l'hôpital. Elle avait apporté un stock de couches, une bouteille de lait et un pot de compote de pruneaux pour bébé. C'était amusant, chaque fois que Tantine racontait l'histoire à Minty, elle n'omettait jamais la compote de pruneaux.

Agnes était arrivée juste après deux heures, et à quatre heures Tantine commençait à se demander où elle avait pu passer. Elle savait fort bien, évidemment, que lorsque les gens annoncent leur retour dans une heure, en réalité, on ne les revoit pas avant deux ou trois. Ils ne le disent que pour vous rassurer, et donc elle ne s'inquiétait pas. Mais à six heures, puis à sept, elle avait fini par se faire du souci. Heureusement, les quelques boutiques que l'on trouvait dans le quartier restaient ouvertes vingt-quatre heures sur vingt-quatre, et elle avait donc prié sa voisine, une dame qui vivait seule – c'était avant l'arrivée de Laf et Sonovia – de guetter l'arrivée d'Agnes pendant qu'elle emmenait Minty dans le landau afin d'aller acheter de la bouillie pour bébé, davantage de lait et un régime de bananes. Tantine n'avait jamais eu d'enfants à elle, mais elle était une fervente partisane des bananes, un fruit très nourrissant, l'un des plus faciles à manger, et que tout le monde aimait bien.

« Personnellement, disait-elle, j'aurais tendance à considérer avec la plus profonde suspicion toute personne qui chipoterait sur les bananes. »

Agnes n'était pas revenue, ni ce jour-là ni le lendemain. Elle n'était jamais réapparue. Tantine avait déployé de gros efforts pour la retrouver. Elle était passée chez ses parents, et là, elle avait découvert que la maman d'Agnes n'avait jamais été admise à l'hôpital, et qu'elle était en pleine santé. Ils ne voulaient pas du bébé, merci bien, ils avaient déjà vécu tout cela quand les leurs étaient petits et ils n'allaient pas remettre ça. Le papa d'Agnes lui avait signalé que, selon lui, elle avait rencontré quelqu'un qui voulait bien d'elle, mais pas de l'enfant, et que c'était sa manière à elle de résoudre le problème.

« Pourquoi ne la prends-tu pas avec toi, Winnie ? Tu n'as pas d'enfants. Cela te ferait de la compagnie. »

Et Tantine l'avait gardée auprès d'elle. Ils lui avaient remis le certificat de naissance du bébé et, en plus, le papa d'Agnes avait glissé deux billets de 10 livres dans l'enveloppe. Quelquefois, quand elle s'attendrissait sur Minty et la considérait comme son enfant, Tantine s'inquiétait de ce que sa mère revienne la chercher, ce à quoi elle n'aurait pu s'opposer. Mais Agnes n'était jamais revenue, et Minty avait douze ans quand un jour la mamie, celle qui n'était jamais entrée à l'hôpital, était passée la voir, pour lui annoncer qu'Agnes s'était mariée, qu'elle avait divorcé et s'était remariée, et qu'elle était partie pour l'Australie avec son deuxième mari, trois enfants à elle et quatre à lui. C'était un grand soulagement.

Tantine n'avait jamais adopté Minty, ne l'avait jamais prise en placement, rien de tout cela.

« Je n'ai aucun droit légal sur toi, lui répétait-elle souvent. Il serait difficile de dire à qui tu appartiens. Et pourtant, apparemment, personne n'a envie de t'enlever à moi, n'est-ce pas ? Tu es la pauvre petite fille de personne. »

À seize ans, Minty avait quitté l'école et s'était trouvé un emploi dans une fabrique de textile de Craven Park. Tantine l'avait élevée dans une extrême propreté, et elle eut beau être promue opératrice sur machine, elle n'aimait pas les moutons et les peluches qui se fourraient partout. À cette époque, tout le monde fumait, et Minty n'aimait pas non plus cette odeur, ni la cendre de cigarette. Tantine connaissait du monde chez les gérants de pressings. En ce temps-là, ce n'était pas la chaîne Immacue, mais Harrow Road-Nettoyage à Sec, et un vieux M. Levy en était le propriétaire. Minty y était restée dix-huit ans ; au début, c'était le fils de M. Levy qui avait pris la suite, avant que cela ne devienne Quicksilver Pressing, et puis elle avait fini par travailler pour Josephine O'Sullivan. Elle menait une vie très simple et sans fioritures. Le matin, elle se rendait au travail à pied, elle travaillait huit heures, du repassage pour l'essentiel, et elle rentrait chez elle à pied, ou en attrapant le bus numéro 18. Elle passait ses soirées avec Tantine, toutes deux regardaient la télévision en prenant leur repas. Une fois par semaine, elles allaient au cinéma.

Tantine était très âgée quand les voix s'étaient manifestées. Ses deux sœurs étaient déjà décédées, mais elle entendait leurs voix. Kathleen insistait pour qu'elle aille au pub après le cinéma, en emmenant Minty – il était temps qu'elle sorte un peu –, et le Queen's Head, c'était encore ce qu'il y avait de mieux, le seul établissement du coin qui soit vraiment propre. Elle s'y rendait avec George, quand ils se fréquentaient en amoureux. Tantine restait un peu dubitative, mais les deux sœurs avaient insisté, et après qu'elle et Minty étaient allées voir *Créatures célestes*, elles étaient toutes deux timidement entrées dans ce pub de College Park, le Queen's Head. C'est vrai qu'il était propre, enfin, aussi propre que possible. Le barman était constamment en train d'essuyer partout, et avec un chiffon propre, pas avec un vieux torchon.

Edna, elle, ne parlait ni des pubs ni de se distraire. Elle répétait tout le temps à Tantine de se concentrer, et comme ça elle verrait Wilfred, son défunt mari. Il mourait d'envie de « passer de l'autre côté », formule obscure, mais Tantine ne voyait pas trop pourquoi elle aurait eu envie de voir son beau-frère, ce Wilfred Cutts qu'elle n'avait jamais pu supporter de son vivant. Et puis Dieu s'était mis à parler à Tantine, et ses sœurs s'étaient effacées.

« Quand on s'adresse à Dieu, c'est une prière, mais quand Dieu s'adresse à vous, c'est de la schizophrénie », avait prévenu le jeune M. Levy.

Cela ne faisait pas rire Minty. Cela l'effrayait d'avoir Dieu dans la maison, sans cesse en train de répéter à Tantine qu'Il l'entraînait à devenir l'Ange du Seigneur et à ne pas manger de viande rouge. Tantine avait toujours été très au fait de l'histoire de la famille royale, et elle n'avait pas oublié qu'Edward, huitième du nom, avait renoncé au trône pour l'amour d'une femme ; il n'était donc pas surprenant qu'il ait joint sa voix à celle de Dieu. Il lui racontait qu'il avait un fils, né à Paris dans le plus grand secret, et ce fils avait lui-même eu un fils, et elle devait expliquer à la reine qu'elle n'avait rien à faire sur le trône, et que ce roi Edward, dixième du nom, devait porter la couronne. Tantine avait tenté de pénétrer dans Buckingham Palace, elle s'était fait arrêter à la porte et on avait voulu l'enfermer, mais Minty ne s'en était pas laissé conter. Tant qu'elle aurait la santé et de la force, Tantine se tiendrait à carreau.

« Pour moi, elle a été comme une mère », avait-elle répondu au jeune M. Levy, et il l'avait rassurée : elle était une bonne fille, et c'était une honte qu'il n'y en ait pas plus comme elle.

Finalement, Tantine avait dû se faire interner, mais elle n'avait pas vécu longtemps dans ce service de gériatrie. Depuis belle lurette, elle avait rédigé un testament : elle léguait la maison de Syringa Road à Minty, tout son mobilier et toutes ses économies, qui s'élevaient à 1 650 livres. Minty n'avait rien dit à personne de ce montant, mais elle avait fait savoir que Tantine lui avait laissé de l'argent. Cela prouvait que Tantine l'avait aimée. Après l'ajout de ses propres économies, le total se montait à 2 500 livres. Toute somme dépassant les 1 000 livres, jugeait Minty, fière de ce qu'elle avait amassé, devenait digne de ce nom. Ensuite, elle était allée retirer les cendres de Tantine auprès des pompes funèbres, pour les enfouir dans la tombe de Maisie Chepstow.

Il s'était écoulé un bon moment avant qu'elle ne retourne au pub. La semaine suivante, Laf et Sonovia n'avaient pas eu envie de voir le film à l'affiche, et elle y était donc allée seule. Cela ne l'ennuyait pas, en fait, elle n'avait pas trop envie de discuter pendant la séance. Sagement, elle s'était rendue à la séance de six heures dix, celle où il n'y avait presque personne. En dehors d'elle-même, elle n'avait compté que huit spectateurs. Elle aimait bien être seule, sans personne qui lui chuchote à l'oreille ou lui passe des chocolats. Sur le chemin du retour, elle était entrée au Queen's Head, et s'était offert un jus d'orange. Pourquoi, elle n'aurait su le dire. Le pub était à moitié vide. Il lui avait semblé moins enfumé que d'habitude, et elle avait trouvé une table dans un coin.

De toute sa vie, Minty n'avait jamais adressé la parole à un homme qui ne soit pas le mari de quelqu'un, son employeur, le facteur, le chauffeur du bus, ce genre de personne. Elle n'avait jamais sérieusement songé à se trouver un petit ami, et encore moins à se marier. Quand elle était plus jeune, Sonovia la taquinait volontiers un peu en lui demandant quand elle allait se choisir un homme bien à elle, et Minty lui répondait invariablement qu'elle n'était pas du genre à se marier. Le récit mystérieux mais horrifiant que Tantine lui avait fait de sa propre expérience matrimoniale l'avait rebutée. Qui plus est, elle ne connaissait pas de célibataires, et personne ne manifestait la moindre envie de la connaître.

Jusqu'à Jock. Ce n'était pas à sa première visite, mais à la deuxième, qu'elle s'était aperçue qu'il la regardait. Elle était assise à la même table d'angle, toute seule, vêtue comme elle l'était toujours, d'un pantalon de coton bien net et d'un T-shirt à manches longues, les cheveux lavés et les ongles bien récurés. L'homme auquel elle lançait des regards à la dérobée était grand et bien bâti, avec de longues jambes moulées dans un blue-jean, et un joli hâle. Il avait l'air propre et ses cheveux bruns étaient courts et bien coupés. Minty avait presque terminé son jus d'orange. Elle observa fixement le dépôt granulé et doré au fond de son verre, pour éviter de regarder cet homme.

Il était venu vers elle.

« Pourquoi une telle tristesse ? » lui avait-il demandé.

Minty avait trop peur pour lever les yeux vers lui.

« Je ne suis pas triste.

— C'est à s'y méprendre. »

Il s'était assis à sa table, puis il lui avait demandé si cela la gênait. Minty avait secoué la tête.

« J'aimerais vous offrir quelque chose à boire, quelque chose de sérieux. »

Tantine prenait quelquefois un gin tonic, et Minty accepta donc un gin tonic. Il était allé lui commander son gin et un demi de blonde pression pour lui, et elle se sentit au bord du désespoir. Elle avait songé à se lever et à s'enfuir, mais pour atteindre la porte, elle devrait passer devant lui. Que diraient Sonovia et Josephine ? Qu'aurait dit Tantine ? Ne te commets pas avec lui. Ne te fie pas à lui, aimable jeune fille, en dépit de sa voix grave et douce. Il était revenu avec les boissons, s'était assis et lui avait annoncé son nom, Jock, Jock Lewis, puis il lui avait demandé le sien.

« Minty.

— Miam, miam, avait ironisé Jock. Minty à la menthe, ça m'évoque une épaule d'agneau dans sa sauce. (Il avait ri, mais pas méchamment.) Je ne peux pas vous appeler comme ça.

— En réalité, mon prénom, c'est Araminta. »

Il avait haussé les sourcils.

« Minty, Minty, quel numéro, tout à trac, queue-de-pie, pie voleuse, c'est bien, ma Minty. (Son expression d'incrédulité le fit rire.) Je vais vous appeler Polo[1]. »

Elle était restée perplexe, et puis elle avait compris. Il n'eut pas besoin de lui expliquer.

« Je m'appelle Jock. En réalité, John, mais tout le monde m'appelle Jock. J'habite dans le coin, et vous ?

— Syringa Road. »

Il avait secoué la tête.

« Ici, pour ma part, je suis un étranger, mais plus pour longtemps. J'habite là-haut, vers Queen's Park, j'ai emménagé samedi. (Il avait jeté un coup d'œil sur les mains de Minty.) Vous n'êtes pas mariée, hein, Polo ? Mais bon, vous avez un petit ami, j'en suis sûr, c'est bien ma chance, comme toujours. »

Elle avait songé à Tantine qui était morte et à Agnes qui était partie pour l'Australie.

« Je n'ai personne. »

Ça ne lui avait pas plu. Elle n'aurait pas su dire pourquoi, mais il n'appréciait pas. Elle avait dit ça très sérieusement, mais oui, bien entendu, pour elle,

---

1. Les Polo sont des bonbons à la menthe, et *mint* signifie « menthe » en anglais. *(N.d.T.)*

c'était sérieux. Pour arranger ça, elle avait essayé de sourire. Le gin lui était monté directement à la tête, et pourtant elle n'en avait bu que quelques gorgées.

« Allez, avait-il repris. Je vais vous faire rire. Alors, écoutez-moi. Pince-mi et Pince-moi sont dans un bateau. Pince-mi tombe à l'eau. Qu'est-ce qui reste ? »

C'était facile.

« Pince-moi. »

Ce qu'il avait fait. Très doucement, à l'avant-bras.

« Je vous ai bien eue, Polo. »

Elle ne riait pas du tout.

« Il faut que j'y aille. »

Elle pensait qu'il allait essayer de la retenir, mais il n'en avait rien fait.

« Allez, un petit pour la route. (Ce n'était pas un verre qu'il lui proposait, mais un Polo.) Je vais vous raccompagner jusque chez vous à pied. J'ai pas ma voiture avec moi. »

Pour la voiture, elle ne l'avait pas cru. Pas à ce moment-là. De toute façon, s'il en avait eu une et qu'il lui avait proposé de la ramener en voiture, elle aurait refusé. Elle savait parfaitement qu'on n'acceptait pas de se laisser raccompagner par des inconnus. Et qu'on n'acceptait pas leurs bonbons non plus. Ce pouvait être de la drogue. Et se faire raccompagner à la maison à pied, n'était-ce pas tout aussi dangereux ? Elle était incapable de refuser, elle n'aurait pas su comment. Il lui avait tenu la porte du pub. La nuit, les rues alentour étaient désertes, mis à part quelques groupes de jeunes garçons qui se baladaient en occupant toute la largeur du trottoir, en silence, mais en lâchant de temps à autre des beuglements bestiaux. Ou alors on en croisait un qui marchait tout seul, à grands pas, au rythme assourdissant d'une minichaîne portable. Si elle avait été seule, elle n'aurait pas couru le risque, elle aurait pris le bus. Il lui avait demandé ce qu'il y avait derrière ce grand mur.

« Le cimetière. C'est là que sont les cendres de ma tante. »

Elle ne savait pas pourquoi elle avait éprouvé le besoin d'ajouter cela.

« Non, vraiment ? »

Il avait dit cela, comme si elle venait de lui annoncer une formidable nouvelle, un billet de loterie gagnant, et c'est à partir de ce moment qu'elle s'était mise à bien l'aimer.

« Votre tante était très importante pour vous, n'est-ce pas ?

— Oh, oui. C'était comme une mère. Elle m'a légué sa maison.

— Vous l'avez méritée. Vous lui étiez très dévouée et vous avez fait pas mal de choses pour elle, n'est-ce pas ? (Elle hocha la tête, sans voix.) Vous avez reçu la récompense de tous vos bons et loyaux services. »

Syringa Road ne s'embranchait pas directement sur Harrow Road, mais à partir d'un virage dans son prolongement. Il avait lu le nom de la rue sur le ton qu'il aurait employé pour prononcer celui de Buckingham Palace ou du Millenium Dome. Il possédait une voix charmante, qui évoquait quelque chose de doux, de marron foncé et de sucré, par exemple de la mousse au chocolat. Mais elle avait peur qu'il ait envie de rentrer, et elle ne saurait pas comment l'en empêcher. Supposons qu'il essaie de l'embrasser ? Laf et Sonovia n'étaient pas chez eux. Chez ses voisins, il n'y avait pas de lumière. Le vieux M. Kroot, qui habitait de l'autre côté, avait quatre-vingt-cinq ans, et ne lui serait pas d'un grand secours.

Jock avait dissipé ses frayeurs.

« Je vais attendre ici et vous regarder entrer. »

Elle avait avancé de trois pas dans l'allée, et s'était retournée. En deux enjambées, elle serait à sa porte.

« Merci, fit-elle.

— De quoi ? C'était un plaisir. Vous figurez dans l'annuaire, Polo ?

— Tantine y était. Mlle W. Knox. »

Si elle n'avait pas eu envie qu'il lui téléphone, elle aurait répondu qu'elle ne figurait pas dans l'annuaire, ce qui était vrai. Elle, non. Mais en fait, peut-être avait-elle envie qu'il l'appelle. Il s'était éloigné en sifflotant. C'était l'air de « Walk on By », une chanson qui évoque la rencontre de deux inconnus.

Jock n'avait pas perdu de temps. Dès le lendemain, il lui avait téléphoné. C'était en début de soirée, elle venait de rentrer de l'Immacue, et elle se lavait. Ce n'était pas une bonne idée d'aller décrocher toute mouillée et les cheveux dégoulinants. Elle avait laissé sonner. Ce ne serait jamais que Sonovia, qui voudrait lui parler de ce que Corinne avait encore réussi cette fois-ci, ou du prix que Julianna avait remporté, ou de la manière dont Florian s'était sorti de ses examens. Le téléphone avait sonné une seconde fois, alors qu'elle disposait des tranches de jambon, des patates bouillies et froides et des concombres taillés en dés sur une assiette, pour son dîner, avec ensuite une mousse au chocolat qu'elle s'était préparée elle-même. La voix, qui lui évoquait cette mousse, dit : « C'est Jock » ; il lui proposait de sortir au cinéma avec lui.

« Pourquoi pas, avait répondu Minty. D'accord », ajouta-t-elle enfin.

C'est ainsi que tout avait commencé.

Josephine lui avait posé cette question : était-il marié ? Sonovia l'avait avertie : elle ne savait rien de lui ; voulait-elle que Laf vérifie les antécédents de Jock ? ce serait facile, sur l'ordinateur de la police ? Quand elle lui en avait touché un mot, Laf lui avait demandé si elle plaisantait, un type avec ce nom-là, John Lewis ? Il y en avait des milliers. Sans parler de ceux du grand magasin Lewis, sur Oxford Street. Minty n'apprécia guère ces réflexions. Cela ne les regardait pas. Si elle se mettait à contrôler leurs amis, est-ce qu'ils apprécieraient ? Laf et Sonovia avaient une bien trop haute opinion d'eux-mêmes, uniquement parce qu'il avait été le premier policier noir du Royaume-Uni à être nommé sergent. Cela n'avait fait que renforcer sa passion pour Jock, encore plus que s'ils n'étaient pas intervenus.

Jock et elle s'étaient retrouvés au pub, puis ils étaient allés au cinéma. Après cette première fois, il était venu la chercher au 39, Syringa Road, dans son « tape-cul ». La voiture devait avoir vingt ans d'âge, mais au moins elle était propre : en chemin, il avait fait un crochet par le lavage automatique. Sonovia faisait le guet derrière ses rideaux de dentelle à fronces, mais elle avait dû quitter son poste d'observation deux minutes avant l'arrivée de Jock, car Julianna lui avait passé un coup de fil. Un jour, il avait rendu visite à Minty, à l'Immacue. Après quoi, Josephine avait sans arrêt répété qu'il était bien de sa personne, comme surprise que Minty ait pu dénicher un homme pareil. À la visite suivante de Jock, il se trouva que Josephine était assise au comptoir, où elle pouvait dévoiler ses jambes dans des collants Wolford Neon Glanz. Si Jock avait été impressionné, il n'en avait rien laissé paraître. Il avait emmené Minty aux courses de lévriers, à Waltamshow, et aussi au bowling. Elle n'était de sa vie jamais allée dans un endroit pareil.

Il lui avait fallu beaucoup de temps avant de prendre son courage à deux mains et de lui demander s'il était marié. À cette période, il fredonnait cette chanson, « Walk on by, walk on by the corner ».

« Divorcé, lui avait-il répondu. Ça ne vous ennuie pas, j'espère ? »

Elle avait secoué la tête.

« Et pourquoi cela m'ennuierait ? »

Il travaillait dans le bâtiment. S'il avait accompli des travaux pénibles, ses mains auraient été dans un état épouvantable, or elles ne l'étaient pas, et donc elle en déduisait qu'il devait être plombier ou éventuellement électricien. Il ne l'emmenait jamais chez lui, à Queen's Park. Elle ignorait s'il s'agissait d'une maison, d'un appartement, ou juste d'une chambre, elle savait uniquement que c'était situé dans Harvist Road, mais pas le numéro. Il n'avait ni frères ni sœurs, personne en dehors de sa vieille mère qui habitait dans l'ouest du pays, et qu'il allait voir tous les quinze jours, un voyage qu'il effectuait entièrement en train. Quand il avait divorcé, il avait dû laisser sa maison à son ex-épouse. C'était triste.

Ils étaient sortis six semaines ensemble avant qu'il ne l'embrasse. Il lui avait posé la main sur la nuque avant d'attirer son visage vers le sien. Elle avait bien aimé, ce qui l'avait surprise. Elle s'était mise à se laver encore davantage. Il était important de rester agréable à regarder, pour Jock, surtout maintenant qu'il avait commencé à l'embrasser. Il était lui-même très propre, pas autant qu'elle, mais ça, ce n'était à la portée de personne. C'était sa fierté. Un samedi soir, ils étaient allés au Queen's Head, et puis ils avaient rapporté des plats du Balti, pour leur dîner. Enfin, Jock s'en était rapporté un. Elle s'était contentée d'un sandwich qu'elle s'était préparé elle-même, et d'une banane. Jock disait détester les bananes, c'était comme de manger du savon sucré, et Minty ne pouvait s'empêcher de se remémorer les propos de Tantine, qui considérait toute personne n'aimant pas les bananes avec la plus profonde suspicion. Mais ce qui s'était produit ensuite avait chassé tout cela de son esprit. Il lui avait avoué qu'il aimerait bien passer la nuit chez elle. Elle savait ce que cela signifiait. Il ne lui proposait pas de rester coucher sur le canapé du salon. Il l'avait embrassée et elle lui avait rendu son baiser, mais, quand ils étaient montés au premier, elle l'avait abandonné dans la chambre, le temps de prendre un bain. Cela la perturbait de ne pouvoir se laver les cheveux, mais se mettre au lit les cheveux mouillés, ce n'était pas bon. Et elle aurait préféré que les draps ne soient pas ceux de mercredi : si elle avait su ce qui se tramait, elle les aurait changés.

Ce qui s'était passé avec Jock était sans rapport avec les allusions de Tantine. Cela faisait mal, mais sans trop savoir pourquoi, elle savait que ce ne serait pas toujours le cas. Jock était surpris qu'elle n'ait encore jamais fait la chose. Il avait du mal à y croire, tout comme il avait du mal à croire qu'elle ait trente-sept ans. Il était plus jeune, mais il ne lui révéla jamais de combien.

« Maintenant, je suis à toi, lui avait-elle soufflé. Je ne ferai jamais ça avec un autre.

— Bravo-oh », avait-il approuvé.

Le matin, elle s'était levée tôt, car avant de s'endormir, elle avait eu une riche idée. Elle allait lui préparer une tasse de thé et la lui monter. Cela lui laisserait le temps d'achever sa toilette. À son réveil, elle avait déjà pris son bain et s'était lavé les cheveux, elle portait un pantalon et un T-shirt propres, et se tenait docilement près du lit, un mug de thé et le sucrier dans les mains.

« C'est bien la première fois, lui avait-il confié. Aucune femme n'a jamais fait ça pour moi. »

Elle n'avait pas l'air aussi enchantée qu'il s'y serait attendu. Quelles étaient ces autres femmes qui ne lui avaient pas préparé son thé ? Peut-être uniquement sa mère et celle qui avait été son épouse. Il avait bu ce thé et s'était levé, puis était parti travailler sans véritablement faire sa toilette, ce qui l'avait choquée. Il s'était écoulé une semaine avant qu'elle ne reçoive de ses nouvelles. Elle était incapable de comprendre pourquoi. Elle s'était rendue à Harvist Road en bus, elle avait arpenté la rue dans les deux sens, elle avait monté les marches de quelques perrons pour aller lire les noms inscrits à côté de la sonnette. Le sien n'y figurait pas. Elle avait passé en revue toutes les rues avoisinantes, à la recherche du tape-cul, mais sans en trouver trace. Le téléphone avait sonné à deux reprises, cette semaine-là. Avant de répondre, elle avait touché du bois de trois couleurs différentes et récité sa prière, *Chère Tantine, fais que ce soit lui. Je t'en prie.* Mais la première fois c'était Corinne, qui lui demandait de transmettre un message à Sonovia, parce que leur téléphone était en panne, et ensuite c'était un représentant, qui voulait équiper sa maison de doubles vitrages. Lorsque Jock l'avait appelée, elle avait déjà renoncé à tout espoir.

« Je ne savais pas où tu étais, s'était-elle émue. Je t'ai cru mort. »

Elle avait la voix gorgée de larmes.

« Je ne suis pas mort, l'avait-il rassurée. Je suis allé dans l'Ouest, rendre visite à ma vieille maman. »

Il allait passer. D'ici une demi-heure, il serait chez elle. Elle avait pris un bain, s'était lavé les cheveux, avait enfilé des vêtements propres, tout ceci pour la deuxième fois en trois heures. Quand la demi-heure fut écoulée, il n'était toujours pas là, elle avait prié Tantine et touché du bois de sept couleurs différentes, la porte du salon couleur chêne, la porte d'entrée couleur crème, la table en pin, la chaise peinte en vert de la cuisine, le coffrage blanc de la baignoire, au premier, la cimaise rose et le manche jaune du lave-dos. Dix minutes plus tard, il était là. Ils s'étaient mis au lit, en plein milieu de l'après-midi. Elle avait aimé ça, encore plus, et s'était demandé si c'était chez elle que quelque chose clochait, ou chez Tantine ? Jock l'avait emmenée voir *Pile & Face*, puis l'avait invitée à dîner au Café Uno, dans Edgware Road. Le lendemain, comme c'était dimanche, elle lui avait annoncé qu'elle avait envie de lui révéler quelque chose de particulier ; ils s'étaient rendus au cimetière, et elle lui avait montré la tombe de Tantine.

« Qui est cette Maisie Chepstow ? s'était-il enquis. Elle est morte depuis très longtemps.

— C'était la grand-mère de ma tante. »

Cette idée fantaisiste semblait couler de source. Ç'aurait même pu être vrai. Que savait-elle des ancêtres de Tantine ?

« Je vais faire tailler une nouvelle pierre tombale, avec son nom gravé dessus.

— Cela va coûter cher.

— J'ai les moyens, avait-elle lâché avec désinvolture. Elle m'a laissé de l'argent. Une belle somme d'argent et la maison. »

Pendant un mois, Jock n'était plus reparti voir sa mère, et lorsqu'il y était retourné, ils étaient fiancés. Ils ne se marieraient pas avant qu'il ne décroche un meilleur emploi et qu'il ne gagne véritablement sa vie, l'avait-il prévenue. Entre-temps, il lui avait emprunté 250 livres pour lui acheter une bague. C'était son idée à elle. Il répétait tout le temps non, non, il n'en est pas question, mais elle avait tant insisté qu'il avait fini par céder. Il avait pris la mesure de son annulaire et, le lendemain, lui avait apporté la bague, trois diamants sur un jonc d'or.

« Je vais lui accorder le bénéfice du doute, avait concédé Sonovia à son mari, mais de nos jours, on fabrique des diamants en laboratoire, et ça ne coûte pas plus cher que de couler du verre. J'ai lu ça dans le *Mail on Sunday*. »

Jock avait passé la nuit du 30 juin chez Minty et, le matin, il s'était retourné dans le lit, il l'avait pincée, un petit pinçon à l'épaule, lui avait donné un petit coup au bras et lui avait fait :

« Poinçonne-mi, Poinçonne-moi, le premier du mois. Un aller simple. »

Encore une blague à la Pince-mi, Pince-moi. Ça portait chance, disait-il. Mais il fallait être le premier à le faire. Ce qui expliquait l'« aller simple ». Le 1er avril, avait-il ajouté, ce serait le jour des poissons d'avril. Il fallait épingler un poisson dans le dos de quelqu'un sans qu'il s'en aperçoive.

« Quel genre de poisson ?

— En papier, en carton, n'importe, à toi de décider.

— Et donc on se promène sans savoir qu'on a ce poisson dans le dos ?

— Exactement, Polo. On se paie la tête des gens, pas vrai ? »

Il affirma qu'il savait tout construire, qu'il était capable de fabriquer n'importe quoi. Elle lui avait demandé s'il pouvait faire quelque chose pour empêcher la fenêtre de la salle de bains de vibrer, et il lui avait promis de s'en occuper, mais il ne s'en était pas davantage occupé qu'il n'avait réparé le pied branlant de la table de la cuisine. S'il disposait d'un peu de capital, estimait-il, il pourrait monter sa propre affaire, et il savait qu'il réussirait. 5 000 billets en poche feraient toute la différence.

« Je n'ai que 2 500 livres, lui avait avoué Minty, et pas 5 000.

— C'est notre bonheur qui est en jeu, Polo. Tu pourrais hypothéquer la maison. »

Minty ignorait comment s'y prendre. Elle n'y entendait rien en affaires. C'était Tantine qui s'occupait de tout cela et, depuis sa disparition, elle trouvait déjà suffisamment compliqué de veiller au règlement de ses impôts locaux et de sa note de gaz. Elle n'avait jamais eu à se préoccuper d'hypothèque, personne ne lui avait jamais montré comment procéder.

« Laisse-moi faire, lui avait proposé Jock. Tout ce que tu auras à faire, ce sera signer les formulaires. »

Mais d'abord, elle lui avait remis presque tout l'argent qu'elle possédait. Elle allait lui signer un chèque, elle le libellerait exactement comme ceux qu'elle envoyait à la municipalité, sauf qu'elle inscrirait « J. Lewis » à la place de « Londres, arrondissement de Brent », mais il lui avait signalé qu'un règlement en liquide, ce serait plus facile pour lui, parce qu'il était en train de changer de banque. L'argent lui permettrait d'acheter une camionnette d'occasion, un progrès par rapport au tape-cul, et il lui resterait encore assez pour la publicité. Elle n'en avait parlé à personne, on ne comprendrait pas. Quand ils avaient reparlé de l'hypothèque, il était assis dans le lit de Minty, au 39, Syringa Road, en train de boire le thé qu'elle lui avait apporté. Il avait envie qu'elle revienne dans le lit, pour un câlin, mais elle ne voulait pas, elle venait juste de prendre un bain. Sa bague de fiançailles avait reçu un bon nettoyage, immergée toute la nuit dans le gin. La maison, calculait-il, valait autour de 80 000. Laf l'avait évaluée au même montant, aussi n'avait-elle pas besoin qu'on la convainque. La chose à faire, ce serait d'en retirer une hypothèque de 10 000 livres, le huitième de sa valeur.

Minty n'avait pas beaucoup de sens pratique, mais Tantine lui avait inculqué certains principes d'économie, et notamment de ne jamais ni emprunter ni prêter à personne. Elle avait déjà effectué le prêt, et maintenant elle allait se mettre à emprunter – mais tant que ça ?

« Il faut que je voie, lui avait-elle dit. Je vais devoir y réfléchir. »

Depuis le début de leur liaison, Jock passait toutes ses soirées avec elle, et presque toutes ses nuits. Comme il ne s'était plus montré et ne lui avait plus téléphoné depuis trois jours, elle avait composé le numéro de Harvist Road qu'il lui avait finalement donné, mais personne ne répondait jamais. Peut-être était-il retourné chez sa maman, tout simplement. S'il ne revenait plus jamais, c'était parce qu'elle avait hésité pour l'hypothèque. Elle s'était enfermée dans des rituels, des prières, elle était allée déposer d'autres fleurs sur la tombe de Tantine, c'était à peine si elle osait faire un pas dans la maison sans toucher du bois, déambulant dans la pièce comme une vieille dame qui ne tiendrait plus debout sans s'appuyer sur les tables et les chaises. Ces rituels l'avaient fait revenir, ainsi que les prières et les fleurs. Elle avait décidé de lui remettre les 10 000 livres.

Il n'avait pas l'air aussi content qu'elle l'aurait espéré. Il semblait un peu absent, comme si ses pensées et ses intérêts étaient ailleurs. Elle n'avait pu mettre le doigt sur la raison de ce changement, mais il avait bel et bien changé. Quand il lui avait expliqué, elle avait compris. Sa maman était malade, lui avait-il confié. Elle était en liste d'attente à l'hôpital, depuis des mois. Il aimerait bien la sortir du système public, et lui payer une opération dans le privé, si seulement il pouvait se le permettre. Toute cette histoire le préoccupait. Il allait peut-être devoir s'éloigner et rester avec elle un petit moment. Entre-temps, il allait se procurer les formulaires d'inscription auprès de la société d'investissement et de crédit immobilier.

Minty lui avait révélé qu'il lui restait encore 250 livres en banque, et qu'il n'avait qu'à les utiliser pour payer l'opération de sa maman. La banque de Jock n'avait pas encore achevé le transfert de son compte dans l'autre agence, et donc elle avait retiré ce liquide de la sienne et vidé son compte. Il avait rangé les billets dans la poche de sa veste en cuir noir et lui avait dit qu'elle était un ange. La veste avait l'air neuve, le cuir était tout raide et brillant, mais il lui avait certifié que non, il la possédait depuis des années, simplement, il n'avait jamais eu trop l'occasion de la porter. Le lendemain, il lui avait téléphoné de son portable – elle ignorait qu'il avait un portable – pour lui annoncer qu'il était à bord du train en direction de l'ouest. Grâce à elle, sa mère pourrait se faire opérer la hanche dès la semaine prochaine.

Minty avait parlé à Sonovia de cette opération, en omettant de mentionner sa contribution personnelle. Elles étaient au cinéma, elles attendaient que le grand film commence et que Laf revienne des toilettes. C'était la première fois que Minty sortait avec eux depuis que Jock avait fait son entrée en scène.

« Sa maman va se faire poser une prothèse à la hanche pour 250 livres ? Tu veux rire.

— Une opération dans le privé, ça coûte très cher, s'était défendue Minty.

— Je ne dis pas que c'est cher, ma chèère, je prétends que ce n'est rien du tout. »

Minty n'aimait pas cela. Elle avait toujours soupçonné Sonovia d'être jalouse parce que sa Corinne n'avait pas de petit ami. Les lumières s'étaient éteintes et elle avait accepté le paquet de pop-corn que lui avait tendu Laf. D'habitude, elle aimait bien le pop-corn, c'était sec, propre, et pas salissant à manger, mais ce soir-là il avait en quelque sorte un goût de rassis. Ce serait malheureux que Sonovia et Laf prennent Jock en grippe, alors qu'il était sur le point de venir s'installer à côté de chez eux de façon permanente.

Comme le reste du pays, elle avait appris la nouvelle de l'accident du train de Paddington à la télévision. Elle n'avait établi de lien avec aucune de ses connaissances. Jock lui avait téléphoné la veille, de chez sa maman, comme promis, et ne lui avait rien dit de son retour prochain. Au bout de trois jours, comme il ne l'avait pas rappelée et ne s'était pas montré, elle avait l'air si pâle et si mal en point que Josephine s'était inquiétée de ce qui n'allait pas.

« Jock a disparu, lui avait-elle appris. Je ne sais pas où il est passé. »

Josephine ne s'était risquée à aucun commentaire devant Minty, mais elle en avait fait à Ken, son petit ami. Il ne comprenait rien à ce qu'elle disait, mais elle avait continué de lui parler comme si de rien n'était. Il aimait bien le son de sa voix et, tout en écoutant, il souriait avec la tranquillité du bouddhiste en paix avec lui-même et avec le monde.

« Peut-être que la maman de Jock vit à Gloucester, Ken, ou pas loin. Quelles chances avait-il d'être dans ce train, celui dans lequel s'est encastré le train régional ? Ils n'ont pas encore communiqué le nom des victimes, il y en a qui souffrent de blessures horribles. Minty va être anéantie, ça va pour ainsi dire la briser. »

En effet. Quand elle avait reçu la lettre, Jock avait disparu depuis une semaine.

3

Le fantôme entra dans l'Immacue. Minty était dans le fond, en train de repasser des chemises tout en gardant un œil sur la boutique, pendant que Josephine était allée faire un saut à Whiteley. Elle entendit le carillon et sortit de la pièce. Le fantôme de Jock était là, en jean et en veste de cuir noir, il lisait la carte posée sur le comptoir, qui fournissait tous les détails sur l'offre spéciale réservée aux retraités. Un nettoyage gratuit pour trois articles confiés. Pour lui parler, elle dut rassembler tout son courage.

«Tu es mort, fit-elle. Retourne là d'où tu viens.»

L'apparition leva les yeux sur elle. Ils avaient changé de couleur, ses yeux, ils n'étaient plus bleus, mais d'un gris pâle et délavé. Son expression lui parut menaçante et cruelle.

«Je n'ai pas peur de toi. (Elle avait peur, mais elle était déterminée à ne pas le montrer.) Si tu reviens encore, je trouverai le moyen de me débarrasser de toi.»

Le carillon retentit à l'ouverture de la porte, et Josephine entra. Elle portait un sac de provisions de chez Marks & Spencer, et un autre de la boutique qui vendait du maquillage et des parfums à prix cassés.

«À qui parlais-tu?»

Elle pouvait voir Josephine à travers le spectre, derrière lui. Il était en train de s'effacer, ses contours se brouillaient.

« À personne, lui répondit-elle.

— On dit que c'est le premier signe de la folie, parler toute seule. »

Minty n'ajouta rien. Le fantôme se dissipa, comme le génie qui réintègre sa bouteille dans la pantomime que l'avait emmenée voir Tantine quand elle était petite.

« Moi, c'est comme ça que je vois ça. Si tu es dingue, tu ne sais pas que tu parles toute seule. Tu crois parler à quelqu'un parce que tu vois des choses que les gens normaux ne voient pas. »

Ne goûtant guère ce genre de conversation, Minty retourna à son repassage. La mort de Jock remontait à cinq mois. Elle s'était fait un sang d'encre, et pourtant, assez curieusement, elle n'avait jamais cru possible qu'il soit victime de cette collision. Elle n'avait pas saisi que l'express venait de l'ouest et, même si cela lui était venu à l'esprit, elle ignorait à quel endroit se situait Gloucester, ou si la maman de Jock vivait là-bas. En outre, au téléphone, il lui avait dit qu'il ne serait pas de retour avant le surlendemain. Les listes des victimes étaient parues dans les journaux, mais Minty ne lisait pas souvent le journal. Quand ses voisins avaient fini l'*Evening Standard*, Laf le lui apportait, mais elle regardait surtout la télé. Regarder des images, ça donnait une meilleure idée des faits, répétait tout le temps Tantine, et il y avait toujours le présentateur du journal pour expliquer ce qui s'était passé.

Elle ne recevait pas beaucoup de lettres non plus. Quand un courrier lui parvenait, c'était un événement, mais c'étaient surtout des factures. La lettre qui lui parvint, alors qu'elle demeurait sans nouvelles de Jock depuis une semaine, portait la mention *Great Western* en tête de page, en grandes lettres inclinées, et elle était imprimée sur ordinateur. Enfin, c'est Laf qui remarqua ce détail. Elle commençait par la mention «Chère Madame», et l'expéditeur regrettait de l'informer que son fiancé, M. John Lewis, se trouvait parmi les voyageurs de l'express de Gloucester qui avaient été mortellement blessés. Minty lut cette lettre debout dans le vestibule du 39, Syringa Road. Elle sortit telle qu'elle était, sans son manteau, laissa la porte claquer derrière elle, et se rendit à la maison voisine. Daniel, le fils de Sonovia, le médecin, qui, ayant travaillé tard la veille au soir, avait dormi à la maison, était assis à la table de la cuisine, en train de prendre son petit déjeuner.

Minty brandit la lettre au visage de Sonovia et éclata en une violente crise de larmes. Elle ne pleurait pas très souvent, et quand cela lui arrivait, c'était l'explosion brutale d'un malheur longtemps contenu. Ce n'était pas seulement la perte de Jock qui l'affligeait, mais de Tantine, et la maman de Tantine, et le fait d'être seule et de n'avoir personne. Sonovia lut la lettre et la tendit à Daniel, qui la lut à son tour. Là-dessus, il se leva et versa une goutte de cognac dans un verre, qu'il administra personnellement à Minty.

«J'ai quelques doutes sur cette histoire, avoua Sonovia. Je vais faire vérifier ça par ton père.

— Ne la laisse pas partir à son travail, maman, conseilla Daniel. Veille à ce qu'elle reste allongée, qu'elle se repose, et puis tu pourrais lui préparer une boisson chaude. Moi, je ferais mieux d'y aller, sinon je vais être en retard pour opérer.»

Minty resta couchée jusqu'en début d'après-midi, et Sonovia lui apporta plusieurs fois des boissons chaudes, du thé sucré, et du cappuccino préparé selon sa recette personnelle. Heureusement, sa voisine possédait une clef du 39, sans quoi Minty n'aurait pu y retourner. Laf effectua-t-il cette vérification ou non, elle n'en sut jamais rien. Elle songea qu'elle avait peut-être rêvé ce propos dans la bouche de Sonovia. Jock était bel et bien mort, sans quoi les gens de la compagnie ne lui auraient pas écrit. Josephine fut très gentille avec elle, en lui proposant de prendre un congé. Après toutes ces années où elle avait toujours été aussi exacte qu'une horloge, c'était bien le moins qu'elle puisse lui accorder, estimait-elle. Minty reçut beaucoup de témoignages de sympathie. Sonovia lui prit un rendez-vous avec un avocat, et le vieux M. Kroot, son autre voisin, qui n'avait plus prononcé un mot depuis des années, lui apporta un soutien familial à sa façon en glissant dans sa boîte aux lettres sa carte avec un liseré noir. Si Josephine lui envoya des fleurs, Ken lui apporta un plat de poulet au citron avec du riz poêlé et du Butterfly Romance, un dessert chinois. Il ne devait pas savoir qu'elle ne mangeait jamais rien qui sorte des cuisines d'un restaurant.

Pendant cinq jours, elle pleura sans répit. Toucher du bois ou prier aurait dû enrayer la crise, mais cela resta sans effet. Pendant tout ce temps, elle ne prit qu'un bain par jour, elle était si faible. Ce fut le souvenir de l'argent qui interrompit ses pleurs. Depuis qu'elle avait reçu cette lettre, elle n'y avait jamais repensé, mais à présent, si. Ce n'était pas tant à cause de ses économies, évaporées, mais de ce que Tantine lui avait laissé, que Minty considérait comme une donation sacrée, qu'il convenait de protéger et d'adorer. Elle aurait aussi bien pu le jeter par les fenêtres. Dès qu'elle se sentit de nouveau la force de sortir, elle se baigna et se lava les cheveux, enfila des vêtements propres et porta sa bague de fiançailles chez un bijoutier de Queensway.

Il regarda le bijou, l'examina à la loupe et haussa les épaules. Elle devait valoir 25 livres, mais il ne pouvait lui en offrir que 10, au maximum. Minty lui répondit que, dans ce cas, elle préférait la garder, merci beaucoup. Il lui fallut encore quelques semaines avant que son amour pour Jock ne vire à l'aigre et ne se transforme en ressentiment.

Laf informa Sonovia qu'aucun John Lewis, ni même personne portant un nom vaguement approchant, ne figurait dans la liste des victimes de la catastrophe ferroviaire. Il contacta Great Western et découvrit que l'envoi de lettres de cette sorte ne s'inscrivait absolument pas dans leur politique et que, en tout état de cause, la signataire de ce courrier n'existait pas. Laf savait très bien que, en pareilles circonstances, la nouvelle d'un décès aurait été transmise par l'intermédiaire de la police. Deux fonctionnaires se seraient présentés à la porte de Minty. Dont lui-même, très probablement. Encore eût-il fallu qu'ils soient au courant de son existence, naturellement. Comment auraient-ils su ? Minty n'était pas mariée à Jock, elle ne vivait même pas avec lui. Quitte à contacter une femme, ils auraient choisi la mère de Jock – s'il avait une mère, s'il y avait une once de vérité dans tout ce qu'il avait raconté à Minty.

« Ce coup l'a achevée, constata Sonovia.

— Qu'est-ce que tu veux dire par achevée ?

— Elle a toujours été assez spéciale, non ? Allons, Laf, reconnais-le, une personne normale ne prend pas deux bains par jour et ne se lave pas les mains toutes les dix minutes. Et sa manière d'enjamber les jointures des dalles comme une gamine ? Tu l'as vue toucher du bois quand elle a peur de quelque chose ? »

Laf parut troublé. Quand quelque chose le perturbait, son visage, de la même couleur châtaigne que ses souliers, et tout aussi brillant, s'affaissait en une cascade de plis et de replis, avec sa lèvre inférieure proéminente.

« Il s'est payé sa tête, et quand il a dégotté mieux ailleurs, il a décampé. Ou alors l'idée du mariage l'a effrayé. Une chose est sûre, il n'a pas été tué dans cet accident de train, mais ça, on ne lui dira pas. On va la sortir un peu plus que d'habitude. La distraire d'elle-même. »

Et donc Minty, que Jock avait emmenée dans le monde, et elle avait aimé ça, qui avait découvert le sexe sur le tard et allait se marier, vit son existence sociale réduite à une sortie au cinéma tous les quinze jours en compagnie de ses voisins. Elle ne leur reparla plus jamais de Jock, jusqu'à ce qu'elle revoie son fantôme assis sur la chaise du salon. S'entendre répondre de ne pas se montrer si bête, et qu'elle avait été victime d'une hallucination, la décida à ne plus jamais en parler à ces deux-là. Elle aurait aimé trouver quelqu'un à qui se confier, et qui la croirait, en s'abstenant de lui soutenir que les fantômes, cela n'existe pas. Pas un avocat, non, ce n'est pas à cela qu'elle songeait. Elle avait maintenu le rendez-vous que Sonovia avait pris pour elle, mais l'avocat s'était borné à lui suggérer de ne pas garder son chagrin en conserve, d'y donner libre cours, de s'en délester et de dialoguer avec d'autres personnes endeuillées par cette catastrophe. Comment aurait-elle pu s'y prendre ? Elle ne les connaissait pas. Il ne lui était pas venu à l'esprit d'étouffer son chagrin, elle avait pleuré pendant une semaine. Cela aurait l'air de quoi, du chagrin en conserve ? D'un liquide opaque et gris, songea-t-elle, sans mousse ni bulles. De toute manière, son humeur n'évoluait pas du tout comme on le lui avait promis. Jock la mettait encore dans un état épouvantable, elle aurait préféré ne jamais l'avoir rencontré, comme ça, il n'aurait pas pu lui gâcher l'existence. Surtout, ce qu'elle souhaitait, c'était trouver quelqu'un qui sache comment on se débarrasse des revenants. Il devait exister des gens, des pasteurs ou quelque chose dans ce goût-là, susceptibles de lui dire quoi faire, ou de le faire pour elle. L'ennui, c'était que personne ne croyait aux fantômes. Parfois, elle avait l'impression qu'elle allait devoir s'en défaire par elle-même.

Après cette apparition à l'Immacue, elle ne le revit plus pendant une semaine. À présent, il ne faisait plus si sombre, le soir, et quand elle rentrait du travail, il faisait encore jour. Elle prenait soin de ne jamais laisser de chaise au milieu de la pièce, et elle avait averti Josephine qu'elle ne voulait plus jamais rester seule dans la boutique, cela la rendait nerveuse. Depuis qu'elle avait perdu Jock, elle avait les nerfs en pelote. C'était une drôle de situation, détester quelqu'un qui vous manquait. Une fois, elle se rendit à Harvist Road, voir la maison où il lui avait finalement dit habiter. Elle estima que la femme qui lui louait une chambre aurait pu suspendre un ruban noir à une fenêtre, ou tout au moins laisser les rideaux fermés, mais elle ne vit rien de tel. Comment réagirait-elle si le spectre sortait par la porte du perron et descendait les marches ? Minty avait si peur qu'elle regagna l'arrêt de bus en courant.

« Il vaut mieux pour elle qu'elle le croie mort, confia Sonovia à sa fille Corinne. Ton père dit qu'il aimerait bien mettre la main sur lui, et que s'il pointait le bout de son nez par ici, après ce qu'il lui a fait, il ne répondrait pas des conséquences. À quoi sert ce genre de conversation, voilà ce que je dis, moi. Laissons-la en finir avec son deuil, c'est la meilleure façon de procéder, et ensuite elle pourra reprendre le cours de son existence.

— Et quel genre d'existence ce serait, maman ? À ma connaissance, elle n'a jamais eu de vie à elle. Est-ce qu'il lui a pris de l'argent ?

— Elle ne m'en a jamais parlé, mais j'ai quelques soupçons. Winnie lui en a laissé un peu. Je ne sais pas combien, et je n'irai pas lui demander. Ton père dit qu'il a compris tout le scénario. Jock a engagé la conversation au pub et quelqu'un… Brenda, vraisemblablement, elle ne peut jamais tenir sa langue… Elle lui a désigné Minty, et elle a parlé de Winnie Knox qui lui avait légué cette maison et un peu d'argent, elle a multiplié le tout par dix, ça ne fait pas l'ombre d'un doute, et Jock a flairé le filon. »

Corinne s'approcha de la fenêtre et regarda dehors dans le jardin situé à l'arrière de la maison, séparé de celui de la maison voisine par un simple grillage. De l'autre côté, Minty était en train d'étendre son linge, un sac-poubelle en plastique noir déployé sur l'herbe, sous ses pieds.

« Je suis sérieuse, maman. Comment peux-tu savoir s'il a réellement existé ? Est-ce que tu l'as vu ? »

Sonovia la dévisagea.

« Non, nous ne l'avons jamais vu. Comme tu le sais, nous restons plutôt entre nous. (Sa fille la regarda comme si elle n'en savait rien, comme si c'était pour elle une surprise, mais elle ne réagit pas.) Attends une minute, quand même. Si, on a vu sa voiture, une espèce de vieux tas de ferraille. Et ton père a entendu sa voix derrière le mur. Il riait. Il avait un rire très sonore, très chaleureux.

— Très bien. Sauf que les gens fantasment. Et maintenant, elle en est au stade où elle voit un fantôme, c'est ça ? Tu sais si elle a déjà suivi un traitement psychiatrique ?

— Qui ? Minty ?

— Non, maman, le chat de M. Kroot. Oui, Minty, qui d'autre, sinon ?

— Ce n'est pas à moi qu'il faut poser la question.

— Je te la pose simplement parce les gens normaux ne se conduisent pas comme elle. Voir des esprits et n'avoir jamais connu aucun homme avant Jock, et tout le temps porter le même style de vêtements, exactement le même. Et tous ces gestes obsessionnels.

— Maintenant que tu y fais allusion, c'est exactement là-dessus que j'attirais l'attention de ton père.

— J'ai eu une cliente comme elle. Elle voulait porter plainte pour dommages corporels caractérisés, mais l'essentiel des dommages, c'est elle qui les infligeait à son propre corps, elle se tailladait pour se soulager de son angoisse, expliquait-elle. Elle avait tellement de comportements obsessionnels qu'elle avait perdu son emploi, car elle consacrait trop de temps à ranger les choses dans le bon ordre, et elle revenait vérifier dix ou douze fois, et du coup elle n'avait plus le temps de travailler.

— Il faut être dingue pour agir de la sorte.

— Eh bien, je ne te le fais pas dire, maman », acquiesça Corinne.

Tantine lui avait révélé qu'Agnes avait eu l'intention de l'appeler Arabella. Ensuite, la meilleure amie d'Agnes, en dehors de Tantine, avait eu un bébé – elle était mariée, comme il se doit –, qu'elle avait justement prénommée Arabella, et donc Agnes s'était décidée pour Araminta, ce qui n'était pas très différent. Un jour, Jock et elle avaient parlé prénoms, évidemment, et il lui avait raconté qu'il se prénommait John, mais que sa mère l'appelait Jock car elle était originaire d'Écosse. C'était tout ce que Minty savait de Mme Lewis, qu'elle était écossaise et qu'elle habitait quelque part à Gloucester.

John n'ayant eu le temps ni d'acheter une camionnette ni de monter une entreprise, il devait donc, au moment de sa mort, conserver encore tout son argent. Où cet argent était-il passé ? Minty avait posé la question à Josephine, sans mentionner leurs noms, évidemment, mais uniquement pour s'interroger sur le sort de l'argent de quelqu'un qui mourait sans avoir rédigé de testament, comme l'avait fait Tantine. Elle savait qu'il n'en avait pas rédigé, car il le lui avait dit, et elle avait répondu qu'ils devraient s'en occuper après leur mariage.

« Tout devrait revenir à son plus proche parent, je suppose », avait observé Josephine.

Ce ne serait pas son ex-femme, puisque c'était son ex, mais la vieille Mme Lewis. C'était elle qui devait restituer son argent à Minty. Il ne lui appartenait pas de plein droit, ce n'était qu'un prêt consenti à Jock, pas un don, et encore moins un prêt à l'intention de Mme Lewis. On ne se tromperait pas de beaucoup en affirmant qu'elle l'avait volé. Minty songeait souvent à Mme Lewis jouissant de cette somme. Elle habitait dans sa jolie maison de Gloucester, elle jouait l'argent de Minty au bingo et s'offrait tous les luxes dans les boutiques, du chocolat belge et du sherry. Elle avait eu l'intention d'utiliser cet argent pour l'installation d'une douche. Sous la douche, on consommait moins d'eau, mais on se lavait mieux. Il serait commode de prendre deux douches par jour et de se laver les cheveux en même temps. Et ce n'était pas à une pomme de douche avec son flexible qu'elle songeait, mais à une vraie cabine, où l'on entrait, avec une porte en verre et des parois carrelées. Maintenant, elle n'avait plus qu'à faire une croix dessus, en tout cas, il lui faudrait patienter des années et des années.

Quand Jock réapparut, assis sur la chaise de la cuisine, elle ne fut pas aussi terrorisée que la première fois. Peut-être à cause de sa silhouette vague et brumeuse, presque translucide. À travers sa poitrine, on voyait les barreaux peints en vert du dossier de la chaise. Elle était debout devant lui, et elle lui demanda pourquoi il avait permis à sa mère de s'accaparer cet argent. Il ne répondit pas, et ne tarda pas à s'en aller, en exécutant son numéro du génie qui disparaît dans sa bouteille, s'évanouissant comme de la neige qui fond.

Mais au cours de la nuit, il s'adressa à elle. En tout cas, il parla. Peut-être sans s'adresser à elle, ni à personne. Sa voix la tira de son profond sommeil, elle lui répétait : « Elle est morte, elle est morte... » Cette voix de bronze, douce et sucrée. Elle ne semblait pas triste, mais il est vrai que ce n'avait jamais été le cas.

Qui désignait-il par « elle » ? Pas son ex-femme, elle devait être trop jeune. Minty était couchée dans son lit, elle réfléchissait. Quand les rideaux étaient tirés et les réverbères éteints, l'obscurité était impénétrable. Elle chercha son fantôme, scruta les recoins vides et invisibles, en vain.

Il avait dû faire allusion à sa mère. Et cela ne devait guère l'attrister, car ainsi la vieille Mme Lewis pourrait le rejoindre, où qu'il demeure. Minty referma les yeux, mais elle mit un bon moment à retrouver le sommeil.

4

Zillah en avait fait l'expérience, les hommes ne se déclaraient jamais, sauf dans les romans d'antan. Ils se contentaient d'évoquer «un jour» où ils se marieraient avec vous, où ils «s'engageraient» ou, plus vraisemblablement encore, le devoir fâcheux auquel ils se plieraient une fois que vous seriez enceinte. Ils ne demandaient jamais, comme Jims venait de le lui proposer: «Veux-tu m'épouser?». Du coup, elle hésita à le prendre au sérieux. Qui plus est, il existait une autre raison lui interdisant de la demander en mariage.

«Viens-tu vraiment de dire ce qu'il me semble avoir entendu? s'enquit Zillah.

— Oui, ma chérie, vraiment. Laisse-moi m'expliquer. Je veux t'épouser, je veux vivre avec toi, et je veux que cela dure jusqu'à la fin de nos jours. Je t'apprécie. Je crois qu'on s'entend bien.»

Zillah, que sa pauvreté avait contrainte à cesser de fumer depuis une semaine, prit une cigarette dans le paquet qu'il avait posé sur la table. Jims la lui alluma.

«Mais tu es gay, lui rappela-t-elle.

— C'est le problème. Je suis également député conservateur du South Wessex et, entre nous, si je ne fais rien pour enrayer la chose, dans les six prochains mois, je pense que mon homosexualité sera révélée au grand jour.

— Oui, d'accord, mais par les temps qui courent, tout le monde fait l'objet de ce genre de révélation, ou se déclare publiquement. Je veux dire, je sais que ça ne t'est pas encore arrivé, mais ce n'est qu'une question de temps.

— Non, pas du tout. Qu'est-ce qui te fait dire ça ? Je mets un point d'honneur à me montrer en compagnie de femmes. Je suis sorti avec cet horrible mannequin, Icon, pendant des semaines. Pense un peu à mes électeurs, à ma circonscription. Tu vis en plein dedans, tu dois bien savoir ce que c'est. Non seulement ils n'ont jamais élu que des conservateurs, mais avant moi ils n'ont jamais élu d'homme qui ne soit pas marié. C'est l'échantillon électoral le plus à droite de tout le Royaume-Uni. Ils détestent les pédales. Dans son discours annuel, la semaine dernière, le président de l'Association des conservateurs du South Wessex a comparé ce qu'il appelle les "invertis" à des nécrophiles, des adeptes de la bestialité, des pédophiles et des disciples de Satan. Dans moins d'un an, il va y avoir une élection générale. Je n'ai pas envie de perdre mon siège. En outre… (Jims afficha ce sourire mystérieux qui se dessinait souvent sur son visage quand il évoquait les coulisses du pouvoir.) En outre, mon petit oiseau m'a dit que j'ai une toute petite chance d'obtenir un poste lors du prochain remaniement du cabinet fantôme, pourvu que je garde mes petites papattes bien propres. »

Zillah connaissait James Isambard Melcombe-Smith depuis que ses parents étaient venus, vingt-cinq ans auparavant, s'installer sur la propriété de ceux de James en qualité de régisseurs et de responsables de l'entretien, dans le cottage fourni par leur employeur. Elle se redressa sur sa chaise et le considéra d'un œil neuf. Il était probablement le plus bel homme qu'elle ait jamais vu : grand, les cheveux sombres, l'air d'une star de cinéma, une star du temps où la beauté représentait le critère cardinal de réussite à Hollywood ; mince, élégant, trop beau pour être hétéro, songeait-elle quelquefois, et beaucoup trop beau pour siéger à la Chambre des communes. Cela la sidérait que des gens comme ce président et le *Chief Whip*, le secrétaire du parti chargé de la discipline de vote au sein du groupe parlementaire, ne l'aient pas déjà démasqué depuis des années. Elle se serait même entichée de lui, si elle n'avait pas su depuis l'âge de seize ans que c'était peine perdue.

« Qu'est-ce que j'aurais en échange ? lui demanda-t-elle. Pas de sexe, ça, c'est certain.

— Eh bien, non. Mieux vaut appeler un chat un chat, ma chère. Ce serait pour ainsi dire un *mariage blanc*, comme on dit en français, mais aussi un mariage très "libre", sauf que cette partie-là de l'arrangement resterait notre petit secret. Quant à ce que tu en retirerais, ce ne serait tout de même pas de la roupie de sansonnet, personne n'oserait le prétendre. J'ai pas mal de fric, tu n'es pas sans le savoir. Et je ne parle pas de l'indemnité de misère que me verse la matrice de tous les Parlements. Plus ma charmante demeure de Fredington Crucis et mon appartement de grand luxe à portée de cloche de la Chambre, à l'heure où l'on sonne la mise aux voix… appartement évalué, faut-il le préciser, à 1 million de livres pas plus tard que la semaine dernière. Tu jouiras de mon nom, d'une absence de tout souci matériel, d'un tas de beaux habits, d'une voiture de ton choix, de voyages à l'étranger, d'écoles très correctes pour les enfants…

— Ah oui, Jims, au fait, et les enfants ?

— J'adore les enfants, ça, tu le sais. Est-ce que je n'aime pas les tiens ? Je n'en aurai jamais à moi, à moins que je ne me mette en ménage, une relation stable avec une personne de mon sexe, et que je n'en adopte un. Tandis que là, j'aurai les tiens à portée de main, une paire de charmants petits pigeons aux boucles blondes, avec leur accent du Dorset.

— Ils n'ont pas l'accent du Dorset.

— Oh si, ils ont l'accent du Dorset. Mais on va bientôt y remédier. Alors, qu'en penses-tu ?

— Il faut que j'y réfléchisse, Jims, fit Zillah.

— D'acco' d'ac, mais que cela ne te prenne pas trop de temps non plus. Je t'appelle demain.

— Pas demain, Jims. Jeudi. D'ici jeudi, je me serai décidée.

— Ta décision penchera en ma faveur, n'est-ce pas, mon cœur ? Si tu veux, je te dirai que je t'aime, et ce sera presque vrai. Oh, et au sujet de l'aspect mariage très "libre", tu comprendras, n'est-ce pas, que j'en exclue ton ex-mari ? Je suis convaincu que tu me comprends. »

Après son départ, dans la Range Rover et pas dans la Ferrari, Zillah enfila son duffel-coat, un foulard qui avait appartenu à sa mère et une paire de bottes en caoutchouc bien trop grandes qu'un homme avait laissées là après une aventure d'une nuit. Elle emprunta la rue du village en réfléchissant à elle-même et à sa situation, à Jerry et à l'avenir, à Jims et à ses relations avec ses parents, mais surtout à elle-même. De son nom de baptême, elle s'appelait Sarah, comme six autres filles de sa classe à l'école primaire, mais pendant son adolescence, à l'occasion d'un examen sanguin, elle avait découvert qu'elle était de groupe B, un groupe sanguin assez rare, sauf chez les gitans ; Zillah étant l'un des prénoms préférés des Tziganes, elle s'était rebaptisée ainsi. Et maintenant, voilà qu'elle essayait de l'assortir à un nouveau nom de famille à rallonge. Zillah Melcombe-Smith, cela sonnait beaucoup mieux que Zillah Leach. Mais c'eût été vrai de n'importe quel autre patronyme.

C'était drôle que Jims soit au courant pour Jerry. C'est-à-dire, qu'il soit au fait de l'arrangement tacite qu'elle avait conclu avec lui – autrefois. Naturellement, elle ne croyait pas du tout à la lettre qu'elle avait reçue, c'était vraiment faire insulte à son intelligence. Il ne possédait pas d'ordinateur. Une nouvelle conquête avait dû la lui rédiger. « Ex-mari », c'était le terme que Jims avait employé. C'était bien naturel, tout le monde employait ce terme, pourtant, Jerry et elle n'avaient pas vraiment divorcé. Ils ne s'y étaient jamais résolus. Et maintenant, si Jerry n'était pas mort, il avait envie qu'elle le croie disparu, ce qui revenait au même. Cela signifiait qu'il ne reviendrait pas. L'« arrangement » était caduc et les enfants avaient perdu leur père. Ce n'est pas qu'il ait jamais été pour eux un père vraiment formidable, avec ses visites à l'improviste, il était plutôt du genre furet, il est passé par ici, il repassera par là. Si elle acceptait la demande en mariage de Jims – si romantique et démodé que cela puisse paraître –, serait-elle en mesure de se présenter comme une veuve, ou serait-il plus sûr de se déclarer célibataire ? Si elle acceptait, ce serait bien fait pour sa mère, qui serait peut-être forcée de renoncer à ses airs condescendants tellement insupportables.

Le village de Long Fredington portait ce nom à cause de sa très longue rue principale – plus de huit cents mètres entre Burton Farm à l'est et Thomas Hardy Close à l'ouest. C'était le plus étendu des villages de la série, les autres s'appelaient Fredington St. Michael, Fredington Espicopi, Fredington Crucis et Little Fredington. Ils étaient tous pittoresques : de la matière idéale pour cartes postales. Chaque maison, même les plus récentes, chaque grange, chaque église, le moulin, le pub (devenu désormais une maison particulière), l'école et la boutique (également devenues des maisons particulières), tous étaient bâtis avec la même pierre gris or. Si vous aviez les moyens, et surtout si vous étiez à la retraite, c'était un endroit charmant où vivre. Si vous possédiez une voiture, ou même deux, et un emploi à Casterbridge ou à Markton, un mari et une garde d'enfants, ce n'était pas trop mal. Pour une personne dans la situation de Zillah, c'était l'enfer. Eugenie se rendait à l'école en bus, cela pouvait encore aller, mais il n'y avait pas de halte-garderie, pas de crèche pour Jordan, et il restait toute la journée à la maison avec elle. Elle ne possédait pas de voiture, même pas de vélo. Une fois par semaine, si elles n'avaient rien de mieux à faire, Annie, d'Old Mill House, ou Lynn, à La Vieille École, la conduisaient à une quinzaine de kilomètres de là, au Tesco, pour qu'elle puisse faire ses courses. Bien moins souvent, quelqu'un l'invitait à dîner, mais ces occasions de sorties se faisaient très rares. Toutes avaient un mari, et elle était une très jolie célibataire. De toute manière, elle ne pouvait dénicher de baby-sitter.

À la hauteur d'All Saints Church, un bel édifice du quatorzième siècle où l'on avait dérobé tous les objets en cuivre jaune d'une valeur inestimable pour les fondre, et dont toutes les peintures médiévales absolument uniques avaient été défigurées à coups de graffitis, elle prit à gauche dans Mill Lane. Dès qu'on avait dépassé deux cottages élégamment rénovés, c'était la fin des maisons habitées. Mis à part le chant des oiseaux, le silence régnait. La chaussée se resserrait et les branches des hêtres se rejoignaient en surplomb. Même si l'on était à la fin de l'automne, la journée restait ensoleillée et presque chaude. Si c'était ça, le réchauffement planétaire, songea Zillah, elle était pour à mille pour cent. Peu lui importaient l'élévation du niveau de la mer et la disparition des côtes, elle ne vivait pas sur le littoral. Et peut-être ne vivrait-elle plus bien longtemps ici, si elle épousait Jims, son meilleur ami, son ami d'enfance, l'homme le plus prévenant qu'elle ait jamais connu.

Au passage du gué, elle posa prudemment le pied sur les pierres plates qui formaient un chemin en travers du ruisseau. Depuis la rive, les canards fixaient sur elle leur regard indifférent, et un cygne glissait dans le courant. Elle devait admettre que l'endroit était ravissant, mais il serait encore plus ravissant si elle avait le loisir d'y venir en habitant Fredington Crucis House, vêtue d'un jean Armani, d'une veste en agneau plongé et de bottines Timberland, après avoir garé la Range Rover devant l'église. Mais Jims était gay, un écueil à ne pas sous-estimer. Et Jerry ? Il n'aurait pas fait expédier cette lettre par on ne savait qui s'il n'avait pas souhaité qu'elle le croie mort, mais pour ce qui était de changer d'avis, il était très fort. S'il y avait une chose susceptible de définir Jerry, disons, en dehors de son goût pour les bonbons à la menthe et de son aversion pour les bananes, c'étaient ses changements d'état d'esprit ultrarapides. Supposons qu'il ait un remords et qu'il veuille revenir à la vie ?

Une grande mare aux canards dominait le jardin – si l'on pouvait appeler cet endroit ainsi – d'Old Mill House. Certes, il n'avait pas plu à Long Fredington depuis une semaine, et le niveau de l'eau était exceptionnellement bas, mais les rives de l'étang formaient un bourbier. Le gibier d'eau était venu traîner autour, des animaux l'avaient foulé de leurs sabots, et maintenant les trois enfants d'Annie et les deux siens étaient assis dedans, et Rosalba, la fille d'Annie, apprenait à sa sœur Fabia, à son frère Titus et aux enfants de Zillah l'art de se peindre la figure avec de la boue. Quand Zillah s'engagea dans l'allée, elle venait d'achever un Union Jack de son cru, un drapeau anglais en monochrome, qui couvrait le menton et les joues rondes de Jordan jusqu'à son front, très haut et bombé.

« Jordan a mangé une limace, maman, lui annonça Eugenie. Titus a dit qu'il y avait un homme qui avait mangé un poisson rouge, et que les gens lui ont dit de donner plein d'argent parce qu'il était cruel avec les animaux.

— Et Jordan a voulu en manger un, ajouta Rosalba, parce que c'est un méchant garçon, mais dans notre étang il n'y a pas de poissons rouges. Alors il a mangé une limace. Et ça aussi c'est cruel et il va devoir payer 100 livres.

— Chuis pas un méchant garçon, geignit Jordan. (Des larmes lui jaillirent des yeux et il les frotta de ses poings, abîmant son Union Jack.) Je vais pas payer 100 livres. Je veux mon papa. »

Ces mots, fréquemment prononcés, ne manquaient

jamais de bouleverser Zillah. Elle le prit dans ses bras. Il était trempé et couvert de boue. Certes, un peu plus tard dans la journée, elle se demanda, indignée, ce qui pouvait passer par la tête d'Annie pour qu'elle laisse cinq enfants, dont l'aîné était âgé de huit ans, seuls au bord d'un grand étang qui devait faire au moins un mètre quatre-vingts de profondeur en son centre.

« Je ne les ai laissés que deux minutes, s'écria Annie, en sortant de la maison en courant. Le téléphone a sonné. Oh, regarde-moi ces enfants ! Vous trois, vous filez directement dans le bain. »

Elle avait beau ne pas avoir à se préoccuper du prix de l'eau chaude, contrairement à Zillah, elle ne proposa pas de plonger Eugenie et Jordan dans ce bain. Elle n'invita pas non plus Zillah à entrer. Jordan était suspendu au cou de sa mère, il s'essuyait les mains dans ses cheveux et frottait ses joues contre les siennes. Il y avait de fortes chances pour qu'elle ait à le porter jusqu'à la maison. Elle attendit qu'Annie se propose éventuellement de venir la chercher le lendemain matin pour l'emmener faire ses courses, mais sa voisine se borna à lui dire qu'elle la reverrait bientôt et qu'elle la priait de l'excuser, mais il fallait qu'elle lave toute cette petite bande, car Charles et elle sortaient dîner à Lyme et ils devaient partir à sept heures.

Zillah cala Jordan sur sa hanche droite, en l'enveloppant de son bras droit. Il était lourd, ce garçon, et grand pour son âge. Eugenie raconta que la nuit tombait, bien que ce ne fût pas vrai, pas encore, et elle allait avoir peur si elle ne tenait pas Zillah par la main.

« Pourquoi je suis trop grande pour que tu me portes, maman ?

— Tu es trop grande, c'est tout. Beaucoup trop

grande, ajouta Zillah. Quatre ans, c'est la limite. Après quatre ans, personne ne se fait plus porter. »

Jordan éclata en sanglots.

« Je veux pas avoir quatre ans ! Je veux qu'on me porte !

— Oh, tais-toi, lâcha Zillah. Je te porte, espèce de nigaud, alors ?

— Pas nigaud, pas nigaud ! Pose-moi, Jordan marche. »

Il suivit à grand-peine, très lentement, en traînant derrière. Eugenie prit la main de Zillah, en adressant par-dessus son épaule un petit sourire suffisant à son frère. Le soleil couchant disparut derrière un épais rideau d'arbres et, subitement, il fit un froid mordant. Jordan, reniflant et gémissant, se frottant les yeux de ses poings boueux, s'assit par terre sur la chaussée, puis se coucha sur le dos. C'était en de pareils moments que Zillah se demandait comment elle avait bien pu se fourrer dans un tel pétrin. Qu'est-ce qui lui avait pris de s'engager dans une relation avec un homme comme Jerry, et à dix-neuf ans, en plus ? Qu'est-ce qui l'avait poussée à tomber amoureuse de lui et à désirer des enfants de lui ?

Elle reprit Jordan dans ses bras et, faute d'un mouchoir ou d'un Kleenex, lui essuya la figure avec un gant en laine qu'elle avait déniché dans sa poche. Un vent vif s'était levé, en provenance de nulle part. Comment pouvait-elle hésiter à dire oui à Jims ? Elle fut subitement traversée par la peur : et s'il ne lui téléphonait pas jeudi, pour avoir sa réponse, et s'il trouvait une autre femme qui ne le ferait pas attendre, elle ? Cette Icon, ou Kate, la sœur d'Ivo Carew ? S'il n'y avait pas eu Jerry… Une fois qu'elle aurait couché ce petit monde, elle allait devoir s'asseoir et sérieusement réfléchir à ce qu'il mijotait, celui-là, ainsi qu'à la signification de cette lettre.

Il lui fallut trois fois plus de temps pour rentrer de Willow Cottage avec les enfants qu'elle n'en avait mis pour arriver toute seule à Old Mill House. Le crépuscule se refermait sur eux. La porte d'entrée donnait directement dans le salon, où l'ampoule de la lampe avait sauté. Elle n'en avait pas de rechange. Le cottage n'était pas équipé du chauffage central, bien évidemment. Il appartenait à un propriétaire du coin qui, au cours de ces cinquante dernières années, l'avait loué à bas prix à toutes sortes de gens plus ou moins sans ressources. Au cours de ce laps de temps, aucune amélioration n'y avait été apportée, mis à part une couche de peinture sommaire, de la main des locataires successifs, et généralement pas terminée. C'est pourquoi l'intérieur de la porte d'entrée était peint en rose, la porte du placard en noir, et qu'on n'avait appliqué qu'une sous-couche d'un gris sans concession sur celle de la cuisine. Les équipements électriques consistaient essentiellement en câbles plus ou moins rongés qui sortaient, en décrivant des boucles ou des nœuds, de prises murales de cinq ou dix ampères – obsolètes dans tout le reste de l'Union européenne et rares au Royaume-Uni – et se prolongeaient par des rallonges jusqu'à une lampe, un radiateur à air pulsé ou un très vieux tourne-disques pour 45 tours. Le mobilier était composé de rebuts de la « grande maison » où habitait le propriétaire, Sir Ronald Grasmere. Ces meubles avaient été relégués là quarante ans plus tôt ; à l'époque, ils étaient déjà vieux, et provenaient de la chambre de la bonne.

La cuisine, c'était pire. Elle contenait un évier, une cuisinière à gaz des années cinquante et un réfrigérateur qui avait l'air immense, à cause de ses parois de près de trente centimètres d'épaisseur, mais qui se révélait très exigu à l'intérieur. À l'origine, ce devait être un très bon modèle, car il avait tenu déjà plus de soixante ans. Il n'y avait pas de machine à laver. Zillah retira aux enfants tous leurs vêtements et mit les jeans, les T-shirts, les pulls et l'anorak de Jordan à tremper dans de l'eau froide, dans l'évier. Elle alluma le radiateur à air pulsé et craqua une allumette dans le feu qu'elle avait préparé plus tôt dans la journée. Il était étrange que Jims n'ait jamais paru remarquer l'état des lieux ou les défauts de ces appareils, ni même d'ailleurs le froid. En tout cas, il ne s'en était jamais plaint. S'agissant d'un compagnon pour la vie, était-ce de bon augure ou non ? Bien sûr, c'était un ami de Sir Ronald. Si elle l'épousait, Jims et elle auraient l'occasion de recevoir Sir Ronald à dîner, cela ne faisait aucun doute. Peut-être même dans la salle à manger réservée aux parlementaires…

Tout en préparant des œufs brouillés pour le dîner des enfants, Zillah décida qu'à l'avenir, si elle épousait Jims, il n'était plus question qu'elle fasse la cuisine. Ou le ménage, plus jamais de sa vie. Qui avait dit : « Je n'aurai plus jamais ni froid ni faim » ? Ah oui, Scarlett O'Hara. Si seulement elle avait un magnétoscope dans cet endroit de merde, et la cassette d'*Autant en emporte le vent*, elle se la passerait ce soir, après avoir mis les enfants au lit. Si elle épousait Jims, elle pourrait regarder des cassettes tous les soirs. Quelle ambition ! Mais elle aurait aussi les moyens d'avoir des baby-sitters, autant qu'elle voudrait, et de sortir au cinéma et au théâtre et dans les boîtes de nuit, d'aller faire les boutiques toute la journée, de s'offrir des soins du visage, et le coiffeur – chez Nick Clarke ;

elle suivrait des cures d'amaigrissement et de rajeu-
nissement dans des établissements spécialisés, et elle
serait une dame, qui déjeunerait chez Harvey Nichols.

Alors, allait-elle l'épouser ? S'était-elle décidée ?

Les enfants pourraient jouer aux jeux vidéo, et ils
auraient des ordinateurs au lieu de regarder les conne-
ries de la télévision, *Alerte à Malibu* ou des trucs du
même acabit. En plus, pas terrible, en noir et blanc.
Elle ferait mieux de les baigner. Jordan avait de la
boue sur les pieds et plein les cheveux. Mais Jims
était gay. En plus, elle avait une autre raison de poids,
non seulement pour ne pas épouser Jims, mais pour
n'épouser personne.

La lettre était arrivée en octobre de l'année dernière. Pendant environ cinq minutes, au moins, elle
avait cru ce qu'elle lui annonçait, et qu'elle émanait
des expéditeurs indiqués. Peut-être parce qu'elle
avait envie d'y croire. Mais en avait-elle vraiment eu
envie ? Pas complètement. En tout cas, cela importait
peu, car elle n'avait pas tardé à comprendre que tout
ceci n'était manifestement qu'un tissu de mensonges.
Jerry n'était pas à bord du train de la Great Western
sur la ligne de Gloucester à Londres. Il les avait quit-
tés, elle, les enfants et Willow Cottage, dix minutes
avant la collision de ce train avec un autre convoi, il
était parti quelque part au volant de sa Ford Anglia
toute cabossée, qui avait vingt ans bien tassés.

La lettre était présentée comme émanant de la Great
Western. En fait, étant sa femme, et l'étant encore le
jour de la catastrophe, elle aurait été la première informée de sa mort, et pas avec dix jours de retard. Et
encore moins par un courrier bidon, criant de faus-

seté, mais par l'intermédiaire de la police, qui aurait très probablement souhaité qu'elle vienne identifier son corps – ou qu'elle désigne quelqu'un pour ce faire. Il y aurait eu un enterrement. Et donc, au bout de cinq minutes, elle n'avait plus ajouté foi à cette missive. Mais elle se demandait qui l'avait écrite, et ce que mijotait Jerry. Certaines choses lui apparaissaient clairement. Il s'était organisé afin qu'elle reçoive cette lettre, et cela ne traduisait pas nécessairement son envie qu'elle le croie mort, mais plutôt celle de la voir agir comme s'il l'était. En réalité, voilà ce qu'il lui faisait savoir : «C'est pour te montrer que je suis parti, je ne vais plus t'embêter. Agis comme si j'étais mort. Maque-toi avec quelqu'un, marie-toi si tu veux. Moi, je ne m'en mêlerai pas, je ne te mettrai pas de bâtons dans les roues.» Était-ce bien ce qu'il lui signifiait? Si ce n'était pas cela, alors elle ne saisissait pas son intention.

Bien entendu, il avait toujours été un plaisantin. Et ses blagues n'étaient même pas futées ni particulièrement drôles. Zillah, Zillah, quel numéro, ma Stillah, c'est bien, ma Zillah. Tout à trac, Poinçonne-mi, Poinçonne-moi, le premier du mois, un aller simple. S'il lui arrivait de coucher avec elle la dernière nuit du mois – cela ne se produisait pas très souvent –, il la réveillait toujours par ces mots et avec les gestes qui allaient de pair. «Un aller simple» signifiait que les règles du jeu lui interdisaient de le pincer en retour. Il y en avait une autre, où il était question de sortir dans le jardin et d'aller saluer une grande ourse qui lui répondait : «Comment ça, des clous?» Elle ne se souvenait pas de la suite. Une fois, il y avait bien longtemps, elle avait dû trouver ça drôle. Et ses chansons de country et ses bonbons à la menthe.

Depuis la naissance de Jordan, ils ne vivaient plus réellement ensemble, et avant cet événement, c'était déjà quasiment le cas, et puis elle n'avait jamais été assez sotte pour se croire la seule et l'unique. Mais elle s'était figuré être sa préférée. «Toujours la première dans mon cœur, toutes les autres filles mises à part», comme il lui avait dit un jour, et elle, étant jeune, avait pris cela au sérieux. Il citait probablement des vers de Hank Williams ou de Boxcar Willie. La désillusion s'imposa quand elle s'aperçut qu'il était tout le temps sorti et qu'il subvenait aussi mal que possible aux besoins de sa famille. À quoi bon lancer les services de la protection maternelle et infantile à ses trousses alors qu'il ne gagnait jamais rien?

Comme on les croyait divorcés, tout le monde s'imaginait que Jerry venait en visite pour voir ses enfants, et que Jordan dormait avec Eugenie, tandis que lui couchait dans la chambre de Jordan ou en bas sur le canapé. Or, à la vérité, il partageait le lit de Zillah, et cela ne soulevait jamais la moindre question. Le sexe avec Jerry, c'était vraiment la seule chose qu'elle appréciait encore en lui, comme depuis le tout début, et du sexe, il y en avait eu à profusion, ce dernier week-end qu'il avait passé à Willow Cottage. À un certain moment, en faisant couler le bain des enfants, elle repensa à cette remarque de Jims. Grosso modo, côté sexe, il lui avait promis qu'elle ferait ce qu'elle voudrait, mais il lui avait fixé une limite à ne pas franchir, en excluant «ton ex-mari, là». Sur le moment, elle avait été trop surprise par sa proposition pour beaucoup y réfléchir, mais cela signifiait-il qu'il n'était pas de ceux qui croyaient que Jerry lui rendait visite uniquement en tant que père de ses enfants ? Probablement. Peu importait. Jims, elle le savait fort bien, n'était pas un idiot.

Cela lui démontrait aussi autre chose. Que Jims tenait leur divorce pour acquis, à Jerry et elle. Et ses parents ? Ils n'habitaient plus sur le domaine du père de Jims, car ils s'étaient retirés dans un pavillon, à Bournemouth. Entre eux et elle, les relations étaient tendues, et elles l'avaient été dès qu'elle s'était installée avec Jerry, qu'elle était tombée enceinte et qu'elle avait renoncé aux cours de la fondation des beaux-arts qu'elle dispensait à l'Institut polytechnique de Londres nord. Tendues, mais pas rompues, étant donné que leur désaccord initial s'était résolu. C'étaient ses parents qui avaient persuadé Sir Ronald de lui louer cette maison. Pourtant, quand elle avait parlé à sa mère au téléphone, elle avait eu l'impression d'être considérée comme une femme divorcée qui avait eu ce qu'elle avait cherché.

Les enfants devaient se partager un seul bain. Cela coûtait trop cher de laisser le chauffe-eau allumé trop longtemps. Eugenie observa son frère d'un air scrutateur.

« Arrête de me regarder, lui dit-il enfin. Tes yeux me font des trous dans le bidon.

— Maman, fit Eugenie, tu savais que son zizi ça s'appelle un pénis ? Il y a des gens, ils appellent ça comme ça. Tu savais ?

— Oui, je savais.

— Titus me l'a dit quand Jordan a sorti le sien pour faire pipi. On les appelle tous des pénis ou c'est seulement le sien ?

— Tous, lui confirma Zillah.

— Tu aurais dû me le dire. Annie m'a dit que c'était mal de laisser les enfants dans l'obscurité. J'ai cru qu'elle voulait dire l'obscurité dans une chambre, mais elle m'a dit non, elle ne voulait pas dire ça, elle voulait dire que c'était mal de les laisser dans l'Obscurité de l'Ignorance.

— C'est un zizi, a insisté Jordan.

— Non, c'est pas un zizi.

— Si.

— Non.

— Si, si, c'est le mien et ça s'appelle un zizi. »

Il fondit en larmes et frappa dans l'eau avec ses mains, si bien qu'il éclaboussa toute la salle de bains, et Zillah. Elle s'essuya avec une serviette. Toutes ces serviettes, elle devait les laver à la main et les mettre à sécher sur la corde à linge, et elle n'avait aucun besoin qu'on le lui rappelle.

« Tu étais obligée de le provoquer, Eugenie ? S'il veut appeler ça un zizi, pourquoi tu ne le laisses pas faire ?

— Annie dit que c'est mal d'apprendre aux enfants des mots bébés pour les Parties de l'Anatomie. »

Zillah les coucha. Quand elle eut fini de leur lire Harry Potter – pourtant, Eugenie savait parfaitement lire toute seule, et ce depuis deux ans –, elle songea, en les embrassant pour leur souhaiter bonne nuit, qu'ils pourraient ne plus jamais revoir leur père. Subitement, cela lui sembla d'une tristesse intolérable. S'il avait l'intention de ne jamais la revoir, il ne les reverrait plus, eux non plus. Dans le visage tout rose de Jordan, contre l'oreiller, elle retrouvait le nez de Jerry, la courbe de sa lèvre supérieure et, chez Eugenie, ses yeux bleu foncé et ses sourcils fortement marqués. Ni l'un ni l'autre ne lui ressemblaient tellement. La dernière fois que Jerry était venu à Willow Cottage, quand il s'était assis à la table du petit déjeuner en cette matinée fatale, Jordan leur avait pris les mains à tous les deux, celles de Zillah et celles de Jerry, et, en posant les siennes sur celles de sa mère, il lui avait dit :

« Papa, ne pars pas. Reste ici avec nous. »

Eugenie n'avait pas prononcé un mot, elle avait simplement regardé son père avec une expression froide et pénétrante, pleine de reproche. En cet instant, Zillah avait haï Jerry, même si elle ne souhaitait pas qu'il reste, elle l'avait haï de n'être pas un père convenable pour ses enfants. Ils pourraient en trouver un nouveau en la personne de Jims et, avec lui, tout ce qu'un bon père serait en mesure de leur apporter.

Pourtant, il n'y avait pas moyen de se soustraire au fait qu'elle était déjà mariée. Mais Zillah savait qu'il était sans espoir de songer au divorce pour le moment. Cela concernait aussi les enfants, et elle ne pouvait donc se contenter de procéder par voie postale. Il y aurait une audience au tribunal, où il serait décidé de la garde. Jims n'allait pas attendre. Il était connu pour son impatience. Il avait besoin de se marier, ou tout au moins de se fiancer, avant que quelqu'un ne dévoile publiquement son homosexualité, ce qui pouvait survenir d'un jour à l'autre. Si elle hésitait, il allait jeter son dévolu sur Kate Carew.

Donc, si elle l'épousait, serait-ce en tant que femme divorcée, ou veuve ? Si c'était en tant que veuve, Jims n'allait-il pas juger curieux qu'elle ne lui ait rien confié, sur-le-champ, de la mort de Jerry dans cette catastrophe ferroviaire ? Elle devrait donc l'épouser en tant que divorcée. Ou, mieux encore, en tant que célibataire. Ainsi, elle n'aurait pas à produire de jugement définitif du divorce, ou ce document, dont elle ne savait plus trop le nom, que l'on devait montrer à l'officier d'état civil. Ou au pasteur. Jims aurait peut-être envie de se marier à l'église.

Depuis l'âge de douze ans, Zillah n'avait plus du tout songé à la religion, mais, tout au long de l'existence, les vieilles croyances et les anciennes habitudes conservent une vague résonance, à telle enseigne qu'elle se sentait frustrée de se marier à l'église sous une identité qui n'était pas la sienne. Qui plus est, avec Jerry, elle s'était mariée à l'église, et elle en savait suffisamment sur les mariages religieux pour se rappeler que le pasteur allait prononcer cette formule concernant toute personne susceptible de soulever un quelconque obstacle à l'union. Si le fait que Jerry soit encore en vie ne soulevait pas d'obstacle, alors elle ne voyait pas ce qui pourrait en constituer un. Elle se sentait gênée aux entournures, mais elle n'écartait pas l'idée du mariage pour autant. À présent qu'elle avait réfléchi à ces quelques écueils, elle s'aperçut qu'elle avait vraiment envie d'épouser Jims. Cela ne faisait aucun doute. Jeudi, elle dirait oui.

Sortir tous ces vêtements détrempés et encore sales de l'évier et d'une eau désormais refroidie fut l'un des détails qui la décidèrent. Échapper à tout cela. À cette fissure derrière le tuyau d'écoulement des toilettes, là où de l'eau (ou pire encore) dégoulinait, aux cordes à linge qui s'affaissaient dans la boue quand elles étaient surchargées, et à ces câblages électriques si dangereux. Et, quand Annie ne lui proposait pas de l'emmener, aux trois kilomètres qu'elle était obligée de parcourir à pied jusqu'à Fredington Episcopi, où il y avait une petite épicerie de village mal approvisionnée, sans compter les trois kilomètres pour le retour, chargée de provisions, des cochonneries dans des sacs en plastique. Elle allait dire oui.

Néanmoins, d'une manière ou d'une autre, elle allait devoir régler la question de ce que l'on appelait, sur les formulaires à remplir, le « statut marital ». Et c'était autant pour Jims que pour l'officier d'état civil ou le pasteur. Il n'était pas idiot. Pourquoi ne raconterait-elle pas que Jerry et elle n'avaient jamais été réellement mariés ?

5

Au rayon fruits et légumes de Waitrose, dans le quartier de Swiss Cottage, Michelle Jarvey était en train de choisir de quoi nourrir son mari. Matthew était avec elle, il poussait le Caddie, car il eût été difficile de prétendre acheter quoi que ce soit en son absence. Qui plus est, ils faisaient tout ensemble. Depuis toujours. Il allait goûter aux kiwis, suggérait-il, car ce n'était plus la saison des reinettes. Il était incapable d'avaler aucune autre variété de pommes.

Aux yeux des autres clients, M. et Mme Jarvey devaient offrir un spectacle presque comique. S'ils formaient à leurs propres yeux un duo empreint de sérieux et, dans une certaine mesure, de tragique, Michelle savait fort bien que le reste du monde les considérait, elle comme une femme d'âge mûr scandaleusement grasse, et lui comme un homme mince, usé, ratatiné et cadavérique, au point de ressembler à un détenu libéré d'un camp au bout de cinq ans de jeûne forcé. Matthew était trop faible pour marcher bien loin et, quand il poussait le Caddie, ce qu'il insistait pour faire, il était contraint de se plier en deux, comme sous le coup d'une douleur intense. La monstrueuse poitrine de Michelle reposait sur son ventre qui, hanches comprises, évoquait la base évasée d'une toupie ondoyant quand elle marchait. Ce jour-là, elle portait un manteau vert, en forme de tente, avec un faux col de fourrure où se nichait son visage encore joli, comme s'il émergeait d'un monceau de vêtements empaqueté dans un ballot destiné à une quelconque association caritative. Son corps énorme oscillait sur une paire de jambes étonnamment bien proportionnées, aux chevilles si fines que l'on était en droit de se demander pourquoi elles ne craquaient pas sous un tel poids.

« Alors, je ne prends que deux kiwis, n'est-ce pas ? fit Michelle. Tu n'auras pas envie d'en manger plus. Peut-être que tu ne vas pas aimer.

— Je ne sais pas, ma chérie. Je vais goûter. »

Matthew frissonna légèrement, non pas à l'idée de manger un kiwi – ce n'étaient jamais que des petits morceaux d'arbre qui ressemblaient vaguement à de petits animaux à fourrure –, mais au spectacle d'une banane trop mûre, au milieu de toutes ses semblables, une banane avec un hématome brun et une extrémité ramollie. Il détourna le regard, en prenant bien la précaution de garder les yeux baissés.

« Aujourd'hui, je crois que je n'ai pas trop envie de fraises.

— Je sais bien, mon cœur, et ni poires ni pêches. »

Michelle n'ajouta pas que c'était parce qu'elles se tachaient facilement, et se gâtaient vite. Elle savait qu'il savait qu'elle savait. Ils passèrent au lait, à la crème et au fromage, et elle se servit discrètement pendant qu'il regardait ailleurs. Elle n'osait pas acheter de viande ou de poisson, pour ces produits-là, elle allait au petit supermarché du coin, et toute seule. Une fois, il avait carrément vomi. C'était la seule occasion où ils s'étaient aventurés ensemble au rayon viande, et elle n'avait jamais plus couru ce risque. Au milieu des paquets de cakes et de biscuits, elle attrapa des articles qu'elle n'aurait pas dû manger, mais c'était plus fort qu'elle : pour se distraire, pour prendre du recul par rapport à elle-même, pour se consoler.

« Ceux-là », fit-il, en les désignant du doigt.

Il refusait de dire leur nom : « feuilletés pur beurre ». « Beurre » faisait partie des mots, comme « fromage », « mayonnaise » et « crème », qu'il n'avait plus prononcés depuis des années. Cela l'aurait rendu malade. Elle prit deux paquets de ces biscuits secs et friables. Il avait le visage encore plus pâle que d'ordinaire. Dans un élan d'amour pour lui, elle se demanda à quels tourments le soumettait le fait de se trouver dans un magasin d'alimentation. Il avait insisté pour venir. C'était l'une des épreuves qu'il s'imposait afin de mesurer son courage. L'un de ses défis. Jeter un œil sur un magazine en était un autre, tourner les pages et se contraindre à ne pas sauter celles où s'étalaient des clichés en couleurs de soufflés, de pâtes et de rôtis. Adresser la parole à des gens qui n'étaient pas au courant, les regarder manger, la regarder manger, elle. Ils arrivèrent aux jus de fruits. Elle prit une brique de jus de pamplemousse, regarda Matthew en haussant les sourcils. Il hocha la tête, réussit à ébaucher un sourire de tête de mort, d'où ne ressortaient que le crâne et les dents. Elle lui posa la main sur le bras.

« Que ferais-je sans toi, mon cœur ? reconnut-il.

— Tu n'as pas besoin de faire sans moi. Pour toi, je suis toujours là, tu le sais. »

Il n'y avait personne à proximité pour les entendre.

« Mon cœur, lui dit-il. Mon amour. »

Elle était tombée amoureuse de lui au premier regard. Comme ce n'était pas la première fois qu'elle éprouvait ce sentiment, sans avoir jamais été aimée en retour, elle s'était attendue, anticipant la chose avec amertume, à ce qu'une fois encore ses sentiments ne soient pas partagés. Or, il avait ressenti la même chose qu'elle, et l'avait aussitôt aimée avec une égale ardeur. Il était enseignant et titulaire de deux diplômes alors qu'elle n'était que puéricultrice, mais il l'aimait, elle ignorait pourquoi, elle était incapable de se l'expliquer. Ils n'étaient plus très jeunes, ils approchaient tous deux de la trentaine. La passion s'était emparée d'eux. Dès leur deuxième rendez-vous, ils avaient fait l'amour, au bout d'une semaine ils s'étaient installés ensemble, et s'étaient mariés deux mois après leur rencontre.

À l'époque, Michelle n'était pas mince, certes, mais pas enrobée non plus, elle était simplement de proportions normales. « Une silhouette parfaite », avait jugé Matthew. Si quelqu'un s'était enquis auprès d'elle du secret de leur amour et de la réussite de leur mariage, elle aurait répondu que cela tenait à leur grande prévenance réciproque. Et il aurait ajouté qu'à partir de leur rencontre, personne d'autre n'avait jamais beaucoup compté à leurs yeux.

Côté nourriture, il était déjà bizarre (c'était ainsi que le formulait Michelle), mais elle avait toujours trouvé les hommes extrêmement différents des femmes dans leur attitude vis-à-vis de la nourriture. En réalité, c'était simplement que, à l'instar de la plupart des messieurs, il y avait quantité de choses qu'il n'aimait pas. La viande rouge figurait sur sa liste de ses poisons, ainsi que toutes les variétés d'abats et de crustacés, les poissons autres qu'à chair blanche – en ce temps-là, quand elle avait encore la latitude de plaisanter sur le sujet, elle le traitait de «raciste antipoisson» –, de même que les sauces, la mayonnaise, la crème anglaise, tout ce qui était «ramolli». C'était quelqu'un de difficile, voilà tout. Mais cela finit par empirer, même si elle se garda bien de jamais l'exprimer en ces termes. Les troubles du comportement alimentaire commençaient tout juste à être reconnus comme de véritables maladies, mais tout le monde s'imaginait qu'ils concernaient seulement les jeunes filles qui souhaitaient rester minces. Comme ils se parlaient de tout, ils discutaient quelquefois de son problème, à fond. Ils évoquaient son incapacité à manger tout aliment dont la forme lui aurait évoqué autre chose. Le riz en offrait un exemple : il s'était tout simplement mis en tête que le riz ressemblait à des asticots. Il n'avait bientôt plus été capable de manger quoi que ce soit ayant été précédemment vivant, mais cela – Dieu merci, songea-t-elle – ne s'appliquait ni aux fruits ni aux légumes, enfin, à certains fruits et légumes. Toutes les pâtes lui rappelaient des vers, toutes les sauces – enfin, tout ce qui avait un aspect liquide – le dégoûtait tellement qu'il était incapable de prononcer les mots susceptibles de décrire ce que cela lui évoquait.

Non sans délicatesse, elle lui avait demandé s'il savait pourquoi. C'était un homme si intelligent, un intellectuel, un esprit pratique, raisonnable, un excellent professeur de sciences. Cela l'effrayait de le voir mincir sans cesse davantage et vieillir prématurément.

«Je n'en sais rien, avait-il reconnu. J'aimerais comprendre. Ma mère m'encourageait tout le temps à manger des choses dont je n'avais pas envie, mais elle ne m'a jamais forcé. On ne m'a jamais obligé à rester à table tant que je n'avais pas terminé.

— Chéri, s'était-elle étonnée, tu n'as jamais faim ? (Car elle, si, et tellement souvent.)

— Je ne pense pas que cela me soit jamais arrivé. Pas que je me souvienne. »

Sur le moment, elle n'avait pu s'empêcher de l'envier. N'avoir jamais faim ! Quelle félicité ! Seulement, elle savait bien que ce n'était pas le cas. En fait, il subissait un lent dépérissement, qui le menait à la mort. Mais pas si elle était en mesure d'intervenir, croyait-elle alors, pas si le fait d'aider son mari devenait l'œuvre de sa vie. C'est à partir de là qu'elle l'avait poussé à prendre des vitamines. Il s'y était plié en toute quiétude, car les gélules et les comprimés ne ressemblent jamais à rien d'autre qu'eux-mêmes. Ce sont des objets durs et solides, que l'on peut avaler sans s'étouffer. Il avait cessé de boire du lait et de consommer des fromages à pâte molle. Le beurre avait disparu de son existence depuis belle lurette. Elle l'avait convaincu d'aller consulter un médecin, et l'avait accompagné.

Cela se passait à la fin des années quatre-vingt, et le médecin, un homme d'un certain âge, ne s'était guère montré compréhensif. Après coup, Matthew l'avait qualifié de « fana de la famine », car le praticien l'avait prié de se ressaisir et de songer aux millions d'êtres humains qui, en Afrique, mouraient de faim. Il lui avait prescrit un remontant qui, selon lui, garantissait chez le patient l'envie de manger. La seule et unique fois que Matthew avait avalé ce remède, il avait été pris de violents vomissements.

Michelle s'était occupée elle-même de repérer tous les aliments qui ne le dégoûtaient pas. Les fraises en faisaient partie, pourvu qu'elle en retire les queues et la moindre trace de vert. Les oranges et les pample-mousses lui convenaient très bien. Quelle idiote elle était, s'était-elle fustigée, de lui avoir fait essayer la grenade : quand il en avait découvert l'intérieur, il s'était proprement évanoui. Les pépins rouges et charnus lui étaient apparus comme l'intérieur d'une plaie. Il mangeait du pain, du gâteau sans rien dedans, et toutes sortes de biscuits. Les œufs, pourvu qu'ils soient durs. Mais il n'absorbait chaque aliment qu'en quantités infimes. Entre-temps, elle n'arrêtait pas de prendre du poids. Il savait qu'elle se gavait, même si elle tâchait de ne pas trop manger devant lui. À l'heure des repas, alors qu'il restait assis à table, misérable et résigné, picorant ici une moitié de feuille de laitue, là une rondelle d'œuf dur et une tomate bouillie de la taille d'une bille, elle avalait la même chose multipliée par cinq, plus une aile de poulet et un petit pain. Dès qu'elle retournait en cuisine et qu'il revenait avec soulagement devant son ordinateur, elle se bourrait de tous les mets réconfortants qui la consolaient du spectacle des souffrances de Mat-thew : de la *ciabatta* avec du brie, du cake aux fruits, des barres Mars, de la crème brûlée et de l'ananas confit.

Leur amour n'avait jamais faibli. Elle aurait aimé être mère, mais n'avait pas eu d'enfants. Parfois, elle s'était dit qu'il se nourrissait si mal que son taux de spermatozoïdes avait dû tomber très bas. Il ne servait à rien d'aller consulter un médecin, même si le vieux généraliste avait été remplacé par une brillante jeune femme qui cherchait toujours à mettre Michelle au régime. Personne ne comprenait vraiment Matthew, elle seule en était capable. Elle devait veiller sur le corps de son mari, ce corps qui se relâchait et se voûtait, ce visage qui se ridait comme celui d'un vieil homme, ces articulations qui saillaient sous la peau – on ne pouvait parler de chair – et cette peau en train de revêtir une pâleur grisâtre. À trente ans, elle était ronde, et obèse à trente-cinq. À présent, à quarante-cinq ans, elle était si grasse que c'en était révoltant. Si elle évoquait fréquemment la répulsion de Matthew envers la nourriture, et s'ils discutaient tout le temps des causes de cette répulsion et de savoir si l'on découvrirait un jour un traitement, il n'avait jamais abordé le sujet de son obésité à elle. À ses yeux, on eût dit qu'elle n'avait jamais cessé d'être la jeune fille taille mannequin de vingt-sept ans dont il était tombé amoureux.

Elle avait une sœur à Bedford, et lui un frère en Irlande, et un autre à Hongkong, mais ils n'avaient pas d'amis. La vie sociale est à tel point régie par l'esprit du boire et du manger ensemble qu'il leur était impossible de conserver leurs amis ou de s'en créer de nouveaux, obligés qu'ils étaient d'éviter de prendre leurs repas en public. À force de voir leurs invitations déclinées et de n'être jamais invitées elles-mêmes, leurs connaissances s'éloignaient d'eux, les unes après les autres. La plus grande terreur de Michelle, c'était qu'ils soient obligés d'accepter une invitation plus insistante à prendre le thé ou à sortir dîner et que Matthew, confronté à une noix de beurre, à un pot de lait ou de miel, ne blêmisse et ne soit pris d'un de ses haut-le-cœur – à sec. Mieux valait rebuter les autres plutôt que de courir ce risque.

Elle n'avait qu'une seule confidente. Et cette confidente était devenue une amie. Un jour, proche du désespoir, terrifiée à l'idée qu'il ne tienne plus très longtemps à ce régime, elle s'était assise dans sa cuisine avec Fiona, pendant que Matthew travaillait mollement et lentement devant son ordinateur, et elle lui avait tout raconté. Or, au lieu de rire d'un homme d'âge mûr incapable de rien manger et d'une femme entre deux âges qui ne pouvait s'en empêcher, Fiona avait compati, elle avait paru comprendre, et elle avait même suggéré des remèdes. Elle avait passé sa vie à suivre tellement de régimes divers, à se nourrir de tant d'aliments nouveaux et sophistiqués, qu'elle conservait toutes sortes d'idées en réserve pour un anorexique qui aurait bien aimé manger si seulement il avait pu. Un an plus tard, autrement dit l'an dernier, Michelle avait révélé à Fiona qu'elle avait sauvé la vie de Matthew, et qu'ils lui en seraient tous deux éternellement reconnaissants.

À leur retour de Waitrose, dans leur maison de Holmdale Road, à West Hampstead, Michelle s'apprêtait à préparer le déjeuner de Matthew. Il devait inclure quelques-unes des denrées suggérées par Fiona, et que son mari jugeait acceptables.

« Des cacahuètes ! s'était écriée leur amie. Très nourrissant, les cacahuètes ! »

Matthew était parvenu à lâcher un commentaire.

« C'est gras.

— Pas du tout. Des cacahuètes grillées. Délicieux. J'adore ça. »

Il serait exagéré de prétendre qu'il partageait cet engouement. Il n'aimait aucune nourriture, mais il toléra les cacahuètes grillées, comme il toléra d'autres suggestions, les pains suédois, les Pop tartes – ces gâteaux industriels pour les enfants –, le quatre-quarts, les œufs mimosa agrémentés de persil, le parmesan râpé en poudre. Les feuilles d'épinard nain et la roquette, les gâteaux de riz japonais, le muesli. Au cours de cette année-là, sa santé s'améliora un peu, il était légèrement moins décharné. Depuis, toutefois, les Pop tartes, le produit le plus énergétique de la liste, avaient perdu sa faveur. C'était plus fort que lui. Il aurait souhaité continuer de les apprécier, de tout son cœur, mais c'était en vain. À la place, Fiona avait recommandé les biscuits à la cuillère et les sablés.

Michelle avait donc disposé dans son assiette une feuille de laitue, douze cacahuètes grillées, une rondelle d'œuf dur saupoudrée de parmesan et un morceau de pain suédois Ryvita. Elle espérait aussi qu'il boirait le petit verre à vin rempli de jus d'ananas, mais elle n'y comptait pas trop. Tout en décorant son assiette de ces quelques miettes, elle croqua des cacahuètes, le reste de l'œuf, et un bon morceau de pain aux olives, tartiné de beurre. Matthew lui souriait. C'était sa façon à lui de ne pas regarder son assiette, d'en détourner la tête et de lui sourire, comme s'il la remerciait.

« Je viens juste de voir passer Jeff Leigh, fit-il, en choisissant une cacahuète. Ne va-t-il jamais trouver de travail ? »

Ils n'appréciaient guère le petit ami de Fiona, ni l'un ni l'autre.

« J'aimerais tellement croire qu'il n'est pas avec elle pour son argent, soupira Michelle. J'aimerais croire qu'il est désintéressé, chéri, mais je n'y arrive pas. Il attend d'elle qu'elle l'entretienne, voilà la vérité.

— Fiona aime bien tout maîtriser. Je n'ai pas l'intention de critiquer. Certains prendraient cela comme un compliment. Elle a peut-être envie qu'il soit dépendant d'elle.

— J'espère que tu as raison. J'ai envie qu'elle soit heureuse. Ils se marient en juin.»

Matthew croqua une autre cacahuète et un petit morceau de Ryvita. Voilà longtemps que Michelle était passée maître dans l'art de ne pas le regarder faire. Il sirota son jus à petites gorgées.

«S'il ne fait rien et s'il la laisse l'entretenir, j'ai bien peur que les amis de Fiona ne finissent par le tenir en piètre estime. Apparemment, il possède certains talents. Il a effectué quelques travaux utiles dans la maison de Fiona, par exemple il lui a installé une prise électrique, et si tu te souviens bien, quand il est venu écrire ces lettres ou je ne sais trop quoi, c'était un vrai magicien de l'ordinateur.

— Des courriers de candidature, précisa Matthew. C'était en octobre, il y a près de cinq mois. Chérie, je ne peux pas toucher à cette laitue, et je n'ai plus envie de cacahuètes. J'ai mangé le Ryvita.

— C'est très bien comme ça», fit Michelle en lui retirant son assiette pour lui apporter un kiwi qu'elle avait découpé en rondelles – non sans avoir ôté le cœur du fruit – et la moitié d'un biscuit à la cuillère.

Matthew en mangea deux tranches, puis une troisième pour lui faire plaisir, mais il manqua étouffer.

«Je vais me charger de la vaisselle, lui annonça-t-il. Toi, assieds-toi. Repose-toi, les pieds en hauteur.»

Michelle souleva donc son corps énorme et massif pour l'installer à une extrémité du canapé et posa ses jambes élancées et ses pieds menus, où saillait chaque os délicat, à l'autre bout. Elle avait le *Daily Telegraph* à lire, et le *Spectator* de Matthew, mais elle se sentait plutôt d'humeur à simplement se reposer et réfléchir. Six mois auparavant, Matthew n'aurait pas eu la force d'emporter ces assiettes et ces verres, ni de se tenir debout devant l'évier pour les laver. S'il avait insisté pour le faire, il aurait dû s'asseoir sur un tabouret. La légère amélioration de sa santé et sa faible prise de poids étaient dues à Fiona. Michelle avait fini par l'apprécier, c'était une véritable amie, presque une fille. Sans jalousie aucune et quasiment sans nostalgie – car n'avait-elle pas son cher Matthew ? –, elle pouvait poser les yeux sur la silhouette mince de Fiona, ses longs cheveux blonds et son visage plein de douceur, malgré sa beauté peu classique, sans rien éprouver d'autre que de l'admiration. Leurs maisons étaient mitoyennes, mais celle qu'elle habitait avec Matthew, même si elle était considérée désormais comme une propriété de grande valeur, plus en raison de son emplacement que pour son architecture ou son confort, était d'un standing très inférieur à celle de Fiona, avec son annexe à l'arrière, son grand jardin d'hiver, et surtout depuis sa transformation en loft. Michelle ne l'enviait pas non plus sur ce plan-là. Matthew et elle disposaient d'assez d'espace pour leurs besoins, et la valeur de leur maison avait augmenté de cinq cents pour cent, un chiffre ahurissant, depuis son acquisition dix-sept ans plus tôt. Non, c'était le bonheur futur de Fiona qui la préoccupait.

La première apparition de Jeff Leigh à Holmdale Road remontait au mois d'août ou de septembre dernier. Fiona le leur avait présenté comme son ami, mais il ne s'était pas installé chez elle avant octobre. Il était bel homme, Michelle devait l'admettre, l'air sain, des traits réguliers, un peu épais pour son goût. Ce genre de réflexion la faisait rire. Venant d'elle, déclarer que seuls les hommes minces lui plaisaient paraissait d'un extrême mauvais goût. Jeff avait un visage sincère, et presque honnête. Il donnait l'impression de se soucier réellement de vous, de ce que vous disiez et de qui vous étiez. C'était un être vraiment attentif aux autres. Cela rendit Michelle soupçonneuse, elle finit par se dire que, en réalité, il n'en avait rien à ficher de rien. Il lui avait proposé un de ses Polo, comme à son habitude, avec un petit sourire quand elle l'avait accepté, comme pour lui glisser : tu n'es pas assez grosse comme ça ? Elle détestait ses plaisanteries. En dépit de toutes ses manières, il ne gagnait pas un sou, alors que Fiona, qui avait réussi dans la finance, gagnait beaucoup d'argent et avait hérité d'une somme respectable à la mort de son père, l'an passé.

Michelle aurait préféré que Jeff et elle repoussent un peu leur mariage. Après tout, ils habitaient ensemble, ils étaient loin de vivre dans la frustration sexuelle – elle se remémorait avec tendresse que Matthew et elle n'avaient pu attendre plus de vingt-quatre heures –, et donc leur mariage n'avait certainement rien d'impératif. Aurait-elle le courage ou l'impertinence de gentiment suggérer à Fiona qu'attendre un peu ne serait pas une mauvaise idée ?

Il était réconfortant de constater, avait-elle songé avant de s'assoupir, que les pires revers ont quelquefois du bon. Par exemple, quand Matthew s'était évanoui à deux reprises en salle de classe, quand il était tout le temps obligé de s'asseoir dans le labo de sciences, quand il était à peine capable de couvrir à pied la distance le séparant de la salle des professeurs, ils avaient compris qu'il serait contraint à la démission. De quoi vivraient-ils? Il n'avait que trente-huit ans. Mis à part un peu de journalisme en amateur, il ne savait rien faire d'autre qu'enseigner. Elle avait depuis longtemps renoncé à travailler pour veiller sur lui, se consacrer à la tâche sans fin et presque sans espoir de le nourrir. Pouvait-elle reprendre son métier? Après neuf ans d'inactivité? Elle n'avait jamais gagné grand-chose dans sa vie.

Matthew avait publié des articles dans le *New Scientist* et de temps à autre dans le *Times*. À présent, comme c'était ce qui lui importait le plus dans l'existence après Michelle, dans son désespoir, il s'était mis à coucher par écrit ce qu'impliquait de souffrir de sa forme particulière d'anorexie. D'avoir les aliments en horreur. D'être malade à cause de la source même de la vie. À cette période-là, les troubles du comportement alimentaire devenaient un sujet très à la mode. On s'arracha son article. À la suite de quoi on lui demanda s'il accepterait de contribuer à un prestigieux hebdomadaire, contribution qui se présenterait sous le titre du « Journal d'un anorexique ». En puriste, Matthew objecta tout d'abord que le terme exact devrait plutôt s'écrire « anorectique », mais il finit par céder, car cet argent était trop tentant. Michelle songeait souvent combien il était étrange que lui, à peine capable de parler de certains aliments, soit amené à écrire sur le sujet, à décrire sa nausée et son horreur devant certaines formes précises de graisses et de « liquides », à définir avec une précision si méticuleuse les denrées qu'il supportait à peine de manger, et le pourquoi de cette aversion.

« Le Journal d'un anorexique » leur évita de vendre leur maison et de vivre d'allocations sociales. Cette chronique devint immensément populaire et s'attira une masse de courrier de lecteurs. Matthew recevait un énorme sac postal de lettres de femmes d'âge mûr qui n'en finissaient pas de suivre des régimes, d'adolescents qui se laissaient mourir de faim et de gros messieurs devenus des accros de la bière et des chips. Cela ne le rendit pas célèbre – ce qui ne leur aurait pas plu, ni à l'un ni à l'autre –, mais son nom fut mentionné une fois à la télévision dans un jeu, et employé comme indice dans une grille de mots croisés. Tout cela leur fournissait des motifs d'amusement silencieux. Elle n'avait guère apprécié que Jeff Leigh tape dans le dos de Matthew et lui lâche, sur le ton de l'insinuation : « Dans ta situation, ça la ficherait mal que tu prennes du poids, hein ? Pense bien à limiter les rations, Michelle. Tu sauras bien manger pour deux, j'en suis sûr. »

Cette réflexion l'avait blessée, car c'était ce que l'on conseillait aux femmes enceintes. Elle pensa à l'enfant qu'elle n'avait jamais eu, à la fille ou au fils qui aurait aujourd'hui seize ou dix-sept ans. Des enfants rêvés, auxquels elle songeait souvent, ou qu'elle voyait avant de fermer les yeux, lorsqu'elle était allongée. Quand Matthew revint dans le salon, elle s'était endormie.

6

Un couteau ne ferait pas l'affaire. C'était un objet trop gros pour être transporté aisément. Tantine possédait quantité de couteaux, de services à découper, de scies et de hachoirs – détail amusant, puisqu'elle ne faisait jamais beaucoup la cuisine. Ce n'était peut-être que des cadeaux de mariage. Minty les passa soigneusement en revue et en sélectionna un qui mesurait un peu plus de vingt centimètres, avec une lame pointue de presque cinq centimètres de largeur à la garde.

Elle ne s'était jamais vraiment débarrassée des affaires de Tantine, excepté quelques vêtements qu'elle avait emportés à la boutique du Geranium, qui fournissait les ventes de charité pour aveugles. Ils n'étaient pas des plus propres, et les emporter, même dans un sac plastique, lui avait donné la sensation d'être envahie par la saleté. Elle avait enfermé le reste à clef dans un placard qu'elle n'avait jamais rouvert. Quand elle l'ouvrit, l'odeur était épouvantable. C'était bien sa chance, alors qu'elle s'apprêtait à partir travailler, elle allait devoir reprendre un bain. Sa pochette de ceinture, que l'on appelait aussi une banane, terme que Tantine se refusait à employer en raison de sa vulgarité, était accrochée par sa sangle à un portemanteau auquel était suspendu un paletot qui sentait la naphta-line. Minty résolut d'entreprendre dès ce soir un vrai nettoyage et un véritable rangement ; elle emporterait le tout au dépôt de vieux vêtements de la mairie de quartier de Brent, et elle récurerait ce placard à fond. Elle porta la banane à son nez, d'un geste délicat. Elle la renifla : une fois lui suffit. Elle la lava dans le lavabo de la salle de bains, l'étendit pour la faire sécher sur le rebord de la baignoire, puis se lava entiè-rement. Quand la banane serait sèche, elle ferait un parfait étui pour couteau.

Le résultat de tout ceci, c'est qu'elle fut en retard à son travail, chose très inhabituelle de sa part. Jose-phine, tout sourire, ne lui dit rien de son arrivée tar-dive, mais lui annonça que Ken et elle allaient se marier. Il lui avait demandé sa main devant la soupe wonton et le toast à la crevette qu'ils avaient mangés la veille au soir. Minty se demanda quelle forme cette demande en mariage avait pu revêtir, puisque Ken ne parlait pas du tout l'anglais.

« Je commence des leçons de cantonais la semaine prochaine », lui apprit Josephine.

Minty accepta son invitation au mariage. Tout en commençant le repassage, elle se demanda si elle rencontrerait jamais un autre homme qui aurait envie d'elle comme Jock avait eu envie d'elle. Si cela arri-vait, il ne fallait pas que Jock continue de la hanter. Il ne serait pas convenable de sortir avec un homme au pub ou au cinéma, et que Jock apparaisse entre eux deux, ou les observe. En outre, elle lui avait promis qu'il n'y aurait jamais personne d'autre. Elle était à lui, pour toujours, et toujours, cela pouvait représen-ter encore une cinquantaine d'années. Que voulait-il? Pourquoi était-il revenu? Parce qu'il avait peur qu'elle n'ait rencontré un autre homme?

Les chemises dégageaient cette odeur de propreté indéfinissable qu'elle aimait tant, celle du linge lavé de frais. Elle huma chacune d'elles, en les amenant à moins d'un centimètre de son nez quand elle les soulevait de la pile. Minty ne repassait pas les chemises simplement comme elles venaient, en attrapant d'abord celle du dessus, puis la suivante et ainsi de suite, mais en les choisissant en fonction de leur couleur. Il y en avait toujours davantage de blanches que de colorées, environ deux fois plus, et donc elle en repassait deux blanches, ensuite une rose, deux autres blanches, et puis une à rayures bleues. Si l'enchaînement tombait mal, et si elle s'apercevait qu'elle restait au bout du compte avec quatre ou cinq chemises blanches, cela la perturbait. Ce matin, il y avait moins de blanches que d'habitude, et elle voyait bien, au fur et à mesure de sa progression, qu'elle aurait la chance d'achever son travail sur le repassage d'une chemise rayée jaune et rose.

Il s'était écoulé plus d'une semaine depuis qu'elle avait vu Jock, et après cela, alors même qu'elle le croyait satisfait, qu'il avait eu ce qu'il recherchait, ou s'était tout simplement fatigué de chercher, il était réapparu. Elle était allée au cinéma avec Sonovia et Laf, dans l'une des salles de Whiteley, et ils avaient vu *Sleepy Hollow*, un film que les gens trouvaient effrayant, l'histoire d'un chevalier sans tête, un fantôme, à l'évidence, qui multipliait ses apparitions dans une petite bourgade d'Amérique et tranchait la tête des gens.

« Je n'ai jamais rien vu d'aussi ridicule de toute

ma vie », s'écria Sonovia d'un ton dédaigneux, en lui passant les pop-corn.

Laf s'était endormi, et ronflait doucement.

« C'est effrayant », chuchota Minty, mais plus par politesse que par sincérité.

Les films n'étaient pas la réalité.

Mais juste à l'instant où la fente dans l'arbre se rouvrait, où le cavalier fantôme et sa monture surgissaient d'un bond de l'entrelacs des racines, le spectre de Jock entra dans la salle et s'assit dans le siège situé à l'extrémité de leur rangée, de l'autre côté de l'allée. Vu la manière dont ils étaient installés, Minty à deux sièges du bout, Sonovia à côté d'elle et Laf à côté de Sonovia, elle avait vue sur lui, sans aucun obstacle. Il avait pris place sans la regarder, mais à présent, sans nul doute parce qu'il avait senti ses yeux posés sur lui, il tournait la tête et la fixait d'un regard terne et dénué d'expression. Elle portait la croix en argent de Tantine à un ruban autour du cou, et elle referma la main dessus, en la serrant fermement. Ce geste, censé agir comme un remède sûr contre les visiteurs d'un autre monde, selon ce que lui avait affirmé Tantine, n'eut aucun effet sur Jock. Il garda les yeux rivés sur l'écran. Minty effleura le bras de Sonovia.

« Tu vois cet homme au bout de la rangée ?

— Quel homme ?

— De l'autre côté, assis au bout.

— Il n'y a personne, là, ma chèère. Tu rêves. »

Cela ne la surprit pas du tout qu'il soit invisible aux autres. L'autre fois, à la boutique, Josephine n'avait pas été capable de le voir. De quoi était-il fait ? De chair et de sang, ou d'ombres ? Elle lui avait promis, alors qu'elle était avec lui, de ne jamais sortir avec personne d'autre. Était-il possible qu'il souhaite l'obliger à respecter son vœu et soit revenu pour l'emmener avec lui ? Minty se mit à trembler.

« Tu n'as pas froid, non ? » lui chuchota Sonovia. Minty secoua la tête.

« C'est un chat qui est passé sur ta tombe…

— Ne dis pas ça ! »

Minty avait parlé si fort qu'une femme derrière elles lui tapota l'épaule et la pria de se taire.

Elle garda le silence, en frissonnant. Quelque part en ce monde, il y avait un endroit où ses os et ses cendres seraient enterrés. Un chat, vaquant à ses affaires nocturnes, avait foulé ce carré de terre avant de passer son chemin. Jock avait envie de l'emmener là-bas, sur cette tombe, et d'avoir son fantôme à elle auprès de lui. Elle était incapable de suivre le film. La réalité était plus effrayante. Jock n'était là que depuis dix minutes, mais il se leva pour s'en aller. En passant devant elle, il chuchota « Polo », et lui effleura l'épaule.

Elle se recroquevilla dans son fauteuil. Son contact n'était pas comme celui d'une ombre ou de la brise, mais il était réel, c'était une main chaude, avec toute sa fermeté naturelle, lourde, possessive.

« Va-t'en, lâcha-t-elle. Laisse-moi tranquille. »

Sonovia se tourna vers elle et lui lança un regard furibond. Minty se retourna vers la sortie, mais Jock était parti.

Après la fin du film, Laf et Sonovia l'emmenèrent boire un verre au Redan.

« Qu'est-ce que tu marmonnais, au cinéma ? lui demanda Laf, avec un grand sourire. Tu étais là, assise, les yeux fermés, à papoter toute seule et à faire des grimaces.

— Pas du tout.

102

— Mais bien sûr que si, ma chèère. Quel est l'intérêt d'aller au cinéma si tu gardes les yeux fermés ?

— J'avais peur. Tout le monde avait peur. »

Ils n'étaient pas du tout de cet avis. Mais elle était incapable de parler du film ou d'approuver Laf, qui prétendait avoir apprécié, ou Sonovia, qui ne pouvait s'empêcher de rire en repensant à la fréquence de ces décapitations exécutées par le cavalier sans tête. Le fantôme de Jock avait complètement détourné son attention. Il avait un air menaçant. Elle sentait encore le contact ferme de sa main. Il ne fallait pas qu'il l'emmène avec elle, elle ne voulait pas mourir, être enlevée en quelque endroit terrifiant habité de spectres. Elle prendrait des mesures pour se défendre.

La première fois qu'elle l'avait vu, elle n'aurait pas cru qu'une arme eût été efficace contre lui, mais la sensation de cette main pesante et robuste l'avait convaincue que, tout fantôme qu'il était, il n'en demeurait pas moins inflexible et consistant. Elle avait donc besoin de ce couteau, et de l'emporter avec elle en toutes circonstances. Qui sait où il surgirait la prochaine fois ?

Elle termina la dernière chemise et la glissa dans sa pochette de Cellophane, en insérant sous le col un nœud papillon en carton, à pois bleus et blancs. Josephine était sortie faire un saut chez le loueur de voitures afin de prendre des dispositions pour son mariage et, lorsque le carillon de la porte retentit, Minty crut que c'était Jock. Cela lui ressemblerait tout à fait de se présenter en ce jour, la dernière fois qu'elle sortait sans le couteau. Elle attrapa une paire de ciseaux sur l'étagère où l'on rangeait le détachant et l'amidon en bombe. Mais c'était simplement Ken, qui fit semblant de s'effrayer à la vue de ces lames de ciseaux pointées sur lui et se mit à faire le pitre, en levant les mains en l'air.

Josephine revint et tous deux s'échangèrent des mamours, s'embrassèrent à pleine bouche, et ainsi de suite. Curieux, car Josephine lui avait confié, avant sa rencontre avec Ken, que les Chinois ne s'embrassaient jamais, ils ne savaient pas comment s'y prendre. Elle lui avait peut-être appris. Minty les aimait vraiment bien, mais leur manège qui se prolongeait lui donna envie de les poignarder à coups de ciseaux. Elle se sentait abandonnée, isolée, enfermée dans un monde à part, uniquement habité par elle-même et le spectre de Jock. Comme une somnambule, elle regagna la pièce du fond d'un pas traînant et s'assit sur un tabouret, en fixant le mur du regard et en retournant les ciseaux entre ses mains, encore et encore, sans relâche.

Jock avait toujours un paquet de Polo dans sa poche. C'est pour cela qu'il l'avait surnommée Polo, songea-t-elle. Quand ils étaient au cinéma, il lui en passait, et ça lui plaisait assez, cette sorte de bonbon propre, qui ne rendait pas les mains poisseuses. Pincemi, Pince-moi, le premier du mois, se souvint-elle, un aller simple. *Just walk on by, walk on by the corner...*

Elle avait apporté son déjeuner avec elle, des sandwiches au fromage râpé avec un peu de laitue, et un petit yaourt nature. On ne savait jamais ce qui entrait dans la composition des yaourts aux fruits. Quand elle eut fini de manger, elle enveloppa les reliefs de son repas dans du papier journal, puis dans un sac plastique, et jeta le tout au fond de la poubelle de Josephine, dans la cour. Le simple fait de la toucher commandait de se laver les mains plus soigneusement que d'ordinaire. Elle se récura les ongles avec une brosse, et après, pendant cinq minutes, elle laissa tremper ses mains dans une eau propre, sans savon. Elle les en ressortit et les sécha, et ses doigts étaient pâles et ridés, ce que Tantine avait coutume d'appeler des mains de lavandière. Minty les aimait bien ainsi, cela signifiait qu'elles étaient vraiment propres.

Ce fut l'un de ces après-midi qui s'écoulaient sans incident. Un homme vint avec sept chemises. C'était son habitude, une fois par semaine. Un jour, Josephine lui avait demandé s'il n'avait pas une femme ou une petite amie pour les apporter à sa place, et à plus forte raison pour les lui laver et les repasser. Josephine ne l'avait pas formulé de cette façon, mais elle avait évoqué la chose, et l'homme n'avait pas apprécié du tout. Minty avait craint qu'il ne revienne plus jamais, qu'il ne préfère porter ses chemises à l'autre pressing, au bout de Western Avenue. Et en effet, il lui fallut une quinzaine de jours avant de reparaître, et Josephine, se souvenant à quel point elle avait manqué de tact, se montra spécialement aimable avec lui.

Après cela, personne ne se présenta, jusqu'à l'arrivée d'une adolescente, juste au moment où elles fermaient, qui avait envie de savoir si elle pouvait payer le nettoyage de sa robe par versements échelonnés. C'était une robe courte et rouge, avec des bretelles fines comme des lacets, la partie jupe réduite à sa plus simple expression, et Minty se dit que cette robe devait aller au lavage. Pour sa part, elle l'aurait lavée. Josephine lui répondit : «Certainement pas», et la pauvre gamine fut contrainte de repartir avec sa robe.

Minty rentra chez elle à pied. Elle avait la sensation désagréable que Jock serait dans le bus. Il n'avait encore fait aucune apparition à l'air libre. Le vieux M. Kroot était dans son jardin, devant chez lui, il balayait l'allée. Il fit semblant de ne pas la voir. Il n'avait peut-être pas expédié cette carte de condoléances, peut-être son aide ménagère l'avait-elle envoyée à son insu. Elle voyait bien qu'il avait senti sa présence. Quelque chose dans sa manière de se raidir le lui suggéra, et la façon dont ses vieilles mains ridées, avec leurs veines semblables à un réseau de racines, agrippèrent le manche de son balai. Quand elle était petite, il se montrait fort amical, et puis un jour, Tantine s'était disputée avec la sœur de M. Kroot, qui séjournait alors chez lui. C'était à propos de la corde à linge ou de la clôture entre les jardins, ou peut-être à propos du chat de M. Kroot qui avait fait pipi contre les taillis, quelque chose de ce genre, mais Minty était incapable de se rappeler quoi. La sœur de M. Kroot et M. Kroot n'avaient plus jamais adressé la parole à Tantine, et Tantine ne leur avait plus adressé la parole non plus. Et du coup, ils n'avaient jamais reparlé à Minty.

Pour l'heure, sa sœur n'habitait plus là. Elle vivait ailleurs, loin de Londres. M. Kroot était seul avec son chat, qui ne portait aucun nom. Il l'appelait simplement Chat. Il se retourna et son regard la traversa de part en part, comme si elle avait été un fantôme, comme Jock. Ensuite il entra dans sa maison, avec son balai, et claqua la porte beaucoup plus fort qu'il ne l'aurait fait en temps normal. Le chat arriva à la porte à l'instant où il la fermait. Il était si vieux que Minty n'avait guère de souvenir d'une époque où il n'aurait pas été là, il devait être âgé d'au moins vingt ans, à présent, et si on multipliait ce chiffre par sept – Tantine disait que c'était ce qu'il fallait si l'on voulait calculer l'âge réel d'un chat –, il devait avoir cent quarante ans.

Alors que Minty tournait la clef dans la serrure de sa porte d'entrée, comme elle entrait dans la maison, le chat entama un grognement sénile, du fond de la gorge, pour qu'on le laisse entrer. Elle s'imagina plus ou moins Jock dans le vestibule, l'attendant, mais il n'y avait rien ni personne à cet endroit.

Un couteau serait-il d'aucun effet sur un fantôme ? De quoi étaient composés les fantômes ? Minty consacra une longue réflexion à cette question. Avant d'en avoir vu un, d'en avoir touché un, elle les avait crus composés d'ombre et de fumée, de vapeur et d'une substance intangible, de l'étoffe des nuages. La main de Jock était ferme, elle avait exercé une forte pression sur elle, et l'assise du siège où il avait pris place était chaude au toucher. Était-il la même personne que lors de son séjour sur terre ? Une créature de chair et de sang, pas du tout une photographie noir et blanc, une image grisâtre et mouvante, mais le cheveu brun, la peau rose, les yeux du même bleu foncé ? Du sang – saignerait-il ?

Elle essaierait. Si cela ne marchait pas, elle n'aurait rien perdu. Il lui resterait simplement à essayer par quelque autre moyen. S'imaginant la scène tout en faisant couler son deuxième bain de la journée, elle vit le couteau pénétrer dans le corps du spectre et ce dernier se dissoudre, disparaître dans une volute de fumée ou fondre en une flaque aussi claire que de l'eau. Il n'y aurait aucun bruit, pas un cri, pas de souffle coupé, rien qu'une disparition, le signe qu'il aurait été battu, preuve de la victoire de Minty.

Penser à la chose de cette manière lui donna envie de le voir. Elle prit son bain, en se servant de la grosse éponge couleur or qui avait jadis mené sa vie propre, attachée à quelque rocher au fond de la mer. Quand ce fut fait, elle la rinça sous l'eau chaude, puis froide. Un jour, Jock lui avait demandé s'ils pouvaient prendre un bain ensemble, entrer tous les deux dans l'eau chaude en même temps. Elle lui avait répondu non, cette suggestion l'avait choquée. Ce n'était pas pour les adultes, c'était réservé aux enfants. En outre, si elle avait partagé son bain avec lui, elle n'aurait plus eu qu'à en reprendre un autre après, toute seule. Il donnait l'impression de ne jamais songer à ces choses.

Pendant un instant, nue, elle eut presque envie de le voir. Elle ouvrit la porte de la salle de bains, sortit, traversa sa chambre. Il n'était nulle part. Vêtue des habits propres qu'elle porterait ce soir, une soirée avec en perspective un dîner hygiénique, une heure de télévision et deux heures de ménage, elle descendit dans le vestibule obscur. Le fantôme apparaissait à la lumière comme dans l'obscurité, cela ne semblait faire aucune différence. Elle sentit sa présence, partout autour d'elle, tout en étant incapable de le voir. Elle était en train de peler ses deux patates et de découper le poulet froid qu'elle avait cuit elle-même lorsque la voix chantante de Jock s'éleva comme une musique que l'on entend au loin : *Today I started loving you again…*

7

Après avoir dit oui, Zillah avait cru que les enfants et elle s'installeraient avec Jims et que les préparatifs du mariage s'engageraient ultérieurement, disons six mois plus tard. Jims était d'un autre avis. Il fallait observer un délai de décence. Le président de l'Association des conservateurs du South Wessex avait relevé, encore la semaine dernière, au sujet d'un chanteur pop de la région, de sa petite amie et de leur bébé, que les couples vivant ensemble hors mariage devraient se voir interdire l'accès à la propriété, avec retrait du passeport et du permis du conduire. Selon Jims, il n'existait pas pour lui de plus sûr moyen de perdre son siège lors de la prochaine élection que de permettre à Zillah de s'installer avec lui. Qui plus est, il avait loué les services d'un cabinet de relations publiques, et la femme qui travaillait pour lui faisait de son mieux pour obtenir des parutions de photos de Zillah et lui dans la presse nationale. Les prendre dans ce taudis de Long Fredington serait assez peu approprié, et son duplex de Great College Street apparaîtrait plutôt malséant. Il signa pour elle un bail de trois mois pour un appartement situé dans un immeuble récemment transformé à Battersea, avec vue sur le fleuve et les deux Chambres du Parlement depuis les fenêtres côté rue. Jims, qui était au fait de ces questions, considéra que c'était pile le bon choix. Cela faisait plus sérieux que Knightsbridge et moins canaille que Chelsea, cela dénotait un côté vieux jeu, mais non sans une certaine rigueur, sans compter que, sur le plan politique, cette solution présentait un aspect fort convenable. Quant au contenu de Willow Cottage et à ses effets, il recommanda à Zillah de mettre le feu au tout, puis revint sur son conseil en se souvenant du propriétaire de la maison, son vieux copain Sir Ronald Grasmere.

En dépit de sa très grande envie d'annoncer à Jims qu'elle était veuve, Zillah n'osa pas franchement s'y risquer. La première question qu'il lui aurait posée eût été de savoir quand elle avait appris la mort de Jerry et pourquoi elle ne lui en avait pas parlé plus tôt. Et donc, elle rassembla le courage nécessaire pour lui raconter un mensonge qu'il n'apprécierait pas trop, mais qui le froisserait moins que la vérité.

« En fait, je n'étais pas réellement mariée à Jerry.

— Que veux-tu dire, ma chérie, pas « réellement » mariée ? S'agissait-il simplement d'une aventure balnéaire, comme cette histoire de Mick Jagger à Bali ?

— Je veux dire que nous n'étions pas mariés du tout. »

Il voulut bien l'admettre. Le président de l'Association des conservateurs du South Wessex ne le découvrirait très probablement jamais. En se remémorant son mariage avec Jerry, dans l'église St. Augustine, à Kilburn Park, Zillah eut quelques scrupules – mais pas davantage que cela, et pas très longtemps. Zillah fut présentée à la chargée de relations publiques, Malina Daz, en tant que célibataire, mais non sans faire état d'une « relation stable » avec le père de ses

110

enfants. Sagement, elle décida de ne rien révéler aux journaux du statut marital ou extra-marital de Zillah et de ne pas mentionner les enfants, en misant sur le taux de notoriété relativement bas de Jims pour rendre assez improbables les questions sur le sujet. Elle tablait également sur la beauté de Zillah pour tout résoudre. Quand arriva le photographe, Zillah était ravissante, vêtue de son nouveau tailleur-pantalon en soie crème de chez Amanda Wakeley, avec un foulard Georgina von Etzdorf noué autour du cou. Le beau Jims était nonchalamment accoudé au dossier du fauteuil où elle avait pris place, sa main parfaitement manucurée caressant légèrement la longue chevelure noire de Zillah.

Mais quand Malina changea d'avis sur la notoriété de Jims, et suggéra que l'on pourrait présenter Eugenie et Jordan comme la nièce et le neveu de Zillah, enfants de sa sœur tragiquement disparue dans un accident de voiture, Zillah s'y opposa. Ainsi que Jims, détail assez surprenant. Malina devait se rappeler, insista-t-il, qu'il n'était pas si connu, qu'il n'était pas une célébrité.

« Provisoirement, répliqua vivement Malina.

— Si j'obtiens un poste, ajouta-t-il, ce sera un peu différent, naturellement. »

Tout ceci rendait Zillah nerveuse.

« Mes enfants ne nous quitteront pas.

— Mais non, ma chérie, et nous ne souhaitons absolument pas qu'ils s'en aillent.

— Il serait éventuellement plus sage, intervint Malina, de ne pas accorder d'interviews à la presse écrite pendant un an. Pourrions-nous faire en sorte que votre premier mari ait trouvé une mort tragique dans un accident de voiture ? »

Elle fut obligée, bien à contrecœur, de renoncer à ce scénario qui avait pourtant sa préférence.

« Enfin, non, peut-être pas. Mais d'ici là, ajouta-t-elle avec un air de sainte-nitouche, un autre petit bout de chou sera peut-être en route. »

Aux yeux de Zillah, les chances que survienne un autre petit bout de chou étaient extrêmement ténues. Elle n'avait aucune expérience des interviews ni des journalistes, mais elle en avait déjà peur. Pourtant, elle avait depuis longtemps cultivé l'art de bannir les pensées déplaisantes de son esprit. C'était la seule forme de défense qu'elle connaissait. Donc, chaque fois qu'une photo de Jims en ministre délégué auprès du ministre de l'Intérieur ou en sous-secrétaire d'État à la santé au sein du cabinet fantôme lui venait en tête, et qu'elle avait la vision d'un journaliste se présentant à sa porte, elle la chassait. Et chaque fois qu'une voix lui chuchotait mentalement à l'oreille « Parlez-moi de votre précédent mariage, Mme Melcombe-Smith », elle bouchait cette oreille. Après tout, elle savait que Jerry n'allait pas refaire surface. Quel plus sûr moyen y aurait-il de signifier clairement son intention de disparaître que d'annoncer sa mort ?

Jims lui acheta une bague de fiançailles, trois grosses émeraudes montées sur un coussinet carré de diamants. Il lui avait déjà remis une carte Visa au nom de Z. H. Leach, et il venait de lui faire établir une carte American Express Platinum au nom de Mme J. I. Melcombe-Smith, l'autorisant à s'acheter tous les vêtements dont elle avait envie. Vêtue de son nouveau tailleur vert Caroline Charles, au corsage incrusté de perles, elle dînait avec Jims dans la Churchill Room du palais de Westminster, et fut présentée au leader du Parti conservateur à la Chambre des communes. Sept ans plus tôt, Zillah se serait décrite comme une communiste, et elle ne savait pas si elle était réellement une conservatrice.

« Maintenant, si, tu en es une », lui affirma Jims.

Après le dîner, il la conduisit dans Westminster Hall, jusque dans la chapelle de St. Mary Undercroft. Même Zillah, qui remarquait à peine ce genre de détails, dut admettre que le travail de maçonnerie réalisé par Sir Charles Barry était impressionnant, et l'agencement des lieux magnifique. Elle admira docilement les bossages représentant sainte Catherine, martyre soumise au supplice de la roue, et saint Jean l'Évangéliste, plongé dans l'huile bouillante, même si ces scènes lui répugnaient quelque peu, et si la vision de saint Laurent au bûcher la rendit vaguement malade. Durant la cérémonie du mariage, elle n'aurait qu'à veiller à ne pas lever les yeux. Sur tout ce fond de couleurs capiteuses et éclatantes, en conclut-elle, une robe de mariée ivoire serait du plus bel effet. Comme elle s'était finalement fixée sur l'option de la femme célibataire, elle était déterminée à laisser de côté le souvenir de son mariage et s'était presque réconciliée avec l'idée d'une cérémonie à l'église.

Il était dommage que les enfants ne puissent être présents. Elle aurait bien eu envie de voir Eugenie en demoiselle d'honneur et Jordan en garçon d'honneur. Ils auraient eu l'air tellement chic en velours noir avec des petits cols en dentelle blanche. Mis à part ces considérations frivoles, elle se faisait véritablement du souci pour ses enfants. Leur existence n'était pas précisément déplaisante, mais elle était perturbante, un fait qu'elle ne pouvait bannir de son esprit, en dépit de tous ses efforts. C'est-à-dire qu'elle essayait de ne pas penser à eux, si ce n'est comme aux deux êtres les plus proches qu'elle eût au monde, peut-être les seuls qu'elle aimait, car son affection pour Jims aurait eu du mal à entrer dans la catégorie de l'amour. Mais les circonstances étaient trop étranges pour qu'elle en oublie les aspects ennuyeux. Premièrement, les enfants lui demandaient constamment quand ils reverraient Jerry. Jordan avait l'habitude déconcertante de clamer à voix haute, dans la rue, ou pire, quand Jims amenait un de ses collègues parlementaires en visite : « Oh, j'ai envie de voir mon papa ! »

Eugenie, si elle se montrait moins émotive, formulait les choses plus directement. « Mon père n'est pas venu nous voir depuis des mois », ou bien, citant la baby-sitter que Zillah employait désormais presque quotidiennement : « Mme Peacock dit que mon père est un papa absent ».

La dernière adresse que Jerry avait laissée à Zillah était celle de Harvist Road, NW10. Parfois, elle sortait le bout de papier sur lequel il l'avait écrite et l'observait fixement, en réfléchissant. Il n'y avait pas de numéro de téléphone. Finalement, elle appela les renseignements. Sans succès. Un après-midi, laissant les enfants avec Mme Peacock, elle se rendit à Harvist Road, en prenant un métro de la Bakerloo Line à Queen's Park. L'endroit lui rappela l'époque où elle était étudiante, quand Jerry et elle partageaient une chambre près de la gare. Pendant un temps, ils avaient été très heureux. Ensuite, elle était tombée enceinte, et ils s'étaient mariés, mais rien n'avait plus été pareil.

« Épines et pépins, épines et pépins, disait-il, en citant sa vieille grand-mère, quand un homme se marie, c'est le début de ses chagrins. » Ils étaient partis à Brighton pour un voyage de noces de deux jours. Et là-dessus, il lui avait fait une déclaration.

« J'aime beaucoup me marier. Il se pourrait que je recommence. »

Elle l'avait giflé, mais il s'était contenté de rire. Et maintenant, elle se lançait à sa recherche, histoire de savoir s'il voulait bien rester mort. Au numéro de la rue qu'il lui avait fourni, son nom ne figurait pas sur la sonnette. Quand elle frappa à l'aide du heurtoir à tête de lion, une femme âgée vint lui ouvrir.

« Je ne suis pas du tout intéressée par les doubles vitrages, la prévint-elle avant qu'elle ait ouvert la bouche.

— Et je n'en vends pas. Je recherche Jerry Leach. Il habitait ici.

— Il se faisait appeler Johnny, pas Jerry, et il ne vit plus ici. Plus depuis l'an dernier. Ça fait des mois et des mois qu'il est parti. La réponse à votre question suivante est non, je ne sais pas où il est allé. »

On lui claqua la porte au nez. Elle traversa la rue et s'assit sur une chaise dans Queen's Park, le regard perdu dans l'étendue de verdure. Une jeune fille noire et une jeune fille blanche, en passant devant elle, posèrent un regard curieux sur son tailleur en lin, avec sa jupe courte, et sur ses hauts talons ; leurs deux têtes se rejoignirent, et elles gloussèrent. Zillah les ignora. Il était évident que Jerry ne voulait pas que l'on sache où il se trouvait. Elle devait se résoudre à l'idée qu'il était parti pour toujours. Que penserait-il quand il verrait la photographie de Jims et elle dans la presse ? Peut-être ne lisait-il pas les journaux. Mais il finirait sûrement par savoir, un jour ou l'autre. Si cette histoire que Jims appelait un remaniement intervenait avant le mariage. Car alors Jims pouvait être ministre et, du fait de sa jeunesse et de sa belle allure, et de sa jeunesse et sa belle allure à elle, il pouvait devenir une cible pour les médias. Pour ce qui était de subvenir aux besoins de sa famille, Jerry était une planche pourrie, incorrigible en matière d'argent de façon générale, insensible et infidèle, mais pas foncièrement mauvais. Il serait le dernier homme à vouloir lui gâcher ses chances. S'il s'apercevait qu'elle avait fait un bon mariage et qu'elle vivait bien, il en rirait très certainement, et lui dirait : « Bonne chance, ma fille, je ne vais pas me mettre en travers de ta route. » En outre, si elle ne le houspillait plus pour la pension alimentaire, il en serait soulagé. D'ailleurs, il ne lui en avait jamais versé – autant essayer de faire pleurer les pierres.

Cette blague idiote de Jerry continuait de lui trotter dans la tête. Elle n'y avait plus repensé depuis des années, jusqu'à ce qu'Eugenie la lui ressorte, l'autre jour. Pince-mi et Pince-moi sont dans un bateau. Pince-mi tombe à l'eau. Qu'est-ce qui reste ? Peut-être était-il vraiment mort ? Mais non. Elle se remit dans la tête l'idée que, malgré tout ce qu'elle avait prétendu ou raconté à Jims, Jerry était son mari, épousé en toute légalité. Elle aurait été la première officiellement informée de sa mort. Il était son mari, et elle était sa femme. Mal à l'aise, elle se rappela que, pour une raison quelconque et désormais oubliée, Jerry avait exigé et obtenu que l'on célèbre la vieille messe des mariages, tirée du *Livre des rituels* de l'Église anglicane. Un certain passage évoquait ce que « Dieu a scellé et qu'aucun être humain ne peut disjoindre, car tant qu'ils vivront l'un et l'autre ils devront s'en remettre à Lui ». Qui plus est, elle allait devoir revivre toute la même cérémonie à St. Mary Undercroft où, sans en avoir l'assurance, elle supposait que l'on observait le même rituel traditionnel. Et le pasteur (à moins que ce ne soit un chanoine ?) prononcerait ces mots horribles, les priant de répondre comme ils le feraient au jour tant redouté du Jugement dernier, que rien, aucune cause valable, aucun obstacle ne s'opposait à leur union. Zillah ne croyait pas vraiment à ce jour tant redouté du Jugement dernier, mais quand même, l'écho de ce mot provoquait en elle une terreur superstitieuse. Jerry, où qu'il soit, constituait un mètre quatre-vingt-quatre et quatre-vingt-deux kilos bien pesés d'une cause et d'un obstacle tout à fait valables. Pourquoi fallait-il toujours qu'elle épouse des hommes qui souhaitaient se marier à l'église ?

Au bout d'un petit moment, elle se leva et regagna la station de métro d'un pas hésitant. L'ennui, quand on chassait les pensées désagréables de son esprit, c'est que l'on ne parvenait jamais à les faire fuir complètement, et chaque fois qu'elles revenaient, la menace en paraissait redoublée. Il lui fallait également se soucier de ses parents. Elle ne leur avait pas encore annoncé que Jerry était mort. Pas plus qu'elle ne les avait informés de la version désormais officielle de leur relation, à savoir qu'ils n'avaient jamais été mariés. Apparemment, ils allaient donner une réception après la cérémonie. Naturellement, Jims paierait. Elle se demanda comment elle allait empêcher sa mère de raconter au leader de l'opposition, sans parler de Lord Strathclyde, qu'elle emmenait la petite Zillah avec elle quand elle allait faire les lits et la vaisselle là-haut dans la grande maison, et que la petite de cinq ans avait quelquefois la permission de jouer avec le petit James, alors âgé de sept ans.

Le train arriva. La voiture dans laquelle elle monta était pleine de petits voyous de Harlesden, d'origine jamaïcaine, qui buvaient des cannettes de bière, ce qui lui rappela le monde qu'elle allait bientôt quitter pour toujours. À Kilburn Park, elle changea et prit la direction d'Oxford Circus. Le meilleur remède qu'elle connaissait, quand elle était sur les nerfs et déprimée, c'était de faire du shopping, un penchant auquel elle n'avait jamais eu les moyens de céder, jusqu'à présent. Il était sidérant de voir à quelle vitesse elle s'y était mise et à quel point cela lui plaisait. Déjà, au bout de quelques semaines, elle connaissait les noms de tous les créateurs, elle avait assez bien repéré à quoi ressemblaient leurs vêtements et quelles étaient leurs différences. Si seulement les disciplines universitaires pouvaient s'apprendre aussi facilement, à ce stade, elle aurait décroché quelques diplômes. Mariée à Jims, elle n'en aurait plus besoin.

Une heure et demie plus tard, émergeant de chez Browns chargée de sacs, elle se sentit immensément heureuse et insouciante, se demandant bien pourquoi elle avait eu le cafard. Elle prit un taxi pour rentrer à Battersea. Les enfants étaient attablés pour le thé, auquel présidait la baby-sitter.

« Mme Peacock dit que tu vas te marier avec Jims, s'écria Eugenie, mais j'ai dit que tu ne pouvais pas parce que tu es mariée avec papa.

— *Mea culpa*, madame Leach, je croyais qu'ils étaient au courant.

— Maman se marie avec papa, dit Jordan. Se marie avec lui demain. »

Il attrapa son assiette et cogna la table avec, renversa un mug de jus d'orange, et du coup se mit à crier.

« Jordan veut papa ! Veut papa tout de suite ! »

Zillah alla chercher un torchon, et elle essuya les

saletés pendant que Mme Peacock ne bougeait pas, ses yeux passant de Zillah aux sacs de chez Browns et de chez Liberty pour revenir à Zillah.

« Reste-t-il du thé dans la théière, madame Peacock ?

— Oui, mais il est froid. »

8

Ce serait le premier mariage auquel Minty assiste-
rait. Elle n'était jamais assaillie par les angoisses
ordinaires des femmes, et donc elle ne se souciait pas
du tout de ce qu'elle porterait ni de savoir si elle
devait s'acheter un chapeau. Si Jock ne lui avait pas
volé ses économies, elle aurait acheté un cadeau à
Josephine et Ken, mais à présent, elle n'avait plus
que son salaire, et rien d'autre pour se permettre quoi
que ce soit de superflu. S'il avait survécu, l'aurait-il
remboursée ? Si son fantôme apparaissait comme il
l'avait fait, revenait-il pour l'emmener avec lui, ou
parce qu'il voulait lui régler sa dette ?

Elle ne l'avait pas revu depuis cette soirée au
cinéma, mais elle avait ruminé les propos de Laf et
Sonovia. C'est un chat qui marche sur ta tombe. Elle
ne pouvait s'empêcher d'y songer, à ce carré de terre
où elle serait inhumée, peut-être là-bas, dans ce cimetière immense, épouvantable, tout au nord de Londres,
où Tantine l'avait emmenée une fois, à l'enterrement
de sa sœur Edna. Cela ne ressemblerait pas à la sépulture de Tantine, jolie et douillette, sous les grands
arbres sombres, tout près de sa maison, juste derrière
le grand mur, non, sa tombe à elle se situerait dans une
sinistre rangée de pierres tombales, impossibles à dis-

tinguer les unes des autres, avec son nom, gravé sur la pierre, effacé par le vent et la pluie. Mais serait-il gravé dessus ? Qui ferait cela pour elle ? Il n'y avait personne, à présent que Tantine était partie et Jock aussi.

Elle rêva de cette tombe. Elle gisait dedans, sous la terre, mais pas dans une boîte. On n'avait pu se permettre la dépense d'un cercueil. Elle gisait sous la terre froide et humide, le pire endroit où elle ait jamais séjourné, et elle était entièrement recouverte de terre : sur la peau, sur les cheveux, sous les ongles. Le vieux chat de M. Kroot venait gratter le sol, le griffait avec ses pattes, comme font les chats. Elle le vit au-dessus d'elle, la regardant de haut, par le trou qu'il avait creusé, le museau gris, tous crocs dehors, les yeux étincelants de colère et les moustaches frémissantes. Ensuite, il gratta de nouveau la terre et la lui renvoya dans la bouche et dans le nez, et elle se réveilla en se débattant pour respirer. Après ce rêve, elle dut se lever et prendre un bain, alors qu'on était au milieu de la nuit.

Laf qui lui avait fait une réflexion à propos de ses grommellements et de ses yeux fermés, et Josephine qui l'avait prévenue que le premier signe de la démence, c'était de parler toute seule, ça ne lui avait pas plu. Elle n'avait rien marmonné, cela ne lui arrivait jamais, et elle avait les yeux fermés parce qu'elle avait eu peur. Pendant tout le temps qu'ils étaient restés au pub, ils avaient ri d'elle. La prochaine fois qu'elle aurait envie de voir un film, décida-t-elle, elle irait toute seule. Pourquoi pas ? Elle y allait toute seule, avant, et elle pouvait recommencer. Elle s'achèterait un paquet de Polo. Ou une banane, parce qu'il ne les aimait pas – ah mais non, pas de ça, elle serait obligée de se débarrasser de la peau quelque part.

Dans le bus, sur le chemin du retour, un homme vint s'asseoir à côté d'elle. Elle ne voulut pas se tourner, car elle était certaine qu'il s'agissait du fantôme de Jock, et elle entendit une voix lui chuchoter « Polo, Polo ». Mais quand elle tourna la tête, prudemment, lentement, centimètre par centimètre, vers la droite, elle vit qu'il s'agissait de quelqu'un d'autre, d'un vieil homme aux cheveux blancs. Jock avait dû filer en douce quand elle ne regardait pas et faire asseoir cet homme à sa place.

Les gens n'allaient pas souvent à la séance de trois heures et demie. Les salles du multiplex étaient toujours quasi vides, à cette heure-là. Le samedi, l'Immacue fermait à une heure, et donc, dans l'après-midi, Minty alla voir *Le Talentueux M. Ripley*. Elle s'acheta un billet et on lui indiqua dans quelle salle entrer. Il n'y avait là que deux personnes, et elle disposait de toute la rangée pour elle. Jock ne fit aucune apparition. Elle ne l'avait pas revu depuis une semaine, car on ne pouvait pas prendre en compte cette rencontre dans le bus. Il était agréable d'être seule, on n'avait pas à tout le temps répéter merci quand quelqu'un vous passait les pop-corn ou un chocolat, et il n'y avait personne derrière soi pour vous demander de vous taire.

À présent, le soir, il faisait plus clair. Elle pouvait acheter des fleurs pour Tantine à l'homme posté devant la porte du cimetière et marcher jusqu'à la tombe à la lumière du soleil. Il n'y avait personne alentour. Il avait tellement plu, dernièrement, que le vase débordait, et pourtant les fleurs piquées dedans étaient mortes. Minty les jeta au loin sous un buisson de houx et mit ses jonquilles dans l'eau. Ensuite, elle sortit de son sac deux mouchoirs en papier, les posa sur la dalle et s'agenouilla dessus, en tenant la croix d'argent entre son index et son médius. Les yeux fermés, elle pria Tantine de faire partir Jock pour toujours.

Sonovia était sur le pas de sa porte d'entrée, elle disait au revoir à Daniel, qui était venu prendre une tasse de thé. Minty ne l'avait pas vu depuis des mois, depuis qu'elle avait reçu la lettre lui annonçant que Jock s'était fait tuer.

« Comment allez-vous, aujourd'hui, Minty ? lui lança-t-il de sa voix de docteur affairé, très enjoué, comme on se comporte avec les malades. Vous vous sentez un peu mieux ?

— Je vais très bien, répondit-elle.

— Tu es allée te distraire quelque part ? »

Sonovia lui avait demandé cela du ton dont on s'adresse à quelqu'un qui ne fait jamais que des choses sans intérêt, un ton de voix où le rire affleurait. Minty ne répondit pas. Elle n'oubliait pas son sac banane avec le couteau logé dedans, qui dessinait un renflement arrondi sous ses vêtements.

« Tu veux que j'te prête ma robe et ma veste bleues pour le mariage de Josephine ? »

Comment pouvait-elle refuser ? Elle ne trouva pas le moyen de dire non, mais demeura plantée là, hochant la tête d'un air emprunté. Daniel s'en alla rejoindre sa voiture, qu'il pouvait garer n'importe où parce qu'il avait un caducée collé sur son pare-brise.

Minty avait envie de rentrer chez elle, de se laver un bon coup, de s'assurer que Jock n'était pas dans la maison et de fermer toutes les portes. Au lieu de quoi il lui fallut entrer chez Sonovia, jeter un œil dans sa penderie et choisir la robe et la veste bleues, qu'elles lui fassent envie ou non, car rien d'autre ne lui irait.

«Depuis que j'ai pris du poids, je n'entre plus dedans», lui précisa Sonovia.

Minty l'essaya. Elle n'avait pas le choix. Elle avait horreur que Sonovia voie sa peau nue, si pâle et qui sentait le savon, et qu'elle observe fixement la banane pendue autour de sa taille mince. La robe était un peu grande, mais elle ferait l'affaire. Elle frissonnait tellement en la faisant passer par-dessus sa tête – comment pouvait-elle savoir combien de fois elle avait été portée et si elle avait jamais été nettoyée ? – que Sonovia lui posa sa sempiternelle question : avait-elle froid ?

«Tu as l'air si mignonne. Elle te va vraiment bien. Tu devrais porter du bleu plus souvent.»

Minty s'étudia dans le miroir, tâchant d'oublier l'éventuelle saleté de la robe. C'était un miroir en pied, que Sonovia appelait un trumeau. Elle y vit le reflet du fantôme de Jock ouvrant la porte et entrant dans la pièce. Il lui posa une main sur la nuque et, en penchant la tête, appuya son visage contre ses cheveux. Elle se débattit contre cette chose derrière elle.

«Va-t'en !

— Qui, moi ? » s'écria Sonovia.

Minty ne répondit pas. Elle secoua la tête.

«Cet après-midi, où étais-tu, Minty ? s'enquit sa voisine.

— Je suis allée voir un film.

— Quoi, toute seule ?

— Pourquoi pas ? J'aime bien être seule, de temps en temps. »

Minty retira la robe. Jock avait disparu. Elle la tendit à Sonovia, comme une femme qui s'achète un vêtement dans une boutique.

Elle lui répondit d'une voix qui ne plut guère à Minty, une voix sèche et qui se voulait patiente, comme si elle s'adressait à un vilain bambin.

« Je vais la ranger dans un sac. »

Redescendue au rez-de-chaussée, Minty refusa la tasse de thé qu'on lui tendait, et son alternative, un gin tonic.

« Il faut que je rentre. »

M. Kroot était dans son jardin, devant chez lui, sa sœur à ses côtés. Elle portait une valise, apparemment, elle venait d'arriver. Elle ne s'appelait pas Kroot, mais avait un autre nom ; elle avait épousé un homme, il y avait environ cent ans de cela. Minty ne les regarda pas. Elle se faufila dans sa maison. La robe et la veste avaient une odeur. Une odeur de renfermé, surtout. Il y avait une tache de graisse sur l'ourlet de la veste, une éclaboussure de gras, peut-être. Elle frissonna, heureuse que Sonovia ne soit pas là pour lui demander si elle avait froid. Tout le plaisir qu'elle avait tiré de ce film avait disparu, emporté par ce qui était survenu depuis. Elle se sentait vulnérable, en danger. En montant au premier, elle toucha du bois sans arrêt, les barreaux de la rambarde, qui étaient de couleur crème, la rampe, marron, la plinthe en haut, rose clair. Dans la décoration de sa maison, Tantine appréciait la variété, et Minty lui en était reconnaissante. Que serait-il advenu d'elle si toutes les boiseries avaient été blanches, comme chez Sonovia ?

Elle fit couler un bain et entra dans l'eau le couteau à la main, sans savoir pourquoi. En dehors du fait de s'y allonger avec un couteau entre les mains, elle se sentait dans l'eau plus en sécurité que partout ailleurs. Le fantôme de Jock n'était jamais entré dans la salle de bains, et cette fois-ci, il n'y entra pas non plus. Elle se lava les cheveux et resta couchée dans l'eau jusqu'à ce qu'elle commence à refroidir. Elle s'enveloppa le corps d'une serviette et la tête d'une autre, non sans essuyer le couteau. À présent, il y avait trois serviettes au lieu de deux à mettre au lavage, mais elle s'y résigna, car tout cela c'était pour la bonne cause : rester immaculée. Elle enfila un pantalon propre, en coton, et un T-shirt, propre également. Avant de manipuler le contenu du sac de Sonovia, elle se protégea d'une paire de gants en coton noir qui appartenaient à Tantine, non sans cesser de tenir la veste et la robe à bout de bras. Elle les emporterait à l'Immacue lundi et les nettoierait à sec elle-même, en leur réservant le procédé d'entretien de luxe. Elle laissa la robe dans la chambre d'amis, à bonne distance du reste de la maison, puis retira les gants et se lava les mains.

Ce fut par le plus pur des hasards que Sonovia se rendit à l'Immacue. D'habitude, elle portait tous les vêtements que Laf et elle avaient besoin de faire nettoyer à l'autre pressing de Western Avenue, mais elle n'avait pas été très contente de leur travail sur le smoking de Laf et, pour sa part, elle n'avait pas beaucoup apprécié la plaisanterie du patron sur le bal de la police.

Pour l'heure, Laf voulait faire nettoyer son pantalon en flanelle grise et sa veste sport pied-de-poule.

« Emporte-les chez Minty, non, pourquoi pas ? Essaie toujours. »

Chez Immacue, les vêtements prêts pour le retrait étaient accrochés à un portant. Ce portant était situé sur le côté gauche de la boutique et se prolongeait du comptoir jusqu'au mur du fond. Quand Sonovia entra, il n'y avait personne en vue, et donc elle attendit un petit peu, laissant son regard errer depuis les différents additifs pour nettoyage en vente sur le comptoir jusqu'aux chemises empilées sur les rayonnages, côté droit, et au portant, côté gauche. Elle était sur le point de toussoter discrètement quand elle remarqua le vêtement suspendu tout à fait sur le devant de ce portant. Il était sur un cintre, avec un col en polystyrène expansé, et gainé d'un plastique transparent, mais elle n'eut aucune difficulté pour reconnaître sa robe et sa veste bleues. En colère, Sonovia frappa de la main sur la clochette du comptoir.

Josephine se montra.

« Désolée de vous avoir fait attendre, s'excusa-t-elle. Que puis-je pour vous ?

— Aller me chercher Mlle Knox, voilà ce que vous pouvez faire pour moi. J'ai un compte à régler avec elle. »

Josephine haussa les épaules. Elle se rendit à la porte du fond et appela.

« Minty ! »

À chaque seconde qui s'écoulait, Sonovia se sentait de plus en plus en colère. Quand Minty se présenta, elle était campée, debout, fulminant, les bras croisés.

« J'aimerais juste savoir pour qui vous vous prenez, mademoiselle Araminta Knox, pour faire autant la délicate. Emprunter les vêtements de quelqu'un pour ensuite décider qu'ils ne sont pas assez propres pour vous. J'imagine qu'après les avoir essayés, vous avez pris un de vos fameux bains. Je suis surprise que vous les ayez gardés sous votre toit, à moins que vous ne les ayez sortis dans le jardin toute la journée de dimanche ? »

Minty ne répondit rien. Elle n'avait pas pensé à ce moyen, sortir la robe de Sonovia dans le jardin. Cela aurait été une bonne idée. Elle s'avança en direction du portant et inspecta les vêtements à travers leur fourreau de plastique.

« Je trouve que c'est une honte ! Depuis tout ce temps que nous nous connaissons ! Depuis le temps que vous profitez de notre hospitalité ! Vous avez estimé que je rangeais des vêtements sales dans ma garde-robe, et ça, je ne peux le tolérer. Laf dit que je dépense plus en pressing qu'en nourriture.

— Vous ne le dépensez pas ici, observa Josephine.

— Je vous saurais gré de rester en dehors de tout ceci, mademoiselle O'Sullivan. Quant à vous, Minty, Laf et moi avions l'intention de vous faire le plaisir de vous emmener voir *American Beauty* demain soir, et boire un verre ensuite, mais il ne fait aucun doute que nous avons changé d'avis. Nous irons tout seuls. Lui et moi, il se pourrait que nous ne soyons pas assez propres pour nous asseoir à côté de vous. »

Toute à son indignation, Sonovia sortit en oubliant d'emporter sa robe et sa veste avec elle. Josephine regarda Minty et Minty la regarda, et Josephine éclata de rire. Minty aurait été bien en peine d'en faire autant. Mais elle était contente de pouvoir garder la robe. Maintenant, Sonovia n'aurait peut-être plus envie de la récupérer, ce qui signifiait qu'elle aurait toujours quelque chose à se mettre si jamais quelqu'un d'autre l'invitait à un mariage. Elle retourna à son repassage.

Jadis, quelqu'un avait offert à Tantine un coffret de trente-trois tours stéréo intitulé *Porgy and Bess*. Minty était incapable de se rappeler à quelle occasion, un anniversaire, peut-être bien, mais Tantine n'avait rien pour écouter ces disques, dans le cas où elle en aurait eu envie, et ils étaient donc comme neufs. Si Minty avait toujours été en termes amicaux avec Sonovia et Laf, elle aurait pu leur demander leur avis, ils avaient un tourne-disques, mais elle ne leur parlait plus. Au bout du compte, elle acheta du papier d'emballage imprimé de gâteaux de mariage et de clochettes en argent à la papeterie juste à côté de l'Immacue, enveloppa les trente-trois tours et les emporta au mariage de Josephine.

Ce samedi matin, le pressing resta fermé. Elles affichèrent un écriteau sur la vitrine annonçant : *Fermé pour cause de mariage de la propriétaire*. La cérémonie de mariage, à l'Église œcuménique du Dieu universel, Père de toutes choses, à Harlesden Street High, fut suivie d'une réception au restaurant où Ken était cuisinier, le Lotus du Dragon. Tout cela fut très plaisant, on dansa, on joua du tambourin dans l'église ; il y eut aussi un groupe de rock composé de quatre femmes, et un dragon vert et souriant, fabriqué sur le modèle d'un cheval de pantomime, qui entra pendant le déjeuner en décrivant des cabrioles et prononça un discours en cantonais. Minty passa vraiment un bon moment, tout au moins au début. Elle avait espéré dissimuler le sac banane renfermant le couteau sous la robe bleue de Sonovia, mais le contour se voyait et lui donnait l'air bizarre. Sans trop savoir pourquoi, elle s'attendait à ce que le fantôme de Jock surgisse. Dès qu'elle vit la chaise vide voisine de la sienne, elle en fut persuadée.

« Pourquoi personne ne s'assoit-il là ? » demanda-t-elle à la meilleure amie de Josephine, originaire de Willesden.

Celle-ci lui expliqua que la mère de Josephine était censée arriver du Connemara, mais qu'elle avait fait la veille une chute et s'était fracturé la cheville.

« On n'aurait pas dû laisser cette chaise là », regretta Minty, mais personne ne le remarqua.

Josephine dit que la chaise vide lui rappelait ses amis absents. Elle était tout à fait jolie, quoique un peu tape-à-l'œil, dans son *shalwar kameez*[1] en mousseline écarlate et son grand chapeau noir à plume d'autruche. Ken était en jaquette grise et haut-de-forme. La table était entièrement semée de lis rouges, d'un bout à l'autre, et de dragons verts sur les serviettes.

Ils déjeunèrent de toasts à la crevette et de rouleaux de printemps, suivis de canard laqué pékinois. Même Minty en mangea, il le fallait bien. Lors d'une longue discussion sur l'appellation du plat (pourquoi pas « canard laqué de Beijing ? ») entre la meilleure amie de Josephine et le frère de Ken, qui ne parlait pas trop mal l'anglais, le fantôme de Jock fit son entrée et s'assit sur la chaise voisine de celle de Minty. Il était vêtu comme elle aurait parfois voulu qu'il s'habille sans jamais l'avoir vu dans pareille tenue : un costume sombre, une chemise blanche et une cravate bleue à pois blancs.

1. Tunique indienne. *(N.d.T.)*

« Désolé, je suis en retard, Polo, fit-il.

— Va-t'en. »

Il ne lui répondit pas. Il se mit simplement à rire, comme s'il était un être réel et bien vivant. Elle refusait de le regarder, mais elle l'entendit chuchoter :

« Je suis entré dans le jardin et j'ai vu une grande ourse… »

Quelqu'un, tout au bout de la table, prenait des photos. Le flash les aveugla, et elle en profita pour empoigner le couteau prévu pour qui ne saurait pas manier les baguettes. Elle le tint baissé de côté, entre eux deux, et le lui planta dans la cuisse, dans un mouvement ascendant, à travers le pantalon de son costume. Elle s'attendait à du sang, du sang de spectre qui serait peut-être rouge, comme celui des vivants, ou peut-être pas, mais il n'y eut rien. Au lieu de disparaître vite, il parut se fondre comme un reflet frémissant à la surface de l'eau qui se trouble, puis se dissoudre et lentement s'effilocher. La chaise à côté de la sienne était de nouveau vide.

Donc, cela marchait. Même un couteau émoussé suffisait à la débarrasser de lui. Mais serait-ce pour toujours ? Elle reposa le couteau sur la table. Il était absolument intact, comme s'il n'avait rien traversé d'autre que de l'air. Les convives la dévisageaient étrangement. Elle parvint à afficher un sourire radieux pour l'objectif. Elle eut l'impression de dizaines d'appareils braqués sur elle, de flashs et de déclics. Le fantôme se verrait-il sur les clichés ? Si oui, s'il remplissait cette chaise, les images paraîtraient dans les journaux du dimanche, à coup sûr.

Le frère de Ken prononça un discours, et la sœur de Josephine en fit autant. On n'arrêtait pas de lui proposer à boire. Minty estima qu'il était l'heure de partir, mais personne d'autre qu'elle ne s'en allait. Elle avait vu un écriteau marqué « Toilettes », et elle suivit donc la flèche, traversa une salle où tous les cadeaux de mariage étaient disposés sur une table, sans qu'elle y vît le sien, et s'échappa par la porte de derrière pour déboucher dans une cour crasseuse. Il lui fallut un long moment pour retrouver son chemin et regagner Harrow Road, et, le temps d'y arriver, elle tremblait, effrayée à l'idée de tomber sur le fantôme de Jock.

Depuis des années, Laf et Sonovia glissaient leur exemplaire du *Mail* dans sa boîte aux lettres après avoir fini de le lire, et Laf avait aussi l'habitude de passer régulièrement lui apporter l'*Evening Standard*, le *Mail on Sunday* et le *Sunday Mirror*. Sauf qu'il ne l'avait plus fait, ces deux derniers dimanches, et Minty ne s'attendait pas à ce qu'il renoue cette semaine avec cette coutume.

Dans la maison voisine, les Wilson se disputaient justement à ce sujet, avec vivacité. Tous deux en robe de chambre, prenant tout leur temps devant un petit déjeuner prolongé à base de bagels, de feuilletés sucrés et de café, ils n'arrivaient pas à se mettre d'accord : devaient-ils persister dans leur différend avec Minty ou « la mettre en quarantaine », selon la formule de Sonovia.

« Premièrement, je ne veux pas que tu portes ces journaux là-bas ce matin, mon cher, un point c'est tout. Je les garde pour Corinne. Elle a cessé de recevoir le journal du dimanche, pourtant je suis convaincue que ta fille en a davantage le droit que cette femme d'à côté.

— Et deuxièmement, fit Laf, tu tiens mordicus à cette dispute que tu as provoquée, Dieu seul sait pourquoi, avec une pauvre fille qui est complètement cinglée et qui ne sait plus où elle en est.

— J'aime assez ce terme de « fille », vraiment, j'aime assez. Minty Knox a tout juste neuf ans de moins que moi, comme tu dois le savoir, je n'en doute pas. Pour une « cinglée », elle sait s'y prendre pour vous emprunter vos vêtements et vous accuser de les garder sales chez vous. Et je vais te dire autre chose, elle a la tête suffisamment près du bonnet pour porter une ceinture porte-monnaie sous ses vêtements. Je l'ai vue quand elle a essayé ma robe, un sac attaché à une ceinture autour de la taille.

— Eh bien, c'est une chance pour elle. Dans un quartier comme celui-ci, il est malheureux que davantage de femmes n'en fassent pas autant. Il y aurait moins de sacs à main arrachés, d'agressions et tout ça. Dès que j'aurai enfilé quelque chose, je retirerai du journal cette page que tu veux garder pour Corinne et je passerai chez Minty lui donner le reste. Enterrer la hache de guerre, voilà ce que je dis, moi.

— Si vous faites ça, sergent Lafcadio Wilson, vous pourrez vous trouver quelqu'un d'autre pour vous préparer le rôti de porc de votre déjeuner dimanche prochain. Moi, je m'en vais chez Daniel et Lauren et ma chère petite-fille. Comme ça, vous aurez été prévenu. »

Plus Minty y songeait, plus elle avait envie de voir le *Mail* et le *Mirror*. Personne n'aurait pris toutes ces photos si ce n'était dans l'intention de les faire paraître dans les journaux, et l'un de ces quotidiens avait bien pu imprimer Jock dans ses pages ; ils avaient bien dû, fût-ce sous l'apparence d'une ombre ou d'une forme transparente. Ce serait une preuve à montrer aux gens, songea-t-elle vaguement, à des gens comme ces Wilson, et peut-être à Josephine. Quand elle avait planté le couteau dans le fantôme de Jock, elle avait vu Josephine l'observer sous ce grand chapeau noir, le regard fixe, épouvanté, la lèvre retroussée, comme si elle la prenait pour une folle.

À midi et demi, Laf n'était toujours pas venu, alors Minty se lava les mains, enfila son manteau et se rendit chez le marchand de journaux, celui qui était situé face aux portes du cimetière. Là, elle acheta trois quotidiens du dimanche. En rentrant chez elle, elle passa devant la porte du jardin de Laf et Sonovia et huma le fumet capiteux et envahissant du porc en train de rôtir, alléchant pour d'autres, mais qui suffit à la faire frémir. Elle s'efforça de détourner ses pensées de la graisse, des bulles qui crevaient à sa surface, du crépitement de la couenne grillée et des patates qui brunissaient – on n'arrivait jamais complètement à rattraper une poêle à frire –, retrouva son intérieur et se lava les mains. D'ici une minute, elle allait peut-être reprendre un bain.

Que les journaux ne contiennent pas de photo du mariage de Josephine, non seulement aucune de Jock en train de prendre place dans la chaise inoccupée, mais vraiment pas la moindre, fut une amère déception. Minty dut se contenter d'une photographie d'un certain James Melcombe-Smith, membre du Parlement, qui venait d'épouser une Mlle Zillah Leach. La légende imprimée au-dessous était rédigée comme suit :

James Melcombe-Smith (trente ans), parlementaire conservateur du South Wessex, épouse son amour d'enfance Zillah Leach (vingt-sept ans), à la chapelle de

St. Mary Undercroft, au palais de Westminster. Candidat probable à un poste ministériel lorsque le leader du parti procédera au remaniement de son cabinet fantôme, M. Melcombe-Smith va différer son voyage de noces aux Maldives jusqu'à ce que la Chambre des communes suspende ses travaux à l'occasion des fêtes de Pâques, le 20 avril.

Minty ne s'intéressait pas beaucoup à tout cela, mais elle admira l'allure de la mariée, la jugeant bien plus jolie et bien mieux vêtue, dans son fourreau de satin ivoire imprimé d'orchidées crème et pourpre, que Josephine dans cet horrible rouge vif. Le regard furieux et la lèvre retroussée de sa patronne lui demeuraient encore en travers de la gorge, et Minty lui en voulait. Elle ouvrit le journal, mais on y montrait simplement cette personne, ce Melcombe-Smith, arpentant la campagne avec un fusil, et son épouse souriant comme une folle dans un vieux pull crasseux, les cheveux dans tous les sens, sous un titre complètement incompréhensible : Homosexualité déclarée ? Et maintenant, qui rira le dernier ?

L'ennui, avec certains journaux, c'est que l'encre vous restait sur les mains. Minty monta au premier et prit un bain. Le fantôme de Jock reviendrait. Si ce n'était pas aujourd'hui, demain, et si ce n'était pas demain, la semaine prochaine. Parce qu'elle ne l'avait pas tué. Ce couteau de table était une arme inefficace. Elle avait simplement contraint le fantôme à filer pour un certain temps, à s'échapper, comme n'importe quel être vivant le ferait si on agitait une arme dans sa direction. La prochaine fois, il faudrait qu'elle se tienne prête, avec un de ses longs couteaux aiguisés, si elle voulait se débarrasser de lui pour toujours.

9

Une société de production avait invité Matthew à participer à une émission qu'elle réalisait pour le compte de la chaîne BBC2. L'émission devait s'intituler *La Vie en direct*, ou quelque chose dans ce goût-là, et il devait en être la vedette – mais oui, vraiment. C'est-à-dire qu'il devait parler aux gens rencontrant des problèmes similaires aux siens, les interviewer et relever les différences entre leurs diverses attitudes à l'égard de la nourriture. Ils enregistreraient un pilote et, si c'était un succès, ils pourraient produire une série. Michelle était enchantée. Matthew avait tellement meilleure allure depuis qu'il suivait le régime de Fiona, et il possédait une si belle voix, quand il parlait en public.

« Elle me rappelle toujours celle de ce présentateur du journal, lui dit Fiona. Comment s'appelle-t-il ? Peter Sissons.

— Ils ont dû choisir Matthew à cause de sa voix, parce qu'il est très agréable à entendre », renchérit Michelle.

Fiona en doutait. À l'évidence, ils l'avaient choisi à cause de sa chronique dans le journal, et parce qu'il avait l'air d'un de ces hommes que l'on voit sur les photos de prisonniers de guerre à leur sortie des camps japonais. Mais elle ne le lui dit pas. Les deux

136

femmes se trouvaient dans le jardin d'hiver de Fiona, en train de boire un chardonnay frais, pendant que Matthew était à son ordinateur, occupé à rédiger la livraison de la semaine de son «Journal d'un anorexique». Ce jardin d'hiver était des plus ravissants : un palais de cristal blanc plein de fioritures, avec un mobilier en cannage blanc, des coussins bleus, une table en cannage et en verre et quantité de bonsaïs, de grandes fougères et de chlorophytums dans des pots en céramique bleue. Derrière la vitre, on pouvait découvrir le petit jardin de Fiona, ceint de murs, où les fleurs de printemps étaient écloses, où la fontaine chantait.

«Jeff sera de retour dans une minute», annonça Fiona à la cantonade, comme si son ami avait un emploi et effectuait ses allers-retours ville-banlieue comme tous les voisins.

Ensuite elle poursuivit, ce qui gêna Michelle :

«Tu ne l'aimes pas, hein ?

— Je ne le connais pas vraiment, Fiona.»

Michelle trouvait cela très curieux, mais devant une question si directe, il lui fallait bien exprimer sa pensée.

«J'admets que je me suis demandé… et Matthew se l'est demandé aussi… si tu n'étais pas en train de… enfin, si tu ne te précipitais pas un peu, en épousant quelqu'un que tu ne connais que depuis quelques mois.»

Fiona ne parut nullement décontenancée.

«Je sais que je suis certaine de vouloir passer le reste de ma vie avec lui. Je t'en prie, essaie de l'apprécier.»

Il vit à tes crochets, il est grossier, il n'est pas sincère, et il est cruel, songea Michelle. *C'est un men-*

137

teur. Ces impressions devaient se lire sur son visage, même si elle n'en formula aucune à voix haute, car Fiona semblait maintenant en proie au désarroi.

« Quand tu le connaîtras mieux, tu changeras d'avis, je le sais.

— Très bien, ma chère, j'admets que je ne l'aime pas beaucoup. C'est sans aucun doute autant sa faute que la mienne. Comme il va devenir ton mari, je ferai des efforts pour mieux m'entendre avec lui.

— Tu es toujours si raisonnable et si juste. Encore un peu de vin ? »

Michelle laissa Fiona lui verser un autre doigt de chardonnay. Le vin blanc était censé faire grossir, mais elle avait remarqué que presque tous les gens dont c'était la boisson alcoolisée préférée conservaient une minceur déconcertante. Elle s'était montrée forte et n'avait pas mangé une seule de ces amandes salées, là, dans l'assiette posée sur la table. Résignée, elle posa sa question.

« As-tu déjà fixé une date pour le mariage ?

— Crois-le ou non, nous n'arrivons pas à trouver un endroit où organiser notre réception. Apparemment, en cette année du nouveau millénaire, tout le monde a envie de se marier. Ce devait être pour juin, mais nous avons dû reporter au mois d'août. C'est à cela que s'occupe Jeff en ce moment même, il essaie de nous trouver une salle. »

Il aurait certainement pu s'occuper de cela par téléphone, se dit Michelle. Pourtant, elle était ravie que le mariage soit repoussé. Et quant à déployer des efforts pour apprécier le futur époux, il était plus probable que chaque semaine qui passerait serait employée par Matthew et elle à ouvrir progressivement les yeux de

Fiona, dans l'espoir de l'éclairer sur la véritable nature de Jeff.

«Mariage à l'église ou devant l'officier d'état civil?

— Eh bien, désormais on peut se passer du prêtre, n'est-ce pas? Jeff a déjà été marié, donc on ne peut pas se marier à l'église, mais l'idée serait éventuellement d'organiser la cérémonie dans un hôtel, avec une réception sur place dans la foulée. (Elle s'interrompit en entendant la porte d'entrée s'ouvrir et se fermer.) Tiens, voilà Jeff. »

Il traversa la salle à manger et descendit les marches. Souriant, comme d'habitude. Un visage franc, comme celui de ces politiciens américains, remarqua Michelle, des dents parfaites, des rides empreintes de gravité quand il plissait le front et des yeux d'un bleu intense qu'il plongeait droit dans les vôtres. Il se pencha sur Fiona et l'embrassa comme, dans un film, un acteur qui serait de retour auprès de son épouse. Michelle, qui n'en avait aucune envie, eut aussi droit à son baiser, un petit bécot sur la joue.

«Comment va M. Lemaigre?

— Très bien, merci, fit Michelle, furieuse, mais s'exprimant d'un ton égal, car elle ne voulait offenser Fiona pour rien au monde.

— J'ai appris qu'il allait passer à la télévision. »

Comme il n'y avait aucun verre prévu pour lui, Jeff prit celui de Fiona, qui était presque vide, le remplit et en descendit la moitié.

«Vous allez voir, Michelle, vous aussi, vous aurez envie de passer à la télévision, histoire de voir si, à vous deux, vous ne pourriez pas devenir une nouvelle version du tandem Laurel et Hardy. Oh, Fiona, ma douce, ne prends pas cet air, c'est mon style, voilà tout. J'aurais peut-être mieux fait de me taire. Écoute, j'ai trouvé un endroit merveilleux dans le Surrey, où ils vont nous marier et nous servir ensuite un dîner fantastique. Le 26 août... qu'en dis-tu ?

— Cela me semble parfait, se félicita Michelle, en calculant que cette date était encore lointaine. Fiona, je dois vous quitter. Grand merci pour ce verre délicieux.

— Je vous mets à la porte...»

Jeff adressa à Fiona un clin d'œil aussi théâtral qu'énigmatique. Il escorta Michelle jusque dans l'entrée et, selon sa singulière habitude, la pria de transmettre « ses amitiés les plus sincères » à Matthew. La porte se referma plutôt sèchement, avant qu'elle n'ait parcouru la moitié de l'allée.

«Là, releva Fiona, qui d'ordinaire s'abstenait de toute critique, tu as été assez grossier. Tu peux être très blessant, tu sais.»

La préoccupation pouvait transformer totalement le visage de Jeff. Il exprimait aussitôt l'affliction. La tristesse, la compassion.

«Je sais. Je suis désolé, ma douce. Les gens qui se laissent aller à grossir à ce point, je crois que je ne peux pas m'empêcher de les trouver stupides.

— Michelle n'est pas stupide.

— Non ? Oh, enfin, tu la connais mieux que moi. On débouche une autre bouteille de vin ?

— Il ne sera pas frais.

— Facile d'arranger ça, en le fourrant cinq minutes au congélateur.»

Il arrangea ça. Il décida, alors que le vin rafraîchissait, de l'emmener dîner dehors, de dépenser une partie de la somme d'argent assez conséquente qu'il avait gagnée sur un cheval l'après-midi même. Il sor-

140

tit deux verres propres, les posa sur un plateau, avec le vin, et retourna auprès d'elle.

« Et si j'appelais le Rosmarino et que je t'y emmenais dîner, ma chérie ? Je veux dire, t'y invitais à dîner ? (Tout en versant le vin, il fut pris d'une inspiration.) J'ai investi sur le Net et je m'en sors plutôt pas mal. »

Elle n'ignorait rien de ces sujets, comme de juste.

« Je ne savais pas que tu possédais des titres. Toutes mes félicitations. Mais sois prudent, veux-tu, Jeff ? Nous ne connaissons pas encore grand-chose de ces sociétés… chimère@superbanque.co.uk, cashflow@montsetmerveilles.com, et compagnie. Leurs bénéfices n'existent peut-être que sur le papier. »

Il changea rapidement de sujet, pour passer à la question qu'il songeait à aborder depuis dimanche, depuis que cette découverte dans le journal lui avait causé un choc. S'il l'avait pu, il aurait préféré se dispenser de l'aborder, mais il n'osait pas. Enfin, il fallait qu'il se lance, mais avec prudence.

« Tu te souviens de ce mariage, dans le journal de dimanche ? En première page du *Mail* ? »

Elle ne lisait jamais les nouvelles, uniquement les rubriques financières.

« Désolée, je ne me suis intéressée qu'à cette affaire de fusion d'entreprises. Pourquoi ?

— Je me sens un peu mal à l'aise de t'en parler, même si je ne vois pas trop ce qui me gêne là-dedans. Ce n'est pas comme si j'avais fait quelque chose de mal. (Il la regarda, dans les yeux.) Prends-moi la main, Fiona. Je ne voudrais pas te blesser, pour rien au monde. (Sa voix était solennelle.) Fiona, écoute-moi. Mon ex-femme s'est remariée. C'était dans le journal. Elle a épousé un parlementaire. »

Elle lui prit les deux mains, l'attira vers elle.

« Oh, Jeff. Oh, chéri. Pourquoi ne me l'as-tu pas dit tout de suite ?

— Je ne sais pas. J'aurais dû. En fait, je n'ai pas pu.

— Cela t'a rendu malheureux, n'est-ce pas ? Je comprends, vraiment. Je sais que tu m'aimes, je le sais, mais un événement de cet ordre, il y a de quoi se sentir terriblement peiné, en effet. C'est absolument naturel. Embrasse-moi. »

Ils s'embrassèrent, tout d'abord avec douceur, puis avec plus de fougue. Jeff fut le premier à rompre leur étreinte.

« Je vais appeler le restaurant. »

Fiona sourit toute seule, un peu tristement. Il était, ainsi qu'elle l'avait dit, tout à fait naturel qu'il soit un peu malheureux. Elle songea aux hommes de son passé, et surtout à deux d'entre eux qui, par la suite, avaient épousé d'autres femmes. Elle en avait été bouleversée, réaction fort peu rationnelle, car elle ne voulait plus d'eux, elle n'aurait pas songé à continuer de vivre avec eux. Quand il revint, elle lui adressa un beau sourire chaleureux, presque maternel.

« Tu as envie de m'en parler ? (Elle le reprit par la main.) Tu n'es pas obligé. Seulement si tu le souhaites.

— En fait, oui, je crois que j'en ai envie. Elle s'appelle Zillah. Z-I-deux L-A-H. C'est une gitane, enfin, elle aime que les autres le croient, une Tzigane. Nous nous sommes rencontrés à l'université. Bien sûr, nous étions tous deux très jeunes. C'est toujours la même histoire, nous avons fini par nous lasser l'un de l'autre. Il n'y avait personne d'autre, non, rien de tel. Enfin, ce type qu'elle vient d'épouser a toujours existé, ils se connaissent depuis qu'ils sont gamins, mais j'ai toujours cru qu'il était gay.

— Et les enfants, Jeff ?

— J'imagine qu'ils vivent avec elle. (Il se demandait jusqu'où il devait aller dans ses confidences.) Cela m'inquiète, ça aussi. Bien évidemment, elle a fait de son mieux pour me maintenir à l'écart de mes enfants.

— J'aimerais bien en avoir, avoua Fiona d'une petite voix.

— Bien sûr que tu en auras. Tu crois que je n'y comptais pas ? Ma chérie, l'année prochaine à la même époque, nous pourrions tout à fait avoir notre premier bébé. Je serai un homme au foyer parfait, je resterai à la maison et je m'occuperai de lui.

— Comment s'appelle-t-elle ?

— Qui ? Zillah ? (Il réfléchit à toute vitesse.) De son nom de jeune fille, Leach. Le type qu'elle a épousé, l'ex-pédale, il s'appelle Melcombe-Smith. Il est parlementaire de la région d'où elle est originaire, le Dorset. »

Fiona hocha la tête. Elle n'ajouta rien, mais elle monta au premier pour se changer. Jeff décida de terminer la bouteille. Ils pourraient toujours prendre un taxi pour se rendre au restaurant et en revenir. Il avait été très secoué par la photo du mariage et l'article qui l'accompagnait, si perturbé que maintenant il allait dire à Fiona qu'il ne pouvait rester dans la maison en sa compagnie, car il avait besoin de sortir marcher jusqu'à Fortune Green aller et retour. Il était assez évident que la lettre qu'il avait rédigée sur l'ordinateur de Matthew Jarvey et envoyée à Zillah avait été prise au sérieux. Certes, il s'était attendu à ce que Minty prenne la sienne au sérieux, elle était assez obtuse pour ça, et c'était tout l'objet de la missive, mais pas Zillah. Dans son esprit, la lettre se bornait à lui signaler son intention de disparaître : il ne l'embêterait plus. Il n'avait pas songé à lui délivrer un blanc-seing pour qu'elle se remarie, comme s'ils avaient divorcé en bonne et due forme ou comme s'il était réellement mort. D'ici quelques années peut-être, quand elle l'aurait perdu de vue depuis des lustres, mais pas au bout de six mois. Pourtant, à son retour devant la porte du jardin de Fiona, il estima, d'une manière ou d'une autre, qu'il fallait lui rendre cette justice, elle avait eu le culot d'épouser un riche de la haute société, un connard comme ce Melcombe-Smith, et de raconter à la presse qu'elle était Mlle Leach, sans enfants. En tout cas, il le supposait. Ils devaient bien tenir l'information de quelque part, et d'où, sinon d'elle ?

Tout en vidant le reste de la bouteille de vin, il songea brièvement à ses enfants, et cette pensée lui procura une sensation qui lui était tout à fait étrangère, un réel serrement de cœur, du chagrin. Il ne les avait jamais beaucoup vus, en particulier Jordan, mais quand il était avec eux, il les avait aimés. Simplement, il ne supportait pas tout ce cinéma familial, monsieur et madame, maman et papa se partageant les tâches de la maisonnée, les courses hebdomadaires, la préparation des repas, les gamins sans cesse dans leurs pattes, toujours à se faire mal et à pleurer, à provoquer du désordre. Être pauvres, sans jamais savoir d'où viendrait le prochain penny. Zillah était une assez bonne mère, en tout cas il l'avait toujours considérée comme telle, elle ne sortait jamais le soir en les laissant tout seuls, et pourtant, ce n'était pas faute d'avoir essayé de l'en persuader. Comme s'ils n'étaient pas en sécurité dans un village, en pleine campagne, entourés de gentils voisins. Pour sa part, il s'était toujours senti très en confiance en partant et en les laissant des semaines d'affilée, car il pouvait se fier à Zillah pour veiller sur ses enfants. Mais maintenant ?

Il avait conservé les pages du journal avec les photos d'elle, mais il avait lu et relu l'article tant et tant de fois qu'il le connaissait par cœur. Elle n'avait pas touché un mot au journaliste de ses origines tziganes – de toute façon, il ne l'aurait jamais crue –, ni d'un précédent mariage, ni du fait que son nom de jeune fille n'était pas Leach, mais Watling. Le plus troublant de tout, c'est qu'elle n'avait manifestement pas mentionné l'existence des enfants. Il connaissait les journalistes – il avait vécu une relation avec une journaliste indépendante assez connue –, il savait qu'il était inutile pour l'interviewé d'implorer l'intervieweur de garder un secret (« surtout, ne dites rien de tout ça ») une fois qu'il était dévoilé. La confidence équivalait à une révélation. Omettre certains aspects de vos propos, extraire les éléments de leur contexte pour en modifier le sens, c'était une autre affaire. Ici, c'était différent. Dans une histoire de cette sorte, il n'y avait aucune chance, si Zillah avait raconté au *Mail* qu'elle avait deux enfants en bas âge, nés hors mariage ou pas, pour que le journaliste du quotidien ait docilement accepté de tenir sa langue. Donc, elle ne leur en avait rien dit. Qu'avait-elle donc fait des enfants de Jeff ?

Fiona descendit, ravissante dans un tailleur blanc à la jupe très courte, très étroite, et des escarpins vernis noirs à hauts talons. Il ressentit les tiraillements du désir. Une soirée passée au lit aurait beaucoup fait pour dissiper ses inquiétudes au sujet d'Eugenie et

Jordan, mais il n'en était plus question. C'était sa faute : c'était lui qui avait suggéré ce dîner.

Un taxi fit son apparition, en provenance de Fortune Green Road. Ce n'était pas plus mal, car avec ces talons Fiona aurait été incapable de parcourir plus d'un mètre. Il allait devoir retrouver la trace de Zillah et lui parler, il allait voir ses enfants, il en avait le droit, ils étaient à lui. Sa paternité était un fait qu'il n'avait jamais contesté. Ils possédaient tous les deux exactement ses traits, une indication aussi fiable, avait-il toujours estimé, que n'importe quel test ADN.

« Tâche de ne pas te laisser trop dévorer l'esprit, Jeff. »

Un instant, il eut peur qu'elle n'ait lu dans ses pensées. Ensuite, il s'en rendit compte, elle s'imaginait tout naturellement qu'il broyait du noir au sujet du remariage de son « ex-femme ».

« Maintenant, tu m'as, moi, et nous avons une nouvelle vie devant nous. »

Ce ne serait pas une mauvaise idée de laisser Fiona croire qu'il était malheureux de sa séparation définitive d'avec Zillah. Dans le futur, s'il paraissait préoccupé, absent, ou simplement silencieux, c'est à cela qu'elle l'attribuerait.

« Je sais, fit-il. Non, je suis tout à fait content de cette issue, ne crois pas le contraire. Je pense à mon fils et à ma petite fille. Et puis c'est simplement que… enfin, bon, c'était mon premier amour. (Il lui prit la main.) Et toi, tu es mon dernier. La première dans mon cœur, et la dernière dans ma vie. (Le taxi tourna pour s'engager dans Blenheim Terrace, et il se tâta les poches.) As-tu de la monnaie, chérie ? Je n'ai qu'un billet de 20 livres. »

Fiona régla le chauffeur. Quand ils furent installés

146

à leur table, elle le questionna un peu plus à propos de Zillah.

« Si tu souhaites organiser une rencontre avec elle, en discuter tranquillement, ce genre de chose, je n'y verrais aucun inconvénient. »

Pour lui, en un sens, c'était l'occasion ou jamais. Il serait plus sage de ne pas la saisir. Elle pourrait avoir envie de l'accompagner ou de rencontrer Zillah. Il en eut presque des sueurs froides. Fiona, avec sa maison, son argent, son héritage, son boulot, c'était (selon sa propre formule) la meilleure femme qui lui soit jamais arrivée.

« Non, ma chérie. Je veux mettre tout ça derrière moi. »

Il étudia la carte des vins. Malgré ce qu'il avait dit à Fiona, il n'allait pas utiliser l'argent gagné sur ce cheval nommé Website, à la place, il paierait avec la carte American Express qu'il avait trouvée dans un autre restaurant, chez Langan, où il était l'invité d'une autre femme qu'il avait draguée sur les marches du Duke of York. La carte, tombée par terre sous une table, avait appartenu à un certain J. H. Leigh, et c'était cette trouvaille qui l'avait conduit à prendre le nom de Leigh lors de sa première rencontre avec Fiona. À cette période, pour cette petite Minty Knox si rigolote, il s'appelait toujours Lewis et, pour sa nouvelle identité, il avait jonglé avec des noms comme Long ou Lane, mais il avait finalement opté pour Leigh. Au début, il avait utilisé cette carte avec parcimonie, pour de petits articles, s'attendant toujours à s'entendre répondre qu'elle était bloquée. Rien ne s'était produit. Il avait payé des repas avec, il avait même acheté des vêtements à Fiona, mais il n'avait jamais osé s'aventurer jusqu'aux bijoux.

Inévitablement, il avait spéculé sur le pourquoi du comment. Qui était ce Leigh, riche et prodigue au point de ne pas se donner la peine d'informer American Express de la perte de sa carte, et de continuer à payer les factures qui devaient parvenir chaque mois à son domicile ? Puis il comprit. Il ne s'agissait pas d'un homme, mais d'une femme entretenue par un homme, une épouse ou une maîtresse, dont les factures Amex étaient acquittées par un mari ou un amant sans la moindre question. Avait-elle eu peur de lui annoncer la perte de la carte ? Peut-être était-elle dans une situation, ou dans un endroit, où elle n'aurait pas dû être quand ce vol ou cette perte étaient survenus ? Ou bien possédait-elle tant de cartes qu'elle n'avait pas remarqué la disparition de l'une d'entre elles ?

Il approfondit sa réflexion, car les comportements sournois, la tromperie, l'entourloupe et la radinerie étaient des pratiques qui lui tenaient à cœur. Un jour, la carte serait bloquée, mais peut-être pas avant longtemps, et dans l'intervalle il en profitait.

« Je disais, que vas-tu choisir, les légumes grillés ou le saumon fumé ? Chéri, tu ne m'as pas écoutée.

— Désolée, s'excusa-t-il. Je réfléchissais… enfin, tu sais à quoi je pensais. »

Heureusement qu'elle, elle n'en savait rien. Comment allait-il mettre la main sur Zillah ? En lui téléphonant ? Il ne serait pas difficile de trouver son numéro. Passer la voir ? Une fois, il y avait de ça des années, alors que Zillah était enceinte d'Eugenie et qu'ils habitaient tous deux dans ce taudis près de la gare de Queen's Park, ce Melcombe-Smith les avait invités à boire un verre chez lui, à Pimlico, et ils avaient accepté. Un souvenir épouvantable, il avait failli virer socialiste. Jims, comme on l'appelait, habitait peut-être toujours là-bas, cela ne remontait qu'à six ou sept ans. Horrifié, il se rendit compte qu'il ignorait l'âge exact de sa fille. Mais il l'aimait, ça, il ne l'ignorait pas, elle était à lui et il avait besoin de la voir.

« Écoute ça, lui dit-il. Pince-mi et Pince-moi sont dans un bateau. Pince-mi tombe à l'eau. Qu'est-ce qui reste ?

— Épargne-moi ça, Jeff. (Fiona était à bout de patience.) Garde cette histoire pour le bébé que nous sommes censés avoir l'an prochain. Moi, je suis une grande personne. »

10

À bien des égards, l'attention qu'elle suscitait était enviable et flatteuse. Zillah ne s'était pas attendue à toute cette publicité dans le *Mail on Sunday*, et de prime abord, en voyant les photos et cet article tout à fait respectueux envers Jims et elle, elle fut ravie. D'autres personnes avaient lu cet article et vu ces photos, et lui avaient téléphoné pour la féliciter. Une seule, une femme, avait demandé pourquoi Eugenie et Jordan n'étaient pas mentionnés, mais cette dernière avait fourni la réponse d'elle-même : « J'imagine que tu souhaites les protéger de l'attention des médias. »

C'était tout à fait exact, lui avait répondu Zillah. Elle avait eu quelques jours pour se détendre et profiter d'Abbey Gardens Mansions, apprécier le confort de son nouveau domicile, encore plus spacieux que l'appartement de Battersea, et décida qu'il était temps d'aller chercher les enfants. Depuis l'avant-veille du mariage, ils étaient restés chez ses parents, à Bournemouth, mais ils commençaient à lui manquer, et elle avait envie de les voir revenir. Le côté publicité, c'était terminé. Ce qu'elle avait pressenti depuis le début n'était jamais que la vérité, Jims n'était pas connu, il n'était qu'un simple parlementaire parmi d'autres, et de l'opposition, avec ça, et tout ce qui avait attiré la presse, c'était leur belle allure à tous les deux. Et peut-être le fait que tout le monde le croyait gay, et sur le point d'être démasqué publiquement.

Les enfants pouvaient revenir, sortir se promener avec elle, dans sa nouvelle voiture, sa belle Mercedes gris clair métallisé, se faire conduire à l'école à Westminster, et tout le monde n'y verrait que du feu. C'était ce que croyait Zillah – jusqu'au coup de téléphone de la première journaliste.

« Je ne vous dérange pas en pleine lune de miel, j'espère ?

— Nous ne partons pas en voyage de noces avant Pâques, précisa Zillah, qui n'était guère impatiente de partir pour cette excursion dans une île de l'océan Indien, sans rien d'autre à faire que boire et bavarder toute la journée avec Jims, car de sexe, il ne serait pas question.

— Alors comme ça, d'ici là, pas la moindre petite escapade ? s'enquit la femme. (Elle travaillait pour un quotidien national.) J'appelle pour vous supplier de m'accorder une interview. À paraître dans notre supplément de jeudi. Vous savez ce que ça signifie, je suppose. »

Zillah oublia tout des instructions de Jims qui, concernant toutes ces demandes, l'avait enjointe de s'adresser à Malina Daz. Elle oublia sa peur des journalistes. Ils avaient été si gentils avec elle, au *Mail*. Pourquoi ne pas accepter ? Les enfants n'étaient pas encore rentrés. Cela lui donnerait l'occasion de confirmer tout ce qui était déjà paru dans la presse écrite, et peut-être de s'offrir encore quelques portraits très glamour.

« Vous allez prendre des photos ? »

Elle avait dû paraître appréhender cela, car la journaliste se méprit.

«Eh bien, oui, naturellement. Un papier sur quelqu'un d'aussi séduisant que vous n'aurait pas grande signification sans quelques photos, vous ne croyez pas?»

Zillah acquiesça. Deux heures plus tard, le chroniqueur d'un luxueux magazine était au bout du fil. La rédaction l'avait laissée tranquille quelques jours, mais le moment était venu de faire paraître quelque chose de plus complet que ces quelques lignes sur leur mariage. Zillah évoqua l'autre journaliste.

«Oh, ne vous inquiétez pas pour ça. Notre article sera très différent, je vous assure. Vous allez adorer. Vous allez être l'objet de beaucoup d'attention, je peux vous l'affirmer, surtout avec la rumeur qui circulait sur la révélation imminente de l'homosexualité de votre mari.

— Il n'a jamais été question de ça, rétorqua Zillah non sans vivacité.

— Vous l'avez guéri, c'est ça? Désolé, une réflexion pas très politiquement correcte de ma part. Peut-être devrais-je dire : vous l'avez amené à changer de sentiments. Qu'en dites-vous? Alors, disons vendredi à trois heures, d'accord? Le photographe viendra une heure avant pour tout installer.»

Le temps que Zillah puisse en parler à Jims et, par son intermédiaire, à Malina Daz, deux journaux et un autre magazine avaient rejoint la file d'attente. Malina étaient de ceux qui considèrent toute publicité comme bonne à prendre. Jims était plus prudent, et il pressa Zillah de tout nier des penchants qu'on lui prêtait, et ce avec la dernière vigueur. La veille de la visite du premier journaliste, dans la soirée, tous deux inventèrent à Jims une ancienne petite amie, son nom, son aspect, son âge et même la jalousie de Zillah à son égard. Lors de l'interview, Zillah expliqua que cette femme était désormais mariée et qu'elle vivait à Hongkong. Pour des raisons évidentes, on ne pouvait révéler son identité actuelle. Quand vint le tour du magazine, elle avait oublié l'âge de l'ancienne petite amie et raconta qu'elle vivait à Singapour, mais Jims la rassura, cela importait peu, car de toute façon les journaux comprenaient tout de travers.

Les enfants étaient encore à Bournemouth. Leurs grands-parents avaient accepté, sans trop de gaieté de cœur, de les garder encore une semaine. Au téléphone, Mme Watling avait trouvé un peu paradoxal qu'Eugenie et Jordan restent « indéfiniment » à Bournemouth quand, pour la première fois de leur vie, ils disposaient d'un foyer décent, alors que, du temps où ils habitaient dans ce taudis du Dorset, leur grand-père et elle ne les voyaient jamais de l'année. Zillah la pria de se montrer un peu indulgente avec elle encore un petit moment – une phrase qu'elle avait reprise à Malina Daz –, et ensuite, Jims et elle descendraient chercher les petits, pas le week-end prochain, mais le suivant.

La première interview parut le vendredi matin. Les photographies rendaient merveilleusement bien, et l'article proprement dit, un article de fond, n'était qu'un tissu de bavardages, sans aucune allusion à la « révélation imminente » de l'homosexualité de Jims, mais avec quantité de détails sur l'allure ravissante de Zillah et son goût vestimentaire. Pour reprendre une autre phrase de Malina, l'ensemble avait été « traité avec sensibilité ». La petite amie imaginaire de Jims était mentionnée en quelques mots évoquant sa « longue relation » avec lui. Au total, tout cela était extrêmement satisfaisant. Deux articles supplémentaires étaient « dans les tuyaux », annonça Malina, et plusieurs autres interviews étaient prévues.

Jims était content du papier, mais il connaissait les façons de procéder des médias, dont Zillah ignorait tout. Au bout de sept ans de Chambre des communes, il aurait eu du mal à ne pas les connaître.

« La presse populaire, c'est souvent très bien, jusqu'à ce qu'ils te poignardent dans le dos, la prévint-il. Les magazines, c'est parfait, ils se laissent caresser dans le sens du poil. C'est des quotidiens nationaux comme le *Guardian* qu'il faut te méfier.

— Il serait peut-être utile que je fasse acte de présence, suggéra Malina, signifiant par là qu'elle ferait mieux d'être là à chaque rencontre de Zillah avec la presse écrite, surtout avec les grands quotidiens d'information.

— Bonne idée », approuva Jims.

Zillah n'aimait pas Malina. On ne lui avait pas révélé la vérité sur ce mariage, mais elle avait deviné. À une ou deux reprises, Zillah avait cru surprendre chez elle un discret sourire. Elle n'arrêtait pas d'entrer et sortir de l'appartement d'Abbey Gardens Mansions, débarquait dans les chambres, soupçonnait-elle, ouvrant les tiroirs pour introduire ses doigts longs et fuselés dans les casiers de son bureau. Malina avait un amant, un grand cardiologue de Harley Street, et elle était plus mince que Zillah, peut-être même bien de deux tailles.

Elle n'avait pas envie que Malina soit présente quand elle parlait au *Times* et au *Telegraph*. Il était déjà assez pénible d'avoir le photographe qui la prenait au dépourvu, quand elle avait la bouche ouverte ou quand elle se tenait la tête, dans un angle bizarre. Le petit sourire énigmatique de Malina et sa façon de contempler avec admiration ses mains et ses ongles faits (d'un vernis argent) seraient, selon ses propres termes, «déplacés». Et donc, Zillah ne lui dit rien de l'interview prévue pour le *Telegraph Magazine*. Ce jour-là, Jims serait absent lui aussi, retenu à la Chambre des communes par le vote de la loi sur le gouvernement local.

Elle attendait l'arrivée du photographe, debout face à la fenêtre, le regard tourné vers Dean's Yard, de l'autre côté de la rue, quand elle vit une voiture s'arrêter et se garer le long du trottoir, sur une double ligne jaune. De la part d'un photographe de presse, cela l'étonnait. Il allait se la faire enlever ou la retrouver avec un sabot. Elle ouvrit la fenêtre, s'apprêtant à lui crier par la fenêtre de ne pas laisser sa voiture à cet endroit, mais, au lieu d'en sortir, le chauffeur resta là où il était, au volant. Zillah ne distinguait pas la scène très clairement, mais il avait beau s'agir d'une BMW, rien à voir avec la vieille Ford Anglia dans laquelle il était reparti après leur dernière rencontre, elle était quasi certaine que l'homme n'était autre que son mari, Jerry.

Elle passa la tête par la fenêtre et scruta le véhicule. Le conducteur était en train d'étudier quelque chose, probablement une carte ou un plan. Il ressemblait beaucoup à Jerry, mais à cette distance elle ne pouvait en être sûre. Si ce photographe et ce journaliste n'étaient pas sur le point d'arriver, elle serait descendue, se serait assurée de son identité et, s'il s'était agi de Jerry, elle l'aurait pris de front. S'ils n'étaient pas venus, elle n'aurait pas été sur son trente et un, en pantalon moulant cramoisi, chaussures à talons de sept centimètres de haut et bustier noir et blanc. Elle ferma la fenêtre. Le véhicule se trouvait trop loin pour qu'on y voie convenablement. L'homme dans la voiture leva les yeux. C'était bien Jerry. Elle en était certaine. Et à qui appartenait cette BMW bleu foncé ? Pas à lui, cela aussi, c'était une certitude. On sonna à la porte.

Le photographe venait du côté de l'Abbey, c'est pourquoi elle ne l'avait pas vu arriver. Il avait un assistant avec lui, l'éternel adolescent de rigueur, ou du moins qui avait l'allure d'un adolescent, et tous deux commencèrent à s'installer, déployant des draps d'un blanc de glacier sur les meubles, ouvrant et fermant un parapluie doublé d'argent. Zillah retourna à la fenêtre. Un agent de la circulation s'entretenait avec l'homme de la BMW. Elle espérait que ce dernier en descendrait, pour qu'elle puisse vraiment bien le voir. Il ne descendit pas, mais démarra dans la direction de Millbank.

L'interview ne plut guère à Zillah. Le journaliste était encore une femme, mais à l'air sérieux, et vêtue d'une tenue austère, un tailleur-pantalon noir. Elle se présenta sous le nom de Natalie Reckman. Ses traits étaient d'un classicisme sévère, et ses cheveux blonds peignés en arrière et maintenus par une barrette. Elle ne portait pas de bijoux, sauf un anneau d'or à la main droite, lourd et curieusement façonné. Elle sortit de sa serviette en cuir noir un carnet tout aussi professionnel et un magnétophone. Zillah, qui avaient eu envie de s'habiller avec élégance, prit soudain conscience du collier oriental très orné qu'elle portait, monté d'améthystes sur argent repoussé, de la dizaine de bracelets de perles très à la mode qu'elle avait au poignet, et de ses boucles d'oreilles, qui venaient osciller à la hauteur de ses épaules. Et les questions posées étaient plus étranges que d'habitude, plus inquisitrices.

Cette femme était la première journaliste à ne lui faire aucun compliment sur son apparence. Au début, elle semblait plus intéressée par Jims que par sa nouvelle épouse. Zillah fit de son mieux pour parler de lui comme une jeune mariée passionnée pourrait parler de son nouvel époux. Comme il était intelligent, attentionné envers elle, et quelle sage décision c'était d'épouser son meilleur ami. Quant à sa carrière politique, il s'y dévouait tant qu'ils avaient repoussé leur voyage de noces à Pâques. Ils partaient pour les Maldives. Jims chéri aurait préféré le Maroc, il mourait d'envie d'y aller, mais il s'était rangé à son choix à elle. Ils iraient au Maroc en hiver.

Natalie Reckman bâilla. Elle se redressa sur son siège et l'interview prit un tour différent. Après avoir essayé de découvrir comment Zillah avait gagné sa vie avant son mariage, et comme elle accueillait sans trop d'enthousiasme la description un peu vague que Zillah lui faisait d'elle-même en tant qu'« artiste », elle lui demanda non sans incrédulité si elle espérait lui faire croire que la jeune épouse d'un membre du Parlement avait réellement vécu toute seule dans un village du Dorset pendant sept ans, sans emploi, sans compagnon et sans amis. Zillah, que cela finit par mettre en colère, lui répliqua qu'elle pouvait croire ce que bon lui semblait. Elle réfléchit rapidement à la question de savoir s'il était trop tard pour mentionner les enfants, pour les amener d'une manière ou d'une autre dans la conversation. Mais comment expliquer qu'elle n'ait jamais avoué leur existence auparavant ?

La journaliste sourit. Elle passa à une série de questions sur Jims. Depuis combien de temps se connaissaient-ils ? Vingt-deux ans ? Pourtant, on ne les avait jamais vus ensemble avant leur mariage et, apparemment, ils ne vivaient pas non plus sous le même toit.

« Tout le monde n'accepte pas d'avoir des rapports sexuels avant le mariage », lâcha Zillah.

La journaliste la considéra de la tête aux pieds, depuis ses boucles d'oreilles et sa coiffure « monumentale » jusqu'à ses talons hauts comme des échasses.

« Et vous faites partie de ces gens-là, n'est-ce pas ?

— Franchement, je n'ai aucune envie d'aborder la question.

— D'accord. Très bien. Vous avez appris, j'imagine, que votre mari a toujours fait partie d'un groupe de parlementaires dont une personne assez regardante et que je ne nommerai pas a menacé de révéler publiquement l'homosexualité. Comment prenez-vous la chose ? »

Zillah commençait à regretter l'absence de Malina.

« C'est un autre sujet dont je préférerais ne pas parler.

— Vous aimeriez certainement pouvoir affirmer que cette rumeur est dénuée de fondement, n'est-ce pas ?

— Si vous imprimez quoi que ce soit insinuant que mon mari serait gay, s'écria Zillah, perdant son sang-froid, je vous attaque en diffamation.

— Fort bien, Mme Melcombe-Smith, ou Zillah, si je puis me permettre, vous venez d'exprimer là quelque chose de très intéressant. Cela semble démontrer que, pour vous, suggérer que l'on est gay serait une insulte. Est-ce le cas ? Est-il bien élégant d'en faire un sujet de haine, de ridicule ou de mépris ?

Considérez-vous les gays comme des êtres inférieurs ? Ou mauvais ? Existe-t-il une différence morale entre un hétéro et un gay ?

— Je n'en sais rien, hurla Zillah. Je ne veux plus rien vous dire. »

Jims et Malina auraient compris qu'à cette minute l'intervieweuse disposait déjà d'un article formidable qu'elle brûlait d'impatience de coucher sur le papier – ou sur un disque dur. Zillah n'avait qu'une envie, qu'elle parte et la laisse tranquille. Et elle finit par s'en aller, pas le moins du monde ébranlée par la colère de Zillah et son refus d'ajouter un mot. Zillah était secouée. Tout s'était déroulé si différemment par rapport aux deux interviews précédentes. Maintenant, elle regrettait d'avoir dissimulé l'existence des enfants. Serait-il possible de les laisser chez ses parents encore un peu plus longtemps ? Ils se plaisaient là-bas, apparemment, ils préféraient être là plutôt qu'à la maison avec leur mère, mais, pour reprendre le propos de sa mère, ses parents n'étaient plus tout jeunes, et ils étaient de plus en plus las, usés par les pleurs nocturnes de Jordan. Et pourquoi cette femme épouvantable lui avait-elle posé tant de questions sur ce qu'elle faisait avant son mariage ? Zillah admit qu'elle ne s'était pas préparée convenablement.

La consolation, c'était que le *Telegraph Magazine* n'était pas comme les quotidiens, l'article ne paraîtrait pas avant des semaines. Peut-être même pas avant que Jims et elle ne soient aux Maldives. Et peut-être n'était-il pas trop tard pour empêcher cette parution – si elle osait demander à Malina d'intervenir en son nom. Il allait falloir y réfléchir. Au retour de Jims à la maison, elle ne lui en toucherait pas un mot. De toute façon, ce ne serait pas avant une heure du matin.

Il était à la Chambre des communes, mais, après le vote de dix-neuf heures, il s'était éclipsé, il avait longé le Millbank à pied, sur une centaine de mètres, et là, il avait sauté dans un taxi pour rendre visite à son nouvel ami, à Chelsea.

Zillah commençait à comprendre que parler de soi dans les journaux n'était pas une simple partie de plaisir et de séduction. Ces journalistes étaient plus malins qu'elle ne s'y attendait. Pour le moment, elle pouvait laisser Jims en dehors de tout ça, mais il fallait qu'elle s'en ouvre à quelqu'un. Elle téléphona à Malina, et l'attachée de presse passa la voir.

« Je me suis dit que vous pourriez peut-être appeler le *Telegraph Magazine* et leur expliquer que je n'étais pas sérieuse avec cette histoire de procès en diffamation et que je suis désolée de m'être mise en colère. »

Malina était atterrée, mais n'en laissa rien paraître.

« Ce serait assez malvenu, vous ne croyez pas ? Si seulement j'avais été prévenue, j'aurais fait acte de présence. Mais vous avez accordé cette interview de votre plein gré, Zillah. Personne n'a exercé de pression pour l'obtenir.

— J'espérais que vous pourriez tout empêcher. Suggérer que j'accorde un autre entretien. La prochaine fois, je serai plus prudente.

— La meilleure chose, Zillah, serait qu'il n'y ait pas de prochaine fois. »

Malina paraissait avoir changé d'avis sur le fait que toute publicité serait bonne à prendre.

« Mais je suppose qu'il est trop tard.

— Vous pourriez appeler les autres journaux et

tout simplement leur signaler que je ne veux plus faire aucune déclaration.

— Ils voudront savoir pourquoi.

— Dites que je suis malade. Que j'ai une… gastro-entérite.

— Ils vont croire que vous êtes enceinte. Vous n'êtes pas enceinte, non ?

— Bien sûr que non, rétorqua Zillah sur un ton cassant.

— Dommage. Voilà qui aurait exaucé toutes nos prières. »

Mais Malina annula trois des interviews prévues, et elle aurait aussi annulé la quatrième, programmée pour le lendemain, si le journaliste qu'elle essayait de joindre avait répondu sur son portable, ou réagi aux messages qu'elle lui avait laissés. Elle avait beau ne pas l'aimer, Zillah avait une telle confiance en l'attachée de presse qu'elle s'abstint de se mettre en grande tenue pour la visite initialement prévue de ce quotidien d'information. Malina avait dû l'annuler. Quand la sonnette retentit, elle se dit : et si c'était Jerry ? Elle courut ouvrir, sans prendre la peine, pour une fois, de se regarder dans le miroir.

Charles Challis était le genre d'homme dont Zillah aurait dit, en d'autres circonstances, « il a de la classe ». Mais côté circonstances, elle était franchement à côté de la plaque, car elle n'attendait personne, surtout pas un homme, et elle était attifée n'importe comment.

« Vous n'étiez pas censé venir, s'étonna-t-elle. Nous avons annulé l'interview.

— Pas à ma connaissance. Le photographe est-il déjà là ? »

C'est alors que Zillah se regarda dans le miroir,

son visage pas maquillé, ses cheveux pas lavés et son pull, souvenir de ses six années à Long Fredington, et des grandes surfaces British Home Stores. L'air un peu hébété, elle conduisit Charles Challis dans le salon. Il ne lui posa aucune question concernant la réputation d'homosexuel de Jims ou sur la façon dont elle gagnait sa vie, et n'émit aucun commentaire sur son allure. Il était gentil. Zillah en conclut que ce n'étaient pas les journalistes, mais les femmes journalistes qu'elle n'aimait pas. Elle demanda au photographe s'il ne vaudrait pas mieux qu'elle aille se maquiller un peu. À son retour, Charles, il l'avait priée de l'appeler ainsi, orienta ses questions vers la politique.

C'était un sujet sur lequel elle admettait s'y connaître très peu. Elle savait qui était le Premier ministre et elle trouvait « qu'il avait de la classe », mais elle était incapable de se rappeler le nom du leader de l'opposition. Le journaliste la sollicita sur la question brûlante du moment. Quelle était son opinion sur l'article 28 ?

Elle prit un air ébahi. Charles s'expliqua. L'article 28 interdisait aux autorités locales de défendre ou d'encourager l'homosexualité. Une disposition proposée dans le cadre de la loi sur le gouvernement local visait à l'abroger. Les opposants à l'article 28 soutenaient que ce texte contribuait à égarer un peu plus les enfants à l'orientation sexuelle déjà incertaine, et les exposaient à des mauvais traitements. Qu'en pensait-elle ?

Zillah n'avait pas envie de se créer davantage d'ennuis. Se remémorant ce que cette femme, cette Reckman, avait insinué sur l'égalité entre les homosexuels et les hétérosexuels et l'absence de toute différence morale entre eux, elle déclara avec vigueur que l'article 28 était manifestement une mauvaise disposition. Il fallait s'en défaire et vite. Charles consigna sa réponse et vérifia son magnétophone afin de s'assurer que la voix de Zillah était clairement audible. Et qu'en était-il des procès faisant appel à un jury populaire ? Zillah était-elle favorable à des procédures d'audience abrégées, permettant ainsi d'économiser l'argent du contribuable ? La veille au soir, Jims s'était plaint longuement du montant de son impôt sur le revenu, et donc Zillah se prononça pour les audiences abrégées, les jurés n'étaient pas des juristes, non, alors qu'est-ce qu'ils savaient de tout ça ?

Elle était très contente d'elle. Les photographies ne seraient pas trop mal. Souvent, elle trouvait qu'une allure décontractée lui allait mieux qu'une tenue plus habillée. Après leur départ, Malina téléphona et lui annonça qu'elle avait réussi à tout annuler sauf Charles Challis. Comment s'était déroulée l'interview ?

« Merveilleux. Il a été tellement gentil.

— Bien. Bravo. »

Malina ne lui précisa pas que le journaliste en question était connu au très en vue Groucho Club sous le surnom de Calice le Poison.

Zillah reposa le combiné et regarda par la fenêtre. Jerry était posté à l'entrée du parking souterrain. Elle se précipita hors de l'appartement et dans l'ascenseur, mais quand elle sortit dans Great College Street, il avait disparu. Il avait dû garer sa voiture au sous-sol. Elle courut en bas de la rampe d'accès et s'enfonça dans les profondeurs du parking. Il n'y avait aucun signe de lui, ni aucune BMW bleu foncé. Peut-être était-il à pied parce qu'il avait eu du mal à se garer.

Pendant qu'elle sortait de l'appartement, il avait très bien pu monter dans un bus ou marcher jusqu'au métro. Que voulait-il ? Il songeait peut-être à la faire chanter. 500 livres par mois, sinon je raconte tout. Mais autant qu'elle sache, dans le passé, Jerry ne s'était jamais abaissé au chantage, et il n'allait pas commencer avec elle. Elle ressortit dans la rue et, comme elle avait oublié sa clef, elle dut demander aux gardiens de lui ouvrir.

Une fois les interviews terminées ou annulées, le moment était venu d'aller chercher les enfants. Jims et Zillah se rendirent à Bournemouth en voiture, un samedi. Ce fut un trajet plaisant, pour une fois, les routes n'étaient pas embouteillées et il ne pleuvait pas. Ils s'arrêtèrent pour déjeuner dans un nouveau restaurant élégant, à Casterbridge, au bord de la rivière et du bief, car Jims ne voulait pas rester trop longtemps là-bas et devoir goûter la cuisine de sa mère. Ni Eugenie ni Jordan ne parurent heureux de les voir.

« Veux rester avec mémé », geignit le petit garçon.

Sa sœur lui tapota la tête.

« On aime bien le bord de la mer. Les enfants ont besoin d'air frais, tu sais, et pas des chauds d'échappement. »

Elle voulait dire les « pots » d'échappement, mais personne ne la corrigea.

« À mon avis, rien ne s'oppose à ce que tu restes un petit peu plus longtemps, laissa entendre Jims avec optimisme.

— J'ai bien peur que si, James. (Nora Watling ne craignait jamais d'exprimer sa pensée.) Je suis fatiguée. J'ai besoin d'un peu de paix. J'ai élevé une famille et je n'ai aucune intention d'en élever une deuxième, pas à mon âge.

— Personne veut de nous, s'exclama joyeusement Eugenie. Ce n'est pas très agréable d'être un enfant indésirable, n'est-ce pas, Jordan ? »

Jordan ne comprit pas, mais il poussa quand même des hurlements. À trois heures et demie, quand Jims consulta sa montre et suggéra qu'ils feraient aussi bien d'y aller, Nora en fut profondément vexée. Les enfants avaient déjeuné, mais, avant leur départ, elle insista pour les bourrer de chips, de glaces et de forêt-noire. Sur le chemin du retour vers Londres, Jordan vomit partout sur les sièges en cuir gris de Jims.

Mais dès leur installation dans l'appartement, Eugenie intégra sa nouvelle école, on trouva pour Jordan une place dans une crèche « progressiste », et la paix régna. Il était possible de quitter Abbey Gardens Mansions très discrètement en descendant par l'ascenseur au parking du sous-sol, en sortant avec la voiture et en tournant tout de suite pour s'engager dans Great Peter Street. Il aurait fallu qu'un journaliste se montre extrêmement vigilant, et lève-tôt, pour repérer Zillah quand elle emmenait les enfants à l'école, à neuf heures du matin, lorsque la Mercedes gris clair métallisé se glissait par la sortie de derrière. Mais il n'y avait plus de journalistes. Les médias semblaient se désintéresser d'eux. Deux semaines s'écoulèrent, et les journaux ignoraient les jeunes mariés. Zillah se serait cru ravie de ce changement, mais maintenant, elle finissait par se demander ce qu'était devenu cet article du charmant Charles Challis. Jims et elle partaient en voyage de noces le samedi de Pâques. Si elle était absente lors de la parution, ce serait bien sa chance.

« Qu'est-ce que tu veux dire, bien ta chance ? (Dernièrement, Jims s'était montré excessivement irritable.) Je dirais que tu as eu pas mal de chance, jusqu'à présent.

— Ce n'était qu'une façon de parler, nuança-t-elle sur un ton apaisant.

— Une façon de parler excessivement déplacée, si je puis me permettre. As-tu pris des dispositions avec Mme Peacock ?

— Je vais m'en occuper. »

Mais il n'était pas possible à Mme Peacock de s'installer à Abbey Gardens Mansions durant les dix jours où Jims et Zillah seraient aux Maldives, ni même pour moins de temps. Zillah, souligna-t-elle, avait trop tardé. La veille seulement, elle avait prévu de visiter en autocar Bruges, Utrecht et Amsterdam.

« J'espère qu'elle va geler à mort, pesta Zillah. J'espère qu'elle va s'empoisonner avec les bulbes de tulipes.

— Les bulbes de tulipes ne sont pas toxiques, lâcha froidement Jims. Les écureuils les préfèrent aux noisettes. Tu n'as jamais remarqué ? »

Il fallait qu'elle fasse appel à sa mère. Nora Watling explosa. Les enfants étaient à Londres depuis moins de trois semaines, et maintenant, on comptait sur elle pour qu'elle les reprenne. Zillah n'avait-elle pas compris ce qu'elle avait dit ? Elle refusait d'élever une seconde famille.

« Papa et toi, vous pourriez venir ici. Les enfants sont toute la journée à l'école. Vous pourriez faire un peu de tourisme, aller visiter la Grande Roue du Millenium.

166

— On n'a pas été sur la roue, protesta Eugenie. On n'est même pas allés au Millenium Dome.

— Mémé vous emmènera, lui assura Zillah, en masquant le combiné de la main. Mémé vous emmènera partout où vous voudrez. »

Naturellement, Nora Watling accepta de venir. Elle pouvait difficilement refuser. Ayant remarqué avec un humour cinglant que certaines personnes placeraient leurs enfants dans un chenil ou une pension pour chats s'ils en avaient la possibilité, elle ajouta que le père de Zillah et elle arriveraient pour le vendredi saint.

« J'aimerais bien que tu leur apprennes à ne pas appeler leur grand-mère "mémé", releva Jims. C'est tout à fait malvenu pour les beaux-enfants d'un parlementaire conservateur.

— Pas un beau z'enfant, pas un beau z'enfant, cria Jordan. Veux être un vrai enfant. »

Le lundi matin, une semaine plus tard que prévu, l'entretien de Challis avec Zillah fut publié. En tout cas, quelque chose parut. Il n'y avait pas de photos, et le pavé consacré à Zillah occupait à peu près cinq lignes. Il s'inscrivait dans une enquête de deux pages sur les épouses de parlementaires, leurs opinions et leurs occupations, et il était écrit dans un style plein d'aplomb, assez satirique. On y présentait Zillah comme une combinaison de papillon écervelé et d'ignorante.

Zillah, jeune épouse de James Melcombe-Smith, partage l'intérêt de son mari pour la politique, à défaut sans doute de sa persuasion. Le maintien de l'article 28 ou de ce vieux bastion du système judiciaire, le jugement par un jury populaire ? Très peu pour elle. Où avons-nous entendu cela, précédemment ? Eh bien, au sein du Parti travailliste, et nulle part ailleurs. « Les jurés ne sont pas des juristes, m'a-t-elle soutenu, en se dégageant le visage d'une mèche de cheveux aile-de-corbeau. (Mme Melcombe-Smith ressemble beaucoup à Catherine Zeta-Jones.) Mon mari aimerait assez que l'on mette un terme à ce gaspillage de l'argent du contribuable. » Lui, bien sûr, c'est le député conservateur du South Wessex, connu de ses électeurs et de ses camarades sous le nom de « Jims ». Ils seront captivés par les opinions de son épouse.

Tout ceci mit Jims moins en colère que l'on aurait pu s'y attendre. Il marmonna un peu et prédit qu'il allait être convoqué, à brève échéance, à un entretien avec le Chief Whip. Mais ce n'était pas ce genre de gaffes et de révélations qu'il redoutait, et à son avis, ils n'étaient guère qu'une poignée de propriétaires terriens et (selon ses propres termes) de paysans, à lire « ce torchon ». Zillah lui dit qu'elle était désolée, mais qu'elle ne connaissait rien à la politique. Existait-il un livre qu'elle puisse lire sur ce sujet ?

Plus tard ce jour-là, elle revit Jerry. Elle était dans la voiture, elle allait chercher les enfants à l'école, et elle débouchait tout juste de Millbank quand elle le remarqua devant l'Atrium. Sa première pensée fut pour les enfants, et pour les problèmes qui s'ensuivraient s'ils l'apercevaient. Mais tous deux regardaient dans l'autre direction, ils admiraient deux chiens orange, avec leur queue en tire-bouchon de petits cochons.

« Maman, je peux avoir un chien ? demanda Eugenie.

— Seulement si tu es capable de t'en occuper. »

La mère de Zillah lui avait fait une réponse identique quand elle lui avait posé la même question, vingt-deux ans plus tôt. Elle avait eu ce chien, et s'en était occupée pendant trois jours. À ce souvenir, elle rectifia sa réponse.

« Non, bien sûr que non, tu ne peux pas. Un chien dans un appartement ?

— Avant, on habitait dans une maison. C'était bien, et on avait des amis. On avait Rosalba et Titus et Fabia.

— Veux Titus », réclama Jordan, mais au lieu de crier, il se mit à sangloter en silence.

Pendant que Zillah attendait au milieu de la chaussée avant de tourner à droite pour pénétrer dans le parking sous Abbey Gardens Mansions, elle vit Jerry courir sur le trottoir dans sa direction. Sans regarder à gauche, elle déboîta, forçant la camionnette qui arrivait en sens inverse à freiner violemment. Le chauffeur, déjà tétanisé de colère routière, passa la tête par la fenêtre et se répandit en un flot d'injures et d'obscénités. Zillah poursuivit sa manœuvre et s'engouffra dans la rampe du parking.

« Maman, tu as entendu le mot que le monsieur a dit ? Mémé dit que si j'utilisais ce mot, je finirais mal. Le monsieur, il finira mal ?

— J'espère bien, lâcha Zillah méchamment. Arrête de pleurer, Jordan. Vous croyez, tous les deux, que vous arriveriez à appeler mémé "grand-maman" ? »

Eugenie secoua la tête lentement, de droite à gauche et de gauche à droite.

« Ça ferait d'elle une autre personne, non ? »

Zillah ne répondit pas. Cette remarque renforça sa conviction que sa fille entrerait au barreau à un âge précoce.

Il n'y avait plus signe de Jerry. Jims rentra très

tard, une fois encore. Dans la matinée, il lui annonça que son nouvel ami, Leonardo Norton, serait aussi aux Maldives pendant leur séjour, dans le même hôtel qu'eux, en fait.

11

«Tu pourrais m'accompagner aux studios de la télévision, lui proposa Matthew. Ça me ferait plaisir.»

Mais Michelle refusa, non, elle ne viendrait pas.

«Chéri, tu t'en sortiras mieux si tu n'as pas à te soucier de moi.»

La vérité, c'était qu'elle se sentait incapable d'affronter les regards insistants et les gloussements à la dérobée de tous ces jeunes messieurs en jean et ces jeunes filles aux longues jambes. L'innocente moquerie de Jeff Leigh sur le «tandem Laurel et Hardy nouvelle version» lui restait encore en travers de la gorge.

Il était réconfortant de voir Matthew partir en direction de la station de métro, marcher presque comme un individu normal, les épaules dégagées et la tête haute. Michelle épousseta le salon et passa l'aspirateur sur le tapis. Elle évoluait d'un pas lourd, le souffle court, le cœur battant, et essayait de se rappeler quel effet cela faisait d'être une personne normale, d'avoir un corps ordinaire. Non pas un corps de mannequin, même pas le physique de Fiona, mais celui d'une femme ronde, dans la moyenne, qui s'habillerait en taille 42. D'ordinaire, quand Matthew était là (et il était presque toujours là), elle étouffait de pareilles pensées, les repoussait, faisait mine de ne pas y songer. C'était la première fois depuis bien longtemps – cinq ans ? sept ? – qu'elle restait seule à la maison. Il n'y a rien de tel qu'un peu de solitude pour réfléchir.

Michelle resta debout, immobile, au centre de la pièce, et perçut son corps, le sentit réellement tel qu'il était, depuis son triple menton jusqu'aux bourrelets du haut des cuisses, d'abord avec son cerveau, puis avec ses mains, pour finalement prendre pleinement conscience de la montagne de chair à l'intérieur de laquelle s'incarnaient son esprit méticuleux et délicat et son cœur aimant. Elle ferma les yeux et, dans l'obscurité, elle eut l'impression de voir Matthew tel qu'il redeviendrait s'il recouvrait la santé, et elle-même telle qu'elle était au début de leur mariage, ou presque. Et dans ce rêve, un soupçon vint s'insinuer, comme un insecte ailé, une volute fragile voletant devant ses paupières closes, une trace du désir ancien qu'ils avaient nourri l'un pour l'autre, de la passion qui surgissait de la beauté physique et de l'énergie. Pouvait-on recréer cette passion ? L'amour demeurait là, intact. La présence de cet amour leur permettrait bien de trouver un moyen de refaire l'amour, d'une manière ou d'une autre…

Depuis longtemps déjà, Michelle était incapable de se pencher en avant. Ils avaient dû se séparer de l'aspirateur-traîneau qu'ils possédaient, un de ces modèles équipés d'un long tuyau et que l'on tire derrière soi comme un petit chien, car elle n'arrivait pas à se pencher assez bas pour le sortir du placard et l'y ranger. L'aspirateur-balai qu'ils avaient choisi depuis était bien plus adapté, mais dans une certaine mesure seulement, car, pour brancher les embouts des accessoires, elle devait consentir à l'énorme effort de soulever l'appareil par sa poignée, de le poser sur une chaise, et de les raccorder à hauteur de hanche. Après quoi, elle devait respecter un temps d'arrêt, une main posée sur la montagne de sa poitrine. Mais une fois qu'elle avait repris son souffle, elle parvenait à visser le suceur sur le tuyau de la brosse pour finir d'aspirer la pièce. Ensuite, elle sortait faire ses courses.

Cette fois, elle n'alla pas chez Waitrose, mais plus près de chez elle, au supermarché Atlanta de West End Green. Elle déposa dans son chariot des kiwis, des Ryvitas et un grand paquet de cacahuètes grillées, mais quand, presque machinalement, elle attrapa un grand sac de beignets sur le rayonnage, sa main s'immobilisa en l'air et, très lentement, elle le reposa. Il en fut de même avec l'épaisse tranche de cheddar et les Milk-Flakes Cadbury. Elle déploya un gros effort pour ne pas succomber et laisser le cheese cake là où il était, dans le meuble réfrigéré, quand une voix derrière elle s'exclama :

« On alimente la chaudière, hein ? On entretient son embonpoint ? »

C'était Jeff Leigh. Quand Matthew était absent, il arrivait à Michelle des choses étranges. Elle était en plein désarroi, car il lui venait des pensées qu'elle n'avait plus eues depuis une dizaine d'années, et considérait certains individus de son entourage habituel d'un œil neuf. Par exemple, elle vit Jeff comme si c'était la première fois, il lui fit l'impression d'un très bel homme, et les raisons pour lesquelles les femmes le trouvaient séduisant lui parurent évidentes. Et elle perçut avec non moins d'évidence toute la nature fallacieuse de son charme et la superficialité de son allure. Toute personne raisonnable, et qui ne serait pas aveuglée par un amour relevant essentiellement du désir physique, éprouverait de l'aversion et de la méfiance à son égard. Elle ne répondit pas à sa question, mais lui demanda où était Fiona.

« Au bureau. Où pourrait-elle être ?

— Pour vous garantir le niveau de luxe auquel vous êtes accoutumé, je suppose. (Michelle se surprit elle-même, car elle ne se rappelait pas avoir jamais tenu un tel langage ou employé un ton pareil de toute sa vie.)

— Je suis toujours sidéré, releva-t-il en lui souriant cordialement, de ce que vous, les femmes, vous réclamez à cor et à cri l'égalité avec les hommes, et pourtant vous attendez toujours d'eux qu'ils vous entretiennent, mais jamais l'inverse. Pourquoi ? Dans une société égalitaire, certains hommes entretiendraient les femmes et certaines femmes les hommes. Comme Matthew qui vous entretient et Fiona qui en fait autant pour moi.

— Tout le monde se doit de travailler.

— Pardonnez-moi, Michelle, mais quand était-ce, la dernière fois que vous avez mis les pieds dans une crèche pour gagner votre vie ? »

Après qu'elle se fut éloignée en silence, il se sentit désolé d'avoir dit cela. C'était mesquin. Et puis, il aurait été plus drôle de lui lancer une pique au sujet de son poids et de sa silhouette. Il aurait pu lui suggérer, dans l'éventualité où elle rechercherait un emploi, de déposer sa candidature auprès de la Société des obèses, ou quelque chose de cet acabit. Jeff acheta le quart de litre de lait dont il avait besoin pour son café du matin et les sandwiches au saumon fumé qui composeraient son déjeuner, puis il rentra pour réfléchir à la manière d'occuper les heures qui lui restaient avant le retour de Fiona à la maison.

Depuis des années, maintenant, Jeffrey Leach avait soigneusement programmé chacune de ses journées. Il donnait une impression d'insouciance et de nonchalance, mais en fait il était méticuleux, ponctuel et bien organisé. L'ennui, c'était qu'il ne pouvait confier à personne tout le mal qu'il se donnait dans son travail, car l'essentiel de son activité était douteux ou franchement illégal. Hier, par exemple, il s'était rendu en voiture à un magasin Asda et, présentant à la caisse la carte de crédit de J. H. Leigh, celle qu'il avait trouvée par terre, pour payer leurs courses de la semaine, il avait demandé qu'on encaisse un montant supérieur à ses achats et qu'on lui rende de la monnaie en liquide. La jeune fille, fatiguée par trois heures passées à son poste, lui avait demandé combien, et Jeff, qui allait répondre cinquante, s'était décidé pour cent livres. Elle les lui avait tendues, et il avait regretté de ne pas avoir dit deux cents. Pourtant, avant de lui remettre la somme, elle avait longuement observé la carte, ce qui lui avait mis la puce à l'oreille.

Pour l'heure, résolument et sans regret, il sortit la carte de son portefeuille et, avec les ciseaux de cuisine de Fiona, la découpa en six morceaux. Il les jeta dans la poubelle, en prenant soin de les recouvrir d'un paquet de corn flakes vide et d'une paire de bas filés de Fiona. Mieux valait prévenir que guérir, même si cette mesure de sécurité devait lui coûter. La carte lui avait bien servi, et il en était de toutes les cartes comme de celle-ci, la chance tourne, elles vont, elles viennent, et celle-ci s'en était allée. Il s'en procurerait une nouvelle, par un moyen ou un autre. Peut-être Fiona lui en établirait-elle une à son nom. American

Express envoyait toujours des lettres à ses clients afin que ceux-ci commandent des cartes pour des membres de leur famille. Un amant à demeure, c'était un membre de la famille, non ? Cela étant, il ne voyait absolument pas comment il pourrait épouser Fiona, à moins qu'il n'ait le cran de commettre le délit de bigamie, à l'exemple de Zillah. Il y réfléchirait plus avant à mesure que le mois d'août approcherait.

Jeff se servait de son téléphone portable aussi rarement que possible, passant la quasi-totalité de ses appels sur la ligne de Fiona. Il souleva le combiné, appela son bookmaker et paria sur un cheval nommé Festin de Famine, qui courait à Cheltenham. Sa réussite presque troublante aux courses tenait davantage à l'instinct et à d'heureux hasards qu'à sa connaissance de la gent chevaline. Ce qui lui permettait de toucher un joli petit revenu hebdomadaire. Toutefois, il avait besoin d'une forte somme, et immédiatement. Fiona n'avait toujours pas de bague de fiançailles, et le genre de bijou qu'il choisissait d'ordinaire pour vingt billets sur le marché de Covent Garden ou sur un étalage devant St. James Piccadilly ne saurait convenir à cette femme de premier choix. Une fois, il avait monté une offre de souscription très profitable, une escroquerie, grâce à un encart publicitaire promettant l'envoi, dès réception d'un billet de cinq livres, d'une brochure expliquant comment devenir millionnaire en deux ans. Il avait réalisé une petite fortune, avant que les souscripteurs ne se soient mis à lui écrire des lettres furibondes lui demandant où était passée leur brochure. Mais il ne pouvait répéter l'exercice. Imaginons le courrier qu'il recevrait et la tête de Fiona quand elle découvrirait le pot aux roses.

Zillah avait raison de penser que son mari ne la ferait

pas chanter. À son crédit, il fallait admettre que jamais l'idée d'extorquer de l'argent par la menace n'avait traversé l'esprit de Jeff. La bague de fiançailles devrait provenir d'une autre source. Il songea fugitivement à Minty. Drôle de petit être. C'était la femme la plus propre avec laquelle il ait couché. Même s'il n'avait pas rencontré Fiona et rapidement évalué l'état de sa fortune, il aurait été contraint de plaquer Minty. Quel homme aurait aimé que le lit de sa maîtresse sente la saponine chaque fois qu'il lui faisait un câlin ? Pourtant, il aurait pu la convaincre de contracter ce prêt hypothécaire sur sa maison, avant de la quitter. Pourquoi ne l'avait-il pas fait ? Parce que dans le fond il était un type correct, estima-t-il, et faire acquitter à une fiancée le prix de la bague de fiançailles d'une autre, voilà qui était trop vil, même pour lui.

Jeff avait jeté un coup d'œil dans la maison, en quête d'un peu d'argent. Il n'y en avait jamais, désormais il l'avait compris, mais il ne perdait pas tout à fait espoir. Apparemment, Fiona ne détenait jamais de liquide. C'était le fait d'être dans la finance, supposa-t-il, tout sur papier, sur cartes, sur ordinateurs. Une fois, elle lui avait avoué qu'elle rêvait du jour où l'argent liquide en tant que tel disparaîtrait, où l'on paierait et serait payé par des systèmes de lecture optique de l'iris ou de reconnaissance des empreintes digitales. Il avait inspecté une boîte de thé, dans la cuisine, qui semblait ne servir à rien, si ce n'est à contenir de l'argent, mais qui n'en contenait jamais, et fouillé les poches des nombreux manteaux de Fiona. Pas même une pièce de vingt pence. Pourtant, il lui restait assez pour tenir, et quand Festin de Famine terminerait premier, comme il ne manquerait pas de le faire, il empocherait cinq cents billets.

Quand il eut terminé son café et avalé ses sandwiches, Jeff sortit. Même par une si belle journée, ce serait trop long de se rendre à Westminster à pied, mais il poussa jusqu'à Baker Street, avant d'attraper un bus. Il n'avait aucun doute : la femme qu'il avait vue la veille au volant de cette Mercedes gris clair métallisé, et qui avait quasi embouti un autre véhicule, c'était Zillah. C'était la première fois qu'il en avait la certitude. Les visions fugitives d'une femme brune, entraperçue à une fenêtre d'Abbey Gardens Mansions, ç'aurait pu être ou ne pas être elle. La dernière fois qu'il l'avait revue à Long Fredington (pour lui faire ses adieux, mais à son insu), elle avait les cheveux tirés en arrière et maintenus par un bandeau élastique, et portait un sweat-shirt et un jean. La femme d'Abbey Gardens, elle, avait l'air d'une princesse orientale, avec sa chevelure opulente, ses bijoux, et une espèce de haut en satin décolleté. C'était une chance qu'il l'ait repérée la veille. Il n'avait pas pris la BMW de Fiona, c'était trop la barbe de se garer. Comme aujourd'hui, il avait effectué le trajet à pied et en bus et, après avoir traîné un long moment, il s'était retrouvé devant ce restaurant m'as-tu-vu et s'était adossé contre le mur, en se demandant quoi faire ensuite. Et puis elle était arrivée, dans cette voiture, en débouchant de Millbank.

Évidemment, il lui avait filé le train, il avait essayé de repérer si les enfants assis à l'arrière étaient les siens. Ils étaient deux, un garçon, le cadet, et une fillette plus grande ; de cela, en tout cas, il était sûr. Mais ils ne regardaient pas dans sa direction, et puis ils lui semblaient trop grands pour correspondre à son Eugenie et à son Jordan. Avec un serrement de cœur, il calcula qu'il ne les avait plus revus depuis six mois, et qu'en six mois les jeunes enfants changent considérablement, ils grandissent, leur visage se transforme. Enfin, il était impossible que ce Jims ait deux enfants à lui et que ç'ait été ces deux-là, dans la voiture. Avant de comprendre que les femmes n'étaient pas faites pour eux, les gays faisaient parfois des enfants. Il devait s'en assurer. Aujourd'hui, il en aurait le cœur net.

Une fois descendu de son bus à Charing Cross, il se rendit au kiosque à journaux et feuilleta le genre de quotidien qui informait ses lecteurs de l'ordre du jour au Parlement.

Le kiosquier le regarda tourner les pages, replier les cahiers.

«Comme on dit, si vous n'en voulez pas, n'en dégoûtez pas les autres.»

Jeff avait trouvé ce qu'il voulait. C'était le jeudi saint, et les Communes siégeaient à onze heures. Il laissa retomber le journal par terre, sur la pile, et il lâcha cette réplique digne d'un personnage de roman victorien :

«Mesurez donc vos paroles, mon brave.»

La rivière étincelait sous le soleil. Les rayons de la grande roue, le London Eye, scintillaient, comme argentés, sur un fond de ciel bleu et sans nuages. Jeff passa devant les deux Chambres du Parlement, traversa la rue et s'engagea dans Great College Street. Depuis la fenêtre du bus, il avait remarqué que l'on donnait *Le Talentueux M. Ripley* au Marble Arch Odeon. Il pourrait y faire un saut plus tard. Fiona n'était pas fana de cinéma. Il poussa les portes Art nouveau, en chêne et en verre, d'Abbey Gardens Mansions, et fut un peu décontenancé de voir un concierge assis derrière un bureau dans la réception moquettée de rouge et décorée de fleurs.

« M. Leigh, s'annonça-t-il, pour Mme Melcombe-Smith. »

Zillah ne comprendrait pas de qui il s'agirait, mais elle laisserait entrer un étranger venu rendre visite à Jims. Du moins il l'espérait. Toutefois, le concierge n'essaya pas de la contacter par téléphone, et se contenta de lui indiquer l'ascenseur d'un hochement de tête revêche. Jeff monta et sonna à la porte du numéro 7. Ce fut l'ancienne Zillah qui vint lui ouvrir, pas maquillée, les cheveux tirés en arrière, en version tenue décontractée, même si le jean était signé Calvin Klein et le haut Donna Karan. Elle le vit, cria, et se plaqua la main sur la bouche.

Les écoles avaient fermé pour le pont de Pâques ; Eugenie et Jordan étaient sortis se promener avec Mme Peacock, pendant que leur mère préparait ses bagages pour partir aux Maldives. Leur absence, et celle de Jims, lui insuffla du courage.

« Tu ferais mieux d'entrer, lui proposa-t-elle. Je te croyais mort.

— Mais non, ma chère, tu ne m'as pas cru mort. Tu t'es dit que je t'annonçais ma mort. Ce n'est pas la même chose. Tu es bigame, et tu le sais.

— Et toi aussi. »

Jeff s'assit dans le sofa. Il vivait lui-même dans un cadre agréable et élégant, il n'éprouva donc nul besoin d'émettre des commentaires sur celui de Zillah.

« Là, tu te trompes, rectifia-t-il. En réalité, je n'ai jamais été marié à personne d'autre que toi. D'accord, j'ai été fiancé à trois ou quatre reprises, mais de mariage, point. Tu voudras bien te rappeler la question que l'on a posée à ce vieux monsieur de Lyme qui avait épousé trois femmes d'un coup. Quand on lui avait demandé pourquoi une troisième, il avait répondu «une seule, c'est idiot, et la bigamie, monsieur, c'est un crime».

— Tu es méprisable.

— Si j'étais toi, je ne lancerais d'injures à personne. Comment vous en tirez-vous, ton fantaisiste de Jims et toi, dans votre numéro «au fait, chéri, comment va ton père?» À moins qu'il ne s'agisse d'un mariage de convenance? (Il regarda autour de lui, comme s'il espérait que le duo manquant émerge d'un placard ou de sous la table.) Où sont mes enfants?»

Zillah rougit.

«Je considère que tu n'as aucun droit de me demander ça. S'ils avaient dû compter sur toi, à l'heure qu'il est, ils seraient à l'Assistance publique.»

Il ne pouvait le nier et ne s'y essaya pas. Au lieu de quoi, il lui demanda autre chose.

«Le pipi-room, c'est où?

— Au premier. (Elle ne put s'empêcher de préciser qu'il y en avait deux.) Le premier, c'est la porte en face, et le deuxième est dans ma salle de bains.

— Jims, Jims, quel numéro, tout à trac, la queue en l'air, la queue en tire-bouchon, c'est bien, mon Jims.»

Jeff n'ouvrit pas la porte en question, mais une autre, située tout de suite à droite. Deux lits d'une personne, deux lampes de chevet avec des papillons multicolores sur les abat-jour, mais, à part cela, presque pas de mobilier, et le tout parfaitement en ordre. Il hocha la tête. Juste à côté, il y avait une chambre de mêmes dimensions, plutôt austère, pas tout à fait une cellule de moine, mais dans ce genre-là. La porte au bout du corridor ouvrait sur ce qu'un agent immobilier appellerait, songea-t-il, la chambre du maître des lieux. Sur le divan deux places, il y avait deux valises ouvertes, à l'inimitable estampille Louis Vuitton. Le sac à main en croco posé tout contre était ouvert. Jef glissa la main dedans. Tâtant un compartiment, sur le côté, il tomba sur une carte Visa, encore au nom de Z. H. Leach. Ensuite, il retourna dans le salon et proposa à Zillah un Polo.

« Non, merci, comme d'habitude.

— Je vois que tu fais tes bagages. Tu vas dans un endroit sympa ? »

Elle lui dit où, ajoutant d'un ton boudeur qu'il s'agissait de leur voyage de noces. Jeff éclata de rire, dans un rugissement incontrôlable, c'était drôle à en mourir. Il s'interrompit aussi rapidement qu'il avait commencé.

« Tu n'as pas répondu à ma question. Où sont mes enfants ?

— Sortis se promener. Avec leur nourrice.

— Je vois. Une nourrice. Ce Jims… oh, il n'est pas à un ou deux pence près, hein ? Et tu vas les emmener aux Maldives ? »

Zillah aurait aimé répondre oui, mais Mme Peacock et les enfants pouvaient être de retour à tout moment. Elle essuyait déjà suffisamment de remontrances de la part d'Eugenie parce qu'elle ne les emmenait pas.

« Je te l'ai dit, répéta-t-elle, c'est notre voyage de noces. Ma mère va venir ici les garder. »

Jeff ne s'était pas rassis, mais il rôdait dans la pièce.

« Je ne vais pas rester pour les voir, la rassura-t-il. Cela pourrait être perturbant, tant pour moi que pour eux. Mais je n'aime pas trop ce que tu viens de me raconter, Zil. Je n'ai pas franchement l'impression que vous ayez envie de vous occuper des enfants, ni toi ni Jims. Tu n'as pas dit un mot sur eux à ces journaux, pas une allusion dans ce magazine au fait que tu avais des enfants… oh, oui, j'ai lu, je me suis donné la peine de lire. (Il marqua un temps de silence.) Fiona, elle, les enfants, elle les aime. »

Cette remarque lâchée au passage produisit l'effet escompté.

« Qui est-ce, cette Fiona ?

— Ma fiancée. (Jeff eut un sourire carnassier.) Elle est banquière d'affaires. Elle possède une très jolie maison à Hampstead. (Il omit de préciser « West ».)

— J'imagine que la BMW lui appartient.

— Tu l'as dit. Sa maison offrirait un foyer idéal pour les enfants. Quatre chambres, un jardin, tout ce que l'on peut souhaiter. Et je serais toute la journée à la maison à veiller sur eux pendant qu'elle gagnerait le fric nécessaire pour leur permettre de vivre dans le luxe.

— Qu'est-ce que tu es en train de me dire ?

— Franchement, ma chère, je n'en suis pas encore tout à fait sûr. Je n'ai pas achevé ma réflexion. Mais je vais l'achever, et il se pourrait que certains projets en sortent, oui, c'est fort probable. Comme en demander la garde, tu vois ?

— Tu n'aurais pas la moindre chance ! hurla Zillah.

— Non ? Même pas si la cour apprend que tu as commis le délit de bigamie ? »

Zillah fondit en larmes. Sur la table était posé un carnet de notes à feuillets détachables, sur son support en argent. Il y nota l'adresse de Fiona et la tendit à Zillah, certain de pouvoir escamoter tout courrier arrivant au nom de Jerry Leach. Puis il s'en alla, en sifflotant «Just Walk on By». Quand il referma la porte d'entrée derrière lui, il entendit de lourds sanglots. Il n'avait évidemment aucune intention de lui retirer les enfants, mais la menace constituait une arme utile. Et cela ne le fâcherait nullement de rendre à Jims la monnaie de sa pièce, lui qui utilisait certainement Eugenie et Jordan comme des pions dans la partie qu'il jouait pour se présenter en défenseur des valeurs familiales. Devait-il s'ouvrir à Fiona de tout cela ? Peut-être. Dans une version aseptisée, en tout cas.

Tout de même, où étaient ses enfants ? Cette histoire de nourrice pourrait bien relever de la plus pure invention. Si Zillah s'en était débarrassée, où les avait-elle largués ? Auprès de sa mère ? Il n'aimait pas trop cela. Peut-être rappellerait-il la semaine prochaine, quand Nora Watling serait là, afin de découvrir la vérité. Si elle était bien là, si ce n'était pas encore un mensonge, cela aussi.

Et maintenant, en route pour un déjeuner à l'Atrium. Avec la carte de crédit de Zillah ? Un peu dangereux. Jims et elle pouvaient être des clients réguliers de l'endroit. Jeff avait dans l'idée que cette carte devait être munie d'une sorte de code qui trahissait le sexe de son utilisateur. Il soumit la carte à un essai dans un restaurant italien de Victoria Street, sans rencontrer de problème. Tout se déroula pour le mieux. Imiter la signature de Zillah ne soulevait pas non plus de difficulté, il l'avait souvent imitée, dans le passé. Quand Jeff arriva devant le cinéma, *Le Talentueux M. Ripley* – la séance de trois heures et demie – venait de débuter. La salle, petite et intime, était presque vide, rien que lui, deux autres messieurs, chacun de son côté, et une femme d'âge mûr, également seule. Cela l'amusait toujours de constater comment se plaçaient les gens, aussi éloignés les uns des autres que possible, en l'occurrence l'un des deux spectateurs vers le premier rang, à l'extrême droite, un autre, qui avait l'air très âgé, sur la gauche, au centre de la salle, et la troisième dans le fond. La femme était assise près de l'allée centrale, mais aussi loin que possible du vieux monsieur. Jeff avait l'impression que les humains n'aimaient pas beaucoup leurs semblables. Des moutons, par exemple, se seraient blottis tous ensemble au centre. Il prit un siège juste derrière la femme – rien que pour marquer sa différence.

Matthew rentra à la maison en milieu d'après-midi. Naturellement, il n'avait pas déjeuné. Sans Michelle pour s'occuper de lui et l'y contraindre par force cajoleries, il ne mangerait jamais rien. Mais il avait l'air bien, quasiment l'allure d'un homme mince et normal. L'enregistrement de l'émission de télévision avait été très plaisant.

« J'ai adoré, fit-il, très semblable au Matthew d'antan, celui qu'elle avait épousé. Franchement, je ne m'y attendais pas. J'étais plein de sombres pressentiments.

— Tu aurais dû m'en parler, mon chéri.

— Je sais, mais je ne peux pas me décharger sur toi de tout ce qui me pèse. »

Elle lui répondit d'une voix inhabituellement amère.

« Tu pourrais. Mes épaules sont bien assez larges. »

Il la considéra d'un air soucieux, s'assit à côté d'elle et lui prit les mains.

« Qu'y a-t-il, mon amour ? Qu'est-ce qui ne va

185

pas ? Tu es contente pour moi, je le sais. Cette émission pourrait être le début d'une longue série. Nous serons plus à l'aise financièrement, même si je sais que cela t'est un peu égal. Qu'y a-t-il ? »

Elle se livra. Elle ne pouvait plus se supporter.

« Pourquoi ne me dis-tu jamais que je suis grosse ? Pourquoi ne me dis-tu pas que je suis obèse, bouffie, hideuse ? Regarde-moi. Je ne suis pas une femme, je suis une grosse boule de chair obèse. Je t'ai dit que j'avais les épaules assez larges… eh bien, j'espère que les tiennes le sont, vu ce que je te raconte là. Mon fardeau à moi, et qui me pèse, c'est ça, mon tour de taille, énorme, épouvantable, révoltant. »

Il la regardait, mais nullement atterré, pas du tout horrifié. Son pauvre visage tout maigre et ratatiné, transformé par la tendresse, s'était radouci.

« Mon amour, lui dit-il. Mon cœur, ma chérie que j'aime. Me croiras-tu si je t'affirme que je ne m'en suis jamais aperçu ?

— Tu as bien dû. Tu es un homme intelligent, perspicace. Tu as forcément remarqué… et éprouvé de la répulsion !

— Qu'est-ce qui a provoqué cette réaction, Michelle ? lui demanda-t-il avec gravité.

— Je ne sais pas. Je suis une idiote. Mais… oui, je sais. C'est Jeff, Jeff Leigh, chaque fois que je le vois, il me balance une espèce de plaisanterie sur mon tour de taille. C'était… enfin, ce matin, c'était "on alimente la chaudière ?". Et l'autre jour, il a dit… non, chéri, je ne peux pas te répéter ce que j'ai entendu.

— Dois-je lui parler ? Lui signifier qu'il t'a blessée ? Je vais m'en charger, cela ne m'ennuie pas du tout. Tu me connais, quand on m'énerve, je suis agressif, teigneux. »

Elle secoua la tête.

« Je ne suis pas une enfant. Je n'ai pas besoin que papa aille ordonner au garçon d'à côté d'arrêter de m'embêter. (Un petit sourire vint modifier l'expression de son visage.) Je ne me serais jamais crue capable de dire une chose pareille, mais je… je le hais. Vraiment. Je le hais. Je sais qu'il n'en vaut pas la peine, mais c'est plus fort que moi. Parle-moi de l'émission. »

Il lui raconta. Elle fit semblant d'écouter et ponctua son discours d'exclamations encourageantes, mais elle songeait à la profondeur de son aversion envers Jeff Leigh, à sa certitude qu'il s'agissait d'un petit escroc insignifiant, et elle se demanda si elle parviendrait à trouver la force d'en avertir Fiona. Comme si elle était sa mère. Les gens prêtaient-ils jamais attention à ce genre d'avertissement ? Elle l'ignorait. Mais elle n'était pas la mère de Fiona, ce qui faisait une sacrée différence.

Après avoir préparé le repas de Matthew (un thé sans lait, un Ryvita, deux rondelles de kiwi et douze cacahuètes grillées), elle monta au premier en étant obligée de se tenir aux rambardes à deux mains, arriva en haut à bout de souffle, comme toujours, et entra dans la salle de bains. La balance était réservée à Matthew. Elle n'était jamais montée dessus. Comme ils étaient ravis, la semaine dernière, quand il s'était pesé : la balance avait affiché quarante-quatre kilos et cinq cents grammes, pareil qu'autrefois. D'un geste, Michelle s'était débarrassée de ses souliers, elle avait baissé les yeux sur ses jambes et ses pieds. Ils étaient beaux, et, s'ils n'étaient pas aussi longs que ceux des mannequins, leurs contours étaient aussi charmants.

Prenant une profonde inspiration, elle monta sur la balance.

Au début, elle ne regarda pas. Mais elle était bien forcée, c'était le but de l'opération. Lentement, elle baissa les yeux, toujours clos, et se força à les ouvrir. Elle poussa un long soupir, détourna les yeux de ce qui se chiffrait en kilos, en livres. Elle pesait trois fois le poids de Matthew.

Que lui était-il arrivé, qui l'incitait à faire ce qu'elle venait de faire ? Jeff Leigh, voilà ce qui lui était arrivé. Cela fit sourire Michelle. Il était absurde de croire la personne que l'on haïssait susceptible de vous causer du bien. Car il lui avait fait du bien. Elle remit ses chaussures, redescendit à la cuisine et jeta ce qu'elle s'était préparé pour le goûter – un gros petit pain (faute de beignets) avec de la confiture de fraise, deux tartes sablées et une tranche de cake aux fruits – dans la poubelle.

12

L'aspect horrible de la chose, c'est qu'elle avait commencé à s'enticher de Jims. À s'en enticher vraiment, un sentiment qui n'avait rien à voir avec celui qu'elle éprouvait quand ils étaient tous deux adolescents. À cette époque, ce n'était qu'une envie, qui allait de pair avec le ressentiment, car il était bien le seul garçon à ne pas être attiré par elle. En soi, cela suffisait à lui donner envie de le séduire, tout au moins d'essayer. Mais à présent, les choses avaient changé.

Paradoxalement, alors que le désir de coucher avec lui naissait en elle, elle l'appréciait moins. Du temps où ils ne se voyaient qu'une fois toutes les deux ou trois semaines, pour boire un verre ensemble, causer du passé, Zillah aurait dit de Jims qu'il était son meilleur ami. Partager un toit avec lui créait une différence énorme. Son humeur grognonne était manifeste, de même que son égoïsme et, en l'absence de toute tierce personne, son indifférence absolue au fait qu'elle soit là ou non. Si quelqu'un leur rendait visite, l'un de ses copains parlementaires par exemple, il était tout le temps collé à elle, lui tenait la main, la regardait dans les yeux, l'appelait sa chérie ; quand il passait derrière son fauteuil, il s'arrêtait pour lui déposer un baiser dans la nuque. Seul avec elle, il lui adressait à peine la parole. Mais cette froideur, associée à son allure, à sa grâce, sa sveltesse, et ses grands yeux sombres frangés de cils noirs comme ceux d'une fille, contribuait à son pouvoir de séduction. De jour en jour, il lui semblait sombrer irrémédiablement dans un désir sans cesse plus fort.

Aux Maldives, ce fut encore pire. Ils partageaient une suite qui comportait deux chambres et deux salles de bains, mais Jims était rarement là, car il passait ses nuits dans la chambre 2004, occupée par Leonardo. Toujours prudent, il revenait parfois vers huit heures du matin pour se retrouver assis en face d'elle à la table en verre, sur le balcon, tous deux en peignoir blanc, lorsque le serveur apportait le petit déjeuner, à neuf heures.

« Je me demande pourquoi tu te donnes cette peine, s'étonnait-elle.

— Parce qu'on ne sait jamais qui a pu descendre dans cet hôtel. Comment savoir si cette rousse que nous avons croisée hier à la plage n'est pas une journaliste ? Ou si ce très jeune couple, cette fille qui ne met pas de haut de maillot de bain et son petit ami, ne sont pas des gens des médias ? Évidemment, on n'en sait rien. Je dois toujours me montrer vigilant. »

N'importe quelle femme ou presque, songea-t-elle, serait folle de joie d'entendre son mari parler d'une jeune fille se promenant seins nus sans surprendre aucune étincelle de désir dans son regard, ni la moindre inflexion dans sa voix. Le matin, Jims s'allongeait dans une chaise longue sur le sable argenté, et Leonardo se couchait sur une autre chaise longue à côté de la sienne. Mais Zillah était là, elle aussi, sur une troisième chaise longue. Quand elle protestait, signalant qu'elle préférerait aller à la piscine ou, faute de mieux, partir visiter le village, il lui rappelait la raison pour laquelle il l'avait épousée. Et ce qui l'avait amené à lui offrir la jouissance de deux maisons, un plafond de dépenses presque illimité, une voiture neuve, des vêtements et la sécurité. Il était aussi devenu, ajoutait-il, un père pour ses enfants. Zillah commençait à comprendre qu'elle avait choisi un emploi plutôt qu'un mari, tandis qu'en échange de ces biens matériels elle avait renoncé à sa liberté.

Leonardo travaillait comme agent de change à la City et, à vingt-sept ans, c'était un jeune loup ambitieux. Issu d'une famille qui, du côté paternel, avait activement et loyalement milité pour les conservateurs, il était aussi fou de politique que Jims, et tous deux causaient histoire du Parti conservateur, procédures et personnalités de la Chambre des communes toute la sainte journée, échangeant des anecdotes sur Margaret Thatcher ou Alan Clark. Leonardo était captivé par l'autobiographie de John Major et n'arrêtait pas d'en lire à Jims des passages à voix haute. Zillah songeait avec amertume à quel point leur conversation ressemblait peu à l'idée reçue que se faisaient d'eux les caciques du parti qu'elle avait rencontrés, ou au style de conversation des hommes gays.

Et puis, elle se faisait du souci. Au vu du rôle de père qu'il jouait effectivement auprès d'Eugenie et Jordan, Jims pouvait toujours se vanter d'aimer les enfants. Depuis leur retour de Bournemouth, il leur avait à peine adressé la parole. Quand elle avait abordé le sujet, il lui avait fait part de son avis : d'ici quelques mois, Eugenie entrerait dans un internat privé. Ensuite, ils loueraient les services d'une bonne d'enfants à domicile pour Jordan, et ils aménageraient la quatrième chambre à cet effet. Elle ne lui avait pas dit un mot au sujet de Jerry. Comment aurait-elle pu ? Ils étaient censés n'avoir jamais été mariés, et il n'avait donc aucun droit sur les enfants. Supposons qu'il tente effectivement d'en obtenir la garde ? Supposons qu'il réitère sa menace de la dénoncer comme une femme qui avait épousé un homme tout en étant mariée à un autre ? Oh, c'était tellement injuste ! Il l'avait complètement trompée en lui envoyant cette lettre annonçant son décès.

Et voilà que, pour couronner le tout, elle avait succombé au charme de Jims. Dans la salle à manger, hier soir, pendant qu'ils attendaient qu'on les conduise à leur table, il l'avait prise par la taille et, une fois sur place, en lui avançant sa chaise, il lui avait déposé un très doux petit baiser sur les lèvres, autant de gestes affichés à l'intention des autres convives. Elle avait même entendu une vieille femme tout près d'eux chuchoter à son compagnon combien il était charmant de voir un couple amoureux à ce point. Ce baiser avait presque achevé Zillah. Elle aurait aimé monter à l'étage prendre une douche froide, mais elle était obligée de rester assise avec Jims qui la regardait droit dans les yeux et lui tenait la main. Leonardo se faisait invariablement servir son dîner dans sa suite, tout en regardant des films pornographiques, soupçonnait-elle. Ou peut-être uniquement des cassettes de reportages sur un joli coup des Tories à l'occasion d'une élection partielle.

Le *Daily Telegraph Magazine*, celui qui devait publier son interview avec Natalie Reckman, n'était pas encore paru. Mais celle-ci figurait peut-être dans le numéro du samedi de Pâques. La mère de Zillah avait reçu pour instruction formelle d'aller se le procurer et de le mettre de côté pendant son absence. La veille de leur départ, elle avait écrit à Jerry, à l'adresse de Hampstead qu'il lui avait fournie, sauf que ce n'était pas à Hampstead proprement dit, mais à West Hampstead, ce qu'elle avait compris d'après le code postal. Confusément, cette découverte la rasséréna quelque peu.

Zillah n'était pas habituée à rédiger des lettres. Elle ne se rappelait plus à quand remontait la dernière. C'était probablement pour remercier sa marraine de lui avoir envoyé un billet de 5 livres, à l'âge de douze ans. À la relecture, son premier essai lui sembla très menaçant, elle recommença donc. Cette fois, elle s'en remit à la miséricorde de Jerry, le priant de ne pas la dénoncer comme une criminelle, de se rappeler ce qu'elle avait traversé, qu'il l'avait laissée se débrouiller seule. Cela ne conviendrait pas non plus. Elle la déchira et finalement lui écrivit qu'il l'avait effrayée, purement et simplement. Elle n'avait pas eu l'intention d'éloigner les enfants de leur père. Il pourrait disposer d'un droit de visite et de tout ce qu'il voudrait, pourvu qu'il ne révèle à personne ce qu'il savait. Sans expressément écrire le mot « bigame », pour le cas où la lettre tomberait en de mauvaises mains, elle lui demandait instamment de ne plus employer « ce mot ». C'était un terme cruel et injuste. Cette lettre-ci, elle l'envoya.

L'ennui, avec les Maldives, si belles que soient ces îles, c'était qu'elles constituaient vraiment l'endroit idéal où séjourner en compagnie d'un amant avec qui l'on vivait une grande histoire d'amour, romantique et charnelle, en ayant tout le temps envie de faire l'amour. Comme Jims et Leonardo. Pour n'importe qui d'autre, c'était on ne peut plus barbant. Elle lut les livres de poche qu'elle avait achetés à l'aéroport, s'offrit un massage et se fit coiffer à trois reprises, et comme Jims, fidèle à son rôle de mari fervent, prenait des photos d'elle, elle en prit de lui, en incluant parfois Leonardo dans le cadre. Mais le dimanche, ce fut un soulagement de rentrer.

Les journaux qu'on leur proposait à bord dataient de la veille, c'était d'épaisses éditions du samedi bourrées de suppléments. Zillah prit le *Mail* alors que Jims choisit le *Telegraph*. Elle lisait un papier très intéressant sur les faux ongles quand Jims lâcha un borborygme étouffé qui la fit se retourner. Son visage avait viré au rouge brique, un changement qui le rendait beaucoup moins séduisant.

« Que se passe-t-il ?

— Lis toi-même. »

Il froissa le journal, lui lança le magazine en se levant, et s'engagea dans l'allée, sur sa droite, vers la place qu'occupait Leonardo à l'arrière.

L'article la concernant remplissait environ trois pages, et le texte était généreusement entrecoupé de photos. Au début, Zillah se concentra sur les images, elles étaient si belles. Le *Telegraph* l'avait traitée royalement. Pourquoi Jims faisait-il tant d'histoires ? La grande photo très glamour lui donnait vraiment un faux air de Catherine Zeta-Jones. Maintenant qu'elle pouvait se le permettre, Zillah avait envisagé de se faire greffer des prothèses mammaires, elle avait toujours ressenti un manque de ce côté-là, mais cette photographie la montrait avec un profond sillon débordant de son bustier.

Le gros titre la présentait sous un jour qu'elle ne

goûta guère : La gitane écervelée, annonçait-il, et le sous-titre : «Une jeune mariée tory nouvelle génération». Ensuite, elle entama la lecture du texte, et son cœur se serra peu à peu ; elle en avait le visage et le cou moites.

Gitane, écervelée et semeuse de discordes, véritable Carmen dans la vie, Zillah Melcombe-Smith appartient à l'espèce nouvelle de ces jeunes épouses dont les politiciens se plaisent de plus en plus souvent à faire l'acquisition. À vingt-huit ans, elle a l'air d'un mannequin, parle comme une ado et souffre, semble-t-il, de diverses névroses. Cette beauté brune aux yeux de braise possède une allure à la mesure du sang tzigane qu'elle se vante d'avoir, et ses déclarations extravagantes sont de la même eau. Nous nous trouvions dans son appartement de Westminster (situé commodément à proximité des deux Chambres du Parlement) depuis à peine plus de dix minutes quand elle nous a menacés de procès en diffamation. Et pourquoi ? Parce que nous avions osé mettre en doute ses convictions de gauche ô combien surprenantes, associées à une propension manifeste au «deux poids, deux mesures». Zillah se déclare farouchement opposée aux Tories, qui se refusent à placer l'homosexualité sur un pied d'égalité par rapport à l'hétérosexualité car, selon eux, ce serait une affaire de choix, et pourtant, selon elle, dire de quelqu'un qu'il est gay serait une insulte qu'elle se sentirait capable de laver dans le sang d'un duel.

Curieux, quand on se rappelle que le mari de Zillah, «Jims» Melcombe-Smith, avait suscité de récentes spéculations sur son éventuelle orientation sexuelle. Bien sûr, son mariage avec la superbe Zillah a révélé toute l'inanité de ces supputations. Mais si le passé de Jims n'est plus un mystère, celui de son épouse pourrait le rester. La toute nouvelle Mme Melcombe-Smith a

195

apparemment vécu les vingt-sept premières années de sa vie dans un isolement total, à l'écart de tout, au bout d'un village du Dorset, une existence qu'elle nous a présentée comme si elle avait vécu emmurée dans un couvent. Pas de travail ? Aucune formation ? Aucun ancien petit ami ? Apparemment non. Étrangement, Zillah a oublié de mentionner quelques brefs intermèdes dans cette existence cloîtrée, son ex-mari Jeffrey et leurs deux enfants, Eugenie, sept ans, et Jordan, trois ans. Lors de notre visite, par une journée printanière et ensoleillée, il n'y avait guère d'enfants en vue, il est vrai. Où Mme Melcombe-Smith les a-t-elle cachés ? À moins que leur père n'en ait la garde ? Si tel est le cas, nous serions là en présence d'une décision très exceptionnelle de la part d'un tribunal chargé des affaires matrimoniales. On ne confie la garde au père que si la mère se révèle inapte à veiller sur eux, ce qui ne saurait à l'évidence être le cas de la belle Zillah, si pleine d'entrain.

Zillah poursuivit sa lecture jusqu'à la fin, et en eut la nausée. Natalie Reckman consacrait deux longs paragraphes à décrire ses vêtements et ses bijoux, suggérant, au cas où elle serait dans la nécessité de se parer de la sorte en plein jour, que Jims devait avoir les moyens de lui offrir de vraies pierres, et non de pareilles babioles que l'on irait dénicher sur le souk d'Akaba. De nos jours, tout le monde portait des talons hauts avec des pantalons, mais des échasses avec des caleçons, c'était plus rare. Reckman possédait une technique très sûre pour insulter sa cible en lui lançant des injures blessantes immédiatement suivies d'un gentil compliment doucereux. Et elle décrivait donc la tenue de Zillah comme mieux adaptée pour aller traîner autour de la gare de King's Cross, non sans ajouter qu'un accoutrement aussi racoleur ne gâchait aucunement son ravissant visage, sa silhouette à l'enviable minceur et sa crinière couleur aile-de-corbeau.

Arrivée à ce stade, Zillah était en larmes. Elle jeta le magazine sur le plancher de l'appareil et sanglota, à l'image de son fils Jordan. L'hôtesse s'approcha et lui demanda si elle pouvait faire quelque chose pour elle. Un verre d'eau ? Une aspirine ? Zillah lui répondit qu'elle aimerait un cognac.

Elle attendait son verre quand Jims revint, l'air rageur.

« Tu as provoqué un beau gâchis.

— Je ne voulais pas. J'ai fait de mon mieux.

— Si c'est ça, faire de ton mieux, lui rétorqua-t-il, je préférerais ne pas voir ce que donnerait l'inverse. »

Sous l'effet du cognac, elle se sentit un peu mieux. Jims resta assis, à boire une eau minérale gazeuse avec un air austère.

« Avec cet article, tu passes pour la reine des cruches, poursuivit-il et, comme tu es ma femme, moi aussi, par ricochet. Au nom du ciel, qu'est-ce qui t'a pris de la menacer de poursuites en diffamation ? Pour qui te prends-tu ? Pour Mohamed al-Fayed ? Pour Jeffrey Archer ? Comment a-t-elle appris le nom de ton… euh, de Jerry ?

— Je n'en sais rien, Jims. Ce n'est pas qui moi le lui ai dit.

— Tu as bien dû le faire. Comment a-t-elle su le nom des enfants ?

— Vraiment, je ne lui ai pas dit. Je te jure.

— Que diable vais-je raconter au chef de mon groupe parlementaire ? »

Jeff Leigh, alias Jock Lewis, anciennement Jeffrey Leach, lut le *Telegraph Magazine* par hasard. Quelqu'un l'avait laissé dans le bus qu'il avait pris sur le chemin du retour, après son petit parcours de reconnaissance à Westminster. Il y jeta un œil uniquement parce qu'une accroche imprimée en lettres blanches l'avertissait qu'une de ses ex-fiancées publiait un papier en page intérieure : «Natalie Reckman rencontre une Carmen moderne». Il gardait un faible pour Natalie. Elle l'avait entretenu sans plainte ni ressentiment durant presque un an, s'était fiancée sans espérer se voir offrir la moindre bague, avant d'accepter la séparation sans rancune aucune.

Avec Zillah, elle s'était montrée sévère, et cela lui apprendrait. Pourquoi dissimulait-elle l'existence des enfants ? Au cours de la semaine passée, il était retourné deux fois à Abbey Gardens Mansions, mais il n'y avait personne là-bas. La deuxième fois, le concierge lui avait indiqué que M. et Mme Melcombe-Smith étaient absents, mais il n'avait aucune idée de l'endroit où se trouvaient les enfants. Jeff avait bien essayé d'insister, mais le concierge avait certainement fini par suspecter quelque chose, car il avait même refusé de lui confirmer que des enfants habitaient dans l'appartement 7. Natalie avait-elle touché juste en laissant entendre que Zillah s'en serait débarrassée ? Et pourtant, dans cette lettre hystérique qu'elle lui avait écrite – il l'avait ramassée sur le paillasson juste avant que Fiona n'aille voir –, elle lui promettait un droit de visite, et lui certifiait qu'il les verrait quand il voudrait. Naturellement, le meilleur moyen pour lui d'organiser les choses serait d'écrire à Jims et de tout simplement lui annoncer que le mari de Zillah était bel et bien vivant, et qu'il restait encore son époux. Ou même d'envoyer une missive à cette vieille bique de Nora Watling. Mais Jeff répugnait à recourir à ces moyens-là. Il n'ignorait pas combien Jims le détestait, un sentiment réciproque, et cette antipathie était partagée par la mère de Zillah. Ils pourraient aussi traiter ses lettres par le mépris. Et s'ils ne les prenaient pas à la légère, si tout éclatait au grand jour, Fiona le découvrirait très probablement.

En dépit de tous ses projets de mariage, des préparatifs d'organisation de la cérémonie et de la réception, et de leurs joyeuses conversations sur l'événement qui approchait, Jeff espérait ne pas avoir à épouser Fiona tout en étant mariée à Zillah. Il avait vaguement prévu de reporter la noce, de trouver une raison pour la repousser à l'an prochain. Et s'il tenait à savoir ses enfants en sécurité (et heureux, tant qu'à faire), il écartait l'idée de les prendre avec lui sous son toit. Ce serait sauter un trop grand pas. S'il dénonçait Zillah pour sa bigamie, si Jims l'abandonnait, et il n'y manquerait certainement pas, les autorités – la police ? les services sociaux ? le tribunal ? – pourraient fort bien les lui retirer. Dès lors, pour eux, l'endroit qui s'imposerait avec le plus d'évidence serait le domicile de leur père. Surtout avec une future belle-mère à ce point désireuse d'avoir un bébé et qui mourait d'envie de s'occuper d'eux.

Jeff se souvint de la promesse ridicule qu'il avait faite à Fiona, alors que le chardonnay lui était monté à la tête, d'être un homme au foyer, qui resterait à la maison et bichonnerait leur nouveau-né. Cela pourrait signifier aussi veiller sur Eugenie et Jordan. Fermant les yeux un instant, il se représenta son existence future, il se vit partir en courses dans West End Lane avec un bébé dans un landau, en tenant Jordan par la main, et se dépêchant pour arriver à l'heure pour la sortie d'école d'Eugenie. Les pleurs permanents de Jordan. Les doctes couplets d'Eugenie, et sa réprobation sur tout en général. Aller chercher leur dîner. Ne jamais sortir le soir. Changer les couches. Non, avoir des enfants n'était pas envisageable. Il allait devoir songer à une raison de continuer à vivre avec Fiona sans l'épouser pour autant. Était-il trop tard pour lui avouer qu'il était catholique et dans l'impossibilité de divorcer ? Mais Fiona le croyait déjà divorcé…

Il descendit du bus et marcha dans Holmdale Road d'un pas lent. Au cours des six longues années de sa quête d'une femme qui soit jeune mais riche, propriétaire, toute la journée au bureau, jolie, sexy et aimante, acceptant volontiers de l'entretenir, sans rechigner, jamais il n'était tombé sur quelqu'un qui satisfasse aussi bien à tous ces critères que Fiona. Parfois, surtout quand il avait bu un verre, il se sentait même romantique à son égard. Alors comment allait-il jongler avec ces trois balles fuyantes et délicates à manier : entretenir l'amour de Fiona, éviter de l'épouser, et obtenir un droit de visite auprès des gosses ?

Il entra dans la maison et la trouva en train de regarder l'émission de Matthew Jarvey à la télévision. Il l'embrassa affectueusement et lui demanda des nouvelles de ses parents, auxquels elle avait rendu visite pendant qu'il était sorti. À l'écran, Matthew, l'air d'une victime de la famine, interviewait gentiment une adepte des Weight Watchers qui avait perdu dix kilos en six mois.

«Doit être cinglé, ce type, lâcha Jeff. Et pourquoi il ne se ressaisit pas un peu, histoire de se nourrir ?

— Chéri, j'espère que ça ne va pas trop te perturber, mais savais-tu qu'il y avait un grand article dans le *Telegraph Magazine* sur ton ex-femme ?

— Vraiment ? »

Voilà qui résoudrait le dilemme de savoir s'il fallait lui dire ou non.

« Maman me l'a gardé. Elle a trouvé ça terriblement ringard… Je veux dire, les gens qui écrivent ce genre de sornettes ! Quel genre de femme peut être assez garce ? »

Pour une raison obscure, cette attaque innocente contre Natalie Reckman mit Jeff en colère, mais il n'en laissa rien paraître.

« Tu l'as ici, chérie ?

— Tu ne vas pas te laisser affecter par cette lecture, n'est-ce pas ? »

Fiona lui tendit le magazine et retourna suivre le dialogue de Matthew avec un homme qui n'avait pas réussi à prendre du poids, malgré tous ses efforts pour se nourrir. Après relecture, les passages sur les vêtements de Zillah et ses bijoux dignes du souk le remirent de bonne humeur et lui donnèrent envie de rire. Il afficha un air sombre.

« J'admets que je suis inquiet pour mes enfants, avoua-t-il très sincèrement à la fin de l'émission, après que Fiona eut éteint.

— Tu pourrais peut-être consulter un avocat. Le mien est excellent. Une femme, naturellement, et jeune. Très bon niveau, qui réussit fort bien financièrement. Dois-je lui passer un coup de fil ? »

Brièvement, Jeff réfléchit. Il n'avait aucune intention d'impliquer la justice – rien ne serait plus dangereux –, mais il aimait assez la description de cette femme : jeune, très bon niveau, et riche. Était-elle jolie ? Plus riche que Fiona ? Comment le savoir ? C'est à regret qu'il lui fit sa réponse.

— Au stade où en sont les choses, mieux vaut éviter. Je vais d'abord prendre rendez-vous avec Zillah. Que fait-on, ce soir ?

— Je pensais que nous pourrions rester ici, nous accorder un moment tranquille à la maison. »

Elle se rapprocha de lui, sur le sofa.

Zillah s'accordait elle aussi une soirée tranquille à la maison. Jims avait balancé les valises dans sa chambre et il était sorti passer la nuit avec Leonardo. Un message posé près du téléphone l'informa que sa mère avait emmené les enfants à Bournemouth, car elle ne pouvait rester à Londres : le père de Zillah avait eu une crise cardiaque, et il était hospitalisé là-bas. Zillah décrocha le téléphone et, dès que Nora Watling lui répondit, elle lui lâcha une bordée d'injures. Comment osait-elle partir sans laisser le numéro de téléphone de l'hôtel où ils étaient descendus, Jims et elle ? Et sans appeler une seule fois des Maldives ! Ne se faisait-elle donc aucun souci pour ses enfants ?

« Comment va papa ? lui demanda Zillah d'une petite voix misérable.

— Mieux. Il est à la maison. À ce compte-là, il pourrait aussi bien être mort, tu as tellement l'air de t'en moquer. J'aime autant te dire tout de suite que je n'ai jamais rien lu de ma vie d'aussi dégoûtant que cet article dans le *Telegraph*. Je ne te l'ai pas mis de côté. Je l'ai brûlé. On te traite plus ou moins de prostituée ! De gitane ! Alors que tu sais parfaitement bien que ton

202

père et moi sommes tous les deux originaires de la région du Sud-ouest, de vieille souche et depuis des générations ! Et cette photo ! Tu étais quasiment seins nus. Et ce pauvre James qu'on traite de pervers ! »

Zillah maintint le combiné à distance, jusqu'à ce que cessent ces vociférations.

« J'imagine que tu n'es pas d'humeur à me ramener les enfants ?

— Tu devrais avoir honte de me demander cela. Soigner ton père m'épuise. Et je ne sais pas quoi faire pour Jordan, qui n'arrête pas de pleurer. Il n'est pas naturel qu'un enfant de trois ans soit en larmes à tout bout de champ. Il va falloir que tu viennes les chercher toi-même. Demain. Tu as une voiture, c'est pour quoi ? Je vais te dire quelque chose, Sarah. Durant tout ce temps où nous n'avions aucun contact, je ne connaissais pas ma chance. Depuis que tu es partie pour Londres, je n'ai pas un moment de tranquillité. »

À Glebe Terrace, dans la maison gothique de Leonardo, toute petite mais extrêmement élégante, Jims et lui étaient couchés sur le lit immense qui emplissait la chambre, ne laissant que quelques centimètres d'espace entre les murs, en train d'écouter *The Westminster Hour* à la radio. Ils avaient dîné (gravad lax de saumon, cailles avec leurs œufs, *biscotti*, une bouteille de Pinot Grigio) dans ce lit et ensuite ils avaient fait l'amour de manière assez inventive. À présent, ils s'octroyaient leur moment de détente favori, et Leonardo avait réconforté Jims en lui conseillant de ne pas trop se préoccuper du *Telegraph*. L'article ne contenait rien d'insultant sur son compte, plutôt l'inverse. Ces critiques ne visaient que Zillah.

Un autre couple avait passé la soirée de façon similaire, Fiona et Jeff. Leurs jeux amoureux avaient été tout aussi inventifs et satisfaisants, mais leur dîner avait consisté en quelques papayes, du poulet froid et de la glace arrosés d'une bouteille de chardonnay chilien. À présent, Fiona dormait, et Jeff s'était assis dans le lit pour relire l'article de Natalie Reckman. Au bout d'un moment, il se leva et, à pas feutrés, descendit au rez-de-chaussée pour aller chercher le carnet d'adresses qu'il rangeait dans la poche intérieure de sa veste en cuir noir. Fiona lui avait avoué sans détour qu'elle était trop bien élevée pour aller fouiller dans les poches des vestes.

Voilà, il y était : Reckman, Natalie, 128, Lynette Road, Islington, N1. Elle avait pu déménager, mais cela valait la peine d'essayer. Pourquoi ne pas lui passer un coup de fil, en souvenir du bon vieux temps ?

13

Près d'un mois s'était écoulé avant que Minty ait pu voir les photographies du mariage de Josephine ; ensuite, si elle voulait en recevoir un assortiment, ce serait payant. Elle n'avait pas d'argent à gaspiller dans ce genre de choses, mais avant de les rendre, elle examina soigneusement les clichés, en quête d'un indice prouvant la présence de Jock. Tantine possédait un livre avec d'incroyables photos de spectres, prises lors de séances de spiritisme. Parfois, ces spectres semblaient aussi incarnés que Jock, et quelquefois ils avaient l'air transparents, à tel point que l'on pouvait voir les meubles au travers. Mais il n'y avait rien de tel dans les clichés de Josephine, rien qu'une bande d'individus saouls qui arboraient de grands sourires, poussaient des cris et s'embrassaient.

Pendant une semaine, Ken et Josephine étaient partis pour un voyage de noces à Ibiza, longtemps différé, et Minty avait eu seule la responsabilité de l'Immacue. Elle n'aimait pas cela, mais elle n'avait pas le choix. Une fois, alors qu'elle était dans le fond en train de repasser, ayant entendu la voix, ou plutôt la toux d'un homme dans la boutique, elle crut Jock de retour, mais c'était Laf, et son visage bon avait un air triste et contrit.

Il était en uniforme, silhouette imposante avec son mètre quatre-vingt-cinq de haut et, sembla-t-il à Minty, son tour de taille équivalent. Mais elle exagérait sans doute.

« Hello, Minty, mon chou. Comment vas-tu ?

— Pas trop mal, merci, lui répondit-elle. Josephine sera de retour demain.

— Ce n'est pas Josephine que je voulais voir. C'est toi. Pour être sincère, il ne ferait pas bon que je débarque chez toi, vu l'humeur de Sonovia. Ce qu'elle peut être mauvaise langue, quand elle veut, ça, tu le sais. Mais je me suis dit… enfin, Sonny et moi on va voir *L'Œuvre de Dieu, la part du diable*, ce soir, et j'ai pensé… eh bien, que tu pourrais nous accompagner. Je me suis dit, peut-être que tu nous retrouverais là-bas et tu viendrais vers nous et tu nous dirais salut ou ce que tu veux, et Sonn, elle… bon, elle n'irait pas en faire un scandale, mais bon, hein ? »

Minty secoua la tête.

« Elle m'ignorerait.

— Non, elle t'ignorerait pas, mon chou. Crois-moi, je la connais. Ce serait une façon de remettre les choses d'aplomb entre vous. Je veux dire, c'est pas normal, qu'on puisse jamais passer chez toi, que j'aie pas le droit de te prêter les journaux et tout ça. Si tu veux mon avis, je parie que si tu faisais ça, elle s'excuserait, et ensuite peut-être que toi aussi, et tout serait formidable comme avant.

— Je n'ai pas à m'excuser de quoi que ce soit. Elle devrait être contente que je la lui aie nettoyée, sa tenue. Je l'ai toujours, tu le sais, ça ? Et je l'ai encore nettoyée après l'avoir portée. Si elle veut la récupérer, elle peut venir la chercher. »

Au sujet de ces retrouvailles au cinéma, Laf s'efforça de se montrer plus persuasif, mais Minty se contenta de lui répéter non, merci. Ces derniers temps, elle y était allée toute seule, c'était plus tranquille et il n'y avait personne pour lui chuchoter à l'oreille. Comme elle n'avait aucun grief envers Laf, elle ne lui parla pas du pop-corn. Il ressortit en secouant la tête, marmonnant qu'elle n'en avait pas fini avec lui, qu'il allait arranger ce désaccord, quand bien même ce serait la dernière bonne action de sa vie.

De toute manière, elle n'avait pas envie de voir ce film. Ça ne lui disait rien. Une fois, comme ça, Jock lui avait payé un quart de cidre, et elle avait dû le laisser; cette boisson avait un goût tellement amer. Jock. Depuis le mariage, elle l'avait revu en plusieurs occasions, et donc elle savait que lui planter un couteau émoussé dans la jambe ne l'avait pas débarrassée de lui. Une fois encore, il s'était présenté au cimetière, pendant qu'elle était en train de déposer des tulipes sur la tombe de Tantine, il l'avait appelée Polo et lui avait confié qu'il préférait les narcisses à cause de leur parfum délicieux. Tout le reste de la journée, il avait eu beau demeurer invisible, il n'avait pas arrêté de lui chuchoter « Polo, Polo ». L'apparition suivante avait eu lieu chez elle. Une fois encore, il était dans le fauteuil. À son entrée, il s'était levé et lui avait montré l'hématome que le couteau de table lui avait laissé, une plaque d'un bleu violacé. Minty était sortie de la pièce et elle avait refermé la porte sur lui, tout en sachant que des portes closes ne suffiraient pas à le retenir à l'intérieur, pas plus qu'elles ne pouvaient le cantonner à l'extérieur. Mais à son retour dans le salon, il était parti. Elle tremblait tellement qu'elle avait parcouru la maison en touchant du bois, une essence après l'autre, mais il n'y avait pas suffisamment de couleurs pour que ce contact soit d'aucun effet.

Le meurtrir ne servait pas à grand-chose. Le couteau qu'elle portait avec elle était trop petit et trop émoussé. Ce qu'il lui fallait, c'était un des grands couteaux à découper de Tantine. En tant que brigadier, Lafcadio Wilson se devait d'être observateur, et quand il s'était présenté à l'Immacue pour raisonner Minty, il avait remarqué un objet, comme une barre ou un bâton en bois, enfilé horizontalement à hauteur de la taille. Mais cet objet était presque entièrement caché par l'ample vêtement qu'elle portait, et c'est seulement quand elle avait fait demi-tour et s'était éloignée de lui qu'il avait entrevu l'extrémité qui dépassait de l'ourlet de son sweat-shirt. Il n'y avait plus pensé. Minty était une excentrique, tout le monde savait ça. Il ne soupçonna jamais la vérité, que ce bâton qu'il avait repéré était un couteau de boucher de trente centimètres de long, à la pointe acérée, avec un manche en os.

Désormais, elle entendait souvent sa voix, mais il ne prononçait jamais rien d'autre que ces mots, « Polo, Polo ». Ce n'était pas comme Tantine, qui s'était jointe à lui. Depuis tout le temps qu'elle la suppliait sur sa tombe, elle n'avait jamais reçu de réponse, et n'en recevait pas davantage à présent. Elle avait le sentiment que Tantine s'adressait à elle uniquement après qu'il s'était écoulé un certain temps depuis sa dernière visite au cimetière, comme si elle protestait d'être négligée. La première fois qu'elle l'avait entendue, elle s'en était effrayée, c'était tout à fait sa voix, si claire et si distincte. Mais dans la vie, elle n'avait jamais eu peur d'elle, et peu à peu elle s'habitua à cette nouvelle visiteuse invisible, sortie de la tombe, elle aurait même bien aimé la voir, comme elle voyait Jock. Or, Tantine se contentait de lui parler. Exactement comme de son vivant, quand elle lui parlait de ses sœurs Edna et Kathleen, de son amie Agnes qui lui avait amené Minty bébé pour qu'elle la garde juste une heure et qui n'était jamais revenue, des compotes de prunes et du duc de Windsor et de Sonovia qui n'était pas la seule sur terre avec un fils médecin et une fille avocate.

Et puis, un jour, alors que Minty prenait un bain et se lavait les cheveux, la voix de Tantine se fit clairement entendre et lui apprit quelque chose de nouveau.

« Ce Jock, c'est le mal incarné, Minty mon chou, c'est la vérité. Il est mort, mais il ne pourra jamais me rejoindre là où je suis, car c'est un suppôt de Satan. Si j'étais de retour sur terre, je l'anéantirais, mais depuis ce lieu saint où je réside je ne peux pas l'atteindre. Je te le dis, c'est ta mission de le détruire. Tu as été appelée pour l'annihiler, et ensuite il pourra retourner en enfer, où il a sa place. »

Minty ne répondit rien à Tantine, car elle savait confusément que si elle était capable de parler, en revanche, elle était incapable d'entendre. Deux ans avant de mourir, elle était déjà sourde. La voix persista presque toute la soirée. Depuis son salon, Minty regarda Laf et Sonovia partir au cinéma. La nuit tombait de plus en plus tard, en cette saison. Mais il avait toujours fait assez sombre à l'intérieur de cette maison, peut-être parce que Tantine, et maintenant

Minty, n'ouvraient les rideaux qu'à mi-fenêtre. Pour un quartier plutôt modeste de Londres, avec certains coins assez dangereux, on était tout de même très au calme. De son côté, M. Kroot vivait dans le silence et la pénombre, tandis que chez les Wilson, on n'était ni friands de télévision ni coutumiers des éclats de rire. Dans ce silence, la voix de Tantine fut de retour, pour l'enjoindre de supprimer Jock et de débarrasser le monde de cet esprit du mal.

Le lendemain, le haut qu'elle choisit de mettre était plus près du corps et plus court, et le couteau se voyait au travers, il dépassait, un peu comme un cadre. Elle essaya d'autres moyens de le dissimuler, et s'aperçut finalement que de le porter sous son pantalon, contre la cuisse droite, sanglé par une ceinture, constituait la meilleure solution.

Dans la matinée, c'est une leçon de morale qui attendait Zillah. Jims s'était habillé comme jamais au cours de ces dix derniers jours. Peut-être ne l'avait-elle même jamais vu aussi svelte et aussi élégant. Il portait un costume anthracite à la coupe impeccable, qu'il avait payé 2 000 livres à Savile Row, une chemise d'un blanc de glacier et une cravate en soie ardoise, rehaussée d'une bande verticale couleur safran. Zillah était de celles qui considèrent qu'un homme n'est jamais aussi séduisant que lorsqu'il est en costume sombre très habillé, et la morosité s'empara d'elle. Elle n'avait pas bien dormi et ses cheveux avaient besoin d'être lavés.

« J'ai quelque chose à te dire. Assieds-toi et écoute, s'il te plaît. Les récriminations sont absolument inutiles, j'en ai bien conscience. Ce qui est fait est fait.

C'est l'avenir qui me préoccupe. (Le ton de sa voix était un concentré d'Eton et de Balliol*.) Je souhaite que tu ne parles à aucun journaliste, Zillah. Comprends-tu ce que je suis en train de te dire ? Aucun. Il ne saurait y avoir d'exceptions. Franchement, j'étais à cent lieues de m'attendre, quand tu as entamé ta campagne de presse, à ce que tu fasses preuve d'autant d'imprudence et d'absence de sang-froid. J'escomptais un minimum de discrétion, mais je viens de promettre qu'il n'y aurait pas de récriminations, donc, cette simple remarque y mettra un terme. La phrase clef que tu dois garder en mémoire sera : pas de contact avec les médias. Compris ? »

Zillah hocha la tête. Elle se souvenait du charmant garçon de son adolescence, un compagnon si gentil et si drôle, et de l'homme plein de grâce qui venait lui rendre visite dans sa solitude, à Long Fredington, et qui semblait toujours proche d'elle, dans une conspiration à la fois intime et joyeuse : Zillah et Jims contre le reste du monde. Où était-il passé ? Son cœur se serra, se durcit comme une pierre quand elle songea : *c'est mon mari.*

« Je voudrais te l'entendre dire, Zillah.

— Je ne parlerai pas aux médias, Jims. S'il te plaît, ne sois pas en colère contre moi.

— Je vais prier Malina Daz de veiller à ce que tu t'y tiennes. Maintenant, tu es sur le point de partir rejoindre les enfants, as-tu dit, me semble-t-il. Ce serait une bonne idée de rester quelques jours avec tes parents.

— À Bournemouth ?

* Balliol College fait partie de l'université d'Oxford *(N.d.É.).*

— À Bournemouth, oui, pourquoi pas ? C'est une station balnéaire très agréable, et les enfants s'y plaisent. Cela te donnera l'occasion de t'assurer de la santé de ton père. À ton avis, de quoi cela aurait l'air si le bruit circulait – s'il circulait dans un journal – que (a) tu n'as pas cru bon de rentrer des Maldives alors que ton père avait eu un infarctus et (b) que tu n'as pas cru bon non plus de te précipiter en toute hâte à son chevet dès ton retour ?

— Mais j'ai su qu'il avait eu un infarctus seulement hier soir !

— Oui, car tu n'as pas une fois pris la peine de téléphoner à ta mère pendant que tu étais partie, alors que tes enfants étaient avec elle. »

C'était irréfutable. Même Zillah s'en rendait bien compte.

« Combien de temps veux-tu que je reste là-bas ?

— Jusqu'à vendredi. »

Autant dire une vie.

Les routes étaient encombrées, et il était presque six heures quand Zillah atteignit la maison de ses parents. Son père était allongé sur le canapé, des boîtes et des flacons de médicaments posés sur la petite table à côté de lui. Il avait l'air parfaitement dispos, l'œil vif et le visage rose.

« Pauvre grand-papa est tombé par terre, fit Eugenie d'un ton important. Il était tout seul. Mémé a dû m'emmener et Jordan aussi pour qu'on lui sauve la vie et j'ai dit : "Si pauvre grand-papa meurt, on va devoir aller chercher quelqu'un pour l'enterrer dans la terre", mais il n'est pas mort.

— Comme tu vois, confirma Charles Watling, avec un large sourire.

— Nous sommes allés à l'hôpital, et mémé a dit à

212

grand-papa : "Ta fille est partie au bout du monde et je ne connais pas son numéro de téléphone." »

Nora Watling avait préparé les bagages des enfants et confectionné des sandwiches pour qu'ils mangent dans la voiture, sur le chemin du retour. Quand Zillah lui annonça qu'ils restaient jusqu'à vendredi, elle se laissa lourdement choir dans le fauteuil et lâcha froidement que c'était impossible. Rien qu'une journée supplémentaire à écouter les pleurnicheries de Jordan et les réflexions zélées d'Eugenie, ce serait trop, sans parler de la présence de Zillah.

« Personne ne veut de nous, commenta calmement Eugenie. Nous ne sommes qu'un fardeau. Et maintenant, notre pauvre maman aussi. »

Cela fléchit un peu Nora, qui la prit par l'épaule.

« Non, pas du tout, mon chou. Pas toi et ton frère.

— Si nous ne pouvons pas rester ici, fit Zillah, où sommes-nous censés aller ? »

Si elle avait connu ce fragment de la Bible, elle aurait ajouté que les renards ont des tanières, et les oiseaux du ciel ont des nids, mais qu'elle n'avait pas un lieu où reposer sa tête. Dans un hôtel ?

« Ton mari en a eu assez de toi, c'est ça ? C'est un bon début, je dois le reconnaître. Il va bien falloir que tu restes, j'imagine, si c'est ce que tu souhaites. Mais tu vas devoir m'aider. Premièrement, faire les courses, et puis emmener les enfants dehors, l'après-midi. Et la scolarité d'Eugenie, ça ne compte pas. C'est le cadet de tes soucis. Mais crois-moi, il ne fait pas de doute qu'on ne se débarrasse jamais de ses enfants. Combien de fois on croit que ça y est, qu'ils sont partis pour de bon, mais non, ils reviennent toujours. Tiens, regarde-moi, avec toi.

— Tu vois, maman, tu ne te débarrasseras jamais de nous », la prévint gaiement Eugenie.

Zillah dut dormir dans la même chambre que les enfants. Jordan trouva le sommeil en pleurant et se réveilla dans la nuit, en larmes. Cela commençait à l'inquiéter, et elle se demanda vaguement si elle ne devrait pas l'emmener consulter un pédopsychiatre. Dans la journée, tous trois consacrèrent leur matinée à faire les courses et à retirer des ordonnances de médicaments, et l'après-midi, comme il faisait beau, ils descendirent à la plage. C'était aussi pénible qu'un retour à Long Fredington. Le jeudi matin, Charles Watling fit une rechute, il avait le souffle court, et une douleur au côté gauche. Le médecin généraliste vint, et on le transféra d'urgence à l'hôpital.

« Ça ne va pas, il va falloir que tu partes, Sarah. Je ne peux pas supporter ces soucis et ce bruit, pas avec ton père dans cet état. Je ne serais pas surprise que ce soit d'entendre sans arrêt Jordan pleurer qui ait déclenché cette deuxième attaque. Tu peux toujours t'arrêter cette nuit dans un hôtel. Dieu sait si tu n'es pas à court d'argent. »

À cinq heures, cet après-midi-là, Zillah descendit dans un hôtel des environs de Reading. Eugenie et Jordan étaient fatigués et, après avoir avalé une pizza et des frites, ils allèrent au lit et s'endormirent aussitôt. Pour une fois, Jordan ne pleura pas, mais Zillah n'en dormit pas mieux. Le matin, bâillant et se frottant les yeux, elle se rappela de téléphoner à sa mère, s'entendit répondre que son père était « dans un état satisfaisant » et qu'il subirait probablement un pontage à la fin de la semaine prochaine. Juste après huit heures, elle prit la route du retour ; elle n'avait jamais vu une circulation aussi chargée, et il était onze heures passées quand elle s'engouffra dans le parking souterrain d'Abbey Mansions Gardens.

Une fois dans l'appartement, elle téléphona à Mme Peacock. Voulait-elle bien prendre les enfants ? Les emmener déjeuner quelque part et ensuite, pourquoi pas au zoo, à Hampton Court, ou autre ? Elle promit de la payer le double de son tarif habituel. Mme Peacock, qui avait dépensé bien plus d'argent que prévu aux Pays-Bas, accepta aussitôt. Zillah appela les concierges, leur demanda de ne la déranger sous aucun prétexte, débrancha les téléphones et s'écroula sur son lit.

Jeff aurait pu différer un peu la recherche de ses enfants, si Fiona ne l'avait pas pressé instamment de passer à l'action. C'était certainement d'avoir vu les termes du dilemme auquel il était confronté imprimés noir sur blanc dans le journal qui l'avait affectée, car elle avait consacré l'essentiel de la soirée de mardi à l'encourager pour qu'il arrange une rencontre avec Zillah, en exigeant de voir ses enfants et, si cette tentative échouait, qu'il consulte son avocate. Jeff n'ignorait pas que tout ne marcherait pas comme sur des roulettes, ainsi qu'elle se l'imaginait. À trop jouer à ce petit jeu, son statut matrimonial allait refaire surface. Il ne pourrait pas précisément promettre qu'il se libérerait de Zillah, car pouvait-on divorcer d'une femme déjà mariée à un autre ? Comment pourrait-il lui « avouer » qu'il était catholique alors qu'il ne lui en avait jamais parlé auparavant ?

Mardi, il avait pris le métro de la Jubilee Line de West Hampstead à Westminster, et il s'était rendu à pied jusqu'à Abbey Mansions Gardens. Personne n'était à l'appartement numéro 7, et cette fois, le concierge principal lui avait répondu qu'il n'avait aucune idée de l'endroit où se trouvait Mme Melcombe-Smith. Quelqu'un avait dû l'avertir de se montrer discret, car il avait affirmé ignorer si des enfants habitaient dans cet appartement. À son humble avis, ainsi qu'il le confia par la suite à son adjoint, ce type pouvait fort bien être un kidnappeur ou un pédophile.

C'était une belle journée. Jeff s'assit sur une chaise dans Victoria Tower Gardens et appela Natalie Reckman à partir de son portable. De prime abord, il obtint sa messagerie vocale, mais quand il la rappela de nouveau, dix minutes plus tard, elle répondit.

Son ton fut cordial.

« Jeff ! Je suppose que tu as lu mon article dans le magazine ?

— Je n'ai pas eu besoin de ça pour me souvenir de toi, prétendit-il. Je pense beaucoup à toi. Tu me manques.

— Comme c'est gentil. Tu es tout seul, c'est ça ?

— On pourrait le présenter comme ça, répondit-il avec prudence. Viens déjeuner avec moi. Demain ? Mercredi ?

— Je ne pourrai pas avant vendredi. »

Il avait les 500 livres qu'il avait gagnées sur Website.

« Je paierai, proposa-t-il sans vergogne. Où ? Choisis. »

Elle choisit Christopher's. Eh bien, il pourrait se servir de la carte Visa de Zillah, en espérant ne pas avoir déjà atteint le plafond de paiement avec le sac à main qu'il avait offert à Fiona pour son anniversaire, et les roses pour fêter leurs six mois de vie commune. Par égard pour les gens de son espèce, le plafond de ces cartes devrait être imprimé directement dessus. Il avait traversé la rue et renouvelé sa tentative à l'appartement des Melcombe-Smith, mais Zillah n'était toujours pas rentrée.

Le jeudi, un peu imprudemment, il avait joué gagnant un cheval nommé Spin Doctor, qui était arrivé premier. Ce concurrent avait une mauvaise cote, et il avait ramassé un paquet. Le lendemain, il retourna à Westminster et arriva devant Abbey Mansions Gardens juste au moment où Zillah et les enfants sortaient de l'autoroute M4 à hauteur de Chiswick. Il sonna à la porte, ne reçut aucune réponse, retourna se renseigner auprès du concierge, qui ne pouvait pas garder l'œil sur tous les résidents, ce que d'ailleurs personne n'attendait de lui. En fait, Jims était parti dans sa circonscription l'après-midi précédent et, par hasard, croisa Zillah à la sortie de Shaston. À leur insu à tous les deux.

Jeff se demandait comment il pourrait consulter un avocat sans révéler qu'il était toujours marié à Zillah. Oserait-il l'avouer à Natalie ? Certainement pas. C'était une femme très agréable, intelligente et belle, mais c'était une journaliste avant tout. Il ne se fierait à elle pour rien au monde. La seule personne à laquelle il pouvait se confesser, c'était Fiona. Tout en flânant au soleil le long de l'Embankment, il réfléchit à cette éventualité. Le danger serait qu'elle ne le lui pardonne pas, et, au lieu de réagir sur le mode « Chéri, pourquoi ne me l'as-tu pas dit plus tôt ? », ou « Cela ne fait rien, mais tu aurais intérêt à t'en occuper tout de suite », qu'elle le jette dehors. Elle était strictement respectueuse des lois, il n'avait jamais rencontré pareille rectitude chez une femme, et pas davantage chez un homme, d'ailleurs. Quels que soient les conseils ou les avertissements qu'elle lui donnerait, elle voudrait que ces Melcombe-Smith sachent la vérité, et elle exigerait de connaître ses intentions à lui. Jeff n'aimait pas beaucoup Zillah, et il détestait énergiquement Jims, mais il n'irait pas jusqu'à la précipiter dans le dénuement et jusqu'à ruiner la carrière de ce type. Non, il ne pouvait se confesser à personne. Sauf peut-être à un avocat ? Ce qu'il confierait à un tel personnage serait sous le sceau du secret professionnel. Il pourrait y avoir un moyen de donner les formulaires de divorce à Zillah à l'insu de Jims ou de qui que ce soit d'autre. Mais les enfants ? Serait-il possible d'obtenir un divorce sans mentionner leur existence ? Après tout, ils n'avaient plus besoin de personne pour veiller à leur subsistance, ils avaient Jims. Ce serait un divorce par correspondance…

En tournant et retournant ces réflexions dans sa tête, il se paya une tasse de café sur le Strand, un demi de bière dans un pub de Covent Garden, et arriva chez Christopher's à une heure moins cinq. Natalie fit son entrée à une heure cinq. Comme à son habitude, elle portait une tenue austère, cette fois un tailleur-pantalon gris à rayures tennis, mais avec sa chevelure ramenée en hauteur – elle avait des cheveux de lin, blonds, dorés et châtain clair, comme autant de laizes de nuances différentes, ce qu'aucune teinture ne saurait imiter, et que Jeff admirait – et ses discrets bijoux en argent, elle avait l'air tout à fait ravissante.

Après quelques propos badins et, dans le cas de Jeff, quantité de mensonges sur son passé récent, il devint légèrement sentimental sur ce qui aurait pu se passer entre eux.

« Cela m'a complètement échappé, répliqua sèchement Natalie. Tu m'as quittée.

— C'est ce que l'on appelle une désertion tacite.

— C'est ainsi que l'on appelle ça, vraiment ? Et ce que l'on entend par là, je présume, c'est une certaine somme d'interrogations de mon côté, comme pourquoi ai-je toujours payé le loyer et toujours acheté de quoi nous nourrir ?

— Je t'avais expliqué que j'étais entre deux boulots, tu le sais.

— Non, tu n'étais pas entre deux boulots, Jeff. Tu étais entre plusieurs femmes. Par simple curiosité, qui m'a succédé ? »

Minty. À bien y repenser, Jeff se dit qu'il n'avait jamais sombré aussi bas. Mais il était pauvre et désespéré, il habitait ce taudis de Harvist Road. Brenda, la barmaid du Queen's Head, lui avait appris que Minty possédait une maison à elle et pas mal d'argent, sa tante lui avait légué Dieu seul savait combien. Au vu de sa petite expérience, pas plus du quart de ce que prétendait la rumeur, mais selon sa formule du moment, nécessité fait loi. Sur ce point, cela ne lui coûterait rien d'être honnête avec Natalie.

« Une drôle de petite créature, qui habitait près du cimetière de Kensal Green. Je l'appelais Polo, à cause de son nom. (Il hésita.) Je n'avais pas l'intention de te le dire. En fait, je lui dois de l'argent, seulement mille balles. Ne me regarde pas comme ça. J'ai l'intention de la rembourser dès que je le pourrai.

— Moi, tu ne m'as jamais remboursée.

— Tu étais différente. Tu pouvais te le permettre, et je le savais.

« — Tu es incroyable, vraiment. Elle m'a succédé. Et avant moi ? »

La directrice générale d'une organisation caritative et une restauratrice, mais il pouvait les laisser de côté. Il avait raconté une part suffisante de la vérité pour aujourd'hui.

« Mon ex-femme.

— Ah, la très vulgaire Mme Melcombe-Smith. Tu aurais dû la guérir de cette manie de se décorer comme un arbre de Noël. Tant qu'elle était avec toi, je suppose qu'elle n'en avait jamais l'occasion. Amusant, que je me sois souvenu du nom de tes enfants, n'est-ce pas ? Je devais être éprise de toi.

— J'espérais que tu le serais encore. »

Natalie sourit, tout en finissant son deuxième expresso.

« Jusqu'à un certain point, Jeff. Mais j'ai quelqu'un, vois-tu, et je suis très heureuse avec lui. Tu ne me l'as pas demandé, alors que moi, si. Cela en dit long sur nous deux, non ?

— Probablement que je suis un sale égoïste », reconnut Jeff gaiement, mais il eût préféré qu'elle lui fasse cette révélation avant qu'il ne l'ait invitée à déjeuner et qu'il ne soit sur le point de casquer quatre-vingts livres. Une chose le concernant, les femmes l'admettaient après coup, c'est qu'il ne s'accrochait à aucune fierté mal placée. Il n'essaya pas de se hausser à son niveau en évoquant Fiona.

« Et maintenant, tu continues dans quelle direction ? s'enquit-elle lorsqu'ils arrivèrent dans Wellington Street.

— Je vais au cinéma, fit-il. Je suppose que tu n'as pas envie de m'accompagner ?

— Tu supposes juste. (Elle l'embrassa sur la joue.) J'ai du travail. »

Il avait raconté à Natalie qu'il allait au cinéma, mais uniquement parce que c'était la première idée qui lui était venue à l'esprit. Son intention était autre. Il avait eu en tête de retenter une visite à Abbey Mansions Gardens. Mais regagner Westminster depuis Kingsway ne serait pas commode. Il avait suffisamment marché pour la journée, et il n'y avait pas de bus ou de métro qui circule dans cette direction. Un taxi passa, avec sa lumière allumée, et il faillit descendre du trottoir et lever la main. Le chauffeur commença de ralentir. Jeff songea à l'argent qu'il avait dépensé dans ce déjeuner avec Natalie, et au fait que la carte de crédit avait très certainement dépassé son plafond, alors il secoua la tête. C'est ainsi qu'il scella son destin.

Ou presque. Le sceau était en suspens, il oscillait au-dessus de la cire chaude et vierge, et une chance supplémentaire lui fut accordée. À Holborn, il monta dans une rame de la Central Line en direction de l'ouest. Alors que le train approchait de Bond Street, il se dit qu'il aurait pu aussi bien descendre, changer pour la Jubilee Line et rentrer à la maison. Mais se retrouver tout seul chez soi, cela ne lui avait jamais trop plu. Il avait besoin d'une femme et d'avoir de quoi manger, de quoi boire et se distraire. La rame entra dans la station de Bond Street, s'immobilisa, les portes s'ouvrirent, une dizaine de personnes en descendirent et à peu près autant y montèrent. Les portes se refermèrent. Au lieu de continuer, le train demeura en place. Comme d'habitude, aucune explication ne fut proposée par les haut-parleurs. Les portes se rouvrirent. Jeff se leva, hésita, se rassit. Les portes se fermèrent et la rame démarra. À la station suivante, Marble Arch, il sortit.

Il monta l'escalier, tourna sur la droite et se dirigea vers l'Odeon. L'un des films que l'on y donnait s'intitulait *La Maison de l'horreur*. Il arrêta son choix dessus, car la séance débutait à trois heures et demie, et il était trois heures et quart. Pour une raison qui lui échappa, lorsqu'il acheta son billet, il songea à ce que sa mère disait toujours, qu'il était dommage d'aller au cinéma quand dehors le soleil brillait.

14

Ce serait plus intéressant, se disait parfois Minty, si les couleurs et les motifs étaient plus variés. S'il n'y avait pas cette prépondérance des chemises blanches, par exemple, ou si elles avaient plus souvent des cols boutonnés et des poches. Elle remarquait que les blanches devenaient plus courantes, il devait y avoir une mode de la chemise blanche unie. Ce vendredi matin, elle en avait repassé trois avant de s'occuper d'une autre à rayures roses, et encore de deux autres blanches avant de passer à une bleue à rayures bleu marine et col boutonné. Elle les avait disposées dans l'ordre avant de commencer. S'en remettre au seul hasard, c'était mortel. La dernière fois qu'elle s'y était risquée, elle avait terminé par six blanches, et c'était très lassant de finir par six pièces d'aspect exactement identique. Sans compter qu'à son avis, c'était signe de malchance. Ce matin-là, quand elle avait dû achever par la série de blanches, c'était la dernière fois qu'elle avait vu Jock, et cela devait avoir un rapport avec ces chemises qui n'étaient pas dans le bon ordre.

À son retour chez elle, hier soir, son fantôme était dans l'entrée, debout, il regardait dans sa direction, il avait attendu le grincement de la clef dans la serrure.

Elle avait soulevé son sweat-shirt, défait son pantalon et, d'un coup sec, dégagé le couteau de la sangle qui le maintenait contre sa jambe, mais Jock s'était faufilé devant elle et il avait couru au premier. Quoique tremblante de peur, elle l'avait poursuivi en courant, l'avait pourchassé jusque dans la chambre de Tantine. Juste à l'instant où elle croyait l'avoir coincé, il avait disparu dans le mur ; certes, elle avait entendu raconter des choses de ce genre, mais c'était la première fois qu'elle les voyait se produire. La voix de Tantine l'avait félicitée : « Tu l'as presque attrapé, fillette », et elle avait ajouté quantité d'autres commentaires tandis que Minty prenait son bain, où il n'était question que de Jock, qui était l'incarnation du mal et une menace pour le monde, une cause d'inondation et de famine, le héraut de l'Antéchrist, mais ce n'était pas la première fois, et Minty était déjà au courant. Les litanies de Tantine finissaient par l'impatienter autant que les apparitions de Jock.

Tout en se séchant les cheveux, en sanglant de nouveau le couteau, en enfilant un T-shirt et un pantalon propres, elle avait hurlé à la voix qui persistait : « Va-t'en ! J'en ai assez de toi. Je sais ce que j'ai à faire ! » Elle avait répété tout cela en descendant au rez-de-chaussée, car elle avait entendu la sonnette. La fille cadette de Sonovia, Julianna, celle qui était à l'université, était apparue sur le seuil.

« C'est à moi que vous parliez, Minty ?

— Je ne parlais à personne », s'était-elle défendue.

Elle n'avait plus revu Julianna depuis à peu près un an et l'avait à peine reconnue, avec son clou en or planté dans la narine et ses cheveux noués en dix mille tresses. Cela l'avait fait frémir. À quelle fréquence pouvait-elle les laver, et comment fixait-elle et retirait-elle ce clou ?

« Tu voulais quelque chose ?

— Je suis désolée, Minty. Je sais que maman et vous ne vous parlez plus, mais maintenant, maman voudrait récupérer son ensemble bleu, elle a perdu beaucoup de poids pour entrer dedans, et elle va le porter à un baptême, dimanche.

— Mais entre donc. »

Cela serait bien fait pour elle si Jock venait et lui adressait la parole, avait songé Minty en montant au premier. Il n'était pas impossible qu'elle fasse partie des individus capables de le voir. Ce serait un soulagement de se débarrasser de la robe et de la veste bleues. Malgré deux nettoyages à sec, elle n'avait pu se sortir de la tête qu'elles étaient encore sales et qu'elles contaminaient la maison. « Polo, Polo », lui avait chuchoté Jock lorsqu'elle était entrée dans la chambre de Tantine. Ainsi, il échappait à son regard, mais il était bien là.

Elle avait enfermé la tenue dans un sac de pressing avec une fermeture à glissière, qu'elle avait descendu au rez-de-chaussée et tendu à Julianna.

« Il fait un peu sombre, ici, avait remarqué la jeune fille. Pourquoi ne tirez-vous pas les rideaux ?

— Cela me plaît comme c'est.

— Minty ?

— Quoi ?

— Vous ne voudriez pas m'accompagner, non, venir dire bonjour à maman et tout arranger pour le mieux ? Cela ferait réellement plaisir à mon père, si vous veniez. Il insiste, ça lui tape sur le système de ne pas être en bons termes avec les voisins.

— Dis à ta maman, lui avait répliqué Minty, que

c'est sa faute, elle a commencé. Elle n'a qu'à dire qu'elle est désolée, et alors je lui adresserai de nouveau la parole. »

Par la fenêtre, elle avait regardé la jeune fille repartir.

Elle repensait à tout ceci en repassant ses chemises, et Josephine la questionna :

« Tu ne t'es jamais réconciliée avec cette Mme Unetelle qui habite la porte à côté de chez toi ? Celle qui avait déclenché toute cette histoire au sujet de sa robe ?

— Elle s'appelle Sonovia. »

Minty glissa une des dernières chemises blanches dans sa pochette en plastique, inséra le faux col en carton à sa place et prit la dernière chemise rayée de la pile.

« Son mari est venu ici me prier de m'excuser, mais j'ai dit que je n'avais rien à me faire pardonner, que tout ça venait d'elle. Tout ça venait d'elle, n'est-ce pas ? Tu étais là.

— Bien sûr. Et je soutiendrais la même chose devant n'importe quel tribunal. (Josephine consulta sa montre en or et en strass, un cadeau de mariage de Ken.) Je vais te dire, Minty, quand tu auras terminé ce lot, tu pourras prendre ton après-midi, si tu veux. Et la matinée de demain. Tu l'as bien mérité, après avoir tenu la boutique pendant que Ken et moi étions en voyage de noces. »

Minty la remercia et parvint à lâcher un demi-sourire. Elle aurait préféré une augmentation, mais en conclut qu'il était inutile de la demander. Les trois dernières chemises étaient toujours une vraie barbe, mais elle les termina à une heure moins cinq.

De retour chez elle, elle prit un deuxième bain, sentit monter en elle une nouvelle vague de ressentiment envers Jock en songeant à la manière dont il l'avait délestée de l'argent qu'elle aurait pu dépenser pour une cabine de douche. Quelquefois, dans son bain, elle pensait à la saleté qui se détachait de sa peau, flottait dans l'eau autour d'elle et revenait se coller à elle. La saleté de son corps qui venait imprégner ses cheveux, et la saleté de ses cheveux qui venait se coller à son corps. C'était peut-être à cause de cela qu'elle ne se sentait jamais assez propre. Aurait-elle les moyens de se payer une douche, dorénavant ?

Elle prit un de ses repas hygiéniques et bien nets : des feuilles de chicorée soigneusement lavées, une aile de poulet sans la peau, six petites patates bouillies, deux tranches de pain blanc tartinées de bon beurre doux. Ensuite, elle se lava les mains. Elle allait passer son après-midi de congé au cinéma.

C'était une journée magnifique, ensoleillée. Sur le chemin qui la ramenait de l'Immacue à chez elle, même Kensal Green sentait le frais et les fleurs. Les arbres du cimetière donnaient l'impression qu'un parc verdoyant s'ouvrait derrière les hauts murs. Tantine répétait tout le temps que c'était franchement une honte d'aller au cinéma par une belle journée, il fallait rester dehors pour en profiter. Mais cette fois-là, elle ne récrimina pas, et pourtant Minty guetta la venue de sa voix. Irait-elle à Whiteley ou à l'Odeon de Marble Arch ? Le complexe de Whiteley était plus près, mais, pour y arriver, elle aurait à emprunter un de ces passages souterrains sous la Westway. Un passage souterrain, c'était pile le genre d'endroit où Jock serait capable de l'attendre, et aujourd'hui, elle n'avait aucune envie de le voir, elle ne voulait pas gâcher son jour de congé. Donc, Marble Arch, par le bus 36. On y

donnait *La Maison de l'horreur,* et cela lui disait tout
à fait. Au cinéma, les fantômes n'avaient rien d'effrayant, quand on en avait un vrai à soi.

Le bus mit un temps fou à venir, en tout cas, ce
fut son impression, et pourtant, il ne s'était écoulé
qu'une dizaine de minutes. Comme pour rattraper
son retard, il fonça dans Harrow Road puis enfila
tout Edgware Road, et la déposa au bout à trois
heures pile. Désormais, pour ce qui était de s'acheter
son billet toute seule, de le montrer à l'ouvreuse et de
rejoindre son siège, elle était rodée. Dix personnes
étaient assises dans la salle. Minty les avait comp-
tées. Elle prit place dans un fauteuil au bout d'une
rangée, pour que personne ne puisse s'asseoir à côté
d'elle sur la droite et, à moins que l'endroit ne se
remplisse, ce qui ne serait pas le cas, personne ne
choisirait de s'asseoir à sa gauche. Les spectateurs
présents semblaient tous plus vieux qu'elle, et ils
étaient seuls, mis à part un couple de retraités, un
homme et une femme installés au tout premier rang.
Elle était contente de se trouver quasi seule dans tout
le carré de fauteuils situé à droite de la salle. C'était
beaucoup mieux d'aller au cinéma dans l'après-midi
qu'en soirée avec Laf et Sonovia.

La salle s'obscurcit et les publicités apparurent
à l'écran. Minty avait déjà souvent suivi ces publicités avec perplexité, car elle n'en comprenait pas un
traître mot, pas une image. Elles faisaient beaucoup
de bruit, les voix prononçaient des mots incompré-
hensibles et tapageurs, la musique résonnait et une
explosion de couleurs éclatantes illuminait l'écran.
D'autres images plus romantiques et plus rêveuses

leur succédèrent, accompagnées d'une sonate sucrée : la bande-annonce des films à venir.

Elle eut le désagrément de voir entrer un homme qui, à pas comptés, longea la rangée située devant la sienne. Il était sûrement incapable de se repérer, il faisait noir comme dans un four, excepté les couleurs pastel de l'écran. Il tourna ses yeux aveuglés de lumière dans sa direction, et elle reconnut le fantôme de Jock. Apparemment, elle ne pouvait se rendre nulle part sans qu'il la suive et vienne la hanter. Aujourd'hui, il ne portait pas sa veste en cuir noir, il faisait trop chaud pour cela, mais une chemise rayée comme celles qu'elle avait repassées ce matin, et une veste en lin qui avait l'air neuve. Où les fantômes se procuraient-ils des vêtements neufs ? Elle n'y avait jamais réfléchi.

Il s'assit, pas immédiatement devant elle, mais dans le fauteuil situé devant le siège voisin du sien, et il sortit un paquet de Polo de sa poche. Combien de temps allait-il rester ? Allait-il se relever et disparaître dans le mur, comme hier soir dans la chambre de Tantine ? Cela faisait longtemps que Minty n'avait pas été dans une telle colère, c'était même peut-être la première fois. Toute peur s'était presque enfuie, maintenant, vis-à-vis de lui, elle n'éprouvait plus que de la colère. Il tourna la tête à moitié, puis regarda de nouveau en direction de l'écran. La bande-annonce du film romantique s'estompa pour laisser place à une autre, plus violente, un tourbillon de voitures puissantes aux couleurs rutilantes, aux phares éblouissants, qui percutaient d'autres voitures et fonçaient en frôlant des précipices, et des personnages qui tendaient la tête par la fenêtre et tiraient des coups de feu. Le fantôme sortit un bonbon à la menthe de son paquet et se le fourra dans la bouche. Prudemment, en silence, Minty souleva son T-shirt, ouvrit la fermeture Éclair de son pantalon et dégaina furtivement le couteau de son fourreau en plastique et de la sangle attachée autour de sa jambe. Elle le posa sur le siège à côté du sien, remonta sa fermeture Éclair et rabaissa son T-shirt. Elle avait cru rester silencieuse, mais elle avait dû faire un tout petit peu de bruit.

Le fantôme de Jock se retourna de nouveau, plus complètement cette fois. Lorsqu'il vit son visage, dans l'obscurité et au milieu de ce bruit assourdissant, ses yeux s'ouvrirent grands et il fit mine de se lever, comme si c'était lui qui avait peur d'elle et non l'inverse. Plus vivement qu'elle ne l'aurait cru, elle saisit le couteau, le leva et l'enfonça là où elle devinait l'emplacement du cœur. Si tant est qu'un fantôme possède un cœur, si tant est qu'un fantôme puisse mourir.

Il ne cria pas, ou alors elle n'entendit rien, dans le vacarme des voitures qui se rentraient dedans, des armes à feu et du martèlement de la musique. Personne n'aurait rien entendu, avec ce brouhaha. Mais peut-être n'avait-il lâché aucun bruit, peut-être les fantômes étaient-ils incapables d'en produire. Il lui fallut les deux mains pour extraire la lame. Il y avait une substance brune rougeâtre sur le métal, qui ressemblait à du sang, sauf que c'était impossible, les fantômes n'avaient pas de sang. Ce devait être ce qui coulait dans leurs veines, et qui leur permettait de marcher et de parler. Un ectoplasme, qui sait ? Durant les dernières années de sa vie, Tantine avait beaucoup parlé d'ectoplasmes. Minty essuya le couteau sale sur le tissu du siège à côté d'elle. Il n'était toujours pas propre, bien sûr que non, avant qu'il ne soit vraiment propre, il faudrait le plonger dans une casserole et mettre l'eau à bouillir. Mais ici il n'y avait pas d'eau, ni cuisinière ni gaz. En frissonnant, elle ouvrit la fermeture Éclair de son pantalon et plaça le couteau contre sa jambe, soulagée par cet emballage de plastique qui l'empêchait d'entrer en contact avec sa peau.

Le fantôme de Jock s'était effondré par terre, et il avait disparu. Ou en tout cas, elle ne voyait plus ce qui subsistait de lui. Elle n'en avait aucune envie. Et cela ne lui disait rien de rester là où elle était, avec cette saleté qu'elle avait essuyée sur le fauteuil à côté du sien, mais elle avait quand même envie de voir le film. Avec des gestes précautionneux, évitant au passage tout contact avec ce siège, elle se dirigea vers le bout de la rangée, du côté de l'allée centrale, qu'elle remonta de quelques mètres, et choisit une autre place, située dans le carré central ; elle n'avait personne devant elle, et personne derrière.

Sleepy Hollow ne lui avait pas fait peur, et ce film-ci non plus. Ce fut une déception. Si ces gens de cinéma avaient un peu l'expérience des fantômes, ils sauraient mieux rendre les choses effrayantes. Elle aurait préféré voir *La Ligne verte*, mais maintenant, il était trop tard. De toute façon, si elle y était allée, le spectre de Jock n'aurait pas pu y être, et elle n'aurait pas eu la chance de le bannir une fois pour toutes de son existence. Aux trois quarts du film, elle se leva et partit. L'homme assis au dernier rang sur la gauche sortit lui aussi ; par conséquent, elle n'était pas la seule à ne pas avoir apprécié.

Dehors, le temps était encore chaud et ensoleillé.

Elle examina ses mains pour vérifier ce qu'il y avait dessus, mais elle avait essuyé ce qu'il aurait pu subsister de saletés sur le siège, en même temps que le couteau. Pourtant, elle eut un frisson, parce que, en portant les doigts à son nez, elle renifla quelque chose, comme une odeur de sang, mais plus forte, se dit-elle, plus amère et plus impie. Elle avait des taches et des mouchetures de cette substance un peu partout sur ses vêtements, mais personne d'autre qu'elle n'aurait pu le remarquer, car son pantalon était rouge foncé et son T-shirt à motifs rouges, bleus et jaunes. Ce n'est pas que Minty se souciait beaucoup de ce que l'on aurait vu, non, c'était d'elle-même qu'elle se souciait. Elle ne s'était jamais préoccupée de ce que les autres pensaient d'elle. C'était plutôt à eux de se soucier de ce qu'elle pensait d'eux.

Mais elle refusait de monter dans un bus. S'asseoir avec du jus de fantôme sur elle, ce serait certainement pire que de marcher à l'air libre. Premièrement, elle en aurait partout sur elle, collé contre elle et, deuxièmement, elle sentirait encore plus l'odeur. Cette puanteur finissait par la rendre malheureuse, lui donnait envie d'arracher ses vêtements et de se plonger dans l'eau, dans n'importe quelle eau. C'était impossible. Alors elle marcha. Elle remonta Edgware Road dans la chaleur et l'odeur des restaurants de plats à emporter moyen-orientaux, prit le début de Harrow Road et emprunta le passage souterrain qui donnait dans Warwick Avenue. Elle n'avait plus peur d'y rencontrer Jock.

Elle était en terrain familier, pour ainsi dire à domicile. Les gens que vous croisiez ne vous remarquaient jamais, et ils ne vous reniflaient pas pour essayer de capter votre odeur. Tout le monde suait, il n'y avait pas moyen d'y échapper, mais quand ça lui arrivait, elle détestait la sensation des gouttes moites affleurant sur sa lèvre supérieure et son front, ces gouttes qui lui dégoulinaient sur la poitrine comme des larmes. Elle ne sentirait rien, pas avec tout le déodorant qu'elle employait. Mais comment s'assurer de n'avoir manqué aucun carré d'épiderme ? Elle s'imagina la sueur filtrant de ce petit carré de peau sous son aisselle, et cette odeur épouvantable et chargée, évoquant l'oignon, s'échappant dans l'air. Presque en larmes, à présent, avec toute cette saleté qui la recouvrait, sa propre transpiration et ces éclaboussures de jus de fantôme, elle entra dans sa maison. Elle courut au premier étage et se précipita dans le bain. Ce fut une demi-heure plus tard qu'elle plongea le couteau dans l'eau bouillante. Les vêtements qu'elle portait étaient au-delà du récupérable, très, très au-delà du nettoyage. Elle les enveloppa dans un journal, puis dans un plastique, et les enferma dans un sac-poubelle noir. De savoir qu'ils allaient rester là, dehors, certes, mais encore quatre jours, la poussa à sortir. Elle fut cueillie par la chaleur, c'était comme d'ouvrir la porte d'un four. Elle marcha lentement, tout le corps contracté, pour en retenir la sueur, et lâcha le sac dans la grande poubelle municipale, quelques mètres plus haut dans la rue.

15

Michelle disposa les verres à vin sur la table basse, une assiette en forme de cœur remplie de chips aux légumes qui ne feraient ni mincir ni grossir et une autre, ovale et plus grande, avec des cacahuètes grillées. Fiona avait dit les aimer et elle espérait persuader Matthew d'en croquer quelques-unes lui aussi. Elle, naturellement, ne mangerait rien, même pas ces rondelles roses et orange à base de racines comestibles, et elle se modérerait quant au vin. Après sa douche, ce matin-là, elle était montée sur la balance, osant à peine regarder, mais elle avait découvert qu'elle avait perdu un kilo et demi. La semaine précédente, c'était deux. Pour une femme obèse, pouvait-il exister de remontant plus puissant que de voir s'afficher trois kilos et demi de moins sur la balance en quinze jours ? En s'habillant, elle chantonnait, et Matthew lui avait souri avec amour.

Dans l'après-midi, ils étaient sortis faire des courses et acheter du vin. Michelle n'y connaissait rien en vin, mais Matthew, si – à écouter Michelle, il était expert en tout –, et il avait choisi un meursault. Fiona serait des leurs, et Michelle savait qu'elle préférait le vin blanc à toute autre boisson alcoolisée. Ils n'avaient pas beaucoup de courses à faire, juste les quelques petites choses que Matthew allait grignoter, et pour aujourd'hui il avait accepté de prendre un bout de poulet, une autre suggestion de Fiona, de ces morceaux que l'on pouvait se procurer chez le traiteur, qui avaient l'aspect d'un pain à la texture très dense, et que le vendeur vous découpe en tranches aussi fines que des hosties. Cela lui conviendrait à elle aussi, accompagné de quelques feuilles de verdure. Leurs sacs de provisions pesaient dix kilos de moins que d'habitude.

La journée était si belle que Michelle avait proposé de prendre le volant pour aller jusqu'au Heath, et là, ils pourraient s'asseoir au soleil et admirer la vue. Elle avait joint le geste à la parole et ils étaient restés là-bas un long moment, à discuter des succès télévisuels de Matthew. Il devait déjeuner avec un producteur qui prévoyait de réaliser une brève série dans le droit-fil du pilote de l'émission.

« Quand il a parlé de "déjeuner", chérie, lui avait-il avoué, je me suis mis à rire, je n'ai pas pu m'en empêcher. Je me suis dit : moi ? déjeuner avec quelqu'un ? dans un restaurant ? Le producteur a cru que je riais de plaisir à l'idée de cette série.

— Vas-tu y arriver ? (Michelle était très inquiète.) À déjeuner avec quelqu'un au restaurant, je veux dire ? Ces séries, je suis convaincue que tu es capable de les mener à bien.

— Je vais essayer. Avant que l'on ne commence, je vais lui rappeler qui je suis et pourquoi on m'a offert ce boulot, justement. Et ensuite je mangerai une salade et un morceau de pain sans rien dessus. Par "manger", j'entends grignoter et en laisser les trois quarts. »

Quand Michelle consulta sa montre, il était plus de

quatre heures, et ils devaient rentrer. Elle n'avait pas indiqué d'heure précise à Fiona, elle lui avait simplement proposé de venir prendre un verre en rentrant du bureau. Il n'avait pas été question de Jeff, mais Michelle savait que, lorsque les gens sont en couple, il fallait bien se résoudre à recevoir le compagnon si désagréable en même temps que l'amie tant appréciée.

« Quand même, j'espère qu'il sera sorti, retenu ailleurs, et qu'elle ne l'attendra pas chez elle avant sept heures », confia-t-elle à Matthew en rangeant les deux bouteilles de vin au frigo.

Matthew leva les yeux de son ordinateur.

« En ma présence, je ne pense pas qu'il se conduise grossièrement envers toi, chérie. Sans quoi, je lui conseillerai de surveiller son langage.

— Oh, Matthew, il ne faut pas que nous perturbions Fiona.

— Il ne faut pas qu'il te perturbe, toi », souligna-t-il.

Il est vrai que, s'il n'y avait pas eu Jeff, songeait-elle, maintenant, elle ne serait pas en train de perdre du poids. Chaque fois qu'elle était tentée par un croissant ou une part de quiche, elle se remémorait ses paroles blessantes et se détournait de cette nourriture dangereuse. C'était plutôt bizarre, d'éprouver de l'aversion pour quelqu'un vis-à-vis de qui l'on se sentait pourtant redevable.

Un peu après cinq heures et demie, Fiona sonna à la porte.

« Tu aurais dû passer par-derrière, la gronda Michelle. Sans cérémonie.

— D'accord, la prochaine fois, alors. Jeff est sorti quelque part. Il est allé passer un entretien d'embauche. Enfin, en réalité, deux entretiens d'embauche, un premier à l'heure du déjeuner et un deuxième à quatre heures cet après-midi. »

Michelle ne releva pas. Elle ne croyait pas à ces offres d'emploi hypothétiques, mais elle estimait Jeff parfaitement capable de raconter qu'il allait décrocher un poste juteux. Et ce à seule fin de sortir régulièrement de la maison tous les jours à certaines heures, pour aller se livrer à certaines activités innommables susceptibles de lui procurer un revenu.

« Je lui ai laissé un mot pour lui proposer de passer ici à son retour. J'espère que ça vous convient.

— Naturellement. »

Il y avait un soupçon de froideur dans la voix de Michelle, et Fiona le remarqua. Mais, dans le doute, elle ébaucha un sourire, dit à Michelle qu'elle avait l'air de se porter remarquablement bien et, se trompait-elle, ou n'avait-elle pas perdu du poids ?

« Quelques kilos », confirma Michelle, très à son aise.

Matthew éteignit son ordinateur et servit le vin. Il tendit à Fiona l'assiette de cacahuètes et en grignota deux lui-même. Michelle buvait de l'eau pétillante. Sidérée, elle regarda Matthew se verser la moitié d'un verre de vin et le boire à petites gorgées, comme quelqu'un qui ne souffrirait d'aucun trouble du comportement alimentaire, et il leva son verre à Fiona.

« À ton bonheur futur ! » s'exclama-t-il.

La conversation s'engagea sur son mariage : qui serait invité, ce qu'elle porterait, où iraient-ils en voyage de noces. Michelle remarqua qu'elle n'avait toujours pas de bague de fiançailles, puis elle se fustigea pour cette méchanceté digne d'une garce. Peut-être les bagues de fiançailles étaient-elles passées de mode, ou n'étaient-elles pas du goût de Fiona, tout simplement. Leur amie évoqua l'exemple d'une végétalienne de sa connaissance qui élevait ses enfants en végétaliens, et elle ne jugeait pas cela très bon. Comment s'assurer qu'ils reçoivent leur content de protéines ? Mais elle se demandait si cette femme végétalienne ne conviendrait pas pour l'émission de Matthew.

Ce dernier rit et fit observer que c'était encore un peu prématuré.

« Je n'ai pas d'émission tant que je n'ai pas discuté avec le producteur, et encore.

— Oh, tout le monde sait que ça va marcher. La première était si réussie. Dites-moi, je ne sais pas ce que fabrique Jeff. Vous n'avez pas entendu mon téléphone sonner, il y a une minute ? C'était peut-être lui ? »

De temps à autre, en effet, il arrivait à Michelle d'entendre le téléphone de Fiona sonner à travers le mur, mais pas cette fois-ci. Elle la raccompagna à la porte et, en guise d'au revoir, l'embrassa.

« Et voilà, ma chérie, lança Matthew, il n'est pas plus friand de notre compagnie que nous de la sienne. »

Comme il était sept heures passées lorsqu'elle entra chez elle, Fiona vérifia son répondeur, espérant un message, puis son portable. Rien. Évidemment, Jeff avait pu téléphoner sans laisser de message. Cela signifiait qu'il serait bientôt à la maison. Elle n'avait pas grand-chose à manger et n'était pas d'humeur à sortir faire des courses, donc elle appela un restaurant de Swiss Cottage qui leur plaisait à tous les deux, et réserva une table pour dîner à huit heures et demie.

« Réveille-toi, fit Eugenie en secouant Zillah. Si tu te mets au lit le jour, la nuit, tu ne vas pas dormir. »

Zillah ouvrit lentement les yeux et se redressa avec un gémissement. Il était cinq heures et demie, et elle s'était endormie à onze heures. L'espace d'un instant, c'est à peine si elle comprit où elle se trouvait et pourquoi elle était là. Ensuite, elle entendit Jordan pleurer.

« Où est Mme Peacock ?

— Tu lui as donné une clef, et elle nous a fait rentrer. Si tu ne lui avais pas donné de clef, je crois qu'on serait restés toute la nuit sur le paillasson. Dans le froid. Pourquoi tu ne me donnes pas une clef, maman ?

— Parce qu'à sept ans, on n'a pas de clefs. Et il ne fait pas froid, c'est sûrement la journée la plus chaude de l'année. Où est Mme Peacock ?

— Là, dehors. (Eugenie désigna la porte.) Je ne voulais pas la laisser entrer dans ta chambre parce que, peut-être, tu n'étais pas habillée. »

Zillah se leva et, remarquant qu'elle portait seulement un soutien-gorge et un slip, enfila sa robe d'intérieur. Devant la porte de la chambre, Jordan était assis par terre, en larmes. Elle le prit dans ses bras, et il enfouit son visage dans le creux de son cou.

Mme Peacock était assise dans le salon, sur la banquette encastrée contre la fenêtre, avec cette vue splendide sur le palais de Westminster illuminé de soleil, et elle buvait dans un grand verre ce qui était manifestement un *cream sherry*.

« Je me suis servie, annonça-t-elle, nullement décontenancée. J'en avais besoin.

— Mme Peacock nous a emmenés au McDonald's et ensuite au cinéma, expliqua Eugenie. On a vu *Toy Story 2*. Et s'il te plaît, ne dis pas qu'on n'aurait pas dû aller au cinéma avec ce soleil, parce qu'on y est allés et on a adoré, hein, Jordan ?

— Jordan a pleuré. »

Il planta ses doigts dans le cou de sa mère jusqu'à ce qu'elle tressaille.

« Je vous dois certainement beaucoup d'argent.

— Oui, en effet, plutôt. Je vais juste reprendre un peu de Bristol Cream et ensuite je vais calculer notre petit total, n'est-ce pas ? »

Zillah paya Mme Peacock le double de son tarif habituel, et lui remboursa le cinéma et le déjeuner. Quelque peu instable sur ses jambes à présent, la baby-sitter s'achemina vers l'ascenseur en zigzaguant. Zillah referma la porte d'entrée. Où était Jims ? En compagnie de Leonardo, sans aucun doute. À moins qu'il ne soit descendu dans sa circonscription ? Le plus vraisemblable, c'était qu'il soit parti pour Fredington Crucis, et Leonardo avec lui. Elle se demandait franchement comment elle allait passer le week-end. C'était aussi pénible que d'habiter à Long Fredington. Et comme ici il n'y avait ni Annie, ni Lynn, ni Titus, ni Rosalba, c'était pire.

Le corps de Jeffrey John Leach gisait sur le sol du cinéma, sur le côté droit de la salle, entre les rangées de fauteuils M et N, et il y resta quasiment deux heures avant d'être découvert. Personne, en quittant une salle de cinéma, ne lance de regards dans une rangée inoccupée, même si les lumières sont allumées. La séance suivante de *La Maison de l'horreur* devait débuter à six heures dix, et il y aurait une dernière projection, la plus fréquentée, à huit heures quarante-cinq. Mais la séance de six heures dix était assez fréquentée – du moins l'aurait-elle été si, à six heures moins le quart, ces deux jeunes filles de dix-huit ans ne s'étaient pas engagées dans la rangée M. Elles ne dirent rien à personne de ce qu'elles venaient de voir. Elles hurlèrent.

Immédiatement, le cinéma fut évacué et les clients remboursés du montant de leur billet. Une ambulance arriva, mais il était trop tard. Ce fut le tour de la police. Jeffrey Leach avait mis un peu de temps à mourir, au fur et à mesure que sa force vitale suintait dans la moquette – c'est ce que fit ressortir l'enquête. La police remarqua le sang qui maculait l'un des sièges, comme si l'assassin avait essuyé l'arme sur le tissu. C'est à ce moment-là que tout le cinéma, et pas seulement cette salle en particulier, fut fermé au public.

Dans l'heure, ils surent que Jeff était mort entre trois heures et quatre heures et demie. Aucun membre du personnel ne se souvenait de la personne qui s'était assise à ce rang, ou d'un client sortant avant la fin. Un employé croyait se rappeler qu'un spectateur était parti vers cinq heures, et un autre se remémorait vaguement une femme se faufilant dehors à cinq heures dix. Tous deux étaient incapables de décrire ces personnes, ou même d'émettre une supposition quant à leur âge. On fouilla le cinéma, en quête de l'arme, un long couteau à découper, à la lame affûtée. Comme cette recherche n'apporta rien, on l'étendit à un plus large périmètre, et Edgware Road fut fermée depuis Marble Arch jusqu'à Sussex Gardens, provoquant le pire embouteillage que l'on ait vu dans le centre de Londres depuis dix ans.

Le corps fut enlevé. Le siège maculé de sang et les deux fauteuils situés de part et d'autre furent également démontés en vue d'une analyse d'ADN, dans le cas où l'assassin aurait laissé un cheveu, une peau morte, une goutte de son propre sang derrière lui. La police aurait pu s'épargner cette peine. Les seuls cheveux qui tombaient jamais de la tête de Minty, elle les perdait quand elle les lavait, à savoir une ou deux fois par jour, et ils disparaissaient par la bonde. Ses seules peaux mortes, elle les avait râpées avec une lime à ongles et un loufa, dans une eau chaude et savonneuse. Elle ne laissait pas plus d'ADN derrière elle qu'une poupée en plastique à peine sortie de chez son fabricant. Ce principe selon lequel chaque meurtrier abandonne quelque chose de lui-même sur la scène du crime et en emporte une trace avec lui, Minty l'avait réfuté.

À neuf heures, Jeff n'étant toujours pas rentré, Fiona était si inquiète qu'elle retourna chez ses voisins. Ce n'était pas que Michelle ou Matthew en savaient davantage qu'elle, ou qu'ils auraient pu lui apporter le moindre conseil qu'elle n'aurait pas été capable de se formuler toute seule, non, c'était simplement pour leur présence, leur réconfort et les assurances qu'ils pourraient lui prodiguer. Afin d'avoir quelqu'un avec qui partager son anxiété. Depuis longtemps déjà, elle avait annulé cette réservation à dîner, s'était préparé à manger et avait essayé d'avaler un sandwich, sans succès.

Après quoi, une fois au lit, Matthew et Michelle s'avouèrent l'un à l'autre qu'ils pensaient tous deux à la même chose : Jeff avait abandonné Fiona. Bien entendu, sur le moment, ils n'en soufflèrent pas un mot. Quand une femme est folle d'inquiétude, on ne lui susurre pas que l'homme qu'elle connaît depuis seulement huit mois, et dont elle ignore tout du passé, a peut-être pu la plaquer. On ne lui affirme pas qu'il s'agit manifestement d'une canaille et d'un escroc effarouché par la perspective du mariage. On lui sert un cognac et on lui conseille d'attendre, et puis de passer une série de coups de fil dans les hôpitaux.

Fiona retourna deux fois chez elle, juste pour vérifier qu'il n'était pas rentré, entre-temps. Et, à deux reprises, elle retourna chez les Jarvey, mais à présent elle tremblait de peur. Il était plus de dix heures. Si cet homme est quelque part avec une autre femme, songea Michelle, je trouverai un moyen de le punir. Peu m'importe qu'il m'ait appris à mincir, en fin de compte, c'est à moi que je le dois, pas à lui. S'il l'a trahie, je vais lui mener la vie dure. Je le retrouverai et je lui dirai ce que je pense de lui. Je lancerai un détective privé à ses trousses, voilà ce que je vais faire. Sa vindicte inaccoutumée l'effraya, et elle s'obligea à gratifier Fiona d'un sourire encourageant. Voulait-elle un thé ? Une autre boisson ? Fiona se leva et se jeta dans les bras de Michelle. Michelle la serra fort, lui tapota sur l'épaule, et la retint contre sa poitrine grosse et molle pendant que Matthew téléphonait au Royal Free et au Whittington, puis dans une demi-douzaine d'autres hôpitaux. Ensuite, il composa le numéro de la police.

Ils ne savaient rien d'un certain Jeff Leigh. Matthew leur épela le nom.

« Vous avez dit Leigh, pas Leach ?

— Non, Leigh.

— Il n'y a eu aucun accident concernant une personne de ce nom-là. »

Car, à l'heure qu'il était, ils savaient à qui appartenait ce corps qui leur était tombé entre les mains. Dans la poche poitrine de sa veste en lin, ils avaient trouvé un permis de conduire taché de sang au nom de Jeffrey John Leach, 45, Greta Road, Queen's Park, Londres NW10. Il avait été émis neuf ans plus tôt, soit longtemps avant que les nouveaux permis britanniques ne comportent obligatoirement la photographie de leur titulaire. Dans cette poche, il y avait aussi une photo, sous un étui en plastique, d'un homme aux cheveux longs avec un bébé dans les bras, une lettre maculée de sang d'une femme nommée Zillah, une clef de porte d'un genre courant et non numérotée, ainsi que 300 livres en billets de 20 et de 10, une carte Visa au nom de Z. H. Leach et un paquet de Polo à moitié entamé.

Il ne fallut pas plus de quelques heures pour établir que Jeffrey John Leach était marié à Sarah Helen Leach, née Watling, qui possédait également un permis de conduire et habitait une certaine adresse à Long Fredington, dans le Dorset.

16

Dès son arrivée dans sa circonscription, tard dans l'après-midi de vendredi, Jims avait rendez-vous avec son agent parlementaire, le colonel Nigel Travers-Jenkins, et se rendit en sa compagnie au dîner de gala annuel des Jeunes Conservateurs du South Wessex, en qualité d'invité d'honneur et de principal orateur, au Lord Quantock Arms de Markton. Contrairement aux supputations de Zillah, Leonardo n'était pas avec lui. À l'instant où il prononçait son discours sur les espoirs futurs et la source d'inspiration du parti, qui reposaient entre les mains de sa jeunesse, dont l'idéalisme et la ferveur lui étaient apparus d'ores et déjà de façon manifeste lors de cette soirée, Zillah était installée dans l'appartement d'Abbey Gardens, en train de regarder une cassette des Razmokets avec les enfants, Jordan pleurnichant sur ses genoux.

Jims, qui, pendant des années, avait éprouvé pour elle une affection superficielle, s'était toujours servi d'elle comme d'un écran dressé devant ses penchants naturels plus que comme d'une amie. Au vu du genre de femme qu'elle était, au vu de son allure, les conservateurs du South Wessex l'avaient déjà forcément rabaissée au rang de ces créatures à la morale dissolue. Tout Fredingtonien voyant Jims en visite à

Willow Cottage, en particulier le soir, présumait le pire – là encore, c'était leur formule. Mais ils faisaient aussi partie de ces gens qui appliquent deux poids deux mesures, condamnant la femme réduite à pareille situation sans en tenir l'homme pour responsable. C'était même tout le contraire, Jims le savait pertinemment, car quelqu'un lui avait rapporté que l'on avait surpris le colonel Travers-Jenkins disant de lui « qu'avec les gonzesses, c'était un sacré gaillard ». C'est pourquoi, même s'il se servait d'elle, il avait toujours éprouvé de la gratitude envers Zillah, en se persuadant que c'était de l'affection.

Maintenant qu'il était marié avec elle, il percevait les choses tout autrement. Elle représentait un écueil et, si on ne la maintenait pas sous surveillance, elle pourrait nuire à sa carrière. Jims réfléchissait à tout cela en regagnant sa maison de Fredington Crucis en voiture. Quel dommage, une fois que l'on s'était soumis à la cérémonie du mariage, d'avoir à vivre sous le même toit que la mariée ! Quelle malchance de ne pouvoir lui octroyer une somme confortable et une petite maison quelque part, pour ne plus jamais la revoir ! En tout état de cause, il savait que c'était impossible. Il fallait qu'il soit marié et que son statut marital soit visible. Et son épouse devait être aussi vertueuse que la femme de César. Il n'existait pas d'autre solution. En rentrant chez lui, dès lundi matin, il s'emploierait à lui enseigner les devoirs d'une épouse de parlementaire du South Wessex. Il lui indiquerait à quelles instances et quels comités elle devrait siéger, à quelles garden-parties elle devrait assister, le jury du concours du plus beau bébé, les discours devant les réunions des Femmes conservatrices, à quelle sorte de démarchage électoral participer et les vêtements qu'il conviendrait de porter. Pas de jupes au-dessus du genou, rien de décolleté, pas de chaussures sexy, pas de pantalons moulants – et peut-être pas de pantalons du tout –, mais des robes pour l'après-midi et des grands chapeaux. Une maîtresse putative pouvait se permettre des allures de dépravée, mais pas l'épouse d'un membre du Parlement.

Jims avait téléphoné à Leonardo, puis il s'était mis au lit. Le lendemain matin, à neuf heures pile, il assura sa permanence au Casterbridge Shire Hall, où il promit sincèrement à ses électeurs d'améliorer l'éducation de leurs enfants, les services de santé publique, les transports et l'environnement, tout en s'engageant à protéger la chasse à courre, et ce coûte que coûte. Jims ne parlait jamais de « chiens », même si le terme figurait dans l'intitulé du nouveau projet de loi. Pour plaire à son auditoire du Shire Hall, il évoquait toujours « la meute ». Parler de chasse, un sujet de conversation et de débat récurrent dans le South Wessex, lui rappela qu'il devait s'adresser samedi soir à la section locale de l'Alliance des espaces naturels, dans la salle communale de Fredington Crucis. Cette réunion attirerait tellement de monde que l'on avait choisi la plus grande salle de la région.

Il avait apporté son discours avec lui. Le texte était encore dans sa serviette, qu'il n'avait même pas ouverte depuis son arrivée à Fredington Crucis House. En fait de discours, Jims se sous-estimait, car il n'avait évidemment pas l'intention de lire un texte devant les membres de l'assemblée : il improviserait. C'est pourquoi il avait pris sur une feuille des notes concernant une précédente proposition de loi émanant d'un autre parlementaire, qui n'était pas membre du gouvernement, ainsi que des statistiques, des rapports de recherches sur la cruauté du cerf et le stress du renard et, le plus important, des estimations sur les difficultés que rencontreraient les habitants de la région si d'aventure la chasse était interdite sur le territoire de ce que Jims appelait prudemment « l'Angleterre », et parfois cette « terre bénie », mais jamais le « Royaume-Uni ». À côté de ces notes, il avait également apporté le rapport Burns, sous sa couverture bleu nuit : il s'agissait des conclusions de l'enquête de Lord Burns sur la chasse. Quand il quitta sa permanence et se retrouva de nouveau dans sa voiture, il ouvrit sa serviette pour vérifier qu'il l'avait bien avec lui, ainsi que ses notes.

Jims avait prévu de déjeuner au Golden Hind de Casterbridge avec un ami intime, en fait, le prédécesseur de Leonardo. La décision de mettre un terme à leur relation avait été réciproque, et il ne subsistait pas la moindre rancune entre eux. Qui plus est, Ivo Carew était président d'une organisation caritative, les Conservateurs contre le cancer, et donc, être vu en sa compagnie ne pourrait que recueillir l'approbation. Mais il ne retrouvait plus les notes sur son Alliance des espaces naturels. Il vida tout le contenu de sa serviette sur le siège passager. D'emblée, il s'aperçut qu'elles n'y étaient pas, et il se rappela où elles étaient. À l'intérieur d'une chemise plastique transparente bleue, assortie à la couverture du rapport Burns, où il les aurait tout de suite remarquées. Il savait qu'elles n'étaient pas là, et il savait où elles étaient restées : chez Leonardo.

Mais où, précisément ? Cela, il était incapable de s'en souvenir. Il se rappelait toutefois que Leonardo lui avait dit au téléphone, la veille, qu'il prenait son vendredi et partait rendre visite à sa mère à Cheltenham. Ces visites étaient fréquentes et plaisantes, car Giuletta Norton, née à Rome juste après la Seconde Guerre mondiale, ancienne hippy et groupie des années soixante, était une femme captivante et aussi peu mère que possible. Leonardo pourrait même décider d'y rester pour la nuit. Bien sûr, Jims avait une clef de l'appartement, il n'y avait pas de problème. Même s'il parvenait à se rappeler exactement où était cette chemise bleue et s'il arrivait à persuader l'un des voisins de Leonardo de laisser entrer son coursier, à qui pouvait-il se fier ? Y avait-il quelqu'un de confiance qu'on pourrait envoyer à Glebe Terrace récupérer ces notes et les lui télécopier, sans que l'on juge bizarre, suspect, que James Melcombe-Smith, membre du Parlement, laisse des documents importants au domicile d'un jeune et très beau courtier en Bourse ? Et, très probablement, dans la chambre de ce jeune homme ? Zillah, pourquoi pas. Il composa le numéro de son domicile à partir de son portable. Pas de réponse. En fait, Zillah, profondément endormie, entendit le téléphone sonner, mais elle était plongée dans un rêve où Jims changeait d'orientation sexuelle et tombait amoureux d'elle. Elle crut que c'était sa mère qui l'appelait, et elle ignora la sonnerie.

Elle était d'une inutilité ! Une charge, pas même une compagne serviable. Jims appela Ivo Carew et annula leur rendez-vous.

« Tous mes remerciements, s'emporta Ivo. Tu étais obligé d'attendre une heure moins cinq ?

— Pas d'alternative. Sincèrement, tu crois que je ne préférerais pas te retrouver plutôt que de devoir filer à Londres ? »

En route, il s'arrêta dans une Merry Cookhouse

où, non sans réprimer un frisson, il fit l'effort de manger un poulet-frites dans une barquette. S'il avait eu tout son temps, il aurait pu déjeuner avec Ivo et repartir deux heures plus tard, mais l'envie de retrouver la trace de ce dossier le rendait de plus en plus nerveux. Il avait besoin de se tranquilliser l'esprit, et aussi vite que possible. Mais non sans s'être plaint auparavant de ces frites et de ce poulet caoutchouteux. Le gérant était un homme colérique, et tous deux se prirent le bec pendant une ou deux bonnes minutes.

La circulation était chargée, et en approchant de Londres, cela ne s'arrangeait pas. Un carambolage près d'une autoroute et d'un échangeur provoqua un bouchon pare-chocs contre pare-chocs sur plusieurs kilomètres, tandis que des travaux à proximité de l'aéroport d'Heathrow canalisaient les voitures sur une seule voie. Il était près de huit heures quand il se gara à Glebe Terrace. Il n'avait plus toute sa tête, constata-t-il. Ayant égaré ses notes, voilà qu'à présent il était incapable de retrouver la clef de l'appartement de Leonardo. Il passa en revue son trousseau d'Abbey Gardens Mansions et celui de sa voiture, puis il fouilla ses poches. Elle n'y était pas. La voisine, Amber Quelque chose, en avait une. Il pria pour qu'elle soit chez elle, et c'était le cas. Elle lui adressa un drôle de regard, empreint d'une ironie sournoise, mais elle lui remit la clef, en insistant pour qu'il veille à la lui rendre dans la matinée. Il entra dans l'appartement de Leonardo.

En montant le petit escalier conduisant à la chambre, il imagina l'horreur que ce serait d'ouvrir la porte et de surprendre son amant au lit avec un autre, peut-être ce type du ministère de l'Éducation et de l'Emploi qu'il trouvait séduisant. Cela serait égal à beaucoup d'hommes, mais il n'était pas du nombre. Quoi qu'il en soit, la chambre était déserte.

Jims fouilla, à la recherche de cette chemise en plastique. Elle demeurait introuvable. Sérieusement inquiet, il redescendit et, après avoir continué la chasse – la chasse ! – une dizaine de minutes, il la trouva, ainsi que le rapport Burns, dans le fond d'un élégant semainier à tiroirs en bois de rose. Rangés là, sans aucun doute, par la femme de ménage de Leonardo qui, en maniaque de l'ordre, fourrait son nez partout.

Il sortirait dîner, puis il reviendrait dormir ici. Il y avait une chance pour que Giuletta ait prévu de sortir, auquel cas Leonardo rentrerait. De toute façon, il était incapable d'affronter son propre domicile, pas avec Zillah et ses gamins.

Pendant que Jims recherchait ses notes et que Zillah regardait la télévision à Abbey Mansions Gardens avec Jordan sur ses genoux, deux policiers, un brigadier et un agent, se rendaient en visite au Willow Cottage de Long Fredington.

Après son départ, le propriétaire de Zillah, qui pendant toute la durée de son bail, avait toujours redouté de ne jamais réussir à obtenir son départ, de la voir rester éternellement et faire ensuite valoir un droit de suite pour sa fille et son fils, avait résolu de vendre. En conséquence, il avait fait réaménager la maison, avec une nouvelle cuisine équipée et une salle de bains. Les ouvriers avaient entamé les travaux à Noël, mais ce n'était toujours pas terminé. Des échafaudages masquaient la façade, les fenêtres étaient barrées de planches et, sur un écriteau planté dans le jardin, ces ouvriers s'annonçaient sous le nom de Créateurs en bâtiments. Les policiers purent constater que personne n'habitait là. Ils essayèrent auprès des voisins, et on leur répondit que Mme Leach était partie en décembre et s'était remariée. La voisine pouvait même leur indiquer avec qui : le parlementaire de la circonscription, M. Melcombe-Smith.

Il était évidemment impératif que l'épouse de feu Jeffrey Leach soit avertie aussi tôt que possible de sa mort violente. Mais il apparaissait maintenant qu'elle n'était plus sa femme. Elle s'était remariée, accédant ainsi à une classe sociale très supérieure, selon leurs déductions, à celle de son ex-mari.

Dimanche matin, Zillah venait de se lever quand le policier sonna à la porte d'Abbey Mansions Gardens. Il n'était que huit heures et demie, une heure matinale pour elle, mais elle avait été incapable de rester au lit, la prédiction d'Eugenie s'étant vérifiée : ayant dormi presque toute la journée, elle n'avait pu trouver le sommeil de la nuit. Les enfants étaient déjà debout et regardaient des dessins animés à la télévision. Zillah enfila sa robe de chambre et s'occupa de griller des toasts et de verser des corn flakes dans des bols. Elle entrevit son image dans le miroir et s'en écarta : elle avait une mine épouvantable, des mèches de cheveux lui pendouillaient dans le cou et elle avait le contour des yeux maculé de traînées noires. Un bouton, comme elle n'en avait jamais eu en quinze ans, lui poussait au milieu du menton.

« Bon sang, qui est-ce ? demanda-t-elle quand la sonnette retentit.

— Si tu ouvres la porte, tu le sauras, fit Eugenie. Quelle question stupide.

— Comment oses-tu me parler sur ce ton ! »

Jordan, qui était toujours très vulnérable aux éclats de voix, se mit à pleurnicher. La sonnette tinta de nouveau et Zillah alla ouvrir.

« Madame Melcombe-Smith.

— C'est exact.

— Puis-je entrer ? J'ai de pénibles nouvelles pour vous. »

Aux yeux de Zillah, à cet instant et en dehors de cet appartement, personne ne comptait, en tout cas peu lui importait de savoir qui était blessé, qui était en bonne santé, mort ou vivant. Mais quand le visiteur lui apprit la mort de Jeffrey Leach, elle ne put dissimuler sa réaction de surprise, choquée.

« Je n'y crois pas !

— Malheureusement, c'est la vérité.

— De quoi est-il mort ? D'un accident ? »

Cette dernière réflexion fut peut-être ce qui donna à l'homme le courage d'en venir au fait.

« Il a été assassiné, hier après-midi. Je suis désolé.

— Assassiné ? Qui l'a assassiné ? »

À cette question, il n'y avait pas de réponse. Le policier voulait qu'elle lui indique où elle était entre trois et quatre, et Zillah, encore sidérée par la nouvelle, lui répondit qu'elle était restée ici.

« Seule ?

— Oui, absolument seule. Mes enfants étaient sortis avec leur… euh, leur nounou.

— Et M. Melcombe-Smith ? »

Zillah ne pouvait se permettre de dire qu'elle l'ignorait. De la part d'une jeune mariée, deux mois après la noce, cela aurait paru très singulier.

« Dans sa circonscription. C'est dans le South Wessex, vous savez. Il y est depuis jeudi après-midi. Je ne peux pas croire que Jerry ait été assassiné. Vous êtes sûr que c'est Jerry ?

— Certain qu'il s'agissait de M. Jeffrey Leach. Est-ce bien lui ? »

Pour la première fois en sept ans, Zillah posa les yeux sur la photo qu'elle avait prise en ces temps plus heureux – et pourtant, à l'époque, elle ne les avait pas vécus comme tels –, une photo de Jerry avec Eugenie âgée de trois semaines dans les bras.

« Mon Dieu, oui. Où l'avez-vous retrouvée ?

— C'est sans importance. Sur ce cliché, vous identifiez bien Jeffrey Leach ? »

Elle confirma d'un signe de tête.

« Je suis stupéfaite qu'il l'ait conservée. »

Ensuite vint la question entre toutes, celle qui lui fit affluer le sang au visage, et l'en fit refluer aussitôt.

« Quand avez-vous divorcé, au juste, Madame Melcombe-Smith ? »

Mentir serait une erreur, elle le savait, mais il le fallait. Pourtant, elle hésita.

« Euh… ce devait être au printemps dernier. Il y a environ un an.

— Je vois. Et quand avez-vous vu M. Leach pour la dernière fois ? »

Deux jours auparavant, ici, dans cet appartement. Elle se rappelait sur quel ton il l'avait traitée de bigame. La fois précédente, c'était six mois plus tôt, en octobre, à Long Fredington, quand il était venu passer le week-end. Et il était reparti dans son tape-cul, dix minutes avant que l'express et le train régional n'entrent en collision.

« En octobre, répondit-elle. C'était à l'époque où j'habitais dans le Dorset avec mes enfants. (Au nom de la vraisemblance, elle éprouva le besoin d'ajouter

254

là quelques détails circonstanciés.) Il est descendu là-bas en voiture le vendredi soir et il est resté pour le week-end. Le premier week-end d'octobre. Il est reparti le mardi matin.»

Le policier lui tendit quelque chose. Une carte Visa.

«Est-ce la vôtre?

— Oui, non, je ne sais pas.

— Le nom inscrit dessus est celui de Z. H. Leach, et ce ne sont pas des initiales très courantes.

— Oui, ce doit être la mienne.»

C'était la carte que Jims lui avait procurée en décembre dernier, quand elle avait accepté sa demande en mariage. Elle vit que sa date d'émission remontait au mois de décembre et qu'elle expirait en novembre 2003. Après que Jims lui en avait remis deux autres au nom de Mme Z. H. Melcombe-Smith, elle avait complètement oublié l'existence de cette carte-ci. Comment Jerry avait-il mis la main dessus? Ce jour-là, dans l'appartement, alors qu'il était censé monter aux toilettes, il avait fureté, elle avait entendu ses pas feutrés, elle avait cru l'entendre entrer dans sa chambre, mais n'y avait attaché aucune importance. Après tout, elle avait l'habitude des visiteurs qui fouinaient dans ses affaires, Malina Daz, Mme Peacock...

«L'avez-vous remise à M. Leach?

— Non, oui. Je ne sais pas. Il a dû l'emporter. Me la voler.

— C'est là une conclusion intéressante, car cette carte a été émise en décembre, et vous avez vu M. Leach pour la dernière fois en octobre. Êtes-vous certaine de ne pas l'avoir revu depuis?»

Alors Zillah prononça cette phrase consacrée par l'usage et qui vient si souvent sur les lèvres des vieux repris de justice lors de leur comparution devant la cour.

« Cela se pourrait. »

Le policier hocha la tête. Il ajouta que ce serait tout pour le moment, mais qu'il demeurerait en contact avec elle. Pour quand attendait-elle le retour de M. Melcombe-Smith ? Zillah n'attendait pas son retour, mais elle répondit « Pour dimanche soir ». Eugenie entra dans la pièce, en tenant son frère par la main. Ils étaient tous deux habillés, l'air propre et net. Le policier s'exprima sur ce ton qu'emploient les hommes qui n'ont pas d'enfants quand ils s'adressent à des petits qu'ils rencontrent pour la première fois, un ton de voix direct, interrogateur, embarrassé.

« Bonjour. Comment ça va ?

— Extrêmement bien, merci. Qu'est-ce que vous avez dit à ma maman ?

— C'était juste une enquête de routine. (Le brigadier comprit soudain que feu Jeffrey Leach devait être leur père.) Ne vous dérangez pas, je m'en vais », fit-il à Zillah.

Un célèbre romancier et professeur italien venait à peine de publier un nouveau livre très applaudi, et Natalie Reckman était partie pour Rome l'interviewer. Son vol décollait de Heathrow tard dans la matinée. Dans un kiosque de l'aéroport, elle acheta le premier livre de ce romancier en édition de poche et trois quotidiens qui lui apprirent l'assassinat d'un homme dans un cinéma de Londres, mais cela ne retint guère son attention.

Dans l'avion, elle lut le livre de poche. On proposait l'*Evening Standard* aux passagers, mais Natalie secoua la tête, elle avait lu suffisamment de journaux pour la journée. Elle songeait à prolonger son séjour à Rome jusqu'à lundi, histoire d'aller jeter un œil sur un nouveau théâtre en construction, et pourquoi pas de se pencher un peu sur toute cette histoire de profanation de sépultures au cimetière anglais. Avec de la chance, elle glanerait la matière de trois articles pour le prix d'un.

Le samedi, à midi, Jeff n'était toujours pas rentré, et Fiona craignit qu'il ne l'ait quittée. Elle fouilla la maison en quête d'un mot, regarda sous les tables et derrière les vitrines, au cas où il serait tombé par terre. Il n'y avait rien. S'en aller sans un mot, c'était ajouter l'insulte à la blessure, mais il était bel et bien parti.

Michelle la seconda dans sa recherche. Elle releva le fait que si Jeff était réellement parti, il aurait emporté quelque chose avec lui. Tous ses vêtements étaient restés dans la penderie, sauf ceux qu'il avait sur le dos, y compris la veste en cuir noir qu'il aimait tant. Ses quatre paires de chaussures, mis à part celle qu'il avait aux pieds la veille, étaient dans le porte-chaussures de Fiona, et ses caleçons et ses chaussettes dans le tiroir. Serait-il parti sans son rasoir électrique ? Sans sa brosse à dents ?

« J'ai bien peur qu'il ne lui soit arrivé un accident, en conclut Michelle, en prenant Fiona par l'épaule. Écoute, Fiona, ma chérie, portait-il quelque chose sur lui qui soit susceptible de l'identifier ? »

Fiona tâcha de se souvenir.

« Je ne sais pas. Tu n'irais pas faire les poches de Matthew, n'est-ce pas ?

— Cela ne m'est jamais arrivé.

— Non, et à moi non plus. Je fais confiance à Jeff. Et maintenant, crois-tu que je devrais ? Je veux dire, aller jeter un œil dans les poches de sa veste en cuir ?

— Oui, je crois. »

Elles ne contenaient rien de très concluant, une pièce d'une livre, un ticket de caisse de supermarché pour des courses d'alimentation et un stylo-bille. Fiona tâta les poches de l'imperméable de Jeff. Un ticket de métro, un bouton, une pièce de vingt pence.

« Où est son permis de conduire ?

— J'imagine qu'il a dû rester dans la voiture. »

Les deux femmes allèrent à la BMW de Fiona, qu'elle était obligée de garer dans la rue. Michelle, qui ces temps-ci rencontrait moins de difficultés pour monter dans une voiture, s'installa à l'arrière et fouilla les vide-poches, pendant que Fiona, dans le siège du conducteur, vérifiait le contenu de la boîte à gants. Une carte routière, une paire de lunettes de soleil, un peigne, tout cela lui appartenait. Et pas de gants, naturellement, aucune boîte à gants n'en contient jamais. Michelle trouva une autre carte routière, un paquet de mouchoirs en papier à moitié vide, un emballage de chocolat et un seul Polo. Ce bonbon aurait pu constituer un indice valable pour la police, si elle en avait eu connaissance et si elle avait su le déchiffrer. Fiona le jeta dans le regard du caniveau.

Michelle resta avec elle, prépara le déjeuner : de la salade, du fromage et du pain grillé suédois. Ni l'une ni l'autre ne se sentait d'humeur à manger. Au milieu de l'après-midi, Matthew se joignit à elles. Michelle avait laissé son déjeuner sur un plateau et, pour lui faire plaisir et distraire Fiona, il lui annonça qu'il avait tout mangé, trois rondelles de kiwi, une dizaine d'amandes salées, un demi-petit pain et une branche de cresson. À cette heure-là, l'humeur de Fiona s'était transformée. Elles n'avaient pu trouver le permis de conduire de Jeff, donc il devait l'avoir sur lui et, s'il avait eu un accident, on serait en mesure de l'identifier grâce à ce document. La colère, restée en suspens depuis qu'elle s'était aperçue que tous ses vêtements étaient encore dans la maison, pour ensuite laisser place à l'anxiété de la nuit précédente, la colère ressurgit. Il l'avait quittée. Sans aucun doute, il avait l'intention de revenir un jour chercher ses affaires, ou alors il aurait le culot de lui demander de les lui expédier.

L'*Evening Standard* fut déposé devant la maison tard dans l'après-midi. Matthew l'entendit tomber sur le paillasson et alla dans l'entrée le chercher. Fiona était sur le canapé, les pieds posés sur l'accoudoir, Michelle dans la cuisine en train de préparer le thé. Le journal comportait un gros titre : MEURTRE EN 35 MM. Et, en dessous : « Un homme poignardé dans un cinéma ». Une grande photographie montrait l'intérieur de la salle où l'on avait découvert le corps, mais rien du cadavre lui-même, et il n'y avait pas de photo du défunt. Son nom n'était pas dévoilé. Matthew rapporta le journal dans le salon, mais Fiona s'était endormie. Il le montra à Michelle.

« Chéri, il n'y a aucune raison de penser que ce soit Jeff.

— Je n'en sais rien, confia Matthew. Il aime bien le cinéma, et Fiona, non. Ce ne serait pas la première fois qu'il serait allé voir un film tout seul dans l'après-midi.

— Qu'allons-nous faire ?

— Je crois que je vais appeler la police, chérie, et voir ce que je peux obtenir auprès d'eux.

— Oh, Matthew, qu'allons-nous faire si c'est Jeff ? Pour la pauvre Fiona, ce serait terrible. Et pourquoi aurait-on voulu le tuer ?

— Tu peux imaginer certaines raisons, et moi aussi. »

Leonardo était rentré de chez sa mère juste au moment où Jims allait sortir chercher à dîner. Les deux hommes se rendirent ensemble dans un nouveau restaurant tunisien à la mode, regagnèrent l'appartement à dix heures et demie, et Jims passa la nuit à Glebe Terrace. Tous deux étaient bien trop discrets pour suggérer que Leonardo l'accompagne dans le Dorset, et c'est donc tout seul qu'il se mit en route, vers dix heures du matin.

Jadis il était possible, sur la route qui menait vers l'ouest, de s'arrêter dans une petite bourgade très ancienne et très belle, et d'y déjeuner au White Heart, au Black Lion, ou l'une ou l'autre de ces vieilles auberges qui ornaient la place. Mais depuis l'avènement des grandes radiales qui évitaient toute agglomération humaine, cette coutume plaisante avait disparu, sauf à consentir un détour de trente-cinq kilomètres, et tout ce qui s'offrait désormais au voyageur en matière de restauration, c'étaient ces cafétérias de bordure d'autoroute et ces immenses complexes de restaurants, de boutiques et de lavabos. Jims fut obligé de se rendre dans l'un d'eux, après avoir garé sa voiture au milieu de centaines d'autres véhicules, pour y manger une salade ramollie, deux samousas et une banane. Une bonne chose : il s'était épargné le

Merry Cookhouse. À trois heures, il était de retour à Fredington Crucis, où il prit un bain et se changea pour enfiler sa tenue des réunions de campagne, un ensemble bien coupé en tweed avec un gilet, une chemise couleur fauve et une cravate tricotée. Une foule de manifestants hostiles à la chasse s'étaient rassemblés devant la salle communale de Fredington Episcopi, brandissant tous des banderoles avec des mots tels que «Barbares» et «Tortionnaires d'animaux» inscrits dessus. Des photographies épouvantables de renards dans les affres de l'agonie et de cerfs échappant aux chasseurs en se jetant dans le canal de Bristol étaient dressées le long de la petite allée. À l'arrivée de Jims, un horrible braiment, pas très éloigné de l'aboiement des chiens de meute, s'éleva des manifestants, mais une fois à l'intérieur, il fut salué par des applaudissements prolongés. La salle était bondée, avec des chaises dans les travées et des gens debout dans le fond.

Le président de la section locale le présenta et le félicita pour son récent mariage. L'assistance l'applaudit. Jims s'adressa à eux en ces termes :

«Mesdames et messieurs, mes amis, Anglaises, Anglais, vous qui défendez l'art de vivre qui est le nôtre dans le Dorset, vous, l'épine dorsale de notre terre, cette terre peuplée d'âmes qui nous sont si chères, cette terre, ce royaume, cette Angleterre!»

Ils l'applaudirent et l'acclamèrent. Il s'étendit longuement sur ce qu'ils savaient déjà : quel sport glorieux c'était que la chasse à courre, qui faisait partie de la vie rurale anglaise depuis des temps immémoriaux, une tradition sacrée qui préservait les campagnes en assurant un emploi à des milliers d'entre eux. Il poursuivit en expliquant quel plaisir c'était pour lui, après une semaine de dur labeur dans l'effervescence et la grisaille londoniennes, de sortir à cheval dans le South Wessex par un beau samedi après-midi (alors qu'en réalité il n'avait jamais trop aimé monter). L'air frais, la campagne magnifique, le spectacle et les clameurs des chiens qui flairaient leur proie, c'était assurément la plus belle des expériences de la ruralité. Dans cette forme de chasse, soutenait-il, les renards souffraient très peu. La battue nocturne à la lampe et le tir au fusil, surtout entre des mains inexpérimentées, voilà qui était bien plus cruel. En réalité, se reprit-il, la chasse n'était pas le moins du monde cruelle, étant donné que, au bout du compte, on ne finissait par tuer que six pour cent des animaux chassés. La vraie souffrance serait pour ceux qui avaient trouvé dans la chasse à courre toutes sortes d'emplois – il cita les statistiques alarmantes contenues dans les notes qu'il était retourné chercher à Londres –, voués à la perte de leur gagne-pain si ce projet de loi pernicieux venait à être voté.

Il continua dans cette veine, mais il prêchait des convertis, et n'eut guère de sceptiques à convaincre. Juste avant d'achever son discours, il se rendit compte qu'il n'avait pas répondu aux félicitations du président pour son mariage, et termina donc en le remerciant et en soulignant à quel point il était impatient de mettre ses deux charmants beaux-enfants à cheval pour leur faire découvrir les joies de la chasse à courre.

Il y eut un tonnerre d'applaudissements, qui se prolongea près de deux minutes, et l'on tapa du pied, et l'on entendit des hurlements d'approbation. Les gens firent la queue pour lui serrer la main. Une femme lui confessa qu'elle avait failli ne pas voter pour lui lors des dernières élections générales, mais à présent, la nuit, dans ses prières, elle remerciait Dieu d'avoir fait ce choix. La section locale de l'Alliance emmena Jims dîner dehors, dans un restaurant horrible, la Bassinoire, mais à dix heures il réussit à s'échapper et prit la route de Fredington Crucis House, redoutant tout le long du trajet, à cause de la quantité de vin rouge arménien plutôt dégoûtant qu'il avait absorbée, que son taux d'alcoolémie n'ait dépassé la limite autorisée.

Zillah avait passé le genre d'après-midi qui n'était pas du tout à son goût, d'abord en emmenant les enfants sur un terrain de jeux, du côté de la rive sud du pont de Westminster, puis en marchant avec eux le long du South Bank, en passant devant la grande roue du London Eye, le National Theatre, les bouquinistes, jusqu'à la hauteur de la galerie d'art moderne du Tate Museum et du Théâtre du Globe de Shakespeare, entièrement reconstitué. Le temps était chaud et ensoleillé, et elle avait eu l'impression que tout Londres s'était donné rendez-vous là, sur les quais dégagés de toute circulation. Étrangement, cette promenade lui avait rappelé sa vie à Long Fredington. La solitude de cette existence, peut-être, sans personne à qui parler, excepté deux êtres de moins de huit ans, et sans un homme dans sa vie, pas même Jerry. Elle n'avait pas apporté la poussette de Jordan, et donc, au bout d'un petit moment, elle fut obligée de le porter. Elle lui acheta une glace, et il en fit dégouliner sur sa veste de chez Anne Demeulemeester.

« Quelquefois, je me dis que je te porterai encore quand tu auras dix-huit ans. »

Son agacement provoqua les pleurnicheries de son fils. Aucun des deux enfants n'avait fait de commentaire sur la visite du policier, ce dont Zillah s'estimait heureuse. Elle avait prié pour ne plus entendre parler ni de ce fonctionnaire ni de Jerry. Lors de la prochaine visite dont il l'avait menacée, peut-être souhaiterait-il simplement parler à Jims. Bigamie, songeait-elle, une fois rentrée à la maison, tout en préparant le dîner des enfants, bigamie. Pourquoi ce policier lui avait-il demandé la date de son divorce ? Même si Jerry était vivant quand elle avait épousé Jims, à présent, il était mort. Il était mort moins de deux mois après le mariage. Accroche-toi à ça, se répétait-elle, accroche-toi à ça, tu n'as pas deux maris, tu n'en as eu deux que l'espace de quelques semaines. Quand on n'a plus qu'un seul mari, on n'est pas bigame.

À neuf heures et demie, ce soir-là, la police lui téléphona. Ils souhaitaient qu'elle vienne identifier le mort, et ils enverraient une voiture la chercher. Demain matin, à neuf heures ? Trop effrayée pour protester, elle téléphona à Mme Peacock. Pourrait-elle venir demain dans la matinée garder les enfants pendant qu'elle serait sortie ?

« Un dimanche ? s'étonna Mme Peacock d'un ton glacial.

— Il s'agit d'une affaire… très importante. (Zillah n'avait aucune envie de lui raconter qu'elle sortait identifier un cadavre à la morgue.) Je vous paierai le double.

— Oui. Vous serez obligée, j'en ai bien peur. »

Eugenie, qui était sortie de sa chambre en chemise de nuit et qui avait surpris la conversation, la questionna d'une voix presque aussi froide.

«Tu n'as jamais envie de rester à la maison pour nous garder ? »

L'officier de police était une femme, en civil. Elle paraissait à peu près du même âge que Zillah, avec une allure similaire à celle de ces femmes inspectrices de police dans les séries télé, grande, mince, de longs cheveux blonds et un profil classique, mais sa voix était haut perchée, avec un accent désagréable, presque cockney, et un débit précipité. Elle avait pris place à l'arrière de la voiture avec Zillah, qui en cette occasion solennelle s'était vêtue sobrement d'un tailleur noir et d'un chemisier blanc. Sur le trajet vers la morgue, elles n'échangèrent aucune parole.

Zillah n'avait jamais vu de cadavre de sa vie. Le cœur au bord des lèvres, elle découvrit un Jerry qui ressemblait plus à une figure de cire qu'à un être réel qui ne serait plus en vie.

« Est-ce votre ancien mari, Jeffrey Leach ?

— Oui, c'est Jerry. »

Alors qu'elles traversaient une cour en direction du commissariat, la femme, qui était inspecteur principal, demanda à Zillah, de sa voix stridente et inflexible, pourquoi elle appelait le mort ainsi.

« En général, on le connaissait sous le nom de Jerry. Certaines personnes l'appelaient Jeff, et sa mère, Jock. Vous savez, à cause de John, son deuxième prénom. »

L'inspecteur principal la regarda comme si elle ne savait pas. Elle conduisit Zillah dans une pièce à l'ameublement fonctionnel et la pria de s'asseoir dans la chaise située en face de son bureau. Son animosité à son égard était palpable, elle semblait irradier par vagues successives.

« Avez-vous écrit ceci, madame Melcombe-Smith ? »

Elle lui tendit une feuille de papier couverte d'une écriture manuscrite. Si Zillah n'avait pas été assise, elle aurait cru s'évanouir. C'était la lettre qu'elle avait écrite à Jerry en le suppliant de ne plus se montrer et, surtout, de ne pas la taxer de bigamie. La tête lui tournait tellement qu'elle était incapable de lire. Avait-elle employé le qualificatif de « bigame » ? Avait-elle employé ce terme ? Elle était incapable de s'en souvenir. Elle ferma les yeux, les rouvrit et déploya un effort de volonté comme elle s'en était rarement imposé. Elle prit une profonde respiration, et réussit à lire la lettre.

Cher Jerry,

Je t'écris pour te supplier de ne plus revenir, de vraiment t'en aller et de disparaître de ma vie. Tu m'as écrit cette lettre qui m'annonçait ta mort, et même si je n'y ai pas cru, je pensais que tu avais l'intention de te comporter comme si c'était vrai. S'il te plaît, va jusqu'au bout. S'il te plaît. Je croyais que tu n'aimais pas les enfants, pendant des mois et des mois tu n'as plus voulu les voir. Si tu veux les revoir de temps en temps, ce serait possible d'arranger ça. Je pourrais te les amener quelque part. Jerry, je ferai tout ce que tu voudras pourvu que tu ne cherches plus à me revoir ou à venir ici, s'il te plaît, s'il te plaît, n'emploie plus ce mot avec moi. Il me fait peur, vraiment. Tu dois me croire, je ne te veux aucun mal, au contraire. Je veux seulement vivre ma vie, alors s'il te plaît, si tu as un peu de pitié pour moi, reste où tu es.

Bien à toi, Z.

« Est-ce vous qui avez écrit ceci ? lui répéta l'inspecteur principal.

— Cela se pourrait.

— Allons, madame Melcombe-Smith, il n'existe pas beaucoup de femmes dont le nom commence par Z, n'est-ce pas ? Quelques Zoe, peut-être. Je ne peux pas affirmer avoir rencontré de Zuleika, mais il doit bien en exister quelque part. »

Le mot « bigame » ne figurait pas dans la lettre, pas plus que « bigamie ». Le texte ne révélait rien de précis, il restait très évasif.

« C'est moi qui l'ai écrite, admit Zillah.

— À quelle adresse ? Nous ne sommes pas en possession de l'enveloppe.

— Je ne me souviens pas. Si, attendez… c'était quelque part dans le NW6. (Rien ne l'empêchait de lui raconter le reste.) Il habitait avec une femme qui s'appelait Fiona. Elle travaille dans une banque.

— Vous teniez beaucoup à ne plus revoir M. Leach. Que vouliez-vous dire par "agir comme s'il était mort" ?

— Je ne sais pas, fit Zillah d'une petite voix. Je ne me souviens pas.

— Vous écriviez que vous aviez peur. Vous a-t-il maltraitée ? »

Zillah secoua la tête. Maintenant, calcula-t-elle, il fallait qu'elle prenne un air terrorisé.

« Si vous voulez dire qu'il m'a frappée, non, jamais.

— Quel était ce terme que vous n'aimiez pas l'entendre employer ? Une insulte, n'est-ce pas ? Une injure à caractère sexuel ? "Salope" ou "grognasse", quelque chose de cet ordre ?

— Oh, oui, c'est ça.

— Lequel de ces deux termes ?

— Il m'a traitée de grognasse.

— Ah. Un mot effrayant, grognasse. Ce sera tout pour le moment, madame Melcombe-Smith. Nous viendrons vous chercher dans la matinée, afin de parler à votre mari. »

Il avait eu beau éprouver de l'animosité à l'égard de Jerry, lors des rares occasions où il lui avait parlé, il lui avait plutôt plu physiquement, et il avait cru déceler dans son regard une lueur de complicité, car Jims faisait partie de ces homosexuels persuadés que tous les hommes sont secrètement gays, au fond d'eux-mêmes. Toutefois, cette nouvelle n'en restait pas moins une sacrée surprise, se dit-il lorsque Zillah la lui annonça. Mais il ne voyait pas en quoi cela devait les affecter, Zillah et lui, car Jerry appartenait à leur passé à tous les deux. Sur le moment, que le défunt ait été aussi le père d'Eugenie et Jordan ne lui traversa pas l'esprit. Il accordait très peu d'importance aux relations familiales. Mais quand il regagna l'appartement d'Abbey Mansions Gardens juste après une heure, il fut tout à fait frappé par le visage hagard et les mains tremblantes de Zillah.

« La police va revenir demain matin. Ils veulent te parler.

— À moi ? Pourquoi à moi ?

— Ils voulaient savoir où j'étais vendredi après-midi, quand Jerry a été assassiné. Ils voudront savoir où tu étais. »

D'après la photographie du journal du dimanche, Michelle reconnut Jeff Leigh. La haine, ou un sentiment voisin, confère à peu près les mêmes facultés aiguës d'observation que l'amour. Quand elle vit ce visage, plus jeune, aux traits flous et embués, elle comprit néanmoins à qui il appartenait, et elle entendit à nouveau cette voix lui répéter : « Tandem Laurel et Hardy nouvelle version, tandem Laurel et Hardy nouvelle version. On alimente la chaudière, Michelle ? » Il tenait un bébé dans ses bras, et, sans qu'elle comprenne trop pourquoi, cela la fit frémir.

Avertir Fiona ? Matthew téléphona d'abord à la police. Il leur dit avoir le sentiment que le soi-disant Jeffrey John Leach était en réalité Jeffrey Leigh, l'homme qui avait eu une liaison avec sa voisine. Son épouse l'avait identifié d'après la photographie dans le journal. Où habitait-il, c'est ce qu'ils voulaient savoir. Quand Matthew leur indiqua West Hampstead, cela les intéressa. Ils allaient venir. À quatre heures cet après-midi, cela lui convenait-il ?

Là-dessus, Michelle se rendit chez leur voisine, pour annoncer à Fiona ce qu'ils redoutaient, ce qu'ils pressentaient, et l'avertir que la police arrivait.

17

Jock avait disparu. Deux jours s'étaient écoulés avant que Minty ne parvienne véritablement à y croire. Surtout quand elle était sortie, puis revenue chez elle, elle avait eu peur, toujours peur qu'il ne soit assis sur une chaise ou ne l'attende dans l'ombre, derrière l'escalier. Elle rêvait de lui. Mais ce n'était pas la même chose qu'un fantôme, c'était simplement un être qui la visitait dans ses rêves. Sonovia et Laf étaient aussi présents dans ces rêves, et parfois aussi Josephine, et la sœur de M. Kroot, et Tantine, Tantine tout le temps. Le Jock de ses rêves, pas le Jock fantôme, entrait dans une pièce où elle était et lui proposait un Polo en s'écriant «Bravo-oh», et une autre fois il lui avait même redit ces mots à mi-chemin entre la plaisanterie et la taquinerie, cette histoire de Pince-mi, Pince-moi, un aller simple. Dans ces rêves, il portait toujours sa veste en cuir noir.

Quant à la voix de Tantine, elle l'entendait beaucoup plus fréquemment, mais sans jamais la voir. Hier, elle (ou sa voix) était entrée alors que Minty était dans son bain ; le fantôme de Jock ne lui avait jamais fait ce coup-là.

«Voilà deux semaines entières que tu n'es plus

venue déposer des fleurs sur ma tombe, Minty », lui avait-elle rappelé.

Elle restait sur le seuil de la porte, sans s'approcher de Minty, ce qui n'aurait pas été très convenable. Ce n'était qu'une voix désincarnée.

« Ce n'est pas très agréable d'être morte, mais si on vous oublie, c'est pire. Comment crois-tu que je me sente, avec ma dernière demeure sans rien dessus à part un bouquet de tulipes fanées ? »

Il ne servait à rien de répondre à cela, car les fantômes ne pouvaient vous entendre. Le spectre de Jock n'avait jamais tenu aucun compte de ce qu'elle lui disait. Mais cet après-midi-là, elle s'était rendue au cimetière, où les feuilles persistantes des arbres semblaient moins défraîchies, et où les nouvelles feuilles étaient d'un vert éblouissant, l'herbe éclatante, étincelante de gouttes d'eau après une averse, et elle avait retiré les fleurs fanées, les avait remplacées par des œillets roses et des gypsophiles. Les œillets ne dégageaient aucun parfum, mais, comme disait Josephine, on ne pouvait s'attendre à ce que des plantes forcées de croître dans une serre sentent quelque chose. D'habitude, quand elle venait sur la tombe de Tantine, Minty s'agenouillait sur une feuille de papier ou de plastique bien propre, et lui récitait une petite prière, mais pas hier. Tantine ne le méritait pas, pas de la manière dont elle se conduisait ; elle devrait se contenter des fleurs.

Dimanche, c'était le jour où Minty faisait sa lessive. Plus précisément, sa grande lessive. Elle lavait tous les jours un certain nombre de vêtements. Mais le dimanche, c'était le tour des draps et des serviettes, et sachant qu'aucune serviette ne servait plus d'une fois, qu'elle ne dormait dans aucun drap plus de trois fois, il s'en empilait des quantités considérables. Pendant que la première lessive tournait et dansait dans le tambour, lui réjouissant le cœur par la vision de ces bulles de savon et cette odeur de propreté – ces moments passés devant la machine étaient les seuls où Minty se sentait vraiment heureuse de vivre –, elle sortit dans le jardin pour tendre les cordes à linge.

Certains de ses voisins laissaient les leurs tout le temps dehors, par tous les temps. Minty frissonna à la pensée des dépôts de fumée noire de diesel qui devaient se former dessus. Sa corde à linge gainée de plastique, elle la récurait, la rinçait et la séchait chaque fois qu'elle la décrochait. Elle vérifia que les piquets tenaient fermement, attacha les cordes au boulon fixé en haut de celui qui était planté au fond du jardin, et les débobina soigneusement en traversant les dalles de ciment en direction de la maison.

Chez les voisins, la sœur de M. Kroot arrachait des mauvaises herbes. Son jardin en était envahi depuis des mois, il ne s'en occupait jamais, et c'était seulement quand sa sœur était là que quelqu'un se préoccupait de le débarrasser de ses pissenlits, de ses orties et de ses chardons. Elle ne portait pas de gants et ses mains étaient couvertes de terre, les ongles noirs. Minty en frémit. Elle retourna à l'intérieur et se lava les mains, comme si elle s'était imprégnée d'un peu de la saleté de la sœur de M. Kroot. Comment s'appelait-elle ? Tantine l'avait su. Elle l'appelait par son prénom, jusqu'à ce jour où elles avaient cessé pour toujours de se parler, à cause de cette histoire de clôture. Minty était incapable de se souvenir de son nom, mais elle se rappelait leur dispute et tout lui revint en mémoire, alors que cela remontait à une bonne quinzaine d'années.

C'était l'époque où Tantine avait fait poser une nouvelle clôture entre leurs deux jardins. M. Kroot n'avait jamais abordé le sujet, mais sa sœur, qui avait dû être jadis une Mlle Kroot, avait accusé Tantine d'empiéter de quinze centimètres sur la parcelle d'à côté. Si elle ne déplaçait pas la clôture, avait-elle prévenu, elle la découperait elle-même à la cisaille, et Tantine l'avait priée de ne pas la menacer, et si elle constatait le moindre coup de cisaille dans la clôture, elle appellerait la police. Personne n'avait rien cisaillé et on n'avait pas dérangé la police, mais Tantine et la sœur de M. Kroot ne s'étaient plus jamais reparlé, et Minty avait été priée de faire de même. Ensuite, Sonovia avait à son tour cessé de lui adresser la parole, par souci de loyauté.

Minty aurait aimé se souvenir du nom de la sœur. Peut-être Tantine le lui rappellerait-elle la prochaine fois qu'elle viendrait lui dire quelques mots. Elle n'avait pas tant envie que cela de le savoir, pas assez pour accueillir de bonne grâce les voix des fantômes. Elle sortit la première lessive de la machine, enfourna la suivante, et emporta dehors dans un grand panier les serviettes humides, qu'elle accrocha sur la corde, ainsi qu'un drap blanc comme neige. La sœur de M. Kroot se redressa, elle la fixa du regard. C'était une vieille femme râblée, corpulente, aux cheveux teints en roux, et qui portait des lunettes à monture violette. Elle porta à son visage un doigt couvert de terre, à l'ongle noirci, se gratta la joue, et Minty se retourna avec la chair de poule.

La matinée était radieuse, ensoleillée, mais fraîche, et un vent vif soufflait. Une journée idéale pour mettre du linge à sécher. Elle attacha les serviettes, en se servant de pinces en plastique qu'elle avait nettoyées et séchées en même temps que la corde à linge. La sœur de M. Kroot était retournée à l'intérieur, en laissant des herbes joncher le chemin. Minty secoua la tête devant tant d'inconséquence. Elle aussi, elle retourna à l'intérieur, et se mit à réfléchir à ce qu'elle allait se préparer pour le déjeuner. Elle s'était acheté un beau morceau de jambon chez Sainsbury, et le cuisinerait elle-même. Selon elle, acheter de la viande cuite était très risqué. On ne savait jamais où elle avait traîné, on ne connaissait pas l'état de la casserole dans laquelle on l'avait fait bouillir. Quand elle aurait lancé la cuisson de la viande, elle ressortirait peut-être au bout de la rue s'acheter un journal du dimanche, maintenant que Laf ne lui apportait plus les siens.

Elle se rendit d'abord dans le salon côté rue pour aller un peu voir par la fenêtre qui pouvait bien se trouver dehors. Elle avait eu le nez creux, car, lorsqu'elle écarta le rideau à moitié tiré, elle vit Laf et Sonovia sortir de leur maison, avec le visage grave qu'ils avaient toujours lorsqu'ils se rendaient à l'église. Sonovia portait sa robe et son tailleur bleus avec un chapeau blanc et Laf un costume rayé. Minty attendit un peu pour leur laisser le temps de s'éloigner, puis elle partit dans la direction opposée, vers le marchand de journaux.

C'était franchement une coïncidence, songea-t-elle en jetant un œil à la première page de *News of the World*, un homme assassiné dans le même cinéma où elle s'était débarrassée du fantôme de Jock. Le journal ne précisait pas de qui il s'agissait, mais seulement que l'homme s'appelait Jeffrey Leach.

« Il y a de plus en plus de meurtres, de nos jours, s'écria subitement la voix de Tantine. Je ne sais pas où va le monde. Ils sont tous dans des gangs, et du coup, ils se font assassiner, assassiner par d'autres gangs. Tu descends du côté d'Harlesden High Street et c'est rien que des gangs, quand c'est pas des petits truands de la Jamaïque. »

Minty tâcha de l'ignorer. Elle s'assit dans la pièce côté rue pour lire le journal. Dès qu'elle entendit la machine s'arrêter, elle alla dans la cuisine sortir les draps et les taies d'oreiller. Il restait encore un drap et une housse de couette. Elle en chargea le tambour et emporta le linge humide jusqu'à la corde à linge. M. Kroot était en train de jeter une passoire remplie de pelures de pommes de terre dans sa poubelle à roulettes. Elles n'étaient même pas enveloppées, exactement comme quand on vient de peler les patates. Cela lui donna vraiment la nausée, de penser à cette poubelle qu'ils devaient rouler à travers leur maison, à temps pour que les éboueurs de la municipalité de Brent viennent la vider. Sa poubelle, elle la laissait devant chez elle, cadenassée au mur – le quartier était tellement malfamé, les gens étaient même capables de vous voler vos ordures –, non sans l'avoir récurée, en ayant saupoudré tout l'intérieur d'une poudre désinfectante vert émeraude.

« Ils ont tué le fils du duc de Windsor, lui annonça Tantine. C'est lui qu'aurait dû devenir Edward neuvième du nom. Sauf que si c'est quelqu'un de célèbre, on ne dit pas « tuer », on dit « assassiner ». Ça s'est passé en France. S'il était resté à la place qui lui était due, ce ne serait jamais arrivé.

— On s'en moque, s'exclama Minty, mais elle savait que c'était peine perdue. Va-t'en, tu ne peux pas t'en aller ? »

Il fallait ajouter de l'eau bouillante dans le fait-tout où cuisait le jambon. Elle avait fait bouillir des patates et des petits pois surgelés. Une fois, quand Jock était là, il l'avait convaincue d'acheter des brocolis bio frais et, quand elle les avait lavés, il en était tombé une chenille vert pâle, de la couleur des tiges. Jamais plus. Elle ouvrit le tiroir des couteaux et là, sur le dessus, il y avait celui qu'elle avait utilisé pour se débarrasser du fantôme de Jock. Elle l'avait mis à bouillir, ce qui avait abîmé la couleur du manche. Il devait être aussi propre qu'un couteau pouvait l'être, mais sans trop comprendre pourquoi, l'idée de découper de la viande avec ne lui plaisait pas trop. Elle aurait beau le garder très longtemps, ça ne lui plairait jamais. Il faudrait le faire disparaître. Dommage, vraiment, car il devait s'agir, se dit-elle, d'un service offert à Tantine pour son mariage, en 1961.

« 1962 », rectifia cette dernière.

John Lewis – c'était le nom de Jock. Pareil que le nom du magasin d'Oxford Street. C'était drôle, elle n'y avait pas pensé plus tôt. S'il avait vécu, elle aurait été Mme Lewis, et son nom aurait figuré sur des enveloppes, Mme J. Lewis. Mais il ne fallait pas qu'elle y pense, car il n'était plus là. Elle enfila ses gants en caoutchouc, lava de nouveau le couteau et le sécha, puis l'enveloppa dans les pages sportives du journal, celles qu'elle n'avait pas envie de lire, et le glissa dans un sac plastique. Mieux valait ne pas le jeter dans la poubelle à roulettes. Si personne ne pouvait voler la poubelle, on pouvait voler son contenu, et ces gangs, ce qu'ils voulaient, justement, c'étaient les couteaux.

« C'est de ça qu'ils se servent, lui confirma la voix de Tantine. Les pistolets, c'est pas facile d'en dégotter, il faut payer pas mal d'argent pour un pistolet, mais les couteaux, c'est autre chose. Ils en ont tous sur eux. C'est pour ça qu'il y a autant de meurtres. Des gangs qui s'en prennent à d'autres gangs. Bon débarras, mauvaise graine. C'est une bombe qui a tué Edward neuvième du nom, mais lui, il était différent des autres.

— Va-t'en », répéta Minty, mais Tantine continua de marmonner.

Pourquoi ne pas emporter ce couteau dans l'une des grandes poubelles de la rue ? Celle où elle avait jeté ses vêtements tachés ferait l'affaire. Elle sortait sa troisième lessive de la machine quand on sonna à la porte. Qui cela pouvait-il être ? Maintenant que Laf ne passait plus avec les journaux, personne ne lui rendait jamais visite, à part les Témoins de Jéhovah. Tantine aimait bien les Témoins de Jéhovah, elle leur avait acheté *La Tour de garde*, et elle était d'accord avec tout ce qu'ils disaient, mais quand il avait été question d'effectuer des tournées avec eux, d'aller frapper aux portes des gens, elle y avait mis le holà. Minty se lava les mains et elle se les séchait quand la sonnette retentit de nouveau.

« Très bien, j'arrive », s'écria-t-elle, mais dehors, sur le perron, personne n'aurait pu l'entendre.

C'était Laf et Sonovia. Minty les dévisagea sans rien dire.

« Ne nous referme pas la porte au nez, Minty, mon chou, la pria Laf. Nous sommes venus dans un esprit de bonne volonté, dans l'amour du voisin comme de soi-même, n'est-ce pas, Sonny ?

— Pouvons-nous entrer ? »

Minty leur ouvrit la porte un peu plus. En entrant, Sonovia trébucha sur le paillasson, elle avait des talons tellement hauts. La robe bleue qui flottait sur

Minty lui était encore un peu juste à la taille. Laf et elle la suivirent dans le salon côté rue, où il faisait sombre, comme d'habitude, même par une journée ensoleillée.

« C'est comme ça, débuta Laf sur le ton qu'il employait avec les jeunes délinquants qui récidivaient, un ton qui évoquait plus le chagrin que la colère. Les voisins ne doivent pas rester sans s'adresser la parole. Ce n'est pas correct et ce n'est pas chrétien. Voilà, Sonn et moi, nous venons tout juste d'écouter ce sermon où il était question d'aimer ses ennemis, surtout ses voisins, et on en a conclu qu'on devait se présenter ici, revenir dans un état esprit plein d'humilité, hein, Sonn ?

— Je suis certaine de n'être l'ennemie de personne, affirma Minty.

— Et nous non plus. Sonny a quelque chose à dire, et pour elle, ce n'est pas commode, parce qu'elle est un peu bouffie d'orgueil, comme sont certaines personnes, a expliqué le pasteur, mais elle va faire acte d'humilité et te le dire, n'est-ce pas, Sonn ? »

Et en effet, à voix basse et à contrecœur, Sonovia lui dit qu'elle espérait que tout rentrerait dans l'ordre, à partir de maintenant.

« On pourrait enterrer le passé.

— Dis-le, Sonn. »

À l'idée d'une parole d'excuse franchissant ses lèvres, son visage se tordit d'angoisse. Les mots sortirent un par un, et lentement.

« Je suis désolée. Pour la robe, je veux dire. Je n'avais aucune intention de blesser qui que ce soit. (Elle regarda son mari.) Je… suis… désolée. »

Minty ne savait que dire. C'était une situation qu'elle n'avait jamais vécue. Tantine s'était querellée avec quantité de gens, mais après coup, elle ne s'était jamais réconciliée. Une fois que l'on cessait d'adresser la parole à quelqu'un, c'était fini pour de bon. Elle hocha la tête à l'intention de Sonovia. Enfin elle parla, comme si tous ces mots étaient inédits pour elle, appartenant à une langue étrangère qu'elle aurait apprise enfant sans jamais plus l'avoir pratiquée depuis.

« Désolée. Pour moi, c'est pareil. Je veux dire, pour ce qui est d'enterrer le passé. »

Les deux femmes se regardèrent. Sonovia fit un pas en avant, obligeamment poussée par Laf. Maladroitement, elle prit Minty par les épaules et lui embrassa la joue. Minty resta plantée là, et se laissa étreindre et embrasser.

Laf émit une espèce d'acclamation et leva les deux pouces en l'air.

« On est redevenus bons camarades ? fit-il. Copains ? C'est bon !

— Ma chèère, ajouta Sonovia, ayant retrouvé toute sa vitalité, pour te dire la vérité, en fait, j'étais très contente de récupérer cette tenue nettoyée, j'aurais dû m'en occuper moi-même. Après te l'avoir prêtée, je me suis souvenue de cette vilaine tache de ketchup sur l'ourlet.

— Ça va, la rassura Minty. C'est vite parti. »

Laf eut un grand sourire.

« Alors ce qu'on voudrait, c'est que tu viennes au cinéma avec nous, ce soir. Pas à Marble Arch, pas après l'histoire de ce pauvre type qui s'est fait tuer là-bas, mais on a pensé au Whiteley, pour aller voir *Saving Grace*. Qu'en penses-tu ?

— Pourquoi pas. Vers quelle heure ?

— On avait pensé à la séance de cinq heures et

quart, et ensuite, on pourrait tous aller manger une pizza. Alors, et pour moi, pas de baiser ? »

Elle fourra le couteau qu'elle avait enveloppé dans un sac plastique, un de ces sacs anonymes, bleu uni, qu'on vous remet à l'épicerie du coin, et elle parcourut à pied les cent mètres qui la séparaient de la poubelle de Harrow Road où elle avait jeté ses vêtements tachés. Mais la poubelle était pleine à ras bord, comme souvent le dimanche, avec des sacs d'ordures tout autour, dont le contenu se déversait sur le trottoir. Minty n'allait pas contribuer à ce débordement, c'était dégoûtant. Elle retourna chez elle, prit son déjeuner, se lavant les mains avant et après avoir mangé.

Elle croyait se souvenir d'un groupe de poubelles quelque part dans Kilburn Lane, et elle effectua un long trajet à pied à leur recherche. En fin de compte, elle dut couvrir une sacrée distance, jusqu'au bout de Ladbroke Grove, après la station de métro, avant de trouver ce qu'elle cherchait : des poubelles propres sans saletés qui en débordent. Elle souleva le couvercle de l'une d'elles. Cela sentait mauvais, grâce à des gens comme M. Kroot qui n'emballaient pas convenablement leurs détritus. Sur le dessus, il y avait un sac plastique Marks & Spencer d'un vert lumineux, sans rien de sale à l'intérieur, à part ce qui était enveloppé dans une serviette en papier, deux paquets de céréales et une miche de pain intacte, encore sous Cellophane. Cela ne la gênait pas trop de mêler ses détritus à ce genre de denrées, et elle fourra donc le couteau dans son sachet bleu entre le pain et les corn flakes, et rabattit le couvercle.

Sur le chemin du retour, elle s'arrêta un petit moment pour contempler la voie ferrée, du haut du pont. Ici, le métro n'était pas du tout un métro, car des rames habituellement souterraines parcouraient cette portion de ligne à ciel ouvert, et il y avait aussi les grandes lignes en direction de l'ouest. Ici, elle le savait, juste au-dessous d'elle, le train régional et le train de Gloucester étaient entrés en collision. Beaucoup de gens étaient morts dans la catastrophe, y compris Jock. L'un des trains avait pris feu, celui dans lequel il se trouvait, croyait-elle.

Il partait rendre visite à sa mère. Minty se figurait une personne très âgée, toute voûtée, avec de fins cheveux gris, marchant en s'aidant d'un bâton, ou ressemblant à la sœur de M. Kroot. Elle aurait dû se mettre en rapport avec la fiancée de Jock, elle aurait franchement dû venir la voir. Minty s'imagina une gentille lettre de la vieille Mme Lewis, lui disant combien c'était triste et l'invitant à lui rendre visite un petit moment. Elle n'y serait pas allée, bien sûr que non. La maison était très probablement sale et sans beaucoup d'eau chaude. Mais elle aurait dû l'inviter. Naturellement, la raison pour laquelle on ne l'avait pas invitée était évidente. Une fois arrivée, ou dès sa réponse à la lettre, Mme Lewis aurait été obligée de lui restituer son argent.

Il s'était mis à pleuvoir. Minty secoua la tête sous les gouttes, même si elle savait que cela laisserait la pluie indifférente. Dès qu'elle fut de retour chez elle, elle prit un bain. Elle se brossa les ongles des mains et des orteils, et la voix de Tantine lui glissa, soudain surgie de nulle part :

« La pluie, c'est crasseux. Ça descend, ça traverse de l'air sale sur des kilomètres.

— Quand je suis ici, je suis dans mon intimité. Laisse-moi tranquille, lui répliqua Minty, mais Tantine n'en eut cure.

— Se débarrasser de ce couteau, c'était sage, poursuivit-elle. Il abritait des millions et des millions de germes. Je viens de voir la mère de Jock. Tu ne savais pas que Mme Lewis était ici avec moi, n'est-ce pas ?

— Va-t'en. »

Si Mme Lewis se manifestait, elle se dit qu'elle allait en mourir.

Quand elle descendit au rez-de-chaussée, la pluie tombait à verse. La maison semblait déserte. Il faisait froid, l'air était gris comme au crépuscule. Laf vint la chercher à quatre heures, sous un grand parapluie décoré de palmiers imprimés, et lui annonça qu'il allait sortir la voiture, parce que c'était vraiment le déluge. Dieu seul savait où il pourrait se garer, mais il allait se débrouiller au mieux. Les paroles de Tantine avaient perturbé Minty. Tantine et Mme Lewis seraient fort capables de pénétrer dans le cinéma. Elle se sentait nerveuse. Et au cinéma, il n'était pas question de toucher du bois, tout n'était que plastique, tissu et métal.

Prévenante et affable, fière de sa toute nouvelle humilité, Sonovia s'engagea la première dans leur rangée, en lui souriant par-dessus l'épaule.

« Voilà, ma chèère, tu t'assieds entre nous deux. Tu as le pop-corn, Laf ? »

Il l'avait, bien net et sec, tout à fait ce qu'il fallait à Minty. Le cinéma se remplissait, tous les sièges devant eux étaient occupés. Il n'y avait pas de place pour Tantine et la mère de Jock. Les lumières faiblirent, et subitement l'écran fut envahi d'éclairs de couleurs vives et d'un vacarme assourdissant qu'elle associa au jour où elle avait chassé Jock de son existence. Minty choisit délicatement les plus petites boulettes de pop-corn et se détendit.

Quand elle irait effectivement rendre visite à Mme Lewis, elle lui demanderait ce qu'était devenu son argent, et elle forcerait la vieille dame à lui répondre. Peut-être qu'elle noterait ça sur un papier. Quand on leur parlait, ils ne répondaient jamais, mais si tout était couché sur le papier, ce n'était pas impossible. Lorsque le film débuta, elle était en train de prévoir ce qu'elle allait écrire à Mme Lewis, de quelle manière elle brandirait cette feuille sous son nez, et elle mit un très long moment à relever les yeux sur l'écran.

18

Jims avait très peu réfléchi à ce que Zillah lui avait annoncé concernant l'intention de la police de venir le voir le lundi matin. Il serait à la maison, donc il les recevrait, évidemment, c'était son devoir de citoyen. Il répondrait à leurs questions de pure routine, et ensuite il traverserait la Tamise à pied pour se rendre aux Communes. Peu habitué à passer beaucoup de temps chez lui, il trouva ce dimanche soir d'un ennui presque insoutenable. Leonardo l'avait invité dans un club gay, le Camping Ground, à Earls Court Square, et Jims aurait adoré s'y rendre en sa compagnie, mais il savait où se fixer une limite. Au lieu de quoi, avec Eugenie assise à côté de lui qui émettait des commentaires critiques, il suivit à la télévision une pièce de théâtre en costumes tirée de Jane Austen puis, n'y tenant plus, il alla se coucher tôt.

À quatre heures du matin, quelque chose le réveilla. Il se redressa dans son lit, dans sa chambre solitaire et plutôt austère, se rappelant qu'il n'avait pas passé la totalité du week-end à Casterbridge et Fredington Crucis. La veille au soir, il avait considéré cette question d'emploi du temps comme réglée, et l'avait reléguée quelque part dans un coin de son crâne. À présent, elle refaisait surface, mais sous un angle différent. Vendredi après-midi, il avait regagné Londres en voiture pour récupérer les notes égarées de son discours sur la chasse. Et ça, il ne pouvait tout simplement pas le déclarer à la police, car ses notes ne se trouvaient pas à son domicile d'Abbey Mansions Gardens, mais dans l'appartement de Leonardo, à Chelsea. Un voile de sueur, léger mais persistant, se dessina sur son visage, se propagea dans son cou et sur son torse lisse et doré. Il alluma la lampe.

Ils voudraient savoir pourquoi ces documents se trouvaient à Glebe Terrace, et même s'il parvenait à trouver un moyen de les satisfaire sur ce point, ils lui demanderaient pourquoi, après les avoir récupérés, il n'avait pas regagné son domicile de Westminster, pour passer la nuit avec sa jeune épouse. En l'occurrence, elle n'était pas sortie, ils savaient qu'elle était chez elle, car ils lui avaient téléphoné, ainsi qu'elle le lui avait annoncé hier soir. Ils voudraient savoir pourquoi il avait préféré passer la nuit sous le même toit que Leonardo Norton, courtier en valeurs chez Frame da Souza Constantine, la société de Bourse bien connue. Plusieurs choix se présentaient à lui. Il pouvait omettre de les informer de son retour à Londres. Ou alors, il pouvait leur expliquer qu'il était rentré dans l'après-midi et que, ayant trouvé Zillah endormie, et ne souhaitant pas la déranger, il avait récupéré ses documents avant de regagner ensuite le Dorset directement. Ou alors, il pourrait leur raconter que, rentré tard dans la soirée, il avait récupéré ces documents et passé la nuit avec Zillah avant de repartir très tôt dans la matinée, avant la visite de la police. Ceci nécessiterait que Zillah mente pour lui. Elle accepterait vraisemblablement, jugea-t-il, et il n'y avait pas à tenir compte des enfants, puisqu'ils étaient tous les deux au lit, endormis.

Jims ne s'encombrait guère de morale. En règle générale, il était dénué de principes et de scrupules, et tout à fait capable de dire un «pieux mensonge» à la police. Mais quand il envisagea de prier sa femme de mentir pour son compte, de soutenir à un inspecteur principal de la Brigade criminelle (il ne savait plus trop quelle était leur nouvelle dénomination) qu'il s'était trouvé là où, en réalité, il n'était pas, son sang se glaça dans ses veines. Il était membre du Parlement. La semaine dernière, le chef de l'opposition lui avait souri et administré une petite tape sur l'épaule en lui disant : «Bien joué!». À la chambre, d'autres parlementaires s'adressaient à lui en ces termes : «l'honorable membre de la circonscription du South Wessex». Honorable membre. L'«honneur» était un terme que Jims avait rarement beaucoup pris en considération, sauf en cet instant. Dans sa position et sa qualité, l'honneur était censé se rattacher à sa personne, il en était imprégné, à l'égal d'un chevalier médiéval ou d'un serviteur du souverain. Assis dans son lit, essuyant sa transpiration avec un coin de drap, Jims en conclut qu'il ne saurait prier autrui de mentir pour son compte.

Il allait prendre le parti de tout oublier de son retour à la maison de Leonardo pour y récupérer ces notes. Entre maintenant et neuf heures du matin, à l'arrivée de la police, ce détail allait s'effacer de son esprit. Après tout, il n'en avait pas vraiment eu besoin, et il avait été facile de prononcer un discours réussi sans leur secours. Simplement, il n'aimait guère se rendre sans préparation à une cérémonie ou une manifestation officielles où il devait prendre la parole. Il fit un effort pour se rendormir, mais il aurait aussi bien pu essayer de remonter le temps de deux jours, ce qui ne lui aurait pas déplu, d'ailleurs. À six heures, il se leva et s'aperçut qu'Eugenie et Jordan avaient déjà réduit à néant le calme et la paix de son salon en allumant la télévision, qui passait un vieux western en noir et blanc fort bruyant. À l'heure où la police se présenta, il se sentait déjà d'humeur morose et en colère, mais il prit le parti de la dissimulation, et s'assit sur le canapé, à côté de Zillah, en lui tenant la main.

L'inspecteur principal était la femme qui avait accompagné Zillah à la morgue. Elle était escortée d'un autre officier de police en civil, un brigadier. Zillah lui demanda si sa présence les gênait, et elle lui répondit pas du tout, je vous en prie, restez. Zillah serra la main de Jims dans la sienne et plongea amoureusement son regard dans le sien, et Jims dut admettre qu'elle pouvait parfois constituer un atout.

On le questionna sur le week-end, et il précisa qu'il l'avait passé dans le Dorset.

«Je suis descendu dans ma circonscription jeudi après-midi, et vendredi matin, j'ai tenu ma permanence à Casterbridge. Au Shire Hall. Après ça, je suis rentré en voiture dans ma maison de Fredington Crucis, et j'ai travaillé sur un discours que j'ai prononcé samedi soir à l'Alliance des espaces naturels. J'ai passé la nuit là-bas, ainsi que la journée du lendemain, plus tard, j'ai donc prononcé ce discours, et enfin, j'ai dîné avec les membres de l'Alliance. Je suis rentré ici en voiture, dimanche matin.»

Le brigadier prenait des notes.

«Quelqu'un est-il en mesure de confirmer votre présence dans votre maison du Dorset vendredi, monsieur Melcombe-Smith?»

Jims afficha une expression d'incrédulité. C'était celle qu'il prenait fréquemment, à la Chambre des communes, quand un membre du gouvernement formulait une remarque dont il estimait devoir souligner l'incongruité.

« À quoi mènent ces questions ? »

Il savait quelle réponse il obtiendrait.

« Ce sont des questions de pure routine, monsieur, rien de plus. Quelqu'un peut-il confirmer votre présence là-bas ? Peut-être un membre de votre personnel ?

— En cette époque décadente, se plaignit-il d'une voix traînante, je n'ai pas de personnel. Une femme vient du village pour faire le ménage et veiller au grain. Une certaine Mme Vincey. Quand je lui signale ma venue, elle garnit le Frigidaire pour le week-end. Elle n'était pas là ce jour-là.

— Personne ne vous a rendu visite ?

— J'ai bien peur que non. Ma mère passe une partie de l'été là-bas, mais elle vit surtout à Monte-Carlo. Elle est venue ici, naturellement, pour notre mariage… (Zillah sentit qu'il lui serrait la main.)… mais elle est repartie depuis un mois. »

À juste titre, les officiers de police eurent l'air déconcertés par cette information inutile.

« Monsieur Melcombe-Smith, je ne remets pas en cause ce que vous dites, mais n'est-il pas plutôt curieux, de la part d'un homme jeune et actif comme vous l'êtes, un homme très occupé et marié de fraîche date, de passer à peu près une trentaine d'heures tout seul, enfermé, sans rien d'autre à faire que de préparer le genre de discours pour lequel vous êtes plutôt rodé ? Il faisait exceptionnellement beau, j'imagine que la campagne autour de Fredington Crucis est magnifique, et malgré cela, vous n'êtes même pas sorti vous promener ?

— Il est évident que vous remettez mes propos en cause. Bien sûr que je suis sorti me promener.

— Alors, peut-être quelqu'un vous aura-t-il aperçu ?

— Je ne vois pas comment je pourrais répondre à cette question. »

Plus tard dans la journée, Jims traversait New Palace Yard en direction de l'entrée réservée aux parlementaires. Il s'estimait raisonnablement satisfait de la tournure des événements, et il avait la certitude de ne plus en entendre parler. Après tout, ils ne pouvaient tout de même pas le soupçonner d'avoir liquidé Jeffrey Leach, pas lui. Il n'avait aucun mobile, il n'avait pas revu ce type depuis au moins trois ans. Dans le pire des cas, s'ils apprenaient son retour à Londres – et ils n'en avaient pas les moyens –, il jouerait cela au culot, prétendrait avoir oublié. Ou leur servirait le scénario numéro quatre, celui auquel il n'avait pas songé cette nuit, à savoir qu'il était rentré tard, Zillah dormait déjà, il avait couché dans la chambre d'amis afin de ne pas la déranger, et l'avait de nouveau laissée avant qu'elle ne se réveille. Voilà qui couvrirait toute l'affaire.

Quand Michelle lui annonça que l'homme assassiné dans ce cinéma n'était autre que Jeff, Fiona perdit brièvement connaissance, réaction autrefois courante chez les femmes, paraît-il, mais fort rare de nos jours. Elle s'évanouit. Michelle, qui était incapable, quelques semaines plus tôt, de se baisser jusqu'à terre, y parvint sans difficulté, s'assit à côté d'elle et lui caressa le front en lui chuchotant :

« Ma chérie, ma pauvre chérie. »

Fiona reprit conscience, s'écria que ce n'était pas vrai, n'est-ce pas ? C'était impossible, ce n'était pas vrai. Jeff ne pouvait être mort. Elle avait vu un journal où l'on parlait d'un certain Jeffrey Leach. Michelle lui apprit que la police allait venir. Se sentait-elle capable de les recevoir ? Fiona hocha la tête. Mais le choc était si violent qu'elle se sentait à bout de forces. Michelle la conduisit jusqu'au canapé, l'aida à placer les pieds en hauteur et lui prépara un café au lait avec beaucoup de sucre. Un meilleur remède que le cognac contre les chocs émotionnels, lui affirma-t-elle.

« Il s'appelait vraiment Leach ? lui demanda Fiona au bout d'un petit moment.

— Il semblerait.

— Pourquoi m'a-t-il dit qu'il s'appelait Leigh ? Pourquoi m'a-t-il donné un faux nom ? Il vivait avec moi depuis six mois.

— Je l'ignore, ma chérie. J'aimerais le savoir. »

Au cours de son entretien avec la fonctionnaire de police – cette même femme qui avait conduit Zillah à la morgue et qui interrogerait Jims le lendemain matin –, Fiona connut ses premières désillusions, qui vinrent renforcer la douleur de la perte. Il lui fut confirmé qu'il s'appelait bien Jeffrey John Leach, de son vrai nom, qu'il était en relation avec son ex-épouse et qu'il n'exerçait apparemment plus aucun métier depuis des années, peut-être même depuis la fin de ses études. Les policiers lui demandèrent où elle se trouvait vendredi après-midi, et elle ne s'attarda guère sur cette question. Elle était à même de nommer sans difficulté une dizaine de personnes qui l'avaient vue et lui avaient parlé au siège de sa banque d'affaires, entre trois et cinq.

« Jamais je ne lui aurais fait du mal, insista-t-elle, une larme lui coulant sur le visage. Je l'aimais. »

Ils examinèrent les vêtements de Jeff, et ce qu'ils appelaient ses « effets personnels ». Influencée par les émissions de télévision qu'elle avait pu regarder, Fiona demanda, non sans hésitation, si elle allait devoir identifier Jeff. On la rassura, ce ne serait pas nécessaire, car l'ex-épouse de M. Leach s'en était déjà chargée. Fiona trouva cela encore plus bouleversant que tout ce qu'elle avait déjà entendu jusque-là, et elle éclata en sanglots. Au milieu de ses larmes, elle fit savoir qu'elle aimerait voir Jeff, ce qui fut accepté.

Après leur départ, elle s'effondra dans les bras de Michelle.

« Jamais je n'ai éprouvé pour personne ce que je ressentais à son égard. Il était l'homme que j'avais attendu toute ma vie. Je ne peux pas vivre sans lui. »

Beaucoup de gens jugeraient qu'une relation de huit mois ne saurait suffire pour une vie, et que le chagrin de Fiona s'estomperait, mais Michelle ne connaissait Matthew que depuis deux mois quand elle avait décidé de l'épouser, et par quelles affres serait-elle passée s'il avait disparu de la sorte ?

« Je sais, ma chérie, je sais. »

Fiona songea à quel point elle s'était montrée dure avec Jeff ce soir-là, au Rosmarino, quand elle l'avait prié de garder ses histoires idiotes pour leur futur bébé, car elle était une grande personne. Elle se rappelait l'avoir réprimandé pour n'avoir pas fait l'effort d'être gentil avec Michelle. Oh, pourquoi n'avait-elle pas fait, elle, l'effort de l'aimer autant qu'il le méritait ?

Dans le quartier de la gare de Ladbroke Grove, la responsabilité du recyclage et des poubelles n'incombait pas à la municipalité de Westminster ou de Brent, mais au Royal Borough de Kensington et de Chelsea. Les hommes qui venaient les vider le lundi s'attribuaient tout objet d'une valeur quelconque comme un avantage en nature et, généralement, ils inspectaient les emballages, en quête de bagatelles qu'on y aurait jetées par mégarde.

Le sac Marks & Spencer vert se trouvait encore sur le dessus des poubelles, et le plus jeune des éboueurs chargés du recyclage y remarqua quelque chose, enveloppé à l'intérieur d'une serviette en papier. On eût dit que celui ou celle qui s'en était servi comme d'un récipient à ordures – il était persuadé que c'était une femme, confia-t-il avec dédain à son camarade – avait oublié dedans l'un des articles qu'elle venait d'acheter. Et c'était bien le cas. Son inspection du sac révéla un pull bleu en cachemire, qui ferait un admirable cadeau d'anniversaire pour la petite amie de l'éboueur.

Il y avait autre chose, dans ce sac. Ils déballèrent cet autre objet. À l'heure qu'il était, toute personne lisant un quotidien ou suivant un journal télévisé dans ce pays savait que la police recherchait l'arme employée par le tueur du cinéma. Ce pourrait bien être cet objet-ci.

La profanation du cimetière fournit à Natalie Reckman la matière d'un article qui dépassait ses attentes. Il y était apparemment question de sorcellerie, et une interview avec un Anglais, résidant à Rome, lui révéla l'éventualité de rites sataniques qui se tiendraient non loin de la sépulture du cœur de Shelley. La construction d'un nouveau théâtre était un projet qu'elle croyait pouvoir développer dans un article si elle y décrivait ce qui se préparait sur le mont Palatin en recommandant un projet similaire pour Londres, une sorte de prolongement des cérémonies du millénaire. On pourrait le baptiser Millenium Theatre, ou même, songea-t-elle en se laissant emporter par son imagination, théâtre Natalie Reckman.

Avant de monter dans l'avion du retour, le lundi matin, elle acheta un journal anglais. C'était évidemment le *Sunday Telegraph*, une édition de la veille, et c'est là qu'elle lut que la victime du meurtrier surnommé désormais le Tueur du cinéma n'était autre que Jeffrey Leach.

Devant la nouvelle de la mort d'un ancien amant, la plupart des gens, si endurcis et si rodés soient-ils, ressentent un serrement de cœur, un frisson ou un tremblement de nostalgie. Natalie n'avait jamais aimé Jeff, mais elle l'avait apprécié, elle avait goûté sa compagnie et admiré son allure, même quand elle eut clairement conscience qu'il se servait d'elle. Et voilà qu'il venait de trouver une mort horrible, dans la fleur de l'âge, des mains d'un fou. Pauvre vieux Jeff, se dit-elle, quelle histoire, pauvre vieux Jeff.

Cette mort horrible avait dû survenir moins d'une heure après qu'il l'eut quittée, dans Wellington Street. Installée à bord de l'avion, ce journal du matin qu'on lui avait offert déployé sur les genoux, Natalie se souvint que, à leur sortie du restaurant, Jeff l'avait invitée à l'accompagner au cinéma. Si elle y était allée, les choses se seraient-elles déroulées autrement ? Peut-être aurait-elle choisi une tout autre salle. Mais l'autre éventualité, c'était qu'elle aurait pu trouver la mort elle aussi.

L'homme qui la rendait très heureuse, celui qu'elle avait mentionné à Jeff, l'attendait à Heathrow. Ils déjeunèrent ensemble, et Natalie lui raconta tout. Journaliste également, mais d'une espèce assez différente, il vit ce qu'elle voulait dire quand elle suggéra qu'il y avait peut-être une histoire derrière tout ça.

« Le pauvre Jeff, il a eu l'air tout drôle quand je lui ai parlé de cette Zillah. Il avait l'air coupable. Enfin, peut-être pas coupable, mais tout au moins d'avoir quelque chose à cacher. Il s'est produit quelque chose de louche. Je me demande s'ils ont jamais réellement divorcé. Ce serait du Jeff tout craché.

— C'est facile à vérifier.

— Oh, je vais vérifier. N'aie crainte. J'ai déjà lancé ma documentaliste là-dessus. Je l'ai appelée de l'avion.

— Avec toi, mon amour, ça ne traîne pas.

— Mais d'abord, je crois que je vais être bonne fille et contacter les flics pour leur signaler que Jeff a déjeuné avec moi vendredi dernier. »

Natalie n'était pas la seule à estimer qu'il s'était produit quelque chose de louche. Concernant la lettre qu'elle avait écrite à Jeffrey Leach, les policiers chargés de l'enquête ne s'étaient absolument pas contentés des explications de Zillah. Le mot qu'il lui avait lancé lors d'une visite non mentionnée à l'appartement d'Abbey Mansions Gardens, quand il lui avait subtilisé sa carte de crédit, n'était pas du tout « grognasse », quoi qu'elle ait prétendu. Zillah Melcombe-Smith ne se serait pas laissé démonter par si peu. Et elle ne s'était pas laissé démonter : elle était carrément terrorisée. Une telle femme écrivait rarement des lettres, cela ne faisait aucun doute, ce n'était pas son genre. Or, elle avait écrit à Leach sous le coup d'une forte pression – pression de quoi ? de la culpabilité ? d'une peur extrême ? de la terreur d'une découverte ? Peut-être un peu tout cela à la fois.

Quand ils interrogèrent Natalie, ils furent contents de pouvoir poursuivre la reconstitution de la journée que Leach avait vécue avant de se rendre au cinéma. Et elle put ainsi contribuer à leur biographie du personnage, en fournissant quelques éléments issus de son passé. Et notamment, en l'occurrence, qu'il était jeune marié quand il s'était installé à Queen's Park, que, son épouse mise à part, il avait connu beaucoup de femmes avant Natalie, toutes propriétaires de leur maison et susceptibles de l'entretenir. Natalie leur rapporta ce qu'ils savaient déjà de Fiona Harrington et de Zillah Melcombe-Smith, mais aussi un aspect des choses qu'ils ignoraient : lors de sa séparation d'avec Natalie, plus d'un an auparavant, il était retourné s'installer à Queen's Park, cette fois dans Harvist Road, où il avait sans aucun doute déniché une autre femme. Ils en revinrent à l'examen minutieux de la lettre.

Mme Melcombe-Smith s'était remariée en mars. Leur divorce avait eu lieu au printemps précédent. Du moins était-ce ce qu'elle prétendait. Il y avait des enfants, des questions liées à la garde et à la pension alimentaire, donc ce divorce aurait difficilement pu se conclure dans la simplicité et en vitesse. Si le terme que Leach avait employé avait suscité en elle une telle terreur, n'aurait-il pu présenter un lien avec ce divorce, avec un facteur survenu dans le cours de la procédure, ou qui aurait résulté du procès ? Le vérifier serait aisé et ne soulèverait guère de complications, il suffirait de consulter le calendrier à partir de janvier de l'année précédente, en remontant à partir de cette date-là.

L'épouse du brigadier possédait encore l'exemplaire du *Daily Telegraph Magazine* dans lequel était paru l'article de Natalie Reckman. Elle faisait partie de ces gens qui jettent très peu de choses. La première fois, il n'avait pas regardé, mais cette fois, si. Il lut avec un intérêt tout particulier le passage où Natalie écrivait que Mme Melcombe-Smith semblait avoir vécu les vingt-sept premières années de son existence dans l'isolement, sans homme et sans emploi, à Long Fredington, dans le Dorset. Aucune mention de son ancien mari, pas un mot de ses enfants.

Mais ces Melcombe-Smith se comportaient tous deux bizarrement, et c'était là un euphémisme. Personne n'avait aperçu le parlementaire à Fredington Crucis ce vendredi après-midi, mais deux personnes avaient signalé au policier de l'endroit que sa voiture, très repérable et qu'il garait toujours devant la porte de Fredington Crucis House, n'y était plus à partir de neuf heures vendredi matin. Le facteur avait présenté un paquet à neuf heures moins le quart le samedi, et l'avait remporté, car personne ne lui avait ouvert. Irene Vincey, qui était venue pour le ménage une heure plus tard, avait trouvé la maison déserte, et rien n'indiquait que Jims ait dormi sur place.

Aucun concierge d'Abbey Mansions Gardens ne l'avait aperçu entre jeudi midi et dimanche après-midi. La nouvelle la plus accablante pour Jims leur parvint quand le patron de la Biche d'Or à Casterbridge appela pour leur signaler que M. Melcombe-

Smith avait annulé la table qu'il avait réservée pour le déjeuner – quelqu'un lui avait soufflé que cette information pourrait intéresser la police. Le président d'une organisation caritative de lutte contre le cancer, dénommé Ivo Carew, avait confirmé le fait, à contrecœur, en usant de quelques épithètes choisies à l'intention du patron de la Biche d'Or.

Sans la moindre idée de ce qui l'attendait, Jims fit un discours aux Communes sur le Parti conservateur, défenseur de valeurs traditionnelles peut-être vieux jeu, mais pétri d'une nouvelle forme de compassion, de considération et de vraie liberté, qui s'inscrivaient tout à fait dans l'air du temps. Quentin Letts le cita dans le *Daily Mail* (sciemment, et non sans quelques commentaires perfides), et la rumeur se mit à se répandre autour du palais de Westminster : l'honorable membre de la circonscription du South Wessex était pressenti pour un poste de sous-secrétaire. D'un cabinet fantôme, bien entendu, ce qui en diminuait quelque peu le prestige.

Jims considérait la police comme une bande d'idiots, probablement trop craintifs et respectueux de sa personne, en aristocrate terrien qu'il était, pour oser revenir le déranger. Il était si jeune, si beau et si riche. Cette nuit-là, il fit un rêve qu'il avait déjà fait quelquefois, mais dans une nouvelle version, car cette fois-ci, quand il descendait les marches du perron du 10, Downing Street devant les cameramen qui l'attendaient, il avait Zillah à son bras, la plus jeune et la plus belle des First Ladies que l'on ait jamais connue, de mémoire d'homme. Dieu était au ciel, et tout allait plus ou moins pour le mieux dans le meilleur des mondes possibles.

19

Zillah fut plutôt surprise de s'apercevoir que la mort de Jeff l'affectait aussi peu. L'avait-elle jamais aimé ? Du coup, les années qu'elle avait vécues avec lui apparaissaient comme une perte de temps. Évidemment, ces années lui avaient apporté les enfants, c'est un fait. Renouant avec la routine des trajets en voiture de la maison à l'école et inversement, elle se sentait superbement indifférente à l'égard de quiconque, en dehors d'eux et d'elle-même. Avec une matinée libre devant elle pour faire ce qui lui plaisait, elle se sortit la police de l'esprit, elle oublia même Jims et les difficultés qu'il semblait lui créer de propos délibéré, et se réjouit à l'idée d'être seule trois heures. Elle fêta l'événement en s'achetant une robe Caroline Charles et un chapeau Philip Treacy, à porter lors d'une prochaine garden-party de la Couronne.

Chaque fois qu'elle s'achetait des vêtements, Zillah se composait mentalement une image d'elle-même dans sa nouvelle tenue, dans une mise en scène particulière et un cadre prestigieux. Parfois, elle était accompagnée d'un homme – jusqu'à son mariage, c'était souvent Jims – et d'autres fois, très rarement, par ses enfants habillés dans des tenues tout aussi ravissantes que la sienne. C'était une forme de fantasme bien innocent, qui lui procurait beaucoup de plaisir. Alors qu'elle descendait d'un taxi dans Great College Street, la robe imprimée de boutons de roses dans le sac qu'elle tenait d'une main, et le couvre-chef de paille rose dans un carton à chapeau, elle s'imaginait sur un gazon inondé de soleil, avec une coupe de champagne. Elle venait juste de faire sa révérence à la reine, avec une grâce exceptionnelle, et elle écoutait les propos admiratifs d'un jeune pair du royaume manifestement et profondément attiré par elle. Les événements de ces derniers jours s'étaient presque effacés de son esprit.

Il était onze heures vingt. Elle avait juste le temps de monter à l'appartement numéro 7, d'accrocher la robe, de ranger le chapeau, de prendre en vitesse une tasse de café avant d'aller chercher Jordan en voiture. Elle monta en courant les marches qui menaient à la porte Art nouveau à double battant, la poussa et se tordit le pied en entrant dans la réception. Là, assise dans l'un des fauteuils dorés à velours rouge, l'attendait la journaliste qui s'était montrée si grossière avec elle et qui avait écrit cet article horrible dans le *Daily Telegraph Magazine*.

Zillah avait du mal à comprendre comment une femme pouvait choisir le même tailleur noir lors de ses deux visites consécutives à la même personne. Sans même changer de chaussures ou de bijoux. Elle portait toujours à la main droite cette bague en or à la forme étrange.

« Vous m'attendiez ? (Elle s'arrêta à peine dans sa course vers l'ascenseur.) Je dois immédiatement ressortir chercher mon fils à l'école.

— Cela m'est égal, madame Melcombe-Smith. J'attendrai. »

Zillah monta dans l'ascenseur. Tout en suspendant sa nouvelle robe, elle se dit qu'elle aurait dû proposer à cette femme – Natalie Reckman, c'était son nom, comment avait-elle pu l'oublier un seul instant ? – de monter avec elle et de l'attendre ici. Mais les journalistes n'étaient pas vraiment le genre d'individus à laisser seuls chez soi. Ils étaient capables de tout, de fouiner dans les tiroirs les plus personnels, de lire vos lettres. Ils étaient pires que Malina Daz ou, d'ailleurs, que ce pauvre Jerry. Elle n'avait plus envie de café. Un cognac lui aurait mieux réussi, mais elle n'allait pas s'engager sur cette pente. Au lieu de regagner la réception, elle descendit au parking en sous-sol directement par l'ascenseur et, un quart d'heure plus tard, elle avait récupéré et ramené Jordan.

Cela faisait maintenant une demi-heure qu'elle avait croisé Natalie Reckman, et elle était tentée de continuer sa journée comme si elle ne l'avait pas vue. Elle réchauffa au micro-ondes des croquettes de poulet pour le déjeuner de son fils, lui servit un verre de jus d'orange et l'assit à table. Elle se préparait un sandwich quand le téléphone sonna. C'était la voix du concierge.

« Dois-je faire monter Mme Reckman, madame ?
— Non… si, oui, je crois. »

La journaliste n'avait peut-être pas changé de tenue, mais ses manières avaient subi une transformation. Disparue l'attitude froide et intellectuelle, place à la gentillesse et à la chaleur humaine.

« Zillah, si vous me permettez, je suis très impatiente d'avoir une nouvelle conversation avec vous. C'est si aimable de votre part de me recevoir. »

Zillah se fit la réflexion qu'elle n'avait guère le choix.

« J'allais justement déjeuner.

— Rien pour moi, merci, fit Natalie, comme si on le lui avait proposé. Mais je ne refuserais pas un verre de ce jus d'orange, qui m'a l'air délicieux. C'est votre petit garçon ?

— C'est Jordan, oui.

— Il ressemble tellement à son père, son portrait craché. »

Zillah tâcha de se rappeler si des photos de Jerry étaient parues dans les journaux, mis à part celle qu'elle avait prise de lui avec Eugenie bébé, mais elle n'en était pas certaine. Il n'autorisait jamais personne à le prendre en photo.

« Connaissiez-vous mon… Jerry… je veux dire, Jeff ?

— Très bien, en effet, à une certaine époque. »

Natalie s'était assise, à présent, et elle tenait son verre de jus d'orange entre ses mains. Le ton de sa voix se modifia de nouveau imperceptiblement, et son attitude se durcit. Elle adressa à Zillah l'un de ces regards scrutateurs qui étaient demeurés l'un des traits caractéristiques de sa visite précédente.

« Sans quoi, croyez-vous que je saurais que vous étiez mariés et que vous aviez deux enfants ? Vous avez bien lu mon article, n'est-ce pas, Zillah ?

— Oh, oui, je l'ai lu. (Zillah prit son courage à deux mains.) Si vous voulez savoir, je l'ai trouvé très méchant. »

Natalie éclata de rire. Elle but son jus et reposa le verre sur la table. Jordan le trouva un peu trop près à son goût et l'écarta de lui dans un geste de mauvaise humeur. Le verre tomba par terre et se brisa. Jordan lâcha un hurlement consterné, et lorsque sa mère le prit dans ses bras, il lui frappa la poitrine à coups de poing, criant une exigence affective qu'il n'avait pas exprimée depuis des semaines.

«Jordan veut papa!»

Natalie secoua la tête d'un air chagriné, un peu comme une assistante sociale ou un fonctionnaire de l'Aide sociale à l'enfance. Elle s'agenouilla et fit mine de ramasser les morceaux de verre.

«Oh, laissez!»

Natalie haussa les épaules.

«Comme vous voulez. Je n'ai lu la nouvelle de la mort de votre mari qu'hier. J'étais à Rome, pour mon travail.»

Qu'est-ce que cela pouvait lui faire? Elle reposa Jordan par terre, avec une boîte de briques et deux voitures miniatures, mais aussitôt il se releva et courut à elle, enserrant ses genoux de ses mains poisseuses. Ensuite, Zillah mesura la portée de ce que Natalie venait de lui dire.

«Il n'était pas mon mari.

— Vous en êtes sûre?»

Zillah oublia ce contact poisseux autour de ses jambes, la flaque de jus d'orange sur le sol, le désordre sur la table, l'heure, Jims, sa nouvelle robe et son chapeau – tout. Un frisson glacial, comme un cube de glace qu'on lui aurait lâché dans le creux de la nuque, lui parcourut l'échine.

«Je ne vois pas ce que vous voulez dire.

— Eh bien, Zillah, c'est une drôle de coïncidence, mais j'ai consacré un long moment, hier, avec mon assistante, à passer en revue un bon paquet de registres. Nous avons essayé de retrouver la trace de votre divorce avec Jeff, et le plus extraordinaire, c'est que nous n'avons rien pu trouver.

302

— En quoi est-ce que cela vous regarde, j'aimerais le savoir ?

— Mon Dieu, vous claquez des dents... Vous avez froid ? Il fait très chaud, ici.

— Je n'ai pas froid. Oh, bon sang, Jordan, va jouer. Laisse maman tranquille. (Zillah releva le visage ; il était blême, et ses yeux scintillaient de peur.) Je vous ai demandé en quoi mes affaires privées vous regardaient ?

— Croyez-vous réellement que vos affaires, ainsi que vous les appelez, soient si privées ? Vous êtes apparue dans tous les journaux. Ne croyez-vous pas que les lecteurs ont le droit de savoir ce que vous fabriquez ?

— Vous, les journalistes, vous êtes tous pareils, vous feriez et vous diriez n'importe quoi. Maintenant, j'aimerais que vous partiez, s'il vous plaît.

— Je ne vais pas rester plus longtemps, Zillah. Simplement, j'espérais que vous pourriez m'aider, peut-être en m'indiquant plus précisément à quelle date a eu lieu votre divorce. J'avais dans l'idée... et incidemment, la police aussi... que c'était aux alentours du printemps dernier, mais apparemment, ce n'est pas le cas. (Natalie ignorait absolument si, dans son enquête, la police suivait la même piste qu'elle, et ce fut seulement par hasard qu'elle venait de tomber juste.) Quoi qu'il en soit, je suis convaincue que vous seriez en mesure de nous éclairer. Serait-ce l'année précédente ? »

Jordan était assis par terre comme un chiot et il tira la langue, en hurlant comme un chiot.

« Je ne me souviens pas de la date. »

Zillah avait maintenant dépassé le stade de l'exaspération. Elle avait envie de crier et, après coup, elle eut du mal à comprendre comment elle avait réussi à se maîtriser.

«Il faudra que vous l'acceptiez, c'est tout. De toute façon, quel rapport avec vous?

— C'est dans l'intérêt public. N'avez-vous pas songé à cela? Vous êtes… euh… mariée à un parlementaire, vous savez.

— Que voulez-vous dire par "euh… mariée"? Je suis mariée, oui. Mon premier mari est mort.

— En effet, acquiesça Natalie en couvrant les braillements de Jordan. J'avais remarqué. Quelque chose ne va pas avec votre petit garçon, dirait-on. Il n'est pas bien? Je m'en vais, ne me raccompagnez pas.»

En descendant par l'ascenseur, elle se remémora, il y avait de cela quelques années, son voyage dans une ville américaine du Middle West où elle avait interviewé un chef de la police. Elle lui avait parlé des statistiques criminelles, de diverses sortes de crimes, et elle l'avait questionné sur une femme dont elle avait entendu dire qu'elle s'était remariée sans avoir divorcé au préalable.

«Madame, dans cette ville, nous comptons neuf meurtres par semaine, lui avait-il répliqué, et vous me posez des questions sur la bigamie.»

Mais ici, à Londres, la police adopterait-elle la même attitude? Peu probable. Jeff avait été assassiné, et sa femme, ou quel que soit son statut à ce moment-là, avait épousé un parlementaire. Natalie décida de ne rien publier pour l'instant, car elle était très consciente des risques qu'elle encourrait en écrivant noir sur blanc que Zillah n'était légalement pas mariée, au cas où il apparaîtrait qu'elle l'était bel et bien. Un jour prochain, elle publierait une enquête dans le magazine sur toutes les femmes de Jeff, ce serait tout à fait sensationnel. Mais d'abord, il lui fallait aller dire un mot au détachement de police responsable des crimes de sang et, en même temps, s'assurer de conserver l'exclusivité de son histoire avant que quelqu'un d'autre ne se mette dessus. C'est l'esprit songeur qu'elle monta dans un taxi pour rentrer chez elle.

Zillah avait toujours déploré, en claquant la langue, l'attitude de ces gens qui comparaissent en justice pour acte de cruauté envers un enfant. À son avis, ils appartenaient à une autre catégorie d'individus que la sienne. À présent, tout en faisant les cent pas avec son enfant lourd, hurlant et mouillé dans les bras, comme s'il avait trois mois au lieu de trois ans, elle commençait à comprendre. Elle aurait voulu le jeter par la fenêtre. N'importe quoi pour faire cesser ce bruit et endiguer ces larmes toujours prêtes à couler.

Tout en déambulant, elle se répétait sans relâche que tout irait bien, que tout allait bien, maintenant, car Jerry était mort. Avec un mari mort, on ne pouvait pas être bigame, même si l'on s'était remariée. En fait, tout tenait au fait qu'elle avait déclaré être célibataire quand en réalité elle était veuve, ou sur le point de l'être. En réalité, jusqu'à ce jour, elle n'avait jamais dit qu'elle était divorcée, elle avait tout simplement omis de mentionner Jerry – était-ce bien certain ? Si son mari était mort, elle n'avait pas besoin d'avoir divorcé. De toute façon, rien de tout ceci n'était sa faute. C'étaient ces journalistes qui fourraient leur nez là où on ne voulait pas d'eux. Et le principal, maintenant, c'est qu'elle était veuve, ou qu'elle l'aurait été si elle n'avait pas épousé Jims.

À sa grande surprise, Zillah découvrit que Jordan s'était endormi. Il avait l'air mignon quand il dormait, sa peau de pétale de rose légèrement empourprée, ses cils incroyablement longs et sombres, ses mèches moites agglutinées sur son front. Elle le déposa dans le canapé et lui retira délicatement ses souliers. Il s'écarta d'elle en roulant sur le flanc et se planta le pouce dans la bouche. La paix. Le silence. Pourquoi avait-elle accepté de se marier dans cette espèce de crypte de luxe sophistiquée ? Pourquoi avait-elle eu envie de ça ? Elle ne s'en souvenait pas. En un sens, ce n'aurait pas été un mal si Jims et elle avaient organisé la cérémonie dans un hôtel ou une mairie. Dans un endroit de ce genre, elle n'aurait pas eu à entendre ces formules épouvantables – ou peut-être devait-elle dire redoutables. Pourtant, sur le moment, elles ne lui avaient rien inspiré de redoutable, elle n'en avait même pas saisi le sens, elle pensait à sa robe et à quoi ressembleraient les photographies dans les journaux… *Car vous en répondrez le jour tant redouté du Jugement dernier, quand seront révélés les secrets de tous les cœurs, et si un seul d'entre vous connaît un juste motif qui doive interdire votre union, qu'il se déclare.* Et ensuite était intervenu ce passage stipulant que tous ceux qui se marient en commettant une omission n'étaient en réalité pas mariés du tout, et que leur mariage n'était pas légal. S'il découvrait que leur mariage n'était pas légal, Jims la tuerait. Mais il devait être légal, se dit Zillah, et cette maudite litanie se poursuivait en boucle dans sa tête, car son mari était mort au moment de son mariage, du moins à quelques semaines près.

Elle dut réveiller Jordan pour l'emmener avec elle et aller retrouver Eugenie à la sortie de l'école. Il geignit et il râla. Et puis il était trempé. Elle lui retira son jean et son slip. Il y avait une grosse tache malodorante sur le canapé en soie crème de Jims. C'était terrible d'avoir à mettre une couche à un petit de trois ans, mais elle n'osait pas le sortir sans. Sur le chemin du retour, elle s'arrêterait dans une pharmacie et se résignerait à ce qu'elle s'était juré de ne jamais faire, lui acheter une tétine pour lui fermer la bouche. Et ensuite, il faudrait qu'elle téléphone à sa mère.

Pour une fois, elle était en avance. L'école était une grande bâtisse géorgienne située dans une petite rue derrière Victoria Street. Une fois garée sur une ligne jaune – mais une ligne jaune simple, et elle ne serait pas longue –, elle descendit de voiture et sortit Jordan, et elle s'appuya contre l'aile gauche, en plein soleil, songeant une fois encore à cette cérémonie de mariage et à ces formules, quand un homme descendit d'une BMW garée derrière elle et vint à sa rencontre.

«Zillah Watling», fit-il.

Il était très séduisant, grand, mince et blond, le nez en bec d'aigle, une jolie bouche bien large, habillé de l'uniforme le plus flatteur qu'un homme puisse porter à ses yeux, un blue-jean et une chemise blanche unie. Le col était ouvert à mi-poitrine, les manches retroussées. Elle l'avait déjà vu quelque part, il y a longtemps, mais où, elle était incapable de s'en souvenir.

«Je suis certaine de vous connaître, mais je n'arrive pas à…»

Il lui rafraîchit la mémoire.

«Mark Fryer.»

Ils avaient été étudiants ensemble, lui rappela-t-il. Puis il était parti, et Jerry était arrivé…

«C'est votre garçon? Je suis venu chercher ma fille.

— Et moi la mienne.»

Ils échangèrent quelques nouvelles. Mark Fryer ne semblait pas être un lecteur de journaux ou de magazines, car il ignorait tout de son mariage avec Jims. Et il n'évoqua pas sa femme, sa compagne, sa petite amie, enfin, en tout cas, la mère de cette enfant qui, par une heureuse coïncidence, descendait les marches de l'école un bras sur l'épaule d'Eugenie.

«Écoutez, nous avons tant de choses à nous raconter, on ne pourrait pas se revoir? Pourquoi pas demain? Pour le déjeuner?»

Zillah secoua la tête et désigna silencieusement Jordan.

«Alors disons vendredi matin. Si nous prenions un café quelque part?»

Elle adorerait. Il lui montra du doigt l'autre côté de la rue. Pourquoi pas là-bas? Zillah jugea l'endroit un peu trop proche de l'école pour sa propre tranquillité, et il en proposa un autre sur Horseferry Road. Quand elle démarra, il lui adressa un signe de la main en lui confiant :

«Je suis tellement content d'être tombé sur vous.»

Eugenie, assise côté passager, la fixait d'un regard sévère.

«Qu'est-ce qu'il veut dire par "tombé sur vous"? Il est rentré dans notre voiture?

— C'est juste une expression. Cela veut dire "se rencontrer par hasard".

— C'est le père de mon amie Matilda. Tu le savais? Elle dit que c'est un homme à femmes, et quand j'ai demandé ce que ça voulait dire, elle m'a dit qu'il courait après les dames. Il t'a couru après?

— Bien sûr que non. Tu ne dois pas parler ainsi, Eugenie, tu m'entends ? »

Mais Zillah se sentait déjà mieux. C'était merveilleux, ce qu'un peu d'admiration masculine était capable de faire naître. Et pour ce qui était de l'autre pensée qui revenait sans cesse la hanter, personne ne peut rien me faire, se dit-elle, car je suis veuve.

Les officiers de police judiciaire étaient revenus s'entretenir avec Fiona. Même s'ils n'en laissèrent rien paraître et n'y firent aucune allusion, ils estimaient, elle en était convaincue, qu'elle ne pouvait être profondément affectée par la mort de Jeff car ils ne se connaissaient pas depuis très longtemps. Cela ne les empêcha pas d'espérer qu'elle sache tout de son passé, de sa famille, de ses amis et de tous les endroits où il avait habité depuis qu'il avait quitté l'école d'art, neuf ans plus tôt.

Elle leur mentionna tout ce qui lui revenait à l'esprit, mais, en dépit de ce qu'elle savait, de grands vides subsistaient. Le premier mariage de Jeff, ainsi qu'elle le souligna, était pour elle une page tournée. Elle ne savait pas où il avait habité avec son épouse, si elle avait résidé ou non à Harvist Road, et elle ignorait l'âge des enfants. Pour sa part, elle jugeait très pénible qu'on ne puisse pas la laisser en paix, à son chagrin, dans le silence et la solitude – ou à la rigueur en compagnie de Michelle. Quant à l'ex-femme de Jeff, « Je ne sais même pas où elle habite, ajouta-t-elle enfin.

— Pour ça, mademoiselle Harrington, nous le savons. Nous allons nous charger de cet aspect. »

La lueur qui traversa le visage de l'homme à ce

mot, « ex-femme », était-elle le fruit de son imagination ? Peut-être. Elle n'en savait rien. Elle ne pourrait jamais bannir de son esprit ce qu'ils lui avaient révélé de Jeff, qui n'avait jamais réservé cet hôtel pour leur mariage, ni au jour fixé ni à aucun autre jour. Pourquoi lui avait-il menti ? Cela signifiait-il qu'il n'avait jamais eu l'intention de l'épouser ? Elle avait tenté d'aborder le sujet avec Michelle, mais sa voisine, d'ordinaire si chaleureuse, si affectueuse, était devenue distante et impénétrable, quand elle aurait espéré qu'elle la rassure sur les failles de Jeff. Fiona voulait qu'on lui trouve des excuses, et non qu'on lui laisse entendre, fût-ce avec gentillesse, qu'elle devrait se tourner vers le futur au lieu de s'attarder sur un homme qui... – enfin, elle n'y avait jamais fait allusion, mais Fiona savait quels mots manquaient ici –, « qui en voulait à son argent ».

« Vous nous avez parlé des amis et de la famille, dans la mesure de votre possible. Maintenant, avait-il des ennemis ? Jeff avait-il des ennemis ? »

Elle n'appréciait guère la manière dont ils s'adressaient à elle, en lui donnant du « mademoiselle Harrington » et en appelant Jeff par son prénom, comme s'il s'était agi d'une canaille qui ne méritait pas de se voir accorder la dignité d'un nom de famille. Que disent-ils de moi quand ils sortent d'ici ? se demandait-elle souvent.

« Je ne lui en connaissais pas, fit-elle, prudente. Les gens normaux ont-ils des ennemis ?

— Il y a des gens qui ne les aiment pas.

— Oui, mais c'est différent. Je veux dire, mes voisins, les Jarvey, n'aimaient pas Jeff. Mme Jarvey l'a reconnu. Tous deux éprouvaient de l'animosité à son égard.

— Pourquoi cela, mademoiselle Harrington ?

— Jeff était… il faut que vous compreniez, il possédait une immense vitalité. Il était si plein de vie et d'énergie… »

En prononçant ces mots, Fiona ne put réprimer un petit sanglot.

« Ne soyez pas si bouleversée, mademoiselle Harrington. »

Comment ne pas se sentir bouleversée quand vous étiez contrainte de répondre à des questions que vous auriez préféré enfouir au fond de vous-même pour toujours ? Elle s'essuya soigneusement les yeux.

« Ce que j'étais sur le point de vous expliquer, c'était que Jeff exprimait des choses qui… enfin, qui paraissaient déplacées, mais il ne les pensait pas, cela le dépassait, voilà tout.

— Quel genre de choses ?

— Il lançait des piques, des sortes de blagues à Michelle… Mme Jarvey. Sur son tour de taille. Je veux dire, il les appelait, son mari et elle, Laurel et Hardy, voilà, ce genre d'esprit. Elle n'appréciait pas, et cela insupportait son mari. Si cela n'avait tenu qu'à elle, je ne crois pas qu'elle aurait continué d'entretenir la moindre relation avec Jeff. (Fiona se rendit compte de ce qu'elle disait là, et elle s'efforça de leur transmettre une meilleure impression.) Je ne veux pas dire qu'ils ont agi en ce sens, ils n'ont même jamais rien exprimé de tel. Avec moi, Michelle s'est comportée comme un ange. Simplement, ils ne comprenaient pas Jeff. »

Elle s'obligea à formuler le point de vue de Michelle, alors qu'elle ne s'y était jamais confrontée auparavant. Le mensonge de Jeff à propos de cette réservation d'hôtel lui revint à l'esprit.

« La vérité, je suppose, c'est que Michelle ne souhaitait pas que j'épouse Jeff, elle le jugeait néfaste pour moi. Et… enfin, Michelle me considère vraiment comme sa fille, elle me l'a avoué. Mon bonheur compte énormément à ses yeux.

— Merci beaucoup, mademoiselle Harrington, ajouta l'inspecteur. Je ne crois pas que nous ayons à vous déranger de nouveau. Nous n'aurons pas besoin de vous dans le cadre de l'enquête. Veillez à nous téléphoner si vous songiez à quoi que ce soit qui vous aurait échappé. »

Dans la voiture, il s'adressa à son brigadier.

« La pauvre bonne femme, le réveil est rude.

— Tu veux que je continue à le chercher, ce jugement de divorce ?

— Il y a des choses qu'on peut chercher, Malcolm, et qu'on ne trouvera jamais. Parce qu'elles n'existent pas, vu ?

— Alors, l'autre, on la coffre pour bigamie ?

— À mon avis, on va laisser ça au procureur général. On a suffisamment de quoi s'occuper comme ça. »

« Cet après-midi, je me rends dans ma circonscription, lui annonça Jims le jeudi matin, mais je vais attendre jusqu'à quatre heures, que tu aies le temps de ramener Eugenie de l'école avant. »

Zillah lui lança un regard mécontent.

« Ne t'embête pas. Je ne viens pas avec toi. »

Comment aurait-elle pu ? Elle avait rendez-vous avec Mark Fryer pour prendre un café chez Starbuck's vendredi à onze heures.

« Qu'est-ce qui t'a fait croire que je viendrais ? »

Jims avait oublié ce rêve où il était Premier ministre, avec Zillah en première dame.

«Je vais te dire ce qui me fait croire ça, chérie. Nous avons conclu un marché, tu te souviens ? Jusqu'à présent, tu as retiré tous les bénéfices de ce mariage, et moi, j'en ai retiré que dalle. Tu es ma femme, tout au moins tu es l'ornement qui va me permettre de faire grande impression sur mes électeurs, et si je décide que tu m'accompagnes dans le Dorset, tu m'obéis. Au cas plus que probable où tu ne lirais jamais un journal ou ne regarderais jamais rien à la télévision qui dépasse le niveau des séries du genre "Urgences", il s'organise une élection partielle dans le North Wessex la semaine prochaine, et j'ai l'intention d'y être samedi pour soutenir notre candidat. Avec toi. Vêtue à ton avantage, l'air charmante, gracieuse et dévouée. Et avec les marmousets, en escomptant que ce petit diable ne casse pas les oreilles de tout le monde à force de brailler.

— Espèce d'enfoiré.

— Ce sont tes enfants, pas les miens, mais tu ferais mieux de ne pas employer un pareil langage devant eux.

— Et toi, quand tu dis "que dalle", alors ? »

Jordan avait sorti sa nouvelle tétine de sa bouche et la balança à travers la pièce.

«Que dalle», dit-il d'un air pensif.

C'était apparemment une meilleure panacée que la tétine pour qu'il s'arrête de pleurer. «Espèce d'enfoiré. »

«De toute façon, je ne viendrai pas. Je ne veux plus jamais retourner dans le Dorset. Ce coin, j'en ai vu tout ce que je voulais y voir quand j'y vivais.

313

Emmène ce Leonardo. Je parie que c'était ton intention.

— J'espère m'y connaître un petit peu en matière de discrétion, Zillah, ce petit peu dépassant ce que tu en sais toi-même. À propos, as-tu pensé à prendre des nouvelles de ton père ? »

Le lendemain matin, ni l'un ni l'autre ne vit l'article de Natalie Reckman, Jims parce qu'il se réveilla tard et dut filer en vitesse pour arriver à l'heure à sa permanence de Toneborough, Zillah parce que, après avoir accompagné les enfants, elle alla directement se faire faire un soin complet du visage et un maquillage aux Army and Navy Stores. Juste après onze heures, elle était une apparition de toute beauté, selon les termes de Mark Fryer, qui ne semblaient nullement sarcastiques, et buvait un cappuccino avec lui dans Horseferry Road. C'est là qu'il lui raconta tout de l'échec de son mariage, de son récent divorce — dans la période actuelle, un mot auquel Zillah fut sensible —, et ne la crut pas quand elle l'avertit qu'elle devait aller chercher Jordan.

« Laissez-moi vous accompagner. »

Après coup, Zillah fut incapable de comprendre pourquoi, au lieu de monter à l'appartement par l'ascenseur, elle était descendue de voiture avec Jordan et Mark Fryer pour contourner l'immeuble et entrer côté rue. Était-ce à cause des sous-sols de l'immeuble, un cauchemar de béton défraîchi, alors que la façade était magnifique ? Avait-elle voulu l'impressionner ? Peut-être. Mais le mal était fait. Ils longèrent tous ensemble Millbank et tournèrent au coin de Great College Street.

Une foule s'était rassemblée devant Abbey Mansions Gardens, composée essentiellement de photographes de presse et de jeunes femmes armées de carnets de notes. Quand ils virent Zillah s'approcher, ils se retournèrent comme un seul homme, et la foule se referma sur elle, des voix stridentes la bombardaient de questions, ponctuées par les éclairs des flashs. Elle essaya de se couvrir le visage des deux mains, et puis elle espéra se protéger avec la veste de Mark, qu'il tenait jetée sur son épaule.

Il la lui arracha d'un coup sec.

« Je n'ai rien à faire ici. À plus tard », lâcha-t-il sèchement, et il disparut.

Jordan se mit à crier.

20

C'était le jour de congé de Laf. À onze heures du matin, les Wilson étaient assis dehors, devant leur porte-fenêtre, en train de boire du café et de lire le *Mail* et l'*Express*. Sonovia soignait son petit jardin, ainsi qu'elle le disait souvent, comme un jardin doit l'être : « une émeute de couleurs », un vrai contraste avec celui d'à côté, où tout était impeccable, stérile et sans une fleur. Des pots accueillaient des azalées rose vif, des géraniums écarlates et rose pastel fleurissaient, et des plantes rampantes aux couleurs évoquant celles des bateaux de la course d'aviron annuelle d'Oxford contre Cambridge débordaient de leurs paniers suspendus et de bacs en pierre. Une plante grimpante jaune vif dont personne ne connaissait le nom s'embrasait sur la clôture du fond.

Laf reposa son journal et, d'un ton admiratif, avoua à sa femme que ce jardin était un régal pour les yeux.

« Ces machins bleus sont ravissants. Tu n'en avais pas, avant, je crois.

— Ce sont des lobélies, lui précisa Sonovia. Elles font un joli contraste avec le rouge. Je les ai eues par correspondance, mais pour te dire la vérité, je n'aurais jamais cru qu'elles rendraient aussi bien que sur la photo. Tu as vu l'histoire de cette femme ? Elle était mariée à l'homme qui a été assassiné à l'Odeon et elle en a épousé un autre sans avoir divorcé. Il est dit ici qu'elle croyait avoir divorcé. Je ne vois pas comment ce serait possible, et toi ?

— Je sais pas. Il y a des gens qui feraient n'importe quoi, je suis bien placé pour le savoir. Peut-être qu'il lui a montré de faux documents. »

Ces toutes dernières nouvelles concernant l'affaire du Tueur du cinéma n'avaient pas encore atteint le commissariat de police de Notting Hill, et il n'allait pas en informer Sonovia. Le couteau, c'était différent, il était au courant de tout ça, on l'avait repêché dans une poubelle du tri sélectif, et quelqu'un avait dit qu'apparemment l'arme avait été mise à bouillir, et le labo était incapable d'affirmer si c'était l'arme du meurtre ou non. Qui irait faire bouillir un couteau ? C'était la question que s'était posée l'inspecteur principal, et Laf s'était dit que Minty ferait bien un truc pareil. Il y avait de quoi rire, à l'idée de la petite Minty faisant du mal à quelqu'un.

« Tu estimes que Zillah Melcombe-Smith a mal agi, demanda-t-il à sa femme, en se remariant alors qu'elle n'avait pas divorcé ? Je veux dire, si elle a cru qu'elle était divorcée, et si elle a épousé ce parlementaire de bonne foi ?

— Oh, je ne sais pas, Laf. Avant de se présenter devant l'autel, elle aurait peut-être dû vérifier ?

— Bon, crois-tu que ce soit mal agir, si l'on ne sait pas qu'on agit mal ? (Il arrivait quelquefois que ces questions viennent troubler Laf, en sa qualité de policier responsable.) Disons, si tu agresses quelqu'un, si tu le tues, parce que pour toi ce quelqu'un était un démon, ou Hitler, ou que sais-je encore, si tu le croyais vraiment ? Si tu estimais débarrasser le monde d'un grand fléau... d'une entité néfaste ? Ce serait mal ?

— Il faudrait être fêlé.

— D'abord, il y a plus de gens fêlés, comme tu dis, qu'on ne s'imagine. Ce serait une faute ?

— C'est trop compliqué pour moi, Laf. Tu ferais mieux d'interroger le pasteur. Tu veux un autre café ? »

Mais Laf n'en avait plus envie. Il était assis au soleil, songeant que ce qu'il venait d'exposer à Sonovia ne saurait s'appliquer à celui qui se faisait tuer, à tous ses amis et à sa famille, car, aux yeux de ces derniers, le tueur serait aussi coupable que s'il avait agi intentionnellement. Mais pour l'auteur du meurtre, ce ne serait pas mal agir, il n'aurait pas commis le meurtre prohibé par le Commandement, il serait aussi innocent que l'agneau. Il n'aurait rien sur la conscience, et peut-être serait-il fier d'être l'assassin de Hitler ou du diable.

Laf était un homme profondément religieux, qui adhérait aux Évangiles, et il se demandait si la personne en question irait au ciel. Il poserait la question au pasteur. Et il était assez convaincu de sa réponse : puisque Dieu avait rendu cette personne folle, c'était Lui qui devait lui ouvrir les portes du paradis. Il contempla de nouveau le jardin. Ces géraniums rose pâle étaient d'une couleur ravissante. C'est une bien belle chose que d'être un homme heureux, de s'asseoir sous sa vigne et son figuier, comme il était écrit dans la Bible, sous son aubépine et son lilas, avec une brave épouse et une flopée d'enfants.

Sonovia était rentrée dans la maison téléphoner à Corinne. Dans l'après-midi, ils iraient au Millenium Dome, et ils emmèneraient leur petite-fille avec eux.

Il attendrait une heure et quart pour déjeuner, et ensuite il porterait les journaux à Minty. Peut-être qu'elle aurait envie de les accompagner. Combler le fossé entre Minty et Sonovia, c'était l'initiative la plus valable qu'il ait prise depuis bien longtemps, se dit Laf. Son épouse était une brave femme, mais elle avait un peu tendance à s'emporter facilement. Il appuya la tête contre le dossier de sa chaise et ferma les yeux.

Minty n'était pas surprise d'être hantée par la vieille Mme Lewis, elle s'y était attendue. Elle était incapable de la voir et elle espérait que cela ne lui arriverait jamais, mais sa voix revenait aussi souvent que celles des autres. En tout cas, cela prouvait qu'elle était morte et que les propos qu'elle avait entendu Jock chuchoter dans la nuit étaient vrais. Les vivants ne revenaient pas vous parler, ils étaient déjà là.

Elle savait que la nouvelle voix était celle de Mme Lewis, car Tantine le lui avait signalé. Tantine ne s'était pas chargée de faire les présentations, elle n'avait pas pris cette peine, ce que Minty trouvait plutôt grossier. Elle se contentait de l'appeler Mme Lewis. Cela lui avait causé un sacré choc. Minty était en train de repasser, pas à l'Immacue comme maintenant, mais chez elle, dans sa cuisine, quand Tantine s'était mise à lui parler. Elle n'avait pas dit un mot au sujet des fleurs que Minty avaient déposées sur sa tombe la veille et qui avaient coûté cher, plus de 10 livres, mais elle s'était lancée dans des critiques sur son repassage, en la prévenant que le linge était trop sec, que les plis n'allaient jamais s'effacer. Et ensuite, elle avait consulté Mme Lewis.

« Qu'en pensez-vous, Mme Lewis ? » s'était-elle enquise.

La nouvelle voix était bourrue et plus grave que celle de Tantine, et elle avait un drôle d'accent. Ce devait être l'accent de l'Ouest.

« Il lui manque de l'amidon en bombe, dit la voix. Dans les pressings où elle travaille, ils en ont plein. Elle pourrait leur en emprunter. »

Elles savaient tout, les mortes. Elles pouvaient tout voir, ce qui rendait encore plus curieux, vraiment, le fait qu'elles ne puissent entendre ce qu'on leur disait. Mme Lewis avait habité Gloucester, à des centaines de kilomètres de là, quand elle était vivante, et ne savait rien de l'Immacue ni de Minty qui travaillait là, mais à présent, elle était au courant, car elle était morte, et des secrets lui avaient été révélés. Toutes deux discutaient pendant que Minty continuait son repassage, elles jacassaient à n'en plus finir au sujet des poudres à laver et des produits détachants. Minty essaya de les ignorer. Elle ne comprenait pas pourquoi Mme Lewis était revenue la hanter. Peut-être la vieille femme était-elle morte en apprenant le décès de son fils Jock, elle avait accusé le coup. Il ne fallait pas qu'elle s'imagine que Minty allait fleurir sa tombe, où qu'elle se situe. Elle se donnait déjà suffisamment de mal pour Tantine, sans compter l'argent dépensé.

Le repassage était terminé, tout était plié et rangé dans la panière à linge, sur un drap propre. Minty ramassa l'ensemble.

« Tu n'as pas besoin d'utiliser cette panière, lui soutint Tantine. Ça ne fait pas une très grosse pile. Tu pourrais la porter, ce serait plus commode.

— Va-t'en, lui lança Minty. Ça ne te regarde pas,

et je ne viendrai plus déposer de fleurs sur ta tombe. Je ne peux plus me le permettre.

— Tu peux comprendre sa réaction, intercéda la vieille Mme Lewis. Mon espèce de fiston lui a pris tout son argent. Remarque, s'il n'avait pas eu une triste fin dans cet accident de train, il le lui aurait rendu. Jusqu'au dernier penny, il le lui aurait restitué.

— Si vous avez des choses à me dire, hurla Minty, vous pouvez me les dire en face, et pas à elle. Et c'est à vous de me rendre mon argent. »

Mais Mme Lewis ne lui adressait jamais la parole. Elle parlait à Tantine. Par une sorte de miracle, Tantine avait recouvré l'ouïe, et ce matin, Mme Lewis lui avait causé, pendant que Minty faisait son repassage pour les clients de l'Immacue. Ils arrivaient à se faufiler partout, ces fantômes. Tantine disait qu'elle la trouvait pâlichonne, elle avait dû se contenter de grignoter trois fois rien, ça ne faisait aucun doute, mais là-dessus, Mme Lewis intervint et lui signala que Jock avait forcé Minty à manger, il était lui-même gros mangeur et il appréciait qu'une fille ait un solide coup de fourchette.

« Allez-vous-en, allez-vous-en, chuchota Minty, mais pas assez bas, car Josephine se manifesta, lui demandant si elle lui avait parlé.

— Je n'ai rien dit.

— Ah, je croyais que si. Tu as vu les journaux, ce matin ? Il y a une femme, elle était mariée à ce type qui s'est fait assassiner et elle en a épousé un autre.

— Je ne regarde jamais les journaux avant de rentrer à la maison. Et pourquoi pas, s'il est mort ?

— Quand elle s'est remariée, il n'était pas mort, précisa Josephine. Et qu'est-ce que tu dis de ça, elle et son député, ils se sont mariés le même jour que

Ken et moi. Regarde, là, j'ai le *Mirror*. T'aimes bien sa tenue ? Un jean, ça peut bien être trop moulant, ce que les autres disent, ça m'est égal. Et elle a les cheveux dans tous les sens. C'était un sacré type, celui avec qui elle vivait, ils ne disent pas qui c'était, pas le mari, l'autre, et là c'est son petit garçon, il pleure toutes les larmes de son corps, pauvre gosse.

— C'est méchant de tuer les gens, observa Minty. Regarde un peu les problèmes que ça cause. »

Elle termina la dernière chemise et rentra chez elle.

Elle n'était chez elle que depuis cinq minutes quand Laf vint lui apporter les journaux. Il avait envie qu'elle les accompagne au Millenium Dome, Sonovia, la petite fille de Daniel et lui, mais Minty lui répondit non, merci, pas cette fois, elle avait trop à faire dans la maison. Elle avait besoin de prendre un bain, elle ne pouvait pas ressortir aussi sale, et ils partaient dans dix minutes. En plus, elle avait les journaux à lire, et il fallait qu'elle dépoussière et qu'elle passe l'aspirateur.

« Pas dans l'après-midi, s'écria Tantine dès que Laf se fut éclipsé. Une bonne maîtresse de maison commence par achever son ménage dès le matin. L'après-midi est fait pour se reposer et avancer ses travaux de couture. »

Il fallait que Mme Lewis y mette son grain de sel.

« Elle te dira qu'elle a son travail. Tu ne voudrais pas qu'elle fasse le ménage chez elle le dimanche, je suis sûre. Le dimanche est un jour de repos, en tout cas ça devrait. De mon temps, il y avait bien des femmes qui se levaient à l'aube pour faire la poussière avant d'aller travailler.

— Allez-vous-en, supplia Minty. Allez-vous-en. Je vous déteste. »

322

Sans trop savoir pourquoi, elle était persuadée qu'elles ne la suivraient pas dehors, et elle ne se trompait pas. Peut-être faisait-il trop clair pour elles, ou trop chaud, ou quelque chose de ce genre. Au soleil, les fantômes s'effaçaient, elle l'avait entendu dire quelque part. Elle sortit la tondeuse et tondit la petite pelouse, puis elle tailla les haies avec son sécateur à longs manches. La sœur de M. Kroot sortit dans le jardin d'à côté, et lâcha des morceaux de pain couverts de moisissures vertes pour nourrir les oiseaux. Minty avait envie de l'avertir que cela attirerait les rats, et non les oiseaux, sauf qu'elle se retint, car Tantine et elle avaient juré de ne jamais plus parler à M. Kroot ou à sa sœur, ou même à toute personne ayant un rapport avec eux.

Tantine lui adressa enfin la parole, à la seconde où elle entrait dans la cuisine.

« Si tu avais dit un mot à Gertrude Pierce, tu aurais eu de mes nouvelles. »

C'était ça, son nom. Les morts savaient tout. Cela lui revenait, à présent, alors qu'elle ne l'avait plus entendu depuis dix bonnes années. Elle ne répondit pas à Tantine. Toutes les deux, elles continuaient de grommeler quelque part dans le fond. Elle allait devoir les supporter jusqu'à ce qu'elles se fatiguent et retournent là d'où elles étaient venues. Elles n'allaient pas apprécier l'aspirateur, le bruit allait noyer leurs voix. Qu'elles marmonnent tout ce qu'elles veulent. Au moins, elle ne pouvait pas les voir.

Elle commençait toujours par la poussière. Quand Tantine était en vie, elle la contredisait souvent là-dessus. Tantine, elle, commençait par l'aspirateur, mais Minty maintenait que si l'on dépoussiérait après, toute la poussière se déposait sur les tapis propres, et si on voulait être soigneuse, on était forcée de repasser l'aspirateur.

Comme de juste, Tantine se lança dès que Minty eut sorti le chiffon à poussière jaune du tiroir de la cuisine.

« J'espère que tu ne vas pas t'en servir avant d'avoir fait le sol. Je ne sais pas combien de fois je le lui ai rabâché, madame Lewis. Ça entre par une oreille et ça sort par l'autre.

— Autant causer à un mur, un mur en briques, grinça Mme Lewis, car à ce moment-là Minty avait déjà commencé de pousser tous les bibelots sur la petite table et d'en vaporiser la surface de cire liquide. Ce truc qu'elle utilise ne fait qu'avaler la poussière en laissant un vilain dépôt.

— Exactement mes termes. Si j'avais pu toucher un billet de 5 livres chaque fois que je lui ai répété, j'aurais été riche.

— C'est pas vrai, hurla Minty, en s'approchant du buffet. Pas si on maintient les lieux dans cet état de propreté, comme je fais. Et ces 5 livres, c'est à moi que tu devrais les donner.

— Elle a mauvais caractère, Winifred. Tu lui dis un mot et elle t'arrache la tête à belles dents.

— J'aimerais assez t'arracher la tienne, avec les dents ! J'aimerais faire venir un gros chien policier et qu'il te l'arrache.

— Veux-tu ne pas adresser la parole à Mme Lewis sur ce ton ! » s'exclama Tantine.

Ainsi, elles pouvaient l'entendre. Peut-être que c'était uniquement quand elle se mettait en colère. Elle s'en souviendrait. Elle acheva le ménage complet de la maison. Au premier, dans la salle de bains, elle se boucha les oreilles, mais elle captait encore leurs voix à travers le coton hydrophile. C'est seulement lorsqu'elle prit son bain et se lava les cheveux qu'elle obtint le silence. Allongée dans l'eau, elle tâcha de se représenter à quoi ressemblait Mme Lewis. Elle devait être très âgée. Pour une raison ou une autre, Minty s'était mis en tête que Mme Lewis allait sur la cinquantaine quand Jock était né. Elle devait avoir les cheveux blancs et tout légers et vaporeux, si fins qu'ils laissaient entrevoir des taches de cuir chevelu tout rose, le nez crochu et le menton en galoche, rebiquant à la rencontre du nez, avec dans l'intervalle une bouche comme une fente dans un gros morceau de bois brut. Elle avait l'air d'une sorcière, toute voûtée et très petite, parce qu'elle s'était ratatinée, et quand elle marchait, c'était à petits pas incertains.

« Je ne veux pas la voir, s'exclama-t-elle à haute voix. Je ne veux pas la voir et je ne veux pas voir Tantine. Elles n'ont pas besoin de moi, elles se soutiennent. »

Personne ne lui répondit.

Propre et vêtue de frais, avec ses Dockers gris clair du magasin de ventes de charité, un T-shirt blanc et la croix en argent de Tantine suspendue à une chaîne autour du cou, Minty était assise à la fenêtre, en train de lire les journaux et, de temps en temps, elle levait les yeux dehors, vers la rue. Il était cinq heures passées et les Wilson n'étaient pas rentrés. Gertrude Pierce sortit de chez M. Kroot avec une lettre à la main. Ses cheveux orange étaient tout blancs à la racine. Elle portait un manteau violet avec un faux col de fourrure, un manteau d'hiver par un chaud après-midi d'été. Minty la regarda traverser la rue et aller en direction de la boîte aux lettres, au coin de Lanurnam. À présent, sur le chemin du retour, elle lui faisait face, et Minty vit qu'elle s'était couvert le visage de maquillage, des couches et des couches, avec un rouge à lèvres écarlate et du truc noir aux sourcils. Rien que l'idée d'avoir toute cette saleté sur la peau, c'était à vous donner la chair de poule, et elle devait avoir soixante-quinze ans bien tassés.

Les voix des fantômes ne firent aucun commentaire. Depuis deux ou trois heures, elles s'étaient tues. Minty se prépara une tasse de thé dans un joli mug blanc et propre, accompagné d'un feuilleté sucré. Elle avait personnellement surveillé l'homme qui, les mains gantées, l'avait attrapé avec des pincettes en acier inoxydable, en soulevant un couvercle, pour ensuite le déposer sur une assiette blanche décorée d'un napperon blanc en papier. Ensuite, quand elle eut lavé et séché le mug et l'assiette, elle enfila un cardigan blanc et propre et traversa Harrow Road pour se rendre au cimetière. En route, elle croisa Laf, Sonovia et la petite fille et l'épouse de Daniel, Lauren, qui rentraient à la maison dans la voiture de Laf. Ils lui adressèrent des signes de la main par les fenêtres ouvertes. Lauren avait attaché ses longs cheveux noirs, en une coiffure qu'on appelait des tresses plaquées, et elle avait des images de fleurs sur les ongles, ce qui n'était guère convenable pour une femme de médecin.

Le cimetière était très vert, très luxuriant, les boutons-d'or et les marguerites poussaient dans l'herbe et de la mousse toute fraîche escaladait les vieilles pierres. Le gazomètre était plein et il surplombait l'autre rive du canal. Parfois, quand il était presque vide, on ne voyait plus que son ossature, comme les squelettes qui gisaient partout ici dans leurs boîtes et qui se décomposaient sous la terre. Elle suivit l'allée, entre les yeuses et les conifères, où le lierre escaladait les anges déchus et moussus et les mausolées de lichens. Certaines pierres tombales étaient ornées de lierre sculpté, et le lierre véritable y grimpait aussi. Il n'y avait personne aux alentours. C'était précisément ici, à l'intersection des deux allées, qu'elle avait vu Jock venir dans sa direction, vêtu de sa veste en cuir noir. Elle était certaine de ne jamais le revoir. Elle ne prierait plus jamais Tantine, pas après le traitement qu'elle lui avait infligé, et il n'y aurait plus de fleurs sur sa tombe.

C'était dur, car elle n'avait eu personne d'autre que Tantine, vraiment, jusqu'à ce que Jock croise son chemin. Un jour, Sonovia lui avait fait observer que Tantine, pour elle, était comme son Dieu, et Laf, qui était présent, avait été choqué et l'avait enjointe de ne pas s'exprimer ainsi, car Minty n'adorait pas Tantine, elle ne lui adressait pas de prières. À la vérité, si, elle lui adressait des prières, la priait, sans pouvoir l'avouer. Mais quand elle rentrait chez elle, elle s'agenouillait et elle priait. Elle avait les idées embrouillées, elle ne savait pas quoi faire, remercier Tantine d'être morte et de lui avoir laissé la maison et la salle de bains, ou souhaiter son retour parmi les vivants. Eh bien, en un sens, ce dernier vœu s'était réalisé.

Les œillets et les gypsophiles qu'elle avait déposés sur la tombe deux semaines plus tôt étaient morts, maintenant, et tout brunis. L'eau dans le vase était brune elle aussi, et il en restait moins de deux centimètres. Elle sortit les fleurs mortes, jeta l'eau sur le sol et remit le vase là où elle l'avait trouvé, sur la dalle devant la tombe d'un vieil homme. Le soleil la réchauffait, et elle offrit son visage à sa douce lumière vespérale. Elle s'était attendue à ce que Tantine, et peut-être Mme Lewis, disent quelque chose. Tantine devait bien comprendre, à présent, qu'elle pensait ce qu'elle disait, quand elle l'avait menacée de ne plus apporter de fleurs. Le fait d'enlever le vase l'indiquait assez clairement. Les morts savaient tout, voyaient tout. Mais pas une voix ne s'éleva, elles étaient parties quelque part, là d'où elles étaient venues.

Cela fait, elle irait au cinéma. Toute seule. Elle irait à pied, ce n'était pas loin, jusqu'au Whiteley. Si elle devait les croiser quelque part, songea-t-elle, ce serait dans le passage souterrain, à côté de la gare de Royal Oak, et pourtant, elle n'avait aucune raison de les associer à des tunnels creusés sous des routes, ni l'une ni l'autre. Et d'ailleurs, elles n'y étaient pas, même pas leurs voix marmonnant. Un film intitulé *L'Initié* et un autre, *La Plage*, constituaient les deux possibilités qui s'offraient à elle. Elle choisit le second et dut subir de bout en bout une histoire d'adolescents dans une île lointaine.

Un homme vint s'asseoir à côté d'elle et lui offrit un Polo. Elle secoua la tête et refusa, mais, naturellement, cela lui rappela Jock, et quand l'homme lui posa la main sur le genou, elle se souvint d'avoir juré à Jock qu'elle lui appartenait, pour toujours. Il n'y aurait jamais personne d'autre. Peu importait que Jock lui ait volé tout son argent. Elle prit la main de l'homme, y planta les ongles jusqu'à ce qu'il crie. Ensuite elle se déplaça de trois fauteuils dans la même rangée et, au bout d'une minute ou deux, l'homme s'en alla.

Quand elle sortit de la salle, il faisait nuit et plus très chaud. Elle remonta Edgware Road et attendit le bus numéro 36. C'était pendant qu'elle attendait là, toute seule, dans un endroit morne et isolé près de Paddington Basin, qu'elle vit Tantine assise dans un siège, sous l'Abribus. Elle n'était pas aussi nette et distincte que Jock, c'était une silhouette, on voyait au travers, une entité à moitié transparente, qui n'en était pas moins celle de Tantine, c'était à s'y méprendre, depuis les cheveux gris fer enroulés en chignon sur l'arrière du crâne et les lunettes sans monture jusqu'aux chaussures bien pratiques, noires, à lacets.

Minty n'allait pas lui adresser la parole, elle ne lui donnerait pas cette satisfaction, mais elle se demanda quand même si c'était d'avoir retiré ce vase et jeté les fleurs mortes qui avait causé sa réapparition sous une forme aussi visible. Quant à Mme Lewis, pas trace d'elle. Minty ne quittait plus Tantine du regard, et Tantine regardait ailleurs, exprès, en direction du pont qui enjambait le canal. Quelques minutes après, le bus arriva. Si elle monte dedans, je ne monte pas, se dit-elle. Mais quand le bus s'arrêta, Tantine se leva et s'éloigna vers le passage souterrain.

« Bon débarras, mauvaise graine, lâcha Minty en tendant son argent au chauffeur.

— Quoi ? »

Beaucoup de gens la dévisageaient.

« Je ne vous parlais pas, affirma-t-elle au chauffeur, ni à aucun de vous », ajouta-t-elle à l'intention des autres.

Elle monta au premier étage, pour leur échapper.

21

Si loin qu'il remonte, jamais Jims n'avait été aussi en colère de sa vie, et sa colère était un mélange de fureur et de peur. Il était un homme imaginatif, dans une certaine mesure, et il vit sa carrière brisée en mille morceaux, tandis que se dressait devant lui la silhouette en forme d'ogre du chef de file de l'opposition parlementaire.

Il était couché dans son lit, à Fredington Crucis House, après avoir consciencieusement écouté l'émission *Today* à sa radio de chevet. À huit heures et demie, Mme Vincey lui monta une tasse de thé – chose qu'elle n'avait jamais faite – et deux quotidiens. Ce devait être les siens, car Jims n'emportait pas de journaux à la campagne et, dans le cas contraire, jamais il n'aurait choisi ces titres-là. Il s'était souvent dit qu'elle le haïssait, et à présent, il en avait la certitude.

C'était le jour où il était censé se rendre à Shaston pour apporter son soutien au candidat conservateur. Il se représenta les médias l'attendant avec leurs appareils photo et leurs magnétophones, et il était justement en train de renoncer à y aller, car cela causerait davantage de mal que de bien au parti, quand le téléphone sonna.

C'était Ivo Carew.

« Écoute, mon poussin, j'ai un aveu à te faire. J'ai raconté aux flics que pour notre déjeuner, tu avais tiré au flanc. J'étais plus ou moins obligé. Ils m'ont posé la question. »

Comment en étaient-ils venus là, sachant qu'il ne leur avait jamais mentionné l'existence d'Ivo, Jims ne le comprenait pas.

« Tu as vu les journaux ?

— Qui ne les a pas vus ?

— Qu'est-ce que je vais faire ?

— Eh bien, mon ex-grand amour, à ta place, je soutiendrais que je ne savais rien. Je veux dire, du fait que ce type était toujours son mari.

— Mais c'est vrai, je ne le savais pas. »

Manifestement, Ivo ne le croyait guère.

« Je clamerais mon innocence, tout simplement. Je la clamerais résolument. Un jeune marié… (À ce mot, il ricana méchamment.)… n'est pas censé passer au crible les papiers de divorce de sa jeune épouse. Elle t'a raconté qu'elle avait divorcé, et tu as pris ça pour argent comptant. »

Jims ne répondit rien.

« Bon sang, pourquoi l'as-tu épousée ?

— Je ne sais pas, avoua-t-il. Sur le moment, cela paraissait une bonne idée.

— Faut-il que je passe te voir, mon poussin ? »

Pour se fourrer au lit avec lui, sans aucun doute, et compliquer encore un peu plus les choses, à plus forte raison avec la vieille Vincey, au rez-de-chaussée, les oreilles aux aguets.

« Il ne vaut mieux pas. Je rentre. »

Une fois douché et habillé, Jims se sentait un peu mieux, quoique pas suffisamment d'attaque pour avaler l'assiettée d'œufs sur le plat, de pain, de bacon et de patates nageant dans leur graisse qu'on lui avait préparée, contre toute attente. Il but une tasse de Nescafé avec du lait en poudre reconstitué. La situation était-elle aussi grave qu'il l'avait d'abord cru ? En bon politicien, Jims estimait qu'il existait peu de situations, dans une vie publique, auxquelles on ne puisse remédier par une stratégie appropriée, peu d'erreurs qui ne soient susceptibles d'être réparées par une (apparente) franchise, des excuses sincères et un air d'honnêteté et d'innocence. Et il était vraiment innocent. Quoi de plus probable que le fait que deux individus comme Zillah et Jerry Leach, deux individus laxistes et irresponsables, se soient mis en ménage et aient conçu deux enfants sans jamais se marier ? Bien sûr qu'il l'avait crue. Il pourrait déclarer que son premier mariage avait été trop douloureux pour elle, au point qu'elle n'avait voulu l'entériner par aucun document. Voilà qui ferait l'affaire. Enfin, non, cela ne ferait pas l'affaire, mais cela y contribuerait.

La meilleure ligne de conduite serait probablement d'affirmer qu'il ignorait tout. Zillah croyait avoir divorcé et, maintenant que Jeffrey Leach était mort, lui, Jims, réglerait tout en se remariant immédiatement avec la veuve. Avait-il réellement envie de cela ? Bien sûr que non. Il préférerait ne plus jamais la revoir. Mais il n'avait pas le choix. Nécessité fait loi, et la loi de la nécessité ne s'était jamais imposée avec autant de dureté et de célérité. Ils pourraient toujours divorcer, une fois que tout ce remue-ménage aurait cessé. Peut-être pourrait-il faire une déclaration. Appeler tout de suite Malina Daz et obtenir qu'elle l'aide à la rédiger. Cependant, ce serait trop tard pour l'*Evening Standard*. Mieux valait rentrer d'abord à la maison, échafauder cette déclaration sur la route, dans sa tête, et parler à cette innommable petite garce de Zillah sur laquelle il aurait été mieux inspiré de ne jamais poser les yeux. Il appellerait Malina depuis son téléphone de voiture, et ensuite il appellerait Leonardo.

Mais peut-être avait-il le choix. Peut-être existait-il d'autres possibilités. Il décrocha le combiné et composa le numéro de portable d'Ivo. Tout bien considéré, Zillah n'était pas très intelligente.

Michelle ne se souciait guère de ce qu'on les soupçonne, Matthew et elle, d'avoir assassiné Jeffrey Leach, ainsi qu'elle devait apprendre à le nommer. Certes, c'était exagéré. Si la police les soupçonnait vraiment, si toutes ces questions ne relevaient pas de la pure routine, elle s'en soucierait, naturellement. Matthew et elle prenaient encore cela à la légère. Ils avaient même affublé les inspecteurs de police de noms rigolos, en baptisant la femme Miss Délit et l'homme Mister Crimes de Sang. Mais s'ils finissaient vraiment par inscrire M. et Mme Jarvey, de Holmdale Road, West Hampstead, sur la liste de leurs suspects, et s'ils nourrissaient de véritables soupçons à leur égard, ce ne serait rien à côté de la trahison de Fiona.

Lors de leur visite, hier matin, ils avaient voulu savoir où ils étaient, Matthew et elle, une semaine auparavant, le jour du meurtre de Jeff, et quand ils avaient évoqué le fait que Fiona avait perçu toute leur aversion pour Jeffrey Leach, qu'ils avaient clairement manifestée, elle leur avait demandé comment ils le savaient. Naturellement, ils ne lui avaient pas apporté cette précision. Ils n'étaient pas en mesure, soulignèrent-ils, de divulguer cette information. Mais elle le savait très bien, et cette prise de conscience la déchira. Seule Fiona avait pu le leur confier, car personne d'autre n'était au courant de cette aversion. Matthew et elle possédaient fort peu de relations, mis à part sa sœur à elle et son frère à lui, qu'ils voyaient très rarement et auxquels ils ne se seraient jamais confiés. Fiona savait que les Jarvey n'aimaient pas son fiancé, Michelle et elle en avaient discuté et, quand on lui avait demandé si Jeff avait des ennemis, elle avait évoqué ses voisins. Ses amis. Comme si la femme qui l'aimait comme une mère et qui se croyait aimée en retour, comme d'une fille, aurait pu faire cela. C'était monstrueux. Matthew n'était-il pas de cet avis ? s'enquit Michelle, en larmes.

« Chérie, on ne peut l'affirmer avec certitude. Ils ont très bien pu supposer que nous le détestions, voilà tout, car c'était apparemment le cas de pas mal de gens, en dehors de ces pauvres femmes qu'il collectionnait les unes après les autres.

— Non. Fiona le leur a dit. Comment auraient-ils su que personne ne l'aimait ? Ils ne connaissaient personne de son entourage. Sa vie passée est une page blanche, Fiona nous l'a dit. Elle m'a trahie, et ça me coûte de le prendre ainsi, mais je ne ressentirai plus jamais la même chose à son égard, plus jamais.

— Ne pleure pas, ma chérie. Te voir pleurer, c'est insoutenable. »

Miss Délit et sa jumelle – cette fois, ce furent deux femmes – exigèrent ce que Michelle avait toujours considéré comme une requête de romans policiers ou de sitcoms, et non comme une véritable obligation. Ils demandèrent à Matthew et elle de leur fournir un alibi. De prime abord, cela la choqua. Vivant dans un monde protégé, où l'honnêteté est considérée comme allant de soi, elle s'imagina que l'aînée des deux femmes se contenterait de sa parole.

« Mon mari et moi étions sortis tous les deux faire des courses. Nous sommes d'abord allés chez Waitrose, à Swiss Cottage, puis, comme c'était une très belle journée, j'ai pris le volant et nous sommes allés au Heath.

— Hampstead Heath ? » s'enquit Miss Délit, comme s'il existait dans Londres des dizaines et des dizaines d'espaces verts connus familièrement sous le nom de Heath.

Michelle hocha la tête.

« Vous vous êtes garés et vous êtes restés assis dans la voiture ? À quel endroit, exactement ? »

Tout le monde savait forcément qu'il était difficile de se garer aux alentours. On ne pouvait plus aller où l'on voulait, c'était déjà le cas à leur arrivée à Holmdale Road, et Matthew et elle avaient dû s'installer là où ils avaient trouvé une place.

« C'était près de l'étang du Vale of Heath.

— Quelle heure pouvait-il être, madame Jarvey ? »

Elle était incapable de s'en souvenir. Tout ce qu'elle put répondre, c'était qu'ils en étaient repartis pour rentrer chez eux peu après quatre heures et demie, car Mlle Harrington devait venir prendre un verre avec eux en fin d'après-midi.

— Nous sommes sortis faire ces courses à deux heures et demie, précisa Matthew, et nous étions au Vale of Heath vers quatre heures moins le quart. Nous y sommes restés trois quarts d'heure. »

Elles durent certainement se laisser impressionner par sa voix magnifique. Était-ce la voix d'un voyou qui irait assassiner les gens à coups de couteau ? Michelle ne s'était pas attendue à la question suivante.

« Quelqu'un vous a-t-il vus ? Quelqu'un se souviendrait-il de votre présence chez Waitrose ?

— Je ne pense pas. (Matthew eut l'air légèrement amusé, les lèvres frémissantes.) Il y avait des centaines de personnes, là-bas. »

Et nous n'avons plus l'air aussi bizarres qu'auparavant, songea Michelle. Je suis toujours grosse et il est toujours mince, mais le contraste n'est plus aussi prononcé. Beaucoup de couples nous ressemblent.

« Je ne me souviens pas d'avoir vu qui que ce soit au Vale of Heath. Les gens ne sortent plus guère se promener, si je ne me trompe. »

Personne ne lui répondit. C'est alors que Michelle leur demanda comment elles savaient que Matthew et elle avaient pris Jeff en grippe, et les deux fonctionnaires de police judiciaire lui répondirent qu'elles n'étaient pas en mesure de divulguer cette information. Matthew déclara ne pas comprendre cette insistance sur la nécessité d'un alibi. Ils étaient l'alibi l'un de l'autre, étant tout le temps restés ensemble. La collègue de Miss Délit lui sourit avec pitié. Ah, oui, mais ils étaient mariés. Implicitement, elle en concluait qu'ils mentiraient volontiers pour se sauver mutuellement. C'était absurde, quand on savait combien de maris et de femmes vivaient en profond désaccord.

Le lendemain matin, Michelle revint sur le sujet. La nuit dernière, elle avait mis du temps à trouver le sommeil, et quand finalement elle s'était endormie, elle avait rêvé de ses enfants jamais venus au monde, ces enfants qui ne naîtraient jamais. Il y en avait eu trois, toutes des filles, toutes des clones de Fiona, chacune d'elle, lui tournant le dos, s'éloignant d'elle en lui disant qu'elles ne l'aimeraient jamais car son cœur était rempli de haine.

Désireuse de soulever à nouveau le problème avec Matthew, elle l'aborda de manière oblique.

« Je n'arrive pas à croire qu'elles pensent sérieusement de nous que nous serions capables de commettre un meurtre.

— Eh bien, si c'est ce que tu penses, ma chérie, tu n'as aucun souci à te faire. Alors haut les cœurs. Viens me faire un baiser. (Michelle l'embrassa.) Tu sais, tu as l'air ravissante, aujourd'hui, tu parais avoir rajeuni, et de plusieurs années. »

Même cette gentillesse ne suffit pas à la réconforter. Ces propos, elle entendait encore Fiona les prononcer. Les voisins, les gens d'à côté, avait-elle dû dire, nous nous sommes réellement pris d'amitié pour eux, mais ils ont clairement manifesté qu'ils n'aimaient pas Jeff. Les fréquenter a fini par nous mettre mal à l'aise. Parfois, Mme Jarvey avait une expression épouvantable, très vindicative. Jeff n'avait rien fait, si ce n'est de laisser entendre qu'elle était grosse. Enfin, bon sang, elle est grosse, et elle le sait parfaitement.

« Michelle, tu ne peux pas soutenir qu'elle ait raconté tout cela. Cela ne sert à rien d'échafauder tous ces scénarios. C'est très dangereux, de laisser libre cours à son imagination. Au bout d'un certain temps, on cesse de faire la distinction entre le fantasme et la réalité. On ne sait plus rien de la réalité. »

Michelle n'ignorait pas non plus qu'il n'existait qu'une sorte de réalité, dans laquelle Fiona avait poussé la police à croire que Matthew et elle, les gens les plus gentils et les plus civilisés du monde, haïssaient le compagnon de leur voisine au point d'être capables de le tuer. D'une voix neutre, elle ajouta :

« Je ferais mieux de m'occuper de notre déjeuner. »

En fait, elle n'avait pas envie de manger grand-chose. Depuis la mort de Jeff, elle avait perdu l'appétit, et elle avait souvent l'impression que les aliments risquaient de l'étouffer. Dans la mort comme dans la vie, il lui avait apporté une aide inestimable. Qu'en conclurait la police, si elle leur déclarait cela ? Qu'elle était folle, ou qu'elle avait tué Jeff pour s'assurer de perdre l'appétit ? D'un autre côté, Matthew avait découvert les délices d'un nouvel aliment, la *ciabatta*, voilà des années qu'il n'avait rien goûté d'aussi bon. Ou alors c'était Fiona qui avait découvert cela pour lui. Avant la mort de Jeff, avant qu'elle ne me trahisse, songea Michelle, en coupant deux tranches de ce pain italien avant de les déposer sur une assiette, avec du cottage cheese et douze amandes salées.

Pour Zillah, la journée avait été terrible, la nuit épouvantable et la matinée encore pire. D'abord, bien sûr, il y avait eu la bousculade des médias, les flashs en pleine figure, le bombardement des questions vociférées.

« Quel effet cela vous fait-il d'être mariée à deux hommes en même temps, Zillah ? » Personne ne l'appelait plus Mme Melcombe-Smith. « Zillah, pourquoi n'avez-vous pas cherché à obtenir le divorce ? Vous êtes-vous mariée à l'église, les deux fois ? Jims et vous allez-vous vous remarier ? Dans les règles, cette fois, Zillah ? C'est votre petit garçon, Zillah ? Comment tu t'appelles, mon bonhomme ? »

C'est alors que Mark Fryer, ce rat, l'avait abandonnée pour filer. Plusieurs jeunes femmes armées de blocs-notes s'étaient lancées à sa poursuite. Zillah avait levé les mains pour se masquer le visage, ne laissant qu'un espace libre à hauteur de la bouche, pour hurler.

« Allez-vous-en, allez-vous-en, laissez-moi tranquille ! »

Elle avait pris Jordan dans ses bras, qui pleurait, comme d'habitude, qui non seulement pleurait, mais sanglotait, braillait, lui criait à la figure. L'un des concierges avait descendu les marches du perron, l'air nullement compatissant, mais avec une redoutable expression de désapprobation, comme s'il exprimait en silence le fait que l'on n'entendait pas devoir subir ce genre d'esclandre à Abbey Mansions Gardens, ici, sous l'ombre tutélaire des Chambres du Parlement. Mais il lui avait prêté un manteau dont elle s'était couverte et l'avait escortée dans l'immeuble, tandis que l'autre concierge se démenait de son mieux pour faire refluer la foule. Zillah fut presque poussée dans l'ascenseur. Les portes s'étaient refermées.

À l'instant où elle entrait dans l'appartement, le téléphone se mettait à sonner. Dix minutes plus tard, elle serait assez avisée pour ne pas répondre, mais cette première fois, elle avait décroché le combiné.

« Salut, Zillah, lui avait lancé une voix d'homme. Ici, c'est le *Sun*. Vous voilà en pleine lumière, en plein soleil, hein ? On peut se dire deux ou trois mots ? Alors, quand avez-vous pour la première fois… »

Elle avait raccroché brutalement. La sonnerie retentit de nouveau. Elle avait soulevé le combiné d'un geste hésitant. Ce pouvait être sa mère, ce pouvait être – Dieu l'en garde – Jims. Mais il fallait qu'elle lui parle. Jordan était assis au milieu du parquet, et il se balançait d'un côté à l'autre, en criant. Cette fois, c'était un correspondant du *Daily Star*. Ce devait être un appel depuis un portable, elle entendait la circulation sur Parliament Square, avec Big Ben qui sonnait.

« Salut, Zillah. Ça vous plaît, d'être au centre de l'attention générale ? Enfin la célébrité, hein ? »

Après avoir débranché son téléphone, celui de la chambre de Jims et celui de sa chambre, elle s'était mise au lit avec Jordan dans ses bras, elle l'avait serré fort et avait remonté les couvertures. Plus tard, elle avait rebranché le téléphone de sa table de chevet, et elle avait appelé Mme Peacock. Voulait-elle bien aller chercher Eugenie à l'école ?

« Pour cette fois, oui, madame Melcombe-Smith. Mais je ne vais pas pouvoir continuer ainsi très long-temps. Si cela ne vous dérange pas, j'aimerais bien faire un saut demain matin vers dix heures pour avoir une conversation franche avec vous sur tout ça, en discuter posément. »

Zillah était dérangée par quantité de choses, mais elle se sentait trop brisée pour lui en faire part.

Eugenie était arrivée une demi-heure plus tard, en lui expliquant que Mme Peacock l'avait amenée à la porte d'entrée, qu'elle avait sonné et qu'elle était redescendue par l'ascenseur sans attendre qu'on vienne lui ouvrir.

« Pourquoi les téléphones sont-ils débranchés ? Mon amie Matilda va m'appeler à six heures, et elle ne va pas pouvoir me joindre.

— À ton âge, Eugenie, il n'est pas question de recevoir de coups de fil.

— Pourquoi pas ? J'ai sept ans, et sept ans, c'est l'âge de raison. Mlle McMurty nous l'a dit. »

Moi, je ne l'ai pas encore atteint, avait songé Zillah avec une humilité inhabituelle, et je vais avoir vingt-huit ans le mois prochain, mais elle refusa de rebrancher les téléphones, et Eugenie bouda toute la soirée. Cette nuit-là, Zillah avait été réveillée par les cris de Jordan, qui semblait dans tous ses états. Il était trempé d'urine, et son lit aussi. Elle lui avait changé sa couche et son pyjama, et l'avait pris dans son lit avec elle. Qu'est-ce qu'il avait ? Il fallait qu'elle s'en occupe, qu'elle l'emmène consulter un pédopsychiatre. À son âge, sa sœur était sortie de l'âge bébé, elle était propre, s'habillait toute seule, jacassait à propos de tout et de rien, et ne criait que si elle tombait.

Tenant parole, Mme Peacock était arrivée à dix heures pile.

« On ne va pas encore être obligés de se faire garder par elle, non ?

— Non, Eugenie, vous ne serez pas obligés, avait rétorqué Mme Peacock. Plus jamais, si je puis m'exprimer ainsi. Ce matin, avez-vous regardé par la fenêtre, madame Melcombe-Smith ? Il y a toute une bande de paparazzi, dehors. Je crois que c'est le terme actuel. »

Zillah s'était approchée de la fenêtre. Les gens des médias semblaient composer la même meute que la veille. Ils attendaient patiemment, presque tous la cigarette au bec, et deux ou trois avec une flasque de quelque chose à la main. Tout ce petit monde avait l'air fort joyeux, ils semblaient tous dans les meilleurs termes. Comme en guise de protestation, Jordan s'était remis à pleurer.

« Je vous ai apporté des journaux, au cas où vous ne les auriez pas lus. Vous êtes dedans, partout, en première page.

— Merci. Je préfère ne pas voir.

— Franchement, ça ne me surprend pas. Puis-je m'asseoir ? Il est assez tôt, mais tout cela m'a causé un vrai choc et, si vous n'y voyez pas d'objection, j'aimerais prendre un verre de sherry. »

Zillah le lui avait servi, dans un grand verre. Elle entendait distinctement les rires et les bavardages dans la rue, deux étages plus bas. Le téléphone avait sonné. Elle avait tiré sur la prise, sous l'œil attentif de Mme Peacock.

«Donc, madame Melcombe-Smith… enfin, pour être honnête, je doute que vous ayez le droit de porter ce nom… quand j'ai téléphoné, hier, j'étais, pourrait-on dire, dans la plus totale innocence. Les choses ont changé. J'ai lu les journaux. Comme vous pouvez l'imaginer, j'ai à peine pu en croire mes yeux. Maureen Peacock, me suis-je dit, Abbey Gardens Mansions n'est pas un endroit fait pour toi.

— Cette histoire a deux aspects, avait argumenté Zillah. Je peux tout vous expliquer. »

Les innocents ne prononcent jamais ces mots-là, et peut-être Mme Peacock le savait-elle.

«Il est inutile que nous entrions dans les détails. Quiconque se prêtera à vos boniments en sera souillé. Je vais être contrainte, bien à contrecœur, de mettre un terme à nos accords. Vous me devez 57 livres, 25 pence, et je préférerais du liquide. Avec certaines personnes, on ne sait jamais si le chèque sera honoré ou non. »

Zillah avait retrouvé un peu de son ancien aplomb.

«Je vous dispense de me parler sur ce ton ! »

Mme Peacock avait ignoré cette repartie. Elle s'était levée lentement, elle avait vidé son verre et

342

s'était essuyé les lèvres avec un petit mouchoir en dentelle.

« Juste une précision avant que je ne m'en aille. (Elle avait désigné Jordan qui, à cet instant, couché sur le dos, se tortillait et pleurnichait.) Cet enfant ne va vraiment pas bien. Il a besoin d'un soutien, et sans tarder. Voici vingt-cinq ans, j'ai connu un enfant semblable, qui pleurait et qui criait sans arrêt. Et qu'est-ce que vous croyez ? Rien n'a été fait, et c'est devenu un psychopathe. Maintenant il est en prison, dans une camisole de force, dans un de ces endroits où on enferme les individus violents qui représentent une menace pour la collectivité. »

Mais Zillah était déjà partie dans sa chambre pour aller y chercher l'argent. La somme dépassait ce dont elle disposait sur place, à l'appartement, et elle avait dû retirer un billet de 5 livres de la tirelire d'Eugenie, en forme de cochon. Dès que Mme Peacock se fut éclipsée, la fillette, qui était décidément une enfant très étrange, et possédait peut-être une forme de génie, avait éclaté de rire. Zillah avait peine à croire qu'elle ait saisi le sens du propos de cette femme, mais, quoi qu'il en soit, quelque chose la faisait enfin rire et, au bout d'une minute ou deux, Zillah s'était jointe à elle. Elle avait pris sa fille dans ses bras, s'apprêtant à lui faire un baiser, ce qui ne lui était pas arrivé depuis un bon moment. Eugenie s'était raidie et l'avait repoussée.

Jims avait peut-être essayé de la joindre, mais cela importait peu. Elle savait qu'il serait là pour l'heure du déjeuner. Il avait annulé son intervention à Casterbridge et était rentré directement en voiture à la maison. Il n'y avait pas grand-chose à manger, et elle ne pouvait évidemment pas sortir faire des commissions. Si Mme Peacock ne s'était pas montrée aussi abominable, aussi grossière, aussi arrogante, elle lui aurait demandé de rapporter deux ou trois choses à manger. Les enfants auraient pu se contenter d'œufs brouillés, même s'ils en mangeaient beaucoup, ces temps-ci – Eugenie lui avait déjà signalé que les œufs, c'était rempli de cholestérol, le savait-elle ?

Jims était arrivé juste après midi. Contrairement à elle, il n'avait pas eu la sottise de s'exposer au feu roulant de la presse dans Great College Street, il avait vu de quoi il retournait en passant en voiture devant l'entrée de l'immeuble, mais il n'y avait pourtant pas d'échappatoire. Les gens des médias s'étaient également postés sur l'arrière du bâtiment. Zillah, sur les nerfs, avait entendu l'ascenseur monter et les portes coulisser. Malina Daz était avec lui, vêtue d'une *salwar kameez* vert d'eau et coiffée comme une geisha.

Jims avait ouvert la porte du salon, s'était avancé d'un pas, et il avait contemplé sa petite famille avec l'œil que les gens peu charitables posent sur les demandeurs d'asile. Il n'avait pas dit un mot aux enfants. Il s'était adressé à Zillah d'une voix glaciale.

« Malina et moi sommes en train de préparer une déclaration aux médias. Quand nous aurons terminé, je te la montrerai. »

Malina lui avait apporté le texte. Il était bref, rédigé sur un traitement de texte.

Mon épouse Zillah et moi-même comprenons tout à fait l'émoi que certains événements récents – la mort tragique de M. Jeffrey Leach allant de pair avec notre mariage – ont pu causer auprès des médias. Tout en partageant complètement l'opinion des chroniqueurs de la presse nationale selon laquelle cette affaire touche à l'intérêt général, qu'elle ne doit pas être étouffée, mais évoquée en toute transparence, nous voudrions toutefois assurer ceux qui nous font l'amabilité de nous témoigner leur intérêt que nous sommes totalement innocents de tout délit.

Mon épouse croyait sincèrement que la dissolution de son mariage avec M. Leach avait été prononcée voici douze mois. Elle avait implicitement fait confiance à M. Leach, tout comme moi-même. Nous n'avons pas cru un seul instant, ni l'un ni l'autre, être coupables d'un quelconque méfait. Si tel n'avait pas été le cas, et en dépit de l'amour que nous nous portons, nous aurions évidemment différé la date de notre mariage, jusqu'à obtenir un divorce en bonne et due forme et pouvoir repartir sur un pied d'égalité.

Inutile de préciser que nous nous remarierons dès que ce sera faisable. Nous aimerions tous deux présenter nos meilleurs vœux à ceux qui ont eu la bonté de se soucier de notre sort et leur demander leur compréhension, leur indulgence et, en fait, leur pardon.

« C'est un peu solennel, avait concédé Malina, mais nous considérons que c'est à la mesure de la gravité du sujet. Jims a décidé qu'il valait mieux ne pas mentionner le fait que le décès de votre mari vous libère. Cela ferait mauvais effet. Et nous avons veillé à ne pas employer le terme "bigamie". Qui sonne terriblement vingtième siècle, vous ne trouvez pas ? »

N'osant pas poser la question à Jims, Zillah s'était adressée à Malina.

« Que vont-ils me faire ?

— Pourquoi, parce que vous étiez mariée à deux

hommes en même temps ? À mon avis, pas grand-chose. Après tout, votre mari est mort, n'est-ce pas ? Ce serait différent s'il était encore en vie quelque part. Ils vont se concentrer sur le meurtre. »

Malina était partie s'occuper de diffuser ce communiqué. Jordan pleurait, tellement il tombait de sommeil. Eugenie avait déclaré que si quelqu'un voulait bien l'emmener là-bas, elle aimerait aller passer l'après-midi chez son amie Matilda, mais que d'abord elle voulait manger.

« À la maison, il n'y a rien à manger, prévint Jims.

— Je sais qu'il n'y a rien. Je ne pouvais pas sortir faire des courses, non ? Pas avec toute cette horde, là dehors. (Zillah avait très envie de chercher à l'amadouer.) Maintenant, je pourrais, en sortant par le sous-sol. Ils ne sont pas postés à l'arrière.

— Mais si. Quand nous sommes descendus au parking, avec Malina, ils ont failli aplatir ma voiture.

— Mlle McMurty dit que si on ne mange pas suffisamment, on souffre de carences en vitamines. On devient aveugle et on perd ses dents, expliquait Eugenie.

— Je vais suggérer à l'un des concierges d'aller nous acheter quelque chose », ajouta Jims.

Zillah se demandait quand allait débuter la confrontation, quand il allait lui demander pourquoi elle l'avait trompé sur ce divorce inexistant. Elle avait préparé le déjeuner. D'une quelconque épicerie de quartier, le concierge leur avait rapporté des produits de qualité médiocre, et en plus il avait choisi tout ce que les enfants n'aimaient pas. La laitue était flétrie et les tomates ramollies. Jordan avait crié, car il avait espéré manger du corned-beef.

« Est-ce que je peux téléphoner à Matilda pour lui proposer de venir ici ? avait demandé Eugenie.

— Je suis surprise que tu condescendes à poser la question.

— Alors, je peux ?

— Oui, je pense. Vous serez obligées de jouer dans ta chambre. J'ai une migraine horrible. »

Zillah s'était remémoré, mais trop tard, que c'était probablement le père de Matilda qui allait amener sa fille. Mais quand la fillette était arrivée, une demi-heure plus tard, elle était sous la responsabilité d'une très jeune et très belle jeune fille au pair. Elle en avait conclu qu'elle devait s'estimer heureuse que l'amie d'Eugenie ait reçu la permission de venir frayer avec les Melcombe-Smith, après ce qui était paru dans les journaux.

« Je reviendrai te chercher à six heures, Matilda. »

Ils allaient devoir la garder trois heures pleines ? Cela signifiait que Zillah serait forcée de trouver de quoi les nourrir. Elle les avait regardées s'éloigner en direction de la chambre d'Eugenie, en bavardant gaiement, sa fille gloussant comme une fillette normale. Le téléphone s'était remis à sonner. Zillah avait soulevé le combiné, non sans appréhension. C'était sa mère, qui cette fois ne faisait aucune allusion aux journaux, mais qui lui demandait si le sort de son père la laissait indifférente au point qu'elle ait oublié le pontage coronarien qu'il avait subi ce matin même. Après avoir fait des promesses extravagantes, en sachant qu'elle ne les tiendrait jamais, et une fois que Nora Watling eut raccroché brutalement, elle était demeurée seule avec Jims.

Il avait sorti de la bibliothèque une biographie de Clemenceau qu'il n'avait encore pas ouverte, il avait regagné son fauteuil, l'ouvrage à la main et, dans un silence total, il l'avait ouvert à la page de la préface. Zillah avait attrapé un magazine et essayé de lire un article sur les implants labiaux à base de collagène. Supposons qu'il ne lui adresse plus jamais la parole ? Que ferait-elle ? Elle se souvenait qu'en décembre elle avait attendu ce mariage comme la relation chaste et charmante des deux meilleurs amis du monde, deux personnes qui s'amuseraient ensemble, profiteraient de la vie et qui éprouveraient l'un pour l'autre une affection plus grande que pour un amant.

« Que veux-tu que je te dise ? » lui demanda-t-elle quand ce silence lui était devenu insupportable.

Il leva les yeux, le visage empreint d'une expression légèrement irritée.

« Je te demande pardon… comment ?

— Je t'ai demandé ce que tu voulais que je te dise.

— Rien, lui répondit-il. Il n'y a rien à dire. Les journaux s'en sont déjà chargés.

— Nous pourrions en discuter tous les deux, non, Jims ? Tout ce remue-ménage va se calmer. Tu n'as rien fait de mal. Ce communiqué va y mettre un point final, non ? Oh, Jims, je suis tellement désolée. J'aurais préféré mourir plutôt que de laisser une chose pareille arriver. Je suis tellement désolée.

— Ne sois pas ridicule. L'abjection ne te va guère. »

Elle se serait traînée à genoux pour lui, mais à cet instant le téléphone sonna.

« Ne décroche pas. Laisse sonner. »

Il se leva, traversa la pièce et souleva le combiné. À mesure qu'il écoutait les propos de son interlocuteur, son expression se transformait imperceptiblement.

« Oui, fit-il, oui, répéta-t-il encore. Puis-je vous

demander pourquoi ? (Elle ne se souvenait pas l'avoir jamais vu aussi désemparé.) Je voudrais téléphoner d'abord à mon avocat. Dans une demi-heure, très bien, avait-il ajouté.

— Qu'est-ce que c'est, Jims ?

— On veut me voir au commissariat. Ici, ce ne serait pas indiqué. Ils viennent me chercher.

— Mon Dieu, Jims, mais pourquoi ? »

Au lieu de lui répondre, il décrocha le combiné et composa le numéro du domicile de son avocat.

Eugenie fit son apparition, avec Matilda dans son sillage.

« Maman, tu me dois 5 livres. Tu ferais mieux de le noter, sinon tu vas oublier. »

22

Seule chez elle, depuis qu'elle avait appris la nouvelle de la mort de Jeff, Fiona n'avait plus remis les pieds dans son jardin. Elle n'était pas retournée travailler, et quasiment pas sortie. Quand Mister Crimes de Sang et Miss Délit n'étaient pas là, et leurs visites s'étaient faites de plus en plus brèves, jusqu'à cesser complètement, elle restait assise dans le salon, sans lire, sans regarder la télévision ni écouter la radio, simplement assise. En général, elle avait les mains croisées au creux des cuisses, les genoux joints. Cela faisait des jours et des jours qu'elle ne pleurait plus. Elle ne téléphonait à personne et, quand le téléphone sonnait, elle le laissait sonner.

Michelle, qui était tous les jours avec elle, jusqu'à jeudi dernier, n'était plus revenue depuis. Elle aurait aimé la voir, car sa voisine était la seule compagnie dont elle ait envie. Mais Michelle, supposait-elle, s'était lassée de réconforter une femme accablée de douleur, et puis elle était probablement à court de propos réconfortants.

Fiona restait stupéfaite de l'intensité de son propre chagrin. Elle était aussi anéantie qu'une veuve après vingt ans de mariage. Elle avait le cœur brisé. Par le passé, elle avait ri de l'absurdité de cette phrase, et d'autres termes et formules du même ordre : le déchirement, le cœur brisé. « Tu me briseras le cœur », lui avait lancé sa mère quand elle avait commis une incartade mineure à l'université. Quelles balivernes. Voilà ce qu'elle avait pensé, à l'époque, mais maintenant elle comprenait. Elle avait bel et bien le cœur brisé, fracassé, en morceaux, et elle se dit que, depuis la mort de Jeff, elle ne l'avait plus senti battre. Quand elle plaçait la main sous son sein gauche, elle ne décelait plus aucune palpitation, rien d'autre qu'une douleur sourde. Parfois, assise, seule, elle s'en inquiétait et se tâtait le pouls, sans savoir si son battement discret et régulier devait ou non la soulager.

Tous les jours, les journaux publiaient un nouvel article sur Jeff. Son mariage, sa vie d'oisif. Fiona s'était juré de ne plus regarder ces articles, mais elle ne pouvait s'en empêcher. Ils avaient exposé tout ce qu'il était possible de raconter sur ce meurtre, et désormais ils s'étaient tournés vers ses activités de coureur de femmes, son incapacité chronique à gagner sa vie, l'avantage ignoble qu'il tirait des femmes qui l'entretenaient, avant de les abandonner. Cette lecture provoquait en elle une douleur physique intense, qui lui arrachait de petits sanglots et de menus gémissements. Cinq ans auparavant, il s'était installé avec une femme, puis s'en était séparé en la délestant de ses économies, pour un montant de 2 000 livres, à la suite de quoi elle avait perdu son emploi et, depuis, elle vivait d'allocations. Fiona, qui se croyait encore le grand amour de la vie de Jeff, celle qui allait le transformer, se sentait le devoir de rembourser cette femme pour cette perte.

Tout cela ne faisait qu'ajouter à son chagrin. La semaine prochaine, elle allait devoir retourner travailler. Elle n'avait plus aucune raison de prolonger son congé. Elle n'avait pas perdu un proche parent, un mari ou un compagnon au terme d'une longue relation stable, même pas véritablement un fiancé. Pour Fiona, ce mot était devenu obscène, elle ne le lirait plus jamais sur une page ou ne l'entendrait plus jamais prononcer sans se rappeler que Jeff avait omis de lui offrir une bague et lui avait menti au sujet de la date de leur mariage. Le savoir ne diminuait en rien la force de son amour, mais cela nuançait d'amertume cet amour, cette perte, ce chagrin.

À son bureau, tout le monde allait naturellement se dire désolé pour son compagnon, quel choc, quelle horreur, et cela en resterait là. Jusqu'à ce que la police arrête l'auteur du meurtre, et alors leur compassion s'en trouverait ravivée, et son patron lui proposerait de prendre sa journée. Elle serait un objet de curiosité, on la désignerait comme la jeune femme dont l'ami s'était fait assassiner. Et pour toujours, probablement. Fiona s'imagina à cinquante ans, toujours célibataire, bien entendu, toujours seule, la femme solitaire d'âge mûr en qui les gens reconnaîtraient, où qu'elle vive, la petite amie de la victime du Tueur du cinéma.

Elle oubliait de manger. Après avoir partagé presque tous les soirs une bouteille de vin avec Jeff, elle ne supportait plus la douleur de devoir y goûter. Étant de ces femmes qui perdent facilement et rapidement du poids, elle sentait ses hanches saillir, ses coudes pointer. À ce régime – et, pince-sans-rire, elle parvenait à se moquer d'elle-même –, Matthew allait souhaiter la recevoir dans son émission. Si seulement Matthew venait la voir ! Si seulement Michelle voulait bien venir ! Le téléphone avait cessé de sonner. Quelque chose la retenait de décrocher le combiné et d'appeler elle-même. Physiquement, elle était incapable d'accomplir ces gestes. Quant à leur rendre visite, elle se voyait sortir sur le seuil de chez elle, sonner chez eux et, quand la porte s'ouvrirait, deux personnes la dévisageraient comme s'ils ne l'avaient jamais vue, comme si elle était un visiteur importun venu leur vanter un produit ou leur distribuer un tract.

Le soir, elle prenait des somnifères, du Temazepam. Cela la faisait dormir, mais d'un sommeil inquiet et peuplé de rêves. Toujours des rêves de Jeff. Dans l'un d'eux, il revenait d'un voyage à l'étranger. Elle l'avait cru mort et leurs retrouvailles suscitaient en elle une joie sans bornes, car il lui promettait de ne plus jamais repartir. Le réveil, le retour à la réalité avait été l'une des expériences les plus pénibles de sa vie.

Les journaux continuaient de lui parvenir, et elle les jetait dans la poubelle des déchets recyclables. Il faudrait qu'elle la sorte dans la rue un jour, avant qu'elle ne devienne trop lourde à soulever, mais de toute façon, lundi, elle sortirait de chez elle, il faudrait bien, d'une manière ou d'une autre, qu'elle atteigne la station de métro, la City et London Wall. En retirant les journaux du paillasson le samedi matin, en dépit de son aversion, de sa détermination à ne plus jamais y jeter un œil, elle entraperçut en première page la photographie d'une femme qu'elle reconnut. C'était sûrement l'ex-femme de Jeff, à n'en pas douter.

À ceci près que ce n'était pas son ex-femme. Ils n'avaient jamais divorcé. Fiona sentit une lame de douleur intense lui transpercer le corps, comme si on venait de la poignarder avec un long couteau affûté. Il lui était indifférent de savoir si Zillah Melcombe-Smith avait commis le délit de bigamie délibérément ou non. Jeff avait encore menti, et ce mensonge était infiniment plus grave que le fait de lui avoir annoncé une réservation de date de mariage fictive. Il n'avait pas pu retenir de date, puisqu'il était déjà marié.

Fiona lâcha le journal. Elle gisait, face contre le sol, dans le couloir, dans l'angoisse du chagrin et, étrangement, de la honte.

«Je vais poursuivre ces minables torchons en diffamation», s'écria Jims, que Mister Crimes de Sang avait laissé seul cinq minutes avec son avocat.

Il avait complètement oublié qu'il s'était moqué de Zillah quand elle avait eu le ridicule, à ses yeux, de brandir cette menace.

«As-tu 1 million de livres à dépenser? (Damien Pritchard était un peu plus âgé que son client, également grand, brun, les traits classiques, et gay.) Cela ne t'embêterait pas de laisser tomber 1 million dans une bouche d'égout ou de les offrir à un mendiant?

— Bien sûr que non, je ne les ai pas. Mais je n'en aurai pas besoin. Je vais gagner.

— Oh, je t'en prie. Fais-moi plaisir. Laisse-moi te dire quelque chose. Quand j'étais gamin, un avocat est venu s'installer dans la maison voisine de celle de mes parents. Je me suis toujours souvenu de mon père qui disait à ma mère, c'est un avocat, ne lui mets pas la puce à l'oreille. En fait, je crois que cela avait beaucoup à voir avec son envie que je le devienne à mon tour. Eh bien, cela s'applique aux chroniqueurs des journaux. Ne leur mets pas la puce à l'oreille. (Damien secoua la tête, exaspéré.) Bien, maintenant, tu ne peux vraiment pas nous sortir un meilleur alibi que celui que tu espérais faire avaler aux flics? Oh, Seigneur, les revoilà.»

Jims pouvait améliorer son alibi, sans aucun doute. Il aurait pu leur dire la vérité. Mais cela lui semblait la pire des solutions, la pire des issues. Une fois de plus, il s'assit devant cette table nue aux côtés de Damien, face à Mister Crimes de Sang et Miss Délit. Ils avaient tous pris place sur un genre de chaise dont Jims ne voudrait pas dans l'appentis de son jardin. Au moins, ils l'appelaient encore par son nom et en lui accordant son titre, mais il se demandait combien de temps cela durerait.

« La difficulté, monsieur Melcombe-Smith, c'est que personne ne confirme votre présence à Fredington Crucis House vendredi après-midi et vendredi soir. Deux personnes venues sur place en visite ont remarqué que votre voiture n'y était pas.

— Qui ?

— Vous savez que je n'ai pas la liberté de vous le dire. Vous maintenez toujours que vous avez passé la soirée de vendredi là-bas ? Et que vous y êtes resté la nuit de ce même vendredi ?

— Mon client, intervint Damien, vous l'a déjà dit. Plusieurs fois. »

Jims finit par se fâcher.

« De toute façon, pourquoi aurais-je tué ce type ? Quelle raison aurais-je eue de lui planter un couteau dans le ventre ?

— Eh bien, monsieur Melcombe-Smith, fit Miss (ou "l'inspecteur principal") Délit, il était marié à la femme avec laquelle vous aviez contracté une certaine forme de mariage. (Jims tressaillit, et elle sourit imperceptiblement.) Il aurait été tout à fait dans votre intérêt de vous en débarrasser, surtout s'il avait menacé de révéler la vérité à, disons, un journal.

— Et alors ? Tout le monde l'a révélée, la vérité.

De toute manière, il n'était pas en train de me faire chanter. Je croyais que Zillah et lui n'avaient jamais été mariés. Je ne l'avais pas revu depuis des années. (Comme beaucoup d'individus dans sa situation, Jims était soucieux de respecter scrupuleusement la vérité dans tous les aspects de son interrogatoire, sauf un.) Enfin, pas depuis deux ans. »

Les mots « c'est vous qui le dites » se lisaient distinctement sur le visage de la femme.

« Vous êtes rentré à Londres vendredi après-midi, n'est-ce pas, monsieur Melcombe-Smith ? »

Jims garda le silence. Il hésitait. Par d'étranges canaux, il sentait bien le doute de Damien poindre à l'égard de son ami et client. Mister Crimes de Sang l'observait. Derrière eux, sur le mur couleur ocre, une fissure dans le plâtre courait du plafond jusqu'à la plinthe. Elle composait, trouvait-il, la silhouette d'un homme en érection. Il regarda ailleurs.

Damien, qui était un brave type, un véritable ami, de ceux que l'on découvre quand on est dans le besoin, et ce en dépit de sa confiance vacillante, reprit la parole d'une voix feutrée.

« Si vous n'avez pas à inculper M. Melcombe-Smith, et je pense que rien ne vous y amène, vous êtes obligés de le laisser rentrer chez lui, à présent. »

Mister Crimes de Sang avait plus d'un tour dans son sac.

« Vous êtes rentré à Londres en voiture pour y récupérer quelque chose. Quelque chose que vous aviez oublié. Je me suis demandé si ce ne serait pas vos notes pour ce discours devant l'Alliance des espaces naturels. C'est une coïncidence, mais il se trouve que le chef de la police du Wessex était présent sur les lieux. »

Jims tâcha de se rappeler s'il avait fait allusion, quand il avait prononcé ce discours, à ces notes manquantes et à son retour à Londres pour les y récupérer. Il était incapable de s'en souvenir. Et peu importait qu'il les ait évoquées ou non. Il suffisait déjà que ce policier ait le flair, le talent, si l'on voulait, de le laisser entendre. Peu importait même que ce détail au sujet du chef de la police du Wessex soit exact ou non. Il regarda Damien d'un air désespéré, et ce dernier ne commenta pas.

« Monsieur Melcombe-Smith ? »

Rien que par le ton de leurs voix, ils parvenaient à rendre son nom ridicule. Jims envisagea de s'en remettre à eux pour qu'ils respectent le secret sur ce qu'il allait leur avouer. Accepteraient-ils ? Ou devait-il s'en remettre à la chance ? Il réfléchit aux procédures préparatoires de certains procès pour meurtre, ou de n'importe quelle affaire judiciaire, d'ailleurs, dont il avait pu lire des comptes rendus dans les journaux. La police ne révélait jamais aux médias ce qui l'avait amenée à appréhender ou à inculper un individu, comment elle entérinait un alibi ou le faisait voler en éclats. Il devait exister un article de loi le lui interdisant. Ce n'était pas la première fois qu'il regrettait de ne pas avoir étudié le droit de préférence à l'histoire, et de ne pas avoir exercé un certain temps au barreau des affaires criminelles.

« Monsieur Melcombe-Smith ?

— Très bien, je suis revenu à Londres, en effet. (Il n'osait pas regarder Damien.) J'avais oublié mes notes, comme vous venez de le dire. Je me suis mis en route peu après une heure, et je me suis arrêté pour manger un morceau dans… enfin, dans une espèce de cafétéria sur l'A30. »

Damien fit entendre un borborygme, à mi-chemin entre le reniflement et le grognement. Ou peut-être pas, il avait pu se l'imaginer.

« Je ne suis pas sûr de l'endroit. Quelqu'un pourrait se souvenir de moi. Ça roulait très mal. Je ne suis pas arrivé… à la maison avant sept heures. »

C'était intéressant, presque déconcertant, la manière dont ils acceptèrent le fait qu'il leur ait menti jusqu'à présent. Ils n'émirent aucun commentaire. Ils ne dirent pas non plus : « Donc vous nous avez menti », ou « Pourquoi ne pas nous avoir dit la vérité plus tôt ? ». Tout se passait comme s'ils étaient absolument rompus à cette espèce de propension endémique au mensonge, comme s'ils s'y attendaient. Jims commençait à avoir la nausée.

« Donc, vous êtes rentré chez vous, monsieur Melcombe-Smith ? »

Dorénavant, plus moyen de mentir.

« J'avais laissé mes notes chez un ami.

— Ah, observa Miss Délit. Et où cela ? »

Il leur donna l'adresse de Leonardo. À côté de lui, Damien avait l'air d'enfler, d'être en proie à des palpitations, et pourtant, quand il se tourna vers lui, le juriste était calme et immobile. Jims avait envie de tomber à genoux devant eux et de les supplier de ne rien révéler, de ne le dire à personne, d'accepter sa parole, exactement comme Zillah avait eu envie de s'agenouiller devant lui. Il resta là où il était, le visage impassible.

« Et M. Norton confirmera vos dires ? »

Une fois que l'on est engagé dans la voie de la vérité, les faits s'enchaînent.

« Je ne l'ai pas vu avant huit heures et demie. Au

moment où j'allais sortir dîner, je l'ai croisé qui arrivait.

— Et donc, vous avez quitté Casterbridge à… quoi ? une heure et demie ?

— À peu près, confirma Jims.

— Et vous êtes arrivé à Glebe Terrace à sept heures ? Cinq heures et demie pour parcourir deux cent quarante kilomètres, James ? »

Quelque chose dans ses propos, ou le simple fait d'admettre qu'il avait menti, l'avait diminué à leurs yeux. Il avait fait fi de sa propre dignité et, ce faisant, il avait perdu le privilège d'être traité avec courtoisie.

« Je sais que ça m'a pris un long moment, reconnut-il. Jamais je n'ai mis autant de temps. Il y avait des kilomètres de travaux. Rien que ce tronçon, il m'a fallu une heure pour m'en sortir. Ensuite, il y a eu un carambolage près de Heathrow. »

Ils vérifieraient, bien entendu, et s'apercevraient que c'était la vérité. Cela ne l'aidait guère.

« Le Merry Cookhouse… (Les mots mêmes étaient pénibles à prononcer.)… où j'ai déjeuné se situait juste avant les travaux, si ce détail peut être utile.

— Cela se pourrait. L'horaire important se situe entre quinze heures trente et seize heures trente. Quelqu'un vous a-t-il vu entrer dans l'immeuble de Glebe Terrace ? »

Comment avait-il pu oublier, ne fût-ce qu'un instant ? Le soulagement l'envahit. Ce fut comme de boire quelque chose de chaud et de sucré quand on est en état de choc.

« La voisine de palier… c'est au 56A, je crois… elle m'a prêté sa clef.

— Et maintenant, insista Damien, peut-être allez-vous libérer M. Melcombe-Smith. »

Quand le téléphone sonnait, ou lorsque quelqu'un se présentait à sa porte, Michelle croyait à chaque fois que c'était la police. Le fait d'être traité avec suspicion avait perdu tout son aspect divertissant. Elle s'était mis dans la tête qu'il leur serait impossible de trouver des témoins de leurs faits et gestes, à Matthew et elle, ce vendredi après-midi et, si elle n'était généralement pas nerveuse, elle les voyait fort bien figurer tous deux en tête de la liste des suspects. Les erreurs judiciaires, cela arrivait, des gens étaient jugés et emprisonnés à tort. Auparavant, elle n'avait eu affaire à la police qu'une seule fois, quand leur voiture avait été fracturée et leur autoradio dérobé.

Matthew faisait de son mieux pour la rassurer.

« Ma chérie, à mon avis, quand ils t'affirment qu'il s'agit d'une enquête de routine, tu dois les croire.

— J'ai horreur d'être interrogée de la sorte. Il ne m'est jamais rien arrivé de pire. »

Cela le fit rire, mais pas méchamment.

« Ce n'est pas vrai. Le pire qui te soit jamais arrivé, c'est quand tu as cru que j'allais mourir à cause de mes stupides manies alimentaires.

— Pas stupides, répliqua Michelle avec vivacité. Ce n'est pas ce que tu veux dire. Tu veux parler de ta maladie.

— Allons, ce n'est pas réellement la peur d'être arrêtée qui te perturbe, n'est-ce pas ? Ce n'est pas d'être soupçonnée d'un crime ou de subir des interrogatoires, c'est ton indignation devant l'attitude de Fiona.

— C'est plus que cela, Matthew. »

Elle s'approcha du fauteuil où il était assis, en

train de lire le *Spectator* et, juste derrière lui, lui passa les bras autour du cou. Il leva les yeux vers son visage.

«Je souffre vraiment de ce qu'elle a fait. Je ne pourrai plus penser à elle, et à plus forte raison lui adresser la parole, sans me remémorer ce qu'elle a fait.

— Il faudra que tu surmontes, ajouta-t-il d'un ton très grave.

— Oui, mais comment? J'aimerais ne pas être le genre de personne à me souvenir éternellement des actes ou des paroles blessantes d'autrui. Mais je suis ainsi. Vraiment. Je n'aime pas ça, je sais que je devrais pardonner et oublier. Si seulement j'en étais capable. Je me rappelle les propos méchants que des gens m'ont tenus quand j'étais à l'école. Je veux dire, il y a de ça trente ans, mon chéri. Les mots qu'ils ont employés sont encore aussi frais dans mon esprit qu'au moment où ils ont été prononcés.»

Il avait beau déjà le savoir, elle le lui avait déjà confié, il lui répondit d'un ton léger, amusé.

«Alors il va falloir que je fasse très attention à ce que je te dis.»

Elle lui répliqua avec intensité et véhémence.

«Tu ne tiens jamais cette sorte de propos. Cela ne t'est jamais arrivé. C'est l'une des raisons pour lesquelles je t'aime et ne cesse de t'aimer, car tu n'es jamais blessant.»

De nouveau, il leva vers elle son visage squelettique et ratatiné.

«Et pas parce que je suis extrêmement sexy et charmant?

— Pour ça aussi. Bien sûr. (Elle était absolument sincère, et ne souriait pas.) Et le fait est, ce que Fiona a déclaré à la police est vrai, je n'aimais pas Jeff, je le haïssais, si tu veux. Je le haïssais à cause des propos cruels qu'il m'a tenus. Il est mort, et il est mort d'une manière horrible, mais cela m'est égal. Je suis contente. J'aurai beau essayer, je n'oublierai jamais ce qu'il m'a dit. »

Matthew posait les mains sur les siennes.

« Pas même si tu mincissais et si je grossissais ? »

Il savait à présent qu'elle essayait de perdre du poids, et il la soutenait, mais en se gardant à la fois de toute récrimination sur le passé et de toute félicitation pour son évolution présente.

« Même si c'est moi qui deviens Hardy et toi Laurel ? »

Elle préparait sa réponse quand on sonna. Michelle porta les mains à son visage, les yeux subitement brillants, le regard fixe.

« Les revoilà. Un dimanche. Ils viennent quand ça leur chante, cela leur est égal, ils ne nous préviennent même pas.

— J'y vais », fit Matthew.

Désormais, il marchait très vite, et il arrivait presque à se tenir droit. Avant qu'il n'arrive à la porte, la sonnette retentit de nouveau. Fiona se tenait sur le seuil, une Fiona d'un nouveau genre, peu attirante, les cheveux sales, des mèches pendant dans le cou, le visage gonflé à force d'avoir pleuré, les yeux rougis. Le pantalon qu'elle portait était trop grand de plusieurs tailles et ressemblait à celui d'un homme. Une chemise qui avait dû être blanche, les pans rentrés dans le pantalon, montrait à quel point elle avait maigri au cours de la semaine écoulée.

« Entre. »

Elle approcha son visage du sien et l'embrassa sur

les deux joues. C'était le genre de baiser que celui qui le reçoit n'est pas tenu de rendre.

«Il fallait que je vous voie. Je ne peux pas rester seule plus longtemps. Demain, je retourne travailler. Je pense que ça va me détruire.»

À leur entrée dans le salon, Michelle rougit intensément. Elle se leva et s'avança de deux, puis trois pas malaisés, en direction de la visiteuse. Matthew se demandait ce qu'elle allait dire, si elle allait même faire référence au motif de leur brouille.

Fiona vint vers elle, elles se retrouvèrent, et cette femme endeuillée serra Michelle dans ses bras et éclata en sanglots.

«Pourquoi n'es-tu pas venue me voir? Pourquoi m'as-tu abandonnée? Qu'ai-je fait?»

Il y eut un profond silence. Ensuite, Michelle s'exprima, d'une voix que Matthew ne lui avait jamais entendue auparavant.

«Tu sais ce que tu as fait.

— Non, je ne sais pas, je ne sais pas. J'avais besoin de toi et tu m'as laissée seule. Je n'ai personne, personne en dehors de toi. Qu'est-ce que j'ai fait? Dis-le-moi, tu dois me le dire. Je jure que je n'en sais rien.

— Tu ne sais pas que tu as dit à ces gens de la police que Matthew et moi, nous détestions Jeff? Tu le leur as dit, et maintenant, ils nous soupçonnent. Tu ne le sais pas?

— Non, chérie, ils ne nous soupçonnent pas», intervint Matthew d'un ton ferme.

Fiona avait de nouveau fondu en larmes. Les bras tendus, comme une folle, elle avait le visage dégoulinant.

«Assieds-toi, Fiona. Allons, maintenant, calme-toi. Je vais préparer du thé.

— Pas tant que Michelle ne m'a pas dit qu'elle m'a pardonné. Je ne savais pas ce que je faisais ni ce que je disais. J'ai déclaré tout ce qui me passait par la tête. Maintenant, je donnerais tout ce que j'ai pour revenir en arrière.»

Michelle la regarda tristement.

«La difficulté, c'est qu'on ne peut pas revenir en arrière.

— Alors dis-moi que tu me pardonneras. Dis-moi que tout peut redevenir comme s'il ne s'était rien passé.

— Je t'ai déjà pardonné», fit Michelle avec sécheresse, et elle se rendit dans la cuisine pour allumer la bouilloire. Mais je n'ai pas oublié, songea-t-elle. Pourquoi est-il tellement plus facile de pardonner que d'oublier?

Dimanche soir, Mister Crimes de Sang interrogea Leonardo Norton. Le jeune courtier en Bourse était très choqué que Jims, qu'il croyait le plus discret et le plus décontracté des garçons, leur ait livré son nom. On sentait le reproche percer dans sa voix.

«Je ne l'ai pas vu avant au moins huit heures et demie, et il était probablement plus près de neuf heures. J'avais passé la journée avec ma mère à Cheltenham. (En s'entendant leur fournir cette explication, il eut le sentiment que c'était bien la manière la plus innocente de passer une journée.) Je ne peux vraiment pas me porter garant de ce que M. Melcombe-Smith a pu faire dans l'après-midi.»

Ils ne lui demandèrent pas où Jims avait dormi cette nuit-là. Ils ne s'intéressaient probablement guère à ce qui s'était produit après seize heures trente ce jour-là.

364

La question suivante était plutôt hardie.

« Détenait-il une clef de cette maison ?

— De ma maison ? Certainement pas. »

Après tout, Jims n'aurait jamais admis une chose pareille.

« Mais cette dame, la voisine, elle en a une ?

— Amber Conway ? Oui, en effet. Tout comme j'ai une clef de chez elle. Cela semblait sage. J'en déduis que M. Melcombe-Smith lui a emprunté cette clef. »

Selon sa sœur, dont ils avaient retrouvé la trace, Amber Conway était partie pour l'Irlande, mais pas avant le samedi. Le vendredi soir, elle était chez elle, mais sa sœur ignorait tout de cette clef. Mister Crimes de Sang avertit Leonardo qu'il reviendrait. Leonardo appela Jims chez lui. Dès que l'on décrocha, il put entendre un enfant crier, un autre rire, et quelque chose qui ressemblait aux bêlements et aux chantonnements d'une cassette vidéo de Walt Disney.

« Tu es unique, toi, fit Leonardo qùand il entendit la voix morose de Jims. Un vrai petit diable, quand tu veux. Tu as vraiment planté un couteau dans les tripes du mari de ta femme ?

— Bien sûr que non, putain.

— Bientôt, tu vas accepter des pots-de-vin dans des enveloppes kraft.

— Je ne laisserai personne dire ça, même pas toi. »

Leonardo éclata de rire.

« Tu veux venir ? »

Jims lui répliqua froidement qu'il n'en avait pas l'intention. Il était passé sur le grill, cela s'était prolongé presque toute la journée, et il était fatigué. En outre, il allait subir une nouvelle confrontation dès le lendemain matin.

« Tu n'as pas à t'inquiéter, le rassura Leonardo. Les journaux se contenteront de raconter qu'un homme de Westminster leur a apporté son concours dans leur enquête. Ou peut-être "un parlementaire Tory bien connu" ?

— Laisse tomber, tu veux ? » le pria Jims.

23

À Glebe Terrace, mais en face de chez Amber
Conway et Leonardo Norton, vivait une femme que
Natalie Reckman avait eu l'occasion de rencontrer.
C'était la sœur de la petite amie du colocataire de son
amant, un lien quelque peu lointain, mais dont les
ramifications se simplifièrent instantanément du fait
que presque toutes les parties prenantes se retrouvèrent à un dîner organisé par le colocataire en question,
qui tenait les fourneaux. Sa future belle-sœur raconta
à l'aimable compagnie à quel point la tranquillité de
la rue avait été perturbée par les allées et venues des
policiers, certains en uniforme et d'autres, elle en
avait la certitude, en civil. Leur gibier était apparemment la femme qui habitait en face, à moins qu'il ne
s'agisse du voisin de cette dame, un jeune banquier ou
courtier en Bourse, ou en tout cas un métier qu'elle
avait toujours cru parfaitement respectueux des lois.
Quelqu'un lui avait dit qu'un visiteur régulier de la
maison – et elle-même l'avait vu s'y rendre – n'était
autre que ce parlementaire dont l'épouse était bigame.
Elle l'avait reconnu en voyant sa photo dans le
journal.

Natalie était si électrisée par ces informations
qu'elle parvint à peine à dîner. Malheureusement, elle

dut se forcer à manger et rester pour la nuit, sous peine de mettre en péril sa relation avec son amant. Il s'était déjà plaint de ce qu'elle était tout le temps partie et songeait plus à obtenir des scoops qu'elle ne pensait à lui. De toute façon, elle ne pourrait pas tenter grand-chose avant le lendemain matin. Mais dès neuf heures ce jour-là, Natalie était de retour à Glebe Terrace, sa voiture garée dans le parking public pour éviter tout risque d'enlèvement par la fourrière ou d'immobilisation par un sabot, et elle sonnait à la porte d'une charmante petite maison semi-mitoyenne. La police n'était visible nulle part. Natalie avait déjà sonné trois fois, et juste au moment où elle se dit qu'Amber Conway n'était pas encore rentrée de voyage, une femme à moitié endormie, les cheveux en bataille, les yeux encore ensablés par le sommeil, vêtue d'une robe de chambre courte par-dessus un pyjama également très court, lui ouvrit enfin.

« Amber Conway ?

— Oui. Qui êtes-vous ? Je ne suis rentrée chez moi qu'à trois heures ce matin. Vous êtes de la police ?

— Certainement pas, fit Natalie. Quelle idée !

— Ils m'ont téléphoné. Je leur ai dit de ne pas venir avant dix heures.

— C'est pour cela que moi, je suis venue à neuf heures. (Natalie glissa un pied par l'embrasure.) Puis-je entrer ? »

Jims avait passé la soirée à chapitrer Zillah sur ce qu'il appelait son « comportement à la fois criminel et répugnant ». S'il devait continuer de partager son existence avec elle, il faudrait que ce soit clair : elle devrait faire ce qu'on lui disait, à commencer par une cérémonie de mariage, organisée tranquillement cette fois-ci, dans un hôtel ou un lieu similaire, n'importe quel endroit autorisé à célébrer des mariages. Après quoi, le plus raisonnable serait qu'elle s'installe de façon permanente à Fredington Crucis House, pour venir à Londres uniquement lorsque sa présence serait requise à quelque réception ou cérémonie officielle organisée par les conservateurs, disons par exemple une soirée à l'invitation du leader de l'opposition. Il fallait qu'Eugenie intègre une école privée et que, d'ici trois ans, Jordan l'y rejoigne. Entre-temps, il serait accueilli dans une halte-garderie choisie par Jims.

« Je refuse, s'entêta Zillah. Je viens tout juste de quitter ce foutu village, ce n'est pas pour y retourner.

— Malheureusement, je crains que tu n'y sois obligée. Si tu refuses, je n'aurai pas d'autre choix que de te quitter, ou plutôt de te congédier. Car si nous ne sommes pas mariés, et si nous n'avons pas vécu ensemble plus de deux mois, je ne serai aucunement tenu, sur le plan juridique, à subvenir à tes besoins. Et Jerry, lui, est dans l'incapacité de le faire, si tant est qu'il l'ait jamais fait. Il est mort. Donc, soit tu marches droit, soit tu te retrouves aux allocations. Je ne sais pas où tu vas vivre, mais j'ose affirmer que la municipalité de Westminster te trouverait certainement un logement chez l'habitant.

— Quel salaud tu es.

— M'insulter ne t'aidera en rien. En tirant judicieusement certaines ficelles, j'ai obtenu que nous puissions nous marier mercredi. Cela te convient-il ? »

On était lundi. Ni l'un ni l'autre n'avait beaucoup dormi cette nuit-là. Même s'il n'avait rien révélé à

Zillah de son état d'esprit, Jims était sérieusement préoccupé par l'enquête policière. On ne savait jamais quand ils allaient revenir se jeter sur eux, car assurément ils reviendraient. Le Chief Whip ne lui avait encore rien dit, et le chef de l'opposition non plus, mais il avait cru les voir l'un et l'autre lui lancer des regards assez froids. Il en avait conclu qu'ils attendaient leur heure, nécessairement.

Zillah était couchée les yeux grands ouverts, elle aussi, mais elle était d'une humeur bien plus joyeuse et bien plus confiante en l'avenir que Jims. Cet après-midi-là, avant qu'il ne rentre à la maison, elle avait reçu un coup de téléphone de la chaîne de télévision Moon and Stars lui demandant si elle accepterait de participer à leur émission *Du piment au petit déjeuner* pour y relater son expérience. Elle leur avait répondu qu'elle réfléchirait et les rappellerait mardi. Si elle abattait correctement ses cartes, elle pourrait peut-être entamer une carrière à la télévision. Il serait plus sage de se marier d'abord, uniquement pour se couvrir. Elle rappellerait la chaîne Moon and Stars dans la matinée et les prierait d'attendre un jour de plus, car alors elle serait en mesure de leur donner une réponse positive.

Jims aussi se souciait des médias. Cette remarque de Leonardo selon laquelle on décrirait dans les journaux l'homme qui avait « apporté son concours à la police dans son enquête » comme un parlementaire tory bien connu lui laissait encore un goût saumâtre. Il avait la quasi-certitude qu'ils ne pouvaient pas, qu'ils n'oseraient pas, ce serait passible des tribunaux, ou une formule de ce genre, et une fois encore il regretta de ne posséder aucune formation juridique. Il est probable que personne ne pourrait rien lui imputer – mais quand allaient-ils revenir le voir ? Parviendrait-il à trouver le courage de convenir d'un rendez-vous avec le Chief Whip avant même que cet agaçant personnage ne le convoque ? Il aurait affirmé naguère posséder un culot sans limites mais à présent, il n'en était plus aussi sûr. Il ne comprenait pas pourquoi il ne recevait pas d'invitations de l'émission *Today* ou du *Start the Week* de Jeremy Paxman. Pourtant, quand il n'avait rien à dire, ils se précipitaient.

À six heures et demie du matin, les journaux s'aplatirent sur le paillasson avec un bruit mat. Jims n'avait dormi qu'une heure environ. Il était levé et buvait un café. S'il attrapa les journaux avec une hâte quelque peu inconvenante, il n'y eut personne pour le voir faire. Il poussa un soupir de soulagement, car il n'y avait rien de plus à son sujet que les formules habituelles concernant un « homme apportant son concours, etc. ». Pour le moment, c'était toujours ça de pris. Quel dommage, vraiment, qu'il soit inutile de se recoucher à l'heure qu'il était. Il aurait enfin pu trouver le sommeil.

Le gérant – il se faisait appeler le directeur général – du Merry Cookhouse de l'autoroute A30 se souvenait de Jims, qu'il identifia sans peine d'après une photo. En fait, dès son entrée dans le restaurant, il l'avait repéré, c'était le parlementaire marié à cette femme qui l'avait épousé alors qu'elle était encore l'épouse de quelqu'un d'autre. C'était dans tous les journaux. C'est pourquoi, lorsqu'il se présenta au Merry Cookhouse, tous les problèmes d'identification, s'il y en eut jamais, s'évanouirent. Il était le client le plus grossier et le plus difficile auquel le gérant ait eu affaire depuis pas mal de temps. Après avoir fini de s'en prendre à la décoration et au service, il s'était exclamé que même les cochons ne voudraient pas de sa cuisine, que cet endroit était une plaie suppurante sur le beau visage de l'Angleterre et que le personnel n'était qu'une bande de crétins incapables de distinguer un blanc de poulet d'une paire de couilles de cochon.

Cela s'était produit à trois heures vendredi après-midi. Mister Crimes de Sang en déduisit, non sans un certain désappointement, que, au vu de l'état de la circulation, Jims n'avait pu en aucun cas effectuer le trajet entre ce restaurant dans le Hampshire et Marble Arch en moins de deux heures, mais qu'il en aurait mis plutôt trois. Ils ne prirent pas l'initiative de l'en informer. Pourquoi ne pas le laisser mariner un peu ? Manifestement, il était coupable de quelque chose, même si ce n'était pas de meurtre. Après avoir recueilli ce témoignage de l'homme du Merry Cookhouse, ils ne se donnèrent pas la peine de rendre visite à Amber Conway, et pourtant, s'ils avaient su que Natalie Reckman les avait devancés, ils n'y auraient pas renoncé si facilement.

« Ce type du Parlement, c'était un copain de Leonardo Norton, non ? (Natalie posait cette question à l'heure même où la visite de Mister Crimes de Sang était prévue.) Ce que vous appelleriez un ami proche ?

— Pas seulement, fit Amber. Vous ne mentionnerez pas mon nom, hein ?

— Absolument pas.

— Je suppose que je suis naïve, mais je pensais

bien que c'était politique, et depuis longtemps. À Westminster, on est tous très férus de politique, vous savez. »

Natalie coupa le magnétophone à cassettes, mais Amber n'avait pas remarqué qu'il tournait.

« Il vous a souvent emprunté votre clef, n'est-ce pas ?

— Que je me souvienne, c'était la première fois qu'il me l'empruntait. Il en avait une à lui. »

De retour chez elle, Natalie trouva un message qui l'attendait sur son répondeur. Il émanait de Zillah Melcombe-Smith, et au début, il y avait ces paroles, chantées plutôt juste : « Je me marie demain matin ». Ensuite, elle avait ajouté, cette fois-ci en parlant normalement : « Désolée de ne pas avoir été très gentille avec vous la dernière fois. J'étais assez tendue. Dès que je serai mariée en toute légalité à ce salopard, j'aurai une histoire à vous raconter. Ça vous dirait de passer me voir mercredi après-midi, disons vers trois heures ? »

Natalie mit tous ses autres projets en suspens. L'enquête en cours ayant été ajournée, Jeff allait être incinéré cet après-midi à Golders Green. Elle ferait bien d'y aller. Après tout, elle avait été liée à lui plus longtemps que presque toutes ses autres femmes, et même si elle avait fini par le mettre dehors, leur séparation, vu les circonstances, s'était déroulée aussi amicalement que possible, et elle lui avait conservé toute sa tendresse, jusqu'à sa mort. C'était probablement parce qu'elle ne s'était jamais illusionnée sur son compte.

À deux heures, elle s'habilla en jupe et veste noires. À ses yeux, certains principes subsistant de l'époque où elle habitait chez sa mère rendaient indécente l'idée de porter un tailleur-pantalon à un enterrement. Natalie n'aimait pas les chapeaux et n'en possédait qu'un, en paille écrue avec un large bandeau, qu'elle avait acheté pour des vacances en Égypte. Il ne conviendrait pas, et elle sortit donc tête nue. Zillah Melcombe-Smith, qu'elle ne s'était pas attendue à retrouver là, en avait fait autant. Elle lui sourit, de l'autre extrémité de la chapelle et, l'air sombre, ainsi qu'il convient en pareille occasion, lui adressa un signe de la main discret et funèbre à souhait. Zillah avait un enfant avec elle, le petit garçon qui pleurait tout le temps, le fils de Jeff Leach. Sans aucun doute, elle n'avait personne à qui confier le petit. Le morceau d'orgue le fit fondre en larmes et, quand on enfourna le cercueil, il pleurait à pleins poumons.

La femme qui sanglotait, toute de noir vêtue, devait être la petite amie du moment, ou plutôt, la dernière maîtresse en date. Fiona Quelque chose. Une blonde, comme toutes les autres, à l'exception de la femme qu'il avait épousée. D'un bout à l'autre de l'office expédié sans conviction, elle ne cessa de pleurer. La grosse femme qui était venue avec elle l'avait prise par l'épaule, et puis elle l'avait serrée contre le buste – on ne pouvait pas appeler cela des « seins » – le plus imposant que Natalie ait jamais vu. Elles étaient accompagnées de cet homme qui avait remporté un tel succès avec une émission de télévision sur l'anorexie, et qui chantait des cantiques d'une assez belle voix de baryton. Natalie n'avait pas envoyé de fleurs. Elle se sentait déjà coupable, mais là, c'était encore pire, il y avait si peu de fleurs. Les rares couronnes que l'on avait apportées étaient posées dans une cour pavée, à l'extérieur du crématorium, essentiellement des gerberas, des lys et des renoncules, et Natalie songea combien les fleurs qui se vendent en pareille circonstance en Angleterre avaient changé en dix ans. Jadis, il n'y aurait eu que des roses et des œillets. Sur la plus grande gerbe, une carte portait la mention : *En souvenir de mon cher Jeff, Avec tout mon amour, ta Fiona*. À côté, il y avait une couronne d'œillets blancs de fleuristes, très serrés, qui ressemblait étrangement à un immense Polo. La carte « Souvenir affectueux » était signée *De la part de papa et Beryl*. Rien de la part de la veuve. Et aucune autre petite amie présente sur les lieux.

Natalie, qui s'était séparée de Jeff juste après Noël, deux ans plus tôt, finit par se demander qui lui avait succédé, avant Fiona. Il y avait sûrement eu quelqu'un – ou s'était-il contenté de sa femme ? Elle n'imaginait pas Jeff se satisfaisant d'un peu de sexe, d'un peu de confort, et d'un toit au-dessus de sa tête, sans parler d'argent, aux côtés d'une femme qui habitait au fin fond du Dorset. Si elle voulait écrire un article creusant dans l'intimité de tout ce petit monde, elle allait devoir découvrir le nom de cette femme manquante, de même que celui de la maîtresse précédente, et même peut-être le nom de celle d'avant.

À ce moment-là, les personnes qui assistaient aux obsèques avaient toutes quitté la chapelle, et elles s'étaient alignées devant les fleurs, qu'elles admiraient, pour certaines les yeux remplis de larmes. Aucune d'elles ne paraissait, ni de près ni de loin, avoir pu succéder à Natalie ou précéder Fiona. La dame enrobée au joli visage, c'était impossible – trop âgée, et pas la silhouette adéquate. Elle aperçut une femme blonde, pas très différente physiquement de Fiona, et elle la reconnut : c'était l'inspecteur principal. Natalie se présenta à une grande femme mince, la soixantaine, qui lui dit être la propriétaire de Jeff à Harvist Road, dans Queen's Park.

« Il était bel homme, ma chère. Jamais créé le moindre embêtement.

— Je parie qu'il était en retard pour payer son loyer.

— Il y avait ça, oui. Figurez-vous que sa femme est allée en épouser un autre alors qu'elle était encore mariée avec lui. C'est elle ? Il me semble l'avoir déjà vue quelque part.

— Quand il habitait dans votre immeuble, découchait-il souvent ?

— Pendant plusieurs jours d'affilée, et souvent les week-ends, ma chère. Mais c'était dans le total respect des lois. En général, il allait à Gloucester, voir sa mère. J'étais tellement inquiète qu'il puisse être dans ce train qui a déraillé. »

Peu vraisemblable, songea Natalie, sachant qu'à ce moment-là il ramenait sa vieille guimbarde de Long Fredington. La mère de Jeff, elle le savait de source sûre, était morte en 1985, et son père habitait à Cardiff, avec une femme que Jeff détestait, la « Beryl » de la couronne en forme de Polo. Ils ne s'étaient plus parlé depuis des années.

« Ça, c'était les week-ends. Était-il souvent parti la semaine ?

— L'été, oui, et peut-être aussi en septembre. Je lui avais dit : "J'ai l'impression que vous vous êtes trouvé une amie", et il ne m'a pas contredite. »

Natalie alla échanger un mot avec Zillah.

« Félicitations pour vos noces imminentes.

— Pour mes quoi ? Oh, oui. Merci.

— Je vous verrai demain. »

376

Quelle pouvait être l'autre femme, survenue dans l'intervalle ? Aisée, naturellement, soit possédant de l'argent, soit ayant un métier bien payé. Propriétaire de sa maison, située quelque part dans Londres. Dans le nord de Londres, songea-t-elle. Jeff faisait partie de ces gens qui considéraient le sud de Londres comme une terre étrangère, dont l'accès exigeait probablement un passeport. Une fois, il s'était vanté de n'avoir jamais traversé un seul des ponts de la Tamise. Voilà qui l'amenait à se demander ce qu'était devenue sa voiture, cette Ford Anglia âgée de vingt ans qu'il n'avait jamais nettoyée durant tout le temps où il avait fréquenté Natalie. Elle se l'imaginait en fourrière quelque part, immobilisée par un sabot ou enlevée de l'endroit où il l'avait abandonnée, dans l'une de ces myriades de rues entrelacées qui s'étendaient entre la rocade circulaire nord et la voie ferrée du Grand Ouest.

De retour chez elle, elle passa quelques coups de fils pour vérifier que Zillah (alias Sarah) Leach et James Melcombe-Smith devaient bien se marier à l'hôtel de ville de Westminster, le lendemain matin, mais elle fit chou blanc. Jim devait mijoter son forfait dans le South Wessex. Elle se demanda combien de chances elle aurait d'obtenir une interview de Leonardo Norton, mais elle décida d'attendre d'avoir parlé avec Zillah, qui lui réservait peut-être des révélations dépassant ses rêves les plus audacieux.

Comparé à son dernier mariage en date, et même au précédent, celui-ci fut une affaire bien terne. Quand la nouvelle loi ou la nouvelle réglementation était sortie, Zillah avait trouvé géniale l'idée de ne plus devoir se marier à l'église ou devant un officier d'état civil, mais de pouvoir tout régler dans un hôtel, une maison de campagne, vraiment n'importe où, pourvu que l'endroit dispose d'une autorisation. Quand elle découvrit le choix de Jims, un relais routier 1930 juste à la sortie de l'autoroute A10, non loin d'Enfield, elle déchanta. Vêtue d'un tailleur blanc, coiffée d'un chapeau cloche orné de plumes recourbées blanches et noires, elle se dit qu'elle aurait aussi bien pu s'épargner cette peine, et rester en jean et en pull.

Le plafond était à colombages, avec de fausses poutres noires et des panneaux à étoffes pliées, également faux. Des fauteuils et des tables rustiques étaient disposés çà et là, avec des canapés tapissés de chintz imprimé de boutons de roses rouges et roses. Zillah n'avait jamais vu autant de harnais et de selles, de brides, d'éperons et de ces médaillons de cuivre qui ornaient jadis les harnais des chevaux de trait, même pas au fin fond du Dorset. On lui présenta le propriétaire des lieux, un joli garçon un brin suranné, à l'accent cockney, un ancien amant d'Ivo Carew. Tout en l'assurant qu'il était ravi de la rencontrer, il gratifia Jims d'un grossier clin d'œil par-dessus l'épaule.

L'officier d'état civil était une femme, jeune et jolie. Zillah, pour une fois antiféministe, se demandait si un mariage célébré par une femme serait de nature à lui convenir, et pourtant elle n'ignorait pas que, de nos jours, les officiers d'état civil étaient majoritairement des femmes. Ivo et le joli garçon étaient leurs témoins, et le tout fut rondement mené. Zillah s'était attendue à un déjeuner, à une fête, sous une forme ou une autre, même dans ce taudis, mais Jims, qui n'avait pas prononcé un mot, si ce n'est pour répondre

« oui », salua tout le monde en vitesse et la raccompagna en voiture à Westminster.

Enfin, il lui adressa la parole.

« Maintenant, nous allons devoir prendre certaines dispositions pour que vous filiez à Fredington Crucis, les enfants et toi. »

24

Cette semaine, Josephine eut beau ne pas s'en souvenir, cela faisait vingt ans que Minty travaillait à
l'Immacue. Elle avait débuté à la fin mai, et elle avait
alors dix-huit ans. Tout en commençant ses chemises, elle essaya de calculer combien elle avait dû
en repasser au cours de toutes ces années. Disons
trois cents par semaine, cinquante-deux semaines par
an, moins deux semaines pour les vacances, fois
vingt, cela donnait trois cent mille chemises. Suffisamment pour vêtir une armée, lui avait dit Tantine
quand elle avait accompli ses dix premières années.
Des blanches, des rayées bleu et blanc, rose et blanc,
jaune et blanc, gris et bleu, cela n'avait pas de fin.
Elle attrapa la première sur la pile. Elle était vert clair
et vert foncé, une association rare.

Comme il arrivait fréquemment quand elle se laissait aller à penser à Tantine, la voix de son fantôme
vint lui parler. «Là, tu te trompes, ça ne fait pas trois
cent mille. Tu n'as jamais repassé de chemises le
samedi, pas au début, quand tu venais d'arriver. Pas
les deux premières années. Et il y a eu des jours où tu
n'en as jamais fait cinquante, pour la bonne raison
qu'il n'y en avait pas cinquante à repasser. On arrive

à un total de deux cent soixante-dix mille plutôt que trois cent mille. »

Minty ne réagit pas. Répondre à Tantine soulageait son ressentiment, mais lui attirait aussi des ennuis. Hier, quand elle lui avait hurlé dessus, Josephine était accourue, elle voulait savoir si elle s'était brûlée. Comme si une repasseuse qui avait trois cent mille chemises à son actif allait se brûler.

« C'est égal, elle aurait dû t'organiser une petite fête. C'est une sale égoïste, elle pense jamais à personne d'autre qu'elle et son espèce de mari. Si elle a un bébé, tu vas te retrouver à devoir le garder. Elle te l'amènera ici et elle te demandera de jeter un œil dessus pendant qu'elle sortira faire les boutiques ou qu'elle passera voir son Chinois. Ce Ken, elle a beau le porter aux nues, il va pas s'occuper du baby-sitting. Les hommes ne s'occupent jamais de ça.

— Va-t'en, lui lança Minty, mais très calmement.

— Enfin, Mme Lewis en sait davantage que moi là-dessus. Elle en a fait l'expérience. De mettre un enfant au monde, je veux dire. J'ai eu toutes sortes de tracas et de dépenses en t'élevant, mais je n'ai jamais connu les douleurs du travail. Si Jock n'avait pas été tué dans cet accident de train, tu aurais peut-être pu avoir un bébé, toi aussi. Vous auriez aimé être grand-maman, n'est-ce pas, Madame Lewis ? »

Cette fois, Minty fut incapable de se réfréner.

« Tu vas la boucler ? J'aurais préféré que tu restes muette. Josephine ne va pas avoir de bébé, et moi non plus. Emmène cette vieille bonne femme hors d'ici. Je ne veux pas d'elle à côté de moi. »

Josephine intervint, comme de juste.

« À qui parlais-tu, Minty ?

— À toi, lui répondit Minty avec effronterie. J'ai cru que tu m'appelais.

— Est-ce que je t'appelle, pendant que tu es occupée au repassage ? Alors, écoute, je me sauve un petit moment et je te laisse la boutique, d'accord ? J'ai envie d'aller déjeuner avec Ken. Je peux te rapporter quelque chose ? »

Minty réprima un frisson. Penser qu'elle puisse manger de la nourriture que quelqu'un d'autre avait touchée ? De la nourriture qu'elle n'avait pas vu acheter ? Décidément, Josephine n'apprendrait jamais.

« Non, merci. J'ai mes sandwiches. »

Elle ne les entama pas avant d'avoir terminé les chemises. C'étaient des sandwiches au poulet, avec du pain blanc qu'elle avait tranché de sa main – le pain prétranché, on ne savait jamais trop qui s'était occupé de le couper, ni avec quoi –, du beurre frais d'Irlande et du poulet qu'elle avait cuit et découpé elle-même. Elle avait utilisé le grand couteau restant, le jumeau de celui dont elle avait dû se défaire, parce qu'on ne pouvait jamais être certaine d'obtenir un résultat impeccable rien qu'en faisant bouillir. Si jamais elle voyait cette Mme Lewis, elle pourrait avoir besoin du grand couteau, tout comme elle s'était servie de celui qui l'avait débarrassée du fantôme de Jock.

Mais elle n'avait jamais vu Mme Lewis. Tantine se manifestait de temps en temps, même si elle n'était jamais aussi nette et aussi consistante que le fantôme de Jock. À travers Tantine, le mobilier et les portes demeuraient toujours visibles. Parfois, elle n'était rien de plus qu'un contour, et la partie centrale de sa silhouette n'était qu'une forme liquide qui se déplaçait et ondoyait comme le mirage sur la route qu'elle avait aperçu du bus, la semaine dernière. Minty se dit que, si elle se remettait à déposer des fleurs sur sa tombe, elle pourrait bien s'en aller complètement. Si elle retournait lui adresser des prières. Mais pour quelle raison irait-elle ? Elle n'avait jamais bravé Tantine de son vivant, mais elle estimait qu'il était temps de s'affirmer. Pourquoi devrait-elle continuer à se soumettre à cette contrainte pour le restant de ses jours, dépenser tout cet argent et aller là-bas déposer ces fleurs, rien que pour faire plaisir à un fantôme ?

Elle n'avait pas particulièrement peur de Tantine. Ce devait être parce qu'elle l'avait si bien connue, et aussi parce qu'elle savait qu'elle ne lui causerait aucun mal. Après tout, Jock lui avait déjà fait du mal, en puisant de la sorte dans ses économies. Et quand il était revenu sous la forme d'un fantôme, il lui avait parfois lancé des regards furieux, les yeux écarquillés, montrant les dents. Mais ce qu'elle craignait vraiment, et elle ignorait pourquoi, c'était que Mme Lewis se montre. Si d'aventure la vieille femme s'adressait vraiment à elle au lieu de toujours parler à Tantine, elle sentait que cette perspective l'aurait moins inquiétée. Mme Lewis s'en était toujours gardée, car elle était restée attachée à Tantine comme à son ombre et, comme une ombre, elle n'était présente que certains jours, à certaines heures. Par exemple, ce matin, elle n'avait pas prononcé un mot, et quand Tantine lui avait posé une question, elle n'avait pas répondu. Cela pouvait signifier qu'elle n'était pas là et que Tantine, pour des raisons qui lui appartenaient, avait parlé dans le vide. D'un autre côté – et c'était ce qui effrayait Minty, frayeur qu'elle ne parvenait pas à s'expliquer tout à fait –, elle avait pu accompagner Tantine depuis leur lieu de résidence, un paradis, un enfer ou une demeure des ombres, une demeure inconnue, anonyme, tout en gardant le silence. Aux yeux de Minty, cette pensée était odieuse, elle se l'imaginait tapie, menaçante, derrière Tantine, essayant de la séparer de sa tante, remarquant tous les faits et gestes de Minty, émettant des jugements sur son apparence et sa maison. Guettant le bon moment, mais pour quoi faire, elle était incapable de le dire.

Avec l'arrivée de Josephine dans la salle de repassage, Tantine avait disparu et n'était plus revenue. Minty acheva son sandwich et alla se laver les mains. Elle se débarbouilla également, car elle n'était pas trop sûre de ne pas avoir une tache de beurre invisible sur le menton. Elle était aux lavabos quand on sonna à la porte du pressing. Elle en crut à peine ses yeux. La sœur de M. Kroot se tenait au milieu de la boutique, en serrant contre elle une brassée de linge sale qu'elle sortit d'un très vieux sac plastique usagé.

Gertrude Pierce – était-ce bien son nom ? – était aussi surprise de voir Minty que Minty l'était de la voir.

« Je ne savais pas du tout que vous travailliez ici. »

Sa remarque contenait un corollaire tacite : « Si j'avais su, je ne serais jamais entrée. » Elle parlait à voix basse, dans une sorte de grommellement et avec un accent que Minty ne parvenait pas à situer. Elle s'était fait refaire une couleur, très récemment, peut-être même juste avant de venir, et elle avait les cheveux aussi rouges que le tailleur en satin écarlate qu'elle déposa sur le comptoir à côté d'un pull en laine vert et d'un pantalon violet. Minty renifla l'odeur à deux mètres. Elle fronça le nez, un changement d'expression que Gertrude Pierce ne tarda pas à remarquer.

« Si vous ne voulez pas me les nettoyer, je les emporterai ailleurs. »

Josephine n'apprécierait pas qu'elle refuse de la clientèle.

« Nous allons nous en charger. »

Minty était contrainte de lui répondre, mais la pensée de Tantine découvrant qu'elle avait adressé la parole à la sœur de M. Kroot la fit frémir. Après avoir calculé le coût du nettoyage à sec, elle écrivit la somme sur une carte et le nom « Mme Pierce », et quand elle la lui tendit, sa main tremblait.

« Ce sera prêt samedi. »

Gertrude Pierce étudia la carte avec suspicion et une espèce d'étonnement. On eût dit qu'elle conjecturait sur les pouvoirs divinatoires ou la perspicacité surnaturelle que Minty devait posséder pour connaître son nom.

« Je vais récupérer mon sac plastique, merci. »

Il était posé sur le comptoir, un sac noir marqué et griffé lors des cent occasions où il avait servi depuis cette première fois où le vendeur, chez Dickins & Jones, y avait rangé les produits qui venaient d'être payés. Minty le repoussa de trois ou quatre centimètres en direction de Gertrude Pierce. La sœur de M. Kroot attendit ; s'imaginait-elle que Minty allait le lui apporter en main propre et lui faire la révérence ? songea Minty. Elle retourna dans la salle du repassage et claqua la porte. Peu de temps après, elle entendit des pas lourds et le carillon tinter, signalant le départ de cette femme.

« Je t'avais demandé de ne pas lui parler, fit Tantine. J'arrivais à peine à en croire mes oreilles. Tu aurais dû faire comme si elle n'était pas là, tu n'aurais pas dû lui procurer cette satisfaction.

— J'aimerais bien faire comme si toi, tu n'étais pas là. (En l'absence de Josephine, elle pouvait lui répliquer tant qu'elle voulait.) Je veux que tu disparaisses pour de bon et que tu emmènes la vieille maman de Jock avec toi.

— Si tu viens déposer de bien jolies fleurs sur ma tombe, comme avant, j'y réfléchirai. Les tulipes, c'est fini, quoi qu'en dise le fleuriste. Je suppose que les roses sont trop chères.

— Rien ne serait trop cher pour me débarrasser de toi », lâcha Minty du tac au tac.

Et quand elle rentra chez elle, à cinq heures et demie, elle acheta des roses, une douzaine, des blanches, relativement coûteuses, mais meilleur marché qu'aux portes du cimetière. C'était une soirée maussade, et immédiatement après qu'elle eut franchi les portes, le bâtiment qu'elle n'avait jamais remarqué auparavant, avec ses piliers et ses arcades en pierre grise et patinée, lui donna l'impression d'être là depuis des centaines, peut-être des milliers d'années. Minty, qui avait vu la semaine dernière une émission sur la Rome antique, se demanda s'il ne datait pas de cette époque-là. C'était une réplique du grand crématorium lugubre, en plus petit, et les portes étaient également closes. À l'intérieur, l'atmosphère devait être sombre, fétide et toujours froide. Elle ferma les yeux et lui tourna le dos. Elle ne savait pas pourquoi elle était venue par ici, ce n'était pas du tout le chemin de la tombe de Tantine.

C'était parce qu'elle était entrée par l'entrée est au lieu de l'entrée ouest. Elle n'avait jamais pris par là. Pour une fois, elle avait acheté des fleurs chez un fleuriste, et pas aux portes. Subitement, il lui sembla très important de les « donner » à Tantine, ces fleurs. Tantine les lui avait demandées, insistant pour que ce soient des roses. Sa tombe se trouvait-elle plus loin dans cette allée, ou dans cette autre ? Le cimetière était si grand, avec tellement d'allées, et parfois très sinueuses, il y avait tant de tombes qui semblaient identiques. Certains arbres étaient à feuilles persistantes, éternellement verts, mais on devrait plutôt dire éternellement noirs, car leurs feuilles étaient ainsi, noires et ternes. D'autres arbres laissaient pendre des feuilles flasques. Seules l'herbe et les fleurs minuscules qui la parsemaient, jaunes et blanches, étaient éclatantes, lumineuses, et variaient de saison en saison.

Il faisait encore grand jour, et pour plusieurs heures, même si la lumière était plus ou moins assombrie par les nuages. Elle aurait dû se diriger vers le crématorium et la porte ouest, mais elle ne savait pas comment. Elle descendit une allée, en remonta une autre, tourna à droite, puis encore à gauche. Elle reconnaîtrait la tombe quand elle la verrait, grâce au nom inscrit dessus, mais d'abord grâce à l'ange, qui se masquait le visage d'une main et serrait un violon cassé de l'autre. L'ennui, c'était que le cimetière était rempli d'anges de pierre, apparemment, une tombe sur deux avait le sien, certains de ces anges tenaient des rouleaux manuscrits, d'autres pinçaient les cordes de leurs instruments, essentiellement des harpes, et parfois l'ange pleurait, la tête inclinée. Minty se sentait l'envie de pleurer, elle aussi. Elle savait qu'elle aurait dû sortir par la porte où elle était entrée et rentrer de nouveau par l'autre, la bonne, mais cela signifierait passer devant l'homme qui vendait les fleurs. Les siennes, il pourrait croire qu'elle les lui avait volées pendant qu'il regardait ailleurs, ou même qu'elle les avait dérobées sur la tombe de quelqu'un d'autre, un procédé qui n'avait rien d'exceptionnel, avait-elle entendu dire.

Maisie Julia Chepstow, épouse bien-aimée de John Chepstow, qui a quitté cette vie le 15 décembre 1897, à l'âge de 53 ans. Repose dans les bras de Jésus. Elle connaissait l'inscription par cœur, et se souvenait d'avoir dit à Jock que le cadavre ou les os ou la poussière qui gisaient dessous avaient appartenu à la grand-mère de Tantine. Rien de tout cela ne comptait. Ce qui comptait, c'est qu'elle avait enseveli les cendres de Tantine dans cette tombe. À présent, elle était arrivée au bord du canal, avec cette petite place romaine devant elle, et elle tourna une fois encore. Il y avait tellement de tombes, par ici, et si peu de gens pour les entretenir, que l'herbe, la mousse et le lierre se faufilaient partout, recouvraient tout, dissimulant la pierre et obscurcissant les noms gravés dessus. Elle n'avait jamais vu de chat par ici, mais elle se les imaginait envahissant les lieux la nuit, et en voici un qui fit son apparition, long, mince et gris, s'avançant avec délicatesse sur des tumulus anonymes, plongeant dans une grotte emmêlée de lierre, entre les racines d'un arbre, quand il la vit.

Un ange qui tenait quelque chose se dressait, menaçant, devant elle, à l'endroit où l'allée croisait un chemin perpendiculaire. Ce devait être là, c'était là que, s'agenouillant au sol, elle avait levé les yeux et vu s'approcher le fantôme de Jock. Avant d'avoir atteint cet endroit, elle vit que l'ange était le même, il se masquait pareillement les yeux, avec le même violon cassé dans la main. Mais après avoir écarté les vrilles du lierre, elle lut ce qui était gravé sur la pierre et constata que ce n'était pas cela. Ce n'était pas

Maisie Julia Chepstow, épouse bien-aimée de John Chepstow, mais Eve Margaret Pinchbeck, fille unique de Samuel Pinchbeck, envolée vers notre Seigneur, le 23 octobre 1899. Pince-mi et Pince-moi, se dit Minty. Prends donc un Polo, Polo. Comment deux sépultures pouvaient-elles autant se ressembler sans appartenir à la même personne ? Peut-être la personne qui avait sculpté ces statues il y a si longtemps, peut-être aux temps des Romains, en réalisait-elle beaucoup d'identiques.

Cela pourrait éventuellement faire l'affaire. Et si les cendres de Tantine n'étaient pas ici, tant pis. La différence, sur la tombe de cette femme, c'était le vase de pierre, qui faisait partie intégrante de la sculpture, du socle sur lequel se dressait l'ange. Le vase était sec et de la mousse verte venait ramper jusque sur le pourtour. Comme déjà auparavant, Minty trouva des fleurs sur la tombe voisine, des fleurs qui se fanaient, elle les jeta dans les buissons et se servit de l'eau où elles avaient baigné pour en remplir la vasque moussue. Elle y disposa les roses, non sans avoir cassé les tiges pour les raccourcir, et ce faisant, elle se lacéra les mains sur les épines. Étrangement, ce sang qui coulait la soulagea, sensation qu'elle n'avait jamais connue précédemment, et pourtant, il devait y avoir de la terre sur ces tiges de roses, et cette pensée-là était pénible. Il y avait forcément un robinet dans les alentours, mais elle ne savait pas où.

Elle se releva et se retourna, poursuivit sa marche, s'éloigna du gazomètre. Ce devait être la bonne direction, pour la porte ouest. Mais non, ce n'était pas la bonne. Elle commença à avoir peur. Supposons qu'elle ne puisse plus jamais retrouver l'issue, qu'elle doive errer des heures, la chercher durant des années, et pourquoi pas pour l'éternité, au milieu de ces tombes envahies de végétation, avec des chats qui marchaient dessus, à faire frissonner les vivants. C'était certainement un endroit pour les spectres, avec ces myriades de défunts gisant de tous côtés sous la terre, mais ses fantômes à elle n'y étaient pas. Il ne régnait ici que l'obscurité et une sorte de paix pesante, et la rumeur de la circulation dans le lointain, sur Harrow Road. Aucun être humain, qu'il soit en vie ou qu'il soit fantôme; pas un oiseau ne chantait. Soudain, elle déboucha sur un espace dégagé, avec l'immense temple à colonnades du crématorium devant elle. Il était toujours effrayant, mais davantage encore sous cet angle, avec son haut mur nu et les nuages gris qui s'amoncelaient à l'arrière-plan, et la végétation sauvage de cet endroit mal entretenu qui descendait jusqu'à ses pieds. Minty s'imagina la grande porte pivotant sur son axe, la vitre en verre coloré se fracassant et des fantômes sortant à l'aveuglette, les mains levées en l'air et leurs suaires flottant dans leur sillage. Elle se mit à courir.

Il y avait des panneaux partout, mais apparemment aucun n'indiquait l'endroit où elle désirait se rendre, la tombe de Tantine. Elle lut celui qui était face à elle, sans savoir pourquoi, tout en martelant le sol de ses pas, redoutant de regarder derrière elle, au cas où elle serait poursuivie. Il indiquait : *Sortie*. Son soulagement fut énorme. Maintenant, elle savait où elle était, elle approchait de la porte ouest, située en face de sa rue, là où se trouvait le marchand de fleurs. Le temps qu'elle l'atteigne, elle marchait à nouveau d'un pas tranquille, réussissant à sourire au fleuriste, en lui adressant un petit signe de tête. Et il n'y avait rien ni personne derrière elle.

Il était rare que Minty se sente heureuse. La peur chasse le bonheur tout autant que le chagrin, et généralement, c'était la peur qui la tenaillait. Elle vivait dans un climat de frayeurs, de terreurs innommables qu'elle parvenait à contenir uniquement au prix de procédures routinières très strictes. La seule autre force qui avait pu les dissiper, les repousser complètement, une ou deux fois, ce qui ne lui était jamais arrivé durant les trente-sept premières années de son existence, c'était le sentiment qu'elle avait éprouvé pour Jock. Quand elle lui avait confié, après qu'il lui eut fait l'amour, qu'elle n'éprouverait jamais cela auprès d'un autre homme, car elle était à lui pour l'éternité, elle avait exprimé, sans doute pour la première fois de sa vie, ses sentiments les plus sincères et les plus honnêtes, débarrassés de tous ses préjugés sur la propreté, l'ordre ou la nourriture. Et ce qu'il lui avait offert en retour, du moins l'avait-elle cru, lui avait procuré une sensation étrange et inusitée, qu'elle n'avait pas su nommer. Le bonheur. À cet instant où elle quittait le cimetière et se dirigeait vers Syringa Road, elle éprouvait ce bonheur, il était de retour, mais c'était moins intense.

Avec Jock, ce bonheur avait été relativement durable. S'il n'était pas mort, songeait-elle vaguement quelquefois, sans trop savoir ce qu'elle entendait ou ce qu'elle désirait par là, s'il avait vécu avec elle, ces sentiments qu'elle éprouvait et qu'il avait inspirés auraient pu faire d'elle une autre femme. En cet instant, cette miette de bonheur était condamnée à l'éphémère, elle le savait alors qu'elle la possédait en elle, succédant à la terreur pure, car déjà elle approchait de sa porte d'entrée, et la peur était de retour. Elle redoutait ce qui l'attendait de l'autre côté, et elle envisagea même de frapper à la porte des Wilson, de passer une demi-heure avec eux, le temps de prendre une tasse de thé, de bavarder, peut-être de leur raconter l'épisode de sa recherche de la tombe de Tantine, car, maintenant qu'il était passé, elle en percevait le côté cocasse. Quoi, une femme qui avait vécu toute sa vie à un jet de pierre du cimetière, incapable de retrouver la tombe de sa Tantine ! Mais si elle faisait un saut chez Sonovia, ce ne serait que pour mieux en ressortir et retourner dans sa maison. Elle ne pouvait pas rester toute la nuit chez eux.

Elle inséra la clef dans la serrure et la tourna. La nuit ne tomberait pas avant des heures, mais elle alluma quand même la lumière dans le vestibule. Rien. Le vide. Elle monta au premier, craignant de tomber sur Tantine, mais il n'y avait personne. À travers le mur mitoyen, elle entendit de la musique, à peine perceptible, le genre de musique qu'apprécient les très jeunes gens. Ce n'était pas la radio de M. Kroot, ce devait être celle de Gertrude Pierce. Quelle femme étrange c'était, à écouter de la musique d'adolescents. Minty se fit couler un bain, elle y versa du gel moussant, se lava les cheveux, se récura le sang qu'elle avait sur les mains avec une brosse à ongles. Les piqûres occasionnées par les épines lui laissaient une centaine de blessures minuscules. La musique s'interrompit, et le silence suivit. Minty se sécha, s'habilla d'un T-shirt propre, d'un pantalon propre et de chaussettes propres, comme d'habitude. Elle ne portait jamais de sandales, même par temps chaud, car les rues étaient malpropres. Des saletés pouvaient se frayer un chemin sous vos pieds et vous déclencher une maladie qui s'appelait la bilharchose, un truc dans ce goût-là, elle avait lu un article à ce sujet dans le journal de Laf. Ça se passait en Afrique, mais elle ne voyait pas pourquoi ça n'arriverait pas ici.

Elle n'avait pas faim. Ses sandwiches l'avaient complètement rassasiée. Plus tard, éventuellement, elle se préparerait un œuf brouillé sur un toast. On ne connaissait jamais la provenance de l'œuf, mais il fallait bien qu'il sorte d'une poule et, de toute manière, elle le cuirait parfaitement, dans une poêle propre. Par la fenêtre de la cuisine, elle pouvait voir du linge pendouiller dans le jardin de M. Kroot. Il avait l'air sec comme un coup de trique, il était probablement déjà là avant que Gertrude Pierce ne vienne à l'Immacue. Minty sortit. Ça n'avait pas été une journée de grosse chaleur, le ciel était trop nuageux, mais la température était agréable, et le restait encore. Elle étudia le linge de ses voisins. La corde était tellement mal tendue que l'un des piquets de soutien était incliné à quarante-cinq degrés, et du coup le bord des draps et des serviettes touchait le sol et venait carrément au contact de l'herbe sèche et poussiéreuse. Minty en était consternée, mais elle n'avait pas l'intention d'intervenir.

Derrière l'autre palissade, la voix de Sonovia l'appela.

« Minty ! Ça fait si longtemps qu'on ne s'est pas vues. »

En réalité, cela ne faisait pas si longtemps. Guère plus de deux ou trois jours. Sachant que cela l'amuserait, Minty lui raconta, avec force coups d'œil par-dessus l'épaule, la visite de Gertrude Pierce au pressing, qui n'avait pas saisi qu'elle travaillait là-bas. Sonovia éclata de rire ; le plus drôle, c'était surtout le moment où la sœur de M. Kroot était restée sidérée que Minty sache son nom. Il y avait de cela une vingtaine d'années, M. Kroot était réputé pour une remarque raciste qu'il avait faite, mais apparemment, personne n'avait retenu à quel endroit cela s'était produit, et qui il avait visé, mais il n'en avait pas fallu davantage à Laf, qui, depuis cette date, ne lui avait plus jamais adressé la parole. On avait souvent entendu Sonovia regretter que cela remonte à si longtemps, car aujourd'hui elle l'aurait attaqué en justice.

« Quelqu'un m'a signalé qu'elle repartait chez elle samedi en huit. On sera tous bien contents de la voir s'en aller. »

Tout sourires, elle écouta Minty lui relater l'épisode du cimetière. Une fois rentrée chez elle, elle gardait encore le sourire, mais elle manifesta son étonnement à Laf.

« C'est la première fois que j'entends dire que Winnie Knox est enterrée au cimetière de Kensal Green.

— Elle n'est pas du tout enterrée. Elle a été incinérée. Tu devrais t'en souvenir, nous y étions, toi et moi.

— Mais bien sûr. C'est pour cela que je viens de te dire que c'est bien la première fois que j'en entends parler. Minty a conservé les cendres dans une urne posée sur son manteau de cheminée pendant des mois, mais j'avais remarqué que l'urne avait disparu. Elle vient de me raconter qu'elle s'est perdue dans le cimetière en cherchant la tombe de Winnie. Elle a acheté des roses blanches, parce qu'elle soutient que sa Tantine en avait assez des tulipes. Qu'est-ce que tu en conclus ?

— Sonn, nous avons toujours dit et redit que

394

Minty était spéciale. Tu te souviens de toute cette salade autour des fantômes ? »

L'espace d'un instant, Minty avait oublié toute cette salade autour des fantômes. Elle était retournée dans sa cuisine, et de là dans son salon, en repensant à Gertrude Pierce, à la lessive, et aux vêtements à l'odeur épouvantable qu'elle lui avait apportés à nettoyer. Elle s'immobilisa sur le seuil. Deux femmes se tenaient là, debout, entre la cheminée et le canapé, Tantine et une vieille personne toute voûtée, bossue, au visage de sorcière. Minty en resta bouche bée. Elle demeura où elle était, aussi immobile que les statues du cimetière, et elle ferma les yeux. Quand elle les rouvrit, elles étaient toujours là.

« Tu savais très bien que ce n'était pas ma tombe, ce n'est pas vrai, madame Lewis ? Tu as déposé ces roses sur la tombe d'une étrangère. Comment crois-tu que je le prenne, à ton avis ? Mme Lewis était dégoûtée. »

De son vivant, Tantine ne lui avait jamais parlé sur ce ton. Certes, Minty avait souvent senti qu'elle aurait bien aimé le faire, mais, pour une raison ou une autre, elle avait toujours résisté à cette envie. Il y avait bien eu de la colère dans ses yeux, quand elle disait des gentillesses, cette colère qui s'exprimait à l'instant. Mme Lewis demeurait absolument impassible, elle ne regardait ni vers Minty ni vers Tantine, elle observait fixement le sol, ses vieilles mains noueuses fermement croisées.

« Même pas fichue de prononcer un mot d'excuse. Elle n'a jamais su dire pardon, même quand elle était petite, madame Lewis. Jamais un mot de regret n'a franchi ses lèvres. »

Minty recouvra la parole.

« Je suis désolée. Cela ne se reproduira plus. Là, ça

ira, comme ça ? (Son ton se raffermit, mais sa peur n'avait pas faibli, et ces mots avaient franchi ses lèvres avec un croassement rauque.) Allez-vous-en, vous voulez bien ? Toutes les deux. Je ne veux plus vous revoir. Vous êtes mortes et je suis en vie. Repartez d'où vous venez. »

Tantine s'en alla, mais Mme Lewis ne bougea pas. Dans son visage, Minty entrevit le visage de Jock, les mêmes traits, mais ridés et vieillis, comme d'un millier d'années. Les yeux de Jock avaient pris la même expression, lasse et vaincue, quand, lorsqu'ils s'étaient rendus aux courses, le chien sur lequel il avait misé de l'argent avait terminé bon dernier. Un jour, il aurait bien pu finir par lui ressembler, s'il n'avait pas été emporté dans cette catastrophe ferroviaire. La vieille femme leva la tête. Minty prit conscience de cet effet de mirage, de cet ondoiement liquide qui faisait frissonner le cardigan trop grand et la jupe pendante de Mme Lewis comme sous l'effet de la brise. Elles se dévisagèrent, la mère de Jock et elle, et elle s'aperçut que ses yeux n'étaient pas bleus, comme elle l'avait d'abord cru, mais d'un vert froid et terne, nichés au milieu des rides comme deux œufs dans le nid d'un oiseau.

Si Minty se retournait et s'éloignait, la vieille femme la suivrait. Pour la première fois, elle avait envie qu'un fantôme parle. Paralysée par la peur, elle avait envie d'entendre quel genre de voix possédait Mme Lewis.

« Dites quelque chose. »

Lorsqu'elle parla, le fantôme s'évanouit. Pas immédiatement, mais comme de la fumée qui s'échappe par le goulot d'une bouteille. Et puis elle disparut, et la pièce fut déserte.

25

Quand Jims arriva à Glebe Terrace, Natalie l'attendait dans la chambre d'un appartement, de l'autre côté de la rue. Cet appartement était la propriété d'Orla Collins, qu'elle avait rencontrée lors de ce dîner. Au début, Orla avait nourri quelques scrupules, mais dès que Natalie lui avait expliqué qu'elle espionnait un membre du Parlement qui avait épousé sa femme en la rendant coupable de bigamie, tout en entretenant une liaison avec un homme qui habitait de l'autre côté de Glebe Terrace, ces scrupules s'étaient effacés. Cela faisait trois soirs qu'elle était postée là, mais le fait qu'il ne se soit pas montré la veille ne la surprenait guère. Même Jims pouvait rechigner à retrouver un amant le jour même de son mariage.

Zillah avait vendu la mèche, selon ses propres termes. À l'arrivée de Natalie, mercredi après-midi, elle portait le tailleur blanc de son mariage.

« J'ai pensé que vous ne pourriez pas prendre de photo de moi, lui avait-elle dit, à cause de votre syndicat ou je ne sais quoi, donc j'ai fait un Polaroïd. (Natalie jeta un œil au cliché.) Et maintenant, je vais tout vous raconter », ajouta Zillah.

Et elle s'était exécutée. C'était la meilleure interview que Natalie ait décrochée en quinze ans de journalisme. En dépit de tout, en ce qui concernait les aventures de Jims avec Leonardo Norton, elle n'osait pas prendre Zillah tout à fait au mot. Cela méritait confirmation. Elle était assise dans un fauteuil en osier, près de la fenêtre, chez Orla Collins, scrutant (et pas pour la première fois) les clichés de Zillah et Jims pendant leur voyage de noces. Les photos prises par Jims lui étaient de peu d'utilité, car elles se limitaient à des images de l'île, mis à part un seul instantané de Zillah en train de se baigner dans l'océan Indien. En revanche, les clichés dont Zillah était l'auteur constituaient une révélation. Elle avait admis les avoir pris pour la simple raison que, dès cette période, elle voyait ce mariage blanc d'un assez mauvais œil. Jims et un jeune homme au visage invisible, parce que détourné, étaient allongés sur deux chaises longues accolées, ou à la plage, assis côte à côte sur des serviettes, mais, le meilleur de tout, le plus accablant, c'était ce cliché où ils étaient assis à la fraîche, la main de Jims posée sur la cuisse du jeune homme. Détail édifiant, Jims lui souriait tout le temps, sauf une fois où son sourire était pour l'objectif, tandis que Leonardo, lui, s'arrangeait pour dérober son visage aux regards. Ces photographies lui faciliteraient l'identification du parlementaire quand il arriverait à Glebe Terrace ou descendrait de sa voiture. Comment viendrait-il? Le temps s'écoulait, sa montre lui indiquait sept heures et demie, huit heures, huit heures et quart, et Natalie envisagea les différentes éventualités. Sloane Square n'était qu'à trois stations, sur la Circle Line, quand on arrivait de Westminster. Il pouvait prendre le métro, et ensuite un taxi. Ou un taxi sur tout le trajet. D'après la rumeur, il disposait d'une confortable fortune personnelle. Il pouvait venir en voiture et, comme il était six heures passées, se garer n'importe où, sur une ligne jaune simple. Natalie avait écarté l'idée d'un bus, en raison du caractère trop plébéien de ce moyen de transport pour un individu comme Jims. Quant à la bicyclette…

À neuf heures moins vingt, il arriva par le seul moyen qu'elle n'avait pas envisagé. À pied. Il avait encore plus belle allure en chair et en os que sur les photos des Maldives. À l'exemple de beaucoup de femmes adoptant un point de vue que ne partageraient jamais les homosexuels, Natalie songea « Quel gâchis ! ». À son grand ravissement, il sortit une clef de sa poche et ouvrit la porte de Leonardo Norton. Un store était baissé à une fenêtre qui, selon ses calculs, devait être celle du salon, mais une fenêtre de l'étage était nue, excepté quelques centimètres de rideau dépassant de part et d'autre. Natalie craignait fort pour la qualité des photos qu'elle serait amenée à prendre, mais elle tenait quand même son appareil prêt. Quelques minutes plus tard, elle regretta presque de l'avoir apporté avec elle, car aucun rédacteur en chef n'oserait utiliser les instantanés qu'elle venait de prendre. Dans l'espace de soixante centimètres de large compris entre les rideaux, Jims et Leonardo étaient enlacés dans une étreinte passionnée.

Presque immédiatement, Leonardo, sommairement vêtu d'un slip à rayures rouge et blanc, tira ces rideaux. Natalie ne quitta pas son poste. Elle était décidée à rester toute la nuit dans ce fauteuil si nécessaire, à manger les sandwiches qu'elle avait apportés et à siroter sa demi-bouteille de valpolicella.

Mais à onze heures et demie, Orla avait eu envie de se coucher.

«Cela ne sert à rien que vous restiez, lui avait-elle affirmé. Il passe toujours la nuit ici.»

Si la police n'avait jamais refait d'apparition à Holmdale Road, le pardon de Michelle aurait pu s'étendre jusqu'à l'oubli. Elle aurait pu accepter le conseil que lui avait donné Matthew, et pardonner à sa voisine au nom de son chagrin, du choc et de la tension presque insoutenables qu'elle avait subis. Après tout, Matthew et elle avaient témoigné leur soutien à Fiona en l'accompagnant à l'enterrement d'un homme qui ne leur avaient inspiré à tous les deux que de l'aversion et de la méfiance. Mais un vendredi matin, les inspecteurs étaient revenus leur annoncer qu'ils avaient été incapables d'obtenir une confirmation de la présence des Jarvey au Heath, en cet après-midi crucial. D'un autre côté, une voiture de même marque et de même couleur que la leur avait été vue garée devant un parcmètre à Seymour Place, W1, à l'heure concernée, et Seymour Place, ainsi qu'ils devaient le savoir, n'était guère éloigné de l'Odeon, à Marble Arch.

Matthew leur répondit d'une voix froide et détachée.

«Ce n'était pas notre voiture.

— Le témoin n'a pas été en mesure de relever le numéro d'immatriculation.

— Si elle ou il l'avait fait, ce numéro n'aurait pas été celui de notre voiture.»

Michelle lança un regard à son mari, puis baissa les yeux sur ses mains dodues, posées au creux de ses cuisses rebondies, et elle s'émerveilla de ce que quelqu'un, en les observant tous les deux, puisse, même fugitivement, les soupçonner d'avoir commis un crime. Une grosse femme (si ce n'est une obèse) de quarante-cinq ans, incapable de gravir une dizaine de marches sans se retrouver tout essoufflée et – en dépit de tout l'amour qu'elle éprouvait à son égard, elle était obligée de le formuler de la sorte – un pauvre squelette handicapé par sa phobie grotesque. C'était la dernière pensée réaliste et sensée qui lui viendrait à l'esprit avant des jours et des jours.

La femme lui posa une question, et elle retint son souffle.

« Pouvez-vous nous fournir un motif plus solide nous permettant d'établir avec certitude qu'à cette heure-là vous étiez au Heath, dans votre voiture ?

— Quel genre de motif ? (Elle entendit sa voix se faire plus fluette, s'enrouer.)

— Ou même que vous êtes passés chez Waitrose ? Le personnel ne se souvient pas de votre présence là-bas. Enfin, ils se souviennent de vous... (Michelle crut déceler un soupçon de sourire.)... mais pas du jour. Apparemment, vous y allez souvent. »

Le sous-entendu était clair, Matthew et elle avaient programmé de fréquentes visites dans ce supermarché, afin d'égarer les témoins sur le seul jour où ils n'y étaient pas.

« Et pour ce qui est du Heath, madame Jarvey ?

— Je vous l'ai dit, il y avait d'autres voitures, avec des gens dedans, mais personne de notre connaissance. »

Après le départ des fonctionnaires de police, elle serra la main de Matthew et le regarda d'un air piteux, droit dans les yeux.

« J'ai tellement peur, je ne sais pas quoi faire. Je me suis dit… je me suis dit, Fiona nous a impliqués là-dedans, c'est à elle de nous en sortir.

— Qu'est-ce que cela signifie, ma chérie ?

— Je me suis dit que nous pourrions lui demander de leur raconter qu'elle nous a vus au Heath, elle s'est rendue là-bas en voiture, dès son retour chez elle… je veux dire, elle pourrait expliquer qu'elle est rentrée une heure plus tôt qu'en réalité… elle nous aurait vus, elle serait venue nous parler. Ou alors… et ce serait encore mieux… elle pourrait convaincre l'une de ses amies d'expliquer qu'elle nous a vus, quelqu'un qui habite plus bas dans la rue, tu sais, elle connaît cette femme du 102, je les ai vues ensemble, et elle pourrait…

— Non, Michelle. (Matthew fut aussi prévenant qu'à son habitude, mais ferme néanmoins, comme il savait l'être jadis.) Tu l'inciterais à produire un faux témoignage. Ce serait mal. Et mis à part l'aspect moral de la chose, on te démasquerait.

— Si elle ne peut pas faire pour nous un petit geste comme celui-là, je n'aurai plus jamais envie de lui adresser la parole.

— Tu n'en sais rien. Peut-être qu'elle accepterait. Tu ne l'as pas mise à l'épreuve… et, Michelle, tu t'en abstiendras.

— Alors qu'est-ce qu'il va advenir de nous ?

— Rien, lui assura-t-il. Les innocents ne se retrouvent pas au tribunal, inculpés de meurtre. (Mais il n'en était pas si convaincu.) Tu te conduis stupidement. C'est de l'hystérie pure et simple.

— Pas du tout ! (Elle éclata en sanglots et de rire à la fois.) Pas du tout, pas du tout !

— Michelle, cesse. J'en ai assez. »

Elle leva les yeux vers lui, le vissage ruisselant de larmes.

« Et maintenant, elle nous pousse à nous disputer. Nous qui ne nous disputons jamais. »

Fiona était retournée travailler le lundi précédent. Ses collègues lui dirent à quel point ils étaient désolés pour Jeff, mais ceux qui n'avaient pas retenu son nom dirent « ton ami », et Fiona songea que cela le rabaissait au niveau d'un camarade qu'elle aurait croisé à la faculté. Mais elle n'en dut pas moins affronter davantage de regards curieux et de silences inexplicables que si Jeff était banalement mort d'un cancer ou d'une crise cardiaque. Le meurtre marque les êtres chers proches de la victime, pour toujours. Parmi ses connaissances, Fiona savait que l'on ne prononcerait plus jamais son nom sans une formule évoquant cette femme « qui vivait avec ce type, celui qui a été assassiné dans un cinéma ». Il s'y ajoutait son regret encore plus amer d'avoir mentionné le nom des Jarvey à Mister Crimes de Sang. Elle ne savait pas ce qui lui avait pris, et dut admettre que, comme c'est souvent le cas en pareilles circonstances, elle les avait impliqués parce qu'elle n'avait rien d'autre à dire, ne savait rien et ne voyait pas vraiment comment apporter son concours à la police.

Le pardon de Michelle ne s'était pas accompagné de manifestations très chaleureuses. Cette femme triste et silencieuse n'était plus la créature affectueuse, démonstrative, maternelle que Fiona avait connue, mais un être maussade, replié sur lui-même. Depuis le contretemps de dimanche, Fiona s'était présentée à trois reprises chez les Jarvey et, chaque fois, songeait-elle à présent, dans l'espoir sans cesse renouvelé que Michelle aurait renoué avec sa personnalité habituelle, mais en dépit de sa parfaite courtoisie et de son hospitalité, ce n'avait jamais été le cas. Ce vendredi après-midi, Fiona était de nouveau chez eux, elle était entrée par la porte de derrière, gage d'une intimité qu'elle désespérait d'instaurer à nouveau. Et pendant un moment, on eût dit qu'elle s'en rapprochait, car Michelle vint à sa rencontre et l'embrassa sur la joue.

L'attitude de Matthew lui parut plus empreinte de chaleur que d'ordinaire. En général, c'était Michelle, et non lui, qui lui tendait un verre de vin. Il alla chercher une bouteille qu'il avait mise à rafraîchir, lui remplit un verre, et un autre pour son épouse. À son grand désarroi, elle vit que Michelle avait les larmes aux yeux.

« Qu'y a-t-il ? Oh, qu'y a-t-il ? Si tu pleures, tu vas me faire pleurer, moi aussi. »

Michelle consentit à un gros effort.

« La police était ici ce matin. Selon eux, nous n'étions pas là où nous l'avons dit… ce… ce jour-là. Quelqu'un a vu une voiture, la même que la nôtre, garée près du cinéma. Ils veulent la preuve que nous étions au Heath et nous… nous sommes incapables de leur apporter cette preuve… nous en sommes incapables. Nous n'y arriverons jamais.

— Si, vous y arriverez. Je vais vous aider. C'est bien le moins que je puisse faire. Je ne peux pas prétendre que je vous ai vus là-bas, car les collègues du bureau leur ont déjà signalé que j'y étais restée jusqu'à cinq heures. Mais je peux dénicher quelqu'un qui le leur certifiera. Je connais quelqu'un… je veux dire, je la connais bien… qui habite au Vale of

Heath, et elle leur affirmera que vous y étiez, je sais qu'elle acceptera. Elle est tout à fait le genre de personne à se présenter à la police et à leur dire qu'elle est venue apporter la preuve de votre version des faits. Laissez-moi faire, je vous en prie. Je sais que ça marchera. »

Michelle secouait la tête, mais Matthew s'était mis à rire, comme s'il vivait dans la plus parfaite insouciance.

Comme Jims tenait sa permanence de Toneborough le samedi matin au lieu du vendredi, il avait repoussé de vingt-quatre heures sa visite dans sa circonscription. En dépit de l'annonce de son mariage, parue dans les journaux de jeudi, et de l'évident manque d'intérêt de la police à son égard, qui cessait de voir en lui un possible suspect de meurtre, bon nombre de ses collègues conservateurs des Communes le battaient encore froid. Mais le Chief Whip n'avait rien ajouté. Ce matin-là, le leader de l'opposition lui avait adressé un signe de tête, réussissant même à le gratifier d'un léger sourire. Jims finit par se persuader que les gens importants le croyaient quand il disait tout ignorer du statut marital de son épouse, lors de leur premier mariage.

Le trajet vers le Dorset se déroula sans encombre. Sur la route, tous les travaux étaient terminés, on avait retiré les cônes et les panneaux de limitation de vitesse. Il atteignit Casterbridge à temps pour un déjeuner de réconciliation avec Ivo Carew. Kate, la sœur de ce dernier, se joignit à eux, prit un verre et rit de bon cœur en évoquant le petit coup de pouce qu'ils avaient apporté à Jims, tous les deux, escortés de Kevin Jebb, la veille. Jims avait passé l'après-midi à visiter une maison de retraite, abritée dans un manoir néogothique, où des personnes âgées bien nées, partageant ses convictions politiques, finissaient leurs jours dans de luxueux appartements. Là, il échangea quelques mots avec chaque pensionnaire, visita la bibliothèque et la salle de cinéma, et prononça un petit discours – pas pour les encourager à voter conservateur, une exhortation bien inutile, mais à voter tout court, et il leur promit qu'un moyen de transport confortable les achemineraient jusqu'au bureau de vote. Avant qu'ils ne prennent place pour leur dîner composé de quatre plats principaux, il se rendit en voiture à la gare de la ligne du Grand Ouest, où il accueillit Leonardo, arrivé par le train de Londres.

Ce n'était guère discret. Il ne s'y était encore jamais risqué, mais il s'était fait la réflexion que personne n'en saurait rien. Naturellement, ils ne dîneraient pas ensemble. Jims avait apporté du poulet froid, un pâté de gibier en croûte, quelques asperges et un livarot. Fredington Crucis House était toujours amplement garnie en boissons. Le temps qu'ils arrivent à la maison, le fromage empuantissait déjà la voiture, car la journée avait été chaude, mais cela leur inspira simplement quelques éclats de rires complices. Le lendemain après-midi, après la fermeture de la permanence de Jims, ils envisagèrent de rouler jusqu'à Lyme, où Leonardo, en émule fervent des Janeite, les adorateurs de Jane Austen, souhaitait rafraîchir sa connaissance du site où Louisa Musgrove, dans *Persuasion*, saute du haut de la falaise du Cobb.

Le lendemain matin, Jims n'était pas attendu à

Toneborough avant dix heures et demie, donc ils restèrent au lit jusqu'à neuf heures, et ils y seraient restés plus longtemps s'il n'y avait eu ces bruits au-dehors qui attirèrent son attention. Leonardo dormait encore. Jims avait l'habitude d'entendre les bruits de la circulation depuis sa chambre, les éclats de voix, le ronronnement cadencé des moteurs de taxi et le crissement des freins quand les chauffeurs de poids lourds appuyaient sur la pédale. Oui, il s'y était habitué, mais pas ici, pas sur les terres de Fredington Crucis House où généralement, si quelque chose le réveillait, c'était plutôt le chant d'un oiseau. Il se redressa, il écouta. La radio de Mme Vincey ? Mais non. Il avait expressément demandé à sa femme de ménage de ne pas venir. Qui plus est, le bruit venait de l'extérieur. C'était un brouhaha de voix, sur fond de craquements des graviers de l'allée. Une portière de voiture claqua. Jims se leva, enfila une robe de chambre et s'approcha d'une fenêtre. Les rideaux qui descendaient jusqu'au sol étaient tirés, mais ils étaient séparés par un interstice d'à peu près deux centimètres. Il glissa un œil par cette fente et recula brutalement, en lâchant une exclamation.

« Oh, mon Dieu ! »

Leonardo s'étira, se retourna, marmonna, tout ensommeillé :

« Qu'est-ce qu'il y a ? »

Sans répondre, Jims tomba la robe de chambre, attrapa le jean qu'il avait passé pour se changer la veille au soir, et un sweat-shirt de couleur sombre. Il monta au deuxième étage, où les rideaux des fenêtres plus petites étaient restés ouverts. Jims le savait : à moins de regarder exprès dans cette direction, de loin, il était quasi impossible de voir quoi que ce soit derrière une fenêtre non éclairée de l'intérieur. Il s'avança à quatre pattes et tendit la tête juste au-dessus de l'appui, à hauteur de son nez.

Une cinquantaine d'hommes et de femmes à peu près attendaient dehors, certains brandissaient des appareils photo, d'autres des blocs-notes et des magnétophones. Leurs voitures étaient garées là, elles aussi, et ils étaient appuyés contre ou assis à l'intérieur, portières ouvertes. Une femme, une flasque à la main, accompagnée de deux autres et d'un jeune homme, remplissait des gobelets en plastique. Tout le monde bavardait et rigolait. Même à cette distance, Jims s'aperçut que son allée était jonchée de mégots de cigarettes.

C'était une matinée maussade, mais il ne faisait pas du tout sombre. Ces petites pièces là-haut avaient jadis tenu lieu de chambres pour les domestiques, et elles étaient toujours assez obscures. Quoi qu'il en soit, rien ne saurait excuser le comportement de Leonardo lorsqu'il pénétra dans la pièce, derrière lui, uniquement vêtu d'un boxer-short.

« Bon sang, qu'est-ce que tu fabriques, à ramper comme un chien ? »

Et il alluma la suspension.

Une clameur s'éleva de la foule, des flashs se déclenchèrent, et tout le monde se rua comme un seul homme sur les marches du perron.

En temps normal, le quotidien qui avait acheté l'article de Natalie n'était pas distribué au 7, Abbey Mansions Gardens. Zillah l'avait spécialement commandé. Samedi matin, elle se réveilla tôt, deux heures plus tôt que d'habitude, attendant gaiement l'arrivée des journaux. L'après-midi précédent, après avoir vérifié que la généreuse pension mensuelle de Jims avait bien été virée sur son compte en banque, elle avait téléphoné à la chaîne Moon and Stars. À la première heure lundi, ils lui enverraient un taxi, pour qu'elle puisse participer à l'émission *Du piment au petit déjeuner*. Mme Peacock ayant rendu son tablier, Zillah s'était organisée avec la jeune fille iranienne qui s'occupait du ménage à l'appartement numéro 9, afin qu'elle dorme sur place dimanche soir et soit ainsi là dans la matinée pour Eugenie et Jordan. Simultanément, tout en rangeant entièrement la maison, elle avait fixé un rendez-vous avec un pédopsychiatre.

Penser à Jims frappé par le désastre, voilà qui lui procurait un grand plaisir. Elle savait de source sûre qu'il ne se faisait pas livrer de journaux du matin à Fredington Crucis House, et de toute façon, celui-ci lui aurait échappé, puisqu'il le décrivait d'ordinaire comme un «torchon d'arrière-cour». Il y avait fort à parier qu'il serait déjà en train de tenir sa permanence depuis une dizaine de minutes quand il se rendrait compte de la situation. Un quelconque citoyen de Toneborough, de ceux qui s'estiment brimés, inquiets de leurs impôts locaux, du dressage de leur chien d'aveugle ou de leur allocation de handicap, lui présenterait certainement un exemplaire dudit torchon. Depuis cet instant où elle était montée vers l'autel de St. Mary Undercroft pour l'épouser, elle ne s'était plus sentie aussi heureuse.

À sept heures, juste à l'instant où le journal s'abattait sur le paillasson, Jordan se réveilla en larmes. Zillah le prit dans ses bras, le cala dans sa chaise bébé – certes, il ne devrait plus s'asseoir dans une chaise bébé –, lui servit un jus d'orange et ce qu'il n'aurait pas dû manger, ce qui allait lui carier les dents et le lancer sur la pente de l'obésité : une barre de chocolat. Ensuite, elle s'allongea dans le canapé et regarda le journal.

La première page l'effraya presque. Une très grosse manchette annonçait : « PARLEMENTAIRE ET GAY, DEUX MARIAGES ET UN ENTERREMENT ». Zillah n'avait jamais vu cette photo d'elle. Elle avait sûrement été prise aux temps heureux où on la photographiait sans arrêt, mais elle avait peut-être été écartée, car elle était peu flatteuse. Pour une fois, cela lui fut égal. Elle avait un air éperdu, comme si elle ne savait pas trop de quel côté se tourner. Une main lui masquait à moitié le visage, et des mèches de cheveux à l'air gras dépassaient entre ses doigts écartés. C'était le jour, cela lui revenait à présent, où elle n'attendait pas de photographe. Sur la gauche du cliché, dans une mise en page du type « Avant – Après », on avait publié une photo prénuptiale de Jims et elle, où tous deux étaient souriants, détendus, heureux.

Il n'y avait pratiquement pas de texte. Pour cela, elle dut se reporter en page trois. Là aussi figurait l'une des photos qu'elle avait elle-même prises aux Maldives, avec un Jims plus Jims que nature, la main posée sur la cuisse nue d'un jeune homme non identifiable, le visage à moitié détourné, et dans la pénombre. Ce fut le retour des sueurs froides. Quand il lirait ça, comment allait-il réagir ? Qu'allait-il lui faire ? En ce moment même, était-il en train de lire, ou était-il encore endormi comme un bienheureux à Fredington Crucis House, ignorant ce qui l'attendait ? Elle lut ses propres propos :

Honnêtement, j'ai cru que j'étais libre de me rema-
rier. Ce pauvre Jeff [de toute leur vie commune, jamais
elle ne l'avait appelé ainsi] *m'avait assuré que nous*
avions divorcé en toute légalité. Ensuite, quand il a été
assassiné, quand j'ai découvert mon erreur, j'ai com-
pris que sa mort me libérait – dans des circonstances
tragiques. Notre mariage n'avait pas été heureux, à
cause de ses liaisons fréquentes avec d'autres femmes.
Enfin quand même, sa mort a été un coup qui m'a
anéantie, tout comme de découvrir l'autre nature de
James. C'est arrivé quand il a emmené son amant pour
notre voyage de noces… »

Mme Melcombe-Smith pleure beaucoup, ces jours-
ci. Quand je lui ai demandé ce que lui réservait l'avenir, à son avis, ainsi qu'au parlementaire du South
Wessex, elle était encore en larmes. *« Tout cela est hor-*
rible, mais je vais rester à ses côtés, dit-elle. Ce qu'il a
fait, cela m'est égal. Je l'aime et je crois sincèrement
qu'il m'aime, au fond de son cœur. »

L'article était bien plus long, mais quant à cette
déclaration sur sa volonté de rester aux côtés de Jims,
des paroles qu'elle avait certainement prononcées
devant Natalie Reckman, elle la relisait désormais
d'un œil neuf. En disant cela, elle n'avait pas beaucoup réfléchi à ce qu'elle entendait par là. C'était tra-
ditionnellement ce que déclaraient les épouses dans
sa situation. Elle l'avait lu à maintes reprises dans les
journaux, et depuis des années. Mais à présent, elle
réfléchissait à la réalité. L'idée de se projeter dans le
rôle de l'épouse dévouée, d'un grand soutien, d'une
femme amèrement trompée, mais qui pardonne et
ruisselle d'un amour renouvelé, lui plaisait assez.
Quoi qu'il en soit, ce rôle nouveau qu'elle envisageait
de jouer ne la dissuaderait pas de participer à l'émis-

sion *Du piment au petit déjeuner*. Elle n'avait pas l'intention de pardonner immédiatement…

Au cours des deux mois qui s'étaient écoulés depuis son premier mariage avec Jims, elle avait presque entièrement surmonté son ignorance du fonctionnement des médias, mais n'avait pas encore saisi que le journal dont elle n'avait pas pris connaissance avant sept heures ce matin avait pu être lu par des journalistes concurrents dès la soirée de la veille. Elle croyait donc disposer de quelques heures pendant lesquelles se préparer avant que la meute des reporters et des photographes ne se présente sur les marches d'Abbey Gardens Mansions. Jordan pleurait de nouveau. Elle lui prépara des céréales et un bol de lait. Il plongea les mains dans le lait, comme s'il s'agissait d'un rince-doigts et entama un lamento à mi-voix, à mi-chemin entre le gémissement et la chanson.

Eugenie descendit de sa chambre, exigeant de savoir pourquoi tout le monde s'était levé si tôt et ce que fabriquaient tous ces gens dehors dans la rue. Zillah se rendit à la fenêtre. Ils étaient déjà là, ils l'attendaient. Cette fois-ci, elle ne tenterait nullement de les tenir en lisière, elle n'allait pas se cacher ou s'échapper par le garage. Ils étaient les bienvenus. Elle songea à toutes ces femmes dont elle avait récemment entendu parler qui avaient percé dans la télévision, entamé des carrières de mannequin ou tout simplement accédé à la célébrité grâce à un talent indéterminé, s'ouvrant la porte des médias sans rien avoir fait d'autre que se mettre nues en public, manifester contre quelque chose ou se poser en victimes. Quels succès ne pouvait escompter une belle bigame, veuve d'un homme victime de meurtre et épouse d'un parlementaire dont l'homosexualité venait d'éclater au grand jour ?

Mais pour le moment, il ne fallait pas que la meute la voie. Et qu'elle lui accorde une heure pour se transformer. Zillah fit couler son bain et prit Jordan dedans avec elle, pour le faire taire.

26

Toute la matinée de samedi, Sonovia surveilla la rue, et en particulier la maison de M. Kroot, mais Gertrude Pierce ne repartait pas chez elle. Sonovia se précipitait sans arrêt dans son salon, pour ne pas la louper.

Laf arriva, un mug de café à la main.

« Pourquoi restes-tu plantée là, à regarder par la fenêtre ?

— Il ne se passe jamais rien d'emballant, dans Syringa Road.

— Tu devrais t'estimer heureuse. Que voudrais-tu qu'il se passe ? »

Elle ignora sa question. La porte d'entrée de M. Kroot venait de s'ouvrir. Le vieux chat noir en sortit et la porte se referma.

« Tu as envie de sortir, ce soir ?

— Comme tu veux, seulement ne m'embête pas pour le moment, tu m'empêches de me concentrer. »

Sonovia se reprochait souvent de n'avoir pas été plus vigilante quand Jock Lewis était en piste. Comme elle regrettait de n'avoir jamais vu son visage !

Laf consulta les programmes de cinéma dans le journal. Il n'y avait rien qui soit susceptible de leur plaire, à Sonovia et lui. En plus, même s'il avait eu l'occasion d'y retourner, il n'appréciait plus autant de voir un film, depuis le meurtre de Jeffrey Leach. C'était curieux, de la part d'un fonctionnaire de la police de Londres, il aurait dû se montrer plus endurci, faire preuve de plus d'indifférence, mais le fait est que, si la personne assise devant ou derrière lui se levait, il s'attendait toujours à voir surgir l'éclair d'un couteau, ou s'imaginait trébuchant dans le noir sur un cadavre. Pourquoi ne pas choisir le théâtre, à la place ? Laf n'y était allé que deux fois dans sa vie, une fois quand il était enfant, pour *La Souricière*, et plus tard, à l'occasion de son quarantième anniversaire, pour *Miss Saigon*. Et pourquoi pas *La Visite de l'inspecteur* ? Apparemment, cette dernière pièce mettait la police en scène, et si les procédures policières y étaient mal rendues, il en serait irrité. D'un autre côté, à la sortie, il aurait l'occasion de souligner toutes ces inexactitudes à Sonovia. Pour chaque théâtre, il y avait une petite description de la pièce. En l'occurrence, Laf lut qu'il s'agissait d'« un thriller psychologique très applaudi ». Cela n'avait pas l'air mal. Il décrocha son téléphone et réserva trois fauteuils pour huit heures et quart. Sonovia serait stupéfaite, et quant à Minty… Laf était impatient de voir la tête de Minty quand il allait lui annoncer ça.

Tandis que Sonovia guettait Gertrude Pierce, Minty attendait, elle, la réapparition de Mme Lewis. Elle repassait la chemise à rayures vert clair et vert foncé qui se trouvait sur le sommet de la pile. Depuis la dernière fois qu'elle l'avait repassée, il n'avait pas dû s'écouler plus de dix jours. L'homme à qui elle appartenait devait beaucoup l'aimer, c'était peut-être sa préférée. Elle l'étala sur la planche à repasser, tâta le coton. Il était juste assez humide, mais pas assez pour que de la vapeur s'en échappe quand elle appliqua la semelle du fer dessus.

Elle avait déjà repassé des chemises pour Jock, pas beaucoup et pas souvent, mais quand il restait pour la nuit, elle refusait de le laisser remettre la même chemise le lendemain matin. À sa visite suivante, elle rendait la chemise propre, et il lui avait confié qu'il n'avait jamais vu de repassage aussi bien fait. C'était le jour où il l'avait emmenée au bowling. Elle avait vécu la soirée la plus inouïe de toute son existence. Elle enfila le faux col en carton autour du vrai col en coton de la chemise verte et, lorsqu'elle la rangea dans son emballage de Cellophane, une larme roula sur sa joue et vint s'écraser sur le matériau brillant et transparent. Elle essuya cette larme et se lava les mains. Après réflexion, elle se lava aussi le visage. La minuscule petite pièce sentait le détergent et la chaleur, une odeur qu'elle était incapable de définir, car ce n'était pas une odeur de brûlé, mais vraiment comme le parfum d'une très chaude journée d'été. Elle était seule, personne ne la surveillait, personne ne discutait à son sujet. Les fantômes étaient restés absents toute la matinée. Elle entama une autre chemise, l'antépénultième, blanche à carreaux rose très clair.

À force d'attendre, Sonovia finit par s'ennuyer. En fait, dans la rue, il ne s'était vraiment rien passé qui vaille le coup d'œil, excepté ces deux voyous qui faisaient hurler leur moto inutilement et cette femme iranienne qui sortait en tchador, enveloppée de plis et de replis noirs, de la tête aux pieds, ne laissant dégagés que ses yeux las. Ses trois enfants auraient pu être les enfants de n'importe qui, en jean, en T-shirt et en sandales. Sonovia n'y comprenait rien.

« À Rome, conduis-toi en Romain, fit-elle quand Laf entra.

— Pardon ?

— Après leur arrivée ici, nos mères ne se sont jamais attifées comme ça. Elles se sont adaptées.

— Ta maman ne s'est jamais habillée comme une nonne non plus, répliqua Laf sur un ton sarcastique, enfin, autant que je me souvienne. Au cas où cela présenterait un intérêt, Mme Pierce est dans le jardin du vieux, derrière la maison, installée dans une chaise longue. Donc, tu peux arrêter de guetter. Veux-tu une bière ? Moi, j'en prends une. »

Sonovia accepta la bière, mais elle resta assise là dix minutes de plus, juste histoire de démontrer qu'elle n'était restée là que pour se détendre, et pas du tout parce qu'elle guettait Gertrude Pierce. Justement, elle se levait, avec l'intention de préparer leur déjeuner à tous les deux, quand elle vit Minty qui rentrait chez elle. Surtout, ce qu'elle voulait éviter, c'était que Minty s'aperçoive elle-même que Gertrude Pierce était encore là, or, dès qu'elle jetterait un œil par la fenêtre de sa cuisine, elle n'y manquerait pas, aussi Sonovia lui adressa-t-elle un signe de la main, et ses lèvres articulèrent-elles silencieusement ces mots : « Elle n'est pas partie. Elle est derrière. »

Minty répondit d'un signe de tête, avec une drôle d'expression, un air compatissant qui trahissait simultanément le dégoût et la solidarité. En insérant sa clef dans la serrure, elle éprouva son appréhension habituelle, et elle prit son courage à deux mains. Il n'y avait rien ni personne, ici. C'était curieux, à la minute où elle pénétrait dans le vestibule, elle finissait par être capable de dire si la maison était déserte. De toute manière, les fantômes ne constituaient plus sa préoccupation immédiate. Pour une raison qui lui échappait, à son départ, Josephine l'avait embrassée, et elle sentait encore son parfum sur sa peau, et la marque de son rouge à lèvres, ainsi que la saveur de ses propres larmes. Mais avant tout, elle traversa la maison pour se rendre dans la cuisine et regarda par la fenêtre les deux voisins d'à côté, Gertrude Pierce et M. Kroot, dans leurs chaises longues à rayures, tellement démodées. Ils avaient sorti une table branlante tendue d'un tapis de jeu vert, dressée entre eux deux, et ils jouaient aux cartes. Le chat noir, avec son museau gris de vieillard, était couché dans l'herbe, il avait l'air mort. Mais il avait souvent cet air-là, et il n'était jamais mort. Minty avait peine à se souvenir d'une époque où ce chat n'aurait pas été là, avec sa frimousse de vieille personne moustachue et sa démarche qui se raidissait sans cesse un peu plus. Un bourdon vint s'agiter tout près des oreilles du matou. Elles tressaillirent, et sa queue s'agita. Gertrude Pierce ramassa les cartes et battit le paquet.

Le chat de M. Kroot était-il retourné dans le cimetière, avait-il foulé l'emplacement qui serait celui de sa tombe ? Était-il reparti traîner, à son allure d'arthritique, sur les deux tombes de Tantine ? Et maintenant, Minty était montée au premier et se faisait couler un bain. Ces jours-ci, elle avait du mal à prendre un bain sans repenser à son argent et à la douche qu'elle aurait pu se payer avec. Elle lâcha ses vêtements en tas sur le sol. Ce matin, ils étaient propres, naturellement, mais pour elle, ils sentaient Josephine, et la rue jonchée de détritus, et la fumée de diesel des poids lourds et des taxis, et toutes les cigarettes que les gens fumaient entre ici et l'Immacue, et tous les mégots qu'ils laissaient sur le trottoir. Elle se récura avec la brosse à ongles, pas seulement les mains, mais aussi les bras, les jambes et les pieds. Sous l'eau, sa peau était rose vif. Ensuite, elle utilisa le lave-dos. Elle plongea la tête dans l'eau et se shampouina les cheveux, se malaxant le cuir chevelu du bout des doigts. Elle s'agenouilla, se rinça la tête sous le robinet. Si seulement elle possédait cette douche !

Elle se séchait, une deuxième serviette enveloppée en turban autour de la tête, quand quelque chose lui souffla qu'elles étaient de retour. Mais pas ici. Il fallait lui rendre cette justice, Tantine n'amènerait pas une étrangère dans la salle de bains, en matière de pudeur, elle avait ses conceptions bien à elle, et Minty ne s'était pas montrée à elle sans vêtements depuis l'âge de neuf ans. Elles étaient dehors, devant la porte. Qu'elles attendent. Minty se vaporisa du déodorant, pas seulement sous les bras, mais aussi sous la plante des pieds et sur la paume des mains, car maintenant, on était en été. Elle s'habilla d'un pantalon en coton blanc et d'un T-shirt blanc à rayures bleu ciel. C'était deux « oublis » de l'Immacue, parmi tous ces vêtements que leurs propriétaires omettaient de venir rechercher, pour une raison ou une autre, et qu'au bout de six mois révolus Josephine revendait à deux livres pièce. Minty avait obtenu un rabais, et n'avait payé que deux livres pour les deux. Elle n'aurait pas songé une seconde à les racheter s'ils avaient seulement été nettoyés à sec, mais ceux-là, ils étaient lavables, ils avaient été lavés quantité de fois, et elle avait mis le pantalon à bouillir, ce qui l'avait fait rétrécir d'une taille, et comme ça, il lui allait mieux. Elle se peigna, enveloppa ses vêtements souillés dans les serviettes et, en poussant un profond soupir, elle ouvrit la porte d'un seul coup.

Elles étaient à deux mètres d'elle, sur le seuil de la chambre de Tantine. Minty toucha tout le bois qu'elle put toucher, du bois rose, et du blanc, et brun, mais elles ne s'éclipsèrent pas. Aujourd'hui, Mme Lewis était beaucoup plus nette et distincte que Tantine. Elle avait l'air d'une personne en chair et en os, le genre de vieille femme que l'on pouvait apercevoir dans la rue, rentrant des magasins. Malgré la chaleur de cette journée, elle portait un manteau d'hiver en laine rouge foncé, une couleur que Minty détestait tout particulièrement, avec un feutre rouge brique enfoncé sur les oreilles. Ainsi, elles avaient la latitude de se changer, songea Minty, stupéfaite, non sans s'interroger sur la provenance de ces vêtements.

Derrière la mère de Jock, Tantine, qui était bien plus grande, apparaissait assez vague, on croyait l'avoir vue, mais il fallait y regarder à deux fois pour s'en assurer. Pourtant, plus Minty gardait les yeux fixés sur elle, plus elle se densifiait et gagnait en netteté. Minty se souvenait qu'une fois, quand elle était enfant, un parent, ou un ami, ce pouvait être le mari de Kathleen ou d'Edna, avait pris des photos et développé lui-même ses pellicules. C'était le mari d'Edna, elle s'en souvenait maintenant, car elle se le remémorait pour d'autres motifs, mystérieux et jamais pleinement élucidés. Elle l'avait vu développer les films, et elle avait regardé la feuille blanche et vierge dans le bac de liquide se transformer progressivement en une photo. Tantine était pareille, elle passait d'un état vague et informe à une image d'elle-même.

Les bras chargés de serviettes humides et de vêtements, Minty les dévisagea, et elles la dévisagèrent.

Cette fois, elle fut la première à prendre la parole. Elle s'adressa à Tantine.

« Si tu savais ce qu'elle me doit, tu n'aurais rien à faire avec elle. Son fils m'a emprunté tout mon argent, et tout le tien aussi, ce que tu m'as laissé, et elle aurait pu me le rembourser. Elle en a eu tout le temps, mais elle ne l'a jamais fait. »

Tantine ne répondit rien. Mme Lewis continuait de la dévisager. Avec un haussement d'épaules, Minty se détourna et descendit au rez-de-chaussée. Elle chargea les vêtements et les serviettes dans la machine à laver, la fit démarrer et se lava les mains, songeant qu'elle aurait préféré tenir tout ce paquet à bout de bras, si seulement elle n'était pas tombée nez à nez avec ces deux-là sur le palier. Mme Lewis était descendue à sa suite, mais seule. Tantine était partie. Avait-elle pris les paroles de Minty à cœur ?

Minty n'allait pas prendre son déjeuner avec cette vieille femme qui la surveillait. Plutôt mourir de faim. Mme Lewis allait et venait dans la cuisine, elle inspectait les placards, en bas, et les rayonnages, en haut. Si elle se figurait que Minty ne tenait pas assez bien sa maisonnée, qu'elle n'aurait pas fait une épouse convenable pour son fils, elle se trompait lourdement. Dans cette cuisine, tout était immaculé.

Mme Lewis souleva le couvercle de la théière et scruta l'intérieur de la corbeille à pain.

« Elle tient ça joliment, dirais-je.

— Dites ce qui vous chante, s'écria Minty. Vous ne savez pas à quel point cela m'est égal. Pourquoi ne m'avez-vous pas rendu mon argent ? »

Pas de réponse, bien sûr. La vieille femme était juste à côté d'elle, à présent. Minty eut une idée lumineuse. Elle ouvrit le tiroir aux couteaux et s'empara du jumeau de celui qu'elle avait utilisé au cinéma. Le couteau dans la main, elle arma son bras et le lança brutalement en avant, mais Mme Lewis avait disparu, absorbée par le mur ou avalée par le sol.

Il semblait donc que la menace suffisait à l'en débarrasser. Mais Minty ne rangea pas le couteau immédiatement. Elle lava la lame, car elle la jugeait contaminée, bien qu'elle n'ait rien touché. Ensuite, elle découpa quelques tranches de jambon et hacha de la salade et des tomates. Le couteau avait besoin d'être relavé, et cette fois elle le mit directement dans l'évier, sous beaucoup d'eau chaude et de liquide vaisselle. Il serait peut-être nécessaire, songea-t-elle en le séchant, de garder ce couteau sur soi, tout comme elle l'avait fait avec celui dont elle s'était déjà servie, mais en trouvant une façon de le transporter qui soit plus efficace, même si, enveloppé et calé contre la jambe, sous son pantalon, cela faisait éventuellement l'affaire. Elle se versa un bon verre de lait frais.

Son déjeuner était à peine terminé et toute la vaisselle plongée dans l'eau chaude, quand on sonna à sa porte. Ce devait être Laf, avec les journaux.

« Veux-tu une tasse de thé ? lui proposa-t-elle en le faisant entrer.

— Merci, mon chou, mais je ne fais que passer. À ton avis, où allons-nous, ce soir, Sonny, toi et moi ? Nous allons au spectacle. Dans le West End.

— Tu veux dire, au cinéma ? »

Il aurait beau dire, elle ne retournerait pas dans celui de Marble Arch. C'était justement le genre d'endroit où Mme Lewis et Tantine se trouveraient certainement, histoire de hanter les lieux où Jock avait effectué sa dernière apparition.

« Je ne sais pas trop, Laf.

— Au théâtre, acheva-t-il. C'est une pièce à suspense où il est question de la police.

— Bon, je n'ai pas le droit de refuser, c'est ça ?

— Bien sûr que non. Tu vas adorer. »

Elle ne pourrait pas garder ces vêtements-ci, c'était certain. Pas après avoir porté toutes ces serviettes, ce pantalon sale et ce haut qu'elle avait retirés. Dommage, car ce pantalon blanc était vraiment joli. De toute façon, elle allait devoir se déshabiller pour enfiler le couteau contre sa jambe, et une fois qu'elle en serait là, prendre un bain ne représenterait jamais qu'une étape supplémentaire. Elle lava les assiettes, sortit s'installer dehors avec les journaux et s'assit dans une chaise cannée propre, qu'elle avait nettoyée, sur un coussin dont elle avait lavé et repassé la housse. Cela lui inspirait un net sentiment de supériorité par rapport à M. Kroot et Gertrude Pierce, qui avaient fini de jouer aux cartes à leur table de bridge à tapis vert, et de déjeuner de sandwiches et de Fanta, apparemment, car ils avaient empilé leurs assiettes sur un plateau et laissé le tout sur l'herbe, juste à côté du museau du chat, un véritable aimant pour les mouches. Minty y jeta un œil, une fois, mais pas deux.

Il aurait été agréable d'y aller en voiture, mais Laf se demanda où il allait se garer. Là-bas, trouver une place de stationnement, c'était un cauchemar. Prendre le métro jusqu'à Charing Cross leur permettrait de sortir le cœur léger. Mais le train de la Bakerloo Line était bondé, et dans la rue, c'était presque le même tableau.

Comme beaucoup de banlieusards, et même si leur banlieue n'était guère éloignée, Sonovia et Laf n'avaient qu'une connaissance sommaire de Londres intra-muros. Occasionnellement, Laf traversait Hyde Park en voiture, en direction de Kensington, ou passait même devant Buckingham Palace. Il savait grosso modo où conduisaient les artères principales, et Sonovia allait faire les magasins dans le West End, et puis, en cinéphiles invétérés, ils se rendaient tous deux régulièrement à l'Odeon Metro ou au Mezzanine. Mais elle n'avait pas la moindre idée du parcours entre tous ces endroits, et elle n'aurait pas su expliquer comment aller de Marble Arch à Knightsbridge, ou d'Oxford Street à Leicester Square. Quant à Minty, elle n'était plus revenue dans le centre depuis des années, elle n'avait aucune occasion d'y aller, et les grands immeubles de Trafalgar Square l'intimidaient, avec leurs alignements de piliers imposants et leurs volées de marches. C'était comme si elle ne les avait jamais vus de sa vie, ou comme si elle s'était retrouvée transportée dans une ville étrangère. Simultanément, ils lui rappelaient ces temples romains du cimetière.

« Qu'est-ce qu'il fabrique là-haut ? demanda-t-elle à Laf, en pointant le doigt vers l'amiral Nelson, sur sa colonne. Il est si haut qu'on ne voit pas à quoi il ressemble.

— Je ne sais pas, mon chou. Peut-être qu'il ne payait pas de mine et qu'il vaut mieux ne pas le voir de près. J'aime assez les lions. »

Pas Minty. Tapis de la sorte, ils lui rappelaient le chat de M. Kroot. Peut-être se levaient-ils et rôdaient-ils la nuit, arpentant les grands édifices et piétinant les arbres. Elle fut soulagée quand les Wilson et elle se furent frayé un chemin à travers la foule et eurent pris place dans le Garrick Theatre. Laf lui acheta un programme, un autre pour Sonovia, et une boîte de Dairy Milk. Minty n'avait pas envie de chocolats présentés sous des formes pareilles ; il allait sans dire que quelqu'un les avait manipulés, mais elle en prit un, afin de ne pas se montrer grossière, et se sentit bizarre toute la demi-heure qui suivit, pendant que les germes proliféraient dans son estomac.

La Visite de l'inspecteur ne ressemblait pas du tout à ce qu'ils s'étaient imaginé, bien qu'il y eût parmi les personnages un policier, enfin, peut-être pas un vrai, peut-être un fantôme ou un ange. Minty n'avait aucune envie que ce soit un fantôme, ceux qu'elle voyait lui suffisaient et, à certains moments, elle dut fermer les yeux. Le mieux, c'était le décor, ils tombèrent tous d'accord là-dessus, pas du tout un simple accessoire destiné à servir de toile de fond à la pièce proprement dite, mais l'illusion d'une vraie maison dans une vraie rue, transportées sur la scène. Quand ce fut terminé, Minty se leva, et la pointe du couteau tendit le tissu de son pantalon, à hauteur du genou, mais elle le remit vivement en place, avant que Laf et Sonovia ne le repèrent.

Il était très tard, mais il y avait encore des cafés et des restaurants ouverts un peu partout. Elle n'en avait jamais vu autant à la fois, et du coup elle se demanda comment ils s'y prenaient pour gagner assez d'argent et continuer d'exister. Ils s'engagèrent dans une petite rue de traverse et commandèrent des pizzas. Minty refusait de manger de la salade, de la viande, rien dont elle ne puisse surveiller la cuisson, mais une pizza, ça convenait très bien, on pouvait observer le cuisinier qui la sortait du four avec une longue paire de pinces pour la déposer sur une assiette propre. Et puis, il portait des gants. Ils prirent deux verres de vin chacun, et cela lui rappela Jock.

«Pince-mi et Pince-moi sont dans un bateau, fit-elle.

— Quoi?»

C'était la première fois qu'ils entendaient ça.

«Pince-mi et Pince-moi sont dans un bateau. Pince-mi tombe à l'eau. Qu'est-ce qui reste?

— Eh bien, Pince-moi, bien sûr», fit Sonovia, et Minty la pinça.

Laf éclata d'un rire tonitruant.

«Là, Minty, tu l'as bien eue. Je ne t'aurais pas crue capable de ça.

— Oui, enfin, la plaisanterie s'est un peu faite à mes dépens, s'agaça Sonovia. Mais ce n'est pas "Qu'est-ce qui reste", rectifia-t-elle d'un ton supérieur, mais "Qui est-ce qui reste", ma chèère. Là, tu t'es trompée. La formule correcte, c'est "Qui est-ce qui reste".

— Jock disait "Qu'est-ce qui reste". (Minty acheva sa pizza.) C'est lui qui me l'a racontée.»

Elle frissonna. Repenser à Jock lui faisait souvent cet effet.

«Tu n'as pas froid, non? Il fait très chaud, ici. Je me suis demandé pourquoi je n'avais pas enfilé une veste plus légère.»

Mais à cette heure-là, Sonovia avait beau dire, l'atmosphère extérieure s'était refroidie. Ils passèrent devant un pub, puis devant un autre, et Laf leur demanda si elles avaient envie de prendre un verre, un dernier pour la route, un petit quelque chose avant d'aller se coucher, mais Sonovia refusa, c'était bien assez comme ça, et d'ailleurs, avant qu'ils ne soient au lit, il allait être une heure du matin. La rame de métro arriva, et elle était si pleine que Laf leur proposa d'attendre le prochain.

« Il arrive dans une minute. »

Donc ils attendirent, et elle arriva, et elle était presque vide. À Piccadilly, beaucoup de gens montèrent, beaucoup d'autres descendirent à Baker Street, et une vieille femme monta. C'était Mme Lewis.

Le siège inoccupé, presque en face de Minty, était réservé aux handicapés et aux personnes âgées. Peu de voyageurs s'en rendirent compte, mais il se trouvait qu'il était inoccupé, et Mme Lewis s'y assit. Elle était encore en manteau et chapeau rouge foncé. Tantine n'était nulle part. À l'évidence, elle avait pris à cœur ce que Minty lui avait rapporté de ses relations avec Mme Lewis, puisqu'elle était la mère de Jock et qu'elle n'avait pas remboursé les dettes de son fils. Minty dévisagea fixement Mme Lewis, qui refusait de croiser son regard. Minty s'était installée en prenant soin de ne pas s'asseoir sur son couteau, même s'il était enveloppé d'abord dans du plastique et ensuite dans un chiffon blanc et propre, mais à cet instant, elle le sentait très bien.

« Qu'est-ce que tu regardes comme ça fixement, ma chèère ? Tu me donnes la chair de poule.

— En réalité, elle n'existe pas, expliqua Minty. Ne vous inquiétez pas, ce n'est qu'un fantôme, mais elle a le culot de me suivre jusqu'ici. »

Sonovia consulta son mari du regard, en secouant la tête.

Laf haussa les sourcils.

« Ce doit être le vin, observa-t-il. Elle n'a pas l'habitude. Dans cette pizzeria, ils servent vraiment de grands verres. »

Mme Lewis se leva pour descendre du train à Paddington. Pour la première fois, Minty remarqua qu'elle avait un cabas avec elle. Elle devait aller attraper un train pour Gloucester, regagner le domicile où elle habitait de son vivant.

« Est-ce qu'on peut avoir un train pour Gloucester à cette heure de la nuit ? s'enquit-elle auprès de Laf.

— Je dirais que non. Il est minuit et demi passé. Pourquoi voulais-tu savoir ça ? »

Minty ne lui répondit pas. Elle observa Mme Lewis qui sortait du train et longeait le quai. Une mauvaise marcheuse ; elle traînait les pieds plus qu'elle ne marchait. Ensuite, elle se souvint qu'une partie de l'argent emprunté par Jock avait servi à payer l'opération de la hanche de sa mère.

« Elle ne s'est jamais fait opérer, dit-elle à haute voix. Je parie qu'elle n'a pas vécu suffisamment longtemps pour s'en occuper. »

Une fois encore, les Wilson échangèrent de brefs coups d'œil. Ainsi que Laf le confia plus tard à sa femme, tous les passagers du train regardaient Minty d'un air gêné. Chacun s'est habitué à assister à de drôles de spectacles dans le métro – une fois, Laf avait vu un type qui poursuivait des asticots sur le sol –, mais Minty avait l'air d'une folle, le visage blanc comme de la craie, avec ses cheveux arachnéens dressés sur son crâne. Qui plus est, tout le monde s'apercevait bien qu'elle parlait dans le vide. Ils descendirent à Kensal Green, et marchèrent jusqu'à chez eux. Ce n'était pas loin. Les seules personnes qui restaient encore dans les rues étaient des groupes de jeunes hommes, des Noirs, des Blancs et des Asiatiques, tous autour de la vingtaine, tous avec un air vaguement menaçant.

Sonovia prit Laf par le bras.

« Si tu n'étais pas là, mon amour, je me sentirais beaucoup moins à mon aise.

— Eh bien, je suis là, fit Laf, ravi d'entendre cela. Ils ne vont pas venir se frotter à moi. »

Au coin de leur rue, il y avait un banc avec une sorte de parterre de fleurs derrière. Les fleurs étaient forcées de rivaliser avec les boîtes de bière vides, les emballages de *fish and chips* et les mégots, et c'étaient les détritus qui l'emportaient. Mme Lewis n'était pas rentrée chez elle à Gloucester. Elle était assise sur le banc, avec son cabas ouvert à côté d'elle. Laf et Sonovia s'imaginèrent probablement qu'il s'agissait de la vieille clocharde qui restait quelquefois là toute la nuit, mais Minty n'était pas dupe. Dans les dix minutes qui s'étaient écoulées depuis que Mme Lewis était descendue de la rame à Paddington, elle avait encore changé de vêtements, pour un manteau noir et un foulard, et elle s'était débrouillée pour arriver jusqu'ici. Mais les fantômes sont capables de tout, traverser les murs et les sols, couvrir de longues distances à la vitesse de la lumière. À présent, elle était ici, mais avant que Minty puisse atteindre son domicile, elle y serait, elle l'y attendrait.

Cette fois, il n'y avait personne d'autre dans les parages. Les garçons des bandes restaient fourrés dans Harrow Road. Sonovia et Laf lui avaient souhaité bonne nuit et dit à bientôt. Minty était si préoccupée par Mme Lewis qu'elle en avait oublié les bonnes manières, tout ce que Tantine lui avait enseigné, et elle ne les avait pas remerciés de l'avoir emmenée au théâtre ni rien. Elle ne leur avait même pas dit bonne nuit.

Les Wilson rentrèrent chez eux, et Sonovia fit ce commentaire :

«Je ne l'ai jamais vue aussi bizarre. Elle parle toute seule et voit des choses qui n'existent pas. Tu ne crois pas qu'on devrait faire quelque chose ?

— Que peut-on faire ? Envoyer chercher des types en blouse blanche ?

— Ne sois pas bête, Laf. Ce n'est pas drôle.

— Elle a simplement bu trop de vin, Sonny. Quand les gens boivent trop, ça peut leur provoquer des hallucinations. Si tu ne me crois pas, tu n'as qu'à questionner Dan. »

Mme Lewis ne l'attendait pas. Minty inspecta la maison. Elle n'était nulle part, pas plus que Tantine. Elle devait être encore sur ce banc, à trifouiller dans son cabas ; elle mijotait quelque chose, cela la faisait peut-être rire d'avoir réussi à mourir avant d'avoir à rembourser cet argent.

Minty savait ce qu'il lui restait à faire. Elle tapota le couteau, ouvrit la porte d'entrée et la referma derrière elle sans un bruit. La rue était déserte, silencieuse. Les lampes étaient éteintes. Il n'y avait qu'une lumière allumée, dans l'appartement d'en face, une lueur derrière une fenêtre, comme la flamme d'une bougie. Apparemment, les Wilson étaient directement montés se coucher, car, lorsque Minty leva les yeux, la lampe de leur chambre était éteinte. Elle marcha jusqu'au coin, soudain persuadée que Mme Lewis serait partie et que le banc serait vide.

Mais elle était encore là. Elle avait décidé de dormir là, Minty ne comprenait pas pourquoi. Elle avait calé le cabas tout abîmé sous sa tête, en guise d'oreiller. Qu'est-ce qu'un fantôme pouvait fabriquer avec un cabas ? Les fleurs derrière elle s'étaient refermées pour la nuit, leurs feuilles luisaient vaguement au milieu des cartons écrasés, des sacs plastique et des paquets de cigarettes. Mme Lewis ne lui rendrait jamais son argent, maintenant, il avait disparu pour toujours. Minty tira le couteau de sa gaine, et se sentit subitement brûler d'une juste colère. Voilà qui prouverait à Tantine qu'elle ne plaisantait pas, et cela lui apprendrait à se montrer plus circonspecte, à l'avenir.

La rue était absolument silencieuse, maintenant. Mme Lewis ne fit pas un bruit. Si elle avait été réelle, Minty aurait cru qu'à la minute où la pointe de la lame l'atteignait, son cœur s'était arrêté de battre.

27

Seul dans sa voiture, Jims s'était échappé de Fredington Crucis House, poursuivi dans l'allée sur plusieurs centaines de mètres par des journalistes et des photographes. Il avait laissé Leonardo se débrouiller seul. Ils s'étaient disputés.

Une demi-heure s'était écoulée avant qu'il n'ait compris pourquoi ces journalistes et ces cameramen étaient là. Durant ce laps de temps, après avoir réprimandé Leonardo d'avoir été assez sot pour allumer la lumière, il s'était douché, rasé et habillé, puis il se ressaisit et s'apprêta à sortir à leur rencontre. Mais il lui avait fallu remettre cette initiative à plus tard. Il jeta d'abord un œil par une fenêtre. Les regards et les appareils photo de la foule étaient braqués sur la porte d'entrée, et il avait pu les observer une ou deux minutes sans être vu. «Des prédateurs, se dit-il, des vautours», et, terme plus désuet, héritage de son éducation classique, «des harpies».

Là-dessus, comme un seul homme, ils s'étaient retournés vers le portail. Mme Vincey était en train de le refermer derrière elle, avant de s'engager dans l'allée. Les journalistes avaient formé un cercle autour d'elle, mais Jims avait eu le temps de discerner un journal qu'elle tenait à la main, et le seul mot du titre en gros caractères qu'il avait été capable de lire d'aussi loin fut « PARLEMENTAIRE ». Puisqu'il l'avait priée de ne pas venir ce matin, ce devait indéniablement être le journal et la curiosité qui l'avaient attirée ici. Il avait constaté qu'elle adressait volontiers la parole aux journalistes et, s'ils n'étaient pas si impatients de lui tirer le portrait, ce n'était pas faute d'empressement de sa part à elle à prendre la pose. Que leur racontait-elle ? Et qu'est-ce que c'était que tout ce remue-ménage, d'ailleurs ? Il n'avait pas tardé à le découvrir.

Elle, et elle seule, s'était faufilée dans la maison par la porte d'entrée. Jims l'avait accueillie dans le vestibule et s'était retrouvé dans une situation comparable à celle qu'avait connue Zillah avec Maureen Peacock. Mme Vincey avait brandi la première page du journal à deux mains en le prévenant qu'elle ne s'était jamais sentie aussi dégoûtée de toute son existence. Pour la première fois, elle ne l'appelait ni « Monsieur » ni « Monsieur Melcombe-Smith ». Avec les mots de Cléopâtre, à l'heure où la reine d'Égypte voyait son pouvoir décliner, il aurait pu lui demander : « Quoi, sans plus de cérémonie ? ». Au lieu de quoi, il était demeuré immobile, muet, et il avait lu et relu le gros titre : PARLEMENTAIRE ET GAY, DEUX MARIAGES ET UN ENTERREMENT.

« N'avez-vous pas honte de vous ? Un membre du Parlement ! Je me demande ce que la reine pense de vous.

— Occupez-vous de vos affaires, bordel, lui avait lâché Jims, et sortez. Ne revenez plus. »

Il était monté au premier. En cet instant, et dans l'immédiat, il n'était pas parvenu à en lire davantage. Mais il avait vu les photographies en page trois, notamment celle de Leonardo et lui aux Maldives, et il avait rendu ce dernier responsable de tout ceci. Leonardo avait bavardé, cancané, qui sait, en tout cas il en avait parlé à quelqu'un, et il avait livré leurs photos à un torchon de la presse de bas étage. Il l'avait retrouvé dans la chambre, assis sur le lit, tout habillé, mais avec un véritable air de chien battu et, dans l'esprit de Jims, diablement coupable. Il s'était mis à hurler et à tempêter contre lui, en agitant le journal, l'accusant de traîtrise, de perfidie et de trahison, pire, de parjure – il devait en partie sa carrière naguère si brillante à sa maîtrise de la langue – sans écouter sa défense indignée.

Leonardo s'était levé.

«Je n'ai parlé à personne. Tu es fou. Je dois penser à ma carrière tout autant que toi à la tienne, souviens-t'en. Laisse-moi voir ça.»

Ils s'étaient battus pour cette feuille de chou, chacun tirant dessus jusqu'à ce que la première page se déchire en deux. Leonardo en avait enfin pris possession.

«Si tu lisais au lieu de divaguer comme un dément, tu verrais que c'est ta précieuse épouse qui a parlé, et pas moi. Et parlé pour dire quoi, mon Dieu!»

Jims l'avait plus ou moins cru, mais il refusait d'y jeter un œil en sa présence. Il s'était emparé du journal et il était descendu au rez-de-chaussée en hurlant.

«Tu peux t'en retourner à Londres. Marche donc jusqu'à ce Casterbridge de mes deux, ce n'est qu'à dix kilomètres.»

Mme Vincey était partie. La meute était toujours dehors. Jims avait rangé le journal dans sa serviette, son portefeuille et ses clefs de voiture dans sa poche, à l'exemple du général Gordon affrontant seul la soldatesque de Mahdi à Karthoum, il avait ouvert la porte et il était sorti. La meute en avait hurlé de plaisir, et les flashs avaient crépité.

« Regardez par ici, Jims !

— Jims, un sourire !

— Juste deux ou trois mots, monsieur Melcombe-Smith.

— Jims, c'est la vérité ?

— Si voulez bien nous faire une déclaration… »

Jims leur avait répondu de son ton de patricien.

« Ce n'est évidemment pas la vérité. Ce n'est qu'un tissu de mensonges. (Il avait brodé, se remémorant les paroles de Leonardo.) Mon épouse traverse une dépression nerveuse.

— Saviez-vous que vous étiez bigame, Jims ? Votre femme va-t-elle vous soutenir ? Où est Leonardo ? Au fond, si c'est sans fondement, vous attendez-vous à perdre votre siège ? »

Cette dernière question, qu'ils avaient tous eu l'air de comprendre comme une espèce de calembour effarant et obscène, avait soulevé un tonnerre d'éclats de rire. Jims, mû presque par une sorte de réflexe, car il sentait la chaleur lui monter à la tête, et donc son visage virer à l'écarlate, avait eu la présence d'esprit de lever sa serviette pour se protéger. Les flashs s'étaient déclenchés. L'un d'eux lui avait quasiment explosé à la figure. Il avait tenté d'empoigner l'appareil, l'avait manqué, et s'était rué vers sa voiture. Ils s'étaient agglutinés tout autour, comme des singes dans un parc zoologique, songeait-il. Il avait écarté une fille qui avait trébuché, et elle avait hurlé qu'elle lui ferait payer cette agression. Il était parvenu à ouvrir la portière, s'était glissé à l'intérieur non sans mal, et l'avait refermée, espérant bien coincer les doigts d'un type au passage, mais la main s'était retirée juste à temps. Il s'était engagé dans l'allée, et il avait vu le portail clos. Cette garce de Vincey l'avait refermé derrière elle, exprès, alors que d'habitude elle le laissait neuf fois sur dix ouvert, en dépit de ses rappels à l'ordre.

« Ouvrez ce foutu portail ! »

Il avait hurlé par la fenêtre, mais ils n'en avaient pas tenu compte. Ou plutôt, l'un d'eux avait faufilé un appareil par l'entrebâillement.

Il était ressorti de sa voiture et ils s'étaient pressés en grappe autour de lui, agrippant ses vêtements, lui braquant leurs objectifs au visage. L'un d'eux s'était même assis sur le barreau supérieur du battant gauche du portail.

« Vous rentrez à Londres, Jims ?

— Qu'allez-vous dire à Zillah en arrivant ?

— Est-ce un tueur à gages qui a assassiné Jeff Leach ?

— Jims, Zillah va-t-elle vous soutenir ? »

Jims avait écarté les battants. Le journaliste assis sur l'un d'eux avait dégringolé et s'était étalé par terre, en hurlant qu'il s'était cassé la jambe. Il avait brandi le poing et menacé Jims de lui faire payer ça, il irait jusqu'au bout s'il le fallait. Ils avaient tenté de lui barrer la sortie, mais Jims, résolu à sacrifier son coûteux portail de chêne si nécessaire, avait foncé dans le paquet et les avait forcés à s'écarter d'un bond. Le gros de la troupe l'avait poursuivi dans le village, n'y renonçant qu'en s'apercevant que le Crux Arms était ouvert. Il avait traversé Long Fredington, lançant un regard en direction de Willow Cottage, là où il avait entamé sa cour à Zillah, ou ce qui en avait tenu lieu ; un regard amer où s'était allumée une lueur d'intérêt, car il avait vu que la maison était à vendre. Il s'était remémoré ce que Leonardo lui avait dit à propos de sa «précieuse épouse» qui avait parlé. Il ne lui restait rien d'autre à faire que de cesser de se conduire en couard et de lire ce journal. S'étant arrêté à hauteur de Mill Lane, où Zillah, en route pour la maison d'Annie, avait un jour rêvé à son avenir avec lui, à sa richesse et à son charme, il avait lu l'article.

C'était encore pire que ce à quoi il s'était attendu, mais à présent, après avoir réussi à s'arracher à la meute et, grâce à eux, s'endurcissant un peu devant cette pluie d'attaques sur sa vie privée, ses inclinations et sa réputation, il se sentait plus capable de supporter la chose. Manifestement, Zillah était entièrement responsable. Il l'avait sous-estimée, il avait cru qu'elle tolérerait le traitement qu'il lui avait réservé, mais non. C'était sa vengeance. Son récit contenait pourtant quelques impondérables, dont on ne saurait certainement la tenir pour responsable. Il était revenu en page une et avait avisé la signature de Natalie Reckman. C'était elle qui avait publié ce papier insidieux sur Zillah dès les premiers jours de leur mariage ! Jims l'imaginait sans mal surveillant la maison de Leonardo, espionnant son arrivée, soudoyant probablement les voisins. Ah, le monde est cruel, et ceux qui se laissent prendre dans la lumière violente qui frappe ses hautes sphères s'exposent à la menace et au péril perpétuels.

Pour toutes ces raisons, tout était fini entre Leonardo et lui. S'il s'était pris d'amour durant quelques brèves semaines, ce sentiment s'était évanoui en un clin d'œil. Il ne voulait plus jamais le revoir. Jims était un snob avant toute chose, et il se demandait quel genre de sot se promènerait dans la demeure d'un gentleman seulement vêtu d'un vulgaire caleçon de chez Cecil Gee, sans avoir le bon sens élémentaire de se rendre compte qu'une lampe dans une pièce sans rideaux dévoilait ses occupants à tout le monde dehors. Il ne serait pas du tout surpris d'apprendre que la mère de Leonardo habitait dans un lotissement de logements sociaux. Et qu'il soit situé à Cheltenham (ou plus probablement à la périphérie) ne changerait rien à l'affaire. Se félicitant d'avoir échappé aussi bien à Fredington Crucis qu'à Leonardo, Jims avait pris la direction de l'est et quitté la route pour s'engager dans la montée très raide qui sort de Vale of Blackmoor, où se dresse Shaston. Encore de nos jours, la vue depuis le Castle Green sur «trois comtés de verdoyantes pâtures» demeure presque inchangée depuis l'époque de Thomas Hardy et réserve toujours une surprise au visiteur non averti, mais Jims ne s'était pas attardé pour l'admirer. Il avait garé la voiture sur le parking, laissé le ticket en évidence derrière le pare-brise et emprunté Palladour Street en direction d'une agence immobilière. Il s'était fait la réflexion que la femme assise derrière le bureau était probablement la seule personne du Royaume-Uni à ne pas avoir lu l'article du journal, et elle n'avait pas reconnu son nom quand il le lui avait indiqué. C'était une aubaine. Une fois la négociation achevée, il était retourné à sa voiture pour rattraper la route de Londres.

Sur le trajet, il avait repassé les faits dans sa tête et constaté que, en tout état de cause, sa carrière était anéantie. Il ne restait rien à tirer du naufrage. Il était taxé de bigamie, ce qu'il pourrait peut-être mollement nier, d'homosexualité active et de mœurs légères, ce qu'il ne pouvait plus, et n'avait plus, envie de nier. Et il était mis en cause en tant que suspect dans une affaire de meurtre. Toutes ces années de campagnes, avoir accepté une candidature sans espoir dans les Midlands industriels avant d'obtenir enfin un siège sûr, tous ces vendredis et ces samedis passés dans sa permanence, tout ce temps consacré à sillonner le comté, à se faire secouer comme un prunier dans un Winnebago, tous ces discours, ces inaugurations de kermesse et ces bébés câlinés – il détestait tant les enfants ! –, et ces mensonges aux retraités, aux chasseurs et aux défenseurs de la vivisection, aux patients des hôpitaux et aux instituteurs, tout cela en pure perte. Le parti allait probablement l'exclure, le radier du groupe parlementaire, le mettre en quarantaine. Il n'aurait jamais la moindre chance de revenir. Il était cuit. Il devait s'estimer heureux de disposer d'un alibi en béton pour ce vendredi après-midi, quand ce mécréant de Jerry Leach s'était fait assassiner. Et, quoi qu'elle dise, quoi qu'elle pense, heureux d'avoir roulé Zillah.

Il avait profité d'une sortie conduisant à deux villages pour quitter la grande route. Il était une heure moins le quart. Il avait roulé jusqu'à un hôtel qu'il connaissait – en d'autres temps, quand il était insouciant, Ivo Carew et lui y avaient passé un agréable week-end – et commandé à déjeuner. Mais l'appétit lui manquait, et il n'avait rien pu avaler.

Avant de descendre rejoindre les journalistes, Zillah s'était habillée avec beaucoup de soin, ainsi que les enfants. La veille, elle y avait consacré un long moment de préparation. Eugenie et Jordan portaient l'uni-

forme estival chic des enfants de la moyenne bour-
geoisie au tournant du millénaire : baskets blanches,
shorts blancs, T-shirts blancs, à rayures dans le cas de
Jordan, et à pois dans celui d'Eugenie. Pour sa part,
Zillah était en pantalon blanc et chemisier bleu, avec
un décolleté plongeant. Se rappelant ce qu'une de ces
épouvantables journalistes avait écrit de ses chaussures, elle avait choisi des sandales à talons plats.

Eugenie ne voulait pas mettre de short, et au début
elle avait refusé tout net.

«Je ne suis pas ce genre de fille. Maintenant, tu
devrais le savoir. Je porte soit des pantalons longs,
soit des robes. Tu devrais le savoir.

— Je vais m'arranger pour que ça vaille le coup,
promit Zillah avec imprudence. 5 livres.

— 10.

— Tu finiras mal.»

Zillah prononçait là les mêmes mots que sa mère
avait employés avec elle vingt ans plus tôt.

Jordan pleurnichait. Zillah avait envisagé de le
calmer par un moyen radical et définitif, par exemple
en lui administrant une petite dose de whisky, mais
elle n'en avait pas eu le culot et, à la place, elle avait
eu recours à de l'aspirine pour enfant. C'était resté
sans effet.

Elle sourit aux journalistes de façon charmante et
prit la pose, en tenant chaque enfant par la main,
pour les photographes. Jordan cessa de pleurer cinq
minutes, captivé par le plus gros chien que Zillah ait
jamais vu, qu'un des cameramen avait amené avec
lui. Elle leur annonça qu'elle avait quelque chose
pour eux et leur distribua des exemplaires d'une
déclaration qu'elle avait rédigée sur l'ordinateur de
Jims la veille au soir. Elle y affirmait que tout ce qui

figurait dans ce quotidien du matin était vrai, et elle souhaitait simplement ajouter qu'elle resterait aux côtés de son mari et le soutiendrait contre vents et marées. Ce matin, tous deux s'étaient entretenus plusieurs fois au téléphone, et elle l'avait assuré de son dévouement et de sa détermination à demeurer pour lui un roc auquel s'agripper. Elle ne répondit qu'à une seule question, avant de se retirer dans l'immeuble avec dignité.

Une jeune femme avec l'accent du Yorkshire lui demanda si Jims était bisexuel.

« Je suis bien certaine qu'il ne verrait aucun inconvénient à ce que je réponde oui, il est bisexuel. Maintenant, tout est étalé au grand jour. »

Reprenant l'une des formules favorites de Malina, elle ajouta que la confiance et l'affection « doivent constituer les fondements de notre nouvelle relation ».

Jordan éclata de nouveau en sanglots. Satisfaite de ce qu'elle venait d'accomplir, Zillah le prit dans ses bras et monta dans l'ascenseur. Après les interviews et les photos, elle se sentait plutôt déprimée. Elle se retrouvait dans la situation de n'avoir absolument rien à faire. Quand Jims serait-il de retour ? En racontant aux gens de la presse qu'elle et Jims s'étaient parlé à plusieurs reprises dans la matinée, elle avait menti. Elle savait qu'il ne lui téléphonerait pas, et elle n'avait aucune intention de l'appeler. Mais il allait rentrer à la maison, et elle se débrouillerait pour ne pas être là à son arrivée. Après avoir écarté l'idée du cinéma, des piscines et des diverses distractions disponibles au Trocadero, elle emmena les enfants au McDonald's, puis sur un bateau-mouche jusqu'à la barrière de la Tamise. Le fleuve était calme et ne les secouait guère, mais Jordan fut malade, et il pleura sur tout le chemin du retour.

À six heures, ils pénétrèrent dans l'appartement, et toujours pas de Jims. À moins qu'il ne soit passé avant de ressortir. À son avis, il n'en était rien, et elle en eut la confirmation dix minutes plus tard. À ce moment-là, elle s'était changée pour enfiler un pyjama court qu'elle s'était acheté dans une boutique de Charing Cross ; elle se souvint que son père était malade, mais ne téléphona pas à sa mère et mit les deux enfants dans le bain. La porte d'entrée s'ouvrit et se referma. Quand elle se retourna, elle vit Jims debout sur le seuil. Il avait le visage pâle et l'air tenaillé par l'angoisse.

« J'étais sur le point d'appeler ma mère, fit-elle, nerveuse.

— Pas maintenant, répliqua-t-il. Puis-je te servir un verre ? » ajouta-t-il sur le ton doucereux qu'il employait quand il était soit très content, soit très en colère.

Elle ne savait si elle devait répondre par oui ou par non. Elle se rinça les mains sous le robinet et les sécha.

« Un gin tonic, s'il te plaît. »

Sa voix était plutôt voilée par la timidité. Elle le suivit dans le salon.

Il lui apporta son verre et resta un petit moment debout devant elle. Sa posture n'avait rien de menaçant, mais pour elle, il constituait une menace en soi, et elle tressaillit. Il lâcha un rire, un rire sec et amer.

« J'ai vu le journal, commença-t-il, en s'asseyant. J'imagine qu'il s'agit bien d'un journal, je ne vois pas quel autre nom lui donner. Et j'ai parlé aux médias. Ça dépasse un peu les bornes, non ?

— Quoi ?

— Ce que tu as déclaré à cette Reckman. Et la photographie que tu lui as remise. Ai-je franchement mérité cela ?

— Bien sûr que tu l'as mérité, vu la façon dont tu m'as traitée. »

Une plainte monta de la salle de bains, et Eugenie fit son entrée, en chemise de nuit et robe de chambre. Elle regarda Jims comme une maîtresse de maison considérerait une crotte de chien devant sa porte, mais sans rien dire.

« Je ne vais pas le sortir du bain, prévint-elle Zillah. C'est toi qui dois t'en occuper, je ne cesse de te le répéter. Il dit que son bidon lui fait mal. »

Zillah alla voir. Au bout d'une minute ou deux, Eugenie sortit à son tour et, quelques secondes après, elle revint avec un livre. Le monde de Jims avait sombré, mais il avait l'intention de mourir en brave, non sans avoir perpétré une vengeance triomphale. Il sortit de sa poche un paquet de cigarettes et en alluma une. C'était la première depuis six mois, et la tête lui tourna un petit peu, mais il la savoura et envisagea de se remettre à fumer pour de bon. Désormais, personne ne le sermonnerait plus, personne à la Chambre des communes ne lui poserait de questions sur ses mauvaises habitudes, personne ne lui suggérerait de montrer l'exemple. Il inhala la fumée et sa vue se brouilla. S'il n'avait pas été assis, il se serait effondré. Les cris de Jordan précédèrent de peu son entrée dans la pièce.

Zillah revint à sa suite.

« Pourquoi fumes-tu ?

— Parce que j'aime ça, répondit Jims. Couche cet enfant.

— Tu n'as pas besoin de le prendre sur ce ton. Il ne t'a fait aucun mal.

— Non, mais sa mère, si. »

Il se leva et alluma la télévision. Il tomba sur un dessin animé, et, pendant cinq minutes, Jordan resta tranquille.

« Donne-moi une cigarette, s'il te plaît.

— Achète-t'en. Dieu sait si je te verse suffisamment d'argent. (Jims tira sur la sienne, dans un geste ostentatoire, et souffla la fumée au visage de Zillah.) Je compte que tu sois partie au plus tard d'ici vendredi, lui annonça-t-il. En fait, je t'accorde un préavis d'une semaine.

— Dis donc, attends une minute. Tu n'as pas le droit de faire ça. Si quelqu'un doit partir, c'est toi. Je me suis mariée avec toi, tu te souviens ? Je suis ton épouse légitime. J'ai des enfants, et de ce fait, j'ai un droit sur ton domicile.

— Tu n'as pas vraiment cru à cette cérémonie de mariage, tout de même, ma chère ? Je n'aurais pas imaginé que l'on puisse te duper aussi aisément. Tu as pris Kate Carew pour un officier d'état civil ? Tu as réellement gobé que Kevin Jebb était un témoin ? Toi et moi, nous n'avons même pas cohabité. Aucun de nos deux prétendus mariages n'a été consommé. Tu n'es qu'une amie que j'ai hébergée parce que tu n'avais plus de toit. Par pure bonté de cœur. »

Zillah le dévisagea. Elle était incapable de rien dire.

« Mais je t'accorde que tu as quelques motifs d'espérer de ma part le versement d'une sorte de pension alimentaire. J'ai donc passé la matinée à négocier une acquisition auprès d'un agent immobilier. J'ai eu également une plaisante conversation avec le propriétaire. C'est ce qui m'a tant retardé. Et je suis heureux de t'apprendre que la vente a été conclue. Je t'ai acheté Willow Cottage. Tu n'es pas contente ? »

Zillah poussa un cri, et Eugenie leva les yeux.

« Maman, je t'en prie. Je n'entends plus la télévision. »

28

Un jeune livreur de journaux découvrit le corps d'Eileen Dring le dimanche matin, à six heures quarante-cinq. Il avait tout juste seize ans, et cela lui causa un choc terrible. Le corps se trouvait encore sur le banc où Eileen Dring s'était installée pour la nuit. S'il n'y avait eu le sang imbibant ses vêtements et la couverture dans laquelle elle s'était enveloppée, elle aurait eu l'air de dormir. Peut-être avait-elle été poignardée dans son sommeil, sans s'être aperçue de rien.

La police la connaissait. Il n'y eut aucun problème d'identification. Pendant plusieurs années, elle avait habité une chambre à Djakarta Road, non loin de Mill Lane, à West Hampstead, payée par la municipalité de Camden, mais elle l'occupait rarement, préférant vagabonder dans les rues et dormir dehors, tout au moins en été. Les terrains de jeux de Kilburn, Maida Vale et Paddington comptaient parmi ses lieux de prédilection. Les policiers ne l'avaient jamais repérée si loin à l'ouest. Mais Eileen était réputée pour son amour des fleurs, et une fois, on l'avait vue dormir sur le seuil d'un immeuble vide, une ancienne banque, au coin de Maida Vale et de Clifton Road. Il se trouve que cet immeuble était situé tout près de l'endroit où le marchand de plantes et de fleurs dressait son étalage le matin, et peut-être l'avait-elle choisi dans l'espoir de se réveiller au parfum des œillets et des roses. Le lieu de sa mort, le banc sur lequel elle gisait, se dressait juste devant un parterre de fleurs en forme de croissant, pour l'heure planté de géraniums rouges, blancs et roses, jonché de reliefs de repas et de boissons consommés sur place, dans la rue.

Il fallut peu de temps pour établir que le couteau utilisé pour la poignarder était très similaire à celui qui avait tué Jeffrey Leach. Similaire, pas identique. Il faisait peut-être partie d'une paire, tous deux achetés en même temps. L'expertise médico-légale a réalisé tant de progrès que les enquêteurs sont en mesure de décrire précisément la forme et la taille d'une arme employée en pareilles circonstances, les ébréchures sur la lame, s'il en existe, la moindre aspérité à la surface de cette lame, car un couteau en soi est un objet unique. Ils savaient donc que ce n'était pas le couteau en question, mais son frère jumeau.

Le mobile du meurtre de Jeffrey Leach demeurait obscur, mais le mobile de ce meurtre-ci leur parut clair, au moins à première vue. Le cabas qu'Eileen emportait partout avec elle et qu'elle calait sous sa tête contenait en général une couverture, un cardigan et un foulard, une cannette de boisson gazeuse – elle ne buvait jamais d'alcool –, un ou deux sandwiches ainsi que son livret de retraite. Qui était vide. Il aurait dû y avoir aussi de l'argent, car la veille, Eileen avait retiré sa pension pour deux semaines et n'en avait dépensé qu'une petite partie en nourriture et en boisson. Qui commet un meurtre pour 140 livres ? Mister Crimes de Sang n'ignorait pas qu'il s'en commettait pour moitié moins, et même pour dix fois moins. Il

s'en commet pour le prix de dix grammes de canna-
bis.

D'un autre côté, ils étaient certains qu'Eileen avait
été la victime du meurtrier de Jeffrey Leach, et la
question du profit financier n'entrait pas en ligne de
compte. Donc, existait-il un lien entre les deux victimes, en dehors de l'étroite similitude des armes utilisées ? Et si ce lien, c'était West Hampstead ?

Avant sa mort, Leach avait habité là six mois. Djakarta Road n'était qu'à deux rues de distance de
Holmdale Road, qu'elle suivait parallèlement, en s'y
rattachant par une rue perpendiculaire, Athena Road.
S'il lui restait encore à découvrir si Eileen avait
jamais fréquenté Holmdale Road – le commissariat
se trouvait dans Fortune Green Road –, la police de
West Hampstead savait qu'Athena Road était un
de ses emplacements préférés. À deux reprises, ils
l'avaient priée de dégager la pelouse d'une maison,
où elle avait dormi entre les plates-bandes de fleurs.
Avait-elle tenté la même expérience en campant dans
les jardins de Holmdale Road ?

Le dimanche s'était écoulé sans que Jims ne lui
adresse un mot. Il était resté à la maison, en silence.
On aurait dit qu'il avait perdu l'usage de la parole.
Zillah n'aurait jamais cru, avant d'y être confrontée,
que l'on puisse se conduire ainsi, non pas simplement
s'abstenir de parler, mais se comporter comme si l'on
était seul dans la pièce. Au vu de l'attention qu'il leur
accordait, les enfants et elle auraient aussi bien pu
n'être que des objets inanimés ou des meubles. Tout
se passait comme s'ils étaient devenus inaudibles et
invisibles, et elle n'aurait guère été surprise qu'en

cherchant un siège où s'asseoir, il ne se soit assis sur l'un d'eux ou sur elle.

En dépit de sa propre volonté et de sa propre détermination, cette politique de l'indifférence l'amena à se montrer conciliante à son égard. Elle prépara un très agréable déjeuner d'œufs brouillés et de saumon fumé avec une salade, lui présenta les plats, lui servit un verre de vin. Il n'y prêta aucun intérêt, mais se rendit à la cuisine, d'où il revint avec un sandwich qu'il s'était confectionné lui-même, et une bière qu'il but à même la boîte. Elle se surprit à le regarder avec mélancolie, et s'obligea à regarder ailleurs. Il passa l'après-midi à son bureau, apparemment à écrire des lettres. Elle ne pouvait s'empêcher de penser que, si seulement il avait suivi une autre orientation sexuelle, elle aurait pu le convaincre, le séduire, le charmer, mais s'il avait été différent, elle savait fort bien, avant toute chose, qu'elle ne se serait jamais retrouvée avec lui.

Vers cinq heures, la chaîne Moon and Stars téléphona. Eugenie décrocha, et leur fit la réponse qui était la sienne chaque fois que Zillah n'arrivait pas la première au téléphone.

« Elle n'est pas disponible. »

Zillah lui arracha le combiné des mains. La femme à l'autre bout du fil souhaitait l'informer qu'en fin de compte on ne pourrait malheureusement pas lui envoyer de voiture dans la matinée. Naturellement, elle pouvait toujours venir par ses propres moyens, si elle en avait envie. Zillah, sentant qu'elle avait cessé d'être une attraction, songea qu'elle en avait assez envie, en effet, sans en être encore vraiment certaine. En tout cas, elle accepta. Cela lui imposerait de se lever à cinq heures du matin, mais le jeu en valait la chandelle. Elle pourrait les charmer, subjuguer son public. Presque aussitôt, le téléphone sonna de nouveau. C'était la femme de ménage du numéro 9 qui lui annonçait qu'elle ne pourrait finalement pas s'arranger pour garder ses enfants dans la matinée.

Zillah regarda Jims. Il semblait être occupé à signer ses lettres. Elle avait peur de lui demander. Elle allait se contenter de laisser les enfants dans l'appartement. Après tout, il serait là, et avec un peu de chance, personne ne se réveillerait avant son retour à la maison. Eugenie ne laisserait pas son frère crier, tout de même ?

À cinq heures et demie, Jims alluma la télévision pour voir le journal, et, l'air énigmatique et insondable, suivit des sujets sur des inondations dans l'État du Gujarat, des combats au Zimbabwe et le meurtre d'une vieille femme à Kensal Green, puis il se vit, lui-même, le visage écarlate, avant qu'il n'ait eu la présence d'esprit de s'abriter derrière son porte-documents, à l'instant où il émergeait par la porte principale de Fredington Crucis House. Les enfants regardèrent, et Zillah aussi, en se tournant de temps en temps pour lancer un coup d'œil craintif dans la direction de Jims. À cette minute, il ne rougissait plus du tout, il était devenu encore plus blême. Ces images n'étaient pas nouvelles, elles étaient déjà passées la veille au soir, mais cette fois, elles furent suivies de toutes sortes de commentaires des dignitaires du parti, y compris le président des conservateurs pour le South Wessex, qui proclama haut et fort qu'il conservait pleine et entière confiance en M. Melcombe-Smith et en sa faculté d'apporter des réponses claires, et à brève échéance, à toutes les questions qui demeuraient sans réponse.

«Pourquoi mon beau-père passe-t-il à la télévision?» s'enquit Eugenie.

Personne ne lui répondit. Le téléphone sonna, Jims décrocha, reposa le récepteur sans un mot et débrancha la prise. Décontenancée, Zillah s'enferma dans sa chambre, en emmenant les enfants avec elle. Jordan s'était remis à geindre.

Elle choisit sa tenue avec grand soin. Si cette interview débouchait réellement sur des propositions de travail, si elle devait la mener à la célébrité et à produire sa propre émission de télévision, elle n'aurait pas à quitter Londres et à retourner à Willow Cottage. Jims lui avait soutenu, sur un ton sarcastique et méchant – c'était samedi soir, quand il n'avait pas encore perdu sa langue –, qu'à présent elle se plairait beaucoup au cottage, la nouvelle décoration changeait tout. «Surtout la ravissante cuisine contemporaine tout équipée», avait-il ajouté, comme s'il avait l'habitude de lui tenir ce genre de langage. Mais cela ne lui plairait pas, et elle n'irait pas là-bas pour tout l'or du monde.

Elle arrêta son choix sur son tailleur blanc préféré, avec un chemisier rouge corail, car elle avait entendu dire que les couleurs vives, à la télévision, c'était ce qui passait le mieux. Allait-on la maquiller ou comptait-on sur elle pour s'en charger? Zillah ne pouvait envisager de sortir dans la rue, à Londres, sans maquillage. Long Fredington, c'était une tout autre histoire, et rien que d'y penser, elle en trembla. Dès qu'elle serait rentrée des studios de Channel Four et qu'elle aurait emmené Jordan chez le pédopsychiatre, elle se trouverait un avocat et verrait ce qu'il serait possible de tenter pour contraindre Jims à quitter l'appartement. Il devait bien y avoir une possibilité.

Il pleuvait à verse. Elle était sortie de l'appartement sur la pointe des pieds, insérant la clef dans la serrure pour refermer la porte en silence. Elle ne pouvait pas retourner chercher un parapluie ou un imperméable. Craignant pour sa coiffure et ses chaussures légères, elle se rapprocha d'un portique pour s'y abriter tout en essayant de héler un taxi, mais d'autres personnes arrivèrent avant elle sous l'abri. Elle dut en ressortir et se mouiller. Le visage du chauffeur de taxi qui s'arrêta finalement se fendit d'un large sourire à la vue des mèches qui lui pendaient dans le cou.

Mais Zillah ne tarda pas à découvrir qu'elle n'avait aucun souci à se faire. Une autre femme, qui se rendait à la même émission en survêtement et pas maquillée, donnait l'impression de s'être levée de son lit à l'instant. Les maquilleuses en firent leur affaire, séchèrent les cheveux de Zillah, nettoyèrent ses chaussures et la remaquillèrent. L'autre femme lui raconta, sur le ton de la confidence, qu'elle participait à ce genre d'émissions depuis des années. Elle se présentait toujours avec des collants filés, sachant qu'on lui en donnerait une paire neuve. Zillah fut à la fois consternée et ravie d'apprendre ces petits trucs du métier. Elle commençait à se sentir beaucoup mieux.

Toutefois, quand l'émission débuta, qu'elle fut en mesure de la suivre, assise avec les autres futurs interviewés dans la salle d'attente, elle se rendit compte qu'il y avait quelque chose qu'on avait dû lui signaler, mais qu'elle n'avait pas retenu. C'était en direct. Il n'y aurait pas de répétitions, pas de préparation et pas moyen de raconter qu'elle ne pensait pas ça, on coupe, s'il vous plaît, ou peut-on revenir en arrière ? Les questions étaient très fouillées, et même les novices percevaient bien que ce n'étaient pas des questions gentilles. Un jeune homme, qui avait l'air vraiment très jeune, passa la tête par la porte et fit un signe à la femme aux collants. Elle serait la suivante – Zillah se surprit à employer le terme « victime ».

C'était une étrange sensation que de regarder l'écran et de voir pénétrer la femme aux collants sur le plateau. Zillah se sentit soudain naïve et assez démunie. La femme, qu'elle n'avait pas reconnue, se révélait être une chanteuse pop des années soixante-dix qui tentait un come-back. Le présentateur, un homme hideux, avec une barbe et une voix rauque qui l'avaient rendu fameux, lui demanda, vu ses intentions, si elle avait conscience de ne plus être « de toute première jeunesse ». Elle n'était pas exactement Victoria des Spice Girls, non, quand même ? Maintenant, cela lui plairait peut-être de chanter avec les Spice Girls. Il y avait un accompagnateur à disposition dans le studio. La chanteuse répondit courageusement aux questions et chanta, pas très bien. Pendant qu'elle chantait, le jeune homme revint et fit signe à un adolescent, qui était là parce qu'il était entré à Oxford à l'âge de quinze ans. Zillah passerait en dernier.

« Ils gardent toujours le meilleur pour la fin », commenta une jeune fille qui était venue lui demander si elle avait envie d'un autre café ou d'un jus d'orange.

Après la chanteuse, ce fut le tour d'une femme qui lut des dépêches, puis il y eut un bulletin météo, ensuite l'annonce des programmes de la journée. Elle avait cru que la chanteuse reviendrait, mais non. Le garçon passa à l'antenne et fut interviewé par une présentatrice aimable qui le traita comme s'il venait de remporter le prix Nobel. Zillah avait entendu dire que l'homme à la voix rauque mènerait l'entretien avec elle, mais elle se prit à espérer que l'organisation ait changé et qu'elle puisse obtenir que ce soit cette femme, celle qui expliquait à présent à ce garçon que sa famille devait être extrêmement fière de lui. Et lui, il n'était pas très bon, mais timide et quasi muet.

On vint chercher Zillah. La fille qui lui avait proposé un café et un jus d'orange la conduisit dans un corridor, puis dans un autre, jusqu'au seuil d'un endroit qui ressemblait à un hémicycle, une estrade circulaire, en partie masquée de paravents et de rideaux, et remplie de cadreurs, de preneurs de son et d'électriciens. La zone brillamment éclairée qu'elle avait aperçue à l'écran n'occupait que le centre de cet espace.

«Quand je vous donnerai le signal, je vais lever les doigts comme ça, lui chuchota la fille, et vous partirez d'ici pour aller vous asseoir dans le fauteuil en face de Sebastian. OK?

— Oui, c'est parfait», acquiesça Zillah à voix haute.

Tout le monde, à proximité, se retourna et lui fit signe de se taire, l'index sur les lèvres. Le peu de confiance en elle qui lui restait finit par s'étioler. Ses talons étaient trop hauts, maintenant, elle en avait la certitude. Supposons qu'elle trébuche? Le petit génie sortit et la gentille intervieweuse en fit autant. Le dénommé Sebastian annonça aux téléspectateurs qu'ils allaient maintenant découvrir l'invitée du jour, Zillah Melcombe-Smith, bigame, épouse – mais l'était-elle vraiment? – du parlementaire en disgrâce, James Melcombe-Smith, et veuve – mais l'était-elle vraiment ? – de la victime du Tueur du cinéma. Zillah eut subitement très froid. Elle ne s'était pas du tout attendue à ce style de présentation. Mais la fille qui l'avait amenée jusqu'ici venait de lever un doigt, et elle n'avait donc plus d'autre choix que d'entamer ce qui lui parut la marche la plus longue et la plus lente de sa vie, jusqu'au fauteuil installé face à celui de Sebastian.

Il la fixa du regard comme si elle était un spécimen rare dans un zoo, un okapi ou un échidné.

« Bienvenue à *Du piment au petit déjeuner*, Zillah, s'écria-t-il. Dites-nous quel effet cela fait d'être veuve, épouse et bigame, tout à la fois. Ça n'arrive pas à toutes les femmes, dites-moi ? »

Zillah confirma.

« Non, fit-elle. Non, certainement pas, dit-elle encore, mais elle fut incapable de rien ajouter.

— Eh bien, commençons par la bigamie, voulez-vous ? Peut-être faites-vous partie de ces gens qui n'approuvent pas le divorce ? Vous êtes catholique, n'est-ce pas ? »

Elle répondit d'un filet de voix enrouée.

« Non, pas du tout. (Supposons que sa mère regarde ! Elle venait d'y penser à l'instant.) Mon mari… mon premier mari… m'avait certifié que nous avions divorcé. Et mon mari… je veux dire, mon mari actuel… m'a soutenu que j'étais bel et bien divorcée. (Peu importait que ce soit faux, elle devait s'en tenir à cette version.) Je croyais avoir divorcé.

— Mais quand vous avez épousé James dans la chapelle de la Chambre des communes (Sebastian l'évoquait comme si c'était Saint-Pierre de Rome), vous avez déclaré au prêtre que vous étiez célibataire. Une jeune fille célibataire et libre comme l'air, c'était à peu près cela, non ? »

Pourquoi personne n'avait-il relevé ce détail avant lui ? Sa voix tremblait.

« James… James a estimé que cela valait mieux. James disait… je ne savais pas que j'agissais mal. Je croyais… je… je…

— Enfin, peu importe. Pendant un temps, tout s'est remis d'aplomb avec la mort tragique de votre premier mari dans une salle de cinéma. Un terrible événement, bien sûr, mais qui, d'une certaine manière, est intervenu au bon moment. Quelle a été votre réaction ? »

Sa réaction, à l'instant présent, fut d'éclater en sanglots. Elle ne put s'en empêcher. Elle se sentait acculée, et le seul moyen de s'échapper, ce serait qu'on l'emmène et qu'on la conduise en prison. Basculant en avant, prête à tout pour ne plus voir cet horrible visage barbu, elle s'enfouit la tête dans les genoux et pleura. Que faisait-il, que disait-il, que faisaient tous ces cameramen et ces preneurs de son, elle n'en savait rien. Elle sentit une main se poser sur son épaule, sursauta, redressa la tête et poussa un hurlement. La gentille présentatrice la prit par le bras, l'aida à se lever. Elle ne pouvait trop l'affirmer, à cause de la barbe, mais Sebastian avait l'air de sourire. Derrière elle, elle l'entendit formuler un commentaire à l'intention des téléspectateurs, où il était question du chagrin qui la submergeait. Toujours à l'antenne, il lui arriva ce qu'elle redoutait tant : elle trébucha et faillit tomber. Elle quitta le plateau en pleurant, avançant d'un pas hésitant, et un cameraman chuchota :

« Ça, c'est de la télé. Le rêve de tous les présentateurs. »

Pour Zillah, cette émission marqua véritablement la fin de la bataille. Elle regagna Abbey Gardens Mansions en taxi. Il n'était que neuf heures. Les enfants regardaient la télévision, et elle reconnut la chaîne sur laquelle elle venait d'intervenir.

« Tu as fait ça exprès ? lui demanda Eugenie. Les larmes, la tête dans les genoux ?

— Bien sûr que non. J'étais bouleversée.

— Quand il a parlé de la mort tragique de ton premier mari, qu'est-ce qu'il a voulu dire ? »

Zillah n'avait jamais songé à ça, aux enfants suivant l'émission et apprenant de cette façon, de cette terrible façon, la mort de leur père. Au spectacle du beau visage troublé et lourd de reproche d'Eugenie, elle vit bien que cette enfant savait, et pourtant, elle n'arrivait pas à lui répondre. Pas tout de suite, pas au milieu de tout ce qu'elle endurait.

« C'est pour ça qu'on ne le voit jamais, conclut Eugenie.

— Je te raconterai, plus tard, je te le promets.

— Ton mascara a coulé partout sur ta figure. »

Zillah lui répondit qu'elle allait se débarbouiller.

« Où est Jims ?

— Au lit. Il n'est pas sorti et ne nous a pas laissés seuls, si c'est à ça que tu penses. »

Elle avait envie de dire à cette enfant de ne pas lui parler sur ce ton, mais elle eut peur. C'était un aveu terrible d'admettre qu'elle craignait sa propre fille de sept ans. Néanmoins, c'était la vérité. Qu'est-ce que ce serait quand Eugenie serait adolescente ? Elle ferait de sa mère exactement ce qu'elle voudrait, c'est elle qui commanderait. Willow Cottage, Long Fredington, dans le Dorset. Zillah comprit qu'elle s'était résignée à retourner là-bas. Consulter des avocats n'était plus envisageable. Jordan était de nouveau en larmes. Il pleurait probablement déjà avant son retour, et pendant qu'elle parlait à Eugenie, mais elle ne l'avait même pas remarqué, elle s'y était habituée, désormais. Ils étaient attendus chez le pédopsychiatre d'ici une heure.

«Nous ne l'avons jamais vue, s'écria Michelle, indignée. Nous ne voyons pas ce que vous voulez dire. Nous n'avons jamais eu de clocharde couchée dans notre jardin.

— Pas une clocharde, Michelle, rectifia Mister Crimes de Sang. Elle avait un domicile. Tout est là. Son logis se trouvait dans Djakarta Road. Et vous, Matthew? Vous souvenez-vous d'elle?»

À leur arrivée, Matthew était en train de rédiger sa chronique. Ils n'avaient pas pris la peine de téléphoner avant de venir. Il était difficile de ne pas s'imaginer qu'ils avaient tenté de cueillir les Jarvey à l'improviste. En train de mijoter leur prochain crime, pourquoi pas, ou de se débarrasser de leur arme.

«Je suis vieux jeu, reconnut-il, mais je préférerais que vous ne nous appeliez pas, mon épouse et moi, par nos prénoms. Vous vous en êtes abstenus la première fois que vous nous avez adressé la parole, et donc je ne puis qu'en conclure que, depuis lors, nous avons cessé de mériter votre respect.»

Mister Crimes de Sang ouvrit de grands yeux.

«Eh bien, si vous le prenez comme ça, bien sûr. La plupart des clients trouvent que ça instaure une relation amicale.

458

— Mais nous ne sommes pas des clients, si je ne me trompe ? Nous sommes des suspects. En réponse à votre question, je ne me souviens pas de Mme Ding. À ma connaissance, je ne l'ai jamais vue. Alors, cela vous convient-il ?

— Nous aimerions fouiller la maison. »

Michelle hurla, presque sans savoir ce qu'elle faisait.

« Non !

— Nous pouvons nous procurer un mandat, Mme Jarvey. Tout refus de votre part ne fera que retarder les choses.

— Si ma femme accepte, fit Matthew avec lassitude, j'accepte. »

Michelle haussa les épaules, puis elle approuva d'un signe de tête. Après avoir cru, une semaine plus tôt, que personne ne pourrait imaginer un couple comme le leur coupable de violence, elle avait fini par comprendre, avec une facilité déconcertante, quelle opinion Mister Crimes de Sang avait de Matthew et elle. Elle s'imaginait déjà leurs portraits dans le couloir de la mort des fripouilles fichées par la police, dans un recueil de crimes bien réels, pour le futur. Un duo sinistre, lui, d'une maigreur cadavérique, un visage squelettique, à l'exemple d'un Eichmann ou d'un Christie, un homme qui s'était délibérément laissé mourir de faim et qui avait gagné sa vie en écrivant sur les anorexiques, et elle, un bac de saindoux qui se dandinait avec sa jolie frimousse trompeuse enfouie dans des coussins de graisse. Le fait que, depuis qu'il s'était embarqué dans cette émission de télévision, il ait mangé régulièrement chaque jour un peu plus, et qu'elle n'ait jamais grignoté autre chose qu'un morceau de fruit ou une portion de poulet depuis le début de cette enquête, ne changeait rien à cette image que Michelle avait d'elle-même, et du mari qu'elle adorait. Une image de ridicule.

La perquisition débuta. Quatre fonctionnaires de police opérèrent dans toute la maison. Ils n'indiquèrent pas ce qu'ils recherchaient, et ni l'un ni l'autre ne condescendit à les interroger. Après une pluie matinale, la journée était devenue chaude et ensoleillée. Ils sortirent dans le jardin, qui, sur le devant comme sur l'arrière, se résumait à une pelouse entourée de buissons sans fleurs, et s'assirent dans la balancelle, en silence, mais la main dans la main. Tous deux pensaient à Fiona.

Leur voisine était partie travailler à huit heures et demie, comme d'habitude. Michelle la jugeait bien insouciante, car si Matthew et elle étaient tombés amoureux au premier regard, elle avait du mal à croire en cette passion que Fiona disait éprouver pour un homme qu'elle connaissait depuis si peu de temps. Et quel homme ! Elle était partie travailler, gagner sans nul doute des mille et des cents pour le compte de ses clients et pour elle, sans jamais une pensée pour ces gens qu'elle prétendait ses amis, mais qu'elle avait transformés en suspects aux yeux de la police. Si elle parlait de dédommager deux de ces femmes de Jeffrey Leach de ce qu'elles avaient perdu à cause de lui, c'est qu'elle devait avoir de l'argent à ne savoir qu'en faire. Michelle ne croyait plus qu'elle soit désolée de ce qu'elle avait fait. À son avis, cela ne la gênerait absolument pas, après avoir entendu mentionner le meurtre d'Eileen Dring hier soir à la télévision, de téléphoner à la police et de leur raconter que les Jarvey connaissaient la morte. S'ils connaissaient les deux victimes, tout ceci relèverait-il encore de la simple coïncidence ?

Après la fin de la perquisition, ils retournèrent à l'intérieur. Naturellement, on n'avait rien découvert qui soit de nature à les incriminer. Mais « nous restons en contact, leur avait assuré Mister Crimes de Sang. Nous voudrions de nouveau nous entretenir avec vous ».

Michelle se sentait comme certaines personnes après le cambriolage de leur domicile. Il ne s'agissait pas simplement d'une intrusion, mais d'une violation, d'une profanation. Elle s'imagina ces fonctionnaires de police fouillant ses tiroirs de sous-vêtements, ricanant devant la taille de ses soutiens-gorge et de ses culottes. Découvrant ces radios de la colonne vertébrale et du bassin de Matthew, prises par un spécialiste qui soupçonnait une décalcification osseuse. S'étonnant devant leur album de mariage, échangeant des coups d'œil amusés. Elle ne percevrait plus jamais sa propre maison de la même manière. Matthew et elle avaient entamé leur vie de couple marié ici, dans une telle extase de bonheur et d'espoir. Dans la cuisine, elle commença à préparer le déjeuner de son mari. Quant à elle, elle se sentait moins que jamais l'envie de manger.

Il vint vers elle.

« Je t'aime.

— Moi aussi, je t'aime, mon chéri, répondit-elle. Rien ne pourra changer ça. »

« Merci, fit Jims, c'est très gentil. »

Lorsque Eugenie lui apporta une tasse de café au lit, il fut sidéré. Le café n'était pas très bon, car préparé avec une eau qui n'était pas bouillante, de l'instantané et du lait en poudre. Il n'en fut pas moins touché, de vagues pensées flottèrent dans sa tête, et il songea que, si les choses avaient tourné différemment, sa belle-fille et lui auraient pu devenir amis. Au moins, à l'inverse de sa mère, elle avait une cervelle.

« Elle est partie faire une interview, dit Eugenie.
— Et alors ? Rien de neuf… »

Cela fit rire Eugenie et, à sa grande surprise, il rit aussi. Et dire qu'il avait pensé ne plus jamais sourire. Donc, Zillah était sortie – sans aucun doute pour le vilipender – en le laissant veiller sur ses enfants sans l'en avoir avisé au préalable. Et il allait le faire. Il n'avait pas tellement le choix. Ce serait la dernière fois.

Il l'entendit rentrer. La connaissant depuis si longtemps, il sentit bien, à la manière dont elle ferma la porte d'entrée et traversa le hall, l'humeur dans laquelle elle était. Une humeur affreuse, à l'entendre. Il resta couché au lit une demi-heure de plus, puis se leva et prit un bain, un long bain brûlant. Où allait-elle avec les enfants, cette fois-ci, il l'ignorait et s'en moquait, mais il attendit que la porte se fût refermée et que l'ascenseur se fût mis en marche avant d'émerger dans le salon. Il s'était habillé avec soin – comme toujours, il est vrai. Dans quelle espèce de pétrin s'était-il fourré, pour se sentir étranger dans sa propre maison à cause de cette femme ?

Il marcha un petit moment. À présent, la journée était belle, les nuages de pluie avaient été balayés au loin par un grand vent, qui ensuite était tombé, et le soleil avait surgi. Il se retrouva dans South Kensington, devant le restaurant de Launceston Place où on se fit un plaisir de lui servir à déjeuner, alors qu'il n'avait pas réservé. Ses pensées le menèrent de Zillah à Sir Ronald Grasmere, et aux conditions sur lesquelles ils s'étaient accordés concernant Willow Cottage, et enfin à Leonardo. Jims espérait bien qu'il n'avait pu trouver de taxi et qu'il avait été forcé de marcher jusqu'à Casterbridge, que le train avait été annulé ou que, à cause des travaux du week-end sur la ligne, il avait dû effectuer une partie du trajet en bus.

Un taxi le ramena, et Big Ben affichait deux heures vingt quand il pénétra dans la Chambre des communes par Westminster Hall.

Deux messages l'attendaient. Celui du leader de l'opposition était froid et péremptoire. Tiens donc, songea Jims. Il le recevrait à trois heures précises. C'était un ordre. Le message du Chief Whip était formulé en des termes plus nostalgiques. Jims voulait-il venir le « trouver » – pourquoi employait-on ce langage épouvantable jusqu'au sein de son propre parti ? – dans son bureau pour prendre un verre avant l'heure du dîner et faire le point sur la « situation » ? Jims jeta les deux mots dans une corbeille à papier et, en retenant son souffle, se souvenant de sa confrontation avec la presse de samedi matin, il entra dans la Chambre des communes d'un pas nonchalant.

Immédiatement, tous les regards se braquèrent sur lui. Il savait qu'il en serait ainsi, et il évita soigneusement de croiser les yeux de quiconque. Deux parlementaires étaient assis près de la place qu'il occupait invariablement, à l'avant-dernier des bancs du fond, réservés aux parlementaires de second rang. Affectant la nonchalance, en dépit des martèlements de son cœur, il alla s'asseoir entre eux deux. Le premier l'ignora. L'autre, que Jims connaissait, naturellement, mais auquel il n'avait jamais songé, de près ou de loin, en des termes amicaux, se pencha vers lui et lui administra une petite tape paternelle sur le genou. C'était inattendu, et d'une sacrée gentillesse, au point que Jims, avec un grand sourire, lui souffla «Merci», et sentit venir ce qui ne lui était plus arrivé depuis vingt ans. Des larmes, dans ses yeux.

Elles ne coulèrent pas. Jims ne leur laissa pas cette chance. Il resta dans la Chambre des communes une vingtaine de minutes, en écoutant, apparemment, mais en fait sans rien entendre, puis il se leva, regarda tous les membres présents, l'un après l'autre, puis le président de la Chambre («Ceux qui vont mourir te saluent»), et marcha vers la porte. Là, il marqua un temps d'arrêt et se retourna. Il ne reverrait plus jamais ce spectacle. Il refluait déjà dans son passé, comme le souvenir d'un rêve qui s'estompe.

Le grand vestibule était presque désert. Hier, il avait envoyé sa démission au président du Parti conservateur et, au Chief Whip, sa lettre de renonciation à la discipline de vote. Il n'avait plus de raison de prolonger sa présence dans cette enceinte, sauf pour une dernière petite consultation. Un parlementaire qui était là depuis quarante ans et qui savait tout de la procédure l'attendait dans son bureau, muni de quelques renseignements concernant la cessation de ses fonctions. Cela ne se réglait pas aussi facilement que la démission du parti.

«Le territoire des Chiltern Hundreds, suggéra Jims.

— Là, c'est tout à fait dommage, mon vieux, mais c'est pris. Vous vous souvenez… enfin, un petit contretemps concernant l'ancien parlementaire pour…

— Oh, oui, le coupa Jims. Pédérastie, n'est-ce pas ?

— Peut-être bien. Je m'efforce de prendre un certain recul par rapport à ce genre de problème.

— Il doit bien y avoir d'autres postes rémunérés sur le territoire de la Couronne. Et pourquoi pas Lord gardien des Cinque Ports ?

— Hélas, je crains fort que Son Altesse Royale le prince de Galles n'en soit déjà détenteur.

— Bien entendu. »

On consulta un registre.

« Il y a bien la Régie générale des marais de Tolpuddle. Elle rapporte un revenu annuel de 52 pence, et l'accepter vous disqualifierait en effet de votre qualité de membre de la Chambre des communes, naturellement.

— Cela me paraît parfait, approuva Jims. J'ai toujours eu envie d'avoir mon mot à dire sur le sort des marais de Tolpuddle. Où se situent-ils, au juste ? Au pays de Galles, non ?

— Non, en fait, c'est dans le Dorset. »

Après coup, le vieux parlementaire fit remarquer à l'un de ses bons copains que ce Melcombe-Smith avait tellement ri qu'il s'était vraiment fait du souci pour lui, supposant que le choc des récentes épreuves du malheureux garçon avait provoqué chez lui une forme de dépression nerveuse.

Jims n'allait pas traîner dans les parages, au risque de s'exposer à des remontrances, des reproches ou des remarques aussi inquisitrices qu'impertinentes. Il sortit dans New Palace Yard lorsque Big Ben sonnait deux fois pour la demie de trois heures, un son impressionnant qui, pour la première fois depuis des années, retint toute son attention. L'après-midi était

465

magnifique, chaud et ensoleillé. Qu'allait-il faire, à présent ?

Le pédopsychiatre informa Zillah qu'il était aussi docteur en médecine. Elle ne comprit pas pourquoi il se donnait cette peine, elle n'avait pas amené Jordan en faisant tout ce chemin jusqu'à Wimpole Street pour une angine. Jordan n'avait pas cessé de pleurer depuis qu'ils étaient montés dans le taxi. Juste avant leur départ, il avait vomi. À son avis, il n'était pas surprenant, et elle en fit part au psychiatre, qu'un enfant qui pleurait tout le temps soit aussi sujet à de fréquents vomissements. Eugenie, qui était venue elle aussi parce qu'il n'y avait personne à la maison pour la garder, était assise sur une chaise, dans le cabinet de consultation, et elle affichait l'expression narquoise et cynique d'une femme revenue de tout qui aurait eu six fois son âge.

Quand il parla à Jordan, ou du moins quand il essaya, le pédopsychiatre annonça qu'il aimerait l'ausculter sommairement, pour la forme. Zillah, qui était surtout et avant tout un pur produit de son époque, à quoi s'ajoutait son état de nerfs général, envisagea immédiatement l'éventualité de mauvais traitements sexuels, mais elle hocha misérablement la tête. On déshabilla et on examina donc Jordan.

Il ne fallut que deux minutes au psychiatre pour l'asseoir, lui donner une petite tape sur l'épaule et, en le recouvrant d'une couverture, indiquer à Zillah :

« Cet enfant souffre d'une hernie. Bien sûr, vous devez prendre un deuxième avis, mais je serais très surpris que ce ne soit pas à cause de ça qu'il va mal. Et il est peut-être en train de s'en former une seconde de l'autre côté. (Il lui décocha ce qu'elle interpréta comme un regard mauvais.) S'il a pleuré et s'il a vomi, c'est qu'il a cette hernie depuis longtemps. La douleur ne se déclare pas tant que la hernie n'a pas atteint un stade critique. Il y a peut-être même étranglement. »

Dans les journaux, une histoire folle est toujours suivie d'une période de déception. La tension ne peut être maintenue à son niveau. Une révélation cataclysmique s'est propagée dans le monde, et il peut y avoir des suites, mais elles sont parfois inutilisables, parce que le principal auteur du crime ou du délit est mort, parce qu'il doit comparaître en justice, ou encore parce qu'il a disparu. Mais il faut trouver quelque chose pour combler le vide entre le moment du choc triomphant et le prochain haut fait journalistique. Natalie avait révélé l'homosexualité de Jims et réduit à néant sa discrétion, mais elle demeurait circonspecte à l'idée d'écrire quoi que ce soit de plus à son sujet, sachant qu'il était soupçonné du meurtre de Jeff Leach. Le moment était venu de sortir une histoire de la vie de Jeff, un catalogue de ses femmes. Jusqu'à présent, seuls les noms de son épouse et de la femme avec laquelle il vivait avaient été publiés. Le grand coup, ce serait de reconnaître publiquement qu'elle avait elle-même compté parmi ses maîtresses. Aucune inhibition ne le lui interdisait, et son petit ami avait des choses une vision aussi réaliste qu'elle-même. Mais qui allait pouvoir publier son histoire ?

Elle avait souvent repensé à « ce drôle de petit être » qu'il avait mentionné au cours du déjeuner, la dernière fois qu'ils s'étaient vus, une femme qui portait un nom singulier. Il l'appelait Polo, et elle habitait non loin du cimetière de Kensal Green. Ce pourrait être une bonne idée de remonter la piste de cette femme. Une interview de Fiona Harrington serait un must, et pourquoi pas une autre avec celle qui avait précédé Natalie elle-même. Elle savait très bien que ce n'était pas l'ex-femme de Jeff, mais une autre, qui s'appelait – pendant un instant, elle essaya de se remémorer son nom. Il lui reviendrait. Jeff lui en avait parlé assez souvent, et surtout avec aigreur, quand ils étaient ensemble, Natalie et lui.

Une restauratrice ? Une doctoresse ? La directrice générale d'une agence ou d'une organisation caritative ? Elle laissa ses souvenirs des allusions que Jeff avait faites à cette femme et les quelques phrases concernant « Polo » dans un coin de sa tête. Il n'y avait pas d'urgence. Un jour, bientôt, elle examinerait ce fatras de plus près, et peut-être quelques éléments intéressants remonteraient-ils à la surface.

29

L'enquête de proximité fut menée dans le voisinage du lieu où Eileen Dring était morte. Les officiers de police judiciaire rendirent visite aux Wilson, mais repartirent dès qu'ils eurent découvert l'identité de Laf. Il leur avait déjà parlé de sa sortie au théâtre, samedi soir, avec son épouse et leur amie, leur voisine d'à côté ; dès dimanche soir, il avait remis son rapport, dès qu'il avait appris la nouvelle de la mort d'Eileen par la radio. Dans ce rapport, il indiquait que Sonovia, Minty et lui avaient vu la vieille femme encore en vie, bien portante et tout à fait éveillée, à une heure moins cinq du matin, dans la nuit de dimanche. Il était davantage entré dans les détails avec le commissaire en charge de l'affaire, mais n'avait rien signalé du comportement curieux de Minty dans le métro, sur le chemin de la maison, concernant ses hallucinations et le fait qu'elle parlait toute seule. Après tout, ainsi qu'il l'avait souligné plus tard à Sonovia, elle était une amie, et l'on ne se répandait pas en commérages sur une amie derrière son dos. On ne disait pas, par exemple, qu'elle avait trop bu.

Lors de leur première visite, Minty était au travail. Sonovia leur avait répété maintes et maintes fois qu'elle serait à son travail, mais ils étaient quand même passés. N'obtenant pas de réponse, ils se rendirent à la maison d'à côté, et Gertrude Pierce vint leur ouvrir. Dès qu'ils se furent présentés et qu'ils lui eurent signifié le motif de leur visite, elle appela son frère.

«Dickie, il y a une femme qui a été assassinée au bout de la rue.»

M. Kroot fit son apparition, clopin-clopant, s'appuyant sur deux cannes. Son visage déjà pâle était comme privé de couleurs. Il dut s'asseoir. Gertrude Pierce lui donna un remède à inhaler et un autre à avaler, pour son angine de poitrine, et les fonctionnaires de police se demandèrent s'il n'allait pas tomber raide mort devant eux. Mais au bout d'une minute ou deux, il reprit quelques forces.

«Vous voulez faire passer cette femme qui habite la porte à côté dans la chambre des aveux spontanés, avec passage à tabac, hein, commença-t-il d'une voix tremblante. Un drôle de numéro. Elle et sa tantine, elles ne m'ont pas adressé un mot depuis vingt ans.

— C'est vrai, Dickie, renchérit sa sœur. Moi, je n'aurais pas été surprise qu'elle m'assassine.»

Jims avait pris un taxi jusqu'à Park Lane. Là, il se mit en quête d'un prestigieux agent immobilier du West End, auquel il remit les clefs de l'appartement d'Abbey Gardens Mansions et de Fredington Crucis House, en lui demandant de vendre les deux propriétés. Son assistant parlementaire allait se charger de tout. Il partait à l'étranger pour une durée indéterminée.

Cette idée, en guise de projet d'avenir, lui était

venue sur un coup de tête. En fait, il n'avait pas de projets, et ne se projetait guère au-delà du présent immédiat. Il flâna dans Hyde Park Corner et décida de retourner à Westminster, car il avait lu que c'étaient dans les habitudes des parlementaires habitant le nord de Londres, en marchant sur les pelouses. Autrefois, on pouvait effectuer tout le trajet depuis Bayswater, en coupant par Hyde Park, Green Park et St. James' Park, sans presque jamais poser le pied sur un trottoir ou sur le macadam. Désormais, ce n'était plus tout à fait possible, mais, depuis le palais, il réussit quand même à ne marcher que sur du gazon et sous les arbres et, après avoir traversé deux larges avenues, il pénétra de nouveau dans un paradis de feuillage et de fraîcheur. Personne ne le reconnut, personne ne le dévisagea. Il songea à ne plus jamais avoir à poser les yeux sur Zillah. Il songea aux très grosses sommes d'argent qu'il allait accumuler suite à la vente de ses deux biens immobiliers, de l'ordre de trois millions de livres. Jims n'était pas dans le besoin, il avait beaucoup d'argent, mais il n'était pas déplaisant de savoir que cette somme était là, et qu'il allait s'en ajouter encore davantage.

Au bout d'un petit moment, il s'engagea sur le pont qui enjambe le lac et, marquant une halte au milieu, il regarda vers Buckingham Palace, sur sa droite, jusqu'à Whitehall, le bâtiment du régiment des Horse Guards et le Foreign Office sur sa gauche. Depuis les cent cinquante dernières années, tout cela n'avait pas beaucoup changé, mis à part l'ajout de la grande roue du London Eye, brillante et argentée, avec tous ses rayons et toutes ses nacelles semblables à de grosses perles de verre. La lumière du soleil scintillait sur l'eau, les saules pleureurs dessinaient des ombres denses et sombres, des cygnes glissaient sous le pont et les pélicans se regroupaient sur l'île. Mais l'idée de partir commençait à faire son chemin. Oui, il allait partir pour l'étranger. Il ne rentrerait peut-être pas avant des années. Combien de temps s'écoulerait-il avant qu'il ne revoie ce spectacle ?

Reprenant sa marche, il se remémora une histoire qu'il avait entendu raconter au sujet d'un chambellan d'une cour orientale qui, lâchant par inadvertance quelques gaz en présence du potentat, fut tellement saisi de honte qu'aussitôt il s'enfuit et sillonna le globe pendant sept ans. Toutefois, Jims ne se sentait pas le moins du monde honteux, il avait simplement envie d'éviter la controverse, les récriminations, les enquêtes, la spéculation et la nécessité de se défendre. « "Il faut", disait la reine Élisabeth, première du nom, n'est pas une formule faite pour les princes. » Eh bien, « pourquoi », « expliquer » et « se justifier » n'étaient pas des mots faits pour lui. Il s'en irait dès ce soir. Naturellement, il devrait confier sa voiture aux bons soins de son assistant parlementaire pour qu'il la laisse dans un garage ou qu'il la vende. Il n'avait pas envie de s'en encombrer. Il en allait de même pour ses vêtements. Il lui vint à l'idée que, s'il portait à nouveau un costume un jour, ce serait purement pour le plaisir d'admirer son allure dans le miroir. Mais en réalité, il préférait que ce soit un autre qui admire son allure.

Le Maroc, songea-t-il, c'est là-bas qu'il avait toujours eu envie d'aller, mais, pour une raison qui lui échappait, l'occasion ne s'était jamais présentée. La Nouvelle-Orléans, Santiago, Oslo, Apia – autant d'endroits qu'il n'avait encore jamais visités. La politique l'avait asservi, avait exigé de lui un travail sans relâche, lui avait dérobé tout son temps. À présent, c'était fini. Lorsqu'il pénétra dans Great College Street depuis l'extrémité nord, Big Ben sonnait cinq heures. Jamais auparavant, il n'avait remarqué à quel point la sonnerie de ses carillons était sonore et profonde, à quel point elle était intimidante, inhospitalière. Le concierge qui s'était chargé de leurs commissions se tenait debout derrière son bureau.

« Mme Melcombe-Smith est-elle déjà de retour ? »

Il jugea que c'était une manière habile de formuler la chose.

Le concierge lui répondit qu'elle venait à peine de ressortir. Pour emmener « Master Jordan » à un rendez-vous dans Harley Street, croyait-il. Soulagé, Jims le remercia. Existait-il un seul autre endroit au monde où l'on se référerait à un enfant de trois ans en ces termes, si ce n'est dans ce petit coin d'Angleterre, à Londres, dans Westminster, aux environs du Parlement ? Quel dommage, vraiment. Il appréciait les manières féodales, et bientôt il abandonnerait derrière lui ces vestiges-là aussi.

Pas tout à fait convaincu, il entra dans l'appartement d'un pas prudent et, s'apercevant qu'il était effectivement désert, ainsi qu'il l'espérait, il fourra le strict nécessaire dans un baise-en-ville, ainsi que son passeport. L'agent immobilier lui avait promis une estimation des lieux d'ici cet après-midi. Son garage, qui détenait les clefs de sa voiture, viendrait chercher le véhicule à peu près à la même heure. Ils pourraient toujours s'en charger, il serait absent. Tranquillement, il descendit par l'escalier et sortit dans la rue à hauteur de l'entrée du parking. Là, il héla un taxi et demanda à un chauffeur enchanté de le conduire à Heathrow. Il embarquerait à bord du premier vol en partance pour un endroit qu'il n'aurait encore jamais visité.

Assis à l'arrière du taxi, tous ses soucis, sa véritable angoisse devant ses espoirs compromis et son ambition ruinée, disparurent comme fumée au vent. De prime abord, il fut incapable de définir la source de cette soudaine vague de bonheur et puis, tout à coup, il eut une illumination. Cela s'appelait la liberté.

Il était six heures et quart, Minty sortait juste de son bain, quand la police se présenta de nouveau chez elle. Les policiers se laissent favorablement impressionner par la propreté, l'ordre et la respectabilité, à peu près aussi facilement que la moyenne des individus. Dans l'esprit de quasiment tout le monde, le crime est associé à la saleté, aux couche-tard et aux lève-tard, à une existence dépourvue d'obligations quotidiennes, aux poux dans les cheveux, aux drogues de toutes sortes, aux canalisations bouchées et aux odeurs non identifiables – sans oublier les tenues vestimentaires bizarres, les coiffures punks, le piercing, le goût excessif pour le cuir, les bottes et les ongles vernis de toute couleur autre que le rose ou le rouge.

Minty sentait le savon et le shampooing à la lavande. Ses cheveux fins et souples, de la couleur duveteuse du pollen de pissenlit et fraîchement lavés, avaient l'air ébouriffés. Le bain n'avait pas effacé le maquillage de son visage, puisqu'elle ne se maquillait jamais. Elle était vêtue d'un pantalon en coton bleu ciel et d'un T-shirt rayé bleu clair et blanc. La maison n'était pas moins propre que sa propriétaire, et les portes-fenêtres étaient ouvertes sur un jardin impeccable, et proche de la stérilité totale.

Les policiers, le même tandem qui s'était rendu chez ses voisins d'à côté, ne se laissèrent pas influencer par les divagations d'un vieil homme paranoïaque. Ils estimèrent que Minty n'avait rien à cacher et constatèrent que répondre aux questions auxquelles on la soumettait ne lui posait aucun problème. Elle leur parut manifestement innocente, et elle l'était, car Tantine et Mme Lewis étaient les seules vieilles femmes du quartier auxquelles elle s'intéressait. Apparemment, l'une de ces deux femmes avait disparu, et quant à l'autre, elle s'en était débarrassée elle-même. Le nom d'Eileen Dring ne lui disait rien, mais quand on lui demanda si elle se rappelait l'avoir vue sur son banc près du parterre de fleurs, juste avant une heure du matin, dans la nuit de samedi à dimanche, elle hocha la tête et répondit oui, car Laf l'avait prévenue la veille que Sonovia et lui feraient la même réponse, oui, ils l'avaient vue, et elle, Minty, était en leur compagnie. En fait, elle était incapable de se souvenir au juste de ce qu'elle avait vu à cet instant précis, elle était tellement en colère, et en même temps elle se sentait si déterminée, maintenant qu'elle tenait enfin cette Mme Lewis. Mais si Laf avait déclaré que cette Eileen Quelque chose était là-bas, alors c'est que, sans aucun doute, elle y était.

« Et ensuite, vous avez dit bonsoir à vos amis, vous êtes rentrée chez vous, et peut-être vous êtes-vous directement mise au lit ?

— C'est exact. J'ai fermé à clef et je suis allée me coucher. »

Elle n'allait pas leur révéler que, aussitôt ressortie,

elle avait repéré Mme Lewis et lui avait réglé son compte une bonne fois pour toutes.

« Avez-vous… ne serait-ce que regardé par votre fenêtre ?

— J'imagine, oui. En général, je regarde.

— Et avez-vous vu quelqu'un dans la rue ?

— Pas dans la rue, non. »

Chez sa voisine d'en face, celle qui était originaire d'Iran, celle qui portait un vêtement noir qui la recouvrait entièrement, toutes les lumières étaient encore allumées.

« Ces gens-là ne se couchent jamais.

— Merci, Mme Knox. Je pense que ce sera tout. À moins que vous ne songiez à un autre élément qu'il nous serait utile de connaître. »

Elle ne voyait pas, mais elle ajouta tout de même un mot au sujet de ce meurtre vraiment sadique, et les gens qui l'avaient commis devraient être condamnés à mort. Elle était tout à fait pour le rétablissement de la pendaison, précisa-t-elle. Et ce fut tout. Il ne servait à rien de leur parler de Mme Lewis, ils ne la croiraient pas, ils seraient comme Laf et Sonovia. Apparemment, ils étaient satisfaits, car ils ne tardèrent pas à prendre congé.

Après être rentrée chez elle, cette nuit-là, elle avait commencé, avant toute chose, par nettoyer le couteau, en se lavant les mains simultanément. Bien sûr, ensuite, elle s'était plongée dans un bain, mais elle en aurait pris un quelle que soit l'heure de son retour. Le couteau la préoccupait encore. Il était rangé dans le tiroir, mais elle ne parvenait pas à se le sortir de la tête, elle n'avait pas arrêté d'y penser de toute la journée, tout en repassant ces chemises. Elle se le figurait contaminant les autres couteaux du tiroir.

Elle avait eu beau le récurer au détergent et au désinfectant – toute la maison sentait l'odeur du produit, elle en avait utilisé une quantité industrielle –, cela ne changeait rien. Il fallait qu'elle le sorte de la maison. Les poubelles de Harrow Road étaient de nouveau pleines, elle avait remarqué ça en rentrant chez elle, et l'idée de l'emporter jusque sur Western Avenue ou carrément jusqu'à Ladbroke Grove lui soulevait le cœur. Elle se souvenait que, la dernière fois, elle avait dû porter ce couteau sale sur elle, tout contre sa peau. En fait, ce qui l'obnubilait à présent, c'était non seulement qu'elle n'en voulait pas près d'elle, mais qu'elle refusait de le garder ici, où que ce soit dans sa maison, et à plus forte raison dans son tiroir aux couteaux propres. Elle voulait l'expédier à des kilomètres d'ici. Mais supporterait-elle de le garder contre elle sur des kilomètres ?

Il faudrait bien. Comme disait toujours Tantine, le monde n'est pas un endroit très vivable, mais il n'y en a pas d'autre. En un sens, elle était plutôt désolée que Tantine ne soit plus là. Ça lui allait très bien de l'avoir dans les parages, sans Mme Lewis. Elle lui tenait compagnie. Peut-être qu'elle reviendrait, un jour. Minty ouvrit le tiroir aux couteaux et elle en sortit l'arme fatale. Elle y avait tant pensé, et voilà que maintenant il était là, si grand, si menaçant et si pesant dans sa conscience que, comme Macbeth, elle s'imagina voir des « gouttes de sang » sur la lame et du sang séché dans les fissures, à l'endroit où la lame se rattachait au manche. Du jus de fantôme, voilà ce que c'était, et pas du vrai sang. Cela ne pouvait pas être du vrai sang, elle l'avait récuré trop soigneusement, mais tout se passait comme si ses yeux ignoraient tout ce que ses mains avaient commis. Avec un petit cri de dégoût, elle le laissa tomber par terre. Cela ne fit qu'envenimer les choses, car elle dut le ramasser, puis nettoyer le sol à l'endroit où il était resté quelques secondes. Il allait falloir relaver tout le contenu de ce tiroir, et le tiroir lui-même, évidemment. Elle avait l'impression que cela n'en finissait pas, et d'avance, elle était déjà lasse.

Elle enveloppa le couteau dans du papier journal, le glissa dans un sac plastique et le sangla autour de sa jambe. Sans aucune idée de l'endroit où elle se rendait, elle sortit de la maison et remonta la rue jusqu'à Harrow Road. C'était une belle soirée ensoleillée, et il y avait beaucoup de gens alentour. Mais personne à proximité du banc près du parterre, tendu d'un de ces cordons bleu et blanc qui servent à délimiter le lieu du crime. Minty, qui n'avait jamais rien vu de tel auparavant, supposa que cela devait avoir un rapport avec la municipalité, qui se chargeait de l'entretien du parterre et de le débarrasser de tous ces papiers gras répugnants, de ces peaux de poisson frit et de ces emballages de barres de chocolat. Il était grand temps. Les gens vivaient comme des porcs.

Un bus 18 arriva, et elle monta dedans. Au carrefour d'Edgware Road, elle descendit et changea pour le numéro 6, qui la conduisit à Marble Arch, puis pour un numéro 12. À Westminster, bien qu'elle n'eût aucune idée de l'endroit où elle se trouvait, elle aperçut le scintillement du soleil sur le fleuve. Elle choisit cette direction. La circulation était dense et la foule énorme. La plupart de ces gens étaient jeunes, beaucoup plus jeunes qu'elle. Ils déferlaient le long des trottoirs, mais mollement, ils prenaient des photos des grands édifices, s'arrêtaient pour contempler la vue par-dessus le parapet du pont. Au premier coup d'œil sur cette eau en contrebas, elle avait songé à lancer le couteau dans la Tamise, mais maintenant qu'elle était tout près, elle s'aperçut que ce serait très compliqué. Et puis, c'était peut-être interdit. Quand elle s'imaginait enfreignant la loi, Minty se sentait toujours sous la menace de deux catastrophes. La première, c'était la perte de son emploi, et la seconde, une perte d'argent. Et puis, dernièrement, elle avait tout à fait pris conscience de ce que les gens lui trouvaient un air étrange. Ils la dévisageaient comme si elle était anormale. Laf et Sonovia l'avaient regardée de cette manière quand elle avait adressé la parole à Mme Lewis, dans le métro. Bien sûr qu'ils étaient incapables de voir Mme Lewis, elle le savait bien. Ils n'avaient déjà pas été capables de voir Jock. C'était un fait bien connu que certaines personnes étaient incapables de voir les fantômes. Mais ce n'était pas une raison pour traiter la personne qui les voyait comme si elle était folle. Si elle s'engageait sur ce pont et jetait dans l'eau un paquet oblong de forme curieuse, c'est exactement ce que penseraient les spectateurs de la scène, qu'elle était bizarre, folle, malade.

Elle s'éloigna en direction de l'ouest, là où la foule clairsemée se réduisait à un couple qui entrait dans l'Atrium et à un autre qui attendait sur les marches de Millbank Tower. Ce n'était pas le moment de se perdre. Elle ne devait pas s'écarter d'un itinéraire de bus. À Lambeth Bridge, elle tourna dans Horseferry Road. La circulation était dense, mais les trottoirs étaient déserts. Se sachant complètement seule, sans rien ni personne pour la surveiller, si ce n'est cette poubelle de rue, Minty y lâcha le couteau et s'approcha rapidement de l'arrêt de bus.

Ce soir-là, pendant que Minty arpentait Westminster, la police de Kensal Green avait surpris deux jeunes garçons qui escaladaient une fenêtre pour pénétrer dans une boutique désaffectée. Jadis, on y vendait des remèdes à base de cristaux et de fleurs et des substances utilisées dans les massages de la médecine ayurvédique, mais la clientèle n'avait jamais été très nombreuse, et la boutique avait fermé définitivement plus d'un an auparavant. La vitrine avait été condamnée par des planches, ainsi que la porte du fond. Cette porte ouvrait sur une petite cour ceinte par un mur assez élevé correspondant à l'arrière de la maison de la rue de derrière et par une structure temporaire en aggloméré et en tôle rouillée, avec deux portes récupérées dans une maison vouée à la démolition. Même si l'on accédait à cette cour uniquement grâce à une ruelle étroite barrée par une autre porte fermée à clef, elle était remplie de détritus, de boîtes et de bouteilles cassées, de journaux et de paquets de chips. On avait cloué une planche en travers de la porte du fond de la boutique, en diagonale, ainsi qu'une deuxième perpendiculairement, mais il restait une petite fenêtre qui n'était barrée par aucune planche, et dont la vitre avait été fracassée depuis belle lurette. Sur les douze occupants de l'immeuble de derrière, un seul occupant respectueux des lois avait entrevu les gamins qui grimpaient par cette fenêtre, et il avait téléphoné à la police.

C'étaient des enfants, âgés tous les deux de moins de dix ans. Quand les deux fonctionnaires de police les avaient surpris, ils étaient au premier étage, dans une petite pièce noire comme un trou, où ils avaient allumé une bougie et étendu sur le sol un châle au crochet de couleur vive. Il leur servait à la fois à s'asseoir et à se protéger du plancher rugueux et rempli d'échardes, et leur tenait lieu de nappe. Sur cette nappe, ils avaient disposé, en guise de pique-nique, une boîte de Fanta, deux boîtes de Coca, deux cheeseburgers, deux paquets de cigarettes, deux pommes et une boîte de chocolats belges. Si dehors il faisait chaud, à l'intérieur, il faisait froid, et le plus jeune des deux garçons s'était entouré le cou d'une écharpe en laine. Aucun des deux officiers de police ne reconnut ces gamins, mais l'un des deux se souvenait qu'une longue écharpe rouge manquait dans le cabas retrouvé à côté de la femme assassinée. C'était tellement un trait distinctif de la tenue vestimentaire hivernale habituelle d'Eileen Dring que beaucoup de gens l'identifiaient grâce à cette écharpe. Ils sortirent les garçons de la maison et les ramenèrent à leurs domiciles respectifs.

Au début, aucun des deux ne voulut révéler où il habitait. La difficulté, c'était que la police n'était pas habilitée à interroger des enfants de moins de seize ans, sauf en présence d'un parent ou d'un tuteur légal. Par la suite, après force coups de coude et de pied de son camarade, l'un des deux leur indiqua son nom et son adresse, et ensuite, plutôt méfiant, le nom et l'adresse de l'autre. La maison de Kieran Goodall était une maison réhabilitée bénévolement par une association qui aidait aussi ses occupants, à College Park, et Dillon Bennett, quant à lui, habitait un appartement dans un lotissement d'immeubles de la municipalité, sur les rives de Grand Union Canal. Quand ils atteignirent la rue à l'intersection de Scrubbs Lane et de Harrow Road, il n'y avait personne à la maison, mais Kieran, âgé de presque neuf ans, possédait une clef. L'endroit était crasseux, en désordre et meublé de cageots et de cartons d'épicerie, de deux vieux fauteuils en cuir et d'une table de bridge. L'appartement sentait la marijuana et les mégots de deux joints, longs d'un centimètre, encore percés de leurs épingles, étaient restés dans une soucoupe. La femme fonctionnaire de police resta avec Kieran, pendant que son collègue téléphonait pour demander du renfort, avant de conduire ensuite Dillon chez lui.

À son arrivée à Kensal Green, deux autres officiers de police du service des homicides l'attendaient. La mère de Dillon était là, avec son petit ami, un adolescent, sa fille de quatorze ans, deux autres hommes qui devaient avoir la vingtaine et un enfant de peut-être dix-huit mois. Tout le monde, sauf le bébé, buvait du gin alterné avec un petit coup de bière pour faire descendre, et les hommes jouaient aux cartes. Mme Bennett était assez prise de boisson, mais elle accepta d'accompagner Dillon et les fonctionnaires dans la chambre qu'il partageait – quand il dormait là – avec sa sœur, le bébé et un frère, âgé de treize ans, qui était sorti.

Dillon qui, dans la voiture, n'avait pas prononcé un mot et avait laissé à Kieran le soin de faire la conversation, répondit aux premières questions qu'on lui posa par « J'sais pas » et « J'me souviens pas ». Mais quand on lui demanda ce que Kieran et lui avaient fait du couteau, il hurla, suffisamment fort pour que tout le monde sursaute, qu'il l'avait jeté dans une bouche d'égout.

Entre-temps, à College Park, les renforts étaient arrivés. Ils attendaient là-bas, avec la fonctionnaire de police et Kieran. Ils n'étaient donc pas en mesure de lui parler, et il ne leur dit rien non plus. Dans ce silence, ils s'interrogeaient. Était-il possible que ces deux enfants aient tué Eileen Dring pour un châle, une écharpe, une cannette de soda et 140 livres ?

C'était l'anniversaire de Laf, et toute la famille était réunie à Syringa Road. Julianna était là, son semestre universitaire venait de s'achever, et Corinne était venue avec son nouveau petit ami. Daniel et Lauren avaient amené leur fille, Sorrel, et ils apportaient aussi une bonne nouvelle : Lauren était enceinte. Le plus jeune fils des Wilson, Florian, le musicien, passerait un peu après le dîner.

La question qui, pour eux, n'était pas dénuée d'importance, consistait à savoir s'il fallait ou non inviter Minty. Eu égard aux horaires de travail de chacun, la petite fête devait se tenir en soirée. Minty serait chez elle.

« Je croyais que c'était censé concerner la famille *stricto sensu*, avait fait observer Sonovia.

— Je considère que Minty fait partie de la famille.

— Si je ne te connaissais pas comme si je t'avais fait, Lafcadio Wilson, je croirais quelquefois que tu t'es entiché d'elle. »

Laf en fut choqué. Cet homme au code moral strict était horrifié par tout ce qui aurait pu toucher de près ou de loin à l'adultère. Son plus grand cauchemar serait (après une mort prématurée) qu'un de ses enfants divorce. Mais c'était encore un peu tôt, lui répétait invariablement Sonovia, sachant que, pour l'heure, seul un de leurs enfants s'était marié.

« Ne sois pas scabreuse, lui avait-il répliqué sévèrement. Tu sais à quel point je déteste ce genre de conversation. »

Sonovia comprenait toujours quand elle était allée trop loin. Elle lui avait répondu, quelque peu vexée.

« C'est ton anniversaire. Tu fais comme tu veux. Tu aimerais peut-être avoir Gertrude Pierce, aussi. »

Ne daignant pas relever, Laf s'était rendu chez leur voisine Minty porter le journal et l'inviter à sa fête d'anniversaire.

Elle réagit à sa manière habituelle, sans enthousiasme, sans le remercier.

« Très bien.

— Ce sera juste avec la famille, mais nous te considérons comme un membre de la famille, Minty. »

Elle hocha la tête. Elle acceptait ce genre d'invitations, songea-t-il, comme si c'était son dû. Mais elle lui proposa une tasse de thé et le genre de biscuit qui lui fit venir à l'esprit l'adjectif « propre », un biscuit si pâle, si mince et sec. Assez semblable à Minty elle-même, en fait. Par le passé, cela l'avait préoccupé qu'elle paraisse voir des choses qui n'existaient pas et s'adresse à des gens invisibles. Pour l'heure, elle était calme, comme une personne normale. Et quand elle se présenta pour leur petite soirée, elle était pareille, saluant tout le monde d'un « bonsoir » joyeux, se servant, certes non sans précaution, au buffet plantureux de Sonovia, et quand Florian était arrivé, une heure plus tôt que prévu, elle l'avait salué d'un « Pour moi, tu es comme un inconnu. Cela fait si longtemps que je ne t'ai pas revu ».

La conversation tourna autour du meurtre d'Eileen Dring. Laf s'y attendait, et il avait espéré l'éviter. Il refusa d'y prendre part, et il estimait que ses enfants auraient dû s'abstenir de spéculer sur une rumeur qui désignait pour principaux suspects un couple de West Hampstead, et une autre qui attribuerait la responsabilité de ce meurtre à deux jeunes gamins. Il détourna Daniel du sujet en revenant sur le problème qu'il avait soulevé précédemment avec Sonovia, plusieurs semaines auparavant. Il n'avait pour ainsi dire pas cessé d'y réfléchir depuis lors, sans pour autant parvenir à la moindre conclusion.

« Supposons que tu aies tué quelqu'un sans savoir que c'était mal agir ? Je veux dire, suppose que tu aies eu l'illusion que ce quelqu'un n'était pas celui qu'il était vraiment, mais… bon, Hitler, ou Pol Pot, un individu de ce genre, et que tu l'aies tué. Est-ce que ce serait mal ou non ?

— Qu'est-ce qui t'a amené à te demander ça, papa ? »

Pourquoi vos enfants, surtout lorsqu'ils sont mieux éduqués que vous-même, vous posent-ils invariablement cette question dès que l'on ose formuler une réflexion sortant de l'ordinaire ? Pourquoi s'attendent-ils toujours à ce que leurs parents se comportent comme des crétins sans cervelle ?

« Je n'en sais rien, reconnut-il. Dernièrement, j'y ai beaucoup réfléchi.

— Savait-il ce qu'il faisait, s'enquit Corinne, et si oui, savait-il que c'était mal agir ?

— Hein ? fit Laf.

— C'est une sorte de test auquel on soumet les prévenus.

— Mais est-ce que c'est mal ?

— De nos jours, pour examiner ce genre de cas, on s'en remettrait aux psychiatres. Et si le meurtrier ignorait ce qu'il faisait, on l'internerait quelque part

485

dans un hôpital pour les fous criminels. J'aurais cru que tu savais ça, papa. Tu es fonctionnaire de police. »

Exaspéré, Laf s'emporta.

« Mais je le sais. Je ne te demande pas s'il a commis un crime. Le crime, je connais. Je te demande si ce qu'il a fait est mal. Ce que l'on avait coutume d'appeler un péché. Mal au plan moral. »

Sa fille cadette, attirée par ce sujet plus intéressant que la conversation sur les bombes d'amidon dans laquelle sa mère s'était lancée avec Minty, écoutait ces propos. Il se tourna vers elle.

« Tu étudies la philosophie à l'université, Julianna. Tu dois connaître la réponse. Est-ce que ce serait mal ?

— Ce n'est pas de la philosophie, papa. C'est de l'éthique.

— D'accord, mais est-ce que ce serait mal ? Est-ce que ce serait un péché ? »

Julianna semblait gênée par ce mot.

« Le péché, je n'y connais rien. Tu dois bien savoir que si tu as commis un acte qui va contre ton code moral, c'est mal. Je veux dire, un Aztèque qui sacrifiait un enfant pour complaire à son dieu devait considérer qu'il agissait bien, parce que cela devait être en accord avec son code moral, mais le conquistador catholique, lui, devait estimer que c'était mal parce que cet acte allait à l'encontre du sien.

— Donc, le mal absolu, ça n'existe pas ? Cela dépend uniquement de l'endroit et de l'époque où tu vis ?

— Enfin, la question serait aussi, dirais-je, de savoir si tu souffres ou non de schizophrénie », ajouta Daniel.

Ce fut à la surprise générale que Minty prit la parole.

« Le meurtre, c'est mal, intervint-elle d'une voix forte. C'est toujours mal. C'est priver quelqu'un de la vie. On ne peut pas sortir de là.

— S'il y a un sujet sinistre à aborder dans une fête d'anniversaire, s'écria Sonovia, c'est bien celui-là. Laf, pour l'amour de Dieu, ouvre une autre bouteille de vin. »

Elle était près de la fenêtre, où elle s'était rendue quand tout le monde avait fait cercle autour de son mari et de son problème d'éthique.

« Minty, s'exclama-t-elle. Regarde-moi ça. Il y a une ambulance, à côté. Ce doit être pour M. Kroot. »

Même si l'on était au milieu de l'été, dehors, il faisait maintenant très sombre et il pleuvait, mais ils se pressèrent tous à la fenêtre pour voir les ambulanciers sortir, pas en portant une civière, mais en poussant une chaise roulante dans laquelle était assis le vieil homme, une couverture sur les genoux, et une autre sur la tête.

« Crise cardiaque ou infarctus, décréta Sonovia. Choisissez. C'est l'un ou l'autre. »

Julianna revenait avec des verres de vin pleins quand on sonna à la porte. Sur le seuil, l'ambulancier tendit une clef à Sonovia.

« Il a demandé si vous voudriez bien nourrir son chat, l'informa-t-il. Il y a des boîtes, dans le placard.

— Qu'est-ce qu'il a eu ?

— Je ne saurais dire. Il va falloir qu'il subisse des examens. »

Lianne, la mère de Kieran Goodall, rentra finalement chez elle, à minuit. Bien que personne ne lui ait reproché son absence de son domicile, elle considérait manifestement que la meilleure forme de défense, c'était l'attaque. Premièrement, elle déclara aux fonctionnaires de police qu'elle n'était pas la mère de Kieran, mais sa belle-mère, et qu'elle ne saurait donc être tenue pour responsable de son comportement. Sa mère avait disparu depuis des années et le père, qui avait épousé Lianne, était parti lui aussi. Elle et lui, sans rien réclamer l'un de l'autre, vivaient ici depuis cinq ans. Peut-être qu'elle était sa tutrice, personne ne lui avait attribué ce titre, c'était venu comme ça. Après avoir demandé « Qu'est-ce qu'il a fait ? », elle n'avait pas attendu de réponse, mais s'était lancée dans une tirade contre les services sociaux qui, affirmait-elle, avaient été trop contents de le lui « balancer » sans même essayer de retrouver ses parents naturels. Informée de l'argent manquant dans le cabas d'Eileen Dring et du montant que l'on avait retrouvé sur Kieran et Dillon, elle riposta qu'on devrait empêcher les vieux dingos de se trimballer avec de grosses sommes sur eux. Pour les jeunes gosses, c'était une tentation. On interrogea Kieran sur le couteau. Il l'avait jeté dans une poubelle, prétendit-il, et il se mit à hurler de rire.

« Si tu m'as fauché un de mes couteaux, Kieran, lui lança sa belle-mère, je vais te foutre une de ces raclées. »

Arrivé à moins d'un kilomètre de Kensal Green, Dillon Bennett avait retiré son aveu concernant le couteau qu'il aurait balancé dans une bouche d'égout. Il n'avait jamais vu de couteau. À présent, assis dans un des fauteuils de cuir tout défoncés, serré contre sa sœur qui avait passé un bras autour de lui, il révéla à ceux qui l'interrogeaient qu'Eileen Dring était déjà morte quand Kieran et lui étaient tombés sur elle.

« Comment savais-tu qu'elle était morte, Dillon ?

— Elle avait du sang partout. Des baquets entiers. Elle était forcément morte. »

Sa tête retomba et il s'endormit.

30

Il paraissait vain à Michelle de répéter à Crimes de Sang que Matthew et elle savaient à peine où se situait le lieu du meurtre. Cette partie de Londres était pour eux un territoire inconnu. Comme tous les Londoniens, ils avaient entendu parler du cimetière, mais c'était tout.

« "Avant de monter au paradis, fit Matthew, citant le poème de Chesterton, en passant par Kensal Green." »

Ils le gratifièrent de sourires gênés, mais Michelle pensait qu'ils ne la croyaient pas. Un alibi ? Ils n'en avaient pas davantage pour ce meurtre que pour celui du cinéma. Comme toujours, ils ne pouvaient se fournir d'alibi que mutuellement, et à quoi cela leur servait-il ? Ils étaient dans leur lit, endormis.

Cette fois, à l'arrivée des policiers, Matthew revenait tout juste des studios, où il avait réalisé la première émission de sa prochaine série, et elle était dans la cuisine en train de hacher des feuilles de menthe pour confectionner sa sauce. Matthew avait progressé à pas de géants, à tel point que, s'il n'était bien sûr toujours pas question pour lui d'avaler un morceau de gigot, agrémenté naturellement de sa sauce à la menthe, il appréciait tout à fait d'en napper des pommes de terre et, la semaine dernière, il avait même dégusté un Yorkshire pudding miniature. Crimes de Sang fixa les yeux sur le couteau que Michelle tenait à la main, un grand ustensile, comme un fendoir de boucher, dont on aurait pu se servir pour tuer quelqu'un en lui tranchant la tête. Mais elle l'avait déjà reposé et l'avait recouvert, ainsi que sa préparation de menthe, d'un film alimentaire – justement comme si elle était coupable du crime dont ils semblaient la soupçonner.

Comme d'habitude, ces temps-ci, c'est tout juste si elle avait picoré dans le repas qu'elle avait cuisiné. En revanche, par rapport à ses habitudes, Matthew avait mangé de bon cœur ses patates nappées de sauce à la menthe, plusieurs tranches de poulet, avec une crème caramel pour finir. Six mois plus tôt, la seule vue de la crème caramel l'aurait fait vomir. Il lui parla de l'émission, expliquant que ce premier numéro était centré sur l'idée que retrouver un intérêt à la vie, gagner de l'argent et rencontrer des gens, pouvait exercer une influence bénéfique sur l'anorexie, en se citant lui-même en exemple. Michelle le regardait toujours avec ces mêmes yeux qu'elle avait posés sur le mince jeune homme dont elle était tombée amoureuse, mais même elle, après avoir consenti un gros effort pour le voir avec les yeux d'une étrangère, finissait par se rendre compte de la grande différence d'apparence intervenue chez lui depuis l'an dernier. Cette question de l'image qu'une femme pouvait se créer des autres et d'elle-même l'intéressait. Elle avait compris désormais qu'elle s'était toujours vue grosse, dans l'enfance, dans l'adolescence, tout au long de ces années où elle avait conservé une taille normale, et aujourd'hui, après tout l'excédent de poids qu'elle avait perdu, elle gardait cette perception d'elle-même. Et Matthew, lui, se voyait-il toujours comme un être décharné ?

Elle se rendit au premier et monta sur la balance. L'écran affiche une perte de poids si importante que toute personne en ignorant la raison aurait eu de quoi s'en effrayer. Descendant de la balance, elle se regarda dans le miroir et tenta de s'appliquer le test, en s'observant avec les « yeux d'une étrangère ». Elle y parvint, dans une certaine mesure, et, l'espace d'une minute ou deux, c'est la femme de vingt ans qui lui rendit son regard, une femme qui n'avait qu'un seul menton, pourvue d'une taille et d'un ventre qui, s'il n'était certes pas plat, ne lui donnait plus l'air d'en être à son septième mois de grossesse. Dès qu'elle se fut détournée du miroir, la grosse dame fut de retour. Mais quelle importance ? De quel poids cela pesait-il, en regard de leur situation de suspects dans deux affaires de meurtre ?

Matthew était en train de laver la vaisselle. Ou plutôt, il en était à l'essuyer. La femme du miroir, même si Michelle ne lui accordait plus vraiment foi depuis que son reflet avait disparu, lui avait tout de même apporté le genre d'estime de soi qu'elle n'avait plus connue depuis longtemps. Physiquement, elle tremblait quand elle s'aperçut de la nature de ce sentiment : une confiance en soi toute sexuelle. Elle s'approcha de Matthew, dans son dos, vint l'enlacer et poser sa joue contre sa nuque. Il se retourna, avec le sourire. Voilà des années qu'il n'avait plus eu cette expression bien particulière. Il la prit dans ses bras et l'embrassa comme il l'avait embrassée dès leur deuxième rencontre et, avec un frémissement de joie et de douleur,

492

elle comprit que, après toutes ces années de terreur, il lui faisait de nouveau la cour.

Jims avait tout organisé, depuis la lettre de son avocat exigeant que Zillah quitte Abbey Gardens Mansions d'ici la fin de la semaine jusqu'à la camionnette de déménagement qui arriva sur les lieux à huit heures précises le vendredi matin. Une autre lettre, cette fois de Jims lui-même, et formulée dans les termes les plus froids qui soient, l'informait qu'elle pouvait garder sa voiture. Il paierait l'opération de Jordan dans une clinique privée de Shaston. Sir Ronald Grasmere, au nom de leur vieille amitié, l'autoriserait à s'installer à Willow Cottage sans même attendre l'achèvement de la transaction. Il avait déjà signé le contrat.

Un homme, qui se présenta comme l'assistant de Jims (il semblait en avoir des quantités), vint étiqueter chaque pièce de mobilier à l'intérieur de l'appartement, soit avec la mention «Au garde-meubles», soit avec l'indication «Long Fredington». Zillah elle-même devait admettre que Jims l'avait traitée élégamment. À présent, elle s'était résignée à voir s'envoler ses rêves de célébrité à la télévision et de vie mondaine, les garden-parties à Buckingham Palace, le paddock de la famille royale à Ascot et les croisières sur le yacht d'un pair du royaume. C'était fini, et le moment critique était arrivé. Mais cette fois, les choses seraient différentes. Son optimisme naturel reprenait le dessus. Elle gardait la voiture. Elle conservait une vaste garde-robe de vêtements neufs. Willow Cottage n'était plus loué à ce châtelain pervers, il lui appartenait.

En entrant avec les enfants, elle découvrit l'endroit

en meilleur état encore qu'elle ne se l'était imaginé. Toute la maison était moquettée et tendue de rideaux, dans la salle de bains et la cuisine, tout était refait à neuf, avec robinets dorés et vasques en marbre, placards encastrés dans toutes les pièces, une énorme télévision et un magnétoscope. C'est presque avec enthousiasme qu'elle disposa les meubles et fit les lits. Elle décrocha le téléphone tout neuf et appela sa mère.

Eugenie inspecta l'endroit sans entrain.

« J'aimais mieux comme c'était avant.

— Eh bien, pas moi, fit Zillah.

— Veux voir Titus. (Sous antalgiques, Jordan avait l'air un peu hébété, mais il avait cessé de pleurer.) Veux Titus et Rosalba et papa. »

Les regards de Zilla et Eugenie se croisèrent, comme si elles avaient eu toutes deux le même âge.

« Peut-être qu'Annie va amener Titus et Rosalba un peu plus tard. »

Plus tard, ce ne fut pas Annie qui passa, mais quelqu'un d'autre. À huit heures du soir, il tapota à la porte de derrière, alors que Zillah venait de coucher Jordan. Elle n'avait aucune idée de l'identité de cet homme très grand, plutôt bien de sa personne, la cinquantaine, et elle le dévisagea, avec un sourire embarrassé.

« Ronald Grasmere. Un camarade de ce vieux Jims. Je vis là-haut, dans la grande demeure. »

Zillah se présenta sous son seul prénom. Ces temps-ci, elle ne conservait plus qu'une vague notion de son véritable nom de famille.

« Sir Ronald, entrez, je vous en prie.

— Appelez-moi Ronnie. Comme tout le monde. Je vous ai apporté quelques fraises du verger, et nos dernières asperges. Elles ne sont plus ce qu'elles étaient il y a encore un mois, mais je pense qu'elles valent encore la peine d'être mangées. »

C'était donc lui, son croquemitaine, le propriétaire du taudis, le pressureur des pauvres gens, la bête fasciste, ainsi que Jerry avait coutume d'appeler les gens de son espèce, du temps où ils étaient étudiants. Les fraises qu'il lui avait apportées étaient pourpres, luisantes, humides de rosée et fermes, assez différentes de celles que l'on vendait dans les rayons des boutiques de Westminster. Eugenie fit son apparition en robe de chambre.

« Il n'y a rien à boire, s'excusa Zillah. Je pourrais vous servir une tasse de thé. »

Sir Ronald éclata de rire.

« Là, ma chère, je crois que vous faites erreur. Jetez donc un coup d'œil au contenu de ce placard. »

Du gin, du whisky, de la vodka, du sherry, plusieurs bouteilles de vin. Zillah en resta interloquée.

« Ne me regardez pas comme ça. Je n'y suis pour rien. C'est ce bon vieux Jims qui a veillé à tout ceci quand il est venu, l'autre jour. Maintenant, que pensez-vous de ce petit nid ? Pas mal, n'est-ce pas, sans me vanter. »

La lettre de sollicitation qui parvint à Fiona, dans sa boîte, en même temps qu'un prospectus pour un restaurant de West End Lane et que son relevé mensuel de carte American Express, émanait d'une femme dont elle n'avait jamais entendu parler, une certaine Linda Davies. Dès qu'elle eut compris de quoi il retournait, elle eut un mouvement de recul, froissa la lettre et faillit la jeter. Ensuite, elle se souvint d'une résolution qu'elle avait prise la première fois qu'elle avait lu un article dans le journal relatant le passé de Jeff. Lentement, et non sans une certaine répugnance, elle récupéra la lettre, en lissa les plis, et la lut jusqu'au bout.

Linda faisait partie de ces femmes avec qui Jeff avait vécu et qu'il avait utilisées. «Chassées comme des proies», c'était l'expression qu'elle employait. Elle écrivait qu'elle avait contracté un prêt hypothécaire gagé sur son appartement de Muswell Hill, dans le but de créer une entreprise avec lui. Ensuite, la lettre se transformait en récit, relatant une succession de désastres : Linda Davies avait perdu son emploi, elle s'était débattue pour rembourser son prêt hypothécaire devenu impossible à solder, et elle avait souffert d'un syndrome de fatigue chronique. Elle avait appris l'existence de Fiona par le journal, découvert qu'elle vivait avec Jeff au moment de sa mort, qu'elle avait connu la réussite professionnelle, avec une certaine aisance matérielle. Elle lui demandait simplement un millier de livres, afin de solder ses dettes et de lui permettre de prendre un nouveau départ.

Cette lecture rendit Fiona physiquement malade. Il semblait ne pas y avoir de fin à la perfidie de Jeff. Combien d'autres femmes avait-il abusées ? La police était-elle au courant ? L'une de ces femmes aurait pu être coupable de son assassinat. Tout au long de l'enquête, elle n'avait jamais réellement réfléchi à celui qui pouvait avoir tué Jeff. Peu lui importait. Si elle y avait songé, elle se serait vaguement arrêtée sur un individu appartenant plus ou moins à la pègre. À présent, elle envisageait la possibilité qu'il s'agisse d'une de ces femmes.

Mais quand était survenu ce deuxième meurtre, une vieille femme assassinée suivant la même méthode, elle avait changé d'avis. Le criminel devait connaître les deux victimes. Et qui aurait mieux répondu à cette définition qu'une femme issue de son passé ? Qui y aurait mieux correspondu qu'elle-même ? Dès qu'elle fut parvenue à cette conclusion, elle téléphona à Mister Crimes de Sang, avant de lui laisser l'occasion de suivre ce même raisonnement. Mais elle ne mentionna pas Linda Davies.

Désormais, la police avait écarté l'idée que Kieran Goodall et Dillon Bennett puissent être les meurtriers d'Eileen Dring. Mais ils n'en demeuraient pas moins deux témoins utiles. Si leurs élucubrations sur la manière dont ils se seraient débarrassés du couteau avaient varié et changé d'heure en heure, en revanche, concernant l'heure à laquelle ils s'étaient présentés sur le lieu du crime et ce qu'ils y avaient vu, leurs récits respectifs concordaient dans les moindres détails. Ils étaient arrivés à une heure trente du matin, dimanche, et tous deux avaient retenu l'heure parce que Dillon portait sa nouvelle montre. Cette montre constituait un autre motif de conjectures, qu'on laissa provisoirement de côté en raison des faits plus graves qu'il convenait de traiter pour le moment. C'était une montre volée, cela allait sans dire, même si la belle-mère de Dillon jura la lui avoir offerte pour son anniversaire le mois dernier. Quelle que soit sa provenance, elle indiquait alors très exactement une heure trente. Les deux garçons l'avaient consultée. À force de regarder des cassettes vidéo, ils avaient appris l'importance de relever l'heure sur les lieux d'un crime, car ils savaient qu'il y avait eu crime – mais cela ne les avait guère effrayés. Autre élément intéressant – et non moins atterrant –, ni l'un ni l'autre ne trouvait rien d'extraordinaire au fait de traîner dehors dans les rues au beau milieu de la nuit. Le vagabondage nocturne, ils avaient l'habitude. Ils dormaient la moitié de la journée et, en général, manquaient l'école.

Kieran et Dillon avaient relevé la tête d'Eileen Dring, remarqué qu'elle était encore chaude au toucher, et pas encore raide, lui avaient retiré son cabas, l'avaient vidé sur le trottoir et s'étaient servis. Cet argent était une aubaine pour le moins inattendue. Ils avaient pris le tout, sauf le cardigan d'Eileen, qui ne leur aurait servi à rien, et emporté leur butin jusqu'à la boutique abandonnée, où ils avaient installé un refuge qu'ils avaient baptisé le «camp». S'ils avaient croisé quelqu'un dans la rue aux petites heures de la nuit, cela leur avait échappé, ou alors ils n'en firent pas part. La police en avait terminé avec eux. Leur cas relevait maintenant des services sociaux.

Les deux officiers de police étaient assis dans le salon de Fiona, ils écoutaient l'histoire de ses rencontres avec Eileen Dring, année après année. Fiona comprit, mais trop tard, l'erreur qu'elle venait de commettre en leur révélant une information qui serait restée hors de leur portée. Peu à peu, ces deux policiers semblaient se résoudre à l'idée qu'ils tenaient là un suspect de première importance, une femme qui avait vécu avec l'une des deux victimes, et qui avait été l'amie et la bienfaitrice de l'autre.

«Vous voulez dire qu'elle dormait quelquefois dans votre jardin?

— Non, mais parfois, je lui proposais de se servir de mon appentis. Sauf que je me sentais extrêmement embêtée. J'estimais que j'aurais pu l'inviter à venir à l'intérieur, à dormir dans la maison, et je lui en ai fait part. Mais elle m'a répondu qu'elle disposait d'une chambre à elle quelque part, si elle en avait eu envie. Dormir sous un toit ne lui convenait pas, et elle refusait aussi de dormir dans mon appentis.

— Pourquoi avez-vous fait ces propositions, mademoiselle Harrington ?

— J'imagine que je devais me sentir désolée pour elle.

— Lui avez-vous remis de l'argent ?

— Elle n'était pas une mendiante.

— Admettons, mais a-t-elle jamais essayé d'obtenir de l'argent de votre part ? »

Laissaient-ils entendre qu'Eileen Dring l'aurait fait chanter ? Fiona se sentit prise dans un traquenard qu'elle s'était fabriqué elle-même. Elle se souvint de divers épisodes de générosité chevaleresque, un peu de monnaie par-ci, un billet de 5 livres par là, et de l'indignation de Jeff.

« Jeff m'avait priée de ne plus rien lui donner, mais il m'arrivait de céder, de temps à autre. Si je tombais sur elle quelque part – je veux dire, par exemple près d'un fleuriste –, il m'arrivait de lui remettre encore un peu d'argent. Elle m'avait beaucoup parlé d'elle. Ses enfants étaient morts dans un incendie. On l'avait tirée de là, mais on n'avait pas réussi à sauver ses enfants. Cela lui avait chamboulé la tête, je crois. Depuis lors, elle était assez étrange. »

À en juger par l'expression de leurs visages, elle vit bien que ces faits leur étaient déjà connus. Ils lui demandèrent si elle était en mesure de rendre compte de ses faits et gestes dans la nuit de samedi, mais elle dut se contenter de leur répondre qu'elle était dans son lit, et qu'elle dormait. Avec la mort de Jeff, leur précisa-t-elle, sortir tard le soir, se rendre dans des soirées, tout cela, pour elle, c'était terminé. Ils lui suggérèrent d'appeler la banque et de prévenir de son absence, car ils souhaitaient qu'elle les accompagne au commissariat. Elle était trop horrifiée pour discuter, trop épouvantée pour exiger une explication. Pendant plusieurs heures d'affilée, elle resta assise sur une chaise, dans une salle d'interrogatoire, à répondre à un chapelet de questions tout en réfléchissant bien au moyen de prouver qu'elle était chez elle dans la nuit de samedi.

Finalement, la réponse – ou une réponse – lui vint. Elle n'avait pas bien dormi. Depuis la mort de Jeff, elle ne dormait plus jamais bien, et son accoutumance croissante aux somnifères la perturbait. Nuit après nuit, elle essayait de trouver le sommeil sans en prendre aucun, mais presque invariablement, elle cédait. Et c'était donc ce samedi, un peu au-delà de minuit, environ une heure après, croyait-elle, qu'elle s'était levée, s'était rendue à la fenêtre et, en marchant sur le parquet, avait entendu une porte se fermer dans la maison d'à côté. On n'entendait jamais rien d'autre, une porte qui se fermait, ou encore une lampe que l'on allumait ou que l'on éteignait. Et quand elle avait tiré les rideaux, elle avait justement vu la lumière s'éteindre dans la chambre de Michelle et Matthew. Cette lampe projetait un rectangle lumineux sur la pelouse devant leur façade, un rectangle lumineux qui s'était brusquement effacé, avait-elle précisé à Crimes de Sang.

Et elle vit aussitôt qu'ils doutaient de sa parole.

« Nous verrons si nous sommes à même d'obtenir d'autres voisins qu'ils corroborent vos propos. »

Vous et ces Jarvey, vous seriez tirés d'affaire, voilà ce qu'ils se disaient, et cela ne lui échappa pas. Elle croisa les doigts, les mains jointes, comme en prière. Si elle avait pu effacer le mal qu'elle avait causé à Michelle et Matthew, cela la rendrait aussi heureuse que si elle parvenait à se disculper.

Une fois qu'ils l'eurent relâchée, elle rendit visite à ses voisins, ce qui suscita en elle une nouvelle vague de culpabilité injustifiée. Elle sentait que la police devait la surveiller. Par exemple, qui était ce garçon de l'autre côté de la rue ? Il ne semblait guère âgé de plus de dix-huit ans, mais il en avait probablement vingt-cinq. Il était assis sur un muret d'un jardin, apparemment en train de lire le *Standard*. Fiona pensa qu'il pouvait s'agir d'un policier envoyé pour surveiller son domicile et ses faits et gestes. Elle regardait dans sa direction, à la dérobée, par-dessus son épaule, lorsque Michelle lui ouvrit sa porte. Le jeune homme allait en conclure que les Jarvey et elle ourdissaient ensemble une espèce de conspiration.

Quand Michelle entendit le récit que Fiona lui fit de sa journée, elle ne put s'empêcher de ressentir une bouffée d'exultation à l'idée que sa voisine, qui leur avait causé tous ces ennuis, à Matthew et elle, se trouvait à présent confrontée au même péril qu'eux. Mais tout en le pensant, elle se reprocha sa mesquinerie. C'était tellement à l'opposé de ce qu'elle éprouvait encore à l'égard de Fiona quelques mois plus tôt. Michelle prit le bras de sa voisine et l'embrassa sur la joue, histoire d'arranger les choses, qui ne s'arrangeaient tout de même guère. Matthew ouvrit une bouteille de vin et Fiona but le sien avec avidité.

« Je suis certaine qu'un policier est chargé de nous surveiller. »

Michelle s'approcha de la fenêtre, remarquant au passage avec quelle facilité elle se levait de ses coussins moelleux, et la légèreté de sa démarche.

« Ce n'est pas un policier, la rassura-t-elle. C'est le neveu de la femme qui habite là. Il n'a pas la clef, et il attend qu'elle rentre chez elle.

— Vous ne croyez tout de même pas que j'aurais pu causer du mal à Jeff ou à Eileen, n'est-ce pas ? »

Michelle ne répondit pas. Ce fut Matthew, toujours aussi courageux et toujours le premier à exprimer ses pensées, qui intervint.

« Toi, tu as cru que nous aurions pu. »

Fiona ne releva pas. Elle s'approcha de la fenêtre, resta debout près de Michelle et regarda dehors, dans la rue. Subitement, elle se retourna.

« J'ai reçu une lettre de sollicitation. De la part d'une femme que Jeff... à qui il a soutiré de l'argent. (Michelle lui posa doucement la main sur l'épaule.) Oh, j'ai compris qui était Jeff. J'ai appris beaucoup de choses, depuis sa mort. Elle veut 1 000 livres.

— Tu ne vas pas les lui donner, j'espère, s'écria Matthew. Tu n'es tout de même pas responsable d'elle.

— Si, je vais les lui envoyer. Je viens de me décider, à la minute. Je peux me le permettre. Je ne vais même pas remarquer la différence. »

31

Au mois de juillet, Mill Lane présentait un aspect très différent de ce qu'il était en décembre. À moins que ce ne fût Zillah qui avait changé, car en ce moment il y faisait froid, et c'était le genre de journée où un anticyclone pouvait aussi bien sécréter une brume froide que laisser briller un chaud soleil. Elle rentrait d'Old Mill House, où elle avait déposé Eugenie et Jordan qui jouaient maintenant sur la nouvelle cage à poules de Titus, pendant qu'elle faisait un saut au supermarché. D'ici quatre jours, Jordan devait entrer à l'hôpital pour son opération, mais, ces derniers temps, il pleurait seulement quand il tombait. Zillah portait le nouveau tailleur-pantalon en lin écru qu'elle s'était acheté dans une boutique de Toneborough et, même si elle n'avait pas tout à fait assez chaud, elle n'ignorait pas qu'il fallait souffrir pour être belle.

Marchant avec précaution, surveillant où elle posait ses pieds sur les pierres plates du gué afin de ne pas mouiller ses sandales à fines brides, elle leva les yeux et aperçut Ronald Grasmere qui arrivait dans l'allée, accompagné d'un énorme chien, qui avait l'air d'une descente de lit ou d'une carpette de cheminée toute noire et douée de mouvement. L'espace d'un instant, elle crut le molosse sur le point de lui bondir dessus et, plus grave encore, sur son tailleur. Ronnie tenait un fusil.

«Couché», ordonna-t-il d'une voix tranquille, mais impérieuse.

Immédiatement, l'animal obtempéra, les pattes de devant posées bien droites devant lui, la tête haute. Zillah fut impressionnée, et elle le lui dit.

«Aucun intérêt d'avoir un chien si c'est lui le maître.»

Elle approuva de la tête. Jamais auparavant elle n'avait entendu de voix aussi affectée, aussi typique d'un ancien élève d'Eton.

«Et où vous rendez-vous comme cela, ma charmante demoiselle?»

Résistant à son impulsion de lui répondre qu'elle allait traire les vaches, Zillah lui dit la vérité.

«Ma parole, êtes-vous tenue de faire vos courses vous-mêmes? Mais c'est très fâcheux.

— En l'occurrence, comme presque tout le monde, non?»

En guise de réponse, il partit d'un chaleureux éclat de rire.

«Dites-moi, chassez-vous?»

La présence de ce fusil replié au creux de son bras ne lui avait certes pas échappé – «cassé», c'était bien l'expression des chasseurs?

«Non, jamais. (Sentant que c'était le genre de propos qu'il appréciait d'entendre de la bouche d'une femme, elle ne s'en tint pas là.) J'aurais peur, ajouta-t-elle.

— Pas vous. Je vous apprendrai.

— Ah oui, vraiment?

— Écoutez, il faut que j'emmène cette grande

bête faire sa promenade, et je dois donc vous quitter, hélas. Mais pourquoi ne venez-vous pas dîner avec moi, un de ces soirs ? Ce soir ?

— Ce soir, cela me sera impossible. »

Elle aurait pu, mais il n'était jamais mauvais de se faire désirer.

« Demain, alors ?

— Ce serait sympathique. »

Demain, c'était son vingt-huitième anniversaire.

Ronnie proposa de venir la chercher à sept heures. Ils sortiraient dans un petit endroit plaisant et sans prétention, situé à la sortie de Southerton, le Peverel Grange. Zillah le connaissait de réputation comme la meilleure table du South Wessex. En regagnant Willow Cottage à pied, elle se sentait comme jamais depuis des mois. Annie allait probablement accepter de lui garder les enfants, ou alors, elle trouverait quelqu'un d'autre.

Aucun des voisins de Holmdale Road n'avait été en mesure de confirmer le récit de Fiona. En bons Londoniens, ils suivaient assez peu ce qui se passait dans les maisons situées à côté ou en face de la leur. Leurs exigences, en matière de voisinage, se bornaient à ce qu'on ne mette pas de musique la nuit, à ce qu'on sache tenir les enfants et garder les chiens chez soi. Seul un couple connaissait le nom des Jarvey. En revanche, ils en savaient tous davantage concernant Fiona, une notoriété qu'elle devait à sa liaison avec cet homme qu'on avait assassiné. Mais où se trouvait-elle dans la nuit de samedi, à la maison ou dehors, personne n'en savait rien. En revanche, sur le chapitre des voitures, ils s'étaient montrés plus véhéments.

Mister Crimes de Sang et Miss Délit ne s'occupaient absolument pas de véhicules, en dehors de ceux qu'ils conduisaient eux-mêmes, et se désintéressaient complètement du comportement des usagers des deux gares, qui encombraient les rues de West Hampstead en y garant les leurs. Quand la municipalité de Camden allait-elle introduire le stationnement résidentiel, telle était la question posée par quatre propriétaires de la rue sur cinq. Crimes de Sang n'en savait rien, et il s'en moquait. Dans leur recherche d'un indice sur l'endroit où les Jarvey et Fiona Harrington avaient passé cette soirée-là, ils n'étaient pas plus avancés qu'au début.

Les journaux commençaient à se demander quand le Tueur du cinéma allait frapper à nouveau. Si les deux victimes n'avaient pas été des personnages aussi différents l'un de l'autre, par exemple s'il s'était agi de deux jeunes femmes, cela leur aurait facilité la tâche. Dans cette hypothèse, les articles qui paraissaient auraient pu prévenir leurs lecteurs qu'aucune jeune fille n'était plus en sécurité dans les rues de Londres. Mais qu'y avait-il de commun entre un homme jeune, fringant, à la position sociale confortable, et une vagabonde âgée, mis à part le fait que ni l'un ni l'autre n'avait d'argent ou ne possédait de bien immobilier ? Tout ce qu'ils savaient, c'était que ce tueur n'agissait absolument pas de façon rationnelle, mais sans aucun plan d'action et, apparemment, sans prendre pour cible aucune catégorie particulière de victimes. Ni des politiciens, ni des partisans de la vivisection, ni des prostituées, ni des vieilles femmes fortunées, ni des capitalistes, ni des anarchistes. Quel avantage le tueur en retirait-il ? Aucun profit financier, aucune satisfaction sexuelle, aucune sécurité, aucune liberté retrouvée vis-à-vis de quelconques menaces. Les journaux finirent par évoquer ce meurtrier comme le tueur « sans but », auteur de meurtres « gratuits ».

Les voisins de Holmdale Road connaissaient juste assez Michelle et Matthew pour leur dire « bonjour » ou « salut » (selon leur âge) et, pour eux, Fiona demeurait la femme qui avait perdu son fiancé dans des circonstances tout à fait épouvantables. S'entendre poser des questions au sujet des faits et gestes de ces gens, la nuit du meurtre d'Eileen Dring, modifia leur attitude envers ce couple, plus aussi inoffensif que cela, et envers cette jeune femme, plus tout à fait si irréprochable.

Il n'y eut aucune campagne d'ostracisme concertée et pas de rejet spectaculaire. Mais la femme dont Fiona avait soupçonné le neveu d'être un inspecteur se mit à détourner la tête quand elle passait devant elle, et l'homme qui habitait la maison d'à côté, et qui avait toujours relevé le nez de son désherbage pour lui commenter le temps, gardait maintenant la tête baissée. Le graffiti en rouge qui était apparu sur les piliers du portail de Fiona n'avait peut-être aucun rapport avec ces meurtres, il relevait sans doute de la plus pure coïncidence, mais, si c'était le cas, le sens de l'à-propos du graffiteur qui avait bombé *Tuez, Tuez* sur le stuc ne lui avait pas échappé.

Quand on sonna à sa porte un samedi matin, vers dix heures, Fiona crut la police de retour, une fois de plus. Elle se sentait l'envie de leur demander de l'arrêter et qu'on en finisse. Elle avait atteint ce seuil où elle commençait à comprendre comment les gens finissaient par se prêter à de faux aveux de meurtre pour qu'on les laisse tranquilles et obtenir qu'on leur fiche la paix. Elle ouvrit la porte à une femme d'à peu près son âge. Ce n'était pas Miss Délit, mais une personne d'une taille, d'un âge et dans une tenue similaires. Un autre officier de police judiciaire ?

« Bonjour, fit la femme. Je m'appelle Natalie Reckman. Je suis une journaliste indépendante. »

Fiona lui répliqua sur un ton il est vrai assez grossier de sa part.

« Qu'est-ce que vous voulez ?

— Eh bien, ils ont salement cochonné vos piliers de portail, hein ?

— Ce sont des crétins sans cervelle. Je ne veux pas prendre ça comme une attaque personnelle.

— Ah non ? Puis-je entrer ? Je ne souhaite pas vous entretenir du meurtre de Jeff ou de qui a fait quoi à qui. J'ai été sa maîtresse, moi aussi.

— Quand cela ? »

Fiona avait la bouche sèche. Elle se sentit parcourue d'un frisson de terreur.

« Oh, très longtemps avant vous. Ne vous inquiétez pas. Une femme de Kensal Green s'est intercalée entre vous et moi. »

Fiona avait besoin de savoir. Elle ne put résister.

« Entrez. »

Natalie avait eu beau laisser en suspens le thème des femmes dans la vie de Jeff Leach, elle avait été incapable de l'enfouir dans un coin de sa tête, en dépit de ses espoirs. Il n'arrêtait pas de refaire surface. Et un matin, en se réveillant après un rêve dans lequel elle pourchassait un Jims Melcombe-Smith disparu au Guatemala, le nom de la femme qui l'avait précédée lui était revenu à l'esprit. Il était là, absolument clair et distinct, comme si sa mémoire ne l'avait jamais égaré : Nell Johnson-Fleet, et elle travaillait au sein d'une organisation caritative, Victimes du crime international, ou VICI. Naturellement, les Johnson-Fleet n'étaient pas légion, et Natalie ne tarda pas à dénicher son adresse et son numéro de téléphone dans l'annuaire.

Quelque chose lui soufflait peut-être qu'il était temps de s'atteler à cette histoire. Elle fit l'effort de se remémorer cette dernière conversation qu'elle avait eue avec Jeff. C'était chez Christopher's, à Covent Garden, et quand elle lui avait demandé qui avait pris sa succession, il lui avait fait cette réponse. « Un drôle de petit être qui habitait en face du cimetière de Kensal Green. Je ne crois pas que je vais te dire son nom. Je l'appelais Polo… » Connaissant Jeff comme elle le connaissait, et en possession de cette information quelque peu limitée, avait-elle une chance de retrouver cette femme ? Pour commencer, il n'avait probablement pas indiqué par là qu'elle habitait juste en face du cimetière, mais de l'autre côté de Harrow Road, dans une des rues situées derrière. Natalie sortit son atlas des rues de Londres et l'ouvrit à la page cinquante-six. Cet *hinterland* était quadrillé par un véritable maillage de petites rues. Au lieu d'en dresser la liste, elle photocopia la page de l'atlas. Pour 200 livres, on pouvait s'acheter un logiciel de connexion sur Internet qui vous fournissait les noms, les adresses et un dossier sur tous les citoyens du Royaume-Uni. En tout cas, elle l'avait lu dans un quelconque magazine du cyberespace. Mais en quoi cela l'aiderait-il ? Elle se dit qu'elle préférait encore le bon vieux registre électoral.

Pourquoi fallait-il qu'il appelle cette femme Polo ? Il avait cette manie un peu particulière des Polo, en l'espace de deux jours il en mâchait un paquet, et donc cette femme devait avoir quelque chose de commun avec ces bonbons. Non sans incongruité, elle se souvint de la cérémonie funéraire de Jeff, de la couronne d'œillets blancs de fleuriste envoyée par son père et par une dénommée Beryl. Cette couronne ressemblait précisément à un Polo géant, avec son orifice central. *Mint*, raccroche-toi à ça, *mint*, se répétait-elle, tout en consultant la liste électorale de l'arrondissement de Brent.

Une femme nommée Minton était peut-être la personne qu'elle recherchait. Aurait-on pu vous appeler « Peppermint », chère madame ? Elle consulta le registre page après page. Les personnes en droit de voter sont consignées dans les registres électoraux par rue, et pas par nom. Si elle était mineure, aliénée mentale ou pairesse du royaume, elle n'y figurerait pas, mais enfin, elle n'aurait quand même pas moins de dix-huit ans, non ? Jeff n'avait certes jamais été attiré par les très jeunes filles. Si elle n'était pas citoyenne britannique, elle n'y figurerait pas non plus. Natalie prit sérieusement en considération cette éventualité, tout en laissant courir son index le long des colonnes. Quantité d'immigrés s'installaient dans ce quartier, et beaucoup attendaient leur naturalisation. Quand il avait brièvement évoqué cette « Polo », l'endroit où elle habitait et le fait qu'il lui devait de l'argent, il aurait sûrement mentionné qu'elle était asiatique, africaine ou originaire d'Europe de l'Est, si c'était le cas.

Elle était partie de très loin, quasiment de la rocade circulaire nord, la limite de l'arrondissement, et maintenant sa recherche la rapprochait de Harrow Road et du cimetière. Après Syringa Road, il ne restait plus que Lilac Road, et ensuite elle allait devoir admettre que cette piste avait échoué. Son doigt s'arrêta dans la marge gauche. Ici, au numéro 39, il y avait quelque chose. *Knox, Araminta K.* Personne d'autre dans la maison, apparemment. Rien que cette femme célibataire.

« Minta », c'est probablement ainsi qu'elle se faisait appeler. Un vrai cadeau pour Jeff, qui aurait immédiatement pensé à ses Polo. Elle l'entendait d'ici : « Je vais vous appeler Polo. » Polo, Polo, quel numéro, queue-de-pie, pie voleuse, tout à trac, c'est bien, Polo. Elle vivait seule, et elle était donc très probablement propriétaire de sa maison. Natalie se souvenait que Jeff avait tenté de lui faire contracter à elle aussi un second prêt hypothécaire gagé sur son appartement, histoire de lancer une quelconque affaire pour laquelle il s'était enthousiasmé. À l'époque, elle le connaissait déjà suffisamment bien pour avoir acquis la certitude qu'il n'entreprendrait jamais rien, mais dépenserait cet argent en misant sur des chevaux, ou avec d'autres femmes. Était-ce là ce qui l'avait conduit à devoir 1 000 livres à cette Polo ? Parce qu'il l'avait poussée à contracter un prêt hypothécaire gagé sur sa maison ?

C'était un peu tiré par les cheveux, mais qui sait. Une femme vivant dans un quartier de ce genre, à Syringa Road, n'était assurément pas très aisée. Elle était sans doute loin de pouvoir se permettre de perdre une somme pareille.

« Je ne veux pas entendre parler de ça, lui avait dit Fiona, qui regrettait d'avoir convié cette femme, cette Reckman, à entrer chez elle, et elle était bien déterminée à ne pas mentionner Linda Davies.

— Eh bien, ce n'est pas très plaisant pour moi non

plus. J'aimais Jeff, moi aussi. Mais je savais à qui j'avais affaire. »

Comme une enfant à qui l'on raconte des histoires qui font peur, Fiona s'était bouché les oreilles. D'ordinaire ni timide ni farouche, elle trouvait cette femme intraitable. L'ennui, c'était que, même avec les mains plaquées sur les oreilles, elle l'entendait encore.

« Il s'agissait de 1 000 livres. Il me l'a avoué. Et, je suis certaine que vous ne l'ignorez pas, il a déjeuné avec moi, le jour où il a été tué. Je suis persuadée que cette Araminta Knox ne pouvait pas se permettre de perdre cette somme. Pas en habitant dans une petite rue secondaire, pratiquement dans Harlesden, un quartier pareil. Vous a-t-il soutiré de l'argent ?

— Nous allions nous marier !

— Ah ça, ma chère, j'en doute. Il était marié à Zillah Melcombe-Smith, alias Watling, alias Leach. Je vous signale, en toute franchise, que tant qu'il vivait avec moi, j'ai réglé toutes les factures et je l'ai laissé se servir de ma voiture. Et en plus, je lui remettais de l'argent de poche. Il appelait ça des prêts, mais je ne me suis jamais bercée de ce genre d'illusions. Je suppose qu'il en allait de même avec vous. Puis-je vous demander quand on devait célébrer votre mariage, au juste ?

— En août, lui avait répondu Fiona, et puis cela ne vous regarde pas. J'aimerais que vous partiez, je vous en prie. »

Natalie était tout à fait disposée à s'exécuter. Elle avait emmagasiné beaucoup d'informations : l'ameublement de cette maison, les tapis et les tableaux, les vêtements de Fiona et son allure générale, et quantité d'aveux sur ses sentiments à l'égard de Jeff.

« Vous devriez vous sentir gratifiée, lui lâcha-t-elle en guise de flèche du Parthe. Il a probablement dû quitter cette Araminta rien que pour vous, vous savez.

— Pour mon argent », répliqua Fiona avec amertume, mais ensuite, elle le regretta.

Une fois Natalie partie, elle fondit en larmes. Depuis la mort de Jeff, ses illusions, ainsi que cette femme les avait appelées, lui avaient été peu à peu arrachées. Il ne lui resterait bientôt plus rien que son amour tout nu, si meurtri et si couturé de cicatrices soit-il. Au bout d'un moment, elle se sécha les yeux, se rinça le visage et chercha Araminta Knox dans l'annuaire. Il y avait quelqu'un du nom de Knox au 39, Syringa Road, NW10. Qu'est-ce qui fait de nous des êtres aussi inquisiteurs, au point que, même dans le désespoir et le chagrin, la curiosité nous pousse en quête de réponses qui rouvrent et creusent de vieilles blessures ?

Elle se rendit chez ses voisins et, en sortant, passa évidemment devant cet outrage infligé à ses piliers de portail. Son arrivée sans cérémonie par la porte de derrière était désormais un rituel bien révolu, et pour toujours, elle en était convaincue. Elle en était donc revenue à devoir sonner à la porte. Elles s'embrassaient toujours, Michelle et elle, mais sans que leurs lèvres et leurs joues ne se touchent vraiment.

« En réalité, je suis venue vous inviter à venir boire un verre avec moi. J'ai quelque chose à vous dire. Venez, je vous en prie. »

Voilà bien longtemps qu'ils n'avaient plus accepté. Pas depuis qu'elle avait glissé cette sottise à la police, comme une idiote et une ignorante qu'elle était, concernant leur prétendue aversion pour Jeff. Michelle hésita. Peut-être y avait-il quelque chose dans l'expression du visage de Fiona, un air suppliant, des larmes à peine sèches, qui les poussa à accepter.

«Très bien. Juste une demi-heure.»

La première chose que Michelle remarqua en entrant dans le salon de Fiona, ce fut un changement sur le manteau de la cheminée. Une urne en albâtre et en argent, un objet d'apparence coûteuse, avait rejoint la pendule et les chandeliers. Elle ne commenta pas. Fiona avait mis du champagne à rafraîchir dans un seau à glace.

«Avons-nous quelque chose à fêter? s'enquit Michelle.

— Rien. Quand on se sent vraiment déprimée, on multiplie les appels à la rescousse, non?»

Matthew extirpa le bouchon avec adresse, sans renverser une goutte. Fiona leva son verre.

«Je voudrais vous demander un conseil», reprit-elle.

Elle leur raconta ce qu'elle savait d'Araminta Knox.

«As-tu parlé d'elle à la police? Leur as-tu parlé de cette femme qui t'a envoyé une lettre de sollicitation?»

Fiona dévisagea Matthew d'un air surpris.

«Pourquoi leur en aurais-je parlé?

— C'est une autre suspecte, non? Une autre cible qu'ils pourraient persécuter à notre place.

— J'ai fait ce que je vous avais dit que je ferais avec Linda Davies. Je lui ai envoyé de l'argent. Et du coup, je me suis sentie mieux, un peu mieux.»

Michelle baissa les yeux sur le verre qu'elle tenait à la main, regarda les bulles s'envoler.

« Tu lui as envoyé 1 000 livres ? s'enquit-elle. Tu lui as envoyé un chèque ?

— Je me suis dit qu'elle n'avait peut-être pas de compte en banque, alors je lui ai envoyé la somme en billets, des billets de 50 livres, sous enveloppe matelassée. Et j'ai estimé que je… enfin, que je réparais les torts commis par Jeff. Je voulais commencer par là. Maintenant, voyez-vous, j'ai compris à qui j'avais affaire. Je sais qu'il chassait les femmes comme des proies… (Elle venait d'employer l'expression de Linda Davies, et sa voix s'éleva dans l'aigu.)… et puis il n'avait aucun scrupule. Des femmes riches, des pauvres, pour lui, cela importait peu, pourvu qu'elles l'entretiennent et qu'elles lui offrent un toit bien à elles où se mettre à l'abri. Pour moi, grâce à sa mort, je l'aurai échappé belle, n'est-ce pas ?

— Oh, Fiona, je suis tellement désolée…

— Peut-être avais-je là un mobile pour le tuer. Qu'en pensez-vous ? Un moyen de lui échapper, parce que je n'avais pas le courage de le fuir autrement. L'ennui, c'est que je l'aime encore, tout autant qu'à l'époque où je le croyais honnête et loyal. »

Après leur départ, Fiona resta un long moment assise à fixer du regard cette urne sur le manteau de la cheminée. Elle avait envisagé de disperser les cendres de Jeff quelque part dans les environs, pourquoi pas à Fortune Green, mais ces toutes dernières révélations sur sa vie l'avaient fait changer d'avis. L'urne lui avait coûté une petite fortune, ce qui ne manquait pas d'être tout à fait plaisant, vraiment, si l'on était d'humeur à s'en amuser. Elle la souleva du manteau de la cheminée et, en rampant à quatre pattes, la rangea dans le fond du placard tout noir, sous l'escalier.

32

Jock parti et sa mère disparue, Minty reprit davantage confiance. Rentrer chez elle cessait peu à peu de confiner au supplice. Quand elle montait à l'étage ou prenait un bain, elle ne craignait plus de voir Tantine et Mme Lewis sur le seuil de sa chambre. L'absence de Tantine se prolongeait maintenant depuis longtemps. Elle ne l'avait plus revue depuis le mois de juin – ou bien était-ce en mai ?

À l'exemple d'un membre de tribu se gagnant la faveur du dieu, elle allait fidèlement déposer des fleurs sur sa tombe, même si, depuis qu'elle avait confondu l'original avec l'autre, elle était devenue beaucoup plus libre quant à la destination finale de ces offrandes. N'importe quelle tombe décorée d'un ange jouant d'un instrument de musique faisait l'affaire. Les morts étaient partout, pouvaient se rendre partout et, maintenant que Tantine avait quitté la maison, Minty ne doutait pas qu'elle baguenaudait de dernière demeure en dernière demeure. Elle veillait tout de même à choisir une sépulture de femme. Tantine, qui nourrissait tant d'aversion pour le mariage, n'irait jamais s'allonger à proximité des ossements d'un homme.

Tant qu'elle respecterait cet usage d'apporter des

fleurs toutes les semaines, des renoncules et des zinnias, des œillets et maintenant des chrysanthèmes, elle savait que Tantine en concevrait de l'apaisement. C'est avec un petit frémissement que Minty se rappelait parfois son indignation devant certains de ses manquements passés, en particulier à cet égard. Plus jamais. Une vie libérée des fantômes serait une existence paisible.

Le temps était devenu chaud, étouffant. Parfois, un épais brouillard de fumée et d'émissions diverses flottait sur Harrow Road. Tout lui paraissait plus sale et plus odorant qu'en hiver, et prendre deux bains par jour constituait pour Minty une obligation régulière. Quatorze mois s'étaient écoulés depuis sa rencontre avec Jock, et neuf depuis sa mort. N'ayant guère songé à lui depuis longtemps, elle avait conscience qu'il était de nouveau entré dans ses pensées, et elle se demandait ce qu'il en serait s'il vivait encore. Aurait-elle été heureuse ? Serait-elle tombée enceinte, comme cela arriverait sans doute à Josephine ? Quelquefois, cela lui causait un choc quand elle se rendait compte qu'elle serait aussi devenue Mme Lewis. Tous les bains qu'elle prenait lui rappelaient qu'il avait emporté ses économies et, une fois mort, il avait laissé sa mère en hériter. Qu'était devenu cet argent, à présent ? L'installation d'une douche était plus compromise que jamais, et maintenant, elle finissait par regretter de ne pas avoir utilisé cette somme à cette fin, car ainsi il ne lui serait rien resté pour Jock.

Ensuite, par une chaude matinée qui promettait encore une chaude journée, alors qu'elle avait pris son bain et s'habillait pour partir au travail, elle avait entendu sa voix. Elle l'avait entendu chanter pour elle, de l'autre côté du mur de sa chambre. Cette fois, ce n'était pas «Just Walk on By», mais «Tea for Two».

«*Tea for two, two for tea...*»

Elle avait été trop effrayée pour proférer le moindre bruit. Puis ce vers de chanson se répéta, suivi de celui d'après, et il éclata de rire ; alors seulement elle réussit à lui chuchoter.

«Va-t'en, va-t'en.»

Il parut s'apercevoir de ce qu'elle lui soufflait, car, au lieu de s'adresser encore à elle, il se mit à parler à d'autres personnes, également invisibles : un groupe d'amis anonymes, dont elle n'avait jamais entendu les voix qui se mêlaient, indistinctes, proférant un fatras de propos dépourvus de sens. Là-dessus, Jock intervint, leur proposant un Polo ou lançant l'une de ses étranges plaisanteries, d'un genre que Minty n'avait jamais entendu nulle part ailleurs. Si elle l'avait vu, elle aurait cru en mourir, mais elle ne le vit pas. Elle ne vit aucune de ces entités, et c'est une voix aisément reconnaissable qui répondit à Jock. Elle en eut la frayeur de sa vie. C'était la voix de sa mère.

Comme son fils, elle n'avait donc été bannie qu'un temps. Minty frissonna, toucha du bois, plus encore, elle l'agrippa, se tint fermement au bord d'une table, au cadre d'une porte. Elle aurait dû savoir que l'on ne se débarrasse pas si facilement des fantômes, on ne peut pas les poignarder et les tuer comme ces types des gangs qui tuent des gens bien réels. Cela ne se passait pas ainsi. Étaient-ils avec elle pour la vie, ces hommes et ces femmes qu'elle ne connaissait pas ? La famille de Jock ? Son ex-femme, ses parents ?

L'arrivée du courrier, le cliquetis de ferraille de la boîte aux lettres, le bruit sourd d'un pli tombant sur le paillasson et le fracas métallique du couvercle qui se rabattait, tout cela fit diversion. Une intrusion bienvenue qui l'attira au rez-de-chaussée, alors qu'elle était encore en train de se peigner les cheveux. Elle ne recevait jamais beaucoup de courrier. Ce qui lui parvenait, c'étaient essentiellement des factures et des publicités d'agents immobiliers qui voulaient lui vendre des maisons dans le quartier chic de St. John's Wood. Comme Tantine, quand arrivait une enveloppe sortant de l'ordinaire, elle consacrait un long moment à l'examiner, à étudier le cachet de la poste, à déchiffrer l'écriture manuscrite ou à froncer le sourcil devant les caractères d'imprimerie, avant de glisser le pouce sous le rabat et de l'ouvrir. Cette fois, il y avait les prospectus habituels, mais accompagnés d'un mystérieux paquet. C'était une épaisse enveloppe matelassée, marron, elle n'en avait jamais reçu de semblable, et son nom et son adresse étaient inscrits sur une étiquette blanche. L'expédition avait coûté plus cher que celle d'un courrier ordinaire au tarif rapide. Avec soin, elle fendit le rabat, et elle ouvrit.

À l'intérieur, il y avait de l'argent. Vingt billets de 50 livres, attachés par un élastique. Pas de lettre, pas de carte, rien d'autre. Mais elle savait de qui cela provenait : de Mme Lewis. Elle était morte, mais il devait y avoir encore quelqu'un sur terre qu'elle avait pu charger de faire ça pour elle, quelqu'un d'autre qu'elle hantait et à qui elle parlait. Peut-être Jock avait-il un frère ou une sœur. Il ne lui avait jamais dit le contraire. Minty décida que c'était cela, un frère qui avait hérité de l'argent laissé par Mme Lewis. Elle ne devait pas ignorer ce que Minty avait maintes fois répété au sujet de la restitution de son argent ; en fait, ils étaient retournés chez eux et, quand elle était apparue à son fils, elle lui avait demandé ce qu'elle devait faire.

Peut-être était-ce de cela qu'ils s'entretenaient tous, cette foule dont les voix anonymes jacassaient et chuchotaient dans la chambre. Rends-lui son argent, mère, disaient-elles, et elle avait eu beau argumenter, et peut-être que Jock avait discuté lui aussi, le frère et son épouse lui avaient soutenu que ce ne serait que justice de restituer cet argent. C'était la seule explication. Pas tout ce que Jock lui devait, non, seulement 1 000 livres. Minty entendait – elle s'imaginait l'avoir entendu, là, ce n'étaient plus des propos de fantômes – la vieille et méchante Mme Lewis insistant pour qu'on s'en tienne à une plus petite somme, et finissant par convaincre son fils.

Le vieux chat de M. Kroot dormait dans l'un des fauteuils de Sonovia. Comme d'habitude, il ne s'asseyait jamais dans la posture du Sphinx, comme le font presque tous les chats, mais il s'étalait, étiré et ramolli, et il avait l'air mort. Il fallait l'examiner de près pour voir se soulever puis se relâcher ses flancs si maigres, dans un mouvement infime.

« Il s'est installé à demeure, ma chèère. (Sonovia considérait le chat avec détachement.) Il s'est montré sur le seuil, et voilà. Je dois dire qu'il est plus commode de lui donner sa nourriture ici que d'aller à côté, dans cet endroit crasseux. Ooh, l'odeur dans cette cuisine, tu n'y croirais pas. Ce que pouvait bien fabriquer Gertrude Pierce tout le temps qu'elle était là, je n'en saurai jamais rien. Laf est allé visiter le vieux, tu sais. Il s'est rendu à l'hôpital, je veux dire. Je lui avais conseillé de ne pas y aller. Et eux, qu'est-ce qu'ils ont fait pour nous ? Voilà ce que je lui ai rappelé. Mais il tenait à y aller.

— Il faut laisser les morts enterrer les morts, intervint Laf, en grand conciliateur. Je veux dire, je ne sais pas de source sûre s'il a prononcé cette phrase en faisant allusion à son retour dans cette jungle. Ça m'a été répété par une tierce personne. On a très bien pu déformer la chose en cours de route. Il n'est pas au mieux, Minty. Je lui ai apporté une demi-bouteille de scotch, il n'est pas censé en boire, pas là-bas, mais tu aurais dû le voir. Il avait le visage tout illuminé. C'est une chose terrible que d'être vieux et seul.

— Moi-même, je suis seule. »

Tout en parlant, Minty entendit les voix revenir, au début comme le murmure d'une foule dans le lointain, puis se bousculer, s'interrompre et quelquefois rire tellement qu'elle était incapable de distinguer un traître mot de ce qu'ils racontaient. Elle dit, comme si Laf et Sonovia n'étaient pas là, ou comme s'ils ne comptaient pas :

« Enfin, je crois que j'ai tout le temps du monde avec moi. Je préférerais pas. Ça peut finir par lasser. »

Les Wilson échangèrent de brefs coups d'œil, et Laf alla chercher les rafraîchissements. Sonovia et Minty sortirent s'installer dans les chaises de jardin, et Minty admira les paniers suspendus de ses voisins. Ce jardin était maintenant entièrement occupé par les dahlias et les roses trémières, et la pelouse jaunissait à cause de la sécheresse. Pas un souffle de vent ne venait agiter les branches du cerisier. Le ciel était incolore, il formait un voile ininterrompu de nuages blanchâtres, où l'on apercevait le soleil comme une flaque d'un jaune terne. Laf sortit de la maison avec un plateau sur lequel étaient posés de grands verres remplis d'un liquide ambré où surnageaient des cerises au marasquin et des morceaux de pommes et de concombre. L'été, il était particulièrement porté sur le Pimm's. Il servit ses cocktails, l'air fier, et fit tourner une assiette de noix de macadamia.

«Tu n'as pas froid, non, ma chèère?» s'enquit Sonovia auprès de Minty justement saisie d'un frisson.

Elle venait d'entendre la voix de Jock lui souffler: «Je vois bien que tu es une fille vieux jeu, Polo. Il n'y en a pas beaucoup, des comme toi.»

«C'est un chat qui marche sur ma tombe.»

Minty redoutait de prononcer cette phrase. Elle s'était fait violence, comme si c'était là un moyen de forcer la voix du fantôme à déguerpir.

«Il marche peut-être sur la tombe de Tantine, là-bas, au cimetière.»

Elle vit Sonovia et Laf échanger encore des regards, mais elle fit semblant de n'avoir rien remarqué. Ça ne pouvait pas être la voix de Jock. Elle l'avait banni et il était parti. Elle se l'était imaginée, ou alors c'était l'alcool qui l'avait réveillée. Elle fut à nouveau parcourue d'un frisson et se rappela le motif de sa venue.

«Vous aviez des ouvriers, au printemps dernier, ils se sont occupés de monter quelque chose dans votre cuisine.

— C'est exact, Minty.»

Laf était toujours soulagé dès qu'elle tenait des propos normaux, ordinaires, quand elle parlait leur langage. Il lui adressa un sourire encourageant.

«C'était quand nous avons fait installer les nouveaux éléments.

— Vous me rendriez un service?

— Cela dépend du service, remarqua Sonovia, mais Laf s'engagea plus franchement :

— Bien sûr que oui. Cela va sans dire.

— Alors, voilà, voudriez-vous leur proposer de passer à côté, chez moi, et de venir voir ma salle de bains, m'établir un devis pour l'installation d'une cabine de douche ?

— Rien de plus facile. Et quand il passera, c'est Sonny qui le fera entrer, et elle le surveillera tout le temps qu'il restera chez toi. »

La première fois qu'elle l'avait vu – c'est-à-dire, vu son fantôme –, il n'avait pas parlé. Il était resté silencieux et quelque peu menaçant, et il l'avait effrayée à un point tel, jamais il ne l'avait effrayée comme ça de son vivant. Elle se souvenait très clairement qu'en rentrant du travail elle l'avait vu assis sur cette chaise, dos à elle, avec ses cheveux brun foncé, sa nuque mate, et sa veste en cuir noir. Il avait ramené ses pieds en arrière, en raclant le sol, comme s'il avait eu l'intention de se lever, et c'est alors qu'elle avait fermé les yeux, car elle avait eu peur de voir son visage. Quand elle les avait rouverts, le fantôme était parti, mais elle savait qu'il était venu, car elle avait senti que l'assise de la chaise était chaude. Elle avait cru qu'il la suivrait au premier, mais non, il n'était pas au premier, pas cette fois-là. Plus tard, elle l'avait revu, dans cette pièce, et dans le couloir, et dans la chambre. Elle l'avait vu à la boutique. Jamais il ne lui avait parlé.

La plupart des gens considéreraient qu'il est pire de voir un fantôme que de l'entendre. Elle n'en était pas si sûre. Tantine et Mme Lewis avaient bavardé comme des pies, et elles étaient clairement visibles. Quand Jock lui adressait la parole, c'était sur un bruit de fond de voix qui marmonnaient et qui chuchotaient, mais seuls ses propos à lui étaient compréhensibles. Le reste se résumait à une sorte de babil dans une langue étrangère, c'était comme lorsque ces Iraniens se parlaient en sortant en troupe de la maison d'en face. Elle s'était débarrassée du fantôme de Jock et du fantôme de sa mère en les poignardant avec ces longs couteaux. Mais on ne pouvait se libérer de ces bruits de cette façon. Il fallait se boucher les oreilles, par n'importe quel moyen.

Comme les fantômes qu'elle était capable de voir, les fantômes qu'elle entendait n'étaient pas là tout le temps. La nuit, elle avait la paix. Alors, elle profitait du silence pour réfléchir. Poignarder les fantômes lui avait peut-être uniquement permis de cesser de les voir, mais elle savait désormais que cela n'avait rien de permanent. Cela réussissait un moment, mais un moment seulement, et quand les fantômes revenaient, ils lui dépêchaient d'abord leur voix en avant-garde pour l'avertir que, sous peu, elle les verrait. Déposer des fleurs sur la tombe de Tantine s'était même révélé plus efficace que les coups de couteaux, car elle n'avait jamais plus revu ou entendu Tantine depuis lors. Jock devait avoir une tombe quelque part, et sa mère devait en avoir une, elle aussi. Si elle parvenait à découvrir où se trouvaient ces tombes, elle pourrait aller également y déposer des fleurs.

Alors que les voix lui tenaient compagnie depuis une semaine, et que Jock lui avait fait entendre toutes les histoires et les calembours qu'il avait l'habitude de lui raconter – Pince-mi et Pince-moi sont dans un bateau, tu es une fille vieux jeu, Polo, le 1er avril c'est

524

uniquement jusqu'à midi et après c'est le jour des Queues de Poisson, 2 000 seulement, Minty, c'est notre avenir qui est en jeu –, elle entra dans le cimetière par la porte habituelle, s'arrêta en chemin pour acheter des fleurs à l'homme qui tenait son étalage. C'était un samedi, mais il n'y avait quasiment personne. Cette fois, elle avait apporté une bouteille d'eau froide du robinet, pour remplir le vase. Elle avait acheté des chrysanthèmes jaune clair, l'espèce à petits pétales courts au centre de la fleur et d'autres plus longs sur le pourtour de la corolle, et des gypsophiles blanches comme des flocons de neige, et des alstro quelque chose, un nom qu'elle n'arrivait pas à prononcer.

Maisie Julia Chepstow, épouse bien-aimée de John Chepstow, qui a quitté cette vie le 15 décembre 1897, à l'âge de 53 ans. Repose dans les bras de Jésus. La grand-mère de Tantine. Minty s'était répété la chose si souvent qu'à présent elle y croyait. Elle sortit les fleurs mortes du vase et jeta l'eau verte et nauséabonde à la surface de laquelle flottaient des pétales et un escargot mort. Elle avait suffisamment d'eau pour rincer le vase avant de le remplir à nouveau. Après avoir disposé les fleurs jaunes, blanches et couleur pêche, elle s'agenouilla sur la tombe de Maisie Chepstow et fit ce geste qu'elle n'avait pas fait depuis longtemps. Elle pria Tantine d'emmener loin d'elle les voix de Jock et celles de la troupe qui l'accompagnait là où il circulait.

Une fois à la maison, elle prit un bain. Laf ne vint lui apporter le journal que très tard dans l'après-midi. Elle n'avait plus entendu les voix depuis qu'elle lui avait adressé cette prière, mais elle comptait quand même lui poser la question.

« Comment peut-on retrouver l'emplacement d'une tombe ?

— Il faudrait savoir où sont morts les gens. Tu pourrais peut-être te procurer le certificat de décès. Minty, les gens n'ont plus tellement de sépultures, de nos jours. Ils se font incinérer, et du coup ils se transforment en cendres. Pourquoi voulais-tu savoir ça ?

Cette histoire de certificat de décès la perturba. Elle savait qu'elle ne serait jamais capable de procéder à toutes ces démarches, se rendre au bon endroit, s'adresser aux bonnes personnes. Peut-être Laf voudrait-il bien s'en charger pour elle.

« C'est la tombe de Jock que je veux trouver. »

Elle n'allait pas mentionner sa mère. Enfin, pas tout de suite, en tout cas.

« Oh, je vois. (Laf était gêné.)

— Crois-tu que tu pourrais ?

— Je vais me renseigner, promit-il. Ce ne sera peut-être pas possible. (Il fut pris de pitié à son égard.) Minty, ne serait-ce pas une bonne idée de… enfin… de reléguer le passé derrière toi ? D'essayer de l'oublier ? Tu es jeune, tu as tout l'avenir devant toi. Ne peux-tu pas oublier le passé ? »

Elle secoua la tête.

« Je ne peux pas, dit-elle. Je n'arrête pas d'entendre sa voix qui me parle », ajouta-t-elle dans un accès de franchise.

Après lui avoir promis qu'il verrait ce qu'il pourrait faire, Laf rentra chez lui. Daniel était là. Il était venu visiter un patient cloué au lit, dans First Avenue, et du coup, il était passé prendre le thé.

« J'imagine qu'il est temps que quelqu'un lui apprenne la vérité, s'écria Sonovia.

— Je ne crois pas, maman. Moi, je ne m'y risquerais pas.

— Elle pourrait bien finir par complètement craquer. »

Laf se coupa une tranche de pudding à la banane et au café bien poisseux.

« Je veux dire, qu'est-ce qui vaudrait mieux, à ton avis ? Croire que ton petit ami t'aimait et qu'il a trouvé la mort dans un accident de train ? Ou qu'il t'a eue jusqu'à l'os, et qu'il vit toujours, quelque part, en pleine forme, et aux crochets d'une autre femme ?

— Tu t'es renseigné, n'est-ce pas, papa ?

— J'en étais plus ou moins certain. Cette lettre qu'elle avait reçue était une arnaque. Ensuite, j'ai vérifié quand l'enquête sur l'accident ferroviaire a été lancée, en mai. Trente et une personnes sont mortes. Au début, les enquêteurs ont cru à des centaines de morts, mais en fait ils ont abouti à un total de trente et une victimes seulement. Je dis « seulement », mais c'était déjà assez terrible comme ça, mon Dieu.

— Et pas de Jock parmi elles ?

— Avant de manger ce genre de chose, tu devrais penser à ton cœur, Lafcadio Wilson.

— Qui a posé ce gâteau sur la table ? J'aimerais bien le savoir.

— Il m'était destiné, à moi, papa. Et pas de Jock Lewis ?

— Pas de Jock et pas de Lewis. Et qui plus est, aucun homme porté disparu. Toutes les victimes de sexe masculin figurant sur cette liste avaient un nom et une adresse, un âge et des personnes à charge ou quelque chose, et aucun d'eux n'aurait pu lui correspondre. Et maintenant, elle veut que je retrouve sa tombe.

— Laf, dis-lui simplement que tu ne peux pas. Laisse filer. Elle ne va pas tarder à oublier.

— Pourquoi veut-elle trouver sa tombe ?

— À ton avis, Dan ? Pour aller y déposer des fleurs, comme elle le fait fidèlement toutes les semaines sur celle de sa tantine. »

Mme Lewis ne lui avait renvoyé que la moitié de ce qu'elle lui devait. Ou alors, c'était le frère de Jock. Si elle avait eu son adresse, elle lui aurait écrit et elle aurait réclamé le reste. Quoi qu'il en soit, elle disposait d'un montant suffisant pour ce qui lui tenait tant à cœur, la seule chose qui lui fasse réellement envie, quand elle prenait le temps d'y réfléchir. L'homme n'était pas encore passé, mais Laf avait estimé qu'il lui ferait ça facilement pour un millier de livres, et il lui avait rapporté quelques brochures de chez un fournisseur de matériaux de construction de Ladbroke Grove. Rien qu'en regardant les photos, elle comprit qu'elle n'aurait pas les moyens de se faire installer une cabine de douche séparée. En l'occurrence, Laf s'était trompé. Enfin, une douche dans la baignoire avec une séparation vitrée montée sur charnières, destinée à empêcher l'eau de gicler par terre, cela lui conviendrait tout autant. Mieux, en réalité, parce qu'une cabine aurait signifié encore une chose de plus à laver tous les jours. Tant qu'on ne lui imposait pas de rideau de douche, ça faisait toujours un peu désordre, ces éclaboussures de savon séché un peu partout...

Alors qu'elle étudiait le modèle qu'elle allait choisir, les voix revinrent s'attrouper autour d'elle. Celles de Jock et de Mme Lewis, et une autre, qui devait appartenir au papa de Jock. Il ne pouvait pas s'agir de son frère. Ce frère était encore en vie. Il fallait bien, puisqu'il lui avait envoyé cet argent. Peut-être que son ex-femme était morte elle aussi, et l'épouse de son frère. S'étaient-ils tous réunis là parce qu'elle n'avait rendu aucune visite à la tombe de Jock ?

Ils ne lui répondaient jamais, mais elle leur posa quand même sa question.

« Où est-il enterré ? Où ont-ils mis Jock ? »

Silence. Ce ne fut pas une réponse, mais plutôt un élément d'information qui lui vint subitement en tête. Personne n'avait rien dit, car les voix étaient reparties, une fois de plus. En fait, dès que cette idée se fit jour en elle, elle acquit l'absolue certitude que c'était la vérité. Il est enseveli dans la tombe près du terrain de football de Chelsea. Comme si elle n'avait pas compris, cette phrase se forma une seconde fois dans sa tête. La tombe près du terrain de football de Chelsea.

Edna avait habité là-bas. Quand elle était petite fille, et quand Edna était encore en vie, pour une dizaine d'années encore, Tantine avait pour habitude de l'emmener là-bas, chez Edna, pour le thé. Elle habitait une petite maison grise, située dans une longue rangée de maisons à la façade sans relief, avec une porte d'entrée qui donnait directement sur le trottoir. Minty s'y rendit dans la soirée, après le travail, et elle emporta un couteau avec elle. L'un des plus petits couteaux du tiroir. Elle y alla en bus, ou plutôt en prenant une succession de bus, et en terminant par le 11, qui la conduisit à Fulham Broadway.

Cela faisait des années qu'elle n'était pas revenue, vingt-cinq ans. À l'époque déjà, les hooligans mettaient les lieux à sac dès que leur équipe essuyait une défaite devant Chelsea. Tantine lui avait fait remarquer les vitrines fracassées des boutiques, transformant la démonstration en une leçon sur le scandale de la destruction de la propriété privée. Aujourd'hui, plus de vitrines brisées, et plus aucune de ces anciennes boutiques. On avait embelli le coin. Elle alla jeter un œil à la maison d'Edna. Elle était désormais aussi pimpante et rénovée que celle des Wilson, avec une porte d'entrée rouge et des lanternes de fiacre, des rideaux à fronces derrière les fenêtres et des jardinières pleines de fleurs sur les rebords. Toutes les maisons étaient similaires, mis à part les variétés de fleurs qui différaient, et les portes qui variaient du bleu au jaune. Edna portait toujours une blouse à boutonnage croisé et des pantoufles, et puis un turban comme ceux qu'elle portait sur sa chaîne de montage pendant la guerre. La plupart du temps, oncle Wilfred se tenait dans sa chambre noire, où il développait ses photos. Il avait envie que Minty entre là-dedans avec lui, mais Tantine refusait, à moins que la porte ne reste ouverte, ce qui était évidemment impossible dans une chambre noire. Déjà, à l'époque, elle ignorait pourquoi cela lui était interdit, et elle n'en savait pas plus maintenant, et pourtant elle gardait en mémoire les échanges de regards entendus entre Tantine et Edna, tandis qu'oncle Wilfred haussait les épaules et s'éloignait.

Elle pénétra dans le cimetière par Old Brompton Road. Elle avait eu beau le contempler souvent par les fenêtres d'Edna – il n'y avait pas grand-chose d'autre à faire –, elle n'y était encore jamais entrée. Et il lui inspira une frayeur comme jamais Kensal Green n'en avait suscité en elle. C'était lié à la chapelle octogonale et aux colonnades incurvées qu'il fallait longer ou franchir, peut-être aussi à la lumière lugubre du soir, une soirée d'été londonienne typique, avec d'épais nuages, un soleil masqué et une atmosphère lourde sans un souffle de vent, alors qu'on était encore loin du crépuscule. Une tombe se dressait, surmontée d'un lion semblable aux fauves de Trafalgar Square, et sur une autre étaient empilés des boulets de canon. Tout en marchant, elle était persuadée de rencontrer ses fantômes, au moins certains d'entre eux, en tout cas au moins un. Jock lui-même l'effrayait plus que les autres. Avec les vieilles femmes, même avec leurs ombres, elle pouvait se débrouiller. Mais elle ressentait chez Jock une violence qu'elle ne lui avait jamais vue dans la vie. C'était comme si, dans la mort, il prenait lentement conscience de son potentiel de sauvagerie et de méchanceté.

En regardant sur la droite et sur la gauche, en quête de sa tombe, d'une nouvelle sépulture, pourquoi pas une simple éminence encore dépourvue de la moindre pierre commémorative, elle tâcha de se réconforter à la pensée de la nouvelle douche qui serait bientôt là, et que le frère ou la belle-sœur de Jock avait eu la courtoisie de bien vouloir payer. Mais cette diversion ne lui fut pas d'un grand secours. Elle savait désormais qu'aucun enterrement récent n'avait eu lieu dans ce cimetière sombre et morne, qui dégageait une impression d'oubli et de désaffection. Pour la première fois, elle remarqua qu'il n'y avait personne alentour, pas un visiteur en dehors d'elle-même. Cela lui donnait l'impression d'un endroit pas réellement présent, mais qui appartiendrait à un autre monde, vide de tout, vide d'hommes, de femmes, d'animaux, et même de spectres. Et, en un sens, c'était plus terrorisant que les spectres eux-mêmes, car elle pouvait fort bien demeurer prise au piège ici, enfermée pour toujours dans ce désert éternel et vide. Elle regarda par terre, les brins d'herbe, l'air immobile et gris, et elle ne vit pas un seul oiseau, même pas un insecte. Alors elle se mit à courir, loin des colonnades, de ces piliers de pierre grise, immuable, éternelle, à courir, courir jusqu'au portail, tout là-bas, jusque dans la rue, jusqu'aux maisons, vers les gens…

33

Au cours de son travail, Natalie avait souvent réfléchi à la manière dont elle se comporterait avec la presse si un journaliste devait la contacter. Elle se formulait à peu près le même conseil que celui d'un avocat à son client ou sa cliente lors des confrontations avec la police. Ne dites rien, ou, si vous êtes obligé de parler, limitez-vous à des monosyllabes. Comme presque tous les reporters et la plupart des policiers, elle rencontrait peu de gens assez avisés pour suivre ce conseil. Nell Johnson-Fleet sortait du lot.

En ouvrant la porte de son appartement de Kentish Town, elle dévisagea Natalie droit dans les yeux, sans rien dire. Natalie, qui lui rendit ce regard, se présenta et lui demanda si elle pouvait échanger un mot avec elle.

« Non », répliqua Nell Johnson-Fleet.

Comme toutes les femmes de Jeff – Zillah avait fait figure d'exception –, c'était une grande blonde longiligne, habillée comme il aimait, en pantalon et en pull. Natalie se souvenait bien de ses préférences.

« J'ai été l'une de ses maîtresses, moi aussi. L'une de ses victimes, si vous aimez mieux. Cela pourrait être utile, de se parler un peu, vous ne croyez pas ?

— Non.

— Peut-être préférez-vous oublier tout ça ? Tenter l'impossible et oublier ce qui a été. »

Nell Johnson-Fleet avait doucement refermé sa porte. Natalie n'était pas femme à renoncer aussi facilement. Elle sonna de nouveau, n'obtint pas de réponse, contourna le coin de la rue, et là, elle s'assit sur un muret et composa le numéro de téléphone de cette femme sur son portable. Il fut répondu à son appel d'un « Oui ? » fort sec.

Au moins, c'était déjà un changement.

« Nell, c'est Natalie Reckman. J'espère que vous allez me laisser entrer, juste cinq minutes.

— Non », et elle raccrocha.

Il y avait là quelque chose d'admirable, songea Natalie, en regagnant sa voiture alors que la contractuelle s'en approchait. C'était une technique formidable. Une bonne chose que la majorité du public ne soit pas comme ça. D'un autre côté, les gens avaient leurs humeurs, leurs bons et leurs mauvais jours, et c'était peut-être un mauvais jour. Nell Johnson-Fleet s'était peut-être disputée avec son amant, ou l'avait aperçu au bras d'une autre. Sa manière de réagir ce soir ne préjugeait pas de son comportement normal. Elle essaierait de nouveau demain, lui accorderait une chance de regretter d'avoir laissé filer cette opportunité. Maintenant, en route pour Kensal Green.

La police ne les avait plus importunés depuis près de deux semaines. Les inspecteurs les avaient menacés de revenir, mais cette menace n'avait pas été suivie d'effet. Michelle s'était remise à manger, pas beaucoup, et rien de bien extravagant, mais au moins elle n'avait plus l'impression d'étouffer à chaque bouchée. Elle avait retrouvé son poids d'il y a dix ans. Et si elle se contentait tout à fait d'une salade et d'une seule tranche de pain en guise de déjeuner, Matthew, lui, avalait régulièrement une omelette de deux œufs. Il avait repris le volant de sa voiture, avec hésitation au début, comme quelqu'un qui vient d'obtenir son permis, et puis avec une confiance de plus en plus affirmée. Quand ils eurent cessé de voir la police ou d'entendre parler d'elle depuis suffisamment longtemps pour se croire tirés d'affaire, ils s'offrirent un plaisir qu'ils ne s'étaient plus offert depuis le temps où ils étaient jeunes mariés. Ils partirent ensemble en week-end.

Pour la première fois depuis qu'elle la connaissait, Michelle s'était imaginé déceler de la jalousie dans les yeux de Fiona. Cela ne lui plaisait guère, c'était bien la dernière réaction qu'elle avait envie d'éveiller chez quelqu'un, mais elle le remarqua, tellement c'était inhabituel.

Fiona la jalousait d'avoir un mari qui l'aimait et qui avait envie de se retrouver seul avec elle dans un hôtel à la campagne.

« J'espère que vous allez passer un moment charmant, leur avait-elle souhaité. Vous le méritez. »

Et ce fut le cas. Mais ce moment charmant différa grandement de ce que Fiona (et tous ceux qui les virent et songèrent à cette circonstance) avait envisagé, s'imaginant des promenades paisibles, des verres au calme dans de petits pubs, une visite dans un site pittoresque et peut-être un dîner aux chandelles. Cela ressembla davantage à une lune de miel. Dans les bras de Matthew, Michelle, en s'accordant une grasse matinée, revint aux temps de leurs premières amours, et ne se sentit guère plus âgée que dix-sept auparavant, dans les premiers délices de leur passion.

Natalie avait déjà trouvé l'immeuble de Kentish Town sinistre, mais il n'aurait pas pu rivaliser avec Syringa Road, à Kensal Green. Là, jugea-t-elle, en garant sa voiture sans difficulté aucune dans cette zone non réglementée, ce devait être le banc sur lequel Eileen Dring s'était fait assassiner. Ou un banc de remplacement, certainement. Il avait l'air neuf. Le parterre de fleurs juste derrière avait été bêché et tapissé d'un gazon naissant à l'air fort sain. Quelle coïncidence, se dit-elle, que l'une des victimes de ces meurtres soit morte à un jet de pierre de l'endroit où habitait la petite amie – ou plutôt l'une des petites amies – d'une autre victime.

Deux rangées de maisons victoriennes trapues, aux petits jardins de façade presque tous assez négligés, pour certains encombrés de bicyclettes, de poussettes, parfois d'une moto, de rouleaux de grillage pour clôture et de meubles cassés. Des baies vitrées disproportionnées faisaient saillie au rez-de-chaussée et, sous les avant-toits, des plaques poussiéreuses portaient gravés des noms tels que Theobald Villa et Salisbury Terrace. Une seule de ces maisons avait connu un embellissement, et dans un style qui heurta le goût de Natalie. C'était au numéro 37. La façade avait été revêtue de blocs de granit gris (probablement faux), peinte en blanc, avec une porte d'entrée rose foncé. Des dahlias multicolores et des asters bleu foncé emplissaient le jardin. La maison d'à côté, la cible de Natalie, était soignée mais d'allure vieillotte, le jardin dallé, la peinture défraîchie, mais propre.

Pour venir chercher secours par ici, songea-t-elle, Jeff devait être vraiment dans la dèche. Et là-dessus, elle se rappela la hausse vertigineuse des prix de l'immobilier à Londres ; et puis, cet endroit n'était pas si éloigné du quartier très chic de Notting Hill, avec une station de métro de la Bakerloo Line située juste un peu plus loin dans Harrow Road. S'il pouvait mettre la main sur une maison par ici…

Elle sonna à la porte. Une femme vint lui ouvrir et la dévisagea. Ce n'était pas un regard fixe comme celui de Nell Johnson-Fleet, et pas trop le type de Jeff, excepté qu'elle était mince et blonde. Une petite femme menue, la peau très blanche, des yeux pâles et sans couleur, des lèvres fines, des cheveux de bébé. Mais ce qui frappa Natalie, ce qui lui fit presque peur, c'est qu'elle avait l'air d'une folle. Natalie n'aurait jamais usé de ce terme ô combien politiquement incorrect, sauf pour se décrire elle-même, quand elle était perdue dans ses pensées. Aucun autre terme n'aurait pu décrire le regard de ces grands yeux aux pupilles dilatées, et le minuscule sourire qui effleurait les lèvres et s'en effaçait aussitôt.

« Mademoiselle Knox ? »

Un hochement de tête, et ce sourire vacillant.

« Je m'appelle Natalie Reckman, et je suis journaliste indépendante. Je voulais savoir si je pouvais vous dire un mot au sujet de Jeff Leach.

— Qui ça ? »

Manifestement, elle ne comprenait pas à quoi Natalie faisait allusion. Dans ses yeux vitreux, il n'y avait pas eu le moindre tremblotement d'inquiétude, de colère ou de chagrin. C'était un signe irréfutable, car dans le cas contraire elle devait être le genre de femme incapable de dissimuler ses sentiments, et son visage aurait trahi la moindre nuance dans ses émotions. Soit Natalie s'était trompée d'adresse, soit elle était tombée sur la mauvaise interlocutrice, soit Jeff avait eu recours avec elle à l'un de ses pseudonymes pas très astucieux.

« Jerry, peut-être ? Jed ? Jake ?

— Je ne vois pas de quoi vous voulez parler.

— Vous n'aviez pas un petit ami qui s'est fait assassiner dans un cinéma ? »

Natalie ne mâchait jamais ses mots, avec personne. Dans son métier, cela lui était interdit.

« Jeff Leach ou Leigh ?

— Mon fiancé est mort dans l'accident de train de Paddington », rectifia Minty, et elle referma la porte bien plus sèchement que ne l'avait fait Nell Johnson-Fleet.

Il était possible qu'elle ait suivi la mauvaise piste. Natalie se souvenait d'avoir supposé que cette femme serait la bonne uniquement parce que Jeff lui avait précisé qu'elle habitait près du cimetière de Kensal Green, et qu'il l'avait baptisée Polo. Polo, c'était un bonbon à la menthe, et la seule personne de tout ce quartier qui portait un nom susceptible de coïncider, c'était Araminta Knox. Mais il avait pu la baptiser Polo pour toutes sortes de motifs. Parce qu'elle aimait les bonbons à la menthe qu'il croquait tout le temps, par exemple, ou même parce qu'elle jouait au polo. N'empêche, elle sonna à l'autre maison tape-à-l'œil, avec sa porte d'entrée peinte en rose.

L'occupant de cette maison était une grande et belle femme en jupe noire étroite et en chemisier écarlate, une femme noire, à première vue, mais en fait à la peau couleur amande, le nez aquilin, les

538

lèvres charnues. Natalie se présenta et lui dit ce qu'elle cherchait.

« Cela vous ennuierait-il de me donner votre nom ?

— Sonovia Wilson. Vous pouvez m'appeler madame Wilson.

— Avez-vous déjà entendu parler d'un certain Jeffrey, ou Jeff Leach, ou Leigh ?

— Non. Qui est-ce ?

— Eh bien, je croyais qu'il était le petit ami de votre voisine.

— Elle n'a eu qu'un seul petit ami, et il s'appelait Jock Lewis. Du moins, c'est ce qu'il a prétendu. Il lui a raconté, ou plutôt quelqu'un lui a raconté, qu'il était mort dans cette catastrophe du train, mais ça, en réalité, jamais de la vie, et je le tiens de source sûre. Qu'est-ce que vous lui voulez ?

— Je ne lui veux rien, madame Wilson. D'ailleurs, cela ne servirait pas à grand-chose, vu qu'il s'agit très certainement du Jeffrey Leach qui a été assassiné au Marble Arch Odeon. J. L., vous voyez, avec lui, c'était constamment J-quelque chose et L-quelque chose. Puis-je entrer ?

— Vous feriez mieux d'en parler à mon mari. Il est de la police. »

Une fois confronté à un dilemme, Laf ne savait plus que faire. Il ne savait plus quoi faire du tout, en fait. Sonovia et lui regardèrent Natalie Reckman traverser la rue et monter dans sa voiture.

« C'est uniquement ce qu'elle croit, lâcha-t-il. Nous savons depuis le début que Jock Lewis n'a pas été tué dans cet accident de train. La seule preuve qu'elle détienne pour affirmer que l'ami de Minty était bien ce Jeffrey Leach, c'est qu'il possédait les mêmes initiales.

— Eh bien, pas vraiment, Laf. Elle a l'air de savoir que Jeffrey Leach fréquentait une fille qui habitait par ici, et qu'il appelait Polo.

— À ma connaissance, Jock Lewis n'a jamais appelé Minty Polo.

— Nous pourrions le lui demander, suggéra Sonovia. Je veux dire, je pourrais. Je pourrais lui lancer une remarque l'air de rien, quelque chose comme "Tu ne m'as pas dit que Jock adorait les Polo ?" ou amener la conversation sur les petits noms et lui demander s'il lui en avait inventé un. Et ensuite, si jamais elle entre dans la confidence, je lui raconterai tout. Je veux dire, elle a le droit de savoir, Laf, tu dois bien l'admettre. »

Laf s'écarta de la fenêtre, s'assit dans un fauteuil et fit signe à Sonovia de lui servir un autre verre, d'un geste de seigneur et maître et avec ce froncement de sourcils immuable qu'il arborait uniquement dans les très rares occasions où il jugeait que sa femme avait porté la culotte suffisamment longtemps.

« Non, Sonovia, je n'ai pas à l'admettre. (Il ne l'appelait par son prénom que dans les moments les plus graves.) Tu ne dois pas en toucher un seul mot à Minty. Est-ce compris ? Nous sommes en train de vivre une de ces situations où il faut tenir compte des conseils de Daniel. Te souviens-tu de son conseil ? Cela remonte à la dernière fois, quand tu t'es demandé s'il fallait tout révéler à Minty, au sujet de Jock. "Je ne m'y risquerais pas", c'est ce qu'il a dit. "Je ne m'y risquerais pas." C'est toi-même qui me l'as répété. Eh bien, du jour où notre fils est devenu docteur en médecine, j'ai résolu de considérer son avis en matière médicale comme parole d'Évangile. Et tu dois agir de même, vu ? »

Penaude, Sonovia acquiesça.

« Vu, Laf. »

En s'habillant pour sortir, en cette cinquième soirée qu'elle passait avec Ronald Grasmere, Zillah crut que c'était la baby-sitter qui sonnait à la porte. Elle remonta la fermeture Éclair de sa nouvelle robe noire – étroite, mais pas trop moulante, décolletée, flatteuse –, enfila ses chaussures de chez Jimmy Choo et descendit au rez-de-chaussée en courant. Deux hommes se tenaient sur le seuil de sa porte. Même si l'un d'eux n'avait pas été en uniforme, elle aurait compris qu'il s'agissait d'officiers de police judiciaire – désormais, elle savait les détecter à distance. Immédiatement, avec une embardée au creux de son ventre moulé dans le Lycra, elle en conclut qu'ils étaient venus jusqu'ici l'arrêter pour bigamie.

« Madame Melcombe-Smith ? »

C'était au moins un atout que ce mariage truqué lui avait laissé : tout le monde considérait cette union comme authentique.

« Qu'y a-t-il ?

— Police du South Wessex. Pouvons-nous entrer ? »

Ils avaient retrouvé la voiture de Jerry. Le tape-cul. La Ford Anglia de vingt ans d'âge. Voilà, ce n'était que ça, sa vieille guimbarde. Vers Harold Hill.

« Où ça ? s'enquit Zillah.

— C'est un endroit dans l'Essex, près de Romford. La voiture était garée sur le bas-côté de la route, dans un quartier résidentiel, où il n'existe pas d'interdiction de stationner. Un habitant nous a appelés pour se plaindre. À ses yeux, ce véhicule était une horreur. »

Zillah éclata de rire.

« Et qu'est-ce que je suis supposée en faire ?

— Eh bien, madame Melcombe-Smith, nous pensions que vous saviez peut-être comment elle était arrivée là-bas.

— Je n'en sais rien, mais si vous voulez mon avis, Jerry… je veux dire, Jeffrey… l'a bazardée là-bas parce qu'il avait enfin dégotté une femme avec une belle voiture et qui lui permettait de s'en servir à sa guise. Pour la première fois de sa vie, probablement. »

Ils échangèrent un regard.

« Il n'avait aucun lien particulier avec Harold Hill ? »

Eugenie était entrée dans la pièce.

« Qui est-ce, Harold Hill, maman ?

— C'est un endroit, pas une personne. (Zillah répondit au policier qui venait de l'interroger.) Il n'a jamais fait aucune allusion à ce sujet. J'aurais tendance à penser qu'il s'en est simplement servi comme d'une décharge. Il était comme ça.

— Qui était comme ça ? lui demanda Eugenie après le départ des policiers et l'arrivée de la baby-sitter. Qui s'est servi d'un endroit comme d'une décharge ?

— Un monsieur, c'est tout », fit Zillah.

Après la toute première question d'Eugenie, demeurée sans réponse, aucun de ses deux enfants n'avait plus une seule fois évoqué leur père. Rompue dans l'art de repousser les obligations déplaisantes au lendemain ou à la semaine suivante, Zillah se demandait parfois si elle éprouverait jamais le besoin de leur en reparler. À moins qu'Eugenie ne sache déjà tout par les journaux, les cancans, quelques propos surpris ici ou là ? Si tel était le cas, avait-elle vendu la mèche à Jordan ? Zillah n'allait certainement rien évoquer devant la baby-sitter, une femme qui n'en était pas encore à péter plus haut que son cul, comme Mme Peacock. Cette fois, quand la sonnette retentit, c'était Ronald Grasmere.

« Je ne l'aime pas beaucoup, avoua Eugenie, lorsque Zillah se leva pour aller lui ouvrir. Tu ne vas pas te marier avec lui aussi, non ? »

Minty ne pensa pas grand-chose de cette femme, après sa visite. Peut-être appartenait-elle à la police, et savait-elle que Minty allait beaucoup au cinéma. Elle n'avait pas repéré qu'elle était ensuite allée voir chez ses voisins et, à son tour, Minty était allée rendre visite à Laf et Sonovia, pour s'enquérir de leur ouvrier, au sujet de la douche. Ils avaient beau se trouver dans le jardin, en train de prendre un verre et quelques amuse-gueules sur le tard, ils entendirent le carillon. Laf lui remplit son verre d'un chardonnay chilien sans désemparer, lui tendit sans arrêt des biscuits au gingembre, des Duchy Original, et l'installa dans une de leurs chaises de jardin blanches – la quatrième était occupée par le vieux chat de M. Kroot –, mais elle trouva qu'ils lui adressaient de curieux regards. Elle questionna Sonovia au sujet de l'homme de la douche, et Sonovia lui apprit qu'il avait promis de venir au début de la semaine prochaine.

« Chez les ouvriers du bâtiment, observa Laf, le

début de la semaine, c'est jeudi matin, et la fin, c'est le lundi d'après. »

Cela fit rire Sonovia, mais Minty n'apprécia guère. Jock était dans le bâtiment, et Laf aurait dû s'en souvenir. Enfin, elle leur parla de la recherche de sa tombe. Ils seraient peut-être de bon conseil.

« Qu'est-ce qui te fait penser qu'elle se trouve à Brompton ? lui demanda Sonovia sur le ton souriant et doucereux qu'elle employait pour s'adresser à sa petite-fille de quatre ans.

— Un pressentiment que j'ai eu. Pas des voix qui m'auraient renseignée, ce n'est pas ça, non. Simplement, je le savais.

— Mais tu ne sais rien, ma chèère. Tu as juste cru. Je ne me fie pas à ces pressentiments. C'est pareil avec les prémonitions. Neuf fois sur dix, ce qu'on a senti n'est pas du tout vrai. »

Laf toussota, en guise d'avertissement à l'intention de Sonovia, mais elle continua comme si de rien n'était.

« Pour ces choses-là, il faut se renseigner de source sûre. Avec des certificats et… des trucs. »

Minty lança à Laf un regard d'impuissance.

« Tu te chargerais de ça pour moi ? »

Il soupira, mais lui répondit d'une voix chaleureuse.

« Bien sûr que je vais m'en charger, remets-t'en à moi. »

« Qu'est-ce qu'elle a voulu dire, "pas des voix qui m'auraient renseignée" ? demanda Sonovia à Laf après avoir reconduit Minty à la porte. Elle devient vraiment folle, c'est pire que jamais. »

L'air malheureux, Laf secoua la tête, puis il opina du chef.

« Ce sera facile de découvrir où est enterré Jeffrey Leach, ce serait l'affaire de cinq minutes, mais est-ce que j'en ai envie, Sonn ? J'entends par là, qu'est-ce que je vais lui raconter ? "Oh oui, il est là-bas, à Highgate ou je ne sais où, mais en réalité ce n'est pas Jock, c'est ce type qui a été assassiné au cinéma, et son nom, c'est Leach" ? Comme je te l'ai déjà dit, ça, je m'y refuse.

— Il va simplement falloir que tu laisses filer.

— C'est ce que tu me répètes tout le temps, mais ce n'est pas si facile. Elle va me le redemander, non ? »

Et après, songea-t-il, mais sans l'exprimer à haute voix, vais-je en informer l'inspecteur principal ? Je veux dire, ce type a été poignardé, assassiné, et elle était sa petite amie, elle a été, ou elle a cru être, sa fiancée. Mais elle est aussi ma voisine, elle est mon amie, je ne peux pas lui infliger ça. Elle ne va pas bien dans sa tête, mais pour ce qui est du meurtre, enfin, bon, elle n'irait tout de même pas assassiner quelqu'un, pas plus que moi. Il en trembla.

« Tu n'as pas froid, non ?

— Je ne vais pas tarder. Et les moustiques sont de sortie. »

Sonovia ramassa le chat endormi dans le creux de ses bras.

« Bonté divine, j'ai oublié de te dire. M. Kroot est mort. Il est décédé ce matin. Ça m'est aussitôt sorti de la tête. C'est de prendre le chat qui me l'a rappelé.

— Pauvre vieux. (Toujours charitable, Laf eut l'air attristé.) Il faut bien dire qu'il est mieux là où il est. On va garder Blackie, n'est-ce pas ?

— Je ne vais pas l'abandonner à la merci des bons soins de Gertrude Pierce. »

Quand Minty fut rentrée chez elle, sa maison dégageait une atmosphère fantomatique. Peut-être en était-il ainsi des maisons au crépuscule, jusqu'à ce qu'on allume la lumière, que l'on ferme les rideaux ou qu'un rire éclate. Pas de rire, mais le silence, une telle tranquillité, une telle sensation d'attente. La maison retient son souffle, elle se prépare à ce qui va arriver.

Au lieu d'allumer la lumière dans le vestibule, ou aucune autre lampe, Minty erra lentement dans la maison, la mettant au défi de lui révéler ses fantômes. Elle avait un peu peur de se retourner, mais elle le fit quand même, et elle revint sur ses pas, allant et venant en tous sens. Au pied de l'escalier, elle leva les yeux vers le haut des marches, comme vers le haut d'un puits la nuit, car là-haut, il n'y avait pas de lumière. Jock surgit de l'ombre profonde, et descendit. C'était exactement le même fantôme que la première fois. Comme si elle n'allait jamais réussir à se débarrasser de lui. Cela n'avait fonctionné qu'un petit moment. Trois ou quatre mois, calcula-t-elle, en croisant ses yeux clairs et glaciaux.

Elle ferma les siens et se retourna lentement, pour lui présenter son dos. Il y eut un silence absolu. S'il la touchait, s'il posait sa main sur sa nuque, ou son souffle froid tout contre ses joues, elle se jura qu'elle en mourrait. Rien ne se produisit, et elle se retourna de nouveau, s'obligeant à rouvrir les yeux, comme s'il lui fallait de la force pour soulever ses paupières. Il n'y avait personne, il était parti. Dehors, elle entendit le bruit d'une voiture qui passait dans la rue, du rock se déversant à tout rompre par les vitres ouvertes. *Il revient parce que je suis incapable de trouver sa tombe, parce que je ne peux pas y déposer des fleurs comme je le fais sur celle de Tantine,* son-gea-t-elle.

« Maintenant, écoute, Minty, commença Laf lors-qu'il lui apporta les journaux. Je me suis livré à ce petit travail de détective que tu souhaitais. Ton Jock n'a pas été enterré. Il a été incinéré, et ses cendres ont été dispersées. »

C'était la vérité, jusqu'à un certain point. Laf déployait toujours de gros efforts pour ne pas profé-rer de mensonges, et simplement s'écarter un tout petit peu du sentier bien droit mais étroit de la vérité, quand cette vérité était trop cruelle. Par exemple, Jef-frey Leach avait bien été incinéré, mais ses cendres avaient été récupérées auprès des pompes funèbres par Fiona Harrington, qui avait déclaré à un officier de police judiciaire, une connaissance de Laf, ce qu'elle avait l'intention d'en faire. Quelque part dans West Hampstead, ajouta-t-il, et il eut la déception de voir le visage de Minty se décomposer.

« Où est-ce que je vais pouvoir déposer mes fleurs ? »

Laf s'imagina un bouquet de chrysanthèmes enve-loppés dans du Cellophane, déposé, isolé, morne, sur un trottoir de West End Lane. Ce serait comme si quelqu'un était mort à cet endroit. Même si d'ordi-naire il ne se montrait pas d'un tel cynisme concernant la nature humaine, il se demanda combien de temps s'écoulerait avant qu'une dizaine d'autres bouquets enveloppés de la même manière rejoignent celui-ci, sans que les « proches du défunt » n'aient la moindre idée de la personne à qui ils rendaient hommage.

« Enfin, à Fortune Green, c'est ce qu'elle a indi-qué. »

Une sorte de triangle de verdure planté d'arbres, songea-t-il vaguement. Il attendit d'autres questions, voire d'autres exigences de la part de Minty, mais celle qu'elle formula le prit franchement à contre-pied.

« Tu ferais en sorte que Sonovia rappelle les entrepreneurs ?

— Accorde-leur un peu de temps, Minty », plaida-t-il, quelque peu interloqué.

Elle fixa un coin de la pièce du regard, semblant écouter quelque chose. Puis elle se ressaisit, comme quelqu'un qui sort d'un étourdissement.

« Tu as dit que le début de la semaine, cela ferait jeudi, et que la fin de la semaine, ce serait le lundi suivant, mais lundi est passé, et ils ne sont pas venus. À ce rythme, ma douche, je ne vais jamais l'avoir. »

34

L'une des dernières fois que l'on aperçut Jims, ce fut au restaurant Le Tobsil, à Marrakech. Un parlementaire du Parti libéral démocrate, qui visitait la ville avec son épouse lors d'un périple touristique au Maroc, l'aperçut à travers la vitrine. Pour sa part, il n'aurait jamais eu les moyens de dîner dans un endroit pareil. Et ce parlementaire n'aurait pas été surpris de découvrir Jims avec un jeune et beau compagnon de sexe masculin, mais, en l'occurrence, il était seul. Il mentionna cette intéressante vision fugitive dans un e-mail à un ami, lequel rapporta la nouvelle à un journal. Ce fut le début de ce feuilleton sans fin et infiniment captivant : « La disparition du parlementaire gay ».

À la fin août, un journaliste prétendit l'avoir croisé à Séoul, où Jims lui avait accordé une interview. Mais cela laissa tous ceux qui connaissaient Jims hautement sceptiques, car aucun d'eux ne l'aurait imaginé mettant les pieds en Corée et, quant au texte de l'entretien, où il se déclarait honteux, avouait ses regrets et ses remords, il lui ressemblait fort peu. Ni son assistant ni sa banque, naturellement, n'étaient disposés à divulguer une adresse où le contacter, même si l'un et l'autre en avaient bien quelque idée. On tenta d'obtenir la vérité de la bouche de Zillah, mais il fallut un certain temps pour la retrouver, car à cette période elle avait quitté Willow Cottage, loué pour un an à un romancier américain, et s'était installée à Long Fredington Manor, avec Sir Ronald Grasmere.

« J'ai toujours eu envie de revenir ici, s'était plainte Eugenie, et maintenant, voilà qu'on déménage encore. »

Mais personne n'y avait accordé d'importance, comme d'habitude.

Zillah n'avait aucune idée de l'endroit où se trouvait Jims, et s'en souciait encore moins. Dorénavant, tous ses efforts visaient à rendre Ronald heureux et à le convaincre qu'il se trompait quand il répétait que, suite à son récent divorce, il en avait fini pour toujours avec le mariage.

De temps à autre, Mister Crimes de Sang et Miss Délit faisaient une apparition à la télévision – le seul créneau de deux minutes qu'ils avaient obtenu s'insérait à la fin de l'émission *Newsroom Southeast* – pour déclarer à un public apathique qu'ils ne renonceraient jamais à leur traque du Tueur du cinéma et du meurtrier d'Eileen Dring. On déboucherait sur une arrestation dans un avenir pas trop lointain. Ils disposaient de nombreuses pistes sur lesquelles leur équipe travaillait jour et nuit. Fiona, Matthew et Michelle suivaient parfois cette émission, mais sans trop d'inquiétude, et sans vraiment se sentir concernés. Leurs supplices respectifs étaient terminés. Depuis des semaines, la police se désintéressait complètement de leur sort. Leurs voisins échangeaient de nouveau quelques mots avec eux, personne ne traversait plus la rue quand ils s'approchaient, et Fiona avait fait nettoyer le graffiti sur les piliers de son portail et repeindre la pierre.

Petit à petit, elle se remettait. Elle ne s'attendait plus à voir Jeff apparaître quand on sonnait à la porte, ou à le trouver en train de l'attendre quand elle rentrait à la maison. Le temps était révolu où elle se réveillait de son sommeil artificiel, sous calmants, pour s'étonner qu'il ne soit pas allongé là, à côté d'elle. À présent, elle parvenait à tomber d'accord avec des amis qu'elle avait jugés injustes, car après tout elle ne le connaissait effectivement que depuis huit mois. Ce n'était pas vraiment assez pour être certaine des sentiments de quelqu'un. Sachant ce qu'elle savait désormais, elle n'aurait jamais été en mesure de se fier à lui, il l'avait si souvent abusée et lui avait raconté tant de mensonges. Parfois, elle demandait à Michelle si elle lui pardonnait de les avoir stigmatisés, Matthew et elle, comme des ennemis de Jeff, et, même si Michelle lui répondait invariablement oui, bien sûr, en lui conseillant d'oublier tout cela, Fiona ne cessait de la questionner, comme si elle doutait de la sincérité de ses réponses.

Ces derniers temps, Michelle était plutôt restée silencieuse et songeuse, à telle enseigne que Matthew lui demandait souvent si quelque chose n'allait pas. Elle lui répondait avec le sourire : « Au contraire. Tout va bien », et il lui fallait s'en contenter. Il avait envie de rééditer leur départ en week-end, peut-être à l'étranger, cette fois, et Michelle lui avait dit qu'elle adorerait, mais ne pourrait-on repousser de quelques semaines ? Grâce à son émission de télévision, il avait rencontré quantité de gens nouveaux, et ils avaient organisé un événement inédit, un dîner pour huit, sans omettre Fiona et un homme fort bien de sa personne, la trentaine, qui, de l'avis de Michelle, conviendrait parfaitement pour remplacer Jeff. Matthew lui déconseilla de jouer les marieuses, cela ne marchait jamais, et Michelle lui promit de ne pas recommencer.

Un soir, alors qu'ils s'étaient réunis, leur voisine et eux, pour prendre un verre, Michelle prononça ce qui s'apparentait à un petit discours de remerciements à Fiona :

« Ce sont tes idées de régime qui ont réellement permis à Matthew de se remettre à s'alimenter correctement. C'est grâce à ton esprit inventif. Et c'est le pauvre Jeff… (Elle pouvait l'appeler ainsi, désormais.)… qui m'a incitée à perdre du poids. Il ne savait pas que cela aurait cet effet, mais c'est la vérité. Ces piques qu'il me lançait ne m'ont pas poussée à commettre l'acte dont ces policiers stupides me croyaient apparemment capable, mais grâce à elles, au lieu d'être une grosse femme vulgaire et répugnante, je peux porter, disons, une honnête taille 46.

— Pour moi, tu n'as jamais cessé d'être belle », lui assura Matthew.

Elle lui sourit et serra sa main dans la sienne.

« Cela m'a amenée à le détester cordialement. Je peux l'admettre, maintenant, car je crois que personne ne m'en tiendra rigueur. »

Mais si elle fréquentait Fiona autant qu'auparavant, si elle l'embrassait affectueusement et la rassurait constamment, elle se souvenait de ce qu'elle avait confié à Matthew, à l'époque de la trahison : « Je n'éprouverai plus jamais la même chose à son égard, plus jamais. » Cela restait vrai, mais elle le dissimulait et le dissimulerait toujours, même à Matthew.

Elle se portait comme jamais au cours de ces dix

dernières années, en tout cas, elle avait l'air en meilleure santé, et du coup Matthew s'inquiéta quand, à huit heures du matin, elle lui apprit qu'elle se rendait à la consultation de leur médecin généraliste. Elle avait pris un rendez-vous, et lui promit de ne pas être longue.

Il se sentit soudainement saisi de terreur.

« Qu'est-ce qui t'arrive, ma chérie ?

— Je ne le saurai pas tant que je n'aurai pas vu le médecin, comprends-tu ? »

C'est alors qu'il crut déceler sur son visage une expression de perplexité, et une certaine appréhension. Elle avait résolu de ne rien lui confier de ses symptômes, lui répétant simplement qu'elle ne serait pas longue et qu'il ne devait pas s'inquiéter.

L'article que Natalie concocta à partir de sa rencontre infructueuse avec Nell Johnson-Fleet et de sa deuxième tentative avortée avec la jeune femme, de son triste entretien avec Fiona Harrington et de son incompréhensible confrontation avec Araminta Knox aboutit, elle devait bien l'admettre, à une sorte d'échec. Aucun des rédacteurs en chef de journaux auxquels elle le proposa n'était intéressé. Dans la conscience du public, d'autres histoires avaient remplacé celle du Tueur du cinéma et de la vieille clocharde. Il pourrait en être autrement si toute cette intervention à la télévision, hier soir, au sujet de pistes et d'indices, menait à une arrestation, sans quoi…

Natalie avait fait de son mieux. Elle était même allée consulter une nouvelle fois les listes électorales, avait élargi sa recherche, dans l'hypothèse où elle aurait déniché une autre femme dont le nom aurait

permis une interprétation à partie du mot «mint».
Elle était même retournée voir Laf et Sonovia, et elle
avait essayé de fouiller profondément dans leurs souvenirs, mais ils lui avaient simplement confirmé
qu'ils étaient incapables de décrire un homme qu'ils
n'avaient jamais vu. Après cela, elle avait suivi la
procédure consistant à mettre l'histoire «au panier»,
pour la stocker sur une disquette dans l'éventualité,
improbable à ses yeux, où l'on pincerait le meurtrier.

Cette dernière visite avait laissé les Wilson en proie
au désarroi. Laf l'avait perçue comme une tentative
d'impliquer Minty dans une affaire dont elle ne pouvait rien savoir. Il ne lui avait jamais traversé l'esprit
qu'elle puisse être le tueur, pas la gentille, la tranquille Minty, avec son sens moral si fort et son horreur de la violence. Par exemple, combien de fois ne
l'avaient-ils pas entendue, Sonovia et lui, se prononcer en faveur d'un retour à la peine capitale ? Mais
concernant Jock Lewis, c'était étrange. Il n'avait pu
obtenir aucune preuve qu'il était lié à Jeffrey Leach,
jusqu'à ce que la police déniche le «tape-cul» à
Harold Hill. Rien n'était paru dans les journaux à ce
sujet, c'était une nouvelle peu médiatique, mais Laf
était au courant, naturellement. Sans en toucher un
seul mot à Sonovia et à ses enfants, sans dire pourquoi à ses collègues, il réussit à jeter un œil sur cette
voiture. L'ennui, c'est qu'il n'en conservait tout simplement aucun souvenir. Il avait aperçu plusieurs fois
ce «tape-cul» devant la maison de Minty, mais sans
jamais vraiment y prêter attention, si ce n'est lorsque
Sonovia avait remarqué que, depuis l'instauration du
contrôle technique, on voyait beaucoup moins de
vieilles chignoles circuler dans les rues. Il ne se rappelait même pas si elle était bleu foncé, vert foncé ou

noire. Le véhicule retrouvé à Harold Hill était bleu foncé, mais tellement sale, tellement incrusté de feuilles mortes, de dépôt de fumée et d'insectes écrasés, qu'il aurait été difficile de décider si c'était bien cette voiture-là ou non, même s'il en avait conservé davantage de souvenirs.

« J'aurais aimé l'apercevoir par la fenêtre, s'était lamentée Sonovia. Je ne comprends pas pourquoi je n'ai pas insisté. Cela ne me ressemble pas. »

C'était une coïncidence que Jock Lewis et Jeffrey Leach aient tous deux possédé une voiture vieille de vingt ans, partagé les mêmes initiales, vécu l'un et l'autre jadis dans Queen's Park, mais rien de plus qu'une coïncidence. Jock avait disparu de la vie de Minty depuis un an, tandis que Jeffrey Leach n'avait été tué qu'en avril. Il n'allait pas en faire part à l'inspecteur principal, qui aurait simplement considéré qu'il se faisait mousser. Qui plus est, Minty était une amie.

Mais elle devenait de plus en plus bizarre. Rien que l'autre jour, Sonovia lui avait confié que, si on ne la savait pas seule, on aurait pu la croire entourée en permanence d'une foule de gens. C'est-à-dire, des gens invisibles. On n'entendait jamais grand-chose à travers les murs, ces vieilles maisons étaient bien bâties, quoi qu'on pense du quartier, mais elle avait entendu Minty leur hurler de s'en aller, de la laisser tranquille. Dernièrement, alors qu'elle était assise dans le jardin, Minty était sortie suspendre sa lessive en discutant à n'en plus finir avec une vieille femme, un homme qu'elle appelait Wilfred, et Winnie Knox, qui était morte depuis trois ans. Rien qu'à l'entendre, cela lui avait glacé le sang.

La police n'avait pu trancher : Leach avait-il abandonné la voiture lui-même, quand Fiona lui avait proposé d'utiliser la sienne, ou son tueur s'en était-il chargé ? À l'intérieur, il n'y avait que ses empreintes digitales, et celles de quelqu'un d'autre.

Six semaines s'étaient écoulées depuis que Sonovia avait demandé pour la première fois à l'entrepreneur d'établir un devis pour la douche de Minty. Comme il ne se présentait pas, elle s'était plainte, et il avait raconté qu'il avait attrapé la « grippe estivale ». Sonovia se demanda si c'était une bonne idée qu'il vienne, finalement, s'il fallait autoriser un étranger à pénétrer au numéro 39, alors que Minty était si bizarre, à parler avec des gens qui n'étaient pas là, à regarder toujours par-dessus son épaule et à frissonner.

« Elle est inoffensive, soutint Laf, qui se rendait chez sa voisine avec le journal du dimanche.

— Je le sais, mon cher. Ce n'est pas à lui que je pense, mais à elle. Je veux dire, aux gens qui vont se faire des idées. Ça suffirait à donner mauvaise réputation à toute la rue.

— Fais-lui poser cette douche. Ça va lui remonter le moral. La sortir de sa dépression. »

Laf se rendit à côté. Minty portait encore ses gants en latex, elle venait de nettoyer le sol de sa cuisine. Mû par une impulsion, il lui demanda si elle ne voulait pas venir au cinéma avec Sonovia et lui, demain. À sa manière bien caractéristique, elle lui répondit qu'elle n'y voyait pas d'inconvénient, et pouvait-elle lui offrir une tasse de thé ? Pas une fois, pendant qu'il était chez elle, elle ne parut entendre des voix s'adresser à elle, parler à des gens invisibles, ou regarder par-dessus son épaule.

Ils étaient partis. C'était parce qu'elle avait agi. Ce matin, elle était allée à Fortune Green avec un bouquet de fleurs, un joli bol bien propre que Tantine utilisait autrefois pour ses puddings de Noël, et de l'eau dans une bouteille de jus de fruits fermé par un bouchon en plastique qui se vissait. Elle avait nettoyé cette bouteille après en avoir bu le jus et y avoir versé de l'antiseptique et de l'eau chaude pour s'assurer qu'elle soit vraiment propre. C'était facile de se rendre à West Hampstead en métro depuis Kensal Rise. Elle avait acheté les fleurs devant le cimetière de Fortune Green Road.

Pourquoi le frère de Jock n'avait-il pas répandu les cendres là-bas ? Et d'ailleurs, pourquoi West Hampstead ? À sa connaissance, Jock n'y avait jamais vécu, il n'y était même jamais allé. La réponse, c'était sans doute que son frère, si. Les fleurs qu'elle avait achetées étaient des asters et des verges d'or, il n'y avait pas tant de choix que ça, à cette période de l'année. Les feuilles des arbres n'allaient plus tarder à tomber. Elle sentait bien qu'il faisait un peu frisquet. Une fois sur la pelouse, elle alla se placer sous un arbre et regarda autour d'elle, en se demandant où les cendres avaient pu tomber. Elle s'accroupit et examina la terre, sans vraiment la toucher, car elle se serait sali les mains, mais elle scruta autour d'elle, elle chercha. Une femme qui passait par là avec un chien s'arrêta et voulut savoir si elle avait perdu quelque chose. Minty secoua violemment la tête, et pourtant c'était vrai, elle avait perdu quelque chose, ou quelqu'un, et elle recherchait ce qui subsistait de lui.

Cet examen minutieux fut finalement récompensé

par la découverte d'une pâle substance saupoudrée à la surface d'un carré de terre nue où, pour une raison quelconque, l'herbe ne poussait pas. Tout près de là, on avait écrasé une cigarette. Elle l'écarta du bout de son soulier. Elle posa le bol précisément à l'endroit où la couche de poussière grisâtre était la plus épaisse, versa l'eau et disposa les fleurs. Elles rendaient très bien. Elle s'imagina presque l'entendre lui dire : « Merci, Polo. Tu es une bonne fille. » Ce n'était que le fruit de son imagination, et non sa vraie voix qui se serait adressée à elle, car c'était elle qui avait simplement songé à ce qu'il aurait pu dire. Elle jeta la bouteille et l'emballage des fleurs dans une poubelle et redescendit la colline en direction de la station de West Hampstead.

Matthew était en train d'ouvrir son courrier. Le nombre de lettres augmentait presque quotidiennement. Ce matin, il en était arrivé quinze, certaines provenaient de BBC Television, d'autres de l'agent qu'il avait été obligé d'engager. Beaucoup étaient tout simplement des lettres de fans, certaines contenaient des questions sur la santé et les habitudes alimentaires, et leurs auteurs comptaient sur une réponse, et certaines – très peu – étaient injurieuses, lui demandant qui, à son avis, se souciait d'un homme trop stupide pour se nourrir sainement quand la moitié de la planète mourait de faim, ou désirant savoir où il dénichait les « monstres obscènes » qui se montraient dans son émission. Il y avait une invitation de l'Association contre les troubles du comportement alimentaire le priant de devenir l'un de ses parrains. Il répondait à toutes ses lettres, sauf aux missives injurieuses, qu'il jetait vite, de peur que leur contenu ne lui occupe trop l'esprit.

Aujourd'hui, il n'y avait pas de lettres malveillantes. Il aurait presque aimé qu'il y en ait, car quelques insultes auraient pu provisoirement le distraire de son inquiétude quant à l'état de santé de Michelle. À deux reprises, il tapa son nom au lieu de celui du destinataire, et une fois, au lieu de « se concerter » – cela à un homme qui voulait savoir s'il devait conserver son abonnement à un magazine diététique –, il écrivit « se *cancer*-ter ». Avant d'enfoncer la touche de retour arrière, il considéra les deux premières syllabes du mot et frémit. Employant l'euphémisme qu'il méprisait tant chez les autres quand ils y cédaient, il se demanda ce qu'il ferait si « quelque chose arrivait à Michelle ». Il était incapable d'utiliser ce mot, même en pensée. Et quand il supprima la lettre qui changeait tout, ce « a » qui transformait un mot inoffensif en un terme menaçant et porteur de sinistres présages, il prononça encore son nom dans un chuchotement, et puis plus fort. « Michelle, dit-il. Michelle. »

Elle lui répondit. Elle venait de franchir la porte d'entrée, juste à l'instant.

« Je suis là, chéri. »

Elle avait le visage écarlate et paraissait tout excitée.

« J'ai quelque chose à t'annoncer. C'est une bonne nouvelle… tu ne devines pas ? Eh bien, je crois que tu seras d'accord, une bonne nouvelle, oui. J'ai effectué le test à la maison. Cela remonte à un mois, mais je n'y croyais quand même pas. Je croyais que mes hormones étaient toutes perturbées. Je me suis dit que peut-être cela ne marchait pas chez quelqu'un de mon âge, mais le docteur affirme que si, et que je vais bien. Je vais bien aller, il n'y a aucune raison pour que… »

Il était devenu aussi blême qu'aux temps où il se laissait mourir de faim.

«Qu'est-ce que tu racontes?»

Elle se planta devant lui et il se leva. Il lui tendit les bras et elle avança lentement, pour s'y lover.

«Matthew, il, ou elle, naîtra en mars. Cela te fait plaisir, n'est-ce pas? Tu es… content?»

Il la serra contre lui et l'embrassa.

«Quand j'arriverai à vraiment y croire, ce sera le plus beau jour de ma vie.»

35

La foule de ces gens était invisible, mais ils étaient là en force. Ils lui envahissaient le crâne, leurs voix devenaient audibles, dès qu'elle était seule, et quelquefois quand elle ne l'était pas. Jock n'était pas parmi eux. Depuis qu'elle avait déposé ces fleurs sur ses cendres, Minty ne l'avait plus entendu. La dernière fois, c'était quand il avait descendu l'escalier, mais elle avait entendu sa voix, plus distincte et plus puissante que les autres. C'étaient des gens qu'elle connaissait, et d'autres qu'elle n'avait jamais rencontrés, ou même dont elle n'avait jamais entendu parler. Pas Tantine, elle, jamais, et plus Mme Lewis non plus, mais Bert, qui avait épousé Tantine, et l'épouse du frère de Jock, les sœurs de Tantine, Edna et Kathleen, et leurs maris, et d'autres dont elle ignorait les noms. Jusqu'à présent.

Elle ne connaissait pas le nom de la belle-sœur de Jock, jusqu'à ce que Bert le dise à Kathleen. « Kathleen, c'est la belle-sœur de Jock, Mary », lui avait-il soufflé, et la sœur de Tantine répondait qu'elle était ravie de faire sa connaissance.

Ensuite, c'était le tour d'Edna d'être présentée à cette Mary. Au moins, la voix de Tantine ne figurait pas parmi ces voix-là, et Minty savait que c'était grâce aux prières et aux fleurs sur sa tombe. Celle de Jock non plus, pour la même raison. Elle ne pouvait pas en faire autant pour tous les autres, elle ne pouvait pas passer sa vie à rechercher les tombes des morts, qui pouvaient se trouver n'importe où dans le pays, n'importe où dans le monde. Au bout d'un petit moment, ils finirent par prendre forme et revêtir un contour, Bert le premier, mince et inconsistant, guère plus qu'une tache sombre qui n'aurait pas dû se trouver là. Comment savait-elle qu'il s'agissait de Bert ? Elle ne l'avait jamais vu, n'avait jamais entendu sa voix, quand il était entré dans la vie de Tantine, et quand il en était ressorti, elle n'était même pas née, mais elle savait.

Kathleen et Edna étaient fragiles et transparentes, et parfois elle les voyait uniquement comme des ombres. Mary aussi, encore une autre occupante de son existence qu'elle n'avait jamais vue et dont elle n'avait même jamais entendu mentionner le nom. La bru que Mme Lewis aimait, et qu'elle accueillit quand elle vint la rejoindre. La lumière du soleil avait pénétré par l'interstice entre les rideaux à moitié clos et, à sa clarté, leurs trois ombres se dessinèrent au sol, mais sans aucun corps pour les projeter.

Le soir où elle sortit au cinéma avec Laf et Sonovia – leur première sortie depuis longtemps –, toutes les voix des fantômes restèrent à la maison, ou s'en allèrent là où elles vivaient quand elles n'étaient pas en train de l'embêter, et toutes les silhouettes spectrales furent avalées par la nuit et les lumières vives. Elles l'avaient peut-être laissée tranquille parce qu'elle se trouvait en compagnie de personnes bien réelles. En revanche, elle avait plusieurs fois aperçu Kathleen alors qu'elle était avec les Wilson, et puis il y avait eu la fois où Jock l'avait carrément suivie dans la chambre de Sonovia, quand elle avait essayé la robe bleue. C'était difficile de prévoir. La plupart du temps, elle était perturbée, déconcertée.

D'autres soucis étaient venus la tenailler. Josephine avait commencé à évoquer l'idée d'abandonner la boutique pour devenir une maîtresse de maison et une mère à part entière, et ce, malgré l'absence de tout signe avant-coureur d'une grossesse, en tout cas à ce jour. Ken s'était vu offrir une place d'associé dans l'affaire du Lotus du Dragon, et il avait accepté. Elle n'avait plus vraiment besoin de travailler. Il ne fallait pas que Minty se fasse de mauvais sang. Tout repreneur devrait s'engager à la garder.

« Personne n'est capable de repasser des chemises aussi bien que toi, Minty, la rassura-t-elle. Ils seraient dingues de te laisser partir. »

Le mot « dingue » rendait toujours Minty nerveuse. Quelqu'un le lui avait lancé dans le bus, quand elle avait ordonné à la voix qui sifflait et chuchotait à ses oreilles de s'en aller.

« Je ne sais pas », dit-elle, tâchant d'ignorer Mary Lewis qui avait porté ses lèvres de fantôme à son oreille et lui susurrait que, pour qu'ils la gardent, il faudrait qu'elle possède ses talents informatiques et ses compétences commerciales. De nos jours, être une bonne repasseuse ne suffisait pas.

« Je ne sais pas, objecta-t-elle, suppose qu'ils abandonnent le service des chemises ? Suppose qu'ils ne fassent plus que le nettoyage à sec ?

— Il faudrait qu'ils soient dingues. (Josephine avait décidément un faible pour ce mot-là.) Ne t'inquiète pas. Il se peut que je décide de m'accrocher encore quelques années. Jusqu'à ce que je tombe enceinte, en tout cas. »

Minty passa la main tout le long du nouveau couteau qu'elle portait toujours sanglé à la jambe droite. Sans lui, à présent, elle se serait sentie à moitié nue, mais elle se demandait tout de même parfois à quoi il allait lui servir. Mary aurait été une bonne candidate, sauf que Minty n'avait entrevu que son ombre, une femme mince aux cheveux longs, aux longues jambes. Mais elle ne lui apparaissait pas sous la forme d'un être humain réel, pas plus que ses oncles et tantes. Quand ils ne s'adressaient pas à elle, ils se contentaient de bavarder entre eux à n'en plus finir. Les meilleurs amis du monde. Sauf Mary, qui se disputait tout le temps avec Kathleen.

Elle ne savait pas ce qui valait mieux, les voir et les entendre, ou seulement les entendre. Elle s'efforçait de faire tout ce qu'ils avaient en horreur, marcher dans la rue, monter dans une rame de métro bondée, descendre jusqu'à Oxford Street, où se massait toujours une telle foule, flânant sans but sur les trottoirs, que l'on pouvait se fondre au milieu de tous ces gens. Pendant un temps, leurs voix s'éclipsaient, mais elles revenaient toujours la persécuter. Le soir où elle sortit avec Laf et Sonovia, le cinéma était plein de monde. Laf avait pris une bonne initiative en réservant, elle ne voyait pas un siège de libre. Les voix fantômes qui s'adressaient à elle l'après-midi, chaque fois qu'elle allait au cinéma seule, avaient disparu. Chaque fois que cela se produisait, elle ne pouvait se guérir de l'espoir qu'elles soient parties pour toujours. Elle s'asseyait, tendait l'oreille, savourait le silence, oubliant ce qui surgissait de l'écran, jusqu'à ce que Sonovia lui demande d'une voix sifflante, en chuchotant, si elle était en transe.

Quand Josephine était présente à la boutique, et quand Ken passait, ou lorsque les clients défilaient les uns après les autres, cela lui permettait généralement de garder l'esprit en repos. C'était pourquoi elle avait cessé de rentrer chez elle pour le déjeuner. Elle savait qu'ils seraient là, et ce serait comme de s'immerger dans une masse de gens en train de bavarder, tous en attente de quelque chose, comme le public du théâtre avant le lever de rideau, le soir de *La Visite de l'inspecteur*. Elle n'avait pas envie d'être leur pièce de théâtre, leur spectacle, mais là-dessus, elle n'exerçait aucun contrôle.

Son repas fut le motif qui la poussa à retourner chez elle à l'heure du déjeuner, ce jeudi-là. Elle avait oublié ses sandwiches, alors qu'elle les avait bien préparés, avec du poulet, de la laitue, de la tomate sur du pain blanc, et les avait enveloppés dans du papier sulfurisé et un plastique, avant de les ranger au frigo. C'est là qu'elle les avait oubliés, en l'occurrence. En temps normal, cela ne lui arrivait jamais, mais ce matin, elle s'était précipitée hors de chez elle pour échapper aux voix de Mary et oncle Wilfred. Elle rentra donc à pied, alors qu'elle était venue à l'Immacue par le bus 18. C'était une belle journée ensoleillée, avec tout de même un petit air automnal frisquet. Un an plus tôt, elle aurait attendu impatiemment de sortir avec Jock dans la soirée, sans s'imaginer un seul instant que le train dans lequel il revenait de Gloucester allait dérailler et le tuer. Il lui répétait ses drôles de réflexions. Je suis sorti dans le jardin, histoire d'aller chercher une feuille de chou pour préparer une tarte aux pommes et je suis tombé sur une

grande ourse, qui m'a dit : « Quoi, pas de savon ? »,
et qui s'est dépêchée d'épouser le coiffeur. Tiens,
elle s'en souvenait mot pour mot.

C'était une longue marche, et le fait d'y être habituée ne la raccourcissait pas pour autant. Elle passa
devant le pub Flora et l'Église du Rédempteur de
Dieu, devant l'entrée est du cimetière, la station de
métro de Kensal Green, le garage, les boutiques bar-
dées de planches, le banc et le parterre de fleurs où
elle s'était débarrassée de Mme Lewis. Elle quitta
Harrow Road en tournant dans Syringa Road avant
d'atteindre la porte ouest du cimetière. Sa clef pénétra dans la serrure et elle la fit tourner, sachant ce
qu'elle allait trouver à l'intérieur : les voix et les
bruits d'une foule en pleine bousculade.

Le vestibule était tranquille et, l'espace d'un instant, elle crut l'endroit silencieux. Elle ferma les
yeux, goûtant cette paix. Ensuite, les voix débutè-
rent, sous forme de chuchotements, Mary et Edna
se disputaient, comme toujours, Kathleen marmon-
nait quelque chose au sujet des cendres de Jock qui
seraient au cimetière de Brompton. Le simple fait
que Laf lui ait rapporté cette histoire au sujet de Fortune Green ne signifiait pas qu'elles ne se trouvaient
pas à Brompton. Elles y étaient, dans le coin nord-
est, et elle voyait la pierre tombale d'ici, soutenait
Kathleen, elle apercevait son nom gravé dessus et les
dates de sa naissance et de sa mort. Edna intervint et
ajouta que c'était morbide de vivre près d'un cimetière, elle n'ignorait pas l'effet que cela exerçait sur
elle. Si seulement elle pouvait recommencer sa vie,
elle irait emménager ailleurs.

Minty s'avança de quelques pas vers la cuisine.
Et puis elle s'arrêta, elle écouta. Il était arrivé une

566

chose terrible, la chose impossible entre toutes, elle le savait. De là-haut, à l'étage, elle entendit Jock chanter.

« Just walk on by, Wait on the corner… »

Sa voix s'était faite plus légère, et plus aiguë. C'était peut-être ce qui arrivait aux fantômes quand ils chantaient. Leurs voix se dissipèrent et se brouillèrent, en même temps que leurs corps. Cette fois, elle en était persuadée, elle allait le voir. Peut-être qu'il allait descendre par l'escalier, tout comme la dernière fois. Cela n'avait pas fonctionné, les fleurs qu'elle lui avait déposées, il ne les avait pas aimées, ou alors ce n'était pas le bon emplacement. Elle avait choisi le mauvais endroit, il aurait fallu éparpiller des brassées de fleurs un peu partout sur la pelouse, sur la terre, sur les chemins, ce n'était pas pareil qu'une tombe. Elle se mit à toucher du bois, les rambardes, les portes, les encadrements de portes, du bois blanc, du rose et du bois brun. Ses mains tremblaient, et elle sanglotait.

La chanson s'interrompit. Il appela.

« Il y a quelqu'un ? »

Sa voix avait changé. Elle était plus enjouée, plus vive, plus du tout comme une mousse au chocolat, mais c'était bien sa voix. Et il lui adressait la parole, enfin. Quand il était vivant, elle n'avait jamais assez de sa voix, mais maintenant, si. Pour rien au monde elle ne serait parvenue à lui répondre, même pas pour se reposer de toutes les autres voix. Comment pouvait-on aimer quelqu'un à ce point et ensuite le haïr comme s'il s'agissait de quelqu'un d'autre ? Si elle lui répondait, elle en mourrait, ou alors la maison allait s'écrouler, ou ce serait la fin du monde. Peut-être n'était-ce que le commencement, il revenait se mettre en ménage avec elle, il lui parlait de nouveau, il prenait forme quand il le souhaitait, ou demeurait une ombre sur le mur quand le soleil brillait.

Elle se tint aux boiseries, à deux mains. Les fleurs n'avaient pas suffi, une seule méthode fonctionnait vraiment, au moins pour un temps. Lentement, elle écarta les mains de la boiserie ; leur contact contre la peau nue de sa taille était d'un froid glacial. Elle souleva son T-shirt, défit la ceinture de son pantalon et retira le couteau de son enveloppe, en l'empoignant comme une dague. À présent, tout son corps tremblait.

Sans doute parce qu'elle ne lui avait pas répondu, il appela de nouveau. Les mêmes mots.

« Il y a quelqu'un ? »

Elle se retourna et recula pour se poster au pied des marches, en cachant le couteau dans son dos. Cette fois, elle accomplirait la besogne correctement, même si elle devait répéter l'opération tous les deux ou trois mois... Quand il apparut en haut, le choc, auquel elle s'était pourtant attendue, faillit avoir raison d'elle. Sa vision se brouilla, et elle resta le regard braqué là-haut, dans ce brouillard sombre qu'il traversa pour descendre l'escalier. Et alors, d'une main tremblante, elle poignarda son corps au petit bonheur la chance, le poignarda, frappa encore et encore, des coups de couteau obliques et déchaînés. À son premier cri, la sonnette retentit, une longue sonnerie impérieuse et déchirante.

Minty lâcha le couteau et laissa échapper un geignement. Très vite, elle comprit ce qu'elle venait de faire. L'homme était bien réel. Il portait un jean et une veste en cuir noir, mais ce n'était pas Jock. Du vrai sang s'écoulait de son corps, une tache écarlate qui imbibait sa chemise bleue. Il gisait à moitié par terre, à moitié sur les deux dernières marches, il gémissait, sa main tailladée maintenait une plaie située juste au-dessous de la taille, dénudant ainsi son avant-bras, ensanglanté lui aussi par une entaille. Elle avait tenté de tuer un homme bien réel. Aucune voix ne lui avait commandé ce geste, elle se l'était commandé toute seule.

La sonnette retentit encore, et quelqu'un frappait dans les panneaux de la porte à coups de pied. Minty attendit un moment avant d'ouvrir, uniquement parce qu'elle était incapable de bouger. Mais elle bougea, elle tituba et trébucha contre la porte, elle chercha la poignée à tâtons, et enfin le battant s'ouvrit.

« Qu'est-ce qui se passe ici ? Qu'est-ce qu'il y a ? »

Et alors Sonovia vit l'homme blessé et le couteau retombé en travers de ses cuisses. Elle lâcha une succession de cris brefs et suraigus, les mains levées, comme si elle parait des coups. Laf sortit de chez lui et accourut. Minty avait trop peur pour penser à rien d'autre qu'à s'enfuir. Elle avait récupéré ses forces, elle les sentait se propager en elle comme un alcool brûlant, elle sauta par-dessus la petite palissade qui séparait son jardin de celui des Wilson et courut dans la rue juste au moment où Laf franchissait son portail.

Il appela de l'aide. Il composa le numéro de police secours et parla à son inspecteur principal. C'était un coup de chance pour cet homme gisant là sur le sol que Laf ait été chez lui, un jour de congé, car Sonovia, d'ordinaire si calme et si pragmatique, était en proie à une crise d'hystérie des plus spectaculaires, dans la plus pure tradition. Le plus utile maintenant, davantage encore que la police, ce serait une ambulance. Elle arriva en quelques minutes, et l'homme qui était venu effectuer un devis pour la douche de Minty fut emporté sur une civière. On observait là une mesure de simple routine, sans véritable nécessité. Plus que ses blessures superficielles, c'était le choc qui l'avait abattu.

Mais à présent, Laf l'avait compris, la police savait qui était responsable du meurtre du cinéma et de la mort d'Eileen Dring.

« On ne peut pas vraiment appeler ça des meurtres, expliqua Laf à Sonovia, plus tard ce même jour, après qu'elle se fut calmée, tandis qu'ils prenaient un verre pour se remettre. Pas vraiment. Elle n'avait pas l'intention de causer du mal à des personnes réelles. Elle ne savait pas.

— J'espère simplement que les médecins s'en rendront compte. Dieu merci, ce pauvre Pete va s'en sortir.

— Qu'est-ce qui t'a poussée à sonner à sa porte, Sonny ? Ton sixième sens ?

— Pas du tout, mon cher. Je n'oserais pas prétendre avoir un sixième sens. J'étais à la fenêtre et je l'ai vue rentrer chez elle, ce qui était tout à fait inattendu à cette heure-là, et je me suis dit que j'allais juste faire un saut pour lui annoncer que Pete était là, au cas où ça lui causerait un choc.

— Pourquoi est-elle rentrée chez elle ?

— C'est à vous briser le cœur, franchement. Après le départ de l'ambulance, je mourais d'envie de boire un verre d'eau fraîche, et cette flotte qui coule du robinet, bon, on ne sait jamais par où elle a pu passer, n'est-ce pas ? J'ai ouvert le frigo, et là, il y avait ses sandwiches, tous joliment enveloppés, qui attendaient qu'elle vienne les chercher. Laf, ça m'a mis les larmes aux yeux.»

Et Sonovia fondit en larmes, sanglota contre l'épaule de Laf.

«Elle va s'en tirer, assura-t-il. Pour elle, c'est encore ce qu'il y a de mieux.»

Et pourtant il n'en avait absolument pas la certitude, pas davantage que lorsqu'ils avaient retrouvé Minty, trois heures plus tôt. C'était Sonovia qui avait indiqué où l'on serait susceptible de la dénicher.

«La tombe de sa tantine est par là.»

C'était impossible, mais à quoi bon, désormais, désigner en plus la pauvre jeune femme comme une affabulatrice?

Daniel, son épouse et leur enfant étaient arrivés, pour tenir compagnie à Sonovia et la réconforter. Et Laf était donc parti avec l'inspecteur principal et un autre inspecteur, ainsi que deux femmes officiers de police judiciaire, pour se lancer à la recherche de Minty. L'après-midi était devenu très chaud, étouffant, le ciel était couleur d'ambre, il faisait lourd, et il y avait comme une poudre d'or en suspension dans l'air, comme c'est parfois le cas en septembre. Ils se rendirent dans le cimetière par la porte ouest, une demi-heure avant la fermeture. L'homme qui vendait des fleurs leur signala qu'il avait vu Minty plusieurs heures auparavant, elle était arrivée en courant, tout essoufflée, tremblante, mais elle lui avait acheté des fleurs, une quantité comme jamais, et pourtant, elle était une cliente régulière. Elle avait choisi des chrysanthèmes et des asters, roses et violets, et ses articles les plus coûteux, des lys blancs, et des lys roses. Il n'aurait jamais cru qu'elle en avait les moyens…

La retrouver ne leur prit que dix minutes. Quand

ils tombèrent sur elle, elle s'était endormie. Elle était couchée, recroquevillée comme un enfant au milieu de quantité de bouquets de fleurs en train de faner rapidement, sur la tombe d'une femme du nom de Maisie Julia Chepstow, morte une centaine d'années plus tôt. Personne ne savait pourquoi elle avait choisi cette tombe-là. Le seul homme qui le savait et qui aurait pu les renseigner était mort, ses cendres étaient enfermées dans une urne d'albâtre, oubliée dans le fond d'un sombre placard.

*Du même auteur
sous le nom de Barbara Vine :*

*Ravissements
Le Tapis du roi Salomon*

Imprimé en France sur Presse Offset par

BRODARD & TAUPIN

GROUPE CPI

La Flèche (Sarthe).
Nº d'imprimeur : 25888 – Dépôt légal Éditeur : 50403-10/2004
Édition 1
LIBRAIRIE GÉNÉRALE FRANÇAISE – 31, rue de Fleurus – 75278 Paris cedex 06.
ISBN : 2 - 253 - 09921 - X

◈ 30/1956/9